김석범 대하소설

6

김환기·김학동 옮김

보고사

차례

제14장

1

아직 아침 아홉 시 밖에 되지 않았는데 어젯밤 숙부인 이건수가 이야기했던 우상배로부터 전화가 걸려 왔다. 그는 방문해도 좋겠느냐며 물어 왔고 그렇게 하라는 이방근의 대답에 크게 만족하며 오후에 방문하겠다고 한 다음 전화를 끊었다.

이방근은 상대방이 일찍 전화를 했다고 생각했으나, 실은 자신이 늦게 일어났다는 생각을 하자 웃음이 나왔다. 집에서 아직껏 자고 있을 사람은 아무도 없었다. 제주도에 사는 사람들은 옛날과 마찬가지로 해가 뜨면 일어나고, 별이 반짝이기 시작하면 잠자리에 드는 습관이 있어서, 아침 일곱 시가 되기도 전에 산책을 겸해 다른 집을 찾아가는 것은 당연했으므로 이상한 것은 이방근 쪽일 것이다.

숙부는 이미 출근하고 없었지만, 어젯밤에 조금 취해서 귀가한 뒤 갑자기 우상배라는 인간을 아느냐고 물었다. 이방근은 누구인지 금방 생각나지는 않았지만, 일본에 있는 남자라는 말에, 그 이름이 물에 출렁이듯 흔들흔들 떠올랐다.

"예, 글쎄요, 만난 적은 없지만, 이름은 들었습니다. 오사카에 살고 있지 않습니까……. 으흠, 그런데 그 사람이 지금 서울에 와 있습니까?"

"신문사에 들렀다가 작은 개인 의원에서 열린 동향인 모임에 얼굴을 내밀었더니, 마침 일본에서 온 사람이 있었는데, 내가 이건수라는 것을 알자, 이방근의 친척이 아니냐고 말을 걸어오는 바람에 놀랐다니까. 4·3사건 평화 해결을 위한 진지한 경과보고와 대책 등이 논의되었고, 나는 자네가 서울에 와 있다는 것도 얘길 했는데, 우상배가 그

자리에 있었던 건 아니야. 나중에 우상배와 얘길 나눠 보니, 일본에서 들었다더군."

"일본에서?"

"누구라고는 구체적으로 말하지는 않았지만, 음, 그건 말이지, 그가 말하는 일본의 오사카에도 같은 마을의 출신자가 살고 있을 테니까, 나를 알고 있는 인간이 있다고 해도 이상할 것은 없지만……."

"그런데 그 우 씨가 서울에 온 이유는 뭐랍니까?"

"물어보질 않아서 모르겠지만, 무슨 장사를 하러 온 것 같아. 그렇지만 전혀 장사꾼이 아니야. 작은 체구의 사십 대 남자로, 얼굴이 방근이만큼이나 넓고, 어느 쪽인가 하면 학자 타입인데, 언뜻 보기에도 상당히 편굴(偏屈, 성질이 한쪽으로 치우치고 비굴함—역자주)한 남자였어. 그러고 보니 친척이라는 의사의 말로는 해방 전에 공산당 사건으로 오랜 기간, 10년 가까이 일본의 형무소에 들어가 있었다고 하더군. 그 친구가 자넬 꼭 만나고 싶다는 거야. 무심코 자네가 집에 있다고 말해 버렸거든."

이건수는 우상배에 대해 불신은 아니더라도, 호감을 갖지는 않은 모양이었다.

"나를 만나고 싶다니, 무슨 용건일까요. 아니, 마침 서울에 와 있다고 하니까, 한번 만나 보고 싶다는 것일지도 모르겠군요."

동향회의 참가자 중에는 유원의 환영파티에 모였던 학생들로부터 이미 이방근에 대해 들은 사람도 있어서, 동향회에서도 자리를 마련할 테니 최근 제주도의 상황에 대해 이야기를 해 달라는 강한 요청이 있었고, 모두를 위해 한번 얘길 해 주지 않겠냐고 숙부까지 부탁을 했지만, 이방근은 거절했다. 실은 그들 앞에서 이야기를 해야 할 것이다. 그러나 똑같은 이야기를 거듭 반복할 생각은 없었다. 이건수는 네가 서울에 있는 동안 언제라도 좋다며 재고를 촉구했지만, 그럴 생각이 없었다.

이방근이 내일 오전 중에 전화하겠다는, 아직 만난 적이 없는 우상배의 방문을 거부하지 않은 것은, 언젠가 남승지가 그것도 열을 올려가며 우상배를 거론한 적이 있기 때문이었다. 그뿐만이 아니다. 남승지의 이야기를 들으면서 그때 새삼 떠올렸던 것인데, 이미 이방근이 도쿄에서 유학하고 있을 때 간접적이나마 인민전선의 조직과 일본 공산주의단의 활동에 참가하여 오사카에서 검거된 그의 이름을 들은 바 있었다. 또한 해방 후 육친이 없는 제주도로 돌아온 양준오로부터도 우상배와 친하게 지냈다는 이야기를 들은 기억이 있었다. 아마 치안유지법 실형 판결의 형기상 예방구금이었거나, 아니면 처음부터 미결수였는지도 모르지만, 7, 8년을 형무소에서 지내고, 심한 폐결핵으로 보석이 된 일이나, 그가 전향자 같다는 것이 자신과 닮아 있다고 이방근은 생각했다. 그리고 들은 이야기로는 상당히 '기인'에 속하는 인간인 것 같았고, 그것이 아직 만난 적도 없는 우상배의 인상을 부풀리고 있었다. 그런 그가 서울에 와 있다고 하면 굳이 방문을 거절할 필요는 없을 것이다.

우상배가 전화로 언급한 것처럼 서대문형무소 근처 현저동에 있는 숙소인 의원에서 찾아온 것은 정오가 좀 지나서였다. 흰 반팔의 노타이셔츠 차림의, 쥐처럼 주의 깊고 우울한 눈을 가진 작은 몸집의 사십 대 남자는 새우등은 아니었지만, 약간 수그린 자세를 하고 있었다. 그렇다고 거기에 어두운 그림자가 있는 것도 아니었다. 거무죽죽한 둥근 얼굴에다 조금 작고 귀여운 입을 가진 탓도 있겠지만, 어쩌면 쾌활해 보이는 그 태도의 이면에 검은 그림자가 숨어 있는지도 몰랐다. 뒤로 넘긴 부드럽고 숱이 다소 적은 느낌의 머리칼은 기름기가 없어서, 바로 흐트러져 내려오는 것을 손가락으로 쓸어 올렸다.

그는 한 손에 한 되짜리 술병을 들고 있었는데, 현관에 마중 나온 이방근을 보자, 야아, 갑자기 찾아와서 미안합니다, 라는 등의 아침 통화에서 그랬듯이 낮고 쥐어짜는 듯한 쉰 목소리로 그다지 능숙하지 않은 우리말로 인사한 뒤, 오래 전부터 알고 지낸 사이처럼 악수를 청했다. 그렇다고 그런 몸짓이 흔히 느끼는 불쾌감을 동반하지는 않았다. 강몽구가 성내의 집으로 처음 찾아와 악수를 청하던 태도가 그랬었지만, 그것과는 또 다른 느낌으로, 어딘가 어린아이처럼 사람의 마음을 파고드는 구석이 있었다. 숙모도 여동생도 손님과 인사를 나누었는데, 그는 유원을 유심히 바라보면서, 순간 다른 사람처럼 엄한 표정이 그 얼굴에 스치더니, 아아, 여동생이군요, 이쪽에 계셨습니까, 멋진 여동생입니다⋯⋯라며 감동한 듯 말했다. 그리고 손수건으로 목덜미의 땀을 닦으면서 이방근의 방 앞까지 왔을 때, 갑자기 멈춰서서, 저ー, 하고 뭔가 생각이 난 것처럼 말했다.

"저어, 미안합니다만, 세수를 좀 할 수 있을까요, 더워서⋯⋯."

유원의 안내로 세면장에서 세수를 하고 상쾌한 표정이 된 우상배는 복도에 서 있는 이방근을 따라 방으로 들어갔다. 숙취의 얼굴은 아니었다.

손님을 대비하여 탁자가 놓여 있었고, 방금 가져온 선풍기가 미풍을 일으키며 천천히 돌고 있었는데, 우상배는 바로 앉으려고 하지 않고 창문으로 고개를 내밀어 주위를 둘러보았다. 정원수와 돌담에 가로막혀 있어서 전망이 좋지 않다. 경계를 하는 것은 아닌 것 같았다.

"이 주변은 조용해서 좋군요. 현저동 일대는 먼지가 많이 나서, 모래 먼지가 마치 하얀 바람처럼 날리고 있어서 말이죠⋯⋯. 게다가 그 길게 계속되는 형무소의 높은 담은 우울하지요. 바람에 실린 먼지가 두꺼운 콘크리트 벽에 부딪쳐 주위의 민가 위로 흩날리거든요."

유원이 쟁반에 차가운 보리차를 가져와서는, 커피는 어떠냐고 오빠에게 물었다.

"아, 집에 커피가 있습니까. 그거 좋겠군요. 저는 꼭 한 잔 마시고 싶습니다."

우상배는 그렇게 말하고 탁자 앞에 앉더니, 바지춤에서 담배를 꺼내서는 라이터로 불을 붙여 뻐끔뻐끔 피기 시작했다.

이방근은 모처럼 술을 들고 찾아온 진기한 손님이었지만, 맥주라 하더라도 알코올 종류는 내놓을 생각이 없었다. 아직 낮이기도 했지만, 낮술을 마다하지 않는 이방근은 물론, 아마 상대도 그럴 것이기 때문에, 그것이 이유가 되지는 못했다. 남승지의 말에 의하면, 술을 좋아하는 우상배는 취하면 감자로 빚은 막소주가 든 잔의 밑바닥으로 탁자를 내리치고 신음하듯이, 이봐, 자네, 하고 부른다. 이봐, 이 잔 바닥에 뭐가 있는지 자넨 알고 있나. 술 말고 뭐가 있어. 잔의 바닥에 있는 것은 슬픔이야. 잔 바닥에, 술병 바닥에 즐거움이 아니라 괴로움과 슬픔을 찾아 마신다구……라는 식으로, 도스토예프스키의 소설에 나오는 마르멜라도프의 대사를 눈물을 글썽이며 읊조리고, 그리고 웃는다……. 거의 잊고 있었던, 그것도 상상 속에서 지금 갑자기 눈앞에 나타난 실물의 우상배와 마주 앉아, 이방근은 그 이야기를 떠올리고 있었다. 아직 남승지와 양준오가 일본에 있었을 패전 직후의 일이라서 지금도 그러하리라 단정할 수는 없지만, 만일 대낮부터 취해서 눈앞의 탁자를 잔 바닥으로 내리치는 광경을 연출한다면 어떻게 되겠는가. 차마 볼 수 없을 것이다. 설마 그런 일은 없겠지만, 그래도 경계를 하는 편이 좋을 것이었다.

"언제 이쪽에 오셨습니까?"

"아, 벌써 보름이 지났습니다. 서울에 온 것은 4일인가, 5일이니까요. 부산에서도 한동안 있었습니다." 우상배는 담배를 재떨이에 비틀듯이 눌러 끄며 말했다. "그렇지, 실은 말씀드리는 게 늦었습니다만, 이 형에 대해서는 강몽구, 제주도당 부위원장인 강몽구를 아실 겁니다. 그는, 앗핫핫, 그는 나를 경멸하는 남자입니다만. 이 우상배를 말입니다. 이 형은 이해할지 모르겠습니다. 그건 어쩔 수 없는 일이지요. 그가 지닌 세계관이 그렇게 시키는 일이니까요. 나에겐 그가 보이는데, 그에게는 내가 보이지 않는다는 것, 음, 그러니까 그 강몽구로부터, 강 선생으로부터 댁에 대한 이야기를 들었고, 또 이 형은 남승지 군과도 친하다고 하더군요……."

이방근에게는 상대의 말이 너무나 당돌했다. 생각해 보면 강몽구는 일제강점기부터 일본에서 노동운동을 하고 있던 투사였기 때문에 두 사람이 전부터 알고 지내던 사이라고 해도 이상할 건 없었다. 하지만 어젯밤 숙부의 이야기 속에서 강몽구의 이름은 나오지 않았다. 우상배가 의식적으로 감췄을 것이다.

"강몽구 씨가 일본에 간 것은 알고 있었습니다만, 오사카에서 만나신 겁니까?"

이방근이 말했다.

"그래요, 오사카에서 만나, 이번의 일 관계로 부산까지 함께 같은 배로 왔는데, 그야말로 오월동주(吳越同舟), 아니, 작은 통통배라서 도중에 홀딱 뒤집어졌다면, 오월동사(吳越同死)……. 아니 아니오, 나는 강몽구를 인정해요. 그가 나를 경멸해도 나는 그를 인정합니다. 그는 원칙주의자이고 혁명의 투사지요. 주변에 널린 속물적인 혁명가와는 다르지만, 으흠, 그러나 그 세계관이라는 게 조금 좁아요. 혁명적 실천이 세계를, 모든 세계를 재는 유일한 척도거든요. 사람의 마음을 그걸로 측정합니다. 모든 것이 원칙적으로 하나, 개인의 그 내부가 보이질 않아요. 아니, 마음속으로는 서로를 이해하고 있어요. 그는 나를 경멸하는 것이 아니라, 동정하고 있다고 해야겠지요. 앗, 핫핫하아, 내가 동정을 받고 있단 말입니다……." 우상배는 느닷없이 그 오른손을 들어 올리더니, 주먹을 쥐고 자신의 넓은 이마를 툭 쳤다. 유원이 커피를 가져왔다. "정말 고맙습니다, 정말로. 좋은 향기가 나네요. ……으ー음, 맛있어, 이건 미군 매점 커피군요. 오사카의 변두리 다방에서 마시는 커피보다 훨씬 맛있어요……. 그렇지, 잊고 있었는데, 내가 여기에 온 것은, 으ー음, 어험, 설마 어제, 이건수 씨와 만나게 되리라고는 생각도 못했는데, 이 형을 찾아온 것도 남승지와 양준오의 소식을 듣고 싶어서 말이죠. 승지 군에 대해서는 강몽구로부터 조금 들었습니다만, 그 내용은 도저히 오사카에 있는 승지 군의 가족에게 이야기할 수 있는 것이 못됩니다. 어렴풋이 알고는 있어도 구체적인 내용은 모르고 있으니까. ……준오 군과 헤어진 지 벌써 3년, 승지 군과는 이번 봄에, 그러니까 아직 4·3사건이 일어나기 전이었는데, 강몽구와 함께 오사카에 왔을 때 우연히 어떤 곳에서, 그것도 정말 잠시 만났을 뿐인데, 그대로 헤어지고 말았지요……(이방근은 고개를 두세 번 끄덕였다. 남승지로부터 그때의, 낮부터 술에 취해 있던 우상배의 이야기를 들었기 때문이었다. 그리고 재회하지 못하고 일본을 떠나게 된 것을 애석해하며 이야기했었다). 훌륭한 청년이에요, 그는. 오로지 진리만을 사랑하는 뜨거운 마음과 강인한 의지를 지니고 있지요. 선배 격인 양준오도 그렇고. 나는 좀 전에 이 형에 대해서 강몽구로부터 들었다고 했습니다만, 그게 사실이고, 그렇지 않다면 이건수 씨에 대해 내가 알 턱이 없었을 겁니다. 하지만 나는 이 형에 대해서 훨씬 이전에, 그게 전쟁 말기의, 내가 오사카의 형무소에서 나온 지 얼마 지나지 않아 양준오를 알게 되었을 때부터 들었어요."

"뭐라구요, 양준오로부터? 전쟁 말기에……."

이방근은 놀라서 되물었다.

"글쎄, 그렇다니까요. 양 군은 학도병 동원 실시 전에 그것을 기피하려고 대학의 고상부(高商部)를 중퇴하였는데, 그가 야간 중학 시절에 말이죠, 독서회그룹 사건, 즉 '불온서적'을 읽었다는 혐의 말이에요, 그걸로 검거돼서 오사카 경찰서 지하 유치장에 일주일 정도 들어가 있었던 모양입니다. 어디고 할 것 없이 '내선일체', '황국신민'의 조선인이 흘러넘치던 무렵입니다. 그때 그곳에서 이방근과 처음 만났다고 하더군요. 지옥에서 부처님을 만난 것처럼 민족 독립의 투사 이방근에게 많은 용기를 얻었다고 반복해서 말하곤 했는데, 그 이후로 나는 이 형을 알고 있었던 셈이 되는 거지요. 서로 만나는 것은 오늘이 처음이긴 하지만, 그렇다고 결코 모르는 사이는 아닌, 앗핫하아, 대낮이 아니라면 축배를 한 잔 들고 싶군요(그러면 그렇지, 술 이야기가 나오고 있다……. 뭐가 '민족 독립의 투사'란 말인가. 이방근은 한순간 부끄러움이 가슴을 찔렀지만, 동시에 어떤 작은 감동이 물결을 일으키며 스쳐 지나가는 것을 느꼈다. 일본에서 이방근의 이야기를 들었다는 것은 거짓이 아닐 것이다). 그렇지, 이번에 강몽구가 오사카에 오지 않았더라면, 남승지 앞으로 가족이 보낸 편지를 이 형에게 부탁할 뻔했군요. 아니, 그렇지는 않았겠지요. 강몽구와 일본에서 만나지 못했다면, 내가 직접 제주도로 가거나, 주소를 남승지의 숙모 앞으로 해서 우편함에 넣었겠지요. ……음, 젊은 두 사람을 만나러 제주도에 가고 싶군."

"그 가족으로부터 전해 받은 편지를 가지고 계십니까?"

"아니오, 그렇지 않아요. 마침 강몽구가 일본에 와서 직접 건네준다며 가지고 갔는데, 그는 남승지의 친척이기도 하니 마침 잘 됐어요.

승지 군이 아직 일본에 있을 때, 앗, 핫핫핫. 이따금 내가 열대여섯이나 어린 그의 집까지 한 잔 마시자고 찾아가곤 했지요. 내가 살던 곳에서 그다지 멀지 않은 곳이라서 말이죠. 슬슬 걸으면 반 시간 정도 걸리는 곳이었는데……. 우연히 내가 출입하고 있던 동해고무라는 꽤 큰 고무 공장이 있는데, 좀 전에 어떤 곳에서라고 한 건 바로 거기입니다만, 강몽구가 일본에 오면 활동의 거점으로 삼는 곳입니다. 그곳에서 말이죠, 남 군의 여동생을 만났습니다. 그곳은 이쿠노(生野)입니다만, 그 조련(재일조선인연맹)의 분회에서 일을 하면서, 분회의 회비와 매달 내는 협력 자금을 받으러 온 그녀를 만났지요. 훌륭한 여동생으로 분회 사무소에서 우리말 강습회의 선생도 하고 있어요……. 모녀는 승지 군과 만나기 위해 어떻게든 제주도로 돌아오고 싶어 하지만, 이미 늦었지요, 어쩔 수 없는 일입니다……. 제주도로부터 지인이나 혈연을 의지해서 도망 온 밀항자들이 오사카의 이쿠노 주변에 많아서 말이죠. 그들 중에는 4·3사건에 관한 헛소문이나 다름없는 비참함과 공포를 퍼뜨리는가 하면, 정반대로 혁명적 고양이라는 식으로 이야기를 하기 때문에, 이를테면 일종의 유언비어가 제멋대로 퍼져 나가고 있습니다. 그런 게 남승지의 어머니나 여동생의 귀에도 들어가게 마련이고, 더구나 외아들에다 총각이라서 어머니는 좌불안석인 모양입니다. 으흠, 참으로 조선인은 불행한 운명을 짊어지고 있어요……."

우상배는 계속해서 담배를 피우고 있었다. 순식간에 유리 재떨이는 꽁초의 잔해로 뒤덮이고, 우상배는 거기에 컵에 든 보리차를 부어 재가 흩어지는 것을 막았다. 꽁초가 물에 불어서 무참하게 드러난 내장의 더러워진 녹 빛이 자극적으로 보였다. 이방근은 강몽구로부터 남승지에 대해서는 들었을 거라며 양해를 구하고 나서 (우상배는 그렇지 않다며 말을 가로막고, 건강하게 지내고 있다는 말 한두 마디 외에는 자세한 소식을 듣지 못했다고 말했다), 최근에는 만나지 않아서 잘 모르겠지만, 여전히 지하조직에서 활동하고 있어서 아직 게릴라로서 무기를 손에 들지는 않았을 거라고 말했다. 그리고 한동안 그는 양준오를 화제로 삼아 이야기했다. 양준오가 제주 미군정청 재무국 통역을 올해 3월 말로 그만두고 도청으로 옮겼다는 것, 그러나 그가 단순한 도청의 과장이 아니라, 비밀당원, 지하조직원이 되었을 거라는 이야기는 하지 않았다. 단정적으로 이야기하지 않은 것은, 양준오 자신이 추측할 수 있을 만큼의 이야기밖에 이방근에게 하지 않았기 때문이다.

이방근은 우상배와 이야기를 나누면서, 이야기 내용은 둘째 치고, 남승지라는 이름이 열린 미닫이 바깥 복도 쪽으로 흘러나가고 있는 것은 아닌지 신경 쓰였다. 남승지의 이름을 지금 비밀로 해야 할 까닭은 따로 없었다. 이야기의 내용도 비밀로 해야 할 성질이 아니었지만, 서로에게 호감을 지니고 있을 여동생 유원이 오랜만에 제주도에서 올라온 오빠에게 남승지의 소식을 묻지 않는 것이 이상했다. 승지 씨는 어떻게 지내고 있어요…… 정도의 한마디도 하지 않는 것은 신기한 일이다. 이방근은 그걸 의식하면서도 굳이 남승지에 대해서는 언급하지 않았다. 여동생의 마음이 변해서 무관심해진 것일까. 제주도에서 '해방 지구'에 들어가 강몽구와 남승지의 안내를 받으며 걸은 지 아직 반년도 지나지 않았다. 그때의 로맨틱한 분위기마저 풍기던 게릴라에 대한 동경 어린 관심이, 제주도를 떠나 있는 동안에 사라져 버린 것일까. 그렇지 않으면 의식적인 침묵으로써 생각을 감추고 있는 것인가. 아니면 오빠 쪽에서 이야기가 나오기만을 기다리는 것인가. 이 오빠가 여동생이 말을 걸어오지 않는 것을 다행으로 여기며, 그대로 남승지에 관한 것들을 모르는 체 그냥 지나쳐 버리면 어떻게 될까.

유원이 제주도에 돌아왔을 때는 남승지와 그녀를 넌지시 연결해 주려고 해 놓고서는, 지금처럼 변한 자신의 모습은 어찌 된 것인가. 지금 여동생이 일본에 간다고 결심한다면, 이방근은 그녀를 일본으로 보내기 위해 남승지에게서 떼어 놓을 것이다.

"우상배 씨……." 이방근은 머리에 휘감기는 남승지의 그림자를 떨쳐 내면서 말했다. "아까 올봄에 오사카에서 승지 동무와 우연히 만났다고 말씀하셨는데요. 저는 그때의 일을 그에게서 들었습니다. 뭔가 급한 일로 강몽구 씨와 함께 바로 고베로 가는 바람에 우상배 씨를 만나지 못하고 동해고무를 출발했다고 하던데, 매우 유감스러워했습니다. 일본을 떠나기 전에 어떻게든 주소를 찾아 다시 한 번 꼭 만나고 싶었던 모양인데, 그러지 못한 것이 한스럽다고 하더군요……. 상당히 신경을 쓰고 있었습니다."

"주소란 말이죠. 그건 동해고무가 나의 연락처나 다름없는 곳이기 때문에, 만나고 싶으면 동해고무로 오면 되는데. 아니지, 강몽구와 함께였으니까, 그 남자가 못 만나게 했을 겁니다. 어쨌든 됐습니다, 음, 게다가 나 자신이 매일 동해고무에 있었던 것도 아니니까요. 정말로 나는 오랜만에 만난 남승지 녀석까지 강몽구와 함께 나를 경멸하는 것은 아닐까 하는 생각을 했지요. 으흠, 다시 못 만난 것이 한스러웠단 말이죠……. 이 형의 그 말을 그대로 받아들이겠습니다. 나는 그 한마디를 들은 것만으로도 오늘 이방근 형과 만난 보람이 있습니다……."

우상배는 그 말투와는 달리 우울한 눈동자의 눈을 촉촉이 적시며 말했다.

"……형이라는 말은 삼가 주시지 않겠습니까, 핫하아, 이 동무가 좋지 않습니까."

"……" 우상배는 순간적으로 머뭇거리며 말했다.

"아, 이 동무, 이방근 동무란 말이죠. 오늘 처음 만나서 말이죠. 동무는 몇 살입니까? 지금."

"서른셋입니다."

"서른셋? 으음, 그렇다면, 세는 나이일 테니까, 서른하나, 둘이 되겠군. 아직 젊어, 젊어요. 일본에서는 미국, 서양식으로 세어서 모두가 한두 살 젊어져 있죠. 이 형은, 아니 이 동무인가, 동무는 나보다 일고여덟 살 아래군요. 나는 마흔이 다 돼 가지고 불혹은커녕, 어딘가 미혹의 연못에서 헤매는 몸……. 아니 이거 처음 만나는 이방근 동무에게 이런 농담 섞인 말을 해서는 실례인데, 앗, 핫핫하하."

우상배는 담배를 많이 피웠다. 새 재떨이로 다시 바꾸고, 사 둔 담배를 더 내왔다. 결코 취한 것도 아니고, 숙취가 남아 있는 것도 아닌데, 가볍게 취한 것처럼 처음 만나는 이방근을 대하며 완전히 경계심을 버린 인간처럼 이야기했다. 말을 시작하자, 도중에 멈추면 어딘가로 질주 중인 차에서 떨어뜨리거나, 내버려 두고 가기라도 하듯이 이야기를 계속했다. 게다가 낮고 쥐어짜는 듯한 쉰 목소리여서 그것이 왠지 외곬이라는 인상을 주었다. 남승지의 말에 의하면, 전후에 한동안 조련에서 조직활동을 했던 그는, 주위의 연배가 비슷한 활동가들과도 마음이 맞지 않았던 모양이었다. 모두가 처자가 있는 어른들로서, 상식인이었던 그들을 우상배는 '속물'로 부르고, 그들 쪽은 독신인 우상배를 이상한 사람으로 여겨 반은 어린애 취급을 하고 있었다. 때문에 그 자신도 동년배들과는 선을 긋고 열 살 넘게 나이가 어린 양준오나 남승지 같은 청년들과 친해져 함께 술을 마시러 다닌 모양이었다. 지금은 양준오와 남승지가 일본을 떠나 조국으로 찾아와, 제각기 길을 가고 있었다. 우상배 자신은 지금 조직을 떠나 술에 빠져서, 주위로부터 '타락분자'로 불리고 있을 것이다.

그의 일은 장사라고 하는 것은 표면적인 것이고, 뭔가 숨겨진 조직의 일이 있는 것은 아닌가 하고 처음에는 생각했지만 그렇지는 않은 것 같았다. 그렇게 생각하는 것은 나의 좋지 않은 버릇, 이것도 이 시대의 탓이라고 이방근은 생각을 고쳐먹었다. 우상배는 커피를 좋아하는지 두 잔째를 마시고 있었다. 수박과 참외가 각각의 접시에 담겨 있었지만, 우상배는 한 조각을 먹었을 뿐 더 이상 입에 대지 않았다. 담배를 너무 많이 핀 탓도 있겠지만, 이따금 탁한 기침을 하고 휴지에 가래를 뱉어 냈다. 손톱이 긴 손가락이 염색을 한 것처럼 노랗다.

"……우상배 씨는 언제까지 여기에, 그러니까 조선에 체류하실 예정입니까?"

이방근이 말했다.

"언제까지…… 체류하느냐." 우상배는 조금 미덥지 못한 대답을 했다. "현재로서는 아직 확실치는 않습니다만, 또 태풍의 계절이기도 하고, 이쪽은 7월에 상당히 큰 태풍이 왔었지요, 9월초까지는 떠나야 한다고 생각하고 있습니다. 그런데 그때까지 일이 어떻게 될지."

"꽤 길게 체류하시는군요."

"그런가요, 겨우 1개월인데, 긴 겁니까. 난 처자가 있는 몸도 아니고, 애인이 기다리는 것도 아니라서, 자유롭다면 자유롭고, 부평초라면 부평초겠지요. 이쪽이 살기 좋다면 좀 더 있어도 상관없어요, 정말로, 앗핫하하."

이방근은 제주도로부터 서울에 와서 이대로 계속 지내도 좋다고 생각하고 있는 자신과, 일본의 오사카에서 서울까지 찾아와 지금 부평초처럼 애매하게 대답하고 있는 우상배가 조금 닮은 처지라는 느낌이 들었다.

"이 동무, 제가 무엇 하러 조선까지 왔는지 알고 있습니까?" 우상배는 당돌하게 자신이 직접 그 일에 대해 이야기를 꺼냈다. "아니, 알고 있을 리가 없지요. 잠깐만, 그렇지도 않겠군. 이건수 씨와도 어젯밤에 만났고, 특별히 비밀이라고 할 만한 것도 아니니 말입니다. ……여기 댁까지 찾아온 것은 남승지의 소식을 듣고 싶었기 때문이지만, 조선까지 찾아온 것은, 좀 전에 일이라고는 했습니다만, 흔해 빠진 돈벌이에 관련되는 일이라서 말이죠. 한마디로 말하자면, 물물교환인 바터 '무역'이지요. 아니, 기본이 그렇기는 하지만, 필요한 것은 바터와 관계없이 이쪽이 사들이는 겁니다. 물론, 이 동무도 대략 알고 있는 일입니다만, 이쪽의 밀무역을 하는 사람들과, 항만의 경찰 그리고 세관도 모두 한통속이 돼 있어요. 오사카에서 장화 같은 고무 제품을, 이건 동해고무의 제품입니다만, 동해고무는 오래 전부터 내 후원자 같은 존재거든요. 친구이기도 한 그곳의 고 사장을 돕는다는 측면도 있고, 동해고무의 제품 외에, 그곳의 알선으로 자물쇠 같은 건축 쇠 장식을 싣고 왔는데, 서울에 오기 전에 부산에서 짐을 내렸어요. 그런데 잘 팔리지 않을 거라고 생각해서 조금만 싣고 온 장화 같은 것이 금방 동이 나 버렸습니다. 어쩌면 얄궂게도 태풍으로 인한 풍수해 때문인 것 같습니다. 자물쇠 종류는 부산이나 서울 등지의 도시에 도둑이 많을 거라고 생각한 탓도 있습니다만, 이쪽은 예상이 빗나가서 좀처럼 팔지 못하고 있어요. 장화나 운동화의 절반 가까이는 강몽구가 다른 배로 옮겨 싣고 제주도로 갔습니다만, 그건 모두 게릴라 활동을 하고 있는 조직의 자금이 될 터인데, 으-음, 재일동포에게 자금 지원 요청이 너무 많아요. 조금이나마 사업을 하는 사람들은 자금 모금의 집중 공격으로, 끝내는 망해 버릴지도 모를 정도니까요. 조련을 비롯한 그 산하에 여러 개 단체가 있을 뿐만 아니라, 일본공산당이라는 것이 있거든요. 이 조직은 전후의 당 재건 시절부터 많은 것을 재일조선인의 힘에 의존해 왔습니다만, 바로 그 일본공산당이 또 있습니다. 본국으로부터는 남로당 중앙 간부들이 출입하고 있는 실정인데, 여성동맹의 간부들까지 데리고 들어와 있습니다. 4·3사건이 발발하여 그 투쟁자금과 물자가 필요하고……. 혁명이라는 게 최소한의 돈이 없으면 불가능한 거지요. 재일조선인 사업가들은 상공인이면서도 애국자인 셈이죠. 그 애국자라는 점이 또 무섭기도 합니다만……, 음, 그건 그렇고, 생고무를 부산에 모으는 것이 당면한 일입니다. 전쟁 중에 일본군이 동남아시아 일대에서 탈취해 온 생고무가 통제물자라고 해서 일본군이나 재벌이 은닉하고 있던 것을, 패전으로 미군이 접수한 뒤, 이것을 미군정하에서 적산관리처의 관리 아래 두었죠. 그 물자의 불하를 둘러싸고, 이쪽에서 말하는 모리배, 미군정청의 관리와 결탁한 악질 브로커가 암약하고 있는데, 그들을 매개로 거래가 이루어지고 있습니다. 이쪽에서도 생고무는 부족한 것 같지만, 일본보다는 나은 편입니다. 일본에서는 업자 간에 고무 제품의 원료가 되는 생고무를 확보하기 위한 전쟁을 치르고 있어요. 상공성(商工省)이 고무 통제조합을 통해서 주는 정규의 배급량만으로는 보름도 버티질 못해요. 원료 고무의 가격은 암거래 시세로 올라가기만 하니, 이래서는 일을 할 수가 없지요. 여기에서 산 생고무는 동해고무에서도 사용하고, 그걸 독점하지 않고 다른 일정한 업자들에게도 나눠 주게 되는데, 이것이 나의 일, 장사라고 할 수 있습니다. 아핫하핫, 현재로서는 이야기가 언제 정리될지 아직 분명하지 않아요. 어쨌든 여러 가지로 손을 쓰고는 있지만. 어험." 우상배는 헛기침을 한 번 하고는 이야기를 멈췄다. 그리고는 담배에 불을 붙여 한 모금 빨더니 입에서 작은 한숨이 섞인 연기를 뿜어냈다. "그런데, 좀 전에 내가 김종춘이라고 했지요. 그는 당중앙의 높은 지위에 있는 사람인데, 내 여동생의 남편, 즉 매제입니다."

"······김종춘이 매제라구요?"

이방근은 놀라서 되물었다. 김종춘은 해방 후 서울에서 좌익계 출판을 하던 등대사에 자금을 대며 간접적으로 관계하던 무렵, 한두 번 만난 적 있는 제주도 출신의 당중앙 간부였다.

"그래요, 매제입니다. 나이는 나보다 조금 많지만, 내가 처남이 되는 셈이지요. 그는 8·15해방을 청주, 충청북도 청주형무소에서 맞이한 몇 안 되는 비전향자의 한 사람입니다." 우상배는 묻지도 않았는데 전향 운운하는 말을 했다. "그는 우수합니다. 나 같은 사람과는 달라서 상당히, 그렇지, 이 동무, 귀형처럼 미남자에다가 머리도 좋은 사람인데, 그게 좀 말이죠, 앗핫하하, 그 때문에 여동생이 얼마나 고생을 했던지······. 여동생은 나와는 닮지 않아서 상당히 미인이거든요. 음, 이 동무, 나는 왜 이런 얘길 동무에게 득의양양하게 하고 있는지 모르겠군요, 정말로······."

"아니, 뭐 특별히 득의양양하게 하고 있는 건 아니라고 생각합니다. 음, 제겐 그렇게 느껴지지 않습니다."

"오오, 이방근 동무는 그렇게 말씀해 주시는군요. 득의양양하게 보일지도 모르겠지만, 나 자신은 결코 득의양양하지 않은 게 사실입니다. 역시 귀형은 본질을 보고 있어요. 그런 것 같습니다."

우상배는 탁자 위에 주먹 쥔 오른손을 올려놓고 있었다. 당장이라도 그 주먹으로 컵 바닥 대신에 탕 하고 탁자를 내리칠 자세였다. 그리고는 과일 접시의 한 점에 시선을 멈췄는데, 이윽고 얼굴을 오른쪽 창문 밖으로 돌리고, 마치 일본 오사카의 하늘을 바라보듯이 그 시선을 아득히 먼 곳으로 던졌다. 순간 쥐처럼 주의 깊은 눈동자의 빛은, 새가 하늘로 날아오르듯 사라지고, 의심이 없는 어린애처럼 바뀌었다.

그 주의 깊게 반짝이는 눈동자와 경계심을 지니지 않은 듯한 솔직한 태도, 그 상반된 모습은 어디서 나오는 것일까.

이방근은 숙부인 이건수가 장사하러 온 것 같지만 전혀 장사꾼 타입은 아니라고 말한 그 우상배에게서 조선까지 찾아온 그 일에 관해 일방적으로 듣고만 있었지만, 이상하게도 말이 많다는 느낌을 주지는 않았다. 그는 이야기를 시작하면 의심할 줄을 모른 채 계속하는 어린 아이를 닮아 있었다. 당연한 것이지만, 말해서는 안 되는 내용쯤은 충분히 분간을 하고 있을 터인데, 그럼에도 불구하고 무엇 때문에 이런 묻지도 않은 이야기를 장황하게 늘어놓는 것일까. 많은 것을 이야기하면서, 그렇지만 다른 한 가지의 일을, 이 일방적인 이야기 이외의 것을, 어딘가 그의 내면에 있을 법한 과일의 속살같이 부드러운 곳에서 이야기하고 있다는 것을 이방근은 느끼고 있었다. 과거의 전향에 얽힌 현재의 '스스로 타락'한 자신의 일 등, 그것은 말로 나타나는 것이 아니라, 기분으로 나타날 것이다. 그 눈처럼 우울한 기분. 우상배는 고독했다.

"그렇다 하더라도, 상배 씨가 김종춘 씨의 처남이라는 것에는 놀랐습니다⋯⋯."

이방근은 오른쪽에 열려 있는 미닫이 바깥에 인기척을 느낀 지 얼마 지나지 않아, 여동생이 나타나 가볍게 인사를 했다. 그리고는 방에 조금 발을 들여놓더니, 바로 옆에 있는 오빠의 귀에 대고 작은 소리로, 피아노를 쳐도 되냐고 물었다. 이방근은 고개를 끄덕이며 괜찮을 거라고 말했다. 그리고 우상배에게도 그 취지를 말하고 양해를 구하자, 상대는 그런 줄은 몰랐다며 크게 놀라, 자신 쪽에서 꼭 부탁하고 싶을 정도니까, 어서 치라고⋯⋯ 하면서, 마흔의 남자가 어린 여자 앞에서 황송해하며 허리를 굽히기까지 했다. 이윽고 피아노가 울리기 시작했는데, 그것이 유원을 음악 학생이라고 알게 만든 것 이상으로 그를 매우 감동시켰다. 피아노 소리는 그다지 크게 울리지는 않았지만, 그는 들려오는 피아노의 선율에 매료된 듯 눈을 반짝였다. 그리고 한동안, 마치 문학청년처럼 팔짱을 끼고, 음, 음…… 하며 고개를 끄덕여 보였다. 그것은 결코 의식적인 제스처는 아니었다 할지라도, 약간 과장된 듯한 태도가, 이방근에게는 내심 낯간지럽고 우스꽝스럽기까지 했다. 그러나 우상배에게는 잘난 체하려는 모습은 전혀 찾아볼 수 없었다. 이방근은 그런 태도에서 불행한 남자의 모습을 엿본 느낌이 들었다.

시각은 세 시 반을 지나고 있었다. 어제 8·15의 이맘 때, 이방근은 낮술에 취해 잠을 자고 있었다. 광화문 네거리에서 문둥이가 죽은 것이 그 시간이었고, 그때부터 만 하루가 지나 있었다. 아까부터 열심히 울어 대던 유지매미의 울음소리가 피아노의 가벼운 멜로디의 흐름에 밀려 사라지고, 피아노의 은색으로 튕기는 소리가 땀이 배는 여름 오후의 고즈넉함을 부각시켰다. ……김종춘. 내일은 박갑삼에게 연락을 취해 만나야만 한다. 오늘쯤, 지금이라도 유원의 담임교수인 하 교수, 그리고 나영호로부터 전화가 걸려 올지 모른다. 나영호는 제쳐 두더라도, 하 교수와는 상대의 연락 내용에 따라 당장이라도, 오늘 밤이나 아니면 내일이라도 만나는 편이 좋을 것이다.

이방근은 등 뒤의 벽 쪽에서 피아노를 치고 있는 유원을 떠올리면서, 가슴 안쪽에서 삐걱거리고, 명치 주위가 아파오는 것을 느꼈다. 그의 머릿속 공간에서는 동해고무가 전세를 냈다고 하는, 부산에 정박 중인 십 수 톤급의 어선과 여동생의 모습이 중첩되고 있었다. 만일 하 교수의 강한 설득과 오빠의 측면 지원이 (아니, 측면 지원이 아니다. 일단 유사시에는 절대적인 명령이 될 것이다) 효과를 발휘해서 유원의 일본행이 결정된다면, 그 어선에 타도 좋을 것이다. 몇십 명의 남녀와 아이들을 밀폐된 선박에 빼곡하게 싣는 몇 톤짜리 밀항선보다는 안전하고 또 믿을 수 있을 것이다. 이것은 결코 공상이 아니다. 만일 간다고 한다면, 제주도에는 돌아가지 못하고 아버지도 만나지 못한 채 출발하게 될 것이다. 아버지가 상경하지 못하는 한 그럴 수밖에 없다. 딸을 밀항시키기 위한 아버지의 승낙 같은 것은 둘째 문제다. 서두르기만 한다면, 시간적인 여유는 아직 충분히 있었다. 경우에 따라서는 내가 함께 여동생을 데리고 갈 수도 있다. 그리고 나서 나는 돌아온다. 다시 밀항선으로 돌아오게 될 것이다. 이 땅으로 유원을 대신해서 돌아온다⋯⋯. 이방근은 피아노의 울림 소리를 벽 하나를 사이에 둔 채 등으로 들으면서, 자신이 뭔가 무모한 기도를 하고 있다는 생각에 빠졌다.

"상배 씨, 이번에 모처럼 오셨는데, 여동생이나 그 김종춘 씨와는 만나셨습니까?"

이건 아무 생각 없는 질문이라고 해도 좋았다. 지하당의 간부를 만났다고 한다면, 그건 함부로 입에 담을 수는 없을 것이다. 그러나 우상배는 잠시 숨을 고르더니, 아, 만났습니다, 하고 원래 낮은 목소리를 더욱 낮춰서 거드름 피우지 않고 대답했다.

"그렇습니까, 그거 잘됐군요."

"여동생의 집도 현저동입니다만, 물론 그곳에 종춘은 없습니다. 그렇지만 어떤 곳에서 만날 수 있었습니다. 과연 조선의 현실은 만만치 않아요. 일본에서도 지난 4월에 한신(阪神) 조선인교육 사건 등이 있어서, 조선인 학교의 폐쇄나 조선인 단체의 해산과 같은 야만적인 탄압이, 그야말로 일본 경찰의 무장탄압이 지금도 전국적으로 이루어지고 있고, 재일조선인은 해방 후 3년이 채 못 돼서 큰 곤경에 처하고 말았지만요. ⋯⋯음, 안 그런가요. 이쪽에서도 신문에 크게 보도되어 국민 여론이 격노하고 있는 것을 2, 3일 전에도 들었습니다. 나는 이래 봬도 오사카부청 앞까지 조선인 학교 폐쇄 반대 데모 행진에 참가한 사람입니다. 우리는 소방차의 살수를 맞고 날아가면서 눈앞에서 한 소년의, 열네 살 소년이 경찰에 사살되는 것을 이 두 눈으로 목격했어요."

"아아, 그 소년의 죽음을 목격하셨습니까?"

이방근은 자신도 모르게 말참견을 했다.

"그래요. 나는 흠뻑 젖은 채 경찰봉의 난타를 피해 도망 다니다가 근처에서 들린 총성에 놀라 뒤돌아보니, 소년이 물에 젖은 채로 아스팔트 노상에 쓰러져 있더군요. 놈들은 무방비의 조선인 데모대에 실탄을 쏜 겁니다. 으음, 옛날이나 지금이나 일본인은 조선인에 대해 몹쓸 짓을 하지요. 그렇지만 일본 전체가 아직 그렇게 엉망인 것만은 아닙니다. 그쪽은 미국이 제정한 민주주의 헌법이라는 게 있어요. 그러나 이쪽은 어떤가요. 같은 미군의 점령 아래 있으면서도 전혀 달라, 다릅니다……. 음."

우상배는 혼자 고개를 끄덕이며 쑥스럽다는 듯이 웃음을 지었다.

"저어, 우상배 씨는 혹시 박갑삼을 알고 계십니까?"

이방근은 넌지시 말했지만, 물어서는 안 될 것을 묻고 있는 자신을 의식하고 있었다.

"누구요? 박갑삼……. 갑삼이란 말이죠, 뭘 하는 사람인가요. 재일 조선인입니까……?"

"아니요, 이쪽 사람입니다만. 그러니까 남로당 중앙에 관계하고 있는 사람입니다. 김종춘 씨를 만나셨다고 하니까, 자세한 것은 모르겠지만, 혹시나 해서."

"당중앙? 당중앙에서 무엇을 하고 있을까. 잠시만요, 박갑삼…….

활동가들은 경우에 따라서는 이름을 여러 개 가지고 있어서 말이죠."

"그런 것 같습니다, 그렇지. 또 다른 이름은 황동성, 동녘 동에 이룰 성으로, 표면적으로는 여러 가지 사업을 하고 있는 것 같습니다만, 최근에는 국제통신사에 관계하고 있는 것 같았습니다. 우상배 씨와 거의 차이가 없는 연배입니다. 같을지도 모릅니다."

"황동성, 국제통신사……. 아, 어쩌면, 김동삼, 아니 황동성, 알고 있습니다. 이쪽에 와서 아직 만나지는 못했습니다만, 아니 어떻게 황동성을……."

이방근은 말문이 막혔다. 이상한 질문을 했다가는, 혹시 우상배가 박갑삼을 만나는 경우 아마 이방근이 이름이 나올지도 모른다.

"아니, 이전에 제가 서울에 한동안 있을 때, 두세 번 만난 적이 있어서……, 방금 전에 김종춘 씨에 대한 이야기가 나온 김에, 잠시 물어봤을 뿐입니다." 이방근은 다시 불필요한 변명을 덧붙였다. "이렇다 할 특별한 일이 있는 건 아닙니다."

"그는 나와 오사카에서 다니던 중학교의 동창이라서 말이죠. 나는 일본에 오래 있었어요. 형무소에서만 7년을 있었으니까요. ……황동성은, 그는 유능한 남자였어요. 대학을 나온 뒤, 나중에 오사카의 신문사에 들어갔다가, 서울, 당시의 경성 특파원으로 크게 활약했던 남자죠. 다만, 으흠, 그건 우리와는 다르게 일본 제국의 국책수행 '성전' 완수의 앞잡이였다는 의미가 되지만. 말하자면 '친일파', 대일 협력자인 셈이지요. 나는 해방된 이듬해, 1946년 1월 서울에 한 번 왔을 때, 마침 미소공동위원회가 시작될 무렵에 그와 만났는데, 그는 당시 좌익계 신문의 기자를 하고 있었고, 여기서도 크게 활약을 하고 있더 군요. 누구나가 다 그랬기 때문에, 특별히 그만이 변신이 빠르다고는 할 순 없어요. 그보다도 그는 전후에 진지한 자기비판을 하고, 그 후

조선공산당에 입당해서, 헌신적으로 일했지요. 김종춘이 인정하더라구요. 두 번 다시 과거의 잘못을 반복하지 않겠다는 그의 결심은 당시의 나도 알 수 있었어요. 황동성은 그때부터 일찍이 대신문의 경성특파원을 하고 있던 터라 각 방면에 연줄이 있었고, 그것이 은연한 힘이 되고 있었던 거죠. 무엇보다 그는 해방 전 악질 친일파의 죄상을 속속들이 알고 있었으니까."

"그렇습니까……."

이방근은 전신에 희미한 전율까지 느끼면서 말투를 억제하며 말했다. 그리곤 그 이상 박갑삼의 이야기에 관여하는 것을 그만두었다. 서울에 있을 때 두세 번 만난 적이 있다는 것은 거짓이었고, 그가 해방 후 신문기자를 하고 있었다는 것도 이방근은 몰랐다. 다만 간단하지만 그의 내력을 알게 됨으로써, 박갑삼의 베일이 한 꺼풀 벗겨진 느낌이 들었지만, 그렇다고 해방 전에 일본 제국주의의 침략전쟁, '성전' 완수를 고취하는 대신문의, 그것도 경성 특파원이었다는 것은 의외였다. 조선인이 웬만큼 우수하고 또 '황국신민'으로서 일본 제국에 충성하지 않는 한 가능한 일이 아니었기 때문이다. 어쨌든 우연히 만난 우상배가 김종춘의 처남이라는 것도 놀라웠지만, 그보다 그가 박갑삼을 알고 있다는 것이 한층 놀라웠다. 게다가 박갑삼의 배후에서 그의 비밀을 캔 것 같은 결과가 되었던 것이다. 당·중앙, 당중앙, 당중앙…… 하고, 그 장중함을 말끝마다 강조하고 있던 남자. 그리곤 '동지'를 끊임없이 반복하던 남자. 당중앙의 이방근 동지에 대한 신뢰……. 이 동지, 이방근 동지. 중앙, 중앙, 당중앙, 주술적인 권위의 분위기를 감돌게 하고, 무거운 위압감을 강요하는 듯한 최초의 만남. 지하와 합법의 양쪽에서 활동하는 정력적인 남자……. 그 위엄을 감돌게 하는 권위주의적인 체취와 같은 것은, 일제강점기의 또 다른 일면, 그 과거에 대한 부정의 반동으로 몸에 익힌 것일까. 그러나 우상배에 의하면, 심각한 자기비판을 한 후 입당, 헌신적으로 일하고 있다고 했다. 과거에 일제협력자였다 하더라도 그것은 상관없는 일. 그일에 대해 철저한 자기부정을 한 후에 사회참여를 했다면, 아무것도하지 않고 있는 나 같은 것보다는 훨씬 나은 것이고, 크게 기뻐할 일이었다.

"이방근 동무." 우상배는 뭔가 생각이 난 듯 말했다. "동무는 언제쯤제주도에 돌아갑니까?"

"……글쎄요, 아직 정하지는 않았지만, 이쪽에서 할 일도 조금 남아있고, 핫, 하아, 뭐랄까, 우상배 씨와 마찬가지로 이번 달 말이나, 9월초가 되지 않을까요. 저도 우상배 씨와 마찬가지로, 제주도에 돌아가본들 처자가 있는 것도 아니고……. 옛날에, 학생 시절에 결혼을 했습니다만, 얼마 안 있어 헤어졌습니다. 그리고 애인이 있는 것도 아닙니다. 음, 조선에 있으면서 일본에서 오신 우상배 씨의 처지와 비교하는것은 좋지 않겠지요, 게다가 연장자 앞에서 이런 말은 좋지 않습니다."

"호오, 월말이란 말이죠. 그렇다면 시간이 맞지 않겠군요." 우상배는 조금 기대에 어긋난 듯한 말투를 하고 난 뒤 곧바로 말을 바꿨다. "아닙니다, 나와 비교해서 뭐가 나쁘단 말입니까. 조선에서는 연장자앞에서 자신이 나이가 들었다는 말을 하면 안 되지만, 그런 건 상관없어요. 그러나 이 동무의 자유로운 처지가 난 부러워요. 서울에는 멋진여동생이 있고……."

"방금 시간이 맞지 않는다고 하셨는데, 뭔가 제주도에 급하게 전할말이라도 있으십니까?"

"방랑자인 나에게 무슨 전할 말이 있겠습니까. 남승지나 양준오에게도 이제 와서 새삼스럽게 말을 전하고 싶지는 않아요. 서울에서 만났다는 말도 전해지길 바라지 않을 정도니까요. 잊혀진 존재로 만족합니다. 그런 게 아니라 지금 이방근 동무와 이야기하면서 문득 생각이 났습니다만, 4, 5일 중에라도 이방근 동무가 제주도에 돌아간다면, 흐음, 나도 함께 갈 수는 없을까 하고 생각했을 뿐입니다. 말하자면 공상, 일종의 바램이지요. 이방근 동무는 상당히 자유롭게 제주도를 출입하고 있는 것 같아서, 아니, 이건 역시 비현실적인 공상이지요. 갈 거라면 강몽구처럼 은밀히 가야겠지요……. 아니 아니지, 너무 어린애 같은 말이지만, 그만 제주도에 가 보고 싶어져서 말이죠. 단 일주일만이라도. 일본행은 연기하면 그만이고. 고향 사람들이 게릴라 투쟁을 하고 있다는데, 쾌씸한 생각이고 나는 벌써 20여 년이나 되었지만, 이 눈에 떠오르는 것은 내가 십 대였을 때의 고향 모습 밖에 없어요. 아름다운 바다와 산, 아아, 한라산인가, 한라산. 이건 센티멘털리즘이다. 뭔가 고향과는 멀리 떨어져 있으면서 생각나는 것……인데. 재작년 1월, 서울에 왔을 때도 고향에는 들르지 못했습니다. 그때 아직 제주도로 가기 전에, 일본에서 서울에 온지 얼마 안 되는 남승지 군과 종로 네거리에서 딱 마주쳤거든요. 우리 부모는 이미 이 세상에 없지만, 이 동무와는 달리, 앞으로 언제 만나게 될지 모를 양준오와 남승지 두 젊은이를 만나고 싶군요. 음, 그리고 이건 전혀 별개의, 동해고무의 일과는 관계없이 하는 말이지만, 제주도의 투쟁에 이 몸을 바친다고 해도, 어떻게 될까, 도움도 되지 않는, 쓸모가 없겠지요……. 의욕은 있거든요. 강몽구가 바다 위에서 웃으며 말하더군요. 우 동무가 제주도에 가 본들 무슨 할 일이 있겠나. 제주도의 투쟁 현장에서 도움이 되지 않을 거야. 그야말로 정답이죠, 앗핫핫핫, 나는 다시 한 번 확실히 버림을 받은 셈입니다. 그는 그렇게 말했습니다."

우상배는 이방근을 똑바로 쳐다보며, 강몽구의 말에 동의를 구하기라도 하는 것처럼, 고개를 크게 끄덕였다.

"……"

"이 동무, 지금 한 말은 문득 떠오른 생각에 불과한 것이니 신경 쓰지 않아도 됩니다."

"핫, 하아, 그렇군요. 신경을 쓰지 않는다기보다도, 이것은 신경을 써도 별 수 없는 일입니다." 이방근은 웃음으로 대답하면서, 피아노를 치고 있는 유원을 의식하고 있었다. "그런데 우상배 씨의 경우는 적어도 8월 한 달간은 여기에 계시는 겁니까? 서울을 출발하는 건 언제쯤이 될 것 같습니까?"

"부산을 몇 번인가 왕복해야 되기 때문에, 역시 8월말이 되겠지요, 무슨 일이 있습니까?"

"실은 어쩌면 일본으로 돌아가실 때 부탁드릴 일이 있을지도 모릅니다. 오늘은 초면인데다 아직 현재로서는 확실치는 않습니다만."

"뭔가 저쪽에 있는 친척이나 지인에게 전할 말이라도 있습니까?"

"아니, 그런 건 아닙니다만, 저어, 짐을 말이죠, 한 개, 아니면 두 개가 될지도 모릅니다만, 그다지 큰 것도 아니고, 무거운 것도 아닙니다. 짐으로서는 말이죠."

일본에의 밀항이 아니라면, 웃으며 살아 있는 짐이라고 하면 되겠지만, 농담은 그만두었다. 이방근은 그 짐에 대해서는 앞으로 일주일만 있으면 아마도 확실해질 것 같으니, 그때 잘 좀 상담에 응해 달라고 부탁했다.

"짐이란 말이죠. 무슨 짐인지는 모르지만, 알겠습니다. 짐 한두 개는 큰 문제없습니다. 마침 일본에 가는 배이고."

우상배는 이야기가 확실해지거든 머물고 있는 의원으로 전화를 하면 되고, 서울에 없을 때는 아마 부산을 있을 테지만 연락처를 의원에 남겨 두고 가겠다며 흔쾌히 응했다. 만일 실제로 일본에 가는 것이 확실해져서, 그 짐이 유원과 그 오빠라는 것을 알면 우상배는 크게 놀랄 것이었다.

여름날의 하루라서 저녁은 아직 멀었지만, 시각은 네 시를 넘어 해는 중천에서 크게 기울어 있었다. 순간 창문으로 바람이, 풀의 훈김 같은 정원수의 냄새를 담아 불어 들었다. 바람은 방을 시원하게 만들면서 열린 미닫이를 통해 복도 쪽으로 빠져나갔다. 멀리서 울리는 날카로운 기적이 산으로 둘러싸인 서울의 메마른 공기에 메아리치듯 부서져, 이 방 안의 탁자 위에까지 떨어져 내렸다. 부산……. 부산항. 만일 유원이 일본에 가게 된다면……. 이방근은 아까부터 몇 번이나, 나는 왜 이런 일을 반복해서 생각하는지를 자문하고 있었다. 어제까지만 해도 그런 내심의 움직임을 의식했을 때 스스로도 깜짝 놀랐지만, 지금은 그것이 어떠한 마음의 움직임인지 우상배와 이야기하는 동안에 갑자기 머릿속에 떠오른 이 꿍꿍이 같은 생각을, 자신은 기정 사실처럼 받아들이기 시작했다. 가령 여동생이 혼자서 고국을 떠나게 된다면 어떻게 될까. 처음 가는 길이다. 아니, 역시 함께 가는 것은 제반 상황으로 볼 때 어렵다. 으흠, 부산항 부두의 어딘가에서 단장의 심정으로 이 오빠는 너를 보내게 될 것이다. 아니 아니야, 아직 결정된 건 아냐.

설사 시간이 아직 조금 이르다고는 해도, 이 손님에게 술 한 잔이라도 권하지 않고 보낸다면 실례가 될 것이다. 게다가 술병까지 들고 오지 않았던가. 왠지 우상배와 가볍게 맥주라도 한 잔 마시고 싶어졌다. 많이 마시지 않으면 된다. 이방근은 이 연령이 꽤 위이면서 조선인이라면 빠트릴 수 없는 연장자의 위엄을 느끼게 하지 않는, 게다가 7, 8년간 감옥생활을 한 남자라고는 생각되지 않는 그야말로 박갑삼과는 정반대로 위엄 따위와는 거리가 먼 우상배에게 어떤 정감을 느꼈다.

피아노 소리기 한동안 멈췄기 때문에 이방근은 자리에서 일어나 옆에 있는 여동생의 방으로 갔다. 유원은 피아노 앞에 앉은 채 허리를 구부리고 오선지에 자신의 음표를 써넣고 있었다. 작곡을 하고 있는지도 모른다. 그녀는 얼굴을 이쪽으로 돌렸다.

"있잖아, 유원아……." 이방근은 자신이 생각해도 부드럽게 부르는 목소리에 놀라며 말을 계속했다. "음, 지금 바쁜가?"

"아뇨, 곧 끝나요."

유원은 굵은 심의 연필을 손가락에 낀 채 대답했다.

"그럼, 그 일이 끝나고 나서도 괜찮은데, 숙모님이 어차피 시장에 가실 테니까, 뭔가 횟감이 될 만한 것, 그렇지, 전복이라도 괜찮고, 그건 내장을 빼지 말고, 어쨌든 술안주가 될 만한 걸 만들어 줘. 그전에 집에 있는 것으로 간단하게라도 좋으니까 네가 준비를 해서 가져다주지 않을래. 차가운 맥주와 함께."

방으로 돌아와 원래의 자리에 앉은 이방근이 손님을 향해, 밖은 아직 밝지만 슬슬 저녁이 다 돼 갑니다, 어떻습니까, 맥주라도 가볍게 마시지 않겠습니까, 라는 말을 하자, 우상배는 무릎을 탁 치며 나이에 걸맞지 않게 춤출 듯이 기뻐했다.

"아이고 이거, 그건 정말로 좋은 생각이군요. ……그런데." 우상배는 갑자기 표정을 바꾸며 진지한 얼굴로 질문하듯이 말했다. "여동생은 지금 피아노를 쉬고 있는 것 같은데, 나중에 말이죠, 아아, 처음 찾아뵌 주제에 이런 말씀을 드리는 건 지극히 뻔뻔스럽다는 생각을 하곤 있습니다만, 그 보헤미안을 위해서 한 곡 부탁드릴 수 있을까요. 즉 여동생에게 곡을 신청하고 싶습니다."

이방근은 그건 어려운 일이 아니라고 대답했다. 우상배는 쇼팽의 전주곡집 중에서 '빗방울'을 듣고 싶다고 했다. 그 우울한, 애수에 찬 격정……을, 이라고 우상배는 말했다. 그리고는 조심스럽게, 그야말로 쥐처럼 주의 깊고 겁 많은 눈빛이 되는가 싶더니, 갑자기 앗, 핫핫 핫 하고 소리 내어 웃으며 말했다.

"이건 어떨까요, 이방근 동무는 일본 유행가 중에 '청춘일기'라는 노래를 알고 있습니까. 첫─사랑의, 눈─물에……라는 그거 말입니다. 나는 노래를 하진 않지만 말이죠. 아아, 그 곡을 피아노 연주로 들어 보고 싶군요. 여동생은 그 곡을 알고 있을지 모르겠습니다. 아니, 미안, 미안, 조선까지, 내 조국에까지 와서 일본 유행가를 듣고 싶다니, 이거야말로 '친일분자'가 아니고 뭡니까. 그걸 타인에게까지 뒤집어씌우려 하고 있어요. 게다가 그런 곡을 친다는 건 피아노를 모독하는 것이지요. 도대체 무슨 말을 하는 건지……."

"상배 씨, 그 말씀은 조금 과장된 것 같습니다. 그렇게 심각하게 생각하실 건 없습니다. 저 애도 그 노래를 알고 있습니다. 좋은 노래지요. 일제 때 조선어로 가사가 번역되어 이쪽에서도 애창되었던 노래입니다……."

이방근은 우상배의 진지한 표정에 감동을 받았다. 그가 '청춘일기'라는 노래를 좋아한다는 것은 남승지 등으로부터 들어서 알고 있었다. 술의 취기가 깊어질수록 그 술잔의 바닥에 슬픔……이 시작되고, 이윽고 쥐어짜는 듯한 작고 쉰 목소리로 "첫─사랑의, 눈─물에 시드는, 꽃─잎을……"을 노래한다는 것이었다. 첫사랑의 눈물에 시드는 꽃잎을 물에 흘려보내고 울며 지낸다, 애처로운 19세 봄날의 꿈…….

밤 여덟 시경에 우상배는 자리에서 일어났다. 꽤 취해 있었지만, 술을 못 이겨 흐트러지지는 않았다. 취중에 갑자기 잔 바닥으로 탕 하고 탁자를 내리쳐 사람을 놀라게 하는 이변은 일어나지 않았다. 우상배 자신도, 어려운 일이기는 했겠지만 주량을 조절하고 있다는 것을 알 수 있었다. 그는 술을 마시기 전과는 전혀 다르게 무뚝뚝한 표정으로 무거운 침묵 속에서, 옆방으로부터 들려오는 '신청'곡에 귀를 기울였 지만, 그 표정을 살짝 건드리면 당장이라도 눈물이 흘러내릴 것만 같 았다. 유원은 '청춘일기'를 치기 전에 살며시 창문을 닫았다. 역시 조 금은 저항감이 있었던 모양이다. 그래도 두세 번 손가락을 푼 것만으 로 감정을 파고드는 선율이 되었다.

이방근은 손님을 전송하기 위해 밖으로 나왔다. 큰 몸집의 이방근 과 작은 몸집인 우상배의 그림자가 어둡고 완만한 언덕길을 나란히 걸어갔다.

큰길에서 이방근은 택시를 잡은 우상배와 가까운 시일 안에 다시 만나기로 하고 헤어졌다. 종로 쪽으로 사라진 택시의 뒷모습으로부터 시선을 밤하늘로 던지자, 밝은 달이 걸려 있었다.

2

우상배의 출현은 이방근에게 새로운 국면을 초래하였는데, 그것이 그의 결의를 더욱 재촉하는 계기가 되었다. 유원의 담임교수와 만난 뒤에, 여동생의 앞날을 다시 생각해 보려는 시점에, 생각지도 못한 우상배의 내방이 그것에 박차를 가하는 결과가 되었다. 숙부인 이건 수의 의견은 하 선생과 상담을 하기 전에 이쪽의 기본적인 태도를, 즉 정치 활동에 일절 관여하지 않겠다는 것을 확실히 해 두어야 한다는 것이었지만, 만일 유원의 일본행이 실현된다면 그런 문제도 없어질 것이다.

지금은 무엇보다도 시간이 급했다. 보름 남짓 남은 시간에 일본행을 준비할 수 있다면 우상배가 타고 온 동해고무가 세낸 선박은 정말 안성맞춤인 배편이었다. 물론 도중의 항해는 반드시 안전하다고는 할 수 없었다. 우상배의 말에 의하면, 과연 오사카에서 올 때와는 반대의 코스인, 관문해협에서 세토내해(瀬戸內海)로 들어갈 수 있을지 없을지는 의문이라고 했다. 일본의 외해로 나오는 것보다도, 내해는 물론, 일본의 연안에 접근하는 것이 어렵다. 선장과 기관장의 판단에 맡길 수밖에 없지만, 관문해협을 피해서 멀리 동지나해를 남하하다가, 규슈 서쪽에서 그 남단을 돈 뒤, 계속 시코쿠(四國) 앞바다를 우회하면서 일단 와카야마(和歌山) 연안으로 다가가든가, 아니면 기이수도(紀伊水道)에서 오사카만으로 들어가는 것도 생각해 볼 수 있었다. 만일 날씨 사정으로 태평양이 거칠어지는 경우에는, 붕고수도(豊後水道)로 북상해서 내해로 들어가지 않으면 안 된다. 혹시 재일조선인 서너 명이 동승할지도 모르지만, 배의 사정에 따라 그들을 북규슈 연안에 내려 주는 경우가 생길지도 모른다고 했다. 가까운 역에서 상행선 기차를 탈 수만 있다면, 그편이 서로 간에 안전할 것이다. 밀항에 위험은 따르기 마련이어서, 때로는, 아니, 늘 난파를 각오해야만 한다. 그러나 불과 몇 톤급의 어선 선창의 어둠 속에 몇 십 명이나 갇힌 상태로 항해하는 것보다야 훨씬 나을 것이다.

이방근은 한숨이 나왔다. 우상배가 찾아온 뒤로 어젯밤부터 계속 생각하고 있었지만, 생각이 앞으로 나아갈수록 역시 일은 그렇게 간단하지 않음을 느끼기 시작했다. 도대체 뭐가 일본, 일본이란 말인가. 일본……. 그 일본에 가면 여동생을 어디에 맡길 것인가. 오사카에는 유촌 형이 살고 있지만, 도쿄에는 가까운 친척이 없었다. 있다고 한다면 친형이 있었다. 전쟁 전에 일본 여자와 결혼해서 일본으로 귀화한 개업의인 형, 이용근, 아니 하타나카 요시오(畑中義雄)가 있지만, 그곳에 여동생을 맡길 마음은 내키지 않았다. 올봄에 강몽구가 남승지를 데리고 자금을 모으기 위해 일본으로 건너가 도쿄까지 찾아갔을 때, 일본공산당 간부인 고의천과 함께 찾아간 곳 중의 하나가 하타나카의 원이었다고 한다. 강몽구 등은 그곳에서 이야기를 하고 있는 사이에, 상대가 우연히도 이방근의 친형이라는 것을 알고 크게 놀랐다. 이방근은 하타나카가 자금 모금에 응한 일에 조금 복잡한 감동을 느꼈지만, 강몽구도 하타나카를 만났을 때의 이야기를 하면서 칭찬을 아끼지 않았다. 그것은 그것이고, 역시 여동생을 그곳에 맡길 수는 없다는 생각이 들었다. 어쨌든 일본에 건너간다면 우선 도쿄에서 머물 거처를 정해야만 할 것이었다.

이방근의 머릿속에는 어느새, 아니 우상배와 만나고 난 어젯밤 이후 유원이 타야 할 배가 모습을 드러내며 닻을 내리고 있었다. 문득 거울을 들여다볼 때처럼, 머릿속의 공간 한구석이 부산항 어딘가의 부두로 치환되어 보이는 바람에, 이방근 자신도 놀랐다. 본인의 의사를 참작하지도 않고 일본행을 기정의 사실로 생각하는 자신이, 대단한 공상의 껍질 속에 쌓여 있음을 느꼈던 것이다. 어쨌든 바로 담임교수인 하동명과 만나기로 한 것은 공상의 테두리 밖으로 나가는 첫걸음이 될 것이다. 하동명으로부터 전화가 있었다. 8·15가 지나서라는 그 말대로, 어젯밤 우상배가 돌아간 직후 전화가 와서 만날 약속을 할 수 있었으나, 대신에 박갑삼과의 약속이 문제가 되었다. 다른 용무가 생길지도 모른다고 일단은 애매하게나마 양해를 구하기는 했지만, 그러나 어떻게든 시간을 내서 만나겠다는 말도 했다. 상대가 지하활동가이고 보면, 가능하면 상대의 형편에 이쪽이 맞추어야 할 것이었다.

어젯밤 하동명과의 통화에서, 이방근은 어딘가 요정에서 둘이서만 만나고 싶다는 생각을 하고 있었는데, 상대는 이쪽으로 직접 방문하고 싶다고 말했다. 학생의 일이기도 하니 가족 모두가 함께하는 편이 좋겠다고 했다. 그렇다면 집으로 오시기 전에 어디 다방에서라도 만나 드릴 말씀이 있는데 어떠냐고 이방근이 되묻자, 그게 좋으시다면 그렇게 하자면서, 장소를 종로의 YMCA와 나란히 있는 '백조'로 지정했다. 백조? 어디서 들은 이름이라고 생각했더니, 그것은 올봄에 여동생과 함께 조영하와 만났던 음악다방이었다. 음대 교수가 음악다방을……, 별로 좋은 취미는 아니군. 아무려면 어떤가. 오후 네 시경에 만나서 한 시간 정도 이야기를 나누면, 대강은 어떤 결론이 날 것이다. 물론 상대는 설마 유원의 일본 유학에 관한 이야기가 그 오빠의 입에서 나오리라고는 생각지도 못할 터였다. 하동명 자신의 생각은 어찌 되었든 간에.

어젯밤에 신문사에서 돌아온 숙부 이건수는 손님이 있는 이방근의 방을 들여다본 뒤 우상배와 인사만 나누고는 방에 들어오지 않았다. 상대에 대한 별로 좋지 않은 첫인상이 더욱 나빠진 듯했다. 숙부가 방에 얼굴을 내민 후 다소 시간이 흘렀을 때였는데, 유원이 갑자기, 이건수에게는 엉뚱하기 그지없는 피아노 선율임에 틀림없었을 그 '청춘일기'를 쳤던 것이다. 그뿐만이 아니었다. 술이 담긴 잔의 바닥으로 탁자를 탕 하고 내려치지는 않았지만, 조금 만취하여 격앙된 듯한 어조로 무슨 말인지 혼자서 계속해 떠들고 있는 우상배가 조금은 상식에 벗어난 인간으로 비쳤을 게 틀림없다. '청춘일기'만 하더라도, 처음에는 그다지 큰 위화감 없이, 유원이 오늘은 전에 없이 저런 걸 다 치느냐는 정도로밖에 생각하지 않았지만, 실은 오늘 처음 찾아온 손님의 요청에 의한 것임을 알자, 그것 또한 우상배에 대한 인상을 한층 나쁜 게 만든 것 같았다. 재일조선인이 일부러 조국까지 찾아와서 무슨 짓을 하는 건가 싶었을 것이다.

이건수는 이방근이 먼저 하 선생과 둘이서만 만나고 싶다는 의향에 동의했지만, 그 이야기의 내용이라는 게 모든 예상을 뛰어넘는 유원의 일본행이라는 말을 듣고는 놀랐다. 방근이, 그게 정말이냐? 마치 뭔가 속이려는 것이 아니냐는 듯한 어투로 말했다. 그리고 8월 말부터 9월 초 사이에 우상배의 배에 여동생을 태울 예정이라는 꽤 구체적인 일정과 선편에 관해서 듣고 나더니, 도대체 그런 말도 안 되는 일이 어디 있느냐. 그게 너무 독단적인 게 아니냐. 그렇게 갑작스럽게 일을 추진할 수는 없을 거라며 전에 없이 불쾌한 표정을 노골적으로 드러냈다. 그리곤 아버지 이태수를 대신하는 사람처럼, 좀체 대화에 응하려 하지 않았다. 이방근은 당황했다. 어제와 오늘, 이건 최악의 경우를 가정한 일이라고 이해를 표하면서도, 유원의 일본행을 진지하게 생각했을 터인 숙부의 태도가 갑작스럽게 변해 있었다.

"으흠, 그래, 분명히 나는 방근이에게 그렇게 말했었지……. 그러나 설마 이렇게 갑작스레 일이 진행될 줄은 생각지도 못했어. 안 그래. 사정이 그렇다 해도 이건 너무 과격해. 앞으로 보름만 있으면 유원이 일본으로 가 여기에는 없다. 그런 말도 안 되는……. 지금 바로, 얼마 안 있어 유원이 눈앞에서 사라진다니, 아버지의 허락도 없이. 방근이는 원래 일을 천천히 느긋하게 처리하는 성격이라고 생각하고 있었는데, 이건 너무 성급한 거 아닌가. 태수 형님한테는 뭐라고 한단 말인가, 도대체."

"아버지의 일은 제가 알아서 하겠습니다. 제가 말씀을 드려 납득시킬 생각입니다."

"누가 하고 하지 않느냐는 문제가 아니잖아. 적어도 내가 유원이를 맡고 있는데, 무엇보다 일의 진행이 너무 빨라. 이래선 당사자로서도 어떻게 할 방도가 없을 거야."

"……" 말을 듣고 보니 분명히 그렇기도 했다. 이방근은 변명을 했다. "예, 그래서 먼저 숙부님과 숙모님께 상의를 드리는 것입니다."

우상배가 돌아간 뒤 얼마 안 있어 유원이 자신의 방에서 피아노를 치고 있을 때의 일인데, 이방근은 일의 경위와 앞으로의 처신에 대해서 숙부 부부에게 간단하게 이야기했던 것이다. 숙부의 갑작스런 태도 변화를 계산에 넣지 못했다는 것은 그렇다 하더라도, 그 이상으로 숙모 쪽이 생각지도 못한 복병처럼 나타났던 것이다. 아마 숙부로부터 이와 관련된 이야기를 전혀 듣지 못한 것 같았다. 그녀는 이방근의 이야기를 듣더니 벼락을 맞은 것처럼 크게 놀랐다. 대체 이게 무슨 일이냐. 어째서 깊은 바다 건너 멀고 먼 왜놈 땅에 유원을 떠나보낸단 말인가. 그것도 위험한 밀항선을 태워서……. 그 아이가 앞으로 공부에 전념하기 위해서는 그 길 밖에 없다는 게 말이 되느냐……며, 결국에는 눈에 눈물을 머금고 이야기했다. 곰보 자국에 일단 맺혀 있다가 전등 빛에 작게 반사되며 주르륵 흘러내리는 눈물에, 이방근은 의표를 찔려 당황하고 가슴이 아팠.

의표를 찔렸다는 것은 어폐가 있었다. 우상배의 출현으로 일이 급하게 돌아가기는 했지만, 이방근이 그동안 숙모라는 존재를 잊다시피 했다는 것은 사실이었다. 아이구, 방근아―, 나는 그 애와는 아무런 피도 섞이지 않은 숙모일 뿐야. 그래도 정은 통하는 법이고, '이웃사촌'이라는 말도 있잖아. 개를 키우고, 고양이를 키워도 정은 통하는 법이야. 내가 배 아파서 난 자식이 아니더라도, 그 아이는 친딸이나 마찬가지라구. 그런데 갑자기 일본에, 왜놈 땅으로 가 버리다니, 그런 일이……. 나는 못 배웠지만, 그래도 그 아이에게 얼마든지 이야기해서 설득시킬 수 있어. 옛날부터 사람의 마음은 하루에도 열두 번씩 변한다고 하는데, 방근아, 다시 한 번 생각해 봐……. 아이고, 이거 큰일났다는 느낌이 들었다. 설마 이 정도까지 숙모가 말을 해 올 줄은 생각지도 못했다.

이방근은 흔들렸다. 숙부의 돌변한 태도도 의외였지만, 숙모의 반응에는 새삼 유원에 대한 애정이 느껴졌고, 자신의 언동이 숙부모로부터 가족의 한 사람을, 딸이나 다름없는 존재를 빼앗아 가게 될 것이라는, 그 일까지 생각이 미치지 못했다는 것을 깨달았다. 아니 이건, 내가 어리석었다. 나 혼자만의 생각으로 너무 서두른 것인가. 이 상황에서 만일 지금 여동생에게 알려지기라도 한다면 더욱 큰일로 확대되기 쉬울 것이다. 총공격을 받을 수도 있다. 아니, 그렇게 끝낼 일은 아니다. 음악을 할 거라면, 역시 그 길을 가는 것이 상책일 것이다. 숙부로서도 결국은 그 길을 선택할 수밖에 없지 않을까. 무엇보다 두려워해야 할 것은, 재능이 없는 데도 환상을 가지는 일일 것이다.

무엇보다 유원의 재능에 기대를 걸고 있는 선생의 생각이 중요하니까, 먼저 그 의견을 들어 보자는 것으로, 숙부보다도 숙모 쪽을 일단은 납득시키고, 하동명과 예정대로 만나기로 했다.

유원은 점심을 먹고 나서 조영하와 만난다며 집을 나갔는데, 숙모의 모습에 뭔가 변화를 느꼈는지, 몸이라도 안 좋은 거냐며 아침부터 걱정을 하고 있다. 어젯밤에 이방근이 말을 조금 한 것이 숙모에게는 꽤나 큰 충격이었던 모양이다. 14일의 석방 이후에 처음 있는 여동생의 외출이었다. 비상경계 태세는 어제 16일로 일단 해제되었지만, 게릴라성 번개데모, 미국의 괴뢰정부 타도를 외치는 삐라 살포는 산발적으로 계속되고, 체포자도 그 뒤를 이어 계속 되었다.

"조심해. 미행이 있을 수 있다는 걸 잊지 마."

이방근은 그렇게 한마디 했을 뿐이다.

유원은 오빠가 하 선생과 둘이서만 만나는 것을 알고 있었고, 그것을 의심하는 듯한 기색을 보였지만, 저녁에는 일찍 돌아와 집으로 오시는 하 선생님을 마중하는 데 돕겠다며, 시간을 정해 놓고 오랜만에 외출했다.

어젯밤, 놀란 나머지 울먹이던 숙모는 더 이상 같은 일을 반복하지는 않았다. 이방근은 유원이의 선생과 약속을 하였으니 일단 의견을 들어 보기만 할 거라며 숙모를 달래면서도, 지금부터 하동명 선생을 만나러 가는 것은 숙모의 바람에 종지부를 찍기 위한 것이나 마찬가지였기 때문에, 갑자기 발걸음이 무거워진 느낌이었다. 그는 새삼스럽게 어젯밤 생각지도 않던 숙모의 거부반응을 불러일으킨 자신의 말을 후회하고 있었다. 같은 값이면 하동명과 만난 뒤에 이야기하는 편이 좋았을 것이었다. 아니면 숙부 이건수에게만 귀띔을 먼저 해 두는 정도로 했더라면.

이방근은 세 시가 조금 넘겨 감색 포럴의 상의를 한 손에 들고, 노타이 차림으로 집을 나섰다. 오후가 되면서 하늘에 떠 있는 옅은 구름이 햇빛을 조심스럽게 가리고 있었다. 약속 장소까지는 3, 40분만 걸으면 될 듯했다. 교통수단은 어중간해서 택시라도 잡아야 했다. 하동명은 동대문에서 가깝다고 하니까, 전차를 타면 직선 코스였다. 집 앞의 완만한 언덕길을 걸어가는 이방근의 뒤편에서 밝고 떠들썩한 목소리가 주위를 덧씌우듯이, 하얀 블라우스를 입은 여학생들이 길을 가득 메우며 종종걸음으로 달려왔다. 등교일이 아니니까 서클 모임이라도 있었던 모양이다. 그녀들은 순식간에 이방근을 길 한가운데로 몰아넣고, 한순간 몸싸움을 벌이듯 마찰감 속으로 밀어 넣으며 강물처럼 스쳐 지나갔다. 땀에 밴 여자의 체취가 숨이 막힐 것처럼 이방근을 감싸고 흘러갔다.

이방근이 언덕 아래로 내려왔을 때, 십여 명쯤 되는 여학생들은 각각 갈 길을 향해 사방으로 흩어지고 있었다. 전방에 똑바로 뻗은 큰길을 가면 종로 1가 화신백화점이 있는 네거리가 나온다. 하지만 이방근은 잠시 서 있다가 버스길을 건너, 십자로에서 왼쪽 비스듬히 방사선 모양으로 뻗은 그다지 넓지 않은 길로 들어섰다. 길을 따라가다가 도중에 나오는 십자로를 건너 계속 가면 종로 2가 파고다공원이 나온다. 도중에 종로의 뒷골목으로 들어가 오른쪽 길로 빠져나가면, 머지 않아 YMCA 근처에 도착할 것이다. 이렇게 가는 것이 지름길이고, 자동차의 왕래도 적을 것이다.

인사동 일대는 조선식 가옥이 밀집해 있었다. 일제강점기부터 조선어 책을 취급하는 오래된 점포와 헌책방이 많은 거리였고, 골동품점이 줄지어 있었다. 또 복잡하게 얽혀 있는 뒷골목 여기저기에는 선술집이 즐비하게 늘어서 있었고, 고기 삶는 냄새와 마늘 냄새가 코를 찔렀다. 거의 모든 가게가 성업 중이었다. 대낮부터 빈 소주병을 한 손에 든 러닝셔츠 차림의 취한이 비틀거리며 식당을 겸한 선술집 안으로 모습을 감추었다. 그 가게 앞에 지게가 세워져 있었는데, 지금 막걸리를 한두 사발 걸치고 있을 지게꾼은 그것을 가솔린으로 삼아 다시 일을 나갈 것이다. ……장이요ー, 멍이요ー! 장 받아라! 어린아이 주먹만 한 말을 장기판 위에 내려치며 내지르는 목소리가 주위로 울려 퍼졌다. 처마 밑 그늘의 평상에서 조선식 장기를 두고 있는 주위에, 맥고모자를 쓴 노인을 비롯한 여러 사람이 둘러싸고, 마치 싸움이라도 할 것처럼 기를 쓰며 응원하고 있었다.

길가에는 깨진 토관 옆 가마니 위에는 시커멓고 더러운 몰골을 한 거지가 맨발을 드러내 놓고 낮잠을 자고 있었다. 얼굴이며 그대로 드러난 팔과 다리에 파리가 꼬여도 전혀 개의치 않았다. 죽은 것이 아니라는 증거로, 한 손을 움직여 몸을 북북 긁어 대고 있었다. 밤이 되면 소라게 모양으로 토관에 기어 들어갈 것이다. 화신백화점 근처의 종로 한복판에서 문둥이 거지가 죽은 채 일주일이나 토관 안에 방치돼 있었다는 이야기도 있지만, 낮잠 자는 남자는 문둥이는 아닌 듯싶었다. 그늘 진 길가에 스며든 썩은 소변 냄새가 진동하고 있었다.

햇볕이 따갑지 않은 구름 긴 날씨였지만, 마른 흙먼지 냄새가 나는 거리였다. 봄바람에 모래 먼지가 피어오르는 홍진의 계절은 아닌 만큼 견딜 만하다고 해야겠지만, 그래도 장마 뒤에는 며칠씩이나 뜨거운 날씨가 계속되기 마련이었다. 거기에다 바람이 불면 건조한 모래 먼지가 여기저기에서 화창한 하늘로 피어올라 서울은 흙먼지 거리로 변할 터였다. 중국 대륙에서 계절풍을 타고 황사가 날아오기 때문이었다.

골목에서 빠져나와 고개를 돌리자, 서편에서 북쪽으로 걸쳐 있는 인왕산과 북악산 줄기의 울퉁불퉁하게 노출된 산의 암면이 검게 가라앉아 보였다. 전방에 있는 남산의 온화한 산세를 뒤덮은 짙은 녹음이 눈에 스며들듯 다가왔다. 오래된 목재를 쌓아 놓은 광장 같은 공터로 나왔고, 시선이 가는 대로 공터 저쪽을 보자, 도로에 접해 서 있는 국민학교 교사의 정면만을 잘라낸 듯한 2층짜리 건물이 눈에 들어왔다. 창문이 많은 목조의, 이전에는 공산당과 합당하여 남로당이 되기 전 조선인민당의 본부였던 건물로, 이방근은 서울에 머물던 무렵에 몇 번인가 온 적이 있었다. 우익 테러 집단에 습격당한 일도 있었지만, 그 넓은 현관은 신국가, 신사회 건설의 정열에 불타는 젊은 청년 남녀, 학생들, 혁명가들, 그리고 시국에 편승한 '애국자'들의 출입이 끊이지 않았던 곳이다. 여름인데도 지금은 창문이 모두 닫혀 있어서,

창고처럼 여겨졌다.

이방근은 길을 걸어가면서 아직 3, 4일 밖에 지나지 않았는데도, 훨씬 이전부터 서울에 살고 있었던 것 같은, 아니 살고 있는 것이 아니라, 머나먼 제주도에서 계속 떨어져 살아온 듯한 느낌이었다. 그건 서울이 아니라도 좋았다. 그리고 그 자신의 신체 조직 중 뭔가가 서로 맞물리지 못한 채, 머릿속 공간에서 끼―익, 끼―익……, 덜컹, 덜컹……, 톱니바퀴의 회전과 같은 삐걱거림으로 커지다가 멀어져 가는 소리였다.

이방근은 아직 결론이 난 것은 아니지만, 어젯밤 숙모의 반발에도 불구하고 유원의 일본행이 결정되면, 으―음, 역시 나도 여동생을 데리고 함께 갈까…… 하고, 유원을 혼자 일본으로 가게 하는 것보다도 무서운 기분으로, 자기 안에서 추한 냄새가 피어오르는 것을 느끼며 생각하기 시작했다. 적어도 어젯밤 우상배와 만난 직후까지만 해도, 함께 일본에 데려간다고 해도 자신은 조국을 떠나는 여동생을 대신해서 다시 돌아온다……고 생각하고 있었을 터인데, 지금은 그 브레이크조차 떨어져 나가려 하고 있었다. 어찌 된 일인가. 싸늘하게 안면 근육이 수축되는 느낌으로 이마에 땀이 배었다. 한때는 남승지와 여동생이 사귀도록 주선을 하였으면서, 지금은 두 사람 사이를 굳이 떼어 놓게 만드는 방해자가 되려 하고 있었다.

이방근은 어젯밤부터 숙부모의 예상하지 못한 반응도 그러하거니와, 오늘 하동명과 둘이서만 만나는 것에 대해 생각하고 또 고민했다. 유원 자신의 의사는 차치하더라도, 담임교수인 하동명이 이방근의 생각을 알면, 자신의 생각에 공감하는 친오빠의 출현에 이전보다 적극적으로 도쿄 유학을 권장할 것이기 때문이었다. 체포된 경력이 있는 학생을 앞에 두고서라도 아마 그렇게 나올 것이었다. 이방근은 그리

제14장 **45**

고, 꿈에 나오지 않는 게 이상할 정도로 동란의 고향에 있는 남승지의 일을 생각하고 있었던 것이다.

이방근이 지나쳐 온 구 인민당 본부 건물 주위에서부터 아무런 연관도 없이, 아무런 맥락도 없이 하얀 셔츠 차림의 남승지가 뒤쫓아 오는 듯한 느낌에 사로잡혀 걸음을 멈추었다. 그리고 그럴 리가 없다는 것을 충분히 의식하면서 담배를 물고 불을 붙이며 돌아보았다. 그런 행동은 자신을 납득시키기 위한 것이었지, 누군가 미행하는지를 확인하려는 것은 아니었다. 이방근은 머리를 흔들었다. 손목시계를 들여다보자, 네 시 20분 전으로 아직 시간이 있었다. 종로의 큰길은 이제 얼마 남지 않았다. 궤도를 달리는 열차 바퀴의 울림이 가까이에서 들렸다.

이방근은 헌책방, 붓과 벼루, 종이, 골동품점이 늘어선 거리를 걸으면서, 뭔가 기억의 밑바닥을 훑듯이 어디선가 멜로디가 흘러나오는 것을, 그것도 일본 유행가의 멜로디를 들었다. 가까이 가 보니 그곳은 화장품 가게였다. 일부 상인들이 일제 패망 전의 일본 상표를 붙인 가짜 화장품, 그 밖에도 다른 가짜 상품을 팔고 있다고 신문에 났었는데, 일본 노래도 일제 화장품 선전을 겸하고 있는지도 몰랐다. 이방근은 화장품 가게 앞을 지나쳐, 이윽고 큰길의 왕래가 보이는 바로 그 앞에 있는 헌책방으로 들어갔다. 귀 전체의 표피에 조금 전에 울려오던 멜로디가 막처럼 붙어 있었는데, 생각해 보면 참으로 기분 나쁜 일이었다. 마음에 스며드는 좋아하는 노래, 그리운 노래라면 뭐든 상관없겠지만, 그래도 그랬다. 그야말로 정신의 작용이 마비된 것이나 다름없었다. 밤거리의 술집에서 일본 유행가가 흘러나온다……. 해방 전에 발행된 일본의 서적이 유난히 많았다. 흰 표지가 누렇게 바랜 두꺼운 일본의 종합잡지가 진열대 위에 쌓여 있었다. 해방 후 서울의 서점 앞 좌판에 도로에까지 밀려 나올 정도로,

일찍이 발행금지 처분을 받았던 종합잡지 등이 아무렇게나 높게 쌓여 있었던 것이 생각났다. 귀환하는 일본인이 방출, 팔아넘긴 것이었다. 아니 이런, 신기한 일도 다 있군. 이방근은 쌓여 있는 오래된 잡지 속에서 『국민문학(國民文學)』 한 권을 발견했다. 해방되기 전 1944년 말에 발행된 것이었다.

1940년, 소화 15년에 조선어 신문과 잡지가, 조선총독부의 조선어 기관지 『매일신보』를 제외하고 폐간되는 가운데 창간되었는데, 조선에서는 '유일한 문학잡지'로서 일본어로 발행된 것이 『국민문학』이었다. 이것은 '국체관념의 명증' '국민의식의 고양' '국책협력' '내선일체' '황국신민화' 등등의 슬로건을 내걸고 출발한 '국책' 선전지로서, '국민'이라는 표제는 조선 국민이 아니라 '일본 국민'을 뜻했다. 편집자는 "조선어는 최근 조선의 문화인에 있어서 문화유산이라기보다는, 오히려 고민의 씨앗이었다", "……이 고민의 껍질을 깨뜨리지 않는 한, 우리의 문화적 창조력은 정신의 죄수일 뿐이다."라고 쓰고 있는데, 초일본인적 조선인 평론가 최 아무개였다. 페이지를 넘기자, 출판물 검열 허가의 첫 번째 조건인 '황국신민의 서사'가 책의 첫머리에 인쇄되어 있었다. 으흠, 갑자기 뱃속이 거북해지면서 토할 것 같은 기분이 들었다.

1. 우리는 황국신민이다. 충성으로써 군국(君國)에 보답한다.
2. 우리 황국신민은 신애협력(信愛協力)하여 단결을 굳게 한다.
3. 우리 황국신민은 인고단련으로 힘을 길러 황도(皇道)를 선양한다.

조선 전 지역에서 아침저녁으로 제창되던 것……. 목차에는 '그리운' 이름의 작가와 시인, 그 밖의 사람들이 어깨를 나란히 하고 일본 제국과 천황에 충성을 경쟁하듯 '성전완수'를 외치고, '천황귀일(天皇 歸一)'이나 '팔굉일우(八紘一宇)'의 정신을 고양하는 데 열을 올리고 있 었다. ……꿈이었다. 꿈. 영원히 동결된 속박이 계속되는 무서운 꿈. 그 꿈이 이 시대를 부식시킨다. 일본, 일본…….

이방근은 그 책 한 권과, 『국민문학』의 창간과 함께 폐간된 조선어 문학잡지 『문장(文章)』을 두 권 샀다. 유일한 비체제적 조선 문학잡지 였던 여기에도 전쟁 협력의 잡문이 끼어 있었다. 일찍이라고는 해도 바로 몇 년 전의 일이지만, 『국민문학』이 조선 문단을 지배하고 있을 무렵, 이방근은 이따금 서점에서 구토의 발작을 억제하면서 그것을 사기는 샀지만, 어떤 자들이 어떤 주장을 늘어놓고 있는지 확인하는 정도였고, 거의 읽어 보지도 않던 잡지였다. 성내에 있는 집의 사과 상자에 쌓아둔 잡지나 기타 서적 사이에는 분명히 『국민문학』도 몇 권인가 있겠지만, 지금 그것을 눈앞에 보고 있자니, 새삼 읽어 보고 싶은 기분이 자연스럽게 피어올랐다. 이방근이 보낸 며칠간의 서울 생활이 이들 잡지를 손에 들게 만들었는지도 몰랐다.

이방근은 손에 들고 있었던 상의를 서점에서 입었다. 그리고는 세 권의 잡지를 신문지로 말아 고무줄을 세로로 감아 손에 들고 종로 거 리로 나왔다. 오른쪽으로 돌아 거리의 보도를 서쪽으로 걸었다. 전차 가 달리고 있었다. 시골에서 올라온 사람도 아니고, 특별히 신기할 것도 없었지만, 꽃전차가 아닌 것이 눈에 띄었다. 마치 시골 여자처럼 조화로 창문과 승강구 등을, 전후좌우에서 테를 둘러 장식한 만원의 노면전차, 그것이 덜컹, 덜컹거리며 앞뒤로 흔들리고, 좌우로 머리와 꼬리를 흔들며 달리는 것을 본다면, 아마도 탈 마음이 나지 않을 것이 다. 어제까지 3일간 꽃전차로 치장했다고 하니까, 오늘은 깨끗하게 원래의 모습으로 돌아와 엉덩이를 흔드는 전차의 뒷모습에 잠시 시선을 보내다가 인파 사이를 걸었다.

이윽고 오른쪽에 '백조'라는 입간판이 보였다. 약속한 네 시까지는 아직 조금 시간이 남아 있었지만, 조금 일찍 가는 것이 예의일 것이다. 어떻게 할 것인지, 이방근은 망설이고 있었다. 다방의 문지방을 통과하는 순간, 이미 결정을 내리지 않으면 안 될 것 같은 절박감에 등을 떠밀리고 있었다. 이야기를 해야 할지 말아야 할지 그것을 위해 하동명을 만나기로 해 놓고서, 여동생의 일본행에 대한 언급을 망설이고 있었다. 다방 앞에서부터 발걸음이 무거웠다. 갑자기 스피커 소리가 빌딩 사이의 종로 거리에 메아리치면서 화신 쪽에서 트럭이 돌진해 왔다. 짐칸에 청년들이 올라탄 우익 조직의 트럭으로, 대한민국 정부 수립 만세! 그리고 반공통일, 신정부 절대 지지를 절규하면서 전차를 추월하여 다방 앞을 지나갔다. 하동명의 말에 따라 2층으로 계단을 올라갔다. 아직도 질주하는 트럭에서 절규가 들려왔다.

천장에 대형 선풍기가 달려 있고, 커다란 고무나무 화분을 한가운데에 놓은 별로 좁지 않은 객실의 반이 손님으로 차 있었다. 그중에서 하동명으로 생각되는 인물은 보이지 않았다. 상대는 흰 양복과 안경을 끼고 있다고 했다. 이방근은 자신의 인상으로 전해 둔 남색 상의를 입은 채 큰길 쪽 창가의 자리에 앉았다. 조용한 클래식이 흐르는 가운데 열린 창문으로 바람을 타고 들어온 거리의 소음이, 때로는 난폭하게 밀려드는 것처럼 들렸다. 테이블에 신문지로 싼 잡지를 올려놓고, 담배를 한 대 피우며 계단 쪽을 바라보았다. 하동명은 약속된 시간보다 10분쯤 늦게 모습을 나타냈다. 마흔을 넘긴 중키의 바짝 마른 하동명은 말처럼 흰 양복이었으나, 다림질을 한 흔적이 보이지 않는 모시 양복 차림으로 원래 거친 옷감이긴 했지만 쭈글쭈글했다. 대학교수치고는 그다지 풍채가 느껴지지 않는, 아마도 복장에는 무신경한 탓이 겠지만, 시종 가벼운 미소를 짓고 있는 듯했고, 얼굴에는 어딘지 모르게 예각적인 기품이 있었다. 여학생인 듯한 젊은 두 사람이 자리에서 일어나, 일어선 이방근보다도 몇 걸음 앞서서 계단을 막 올라오는 하동명 앞으로 다가가 인사하는 것을, 이방근은 왜 음악다방으로 지정했을까 생각하면서, 우뚝 선 채로 지켜보고 있었다. 하동명은 이방근을 알아보고, 하 선생님이십니까 하고 말을 거는 상대와 인사를 나누며 창가의 테이블로 다가와 의자에 앉았다. 아직 사십 대인데도 기름기 없이 부석부석한 머리에는 흰머리가 눈에 띄었다. 피아니스트라기보다는 학자풍으로 보였다.

이방근은 어젯밤 전화에서와 마찬가지로 다시 한 번 여동생의 일에 대해서 감사를 표했다. 그리고 일부러 나오시게 해서 죄송하다고 말하면서, 왜 미리 두 사람이 만나야만 하는지, 역시 그 목적을 애매하게 얼버무릴 수는 없다고 생각했다. 여동생의 일본 유학 이외에, 여기서 할 말이 뭐가 있겠는가.

"유원 양은 어떻습니까? 안정이 좀 되었나요."

하동명은 천천히 작게 중얼거리는 느낌으로 말했다.

"예, 안정이 된 것 같습니다. 특별히 오래 형무소 생활을 한 것도 아니니까요. 부형으로서는 무책임한 말이 되겠습니다만, 제 여동생이면서도 잘 모르는 점이 있습니다. 오늘은 하 선생님을 뵙는 마당에 죄송스럽습니다만, 아직 여동생과 충분히 이야기를 나누지 못하고 있는데, 그 점에 관해서도 번거로우시겠지만 직접 하 선생님께 부탁드리고자 합니다."

"그 점이라고 오빠께서 말씀하시는 것은 무얼 말하는 건가요? 그 점이라는 게……."

하동명은 고개를 갸웃거렸다.

"그러니까―……." 이방근은 바로 말이 나오지 않았다. 말하려는 내용이 너무나 세속적이고, 숙부의, 아니 이태수의 역할을 그대로 짊어지고 나온 입장이라 자신에게 혐오감을 느끼면서 억지로 말을 꺼냈다. "그러니까, 한마디로 말하면, 부형의 입장으로서는 정치 활동에 일절 관여하지 않고 학업에, 그 음악의 길에 전념한다는 약속입니다. 학교에 대해서 그 서약을 해야만 한다는 그 일 말입니다만."

"그렇습니까. 그 일은 유원 양 자신이 판단할 만한 나이니까, 그녀는 내년 여름이면 졸업입니다만, 그 일은 스스로 알아서 할 거라고 생각합니다. 아직 학교는 시작되지 않았고, 시작되고 나서 하면 되겠지만, 그때가 되면 서약이 필요할 겁니다. 학교로서는 정학 같은 처분은 생각하지 않고 있습니다." 하동명은 뼈가 드러난 손가락의 오른손을 테이블 위에 올려놓고 단정적으로 말했다. 처분 문제는 이쪽에서 먼저 '문의'를 해야 할 성질의 일이었지만, 이방근은 완전히 잊고 있었다. "그런데 오빠로서는 여동생을 어떻게 파악하고 있습니까? 유원 양은 오빠에 대해 자주 이야기를 하더군요."

"좌우지간 서울과 제주도에 서로 떨어져 있기 때문에, 부끄럽습니다만 이렇게 되리라고는 예상하지 못했습니다. (이건 거짓이다. 체포될 거라고까지는 생각하지 않았지만, 올해 들어서 사회의 모순과 이 나라의 정치 상황에 비판적인 태도를 취하고 있다는 것을 알고 있지 않았던가. 올봄에 귀성했을 때, 강몽구의 안내로 '해방 지구'를 돌아보면서, 유원을 함께 데리고 간 것은 누구였단 말인가?) 고향의 동란 상태도 본인에게 영향을 미쳤겠지만, 떨어져 있어도 여동생의 일은 알고 있다고 생각하고 있었는데, 이렇게 되고 말았습니다. 어떻습니까, 학교 쪽에서는 뭔가 특별한 일은 없었습니까?"

"저는 이전부터 S여전과는 관계가 있었습니다만, 6월의 대학 승격을 앞두고 올 4월부터 교수로서 담임을 맡게 돼서 말이죠. 그 전의 유원 양과는 계속 개인 레슨 관계라는 범위를 크게 벗어나지 못하고 있었기에, 학교 일은 잘 알지 못하지만, 그렇다고 특별한 일이 있었던 건 아닙니다. 굳이 말하자면 역사연구회라는 서클에 참가하고 있었고, 그것도 주로 서양 근대사를 공부하는, 서양 음악사와의 관계를 연구하고 있었다고 생각합니다만. 유원 양은 매우 우수한 학생으로서, 체포당했다고 들었을 때 저는 아닌 밤중에 홍두깨 같았습니다. 음악과에서 수석을 하는 학생인 만큼 학교도 많이 놀랐습니다. 이건 나쁜 의미에서가 아니라, 비유적인 표현으로 생각해 주셨으면 합니다만, '이중인격'이라는 말을 한 동료가 있었습니다. 이건 유원 양이 재능이 있다는 말입니다."

"으—음, 이중인격이란 말씀이죠……."

이방근은 엷은 미소를 흘렸다.

"저는 교사로서 유원 양을 믿고 있습니다만, 그녀를, 그 재능을 믿고 있습니다. 지금 서약이라는 말을 하셨습니다만, 그녀는 약속을 하면 반드시 지킬 것이고, 궁극적으로는 그녀의 재능이 오로지 음악에 자신의 존재를 집중적으로 표현시키는 기능을 발휘할 거라고 저는 생각하고 있습니다. 때문에 그녀가 정치 활동에 관계하지 않게 될 거라는 어떤 종류의 낙관적인 관측을 하고 있습니다. 그렇지만 깨지기 쉬운 예술적인 감각과, 여학생이지만 상당히 완고하고 당찬 성격의 소유자로서 정의감도 강합니다. 내향과 외향, 사회성의 양면을 지니고 있고……. 그것이 그녀의 음악에도 나타나고 있습니다. 현재와 같이 그녀의 환경이라고나 할까, 우리나라의 사회 현상이 너무나 격동하다 보니, 거기에 눈과 귀를 막을 수가 없어서……, 즉 그것이 음악을 죽이기 쉬워서, 저는 서약보다는 그쪽이 걱정입니다."

"감사합니다."

이방근은 고개를 끄덕이고 상대의 안경 너머로 깜빡이는 깊은 눈을 가만히 바라보았다. 상대가 말하려는 의향을 알아챘던 것이다. 상대가 먼저 이 자리에서 이야기를 꺼낼 것이라고는 생각하지 못했다. 그는 갑자기 고동이 빨라지면서 가슴이 답답해지는 것을 느끼고, 뭔가 급박한 상황으로 내몰린 듯한 느낌으로, 의자와 함께 몸이 뒤로 한 발자국 물러났을 정도였다. 이방근은 공감과 반발의 교착, 감사와 당혹, 눈앞이 열리는 순간 막이 쳐진 듯한 느낌으로 쓴 커피를 홀짝거리며 틀림없이 나오게 될 상대의 말을 기다렸다. 하동명은 커피를 한 모금 마시고 나서 말했다.

"댁에서 말씀드릴 예정이었습니다만, 지금 마침 유원 양의 오빠와 만난 김에 이야기하도록 하겠습니다. 이건 교사의 입장에서 하는 상담이기도 합니다. 아참, 그렇지, 그쪽에서 하겠다던 상담은 무엇입니까. 좀 전에 말한 학생의 서약 문제입니까, 아니면……."

이방근은 순간, 이 선의의 자상한 눈을 가진 교수에게 모욕당한 느낌이 들었다. 아니면……? 이방근은 그 일도 있습니다만, 어서 선생님의 말씀을 계속해 달라고 부탁했다. 그때 갑자기, 경찰차로 보이는 사이렌의 울림이 들려와서 창문으로 고개를 내밀어 보니, 경찰을 가득 실은 트럭이 아까 지나간 우익 선전 트럭과는 반대로, 동대문 방향에서 화신 쪽을 향해 달려왔다.

"글쎄요, 으ㅡ음, 저런 사이렌 소리 같은 것이 음악을 죽이는 겁니다."

하동명은 아까부터 가벼운 웃음을 짓고 있는 듯하면서 웃지 않는 남자였는데, 드디어 입술을 옆으로 당기며 웃었다. 그는 아마도 번개 데모이거나, 빌딩 옥상에서 삐라를 뿌렸을 거라고 말했는데, 그 이야기는 더 이상 하지 않았다. 도시의 혼잡한 통행인이 전부 경찰도 아닐 테고, 몇 사람이 군중 사이에서 튀어나와 게릴라식으로 하는 번개데 모는 순식간에 군중 속으로 흩어져 숨어 버리기 때문에, 경찰이 달려 왔을 때는 현장에 뿌려진 삐라가 바람에 흩날리는 거리의 풍경만 있 을 뿐이었다.

"……이전에, 유원 양으로부터 들은 적이 있을 거라고 생각하기 때 문에, 지금 다시 반복하는 이 이야기를 조금은 편안한 마음으로 할 수 있게 되었습니다만, 저는 그녀를 일본에, 도쿄입니다, 도쿄에 유학 을 가도록 권한 적이 있습니다."

"예, 예―, 있습니다……."

이방근은 고개를 끄덕였다. 그리고 완전히 잊고 있었던 것을 생각해 낸 느낌의 막으로 말을 감싸면서 말했다. "올봄의, 반년쯤 전의 일이라 고 생각합니다만, 그렇습니다, 여동생으로부터 이야기를 들었습니다. 처음에는 여동생 자신이 유학을 가고 싶다며 상담을 청해 왔습니다만, 도중에 갑자기 변해 버린 일이 있습니다. 제가 일전에, 4월 중순 경에 서울에 왔을 때 여동생에게 유학을 권하고, 하 선생님도 뵈려고 했습 니다만, 이쪽에서 열심히 할 거라며 완고하게 받아들이지 않았습니 다. 그 일은 그렇게 끝나고 말았는데, 그런 일이 있었습니다."

"지금 오빠가 말씀하신 그 갑작스런 변화의 문제가, 그렇게 변할 때 까지의 기간인 봄부터 4월 중순에 걸쳐서 무슨 일이 있었던 게 아닐까 요. 제주도사건도 그 사이에 일어났고(이방근은 가슴이 덜컹 내려앉았다), 어쨌든 저로서는 지금 솔직하게 친오빠 앞에서 이야기를 하고 있습니 다만, 다시 한 번 유원 양의 일본 유학을 권하고 싶습니다. 나는 댁과 먼저 만나 무슨 이야기를 할 것인가, 처음에는 망설였습니다만, 이걸 로 마침 잘 된 것 같습니다. 도쿄 유학에 관한 일을 댁에서 본인을 포함한 여러분 앞에서 직접 이야기하기보다는, 미리 친오빠와 상담하는 편이 좋겠지요. 그리고 그 일에 관해 오빠의 협력을 얻고 싶다. 이처럼 생각이 급변했습니다. 그런 일을 생각하고 있다가 그만 내릴 정거장을 지나쳐 버려 조금 늦어졌지만, 나는 지금 이 자리에서 미리 오빠를 만날 수 있어서 오히려 잘 됐다고 생각하고 있습니다. 이번 9월의 신학년 제1학기부터 유원 양은 4학년이 되기 때문에, 앞으로 1년만 있으면 대학을 졸업하게 됩니다. 실제로 제 입장에서는 1년 후면 졸업을 앞둔 우수한 학생을 중퇴라는 형식으로 그만두게 하거나, 일본으로 보내기는 싫습니다. 책임도 무거울 뿐만 아니라, 가슴이 찢어지는 심정입니다. 지금으로서는 비밀이기 때문에, 학교에서 그것을 인정할지 어쩔지 알 수 없습니다. 본인의 의사로 학교를 그만둔다면, 그건 어쩔 수 없는 일이겠지만……."

하동명은, 이런 생각은 자신을 폄하하는 일임을 알고 있지만, 유원의 재능을 키워 주려면 조국을 떠나, 도쿄에서 음악공부를 계속하는 것이 좋겠다고 생각한다. 제주도를 비롯한 전국적으로 게릴라 투쟁이 확대될 것 같은 혼돈스런 이 나라의 정세 속에서, 서울도 마찬가지지만 어수선한 가운데 음악공부는 제대로 할 수 없다. 이런 이야기를 하는 자신은 교사로서 모순에 빠져 있다. 학생은 유원만이 아니고, 자신은 현재 연주가이기도 하지만 대학에서 음악교육을 담당하고 있는 사람일 뿐만 아니라, 서울에는 여러 개의 음악학교가 있다. 유원 스스로 외국에 가는 의사가 있는 것이라면, 그건 어쩔 수 없는 일이겠지만, 교사가 특정의 학생에게만 그것을 권장하는 것은 반교육적인 일이 되기 쉽다. 유원은 정치 활동에서 손을 뗀다고 서약할 것이다. 그렇다고 상황이나 환경이 바뀌는 것은 아니다. 이 나라에 어떤 일이 일어날지 알 수 없을 것이다. 정치 활동에서 일체 손을 떼겠다는 각오로 외국에 나갈 수는 없는 것인가, 정치 우위주의는 예술을 죽인다. 이런 일은 어떤 의미에서는, 교사로서 반조국적인 일이 되는 것은 아닌가 하는 생각을 한다. 사대주의로서. 이번에는 서울에 잘 오셨다. 어떤가, 댁은 어떻게 생각하는가. 거기에 가서 영주를 하는 것도, 일본인이 되는 것도 아니다. 가정으로서는 결혼이라는 어려운 문제가 있겠지만……. 물론 당숙에 해당하는 이건수 씨나 고향의 아버님과도 상담을 해야겠지만, 우선 친오빠인 당신의 의견을 듣고 싶다. 그리고 올봄과 마찬가지로 도쿄 유학을 찬성한다면, 유원 양에게 큰 영향력이 있는 당신의 조력을 부탁하고 싶다…….

대체로 이러한 내용을 이방근에게 이야기하면서 하동명은 도중에 시종 얼굴에 띠고 있던 가벼운 웃음을 지우고, 자신의 의중을 내비쳤다.

이방근은 쉽게 대답을 찾지 못했다. 그러나 그 눈은 크게 열려 있었다. 아니 도대체, 이게 어떻게 된 일인가. 유원의 도쿄 유학의 실현을 위해, 하 선생님의 큰 힘을 빌리고 싶다……라고 이쪽에서 말을 할 예정이었다. 눈앞의 안경을 쓴 남자는 도대체 누구인가. 둘이서만 만나 상담을 하고 그 협력을 얻으려고 생각했던 것이 완전히 뒤바뀐 느낌이었다. 앞에 있는 것이 과연 하동명인지, 하동명의 모습을 한 이방근, 아니 이방근 자신이 아닌지 착각이 들면서, 한동안 앞에 있는 얼굴을 거울을 들여다보듯이 찬찬히 바라보고 있었다. 마치 혼이 빠져나간 듯한, 참으로 이상한 것을 보기라고 하는 것처럼 기묘한 얼굴을 하고서. 이방근의 마음은 완전히 통째로 퍼 올려져, 대답할 아무것도 남아 있지 않았다. 목이 끼익, 끼이―익 하고 삐걱거리며 180도 급회전을 하더니 입장이 뒤바뀌어 있었다.

"핫핫하아. 그렇군요. 하 선생님……. 핫, 핫하, 아니고 이거, 저는 지금 일종의 감동에 빠지고 말았습니다."

이방근은 지금까지의 목소리와 어투를 완전히 바꾸어 연장자의 면전에서, 그리고 여동생의 선생 앞에서 실례가 될 만큼 소리 내어 웃었다. 그는 허무를 느끼고 있었다. 마음속에 텅 빈 울타리가 갑자기 생겨서, 지금까지 들리지 않던 음악이, 불안하면서도 피를 토하는 소프라노처럼 노래를 부르는 바이올린의 날카로운 선율이 떨리는 영혼의 음색을 울리며, 창으로 불어 드는 바람과 함께, 몸 안쪽의 텅 빈 울타리로 떨어져 왔다…….

교수는 무슨 일인지 이해하지 못하고 잠시 멍하니 있었다. 그 자상하게 깜박이는 눈의 성실한 교수의 얼굴이 노기로 일그러지기 전에, 이방근은 자신의 웃음소리에 제정신이 들었다.

"아니, 이거, 하 선생님, 저는 지금 제 자신의 내부에서 뭔가 통째로 떨어져 나간 것 같은, 그 강력한 힘의 반동으로 감동하고 있습니다. 실은 본인의 도쿄 유학을 설득하기 위해서, 그래서 먼저 하 선생님을 뵙고 조력을 부탁드릴 생각이었습니다."

"그렇다면 당신은 유원 양의 유학을 친오빠로서 찬성하는 겁니까?"

"물론입니다. 다만, 본인이 말이죠……."

이방근은 배후로부터 힘껏 떠밀리는 듯한 기세로, 이거 큰일 났다고 생각하면서 그렇게 대답하고 말았다. 그렇게 말하지 않을 수 없었다. 일은 현실적인 느낌으로 압박해 왔다. 아무래도 퇴로가 막혀서 후퇴할 수 없을 것 같은 느낌이 들었다.

"그건 고마운 일입니다." 하동명의 얼굴이 빛났다. "본인을 설득하기 위해서는 지금 무엇보다도 오빠의 힘이 필요합니다."

"……"

하동명은 허리를 들어 천천히 일어나더니, 손을 뻗어 이방근에게 악수를 청했다. 이방근은 정말로 기묘한, 이유를 알 수 없는 전후좌우가 뒤죽박죽이 된 듯한 느낌으로 피아니스트의 다부진 손을 맞잡았다.

악수를 끝내고 자리에 앉아 손목시계를 보니, 어느새 다섯 시였다. 숙부의 집에도 지금부터 간다고 전화를 하는 편이 좋겠지만, 혼이 빠져나간 듯한 뭔가 도착된 느낌에 사로잡히면서 보다 중요한 전화를 깜박 잊고 있었다. 박갑삼이었다.

이방근은 상대에게 양해를 구하고 자리에서 일어나 전화가 있는 아래층으로 갔다. 계단을 내려가면서 상의 가슴주머니에서 작은 수첩을 꺼냈지만, 가게 안의 전화는 피하는 게 좋겠다는 생각을 했다. 황동성은 박갑삼과는 다른 사람으로, 합법적인 이름이었고, 지금은 국제통신사의 간부로 일하고 있었기 때문에(황동성이 맨 처음 만났을 때부터 새로운 합법적인 신문 발행의 이야기를 꺼내었고, 또 현재 국제통신에 관계하고 있다는 것은, 그의 과거를 알고 있는 우상배의 이야기를 듣고 어느 정도 납득할 수 있었다), 별일은 없겠지만, 그러나 경계는 필요했다. 창가의, 계단 쪽이 보이는 자리에 앉아 있던 이방근은 하동명과 이야기하면서도, 자신보다 늦게 계단을 올라오는 손님의 모습을 넌지시 주시하고 있었다.

이방근이 입구에서 가까운 카운터 옆에 있는 전화 쪽을 흘깃 바라보면서 문을 나오려 할 때, 누군가가 달려와, 방근 선생님하고 말을 걸었다. 누군가 했더니, 조영하였다. 이방근은 한순간 움찔했으나, 별일 아니었다. 아마 조영하와 만난다고 했으니까 여동생 유원과 함께 있을 것이다.

"벌써, 돌아가시는 건가요?"

유감스러워하는, 조금 아양을 떠는 듯한 표정으로 말했다.

"아니, 그……." 이방근은 전화를 걸려고……라는 말이 거의 입 밖으로 나올 뻔한 것을 억눌렀다. 전화는 이 가게에도 있지 않은가. 게

다가 지금 그 전화는 비어 있었다. "담배를 좀 사려고……. 여기는, 그 뭐냐, 그렇지, 일전에 유원과 셋이서 만난 곳도 여기지. 유원은 아직 있나?"

"방금 전에 헤어졌는데요, 방근 선생님이 2층에 계신 것은 알고 있었어요. 우리 학교의 음악부 선생님과 만나고 계시죠. 유원 동무에게 들었어요."

"그러고 보니, 동무는 같은 학교의 영문과였지. 여기는 동무들이 자주 모이는 곳인가?"

"그렇지는 않지만, 자주 옵니다. 저어……. 선생님, 일전에는 감사했습니다. 제가 담배를 사 올까요?"

이방근은 아니, 됐어, 다른 것도 살 게 있고 해서, 고맙다는 말과 함께 문 밖으로 나왔다. 그는 이 근처 어디에 공중전화가 있는지 잘 알지 못했다. 허둥지둥 찾아다니는 것은 좋지 않다. 화신백화점 쪽으로 가면 있을 것이다. 그는 혼잡해진 보도의 통행인 사이를 걸어갔다. ……선생님, 일전에는 감사했습니다. 조영하의 목소리였다. 일전이라니, 언제를 말하는 것일까. 올봄에 서울에서 여동생과 함께 세 사람이 만난 일을 말하는 것인가. 3일 전에 유치장에서 돌아온 여동생을 위해 열었던 파티를 말하는 것인가. 둘 다를 가리키고 있을 것이다. 모두를 아우르는 표현이었다.

이방근은 아직 알코올 기운이 몸에서 빠져나가지 않은 탓도 있지만, 그래, 이건 뭔가 강한 한약을 마신 뒤의 그 어지러움과 비슷하다고 생각하면서 걸어갔다. 몸이 아니라 머리에 취기가 무겁게 집중되었고, 게다가 머리의 움직임은 취기에도 아랑곳없이 명석했다. 이상한 감각이었다. 전화박스는 금방 눈에 띄었다. 약속한 다섯 시가 조금 지나 있었다. 보도 옆에 있는 전화박스로 들어가자 더웠다. 마음이 초조한 탓인지 이마에 땀이 배어, 이방근은 전화를 걸면서 한쪽 발의 구두 끝으로 전화박스의 문을 밀어 밖의 공기를 들여보냈지만, 그 대신 소음도 함께 들어왔다.

전화의 연락처는 올봄에 왔을 때 찾아갔던 남대문 자유시장 안이 아니라, 뭐하는 곳인지는 모르지만 어딘가의 개인 사무실 같았다. 예상했던 것처럼 황동성은 부재중이었고, 퉁명스러운 목소리의 남자가 일곱 시에 합동법률사무소에서 만나고 싶다는 전언을 사무적으로 전했다. 조금 사정이 있어서 지금 본인과 연락을 하려고 하는데, 장소를 알 수 없냐고 물었더니 한층 퉁명스런 목소리로 모른다고 했다. 이방근은 호통을 쳐 주고 싶을 만큼 화가 치밀었지만, 어쨌든 상대방의 전화번호를 알아낸 뒤, 백화점의 혼잡함을 가까이에서 느낄 수 있는 전화박스에서, 저녁 바람이 볼에 느껴지는 밖으로 나왔다. 오늘 밤도 일곱 시, 일전에도 일곱 시였나, 아니, 여덟 시였다. 오늘 밤은 도저히 만날 수는 없을 것 같은데. 이건 또 뭔가. 오늘 만날 수 있다고 확약을 한 것도 아닌데, 일방적으로 정해 버리고……. 이방근은 철봉이라도 삼킨 것처럼 등줄기가 새우등인 자신과는 다르게 반듯한 자세의 박갑삼을 떠올리면서 걸었다. 기분은 매우 좋지 않았다. ……아니, 잠깐만, 이방근은 자신도 모르게 걸음을 멈추었다. 그렇지 않다. ……아마도 다른 볼일이 생기겠지만 가능하면 시간을 비워 둘 테니 그때 만나자고 대답했을 터였다. 그 말을 듣고 상대는, 그럼, 그때 만나기로 하고……라는 말로 전화를 끊었던 것이다. 합동법률이라는 것은 일전에 서울에 왔을 때 박갑삼과 만났던 장소인 것 같은데 아직도 관계가 있는 모양이었다.

이방근은 서둘러 다방으로 돌아갔다. 계단을 올라가면서 숙부의 집에 전화를 걸지 못했다는 것을 깨달았지만, 그건 어쩔 수 없는 일이었다. 이제 와서 다시 전화를 걸 기분은 아니었다.

두 사람은 잠시 후에 자리에서 일어났다. 기묘한 의식, 두 사람만의 묵계는 끝났다. 이방근은 자신의 내부에서 서로의 분신이, 순간 기묘하게 하나가 된 감각에서 겨우 빠져나왔다. 그리고 지금 처음 만나는 사람처럼 연상인 교수의 얼굴을 쳐다보며, 어떤 친근감을 느꼈다.

계단을 내려올 때까지, 두세 사람이 하동명에게 다가와 인사를 했고, 또 그는 아래층에서도 지인과 인사를 나누었다. 조영하가 다시 자리에서 일어나 하동명에게 인사를 하고 나서, 이방근을 문까지 전송했다.

"한번 놀러 가도 될까요?"

친구인 유원의 집이니까, 놀러 간다는 말을 할 필요도 없지만, 요컨대 오빠인 이방근과 만나고 싶다는 뜻일 것이다. 그리고 표면적으로는 유원을 찾아오는 것이 된다. 이방근은 웃으면서 놀러 오라고 말하고 밖으로 나왔다.

하동명은 '백조'의 단골손님인 모양이었다. 이방근은 여기에 자주 오시냐고 물어보았다. 하동명은 그렇다고 대답하고 가게 주인은 자신의 친한 친구인데 음악을 좋아한다고 덧붙였다.

"아아, 그렇습니까, 그랬군요."

감탄한 듯한 이방근의 목소리였다.

하늘은 여전히 옅은 구름이 끼어 있었지만, 동에서 서로 달리는 종로의 저편, 안산에서 인왕산으로 이어지는 산줄기가 검푸르게 그늘지고, 그 아득히 먼 하늘이 옅은 암적색으로 물들어, 마치 새벽처럼 밝았다. 저녁 무렵의 시원한 바람이 그쪽에서 불어왔다.

지금, 하 교수에게 우상배의 이야기를 하고, 그 배로 이번 8월 말이나 9월 초에라도 여동생을 일본에 보낼 생각이라고 말하면, 이 대단한 선생님도 깜짝 놀라지 않을까. 아니, 그게 문제가 아니다. 하동명도 깜짝 놀라겠지만, 그보다도 이방근은 유원에 대한 하동명의 큰 기대와 유학에 대한 강한 의지에 압도되어, 도저히 우상배의 배에 관한 이야기를 꺼낼 수가 없었다.

유원은 정치 활동에서 일체 손을 끊겠다고 서약을 하고, 그 약속을 지킬 것이라고 담임교수는 말했다. 이방근은 자신이 결코 아버지 이태수의 뜻을 대변하는 것이 아님에도, 결과적으로는 그러한 모양새가 되어 버린 자신을 불쾌하게 생각했다. ……그래, 그렇지는 않다. 아버지의 뜻을 대변하기는커녕, 사태는 지금 그것을 크게 앞질러가고 있었던 것이다.

한동안 복잡한 거리를 걷고 있던 두 사람은 큰길을 건넜다. 그리고는 택시를 타고 집으로 향했다. 이방근은 조금 전에 느낀 기묘한 취기는 상당히 수그러들었지만, 마음이 왠지 들떠 있었고, 지금 자동차가 어딘가 어두운 구름 속으로 돌진해 가는 기분이었다.

3

갑자기 저녁이 다가온 느낌이었다. 조금 전까지만 해도 옅은 구름이 끼어 있던 하늘은 어느새 검은 구름으로 덮이기 시작하더니, 기묘한 모양으로 밝게 빛나는 저녁놀이 물속에 잉크를 푼 것처럼 거리의 절반을 물들이며, 뭔가 병적인 빛깔 속에 잠기게 만들었다.

이방근은 질주하는 택시의 흔들림에 몸을 맡긴 채, 얼마 전까지 생각지도 못했던 일에 동요하고 있었다. 하동명과 공감하고 기대하지도 않던 묵계가 성립되면서, 지금 그 실현을 위해서 질주하고 있음에도 불구하고, 정작 여동생 본인에게는 하 교수와 함께 일본행 문제를 이야기해야 할지 말아야 할지 암운에 휩싸인 채 망설이고 있었다. 다른 게 아니라, 바로 한두 시간 전에 서로 의기투합, 확약이 성립된 것이었다. 그것이 낡은 자동차가 튀어 오를 때마다 솟구쳐 오르는 기세로 발밑에서부터 흔들리기 시작했던 것이다. 택시는 설마 이쪽의 동요가 순간적으로 옮겨 간 것도 아닐 터인데, 마침 신호가 청색이라서 이끌려 간 것인지, 종로 1가 교차로에 있는 화신백화점에서 우회전하여 북상해야 할 순간에 그대로 돌진해서 광화문 쪽을 향했다.

사냥모자를 쓴 중년의 운전수는 손님에게 어디로 가는 거냐는 책망을 듣고 나서야 정신을 차린 듯, 모자를 가볍게 들어 올려 사과하면서 광화문 넓은 십자로를 우회전해, 관아가인 세종로로 들어갔다. 고의로 그런 건지, 좀 전에 전차를 타고 있다가 내릴 정거장을 지나친 하동명처럼 무언가를 생각하고 있었던 것인지, 다시 빙 둘러 거꾸로 달리면 상당히 돌게 되겠지만, 이방근은 개의치 않았다. 10분 정도의 거리가 그 두 배인 20분이 걸린다 하더라도, 그것이 생각지도 않게 일어난 동요에 결단을 내려야 할 집행유예의 시간이라도 된 듯이, 도중에 다른 지름길로 가려는 운전수에게, 세종로를 그대로 달려, 중앙정청—엊그제까지 미 중앙군정청이었던 그 앞에서 우회전할 것을 주문했다.

암운과 저녁놀이 교착하는 조금 괴기한 하늘 모양 아래, 중앙정청의 장중하고 옆으로 긴 석조 건축—일제 지배의 상징적인 건축의 모습이 구조선총독부의 존재감 그대로 압박해 왔고, 그것이 저녁놀 속에서 기묘한 색채를 띠며 주위로부터 떠오르듯이 두드러지게 눈에 띄었다. 정면 중앙부에 뾰족한 첨탑을 갖추고 돌출한 돔 모양의 지붕을 양분하여 왼편 절반이 핏빛으로 물들어 있고, 그늘진 쪽의 동쪽 절반이 무수하게 빛나는 창의 불빛을 감싸고 밤처럼 완전히 검게 칠해져, 중앙부를 경계로 마치 건물이 두 종류로 분단된 것처럼 이상한 모양새를 하고 있었다. 후방에 솟아 있는 검은 북악산의 한 모퉁이도 저녁놀에 빨갛게 마치 그림물감을 바른 것처럼 빛나고 있었다.

"구름의 형세가 수상쩍은 날씨군요."

운전수가 저녁놀의 색깔에는 관심을 보이지 않고, 빨갛게 물든 공기층을 헤치고 나가는 전방을 주시하며 말했다. 좌우의 연도는 관청과 신문사로부터 나온 이상하게 거무칙칙해 보이는 사람들의 그림자들로 넘쳤다. 조금 열린 택시의 창문 틈으로 시원한 바람이 불어 들어왔다. 습기가 없는 덕분에 더위로 끈적거리지 않고 상쾌했다. 북악산의 후방으로는 멀리 북한산 상공을 내리누르듯이 낮게 드리운 구름이 거칠게 움직이는 것이 보였다.

"비가 오려나, 아니면 폭풍이……?"

이방근이 말했다.

"폭풍? 폭풍은 아니겠지요. 폭풍은 질색입니다. 태풍은 바로 얼마 전에 지나갔으니, 비라도 한바탕 내리려나 봅니다. 으르렁거리는 번개를 동반할지도 모르지만요. 사장님은 번개가 아무렇지도 않습니까."

"아, 사장님이란 말이죠." 술장사하는 여자와 마찬가지로, 적당히 명칭 없이 사장이나 선생님이라고 부르면 된다. 사장이라면 시골의 사장, 선생이라면 시골의 선생을 말하는 것일 게다. 이방근은 잠시 머뭇거리다 말했다. "그건 어디에 떨어질지 모르니까요. 자신에게 떨어져도 상관없다고 생각하고 있으니 아무렇지 않아야 되는데, 그렇지가 않아요."

"정말로 번개는 어디에 떨어질지 알 수가 없어요. 속담에, 나쁜 놈

옆에 있으면 번개를 맞는다고 하는 말이 있지만, 그게 나쁜 놈이 맞지 않는 경우도 있거든요."

하동명이 웃으며 한마디 끼어들었다.

"그렇고말고요. 사장님, 나쁜 놈에게 번개가 친다고 하지만, 말도 안 됩니다. 번개님은 믿을 수가 없다니까요. 정말로. 요즘 세상에선 믿을 거라고는 하나도 없지요. 글쎄, 마누라도 믿지 못할 때가 많다니까요……."

택시는 이윽고 집 근처 큰길로 접어들었다. 이방근은 하동명과는 기묘한 공감에 사로잡혀 있으면서, 여동생의 일에 대해서는 다방을 나온 뒤로 아무런 이야기도 나누지 않았다. 친오빠의 협력에 감사드립니다, 기쁜 일입니다…… 하고 작은 목소리로 말하는 하동명의 이야기를 눈부신 느낌으로 들으면서, 어느새 수동적인 자세로 고개를 끄덕이고 있는 자신에 적잖이 놀라고 있었다. 숙모의 말대로, 인간의 마음은 변소에 들어갈 때와 나올 때가 다르다고 하듯이, 이방근은 내심 하동명과의 방금 전에 했던 약속조차 거의 무시하려 드는 상황이었고, 자동차가 안국동의 언덕길로 접어들어 천천히 올라가기 시작했을 때는, 하 선생님, 어떻습니까, 오늘 밤 여동생에게 그 이야기를 하는 건 그만두는 것이 좋지 않겠습니까……라는 말을 꺼낼 뻔했다. 그러나 그것은 이미 상대가 중얼거리듯이 이야기해 온 말을 뛰어넘을 수 있는 힘을 갖고 있지 못했다. 아니, 그는 여동생의 일본 유학에 대한 하동명의 열의에 압도되어 있었다. 옆에 앉은 바싹 마르고 뼈가 튀어나온 손을 가진 사십 대의 남자는 지렛대를 사용해도 꿈쩍 하지 않는 바위처럼 보였다. 한순간이었지만 뭔가 장애물처럼 생각되기까지 했다. 이방근은 어느새 가족과 하 선생 사이에 낀 듯한 느낌이었고 숙부인 이건수 못지않게 급변할 것만 같았다. 어떻게 할 것인가, 그

때문에 와 있으면서도 하 교수와 여동생의 일본행에 관한 상담을 해야 할지 말아야 할지, 다방 앞에서 갑자기 발걸음이 무거워졌던 그때의 기분이 재차 되살아났다. 이방근은 긴장한 탓인가 정차하자마자 현관으로 마중을 나온 여동생 앞에서, 잠시 서 있다 안으로 들어갔다. 일찍 귀가한 숙부도, 숙모도 인사하러 나와 있었다.

이방근은 안쪽에서 감돌고 있는 요리 냄새, 영계백숙이라도 끓이고 있는 것인지, 조선 인삼이 섞인 냄새가 났는데, 하동명과 공명공감, 기묘하게 합일을 이룬 뒤 뜨겁게 부풀어 올랐던 기분은 왠지 모르게 완전히 사라져 있었다. 지금은 고통스럽기까지 했고, 하동명이 먼저 말을 꺼내게 될 여동생의 유학 이야기가, 과연 어떤 식으로 전개될 것인지 지켜보고 싶은 기분, 어느덧 자신이 제삼자인 국외자의 위치에 있는 것 같은 착각마저 들었다.

"늦었네요. 숙모님이 왜 이리 늦냐고 걱정하고 있었어요."

유원이 말했다.

"아, 조금 늦긴 한 것 같은데, 그렇다고 걱정할 일은 아무것도 없어. 무슨 특별한 일은 없었지?"

"아니요, 없어요."

무슨 특별한 일은……? 아니요, 없어요. 지극히 명확한 대답이었지만, 무슨 일 없었어? 오랜만의 외출이라 그런가. 숙모가 설마 유원에게 하동명과 만나는 목적을 말하지는 않았겠지……. 이방근은 걱정스러운 듯 숙모의 표정을 흘낏 바라보았을 뿐, 말 거는 것을 삼갔다. 하동명에게 일임한 일이니까. 방근아, 어땠어? 선생님이 설마 유원의 일본행을 권하는, 말도 안 되는 말씀은 하지 않으시겠지……. 숙모의 온화한 표정의 밑바닥은 돌의 울림처럼 딱딱했다. 하동명의 의견, 그리고 그와 쌍둥이처럼 변한 이방근의 생각이 겹쳐지면, 아닌 밤중에 홍두깨, 유원을 이국에 보내고 싶지 않은 숙모의 바람을 짓밟게 될 것이다. 그것을 알면서 이방근은 하동명과 미리 만났고, 크게 의기투합하여 묵계까지 맺었던 것이다.

선생님을 거실로 안내한 유원은 정좌한 자세로 인사를 하고 나서 하동명에게 다시 한 번 감사를 표한 뒤 부엌으로 가기 위해 일어섰다.

이방근도 손님도 상의를 벗고 탁자의 자리에 앉았다. 하동명의 맞은편에 숙부와 이방근이 나란히 앉았다. 벌꿀을 섞은 홍삼차를 마신 뒤에, 술은 하동명에 맞추어 맥주가 나왔다. 탁자 위에는 껍질째 삶은 돼지고기, 시간을 들여 푹 고아낸 갈비찜, 병어회, 게장, 그리고 미역과 양파 등의 초무침, 도라지 따위 산채 무침이 놓여 있었다. 조선 인삼이 스며든 영계백숙의 냄새가 강하게 풍겼다. 아니, 아무래도 삼계탕을 식사 대신 끓이고 있는 모양이었다.

뒤뜰 너머로 펼쳐진 하늘에는 이미 저녁놀의 색깔은 없었고, 아직 완전한 일몰 시간이 아닌데도 빠르게 땅거미가 주위를 덮었다. 시원한 바람이 불어 들면서 부채와 선풍기는 필요 없었다. 운전수가 말한 대로 한바탕 비가, 그것도 천둥 번개를 동반하고 쏟아질지도 몰랐다.

술잔이 오가고 몇 마디 잡담이 계속되었지만, 하동명은 본인이 자리에 없어서 그런지, 그리고 이미 친오빠와도 만난 탓인지 유원의 문제는 언급하지 않았다. 그다지 말수가 많지 않은 손님인 선생은, 다방에서 만났을 때도 그랬듯이, 고향에서 막 나온 이방근에 대해서, 동란의 제주도의 사정은 어떠냐는 인사말 한마디 묻지 않았다. 이야기가 정치적으로 흘러가는 것을 경계했기 때문일 것이다. 이방근은 하동명이 먼저 유원의 이야기를 꺼낸다면, 어떻습니까, 여동생의 일본 유학 건은 오늘 밤이 아니라 후일에라도……라고 말참견을 하며, 크게 급변했을지도 모른다.

말린 생선을 굽는 형용할 수 없는 향기로운 냄새가 거실로 흘러들어왔다. 간석어(乾石魚), 조기를 말린 것인데, 다른 생선에 비해서 맛이 좋은 같은 조기를 말린 것이라도 이것이 최고라고 일컬어지는 전라도 명산의, 특히 '굴비'라 불리는 것으로 가격도 조금 비쌌다. 숙모가 남대문 아침시장에서 사 온 것이다. 일단 소금을 바른 뒤 숯불로 건조시킨 일종의 훈제 조기로, 다른 조기를 말린 것과는 풍미를 달리한다. 건조시킨 것을 일단 물에 불려서 참기름을 바르든가, 아니면 반쯤 말린 것에 참기름을 발라 구워 먹으면, 그야말로 일품, 더할 나위 없이 맛있다. 향기로운 냄새는 참기름 바로 그것이다. 잠시 후에 막 구운 굴비가 각각의 큰 접시에 한 마리씩 담겨져 나왔고, 거기에서 나는 맛있는 냄새가 단숨에 탁자 위를 압도했다. 말린 것이지만 하얀 속살은 적당히 두껍고 쫀득쫀득한 데다 부드러웠다. 손님에게 권하고, 자신도 젓가락을 대면서 숙부인 이건수는, 어째서 같은 조기인데도, 이건 조기가 아니라 굴비라는 이름이 붙은 것인지, 방근이 너는 알고 있냐고 웃으며 말했다. '굴비' 하면 전라도 굴비, 특히 영광 굴비라고 하듯이, 영광에서 난 것이 유명한 것은 알고 있지만, 자세한 유래는 생각이 잘 나지 않았다. 갈비가 아닌 굴비는, 분명히 한자로 '屈非'라고 쓸 터였다.

　"글쎄요, 제 입은 먹기만 잘하는 입이라 말이죠. 아마 고려시대 왕의 외척인 권력자가 전라도의 영광으로 유배된 역사적 사실에서 유래되었다고 들었습니다만, 굴비라는 것은 원래 생선의 이름이 아니고 별명 같은 것인데, 이것도 역시 같은 조기에 불과할 겁니다."

　"으흠, 역시 방근이야. 나도 그냥 물어봤을 뿐이야. 특별히 '만물박사'도 아니니까. 이전에 우리 건국일보에서 '식물지(食物誌)'라는 연재물이 있었는데, 거기에 영광굴비 이야기가 나와 있었거든. ……하 선생님은 알고 계십니까?"

하동명은 온화하게 웃으며 고개를 가로저었다.

"그렇지, 그걸 소개해 볼까. 말이 나온 김에 말이지." 이건수는 자리에서 일어나 하동명의 뒤쪽으로 돌아가 책장의 유리문을 열고, 신문의 스크랩을 꺼내 자리로 돌아왔다. 3, 4일 전 것은 대학노트를 대용하고 있었는데, 지금 손에 들고 있는 것은 제대로 된 제품이었다. 숙부는 돋보기를 걸치고 스크랩에서 해당되는 내용을 찾았다. 그는 꼼꼼하게 오려 두고 있는 모양이었는데, 스크랩을 이따금 꺼내 읽어 보는 것이 싫지는 않은 모양이었다.

"간단한 내용이니까 한번 읽어 볼까요. 하 선생님, 어서 드세요. 드시면서 들어주세요. 자아, 어서. 그러니까ㅡ, 이 조기 말린 것이 굴비라고 불리게 된 경위……는 말이지. 고려 제17대 인종의 척신인 이자겸은 둘째 딸을 제16대 예종의 비로 보내고, 또 셋째 딸, 넷째 딸을 외손이자 아직 어린 인종의 비로 삼았다……. 어험, 이것 좀 보라구. 자신의 두 딸을, 자신의 영화와 권력의 확대를 위해, 그것도 같은 딸이 난 외손자의 아내로 삼다니……."

"조선시대의 부원군(왕비의 부친), 게다가 이모와 조카를 결혼시켜서까지 이중의 부원군이 되었다는 것이지요."

"그래, 그래, 이건 모처럼의 굴비 맛이 떨어지는 이야기로군. 굴비쪽으로 빨리 이야기를 되돌려야지. 그러니까……."

이야기는 이렇다. 모든 대권을 그 일파가 장악, 마침내는 손자에 해당하는 인종의 왕위까지 찬탈하려는 움직임을 알게 된 어린 왕은 심복과 도모하여 이자겸 일파를 제거하려고 군사를 일으켰으나 실패했다. 이자겸은 왕을 자택에 감금하고 독살도 마다 않는 전횡을 펼쳤으나, 나중에 측근이 모반을 일으켜 친왕파에게 반격을 당해, 처자와 함께 붙잡혀 전라도의 영광, 당시의 정주(靜州)에 유배되었다. 그때 유배지인 정주에서 맛본 말린 조기가 도읍인 서울에서는 도저히 맛볼 수 없는 맛이라는 것을 느낀 그는, 이것을 자신의 이름으로 궁궐에 진상했다. 이자겸은 이 생선을 먹으며 세상에 자신의 건재함을 과시, 자신은 옳았으며, 결코 굴한 것이 아니라는 의미를 담아 이 진상품을 '정주 굴비'라고 이름을 붙였다고 한다. 이자겸은 유배지에서 사망, 이윽고 '굴(屈)'이 '구(仇)'로 바뀌고, 그것이 이 지방의 말린 조기를 '구비(仇非)'로 부르게 되었다는 유래이다……. 유배의 몸이 되고 나서 비로소 알게 된 서민의 맛이라고나 할까.

탁자를 사이에 두고 마주 앉은 하동명은 굴비를 입안으로 옮긴 젓가락을 놓으며, 그렇구나 하면서 크게 고개를 끄덕였다.

"하 선생님, 굴비라는 것은 천 년 이상이나 된 전통적인 제조법으로 만들어진다고 하니까요."

돋보기를 벗고 스크랩북을 옆에 놓은 숙부는, 왼손가락으로 접시에 놓인 생선의 꼬리 부분을 누른 채 젓가락으로 크게 살점을 발라내면서 말했다.

무엇 때문에 숙부는 신문의 스크랩을 꺼내면서까지 굴비 이야기를 한 것일까. 우연히 굴비가 눈앞에 있었고, 이야기를 이어 가기 위함이었을까. 그는 슬슬 유원을 부르는 게 어떠냐고 이방근을 재촉했다. 이방근은 그 자리에서 불러도 충분히 들리는 거리인 부엌에 있었지만, 여동생을 부르기 위해 일부러 자리에서 일어났다. 그는 여동생을 부르고 나서, 누구보다 먼저 자신이 여동생에게 말을 꺼내야 된다는 것을 의식하고 있었다. 원래는 사전에 여동생과의 이야기가 제대로 되어 있어야 하는 것을, 지금 담임교수 앞에서 비로소 유원에게 확인을 재촉하는 모양새가 된 것이 꺼림칙했다.

……앞으로는 정치 활동에서 일체 손을 뗀다……. 이 얼마나 고약한 냄새를 풍기는 말인가. 굴비가 됐든 갈비가 됐든 도중에 맛이고 향이고 다 달아나 버릴 것 같은 말이었다. 숙부와 함께 몇 번이나 이방근의 머릿속에서 발효할 만큼 반복된 일이었다. 그리고 오늘 다방에서 처음 만난 하동명과도 서로 확인을 하면서, 실제로는 일본 유학으로 아무런 쓸모가 없어진다는 것을 암묵리에 전제로 한 그 서약의 강요를 직접 여동생에게 하지 않으면 안 되었다. 이방근은 완전히 아버지 이태수를 대변하는 위치에 있었다. 아버지는 여동생이 제주도에 없는 것을 얼마나 다행스럽게 생각하고 있을까. 여동생이 경찰에 유치된 것은 절대 비밀에 붙이고 있었으나, 만일 이 사실이 고향에 알려지게 된다면 아버지는 충격으로 쓰러지고 말 것이다.

"그러니까, 유원아, 오늘은 하 선생님과 오빠는 밖에서 처음으로 만나서, 일부러 집에까지 오시게 됐다. 그래서……." 이방근은 왼편의 뒤뜰 쪽을 등지고 앉은 유원을 보며 말했다. "유원이도 대략 일은 생각하고 있겠지만, 그렇지, 음, 이런 말투는 하 선생님께 실례가 될 거야. 왜냐하면, 선생님을 뵙기 전에 이미 너와 이야기를 마친 상태에서, 그리고 그 결과를, 학생으로서 앞으로의 자세, 태도와 같은 것을 말씀드리는 것이 상식이라고 생각하기 때문이야. 이제 와서, 선생님 앞에서 오빠가 너에게 확인을 한다고 하는 것은, 상당히 무질서한, 그래, 이건 완전히 일이 반대로 진행되고 있는 듯한 느낌이긴 하구나. 그런데 식사는 했나?"

"예, 숙모님과 저쪽에서 했어요."

하얀 원피스를 입은 유원은 자신이 가져온 커피 잔을 손에 들고 가볍게 홀짝이며, 오빠의 다음 말을 기다렸다.

"그리고, 너는 학교에 가겠지."

"예……?"

"그래, 학교는 어떻게 할 거냐?"

나는 도대체 무슨 말을 하고 있는 건가.

"……" 유원은 어리둥절해서, 아니, 누군가로부터 심문이라도 당하고 있는 듯이 순간 날카로운 의심의 눈초리로 하동명과 오빠를 번갈아보며 표정이 굳어졌다. "학교는 9월부터잖아요. 전 지금 오빠가 무슨 말을 하는지 모르겠어요."

"그렇군, 오빠의 말투가 잘못되었어. 즉 '성실'하게 다닐 거냐는 말이지."

만취한 채 어딘가 길 위에 서 있는 것도 아니다. 대체 나는 여동생을 향해 무슨 말을 하고 있는 것인가. 상대의 부드러운 마음에 무딘 독처럼 쏟아지는 심술궂은 말. 이방근은 건성으로, 자신의 말이 아닌 유리창 너머의 다른 사람의 일 같은 느낌으로 말했다.

"성실하게라니, 저는 성실하게 살고 있는데……."

유원은 입술을 일그러뜨리며 웃었지만, 그 눈은 오빠가 아니라 담임교수 쪽을 똑바로 바라보고 있었다. 그 시선이 이방근의 심장을 찔렀다. 그는 당황하여 꽉 막힌 목을 뚫기 위해 잔에 든 맥주를 한 모금 마셨다. 이건 말이 아니다. 일체의 정치 활동에 관여하지 않고 음악 전공 학생으로서의 본분을 다하기 위한 서약을 하라는 것이, 실제로 입에서 나오지 않았던 것이다. 어떻게 그런 말을. 내 입에서 그 말이 나온다면, 나는 끝장이다.

"저어, 방근 씨……." 하동명이 곤혹스런 표정으로 말참견을 했다. "그렇습니다. 유원 양은 자신의 말대로 성실하고, 오빠로서도 그 사실을 모르는 것은 아닐 겁니다. 제가 이야기를 하겠습니다. 제가 대학 측으로서 유원 양 한 사람만이 아니라, 숙부님과 오빠 등의 가족들에게 말씀을 드려야 할 것 같습니다……." 그는 안경 너머 깊은 눈을 깜박이며 고개를 끄덕여 보이고는, 맞은편에 앉은 숙부와 오빠를 향해 이야기를 계속했다. "실은 한마디로 결론부터 이야기하자면, 대학 당국으로서는 이번의 유원 양의 건에 대해, 지금까지 본인의 학생생활의 실적과 반성 위에서, 지금으로서는 처벌한다든가 하는 방침은 없다는 점을 말씀드립니다."

"아이고 이거, 정말 고맙습니다. 고마운 일이야." 이건수는 이내 희색만면하며, 들뜬 목소리로 깊이 머리를 숙이고, 유원도 순간적으로 반짝하는 눈물을 보이며 인사를 했다. "방근이는 어떻게 된 거야. 방근이답지 않게 말을 더듬다니. 어차피 이야기를 할 거라면, 이런 기쁜 소식부터 전해야지, 핫핫하, 아니 아니지, 방근이도 지금 처음 듣는 이야기로 몰랐던 모양이군, 그럴 거야. 이번에는 학교에서 석방을 위한 보증까지 서주시고, 게다가 처벌도 하지 않는다니 정말 뭐라 감사를 드려야 할지. 그리고 물론 당연히 저희들로서는 충분한 반성 위에서 그에 걸맞은 의무가 있다는 것을 분명히 알고 있으니까……."

숙부는 앞질러 나갔다. 그는 기분이 좋아져서 하동명에게 술을 따랐다. 그리고는 갑자기 큰 소리로 부엌에 있는 숙모를 불러 그 뜻을 전하자, 그녀는 장판에 머리를 대고 감사의 말을 했다.

"잠시 여기 앉아 있으면 안 되나?"

부엌으로 일단 돌아갔다가 유원의 옆에 다시 앉은 숙모를 앞에 두고 하동명은 이방근이 자신의 입으로 직접 여동생에게 하지 못한 말을, 한편의 당사자로서, 정치 활동에 참가하지 말고 음악 학도로서의 본분을 다하며…… 운운하는 학교 당국에 대한 반성과 서약의 필요성을 본인과 부형들에게 이야기했다. 당연히 부형의 보증 아래 서면으로 내야 할 것이 있었다. 즉 서약서의 제출이었다.

숙부 부부가 깊게 고개를 끄덕이고, 위기를 탈출한 이방근도 의식적으로 잘 알았다는 듯이 고개를 끄덕여 보였다. 유원은 조금 고개를 숙인 채 하동명의 이야기를 듣고 있던 자세 그대로 잠자코 있었다.

"유원 양은 어떻게 생각해." 하동명은 내려오는 안경을 손가락 끝으로 밀어 올리며 약간 치켜뜬 눈으로 유원을 보고 말했다. "갑자기 이런 이야기를 꺼냈는데, 마음의 준비가 안 되어 있을지도 모르겠군. 반드시 이 자리에서 즉답을 요구하는 것은 아니니, 답은 9월 신학기가 시작되고 나서 해도 상관없어. 나로서는 그렇게 해 주길 바래. 그렇게 해 주면, 달리 방법이 있을 수도 있으니까."

유원이 얼굴을 들었다. 달리 방법이 있을 수도 있으니까……. 이 얼마나 단정적인 말인가. 무슨 방법이 있단 말인가? 그것이 일본 유학을 가리킨다는 것을 알고 있는 이방근은 가슴이 철렁하면서, 방금 나온 서약에 대한 언급에 무심코 고개를 끄덕이고 있던 숙모의 얼굴을 보았다. 대학에 남기 위한 서약이라는 것은, 즉 유원이 일본에 가지 않는다는 것을 의미하기 때문이다. 게다가 그 말미에 달리 방법이 있을 수도 있다는 것은, 서약을 부정하는 것으로 이해될 수도 있었다. 숙모가 그 의미를 알아차리는 것은 이제 시간문제였다. 이방근은 하동명의 이 조금은 경솔한, 아니 확신을 가지고 덧붙인 그 한마디에 새삼 그의 의사를 확인하고, 유원의 유학에 관한 이야기가 이제 곧 이 탁자 위에서 폭발할 것임을 확실히 자각했다.

"예, 선생님, 학교에서 아무런 처벌도 하지 않는다는 것은 정말로 감사합니다. 선생님이 말씀하신 서약서는 제가 학생으로서 대학에 남기 위해선 당연한 것이라고 생각합니다. 그건 제 자신이 계속 생각해 온 일이기도 하니까요. 오늘 선생님을 뵙기 전에 숙부님이나 오빠와도 그 일에 대해 상의하지 못했지만, 그것은 어차피 제 자신이 결정해야 될 문제입니다. 좀 전에 선생님께서는 지금으로서는, 이라는 말씀을 하셨는데, 처벌에 관한 것은 아직 미확정이라는 말씀인가요?"

"아, 그랬었나. 훗후후후, 내가 지금으로서는, 이라고 했었지. 그건 말하자면 학생이 하기 나름이라는 의미로, 학교 측에서 학생의 반성을 인정하고, 그 보증이 되는 서약서가 있으면 크게 문제는 없을 거야. 무엇보다 중요한 것은 유원 양이 음악 학도로서 그 재능을 충분히 발휘해 주는 것이니까."

하동명은 모두를 향해 말했다.

"이런 것을 선생님께 여쭈어 봐도 되는지 모르겠습니다. 서약을 한 뒤의 일이겠지만, 달리 방법이 있을 수 있다는 식으로 말씀하셨습니다만."

"유원아, 그런 일들은 모두 선생님께 맡겨야지."

숙모가 말했다.

"음, 그 일에 대해서는 나중에 천천히 이야기하자구."

"숙부님과 오빠 앞에서 이런 말을 하면 꾸중을 들을지도 모르지만, 지금 선생님께서 말씀하신 것처럼 9월의 신학년도까지는 시간이 있으니까, 조금만 더 유예의 시간을 주시지 않겠습니까."

"……유예?"

숙부가 되물었고, 탁자 위의 공기가 흔들렸다. 숙부 부부의 안색이 변했다. 이 녀석이 도대체 무슨 말을 하고 있는 건가. 모두와 마찬가지로 그런 기분이 들었기 때문에 맥 빠진 느낌이 없진 않았지만, 놀라지는 않았다. 그러나 이의, 이것은 하나의 이의신청이 아닌가. 즉 유예 기간 중에 혹시 서약을 거부하는 일이 있을지도 모른다. 그리고 학교 측이 바라고 있는 반성과 맹세는, 적어도 현재로서는 확실한 형태를 갖추고 있지는 않았다. 그러나 제멋대로 행동한다고 할 수도 있겠지만, 시간의 유예가 있으니까 당연하다면 당연한 선택일 수도 있었다. 결과적으로 서약을 한다고 해도 그렇다. 중요한 것은 왜 지금 담임교수 앞에서 서약을 할 수 없는 것인지가 문제이고, 따라서 '반성'은 아직 충분하다고는 할 수 없었다.

"……"

하동명은 가볍게 고개를 끄덕였다. 유예를 인정한다기보다도 그러냐는 식의 기계적인 반응이었다. 이방근은 탁자 위의 흔들리던 공기가 정체되고 있다는 것을 의식하면서도 침묵을 지켰다.

"유원아, 그러니까―, 그게 무슨 소리냐?"

숙부인 이건수가 피고 있던 담배를 재떨이에 조심스레 비벼 끄면서 물었다. 그것은 당황한 자신에게 묻는 말이었다. 이방근이 숙부를 대신해서 이 무의미한, 그러나 숙부에게 있어서 절실한 질문을 했어야만 했다.

"……"

유원은 고개를 숙인 채 대답이 없었지만, 정좌한 자세는 분위기를 반영하듯 긴장되어 있었고, 그것이 흰옷에 몸을 감싼 그녀의 침묵의 의사표시로도 보였다. 숙모가 조용히 일어나 자리를 피하는 것을 유원은 숙인 고개를 조금 돌려 바라보았다.

"저어, 이건수 선생님, 여기는 학교도 아닐 뿐더러, 지금 이 자리에서 서약이 필요한 것도 아니고 또 시간도 충분히 있으니, 그것은 본인과 저에게 맡겨 주시지 않겠습니까. 게다가 오빠도 계시고."

하동명이 말했다. 왜 여기에서 일부러 오빠도 계시고……란 말인가. 이방근은 상대가 공감한 그 유대를 점점 세게 조여 오고 있음을 느꼈다. 유원에 대한 공동의 포위망을 계속 좁혀 가고 있는 것이다.

"유원아, 숙부님이 묻고 계시잖아. 뭔가 한마디라도 대답이 있어야 하는 거 아니냐. ……건수 숙부님, 유원은 무슨 일이 있으면 언제나 저런 식인가요?"

이방근은 입에서 나오는 대로 아무 말이나, 말하자면 숙부에 대한 응원의 한마디를, 이 자리의 이야기가 끊이지 않도록 던졌다.

"아니, 그렇지 않아. 그럴 리가 없잖아. 이번에는 방근이도 알다시피 사정이 조금 다를 뿐이야. 선생님이 말씀하시듯이 맡기는 게 좋을 것 같아. 방근이 그보다도 더 급한 이야기가, 긴요한 이야기가 있지 않았나. 으흠, 설마 유원이 학교에 대한 서약을 망설이는 것이 그 일과 관계가 있는 건 아니겠지, 음."

이건수는 오른쪽 옆에 있는 상대에게 고개를 조금 돌리며 굳은 목소리로 말했다.

"숙부님, 지금 하신 말씀은 무슨 뜻인가요."

유원이 겨우 숙부의 질문에는 대답하지 않던 침묵을 깨고 말했다.

"무슨 뜻이냐고?" 이건수가 유원을 탐색하듯이 잠시 말을 끊었다가 계속했다. 그리고 아무것도 모르는 듯한 유원의 반응에 안심한 것 같았다. "아니 아니야, 아무것도 아니야. 그냥 우리끼리의 얘기야."

"저어, 숙부님." 유원이 어투를 바꾸어 말했다. "저는 좀 전에 숙부님이 그게 무슨 소리냐고 하셨을 때 대답하지 못했습니다. 숙부님이 말씀하시기 전부터 대답할 수 있는 내용이 아니었기 때문에, 그래서 잠시 시간의 여유를 달라고 선생님께 부탁을 드렸던 겁니다. 선생님께서 9월까지는 아직 시일이 충분하다고 말씀하셨기 때문에……. 일부러 대답을 하지 않은 게 아닙니다." 유원은 바로 오른쪽 비스듬히 앉아 있는 숙부 이건수로부터 시선을 탁자 위의 한 점으로 떨어뜨렸는데, 이야기는 자리에 있는 모두를 향하고 있었다. 저어……. 말을 더 듣다가 아예 막혀 버렸다. 그녀의 흰옷 아래에 있는 가슴이 물결치듯 부풀어 오르는 것으로 보아, 한숨을 토해 내는 것임을 알 수 있었다. "이런 말씀을 선생님이 계신 앞에서 드려도 되는지는 모르겠습니다만, 그래도 이야기하겠습니다. 저는 아까도 말씀드렸지만, 서약을, 그건 부형에 해당하는 보증인과의 연명으로 된 서약서를 말하는 것이겠지만, 대학을 그만둘 생각은 없으니까, 그를 위해서라면 당연히 서약서가 필요하다고 생각하고 있습니다. ……어떻게 하면 좋을까요." 유원의 얼굴이 일그러지듯 굳어지면서 아래로 떨어졌다. 흰옷의 반사로 얼굴이 한층 창백해 보였다. 숙모가 조심스럽게 방으로 들어와 조용히 유원의 옆에 앉았다. "……경찰서에서 석방될 때도, 저는 석방을 원하지 않았어요. 석방을 거부했습니다……(하동명이 그 의미를 이해하지 못한 듯, 맞은편에 있는 두 사람의 얼굴을 바라보았다). 그걸 무리하게 석방하면서, 본인의 반성을 인정하고 전도유망한 음악 학생으로서 학교의 보증도 있기 때문에, 그래서 특별조치로서 석방을 한다고……."

"유원아."

이방근이 말했다. 이름을 부른 게 아니라, 분명히 말을 한 것이었다. 그러나 그게 전부였고, 더 이상 말은 이어지지 않았다. 숙부도 잠자코 있었다.

"경찰에서 몇 번이나 그런 말을 들었습니다." 고개를 움찔하며 순간적으로 말을 잠시 멈췄을 뿐, 유원은 당당하게 말을 계속했다. "그렇지만 저는, 하동명 선생님, 부디 용서해 주십시오, 저는 반성 같은 것은 하고 있지 않습니다. 조금도 반성하고 있지 않은데, 경찰에서는 그렇게 단정하고 석방을 해 버렸습니다. 경찰과 학교는 물론 같지 않습니다. 대학은 진실과 미, 탐구와 창조, 그리고 실천의 장이고, 경찰은 그것을 짓밟는 곳입니다……."

"유원아."

숙모가 감정을 누른 목소리로 유원의 허벅지에 손을 살며시 그러나 바싹 붙인 채 밀했다.

"숙모님, 괜찮을 겁니다. 이야기를 들어 보시죠."

이방근이 말했다. 그는 종로경찰서 사찰계에서 히스테리성 경련을 일으키며 말을 하지 못하던 평소와 다른 여동생을 떠올리고 있었다.

"예, 이야기를 계속하게 해 주세요. 아까부터 학교에 대한 서약, 그리고 처벌이 없는 것도 본인의 반성을 토대로 하고 있다는 말을 반복해서 들었습니다. 그렇습니다. 서약이라는 것은 학교에 대해서, 좀 전에 오빠가 말했듯이 성실한 반성을 전제로 써야만 한다고 생각합니다. 저는 반성을 하지 않으면 안 됩니다. 서약을 위해서는 반성을 해야 합니다. 9월에 대학이 시작될 때까지 반성을 해야 합니다. ……하지만, 지금의 저는 마음의 준비는 되어 있어도 반성은 하고 있지 않습니다. 학교와 선생님, 그리고 숙부님들께 걱정과 폐를 끼친 것은 정말로 죄송하고, 또 감사드립니다. 그렇지만 저는 이번 일로 반성은 하고 있지 않습니다. 저는 학교 쪽과는 관계없이, 다른 의미에서 자신을 부끄럽게 생각하고 있습니다. 선생님 앞이니까 말씀드립니다. 저에게 반성의 유예를 주십시오. 왜 자신의 일을 반성해야 되는지, 그것을 알 수 없습니다. 반성이 무얼 말하는 것인지, 그때까지 곰곰이 생각해 보겠습니다……."

모두가 한동안 말이 없었다. 이방근은 찬물로 얼굴을 씻은 듯한 느낌으로, 거울을 들여다보듯 여동생을 바라보았다. 비가 내리기 시작한 모양이었다. 역시 비가 내리고 있었다. 뒤뜰의 지면을 때리고, 땅거미 속에 하얀 꽃이 희끄무레 떠오른 무궁화의 가지를 흔들며 비가 내리기 시작했다. 이방근은 정신이 번뜩 들어 자신의 무릎을 치듯이, 아니, 비에 머리를 맞은 느낌으로 일어서려다 그만두었다. 일곱 시였다, 일곱 시. 방 안의 네모난 시계는 일곱 시를 가리키고 있었다. 황동성이 지정한 합동법률사무소 쪽에 전화를 걸어 보지 않으면 안 된다.

"유예의 시간은 아까부터 주어져 있어요." 당황한 기색의 하동명은 괴로운 듯이 말했는데, 안경 렌즈가 전등 불빛에 반사된 그 순간의 빛조차 괴로운 듯 비쳤다. 예상치 못한 일임에 틀림없었다. 자신의 교실에 있는 학생이면서 처음 보는 이유원의 모습임에 틀림없었다. "시간은 아직 충분하니까, 그건 신경을 쓰지 않아도 돼요. 그렇지, 유원 양의 말대로 반성이 무엇인지를 생각해 볼 필요가 있어요."

"유원아." 숙부가 말했다. "네 말은 조금 추상적인 느낌이 드는데, 이야기의 내용을 좀 더 구체적으로 풀어 가면 어떨까. ……앞으로 정치 활동에 관계하지 않는다는 것이 반성이 되는 게 아닐까. 안 그런가. 그것이 대학 당국에 대한 서약이 된다고 나는 생각하는데, 그렇게 생각하면 안 될까?"

숙부의 말은 조심스럽게 접근하려는 면도 있었지만, 그러나 거기에는 연장자의 교활함이 배어 있었다. 앞으로도 정치 활동에 관계할 것이냐는 직접적인 질문을 피하면서도 상대를 몰아붙이는 표현이었다.

"예, 잘 알고 있습니다." 유원은 가볍게 거의 기계적으로 끄덕이며 대답했다. "어쨌든 그 유예 시간이 필요합니다. 그뿐입니다."

"그건 아까부터 하 선생님께서 고맙게도 반복해서 말씀하신 것이니까 걱정할 필요 없어. ……으흠, 그건 그렇고, 슬슬 식사를 시작해야지. 선생님도 배가 고프실 겁니다."

숙부 이건수가 이야기를 중단했다. 하동명은 더 이상 무슨 식사를…… 하며 거절했지만, 숙모가 자리에서 일어나고, 그리고 자리를 떠나고 싶어 하던 여동생이 그 뒤를 따랐다. 소나기처럼 세차게 내리는 비에 밤과 함께 시든 무궁화 꽃이 하얗게 떨고 있었다. 아니 이거,

도대체……. 분명히 어색한 분위기가 잠시 피어오르기는 했지만, 그 속에서 이방근은 입술 끝에 의식하지 않은 미소까지 띠고 있었다. 과연, 하며 내심 고개를 끄덕였다. 서약이라고 하는 것은, 그 반성인지 하는 것이 전제가 되지 않으면 안 된다. 무심코 그걸 잊고 있었다. 그는 서약은 둘째 치고, 유원이 반복하고 있던 그 반성을 여동생에게 요구한 것은 결코 아니었다. 언제부터인지 반성과 서약을 구분해서 생각하고 있는 자신을 깨달았지만, 그럴 것이다. 유원의 말대로, 무슨 반성을 하라는 것인가. 집안의 누구도 예상하지 못했던 일이다. 언제 정치 활동에 관계하고, 어느 틈에 정치적 신조라고도 생각될 수 있는 것을 가지게 되었을까. 이방근은 새삼 여동생의 성장과 홀로서기, 그리고 반항하는 모습을 눈앞에서 생생하게 보고 있는 기분이었다. 그렇다 해도 곤란한 일이기는 했다. 이렇게 되면 일본 유학의 이야기도 어떻게 될지 알 수 없었다. 이방근은 유원이 일어나 떠난 빈자리에, 그 눈부신 흰옷의 잔광을 느끼고, 그것을 바라보는 눈 저편의 머릿속 공간에, 부산항 부두를 배경으로 한 우상배의 취한 목소리가 울려 퍼지는 것을 들었다. 세찬 빗소리를 들으며, 이방근은 여동생을 가엽고도 사랑스럽다고 생각했다.

　그는 손목시계를 다시 들여다보고, 잠깐 실례합니다, 라는 말과 함께 자리에서 일어나 벽에 걸린 상의에서 수첩을 꺼낸 뒤 현관 쪽 옆방으로 갔다. 일곱 시에 합동법률사무소에서 만나고 싶다는 전언을, 황동성의 연락처인, 생각만 해도 속이 메슥거리는 퉁명스런 남자가 전했는데, 과연 어디 있는지 알 수 없는 그에게 사정이 좋지 않다는 이쪽의 연락을 전한 것인지 어떤지, 혹은 일곱 시에 사무소에서 기다리고 있는지도 모른다. 우상배와 일본의 중학교 동창인 황동성, 아마도 우상배가 말한 김동삼이 본명일 것이다. 제주도까지 찾아온 행상인 차림의 박갑삼. 일제강점기에 일본 대신문의 경성 특파원으로 활약한 친일분자……. 벽에 걸린 전화 상자 앞에 서서 수화기를 들려는 순간, 갑자기 전화벨이 울리는 바람에 깜짝 놀랐다. 마치 장난을 치기 위한 도깨비 상자가 잠복하고 기다린 것 같았다. 수화기를 들자, 이런, 서로 신호라도 한 것처럼 황동성의 목소리가 들렸다.

"지금 막 합동사무소 쪽으로 전화를 걸려던 참입니다. 혹시 아무도 없는 게 아닐까 생각했습니다만, 오늘은 죄송하게 됐습니다. 지금 합동사무소에 계십니까?"

"아니, 다른 곳입니다. 연락받은 사람으로부터 사정이 좋지 않다고 들었습니다만, 내일은 어떻습니까. 이쪽도 바빠서 말이죠, 내일 이 시간이라면 짬을 낼 수 있는데."

"연락을 받은 사람은, 어디에 있는지 몰라서 연락을 할 수 없다고 했는데, 그건 그렇다 치고, 내일 말이죠, 내일은 만날 수 있습니다……."

시간은 한 시간 늦춰서 여덟 시, 같은 장소로 약속하고 전화는 간단히 끝났다.

탁자 위는 다시 치워지고 사발에 담긴 삼계탕이 나왔다. 잘 삶아져서 뼈가 저절로 발라질 정도로 부드러운 살이 잔뜩 들어 있는 죽이었다. 수증기와 함께 약간 쌉쌀하고 기품 있는 인삼의 향기가 희미하게 피어올랐다. 좀 전에 더 이상은 힘들 것 같다며 꽁무니를 빼던 하동명도 숟가락을 들고 가볍게 기름이 떠 있는 죽을 입으로 옮겼다. 한동안 각각의 사발에 닿는 금속성의 숟가락 소리가 계속되었다.

택시 운전수가 말했던 천둥 번개는 없었지만, 비는 소리를 내며 계속해서 세차게 내렸다. 밤하늘에 크게 포물선을 그리며 날아온 날카로운 기적 소리가 비와 함께 뒤뜰을 적시며 탁자 위에까지 흩어졌다.

자신의 행위에 대한 반성을 부정하는 유원의 태도는 생각해 보면 수긍되는 점이 없지도 않았다. 하지만 유원의 모습은 이방근을 제외한 모두에게 충격을 안겨 준 모양이었다. 유예의 시간 중에 유원이 어떻게 반성을 할 것인지, 혹은 반성에 대한 생각을 어떻게 할 것인지 아닌지, 다방에서 하동명이 이방근에게 확신을 가지고 이야기한 것처럼, 그녀는 일단 서약을 하면 그 내용을 지킬 것이다. 그리고 그의 교수다운 냉철한 판단으로서, 궁극적으로는 유원이 오로지 음악에 스스로의 존재를 집중 표현하는 재능을 발휘할 것이기 때문에, 그녀가 정치 활동에 관계하지 않게 될 것이라며 낙관하고 있는 예상은 크게 빗나가지는 않을 것이다. 그러나 하동명은 거기에 이르기까지 서약 그 자체마저도 그렇게 간단하지 않다는 점을 느꼈던 것이다. 그가 찾아온 것은 정학과 같은 처분 대신에 서약서를 제출하라는 대학 측의 배려가 깃든 의향을 대변하는 것이었고, 그와 더불어 그 자신의 바람인 유원의 유학 문제가 있었다. 그리 간단하게 서약을 할 것 같지 않은 유원의 예상하지 못한 자세에 담임교수로서 하동명은 분명히 당황하고 있었다. 그러나 그게 오히려 유학에 대한 권유의 결의를 한층 굳히는 작용을 한 모양이었다.

무엇보다 이 경우, 그에게는 친오빠 이방근이라는, 바로 두세 시간 전에 굳은 악수를 나눈 강력한 동맹자가 있는 한, 이제 와서 망설일 이유는 없었다. 그러나 그는 이방근이 예상하고 있는 이번 달 말부터 9월 초 사이의 배편 등에 관해서는 전혀 알지 못하고 있었기 때문에, 그야말로 아직 유예 시간이 있었다. 그런 의미에서는 커다란 공상의 껍질 속에 갇혀 있다는 것을 알아차렸을 때는 어느새 현실의 문제에 봉착한 이방근처럼 절박한 입장은 아니었다. 그러나 신학기가 되자마자 교수회에서 정식으로 처분 여하가 결정되기 때문에, 그때까지는 서약서를 제출하지 않으면 안 된다. 그렇지 않으면 대학에 남는 것이 어려워질 뿐만 아니라, 일본 유학에 있어서도 추천장 같은 서류 작성에 큰 지장을 초래할 수도 있었다. 학교의 서류만 갖추어지면 일본 대학으로 입학은 선례가 있었고, 밀항자라도 큰 문제는 없는 것 같았다. 뭔가 편법을 사용해서 임시변통을 한다고 해도 서약서는 필요했다. 결과적으로 유학과 서약이라는 전혀 관계가 없는 두 개의 사안이 하나로 연결돼 있었던 것이다.

그런데 임박한 유학 문제에 새로운 장애물이 나타났다. 하 선생과 이방근의 이야기를 듣고 있던 이건수가 고개를 가로저었던 것이다. 체포의 재발 등을 우려해 한때는 이방근으로부터 들은 유원의 유학을 진지하게 생각하고 있던 그는, 단호한 반대까지는 아닐지라도 크게 주저하고 있었다. 첫째로, 그것이 하동명의 방문으로 하나의 이야기로 거론되던 범위를 크게 벗어나 절박한 현실로 부각되었다는 점, 그리고 딸이나 마찬가지인 유원을 잃게 될 늙은 아내의 비탄을 두려워하고 있었다. 그러면 어떻게 할 것인가. 방금 전에 보인 유원의 태도로 볼 때, 앞일을 낙관하기는 어려웠다. 음악에 전념시키려면 달리 어떤 묘안이 있을까. 선생이자 전문가인 하동명이 권장하는 길이 역시 상책이라는 것을 이건수는 현실로 받아들이지 않을 수 없었다. 그리고 이방근은 생각했다. 만일 유원의 일본행이 어떻게든 필요한 일이라면, 숙모의 슬픔은 슬픔에 맡길 수밖에 없을 것이다. 그것도 언젠가는 누그러질 것이다. 이방근은 다시 크게 흔들리고 있었다. 막판에 시계의 진자처럼 거듭 흔들리고, 마음의 동요를 느끼면서도 역시 하동명과의 동맹 서약을 지켜야 한다고 생각했다. 오는 도중의 택시 안에서, 갑자기 하늘에서 떨어지듯이 일어난 동요가 지금은 이상하게 여겨질 정도였다. 무엇보다 지금은 정작 당사자인 유원 자신에게는 이야기를 꺼내지 않고 있었다.

이방근이 여동생을 불렀다. 숙모는 여전히 자리를 비우고 있었다. 탁자 위는 거의 치워져 있었고, 맥주 외에 김치와 삶은 돼지고기 같은 간단한 안주가 새롭게 놓여 있었다. 하동명은 그다지 마시지 않았지만, 담배는 많이 피웠다. 이방근은 절제하면서도 몇 잔인가 마시는 사이에 가벼운 취기가 올라오면서 깔끔하게 소주라도 한 잔 마시고 싶었지만, 분위기에 맞춰 맥주에 만족했다. 유원이 세찬 비가 쏟아지는 어두운 정원을 배경으로 아까와 같은 자리에 앉았다. 하얀 원피스의 눈부신 반사를 볼에 느끼며 이방근은 여동생을 향해 부드럽게 말을 걸었다.

"좀 전에 너는 자신의 반성에 대해서 이야기했는데, 오빠는 그걸 이해할 수 있어. 하 선생님과 숙부님이 계시지만 감히 이야기 좀 해야겠다. 오히려 애매하지 않은 점이 좋다고 생각한다. 그런데 너에게 이야기가, 이야기라기보다는 상담할 게 있어. 좀 전에 나왔던 서약과는 관계가 없는 이야기야. 그건 일단 끝난 일이니까. 서약의 제출 건은 어떤 의미에서 대학 측의 사무적인 조치가 되겠지만, 지금부터 하는 이야기는 대학과 직접적인 관계가 없어, 현재로서는. ……실은, 그래, 단적으로 말하마. 이야기는 오빠보다도 하 선생님께서 하시겠지만, 오빠나 숙부님과는 나중에 천천히 이야기하기로 하자. 그래, 너는 벌써 눈치 채고 있겠지만, 전에도 이야기가 나왔던 너의 일본 유학에 대해 이야기를 하고 싶구나. 핫하, 지금 대학의 선생님을 비롯해 세 사람이 떡 버티고 앉아 있지만, 여기가 무슨 심문의 자리는 아니야."

유원은 긴장된 표정으로 듣고 있었지만, 오빠의 서론에 가까운 이야기가 끝난 뒤에도 잠자코 있었다. 놀라지도 동요하지도 않았다. 이윽고 그녀는 탁자 모서리에 양손의 손가락을 피아노 건반을 누르듯이 천천히 올려놓더니 오빠를 향해 말했다.

"어째서 갑자기, 지금 여기에서 그런 이야기를 하시는 거예요?"

"특별히 이 자리에서 갑자기 생각이 나서 하는 이야기는 아니야. 그렇잖아. 이번에 서울에 오고 나서 계속 생각하고 있던 일이고, 나는 오늘 처음 뵙긴 했지만, 하동명 선생님도 너의 장래를 위해서, 역시 그 길을 선택해야 한다고 생각하고 계심을 알았기 때문이기도 해. 선생님의 생각은 너도 전부터 알고 있을 텐데."

"유원 양." 이방근으로부터 바통을 넘겨받은 하동명이 넥타이의 매듭을 느슨하게 풀면서 이야기를 시작했다. "오늘 갑자기 이런 자리에서 이야기하게 된 것을 이해해 주기 바래요. 먼저, 전과 같이 나와 둘이서만 이야기를 해도 좋겠지만, 마침 오빠를 만나기도 했고, 또 이곳에 계신 분들은 부형이나 마찬가지기 때문에, 가벼운 마음으로 솔직하게 이야기를 할 수 있지 않을까 생각합니다……."

하동명은 저녁 때 이곳으로 오기 전에 '백조'에서 오빠와 만나 우연히 유학에 관한 이야기가 나왔다는 것, 마침 오빠도 같은 생각이라는 것을 알고 놀랐지만, 동시에 그것은 큰 기쁨이었다는 것, 시종일관 가벼운 미소를 짓고 있는 듯한 표정으로 돌아와 이야기를 계속했다. 자신은 그때 큰 힘을 얻을 수가 있었고, 역시 이 기회에 부형인 여러분 앞에서 이야기를 해야겠다고 결심했다. ……예술의 신 뮤즈는 질투심이 강하다고 하는데, 무엇보다도 예술, 특히 음악의 길은 양다리를 걸친 채, 이것저것을 한꺼번에 하려고 했다가는 성립되지 않는 법이다. 예술은 그 밖의 뭔가를 희생하지 않으면 안 되는 것이고, 그렇지 않으면 반대로 희생되고 마는 법이다. ……지금, 이 나라의 정세는 앞으로 점점 험악해질 것이다. 제주도의 상황 하나만 보더라도 그것은 충분히 상상할 수 있는 일이다. 서울에서도 학생들과 그 밖의 사람들이 일본으로 계속 밀항하는, 벌써 일종의 망명 현상이 일어나고 있지만, 유원에게 그걸 모방하라는 것은 결코 아니다. 그러나 가능하다면, 이 어수선한 때에, 밤낮으로 총성이 울리는 이 땅에서 빨리 벗어나, 질투심이 많은 대신에 상처 입기 쉬운 예술의 신에게 평안을 주는 것이 좋다. 불행한 나라에서는, 옛날부터 어떤 목적을 위해서 그곳에 머무르는 사람과 조국을 떠나는 사람으로 나누어지는 경우가 많이 있었다. 일본으로의 유학, 자신에게는 범죄를 부추기는 듯한 기분과, 젊은 사람의 재능을 알면서 조국에서 어이없게 상실시키고 싶지 않은 기분이 동시에 섞여 있다…….

다방에서 이방근에게 이야기했듯이 많은 학생을 거느리고 있으면서 특정한 학생에게만 관심을 보이고 유학을 장려하는 것은, 교사로서 반교육적이라는 말까지는 하지 않았지만, 하동명의 이야기는 이전과 크게 다르지 않았다. 프러시아, 러시아, 오스트리아 삼국에 의한 폴란드의 분할 지배로 독립 투쟁이 한창이던 때에 조국을 떠난 젊은 쇼팽의 이야기, 제2차 세계대전 중 나치스가 제압한 유럽에서 많은 음악가들(만이 아니다)이 미국으로 망명한 이야기 등도 이전에 한 일이 있었다. 이러한 생각은 정치 우위의 공산당 정책이 용납하지 않는 투항주의, 도피사상으로써 반동으로 불릴 것이다.

유원은 눈을 내리뜨고 신묘하게, 그렇지만 도중에 무슨 일인지 희미한 미소까지 흘리면서, 일단 중단된 하동명의 이야기를 듣고 있었다. 하동명은 갑작스런 이야기이니 여기에서 즉답할 필요는 없다고 했지만 실제로 그렇게 할 수 있는 것도 아니었다. 유원은 대답 대신에 하동명에게 감사를 표하고 잠시 침묵을 지켰다. 그리고 당돌하게도, 서약서를 제출하고 대학에 남아 '성실'하게(이 '성실'은 아마도 의식하지 않았겠지만, 오빠가 비유를 담아 말한 그것과 통하고 있었다) 생활할 경우에는 어떻게 됩니까……라고, 즉 그래도 유학이 필요한 것이냐고 눈동자에 의문을 품고 말했다.

"글쎄, 그렇지만 그건 좀 달라." 하동명이 쓴웃음을 지었다. "유학 이야기는 지금으로서는 내 개인적인 생각이고, 대학에서는 아직 아무것도 몰라. 내가 지금 이 이야기를 하는 것은, 유원 양이 삐라 사건에 휘말려 종로경찰에 체포되었기 때문에 하는 이야기가 아니야. 나는 그렇게 경솔한 사람은 아니니까. 그 일은 이미 올봄에도 유학에 관한 이야기를 한 바 있으니 알 거야. 훗후후후, 그때 유원 양은 아직 '얌전한' 학생이었는데."

하동명은 웃었다. 유원은 미소로 답하며 고개를 끄덕였다. 그리고는 갑자기 공격의 방향을 바꾸듯이 오빠를 향해, 화제를 바꾸어 말했다.

"오빠는 서울에 오시기 전에 아버지와 상의를 하셨나요?"

"뭐라, 상의?" 이방근의 귀에 여동생의 말이 다른 사람을 대하는 것처럼 조금 냉정한 느낌이 들고, 그리고 당돌하게 들렸다. 하동명이 없었다면, 무슨 상의를 했다는 거냐며 엄하게 따져 물었을 것이다. "아니, 그런 상의까지는 하지 않았어. 그건 신경 쓸 거 없어. 그런 것은 나중에 오빠와 천천히 이야기하기로 하고, 우선 여기에서 하동명 선생님의 의견에 나도 찬성한다는 것만 말해 두겠어. 너의 유학에 대해서……."

당연히 오빠의 생각을 알고 있으면서도, 뭔가의 선고라도 받은 것처럼 유원의 표정이 물결치듯 흔들리고, 하얀 볼에 씰룩하며 굳은 경련이 일었다.

유원은 이내 표정을 다잡고, 온화하지만 심지가 굳은 말투로, 오빠…… 하고 말을 걸면서, 오빠가 아닌 탁자 위를 향해 혼잣말처럼 이야기했다.

"저는 정말로 아주 운이 좋아요. 이 정도로 주위에서 여러 가지로 걱정을 해 주다니……. 좀 전에 오빠는 상담이라는 말을 했지만, 상담을 받아야 하는 게 아니라, 실은 내가 상담을 했어야 되겠지요. 제 일이니까(제 일이라고 말하면서, 탁자 위를 바라보는 시선과 마찬가지로 어딘가 멀리에 있는 타인을 가리키고 있는 듯한 울림이 있었다)……. 저처럼 운이 좋은 사람이 얼마나 있을까요. 이렇게 되면 정말로……."

이방근은 깜짝 놀라 움찔했지만, 이유를 알 수 없이 울컥하고 여동생에 대한 분노가 치밀어 오르는 것을 억제했다. 완전히 반항적인 자세가 돼 가지고……. 그는 맥주잔을 입에 대고 있었다. 이 녀석이 언제부터 오빠와 어른들 앞에서 비꼬는 말투를 했던가. 이 자리에 하동명이 없었다면, 무슨 건방진 소리를 하는 거냐! 하고 무섭게 호통을 쳤을 것이다. 이렇게 되면 정말로……. 이렇게 되면 정말로…….

오늘, 이 자리에서, 이 이야기는 끝났다. 더 이상 계속할 필요가 없었다. 이미 주사위는 던져졌으니까. 아이고 이거, 도저히……, 여동생이 쉽사리 응하리라는 생각이 들지 않았다. 유원에 대한 이 오빠의 '권위'와 강제를 동원하더라도 그것은 쉽지 않을 것이라는 느낌이 들었다. 설령 여동생이 일본행을 결심했다 하더라도, 보름 뒤에 떠날 우상배의 배로는 어려웠다. 그러나 갈 거라면 다른 배가 아니라, 우상배의 배가 안성맞춤이고 최적이었다. 이방근은 갑자기 가슴의 고동이 격해지는 것을 느끼면서, 지금부터가 중요하다고 생각했다. 아니, 정말로 여동생을 일본에 보낸다는, 그리고 자신도 동행한다는 결심이 마음속에 있는 건가.

8월 말경의 배로 부산항을 출발한다……. 이걸 알면 여동생은 물론 하동명이라 할지라도 매우 놀랄 것이다. 어쨌든 느긋하게 있을 수는 없었다.

4

　……저처럼 운이 좋은 사람은 얼마나 있을까요. 이렇게 되면 정말
로. 이렇게 되면 정말로……. 뭐가, 정말로란 말인가. 유원은 말을 멈
춘 채 계속하지 않았는데, 그 반항적인 느낌을 오빠에게 준 그녀의
대응은, 일본행 이야기를 제대로 받아들이고 있는 것은 아니었다. 잠
시 멈춘 것 같던 비가 다시 세차게 내리기 시작했다. 방의 불빛에 비
친 뒤뜰의 시든 무궁화 꽃이 내리는 비를 맞고는 땅에 떨어져 있었다.
비의 물보라가 툇마루에 튀어 올라 유원이 유리문을 닫으러 자리에서
일어났다. 그녀는 잠시 우뚝 선 채 비가 세차게 쏟아지는 하늘을 올려
다보았다. 아무래도 택시 운전수의 말이 맞는 것인지, 바람이 없어
폭풍으로 바뀔 것 같지는 않았지만, 천둥이 천지를 뒤덮은 비를 타고
와 으르렁거리고, 여기저기에서 치는 번개가 유리창에 푸르스름한 섬
광을 내던졌다.

　이방근은 비가 내리는 어둠 너머로 석양을 투시해 보고 있었다. 그
석양의 빛, 아니 그렇지 않다. 바로 두세 시간 전 해질녘에 중앙청의
건물 한가운데 첨탑에서 어둠과 핏빛의 석양으로 이분하여, 암운이
감도는 서울 거리의 절반이 물속에 빨간 잉크를 푼 것처럼, 기묘한
밝음 속에 가라앉아 있던 광경을 떠올렸다. 어두운, 병적인 기분에서
빠져나오지 못할 것 같은 분열 징후의 빛. 그러고 보면 5·10단선(단
독선거)의 전날인 9일의 제주도의 하늘도 붉게 물들어 있었다. 뜨겁고
뜨거운, 살갗을 문지르는 듯한 세찬 공기의 떨림……. 그래, 그 하늘
을 꿰뚫고 불타오르는 불기둥, 그건 서울의 4월 언제쯤이었던가. 이
집까지 마중을 온 검은 외제 승용차로 M동의 서북청년회 간부숙소에

'연행'되고, 중앙본부 사무국장인 해방 전 특고 출신 고영상과 이야기를 끝내고 넓은 정원으로 나왔을 때, 주위의 공기가 마치 화재의 불빛을 반사하듯이 붉게 빛나고 있었다.

보랏빛이 감도는 빨간, 흩어지면서도 연결되어 있는 구름떼. 거대한 불꽃의 앙금이 서쪽 하늘을 물들이고, 주위는 인간도 타고 온 자동차도 건물도 정원의 하얀 꽃도 붉게 타오르고, 자신의 손도 새빨갛게 물들어 있었다. 그것은 결코 그로테스크한 것이 아니었다. 반공 테러 단체 '서북'의 무서운 소굴을 나온 순간 현관 앞에서, 커다란 분노가 하늘을 태우는 불기둥이 되어 몸을 꿰뚫고 일어서지 못하는 것이 슬프게 느껴질 만큼 아름다운 정경으로 펼쳐진 저녁놀이었다. 그때 뒷산 쪽, 남산 중턱 주위의 숲에서 들려온 트럼펫의 긴장된 울림. 저녁놀의 불꽃과 또렷하게 울려 퍼지던 트럼펫. 그 속에서 흰 양장의 여자가 나타났다……. 으흠, 이건 비가 내리는 하늘을 올려다보고 있는 유원이 아닌가. 도대체 나는 무슨 생각을 하고 있는 것인가.

이방근은 초조해하면서도 이쯤에서 이야기를 끝내고 하동명을 전송하기 위해 밖으로 나간 김에 함께 다시 한 번 술을 마시고 싶었다. 하지만 지금 상황으로서는 움직일 수 있을 것 같지도 않았다. 조금 취기가 돈 가슴 속에 비가 타악기처럼 울리고 있었다. 마치 집 앞 언덕길을 빗물이 강처럼 우렁차게 소리를 내며 흘러내리고 있는 듯한 착각이 일었다. 토관을 세차게 때리는 빗소리. 낮에 종로 근처에서 보았던 토관 옆에서 낮잠을 자고 있던 거지……. 거대한 쓰레기더미와 같은 문둥이의 무리. 안경을 낀 하동명은 침착했다. 그는 유원의 일로 오빠처럼 초조해하지도 않았고, 그렇다고 서둘지도 않았다.

유원이 자리로 돌아왔다.

"바로 그칠 것 같지는 않은데."

숙부인 이건수가 말하자 모두가 고개를 끄덕였다.

투표일을 내일로 앞둔 5월 9일 제주도의 하늘은 저녁놀이 지고 있었다. 살갗을 문지르는 것처럼 뜨겁고 뜨거운, 세찬 공기의 떨림을 느끼게 하는 저녁놀이었다. 그리고 밤이 되자 비가 내리기 시작했다. 이미 섬 곳곳에서는 총성이 울리고, 봉화가 오르고, 각지의 선거사무소, 경찰지서, 관공서 등이 게릴라와 마을의 민위대로부터 습격을 당해, 투표함과 선거인명부, 투표용지가 불태워졌다. 학교와 관공서는 파업과 태업으로 선거 거부를 외치며 싸웠고, 지구선거위원장을 포함한 선거 관리자의 절반이 사임해 버리는 사태가 일어났다. 투표일을 기다릴 것도 없이 제주도에서의 선거는 거의 실패로 끝난 것이나 다름없었다. 빨갛고 투명한 액체처럼 안뜰에서 서재로 흘러 들어온 저녁놀의 색에 감싸인 소파 위에서, 이방근은 몽환 속의 세찬 종소리를 듣고 있었다. 동굴처럼 거대한 고래 뱃속의, 빨간 벽에 메아리치는 종소리. 피를 토하듯이 종이 울리고, 멀리서 울리고, 너무나 시끄러워서 찾아온 것이다. 종은 다시 멀어지면서 세차게 울려 퍼진다. 누가 치는 것인지 알 수 없는 종이……. 한라산록의 광대한 고원. 종은 그 바람이 불어 가는 광야에서 혼자 울리고 있었다…….

밤이 되자 비가 내리기 시작했다. 많은 마을에서는 투표 전날인 9일 밤부터 빗속에서 식량과 침구 등을 짊어지고, 우마의 등에 실어 가까운 산이나 덤불이 있는 곳으로 들어가, 병든 사람을 제외하고는 마을을 비워, 완전한 선거 보이콧을 단행했다. 선거 당일은 성내 투표소인 읍사무소와 세무서가 습격당했지만, 성내의 경찰은 섬 각지에 있는 게릴라 측의 양동작전에 농락당하면서도 허술한 대응으로 기동력을 잃고 있었다. 그러나 아버지인 이태수는 후처인 선옥을 데리고 투표소로 향했다. 그는 아들이 선거인 등록을 한 것을 알고 만족해했는데, 당일도 투표소에 가기를 은근히 기다리고 있었지만, 이방근에게 직접 말을 걸지는 않았다. 아버지는 제주도에서의 선거가 중대한 국면에 접어들고 있다는 것을 알면서도, 그렇기 때문에 더욱 당당하게 투표소에 모습을 나타냈던 것이다. 적어도 이방근에게는 투표소로 가자고 찾아오지는 않았다. 따라서 아들이 스스로 그 아버지와 행동을 같이 했다면, 섬의 재계와 정계에서 이태수의 체면은 정말로 빛이 났을 것이다.

 그는 투표를 끝내자 2층의 후배 격인 읍장의 방에서 아들에게 전화를 걸었다. ……실은 투표소에서 양준오 동무와 만났다. 그는 지사의 비서 격인 과장을 하고 있잖아, 우수한 청년이야. 그는 분명히 어제 네가 있는 곳으로 찾아왔었지. 그는 참으로 훌륭하더구나. 모처럼 투표를 하러 와서는 남몰래 다른 사람의 안색을 살피는 자들이 많은데도 불구하고, 양 군은 자신 있게 투표를 하고 갔는데, 너는 아직 투표하러 나오지 않는 거냐? 귀찮으면 내가 대리투표를 해 주겠다며, 그야말로 고식적인 말을 해 왔던 것이다. 아버지, 제가 어슬렁어슬렁 그런 곳을 찾아가 일부러 투표용지 같은 곳에 쓸데없이 글을 쓰거나 하지 않을 거라는 걸 잘 아시잖아요. 제가 그런 정치적인 행사에는 관심이 없다는 것도……. 선거는 달라. 갑구의 유일한 입후보자, 최상화에게 한 표 찍어 줘. 어떻게든 법정 투표수에 도달하기만 하면 당선된다. 한 표라도 귀중해. 우리 일족이나 다름없는 사람이야. 오는 게 싫으면 내가 대리투표를 해 주겠다는 거야.

 북제주군을 갑·을의 두 개구, 남제주군을 한 개 구로 해서 각각 한 명, 제주도 전체에 세 명 정원이었는데, 도중에 선거반대 투쟁을 두려워하여 출마를 취소하거나 해서 네 명의 입후보자만을 남기고 있는 상황이었다. 그중에서는 역시 아버지가 공을 들이고 있는 전직 판사, 이태수가 추천하는 최상화가 그나마 나은 편이었다. 경쟁도 없이, 어쩌면 전직 시골 판사가 국회의원이 될 수 있었기 때문에, 어떻게든 한 표라도 많이 모으는 것이 좋았다. ……대리투표라는 것은 보이콧으로 갑자기 모습을 감춘 선거인들의 보충을 위해 관청이 생각해 낸 것이지 않습니까. 저는 그냥 집에 있는 것이니 대리투표에 해당되지 않습니다. 남에게 의심을 살 만한 일은 하지 않는 게 좋을 겁니다. 세간에서 저는 게으름뱅이로 통하고 있고, 아버지도 그렇게까지 신경 쓸 일은 없을 것 같은데요. 그리고 그때의 기분에 따라서는 '기권'할 자유도 있는 거 아닙니까. 그게 선거니까……. 그때 갑자기 상대편의 전화에서 분명히 총성처럼 터지는 듯한 소리가 한 발 울리고, 동시에 아버지가, 아이쿠, 이건 산부대(게릴라)다! 하고 외치는 순간 전화가 끊겼다. 놀란 이방근은 곧 읍사무소의 현장으로 달려갔지만, 이미 투표소 습격은 끝나 있었고, 크게 놀란 아버지는 사무소 뒷문으로 읍장과 함께 뛰쳐나간 모양이었다. 틀림없이 자신을 노린 것이라고 착각하고 당황하여, 넋이 나간 상태에서 바로 옆에 있는 식산은행의 이사장실에서 한동안 누워 있었던 것이다. 사상자는 없었다. 당황한 아버지와 읍장이 발을 조금 뻔 정도로 끝났다.

　몇 명의 남자가 투표소의 혼잡함을 틈타 현장에 난입하여, 권총을 천장에 한 발 발사하고 투표 거부를 호소하는 삐라를 살포하고 나서, 선거인명부를 탈취해서는, 투표함을 뒤엎기만 하고 도망을 쳤는데, 방화를 하지 않은 것만도 다행이었다. 유사 이래 최초라고 요란하게 선전을 한 국정 선거는 제주도에서 무참한 결과로 끝나고, 6월 하순으로 연기된 2차 선거도 도민들의 보이콧과 게릴라 활동으로 다시 무기한 연기할 수밖에 없었다. 이리하여 아버지가 공을 들이던 전 판사이자 그 전에 도인민위원회 부위원장을 지냈던 최상화를 국회로 보내는 일은 실패했다.

"하 선생님 비가 바로 그칠 것 같지도 않으니 편하게 앉으시지요."
이방근이 빗소리를 전신으로 들으며 말했다. "오늘은 이 정도로 하고, 선생님을 전송하는 김에 어딘가에 안내를 할 생각이었습니다만."
"서울은 제 고향이나 마찬가지니까, 이번에는 제가 안내를 해야겠지요."
하동명은 유원을 바라보았다.
"오빠는 외출을 하시게요……?"
탁자의 한 모퉁이를 차지하고 앉은 유원의 어투는 이야기가 중단되는 것을 거부하고 있었다.
"알 수 없어. 비가 그친 뒤의 이야기니까. 어쨌든 선생님의 전송은 해야겠지. 그래, 좀 전에 나눈 이야기는 내일 해도 돼, 오빠와 천천히 이야기하기로 하고 오늘은 이것으로 이야기를 마치자구. 그렇게 하는 게 좋지 않을까? 그리고 너의 이야기도 배배 꼬인 느낌이 드는 게 이쪽의 이야기를 진지하게 듣고 있지 않았잖아."
"그게 아니라, 나는……."
"그러니까, 그게 아니라……에 대해서는, 내일이라도 다시 이야기하자는 거야."
이방근은 가능하면 온화하게 이야기하려고 노력했다. 뭔가의 이야기를 농담처럼 하지는 말아야지 하면서. 결코 장난처럼 일이 시작된 것은 아니었지만, 거의 공상 속에서 커지기 시작한 순간에 그것이 순식간에 현실이 돼 버렸고, 여동생의 일본행을 하동명과 함께 강행시키지 않을 수 없는 곤란한 처지에, 아니, 그러한 심정에 쫓기고 있었다. 그리고 내심, 여동생의 반격을 기대하는 기묘한, 그리고 역겨운 느낌의 거품이 가슴에 솟아올랐다. 애당초 우상배와 만난 것이, 그 일본으로부터 전세를 낸 배의 이야기를 들은 것이 잘못이었는지도 모른다.

숙부인 이건수가 자리에서 일어났다. 그때 전화벨이 울렸는데, 그는 그것이 자신에게 걸려 왔다는 듯이 천천히 몸의 방향을 돌려 옆방으로 갔다. 전화의 상대가 교환수로 보였는데, 아무래도 시외전화인 모양이었다.

"아이구, 태수 형님, 이거 어떻게 된 일이십니까." 제주도에서 걸려 온 장거리전화였다. "예−, 예−, 옆에 방근이도, 유원이도 있습니다. 예−, 예…… 이쪽은 지금 하필이면 비가 와서 말이죠, 큰비인데요, 그쪽은 맑다니 믿어지지 않습니다. 마침 잘 됐습니다. 제 쪽에서 내일이라도 전화를 하려고 생각하고 있었습니다만, 그−, 유원의 학교 일 말인데요, 그게 다행히…… 지금 마침 대학의 담임선생님이 이쪽에 오셔서…… 예−, 예…… 교수 선생님……"

이방근은 반사적으로, 그러나 순간 망설이듯 천천히 일어나 옆방으로 갔다. 숙부가 벽의 기둥에 붙어 있는 전화 상자의 송화기에 대고, 유원의 이번 건으로 정학이나 퇴학 처분 없이 관대한 조치가 있었다는 것을 보고하고 있었지만, 이방근은 설마 숙부가 오늘 밤에 있었던 여동생의 일본 유학에 관한 이야기를 할 리는 없을 것이라 생각하면서도, 그러나 다짐을 하듯 한마디를 하고서 자리로 돌아왔다.

"제주도에서 아버지로부터 걸려 온 전화인데요, 하 선생님, 혹시 아버지가 인사를 드리고 싶다며 바꿔 달라고 할지도 모르겠습니다만, 그때는 죄송하지만 여동생의 유학에 대해서는 비밀로 해 주셨으면 합니다."

신념을 가지고 일을 추진하려는 하동명이었기 때문에, 일이 돌아가는 상황에 따라서는 상대가 마침 당사자의 부친이기도 하니까 유학에 대해 언급할지도 몰랐다. 아버지가 알 게 되면 그야말로 전화기 앞에서 하동명의 생각은 큰 웃음소리와 함께 일축당하고 말 것이다. 호오……, 호오, 그렇습니까, 그건 기쁜 일이군요……. 숙부의 낮은 놀라움과 감탄이 섞인 그다지 느낌이 좋지 않은 목소리가 들리고, 뭔가 상대에게 맞장구를 치고 있는 듯한 긴 이야기가 계속되었다. 여동생이 전화로 불려 가 이 또한 긴 이야기, 그리고 예상대로 하동명이 자리에서 일어나게 되었고, 드넓은 어둠의 저편, 조선 남단의 섬에서 잡음과 함께 들려오는 목소리의 주인과 인사를 나누었다. 마지막으로 다시 숙부가 전화를 받았지만, 이방근은 자리에서 일어나지 않았다. 아버지는 굳이 아들을 부르지 않았지만, 이방근 자신도 전과 마찬가지로 전화를 받을 생각이 전혀 없었다. 적개심이 있는 것은 아니었다. 필요가 없었다. 시각은 여덟 시 반. 반 시간 정도의 전화였다.

아버지에게 뭔가를 전달받은 듯한 숙부 이건수는 무슨 일인지 표정이 밝았지만, 어딘지 당혹스런 분위기도 느껴졌다. 아버지가 무슨 말을 하던가요, 라는 이방근의 질문에, 으—응, 하며 건성으로 대답할 뿐 금방 대답을 하지는 않았다.

"한잔하셔서 기분이 좋았던 모양이지요. 이 사람 저 사람 전화를 길게 하는 걸 보면……."

이방근은 웃었다. 실제로 자리에 돌아온 하동명이 아버지는 매우 기분이 좋아 보였다고 말했던 것이다.

"그래, 기쁜 일이 있는 모양이야. 아니, 그렇다고 대단한 일은 아니야." 숙부는 내뿜은 연기 너머로 맞은편에 있는 하동명의 안경을 들여다보았는데, 시선이 마주치기 전에 피하더니, 아니, 아니야, 하며 거듭 부정하고 나서 말을 이었다.

"그렇지 않아, 그렇지도 않다구. 태수 형님은 매우 기뻐하고 있었으니까."

"호오……. 뭔데요, 그게?" 이방근은 방금 전에 걸려 온 전화에서 숙부가 내던 것과 같은 소리를 내고, 스스로도 의식적으로 작은 호기심을 일으키면서 여동생 쪽을 보며 다시 물었다. "너에게는 아무런 말도 않더냐?"

"별로." 유원이 고개를 흔들었다. "하지만, 학교의 일은 기뻐하고 계셨는데. 평소보다는 기분이 좋아 보였어요. 9월에 상경할 거라면서……."

"9월? 으-음, 9월이라면 다음 달인데. 글쎄, 그 말을 믿을 수는 없지." 9월 언제쯤일까. 딸의 방이 텅 빈 뒤가 아니면 다행이라고나 할까. "하동명 선생님 앞에서 실례되는 말씀입니다만, 아버지는, 하하, 숙부님께만 뭔가를 이야기한 것 같아서요."

"어험, 방근이는 술이 빨리 취하는 모양이군." 숙부는 쓴웃음을 지으며 말했다. "사촌 동생인 나한테만 살짝 비밀처럼 말하는 바람에, 지금 어떻게 하면 좋을지 고민 중이야. 그러나 공공연히 말할 수 있는 내용은 아니고, 집안일에 불과해."

숙부가 손님을 신경 쓰고 있는 기색이 상대에게 전해지는 것을 이방근은 느꼈다. 하동명은 비가 쏟아지는 어두운 정원에 시선을 던지더니, 다방에서 자주 보는 젊은이들처럼 담배 끝을 탁자 위에 가볍게 두드리고 나서 입에 물었다. 보슬비였다면, 자아, 이쪽에서, 라는 말과 함께 슬슬 일어났을 것이다. 탁자 위의 공기가 마치 상대가 갑자기 일어나기라도 한 것처럼 싹 움직이더니, 반대편의 두 사람 쪽으로 밀려왔다.

"그러니까ㅡ, 하 선생님, 사소한 집안 이야기라서 죄송합니다만, 실은 핫핫하⋯⋯." 숙부는 탁자의 공기를 다시 밀어 보내듯이 갑자기 말을 꺼냈다. "아이가 생겨서 말이야. 아, 방근아, 아이가 생겼다는구나, 그래, 아들이 생겼다는 것 같아."

하동명도 이방근도 그리고 여동생도 그 의미를 알지 못했다.

"누구에게 아들이 생겼다는 말입니까?"

이방근은 얼굴을 옆으로 돌리고 조금 냉정하게 물었다.

"아들? 핫핫하, 글쎄, 그러고 보니 분명히 아버님은 아들이라고 말씀하셨지만, 그건 태어나 보지 않으면 모르는 일. 아이가 생겼다는 거야. 아버지에게⋯⋯."

숙부는 얼굴이 붉었는데, 취기보다도 조금 더 상기되어 있었다.

"아버지에게?"

이방근은 멍해져서 되물었다.

"그러나⋯⋯, 음, 방근아, 너는 모르고 있었냐?"

"뭘 말입니까?"

이방근은 입술 끝을 일그러뜨리고 독이 담긴 웃음을 지었다.

"뭘 말이냐가 아니라, 너는 제주도를 떠난 지 얼마 되지 않잖아."

이야기는, 계모인 선옥이 임신했다고 하는 생각지도 못한 일이었다. 어디 다른 여자를 잘못 말하고 있는 것은 아니겠지. 계모인 선옥은 아이를 낳지 못하는 석녀였고, 마흔이 넘어서⋯⋯. 순간, 발칙한 생각이 머리를 스쳤지만, 곧바로 그 생각을 쫓아내 버렸다.

"정말로 어머니가 말입니까? 다른 여자와 착각한 것은⋯⋯."

"아니, 형수님이야. 나도 다시 물어보았는데, 형수가 아이를 가졌다는 거야. 틀림없어. 선생님 앞에서 예의에 벗어난 이야기를 하고 말았지만, 어쨌든 경사스런 일이야."

유원은 탁자 위의 한 점에 시선을 고정시킨 채 조금 튀어나온 아랫입술을 꽉 물고 미동도 하지 않았다.

"좀 전에 아들이 생겼다고 하셨는데, 그건 무슨 뜻입니까?"

"그건 알 수가 없겠지. 점괘가 그렇게 나왔다는 것일 뿐이니까. 이전부터 형수님이 간절히 기원을 하고 있다는 이야기는 들었지만 말이야."

이방근은 컵에 든 맥주를 단숨에 비웠다. 계모의 임신, 아니, 그 일을 서울로 통지……. 그는 머리가 한 바퀴 돈 것 같은 현기증에서 빠져나오는 순간, 괴상한 소리를 내며 웃고 말았다.

"물론, 그렇고말고요. 이건 경사스런 이야기입니다. 하동명 선생님, 우리 집안일로 죄송합니다만……. 선생님, 우습지요? 우리 아버지는 멀리 제주도에서 아내에 해당하는 사람의 임신을 사촌 동생에게 알려 왔단 말입니다. 그러나 단순한 임신은 아닙니다. 저희 아버지에게는."

아니, 이 무슨 추태란 말인가. 구토가 나오려 한다. 선옥이 아니더라도, 어느 여자의 배든 빌려서 실제로 아들이라도 났다면 몰라도, 벽지인 동란의 섬에서 일부러 임신을 통지해 오다니……. 친형제가 없는 아버지가 친척 중에서도 가장 가까운 이건수에게 전화를 걸어오는 것은 절대로 이상한 일이 아니다. 그러나 아내의 임신 소식을……. 자식을 믿을 수 없는, 가계의 단절에 가까운 종가의 초조함 때문인가. 아니, 이해가 가지 않는 것도 아니다. 그러나 그렇다 하더라도, 이건 자식에 대한 데모이기도 했다. 일종의 기묘한 복수, 간접적인 데몬스트레이션. 그렇지만 자궁의 벽에 점 모양으로 붙어 있을 뿐인 너무나 막막한 생명의 미래……. "하하, 유원아, 뭘 그리 멍하니 있는 거야. 안색이 좋지 않구나. 저쪽에 가서 술이라도 가져다주지 않을래. 소주로. 숙부님, 숙모님도 이쪽으로 오시게 하면 어떻습니까. 유원의 이야기는 일단 끝났고, 게다가 결론이 난 것도 아니니까요. 그보다도, 아이고 이거, 성모마리아는 아니지만, 생각지도 못한 기적적인 임신을 축하하며 한잔하시지요."

유원이 자리에서 일어났다.

"음, 그야 그렇지." 이방근의 눈치를 보고 있던 숙부는 당혹스러워하면서도 크게 고개를 끄덕였다. "고목나무에 꽃이 핀 것처럼 정말로 반가운 이야기야. 어험, 게다가 방근이와 유원에게 형제가, 나에게는 조카가 하나 생기는 셈이지……. 음, 방근이의 책임이 무거워지겠어. 아니, 이거야말로, 하 선생님께는 폐가 될 것 같은데, 정말 죄송합니다."

숙부는 웃으면서 머리를 숙였다.

"하동명 선생님, 우습겠지만 아버지는 이런 면이 있습니다. 이것도 다 장남의 도리를 해야 할 이 불초한 자식 탓이라고 해야 할지도 모르겠습니다만." 이방근은 상대가 이해하기 어려울 수도 있는, 그야말로 이 자리에 어울리지 않는다는 것을 의식하면서 말했다. "선생님, 비는 아직 그치지 않고, 어떻습니까, 잠시 자리를 같이 해 주시지 않겠습니까. 이 이야기를 안주 삼아 다시 술을 마시도록 하겠습니다. 선생님은 제가 책임을 지고 전송해 드릴 테니 걱정마시구요. 핫, 핫하."

아니, 그럴 필요는 없다는 식으로 하동명은 웃으며 고개를 흔들었다. 그리고 자신은 감격하고 있다, 폐가 되기는커녕 집안 식구처럼 대해 줘서 고맙다고 말했다. 이리하여 하동명은 술자리를 계속 함께하게 되었다. 유원은 탁자 위를 일단 정리한 뒤 새로운 컵과 오지 주전자에 담긴 소주를 내왔다. 소주라고는 해도 시중에서 파는 합성주가 아니라, 쌀을 원료로 하여 순수하게 증류시킨 것으로 반짝반짝 기름이 떠 있는 느낌의 시골 술이었다.

"숙모님은 안 오신대?"

숙부가 말했다.

"잠시 누워 계세요."

"숙모에게 어머니의 일을, 아이가 생겼다고 말은 했겠지."

"아니요."

"으ー음, 어째서……."

밝은 표정의 숙부는 의아해했지만, 대답이 없는 유원을 책망하지는 않았다.

유원의 안색이 좋지 않았다. 역시 표정이 어두웠다. 뭔가를 참고 있는 듯했다. 단정하고 가는 윤곽의 얼굴이 때로는 접근하기 어려운 일종의 위엄을 지니고, 차갑고 거만한 느낌을 주는 경우도 있지만, 그녀는 쾌활했다. 약간 튀어나온 아랫입술이 균형 잡힌 전체의 밸런스를 조금 무너뜨리는 듯하면서도 그걸 강조하는 것이 개성이기도 했다. 하동명이 내향적인 면과 외향적인 면을 동시에 가지고 있다고 한 것은 맞는 말이었다. 섬세한 감정의 주인공이면서도 타인의 내부에 무단으로 밀고 들어가는 구석이 있는 것도 거기에 원인이 있는지도 모른다. 그러나 쾌활하다고 해도 좋을 만큼 지금까지는 어두운 표정은 그다지 찾아보기 어려웠다. 그러나 이번에 서울에서 만난 여동생의 표정에는 그것이 사라진 듯했고, 어두운 그림자가 드리워져 있는 것을 이방근은 느끼고 있었다. 결코 유치장 생활의 탓은 아닐 것이다.

유원이 각각의 컵에, 강한 술은 마시지 못하는 숙부는 형식적으로만 받았지만, 술을 따르고 자리에 앉았을 때, 어때, 너도 어머니의 뱃속에 있는 아이를 축하하며 한잔하지 않겠냐고 오빠가 말했다.

"오빠, 어째서 그렇게, 뱃속에 있는 아이라는 말을 하시는 거예요? 오빠는 언제나 자신이 유쾌해지려고 하면 가능한가 보군요."

유원은 창백한 볼에 미소를 머금고는 자리에서 일어났다.

"뭐라고?"

이방근이 말했다. 손님도 숙부도 조금 멍하게 있었다. 유원은 일단 일어나서는, 잠시 자리를 비워도 되냐고 오빠에게 물었다. 그때 갑자기 얼굴을 찡그리며 몸을 앞으로 굽히고 반 바퀴 정도 돌리더니 구토를 억제하려는 듯이 급히 손으로 입을 가리면서 방을 나갔다.

하동명도 숙부도 신경이 쓰이는 모양이었다. 이방근은 손님과 가볍게 잔을 마주치고, 눌은 냄새가 섞인 향기를 풍기는 4, 50도의 걸쭉한 느낌의 소주를 들이켜 혀로 음미한 뒤 삼켰다. 그리고 입안에 저리는 듯한 여운을 남기고 목구멍을 태우며 천천히 낙하한 뒤, 무지근하게 위벽으로 스며드는 것을 느끼며 자리에서 일어났다. 흥, 뱃속의 아이……. 돼지 뱃속의 새끼는 새끼회(돼지의 태아를 잘게 저미면서 양수와 함께 여러 가지 양념을 섞어 만든 제주도풍의 회). 왜 저러나, 정말로 구역질이 올라왔단 말인가. 아니, 이게 어떻게 된 일인가.

방을 나온 이방근은 툇마루를 왼쪽으로 돌아, 여전히 계속 내리는 빗소리를 맞으며, 부엌에서 여동생의 기척이 나는 세면장으로 갔다. 누워 있던 숙모가 옆방에서 나와 그녀의 등을 가볍게 토닥이고 있었다. 유원은 소리를 죽인 채 괴로운 듯이 등과 어깨를 물결치고 있었지만, 군침 모양의 타액만 흘러내리고 있을 뿐, 세면대는 더러워지지 않았다. 숙모는 뭔가 음식이 잘못된 것 아니냐고 걱정을 했지만, 별일은 아닌 것 같았다.

"어때, 괜찮아?"

유원은 고개를 끄덕여 대답했다. 그리고 이내 물로 입을 행군 뒤 세수를 하더니, 창백한 얼굴로 오빠를 바라보았다. 두 눈이 충혈돼 있었는데, 그것은 헛구역질 때문이 아니고 울고 있었던 모양이다. 눈빛이 구역질을 하면서 울고 있었음을 말해 주고 있었다. ……나는 자신이 유쾌해지려고 하면 언제라도 가능한 사람이란 말인가. 그것이 마음에 들지 않는단 말이지. 용케도 사람들 앞에서 당당하게 말했다. 이 녀석은 오빠의 이면을 보고 있다. 이면이라기보다 꿰뚫어 보고 있다. 이방근은 가볍게 웃고 있었다. 역시 남매였던 것이다. 나는 그 이유를 알고 있다.

"숙모님, 괜찮아요. 유원이 혼자서만 탈이 날 리는 없잖아요. 구역질이에요, 구역질……. 숙모님도 유원의 일본행에 대해서는 너무 신경 쓰지 마세요. 아직 결정된 것도 아니니까요."

"나는 말이지, 조금 두통이 나서 잠시 누워 있었을 뿐이야. 이제 괜찮아. 그보다도 얘가 왜 이럴까. 일본에 간다는 이야기 땜에 이상해진 게 아닐까?"

"핫, 하아, 그럴지도 모릅니다, 그럴지도……으-음, 그건 그렇고, 솔깃한 이야기가 있는데요, 제주도에 있는 어머니에게 아이가 생겼다는 겁니다."

"누구? 누가……. 방근이는 방금 뭐라고 했어, 제주도의 어머니라면 선옥 씨를 말하는 건가? 아이가 생기고……, 배가 불러오다니……. 설마……."

숙모는 믿지 않았다.

"그렇습니다." 이방근이 고개를 끄덕였다. "좀 전에 아버지가 숙부님께 전화로 알려 왔습니다."

"아이구, 그래, 그게 정말인가. 아버님도 연세를 드시고 귀한 자식을 말이지……. 어쨌든 그건 경사스런 일이야, 고추 달린 남자 아이가 태어나면 좋겠지만."

"점괘로는 아들이라고 했다는군요. 하긴 그건 태어나 봐야 아는 일이지만요."

"오빠, 이제 그만해요. 그런 이야기는 저쪽 방에서 하든가……."

유원이 히스테릭하게 말하고, 다시 구토를 일으킨 듯 세면대로 달려갔다. 숙모는 놀라 그녀를 돌아본 뒤, 잠시 그대로 지켜보았다. 유원에게 손을 쓸 새도 없이 구토의 발작은 이내 멈췄다.

"도대체, 유원이는 왜 저러지?"

숙모는 순간적으로 유원의 몸에 뭔가 심상치 않은 일이 일어난 것이 아닌가 생각하는 듯했지만, 그러한 의심은 곧 표정에서 사라졌다.

"유원, 내가 잘못했다. 오빠가 나빴어. 핫, 하아, 오빠가 말을 좀 많이 했구나. 잠시 네 방으로 가서 쉬는 게 좋겠다……."

"오빠는 괜히 악한 체하면서 심술궂다니까요……. 오빠는 정말 미워."

유원은 눈물 어린 목소리로 말을 던지고는 서둘러 그곳을 떠났다. 바로 전까지 냉엄하던 태도와는 정반대로, 이건 또 무슨 어린애 같은 말투란 말인가. 이럴 때는 영락없는 어린애였다. 이방근은 아버지가 일부러 사촌 동생에게 장거리전화로 아내의 임신을 알려 온 것이, 그것이 어리석다 여겨져 구토를 일으킬 뻔 했는데, 여동생은 계모의 임신 사실에 구토를 느끼는 모양이었다.

조금 취한 하동명은 유원을 어떻게든 도쿄에 보내야 한다고 말해서 숙모를 슬프게 만드는 한편, 조선의 민요를, 양손의 손가락으로 탁자를 두드려 리듬을 타면서 유쾌하게 두세 곡 불러 자리를 흥겹게 만들었다. 이방근도 모처럼 선창자의 뒤를 따라 취기가 배어 나오는 목소리로 민요를 불렀다. 아마 숙모도 유원의 일본행에 관한 이야기가 대학의 선생님 입에서 반복되지 않았더라면, 나이에 비해 젊고 아름다운 목소리로 민요를, 고향에서 밭일할 때 부르던 노동요를 들려줬을 것이다. 흥이 나면, 얼씨구나…… 하고 추임새를 한마디 넣어가면서,

한쪽 발을 척 내딛고 자리에서 일어나 그 얽은 얼굴에 웃음을 가득 안은 채, 양 어깨로부터 나는 듯이 흘러내린 팔을 교대로 물결치면서 춤을 출지도 모른다. ……이건수 선생님은 건국일보사에서 일을 하고 계시지만, 자신은 그 신문의 단선 절대 반대의 주장에 찬성하고 있으며, 단독정부의 수립은 우리 민족을 이분하는 매우 불행한 일이라고, 하동명은 취기 속에서 처음으로 정치적인 발언을 하면서, 학생에게 일본 유학을 권장하고 있지만, 자신 스스로도 이 나라를 떠나 어디 일본에라도 가고 싶다고 말해 이방근을 놀라게 했다. 설마 이 사십 대의 남자가 우리 여동생을 일본으로 보내 놓고 그 뒤를 쫓아가려는 것이 아닌가 하고, 취한 머리에서 순간적인 망상을 제멋대로 펼쳤던 것이다. 어쨌든 유쾌한 술자리가 된 것은 사실이었다.

이미 비는 그쳐 있었다. 하동명을 전송하려고 밖으로 나오자, 집 안에서는 몰랐지만, 비는 거짓말처럼 그치고 맑게 갠 밤하늘에는 가득히 반짝이는 별이 머리 위로 가깝고 크게 다가와 보였다. 수많은 별들이 취한 눈 안쪽의 공간으로 친근하게 깜박이며 젖어 들어왔다. 깨끗하게 씻긴 거리가 가로등 불빛에 촉촉이 비치고, 조금 흐트러진 구둣발 소리가 조용한 밤공기를 투과하며 울렸다. 숨을 크게 들이마시고 깊은 한숨처럼 내쉬었다. 전신의 취기가 밴 혈관에 상쾌한 공기가 도는 듯했다. 술, 전신을 적시고 계속 취기를 불러오는 알코올. 그리고 취기가 사라진 뒤에 땅속의 납처럼 변한 몸의 욱신거림……. 방근 씨, 여동생을 부, 부탁합니다. 도쿄로 보냅시다. 이 형, 당신은 나의 힘입니다…….

이방근은 택시를 세우고 하동명을 태운 뒤, 얼마간의 차비를 그 호주머니에 찔러 넣어 주고 헤어졌다. 가까운 시일 안에 다시 만나자는 약속을 하면서 하동명은, 시간도 늦었으니 이차는 다음 기회에 하자고 말했고, 이방근 자신도 아까와는 달리 마음이 내키지 않았다. 그는 택시가 떠나자, 취기를 확인해 보려는 것처럼 잠시 그 자리에 멈춰서 있었다. ……아들이란 말이지. 그렇다면 내 남동생……. 여자라면 여동생이 되는군……. 점괘에서 아들이라고 나왔다는 건데, 으-흠……. 이방근은 콘크리트 노상에 뒹굴고 있는 비에 젖어 납작해진 판지 상자를 걷어찼다. 거의 공기를 찬 것이나 다름없는 무저항의 공간으로 발을 들이민 순간, 이방근은 앗, 아…… 하는 한심한 소리를 내면서 보기 좋게 커다란 몸으로 엉덩방아를 찧으며 나동그라졌다. 자신은 제대로 한다고 했는데, 몸의 중심을 잃었던 모양이었다. 아니 고 이거, 내가 취했구나, 여기는 언덕길도 아닌데, 도대체가……. 물웅덩이가 아니었기 때문에 많이 젖지 않아 다행이었다. 그는 바닥에서 일어나 무겁게 저리는 머리를 천천히 흔들고 왔던 길을 비틀비틀 장신의 몸을 흔들면서 되돌아갔다. 방근의 책임은 무거워진다……. 숙부 이건수의 말이었다. 지금 선옥의 뱃속에 생긴 한 점의 생명에 대해서 말인가. 과연 그럴까. 육십을 넘겨 생긴 아이를 어떻게 하려는 것일까. 여자아이가 태어난다면 그동안 들인 공이 수포로 돌아가겠지만, 여자든 남자든 상관없었다. 아니, 아버지에게는 점괘대로 반드시 남자아이가 아니면 안 된다. 이것은 비장한 도박이다. 아들인 나에 대한 일종의 복수를 겸한 큰 도박이었고, 그것이 빗나간다면 새로운 절망이 찾아온다. 아버지, 이태수를 위해 남자아이의 탄생을 믿어 보자. 그리고 그 아이가 이윽고 스무 살의 청년이 된다. 아버지는 팔십이 넘는다. 핫하아, 1969년이로군, 나는 우리 나이로 쉰셋이다. 물론 살아 있을 때의 이야기다. 이방근은 비가 갠 뒤의 완만한 언덕길을 올라가면서 소리 내어 웃었다. 도대체가, 이 세상은, 물론 지구는 계속 돌겠지만, 어떻게 변해 있을까. 으흠, 내 여동생 유원은 마흔을 넘긴 중년의 여인이 되겠군……. 그러나 선옥은 고령 출산이기 때문에, 내년 봄이 될 그 출산을 기다리는 수밖에 없을 것이다……. 정말로, 다른 여자도 아니고, 계모인 선옥이 임신을 했다는 말인가. 이방근은 아직도 숙부의 이야기가 실감 나지 않았다.

집으로 돌아오자 숙부 부부는 어떻게 된 일이냐며 의아해했다. 바로 돌아온 것이 의외였던 모양이다. 어떻게 되고 말고가 어디 있습니까, 돌아왔을 뿐이지요. 나는 돌아갈 집을 잘못 찾아온 것인지도 모른다…….

"유원은 어떻게 된 거죠?"

이방근은 취한 눈에 눈부신 전등과 함께 비친 거실의 공간에서 유원의 모습을 보지 못했을 뿐이고, 자신의 방에 있을 거라고 생각하면서도, 여동생이 이 집에서 모습을 감춘 듯한 기분에 사로잡히며 말했다.

"그 애 방에 있어."

숙모가 말했다.

"아, 그렇습니까……."

"방근이, 그 애가 왜 저러지." 숙모는 우뚝 선 채 이방근을 올려다보듯이 말했다. "방에서 혼자 울고 있다니까, 기가 센 아이인데 말이야. 아무 말도 않고……. 이럴 때, 나는 정말 쓸쓸해진다니까."

"핫, 핫하, 쓸쓸해지다니요, 무슨 말씀. 숙모님, 너무 신경을 쓰지 않으셔도 됩니다. 제 말투도 조금은 여동생의 기분을 상하게 만들었겠지만, 아마 돌아가신 어머니를 생각하고 있을 겁니다."

"응, 역시 그런 모양이야." 숙모가 말했다. "아이구, 애석하고 그리운 유원이 어머니……."

"그렇다고 저렇게까지 구토를 일으키나?"

숙부가 말했다.

"모르면 가만있어요. 당신은 이해를 못한다니까요."

"그나저나 아버지가 문제예요. 뭘 일부러 먼 곳까지 전할 필요가 있습니까……."

"그건 방근이의 말이 지나쳐. 나도 저 애의 모습을 보고 여러 가지로 생각해 봤지만, 아버님은 나이가 들어 생긴 자식이라서 너무나 기뻤던 거야. 기쁠 때는 가깝고 멀고는 상관이 없다구."

"아마, 그럴 겁니다. 게다가 외로운 거지요."

이방근은 거실을 나와 유원의 방으로 갔다. 가볍게 노크를 하고 안으로 들어가자, 바로 전까지 울고 있었다고 해서 침대에 누워 있을 거라고 생각했더니, 유원은 창가의 의자에 앉아 열린 창밖의 어둠을 응시하고 있었다. 상쾌한 밤바람이 들어온다.

"오빠는 무슨 일이세요?"

눈물자국이 없는 흰 얼굴을 이쪽으로 돌리며 고쳐 앉은 유원은, 침대 모서리에 앉은 오빠를 보고 무표정하게 말했다.

"어때, 괜찮아? 안색이 안 좋아."

이방근의 목소리는 무겁게 짓눌려 있는 것이, 심한 숙취에 찌들어 있는 듯했다.

"예, 오빠, 아깐 건방진 말을 해서 죄송해요. 저는 참 한심한 구석이 있어요. 스스로도 알고 있으면서 그래요."

"그 일은 됐어, 후후, 술 냄새가 나지."

죄송할 것도 없었지만, 이방근은 여동생으로부터 뜻밖의 말을 듣는 순간에 마음이 부풀어 오르며 기분이 좋아졌다.

"오늘은 오빠, 일찍 쉬세요. 서울에 와서도 매일 같이 술이잖아요. 1년 중에 하루라도 마시지 않는 날이 있는지 모르겠어요. 여동생을 너무 걱정하게 만들지 말아 주세요. 오빠는 무슨 일 있을 때 돌봐 줄

아내가 없다구요."

"그렇긴 하지. 그러나 내 여동생이 있는 걸. 소중한 여동생이."

이방근이 웃었다.

"항상 곁에 있는 건 아니잖아요. 그 여동생을 일본에 보내려 하고 있잖아요."

"네가 갈 때는 오빠도 함께 갈 거야. 이건 농담이지만. 오늘 밤은 이 이야기는 그만두기로 했으니까, 내일이라도 다시 이야기하자. 내일……. 옆방에 가서 재떨이 좀 가져다주지 않을래."

유원은 발 디딜 틈도 없는 좁은 방 침대 옆을, 오빠의 무릎에 살짝 하반신을 부딪치며 지나간 뒤 방을 나갔다.

유원이 재떨이를 들고 와 침대의 사이드 테이블 위에 놓았다.

"유원아, 너는 아버지의 일에 충격을 받은 거냐."

"그렇지는 않아요, 충격을 받은 게 아니라, 뭔가 싫어요, 아주 싫어요……."

"왜 그렇지? 네 동생이 생기는 건데."

"아아, 오빠, 이제 그 이야기는 그만두세요. 게다가 무슨 말끝마다 아들, 아들……. 숙모님까지 덩달아서 아들, 아들 하니, 정말로."

"으―음, 알았어, 그렇구나. 그만 그 생각을 못했구나. 오빠가 취했나보다, 이런 실수를 하다니……." 이방근은 놀라서 취중에 술이 깨는 듯한 기분으로 말을 꺼냈다. "담배 한 대 피우고 나는 내 방으로 돌아가마. 이불은 깔려 있나. 음, 유원아, 오늘은 오빠가 잠을 잘 거니까. 좀 전에 먹은 소주를 가볍게 한잔할 테니 오지 주전자에 담아 물과 함께 가져다주지 않을래."

"오빠, 오늘은 이제 그만 마셔요."

"괜찮아. 마시는 게 아니야, 자기 전에 한잔하려는 것 뿐야. 창문으로 잘 보이지. 밖의 하늘은 별들로 가득하구나. 멋지게 반짝이고 있어. 빛나는 밤의 바다야……." 이방근은 창밖으로 시선을 옮겨 이야기를 돌렸지만, 다시 여동생을 바라보며 말했다. "넌 지금 오빠한테 뭔가 할 말이 있는 거 아니냐? 오빠는 아직 자지 않아도 괜찮아. 대신에 이리로 술을 가져다주면 돼."

"……내일이라도 상관없어요."

"하 선생님이 유학에 대해 얘기했잖아. 그때 오빠는 나중에 너와 천천히 이야기하기로 하고, 당장은 하 선생님 의견에 찬성한다고 했는데, 나중이라고 한 것은 내일이 아니라, 오늘 밤이라도 선생님이 돌아가고 나서 이야기를 계속할 참이었어. 우-우이, 으-음, 그때 너는 말이지, 제대로 된 대답을 하지 않고 제법 비꼬는 투로 말을 했었지. 자신은 너무나 운이 좋다던가, 뭔가의 말을 했는데, 그때 오빠는 상당히 화가 났다. 손님이 없었다면 호통을 쳤을지도 몰라……(여동생의 눈빛이 움츠러들었다). 음, 그리고, 그때 넌 말끝을 흐리고 말았는데, 이래가지고는 정말로, 그렇지, 이래가지고는 정말로……라는 말을 남긴 것이 신경 쓰이는구나. 자신처럼 운이 좋게 태어난 사람을 없을 거라면서, 이래가지고는 정말로……라는 말을 하는 것은 무슨 뜻이냐? 기억하고 있겠지."

"예, 그래요, 이래가지고는 안 된다, 정말로 안 된다고 생각했어요."

유원은 거리낌 없이 말했다.

"안 된다고? 뭐가 말이냐, 왜 그렇지?"

"여러 가지로……. 선생님과 오빠의 이야기를, 절 위한 이야기를 들으면서 그렇게 생각했어요."

"자신을 망친다는 것이냐. 으-흠." 이방근은 술 냄새가 나는 숨을 토해 낸 뒤 담배를 한 대 입에 물고 성냥을 켜 타오르는 불꽃의 작은 춤을 바라보다가 담배 끝으로 가져갔다. 그리고 잠시 아무 말도 하지 않고 뻐끔뻐끔 계속 피웠다. "……망친다는 말이지. 왜 그럴까? 그럼, 일본에 가는 것도 자신을 망치게 되는 일인가."

"그 이야기는 하지 않는다고 하셨잖아요."

"그것과 이것은 달라. 너는 분명히 네 자신이 말한 것처럼 혜택을 받은 존재임에는 틀림없어. ……일제 때 소학교를 졸업한 뒤 부모 밑을 떠나 줄곧 타향에서 학교생활을 해 왔지만, 한편으로는 혜택받은 존재임에는 틀림없다. 그렇다고 그게 너를 망친다고는 할 수 없잖아. 그렇다면 마치 너를 망치기 위해서 하동명 선생과 오빠가 열심히 움직이고 있다는 말이 되는 거 아니냐, 응."

"그렇게 말씀하지 마세요, 싫어요. 하 선생님이나 오빠의 탓이 아니잖아요. 저 자신의 문제예요."

유원은 책상 위에 오른손을 올려놓은 채 창문 쪽으로 고개를 돌려 밖을 내다보았다.

"자신의 일이라면 망칠 것도 없잖아."

이방근은 여동생의 옆얼굴을 향해 말했다.

"저는 주위에서 여러 가지로 걱정도 해 주고, 응석을 받아 주기도 하는 것 같아요. 같은 게 아니라, 응석을 받아 주고 있어요. 오빠는 나에게 상담이 있다고 말했잖아요. 그것도 제일로……. 제 쪽에서 제 자신의 일로 상담하는 게 아니라. 그게 싫어요, 무척 고마우면서도 싫어요."

여동생은 왼쪽 볼을 보인 채 시선을 떨어뜨리고 말했다. 조금 수그린 목에서 등으로 경사지게 흐르는 하얀 목덜미의 선이 요염하고 아름다웠다.

"쓸데없는 참견이란 말이냐……."

이방근은 가볍게 웃었다.

"그런 말을 하는 게 아니잖아요."

여동생은 먼 곳을 응시한 채 어이가 없다는 듯이 말한다.

"네 생각으로 말하자면 결과적으로 그렇게 되잖아. 이해를 못하는 건 아니지만, 너의 그 응석을 받아 주고 있다는 생각 자체가, 조금 응석을 부리고 있는 거 아니냐. 분명히 주위에서 여러 가지로 참견하듯이 걱정을 하는 건 사실이다. 그러나 오빠로서도 결코 너의 응석을 받아 주려는 게 아니다. 음, 응석부리게 할 생각은 전혀 없어."

"알고 있어요."

"알고 있으면, 망치고 말고 할 일은 아니지. 응석을 받아 주는 게 아니라, 자신이 응석을 부리고 있는 거야. 문제는 네가 음악에 매진하느냐 어떠냐에 달려 있어, 음……." 이방근은 위압적인 자세를 취한 것이 아니었다. 이 또한 흔들리고 있는 그 자신의 본심이었다. "그래, 오늘은 일본행 이야기는 그만두자. 실제로 오빠는 일본이라는 단어를 반복해서 혀에 올리고, 그것이 자신의 고막을 몇 번이나 울리는 것이 너무나 싫다. 일본, 일본, 우리의 치부에 울리고 있는 듯한 느낌이야. 가능하다면 어디 유럽에 있는 나라로 보내고 싶을 정도니까. 네 말은 사치스런 변명이라고 나는 생각한다. 혜택을 받았다고 생각한다면, 그걸 충분히 살려서 이용하면 그만이다. 음……, 그런 길도 있다는 거지. 그뿐이야, 하면 되는 거라구. 오빠는 네 생각을 부정하려는 것은 아니야. 좀 더 적극적으로 생각해 달라는 것이지."

"……"

유원은 잠자코 있었다.

"이제 슬슬 열한 시다. 너도 자는 게 좋겠어. 오빠도 잘 테니까."

이방근은 일어났다.

"술은 어떻게 할까요?"

유원의 말이 오빠를 쫓아왔다.

"술? 아까 말했잖아, 갖다 달라고."

이방근은 웃으며 방을 나갔다.

조금 지나서 여동생이 소주와 물병, 그리고 깨끗이 씻은 재떨이를 가져왔다. 오빠, 잘 자요. 그래, 유원아, 너도 잘 자……. 계모 선옥의 임신 이야기가 나오자 여동생은 히스테릭하게 흥분했지만, 이것이 일시적인 것인지 어떤지는 알 수 없었다. ……여동생이 선옥을 어머니라고 부르기 시작한 것은 언제부터였던가. 올봄에 있었던 돌아가신 어머니의 제사 때에는(그때 유원은 목포의 부두에서, 지금은 식모였던 부엌이와 함께 집을 나간 새끼 고양이 흰둥이를 주워서 데리고 왔다), 선옥에 대한 태도가 작년과는 크게 달라져 있었고, 그만큼 제삿날을 앞둔 집 안의 공기가 밝게 변했던 것이다. 유원은 어머니 제삿날이 되면 반드시 서울에서 돌아왔다. 하지만 평소의 쾌활함을 잃고, 자신의 방에 틀어박혀서 나오지 않았기 때문에, 그렇지 않아도 미묘한 당일의 분위기를 적의까지 풍기는 자리로 만들었다. 어쨌든 본처의 제사였고, 그 자리를 빼앗은 거나 마찬가지인 선옥이 전처의 혼령을 달래는 입장에 있었으므로, 유원의 태도는 선옥에게 그리고 아버지에게도 비수를 들이대는 듯한 존재였던 것이다. 타이르거나 꾸짖어도 유원과의 사이에 드리워진 투명한 유리벽을 점점 두껍게 할 뿐, 손을 쓸 수가 없었다. 바로 거기에, 눈앞에 있는데도 어쩔 도리가 없었다.

성내의 집으로 돌아온 순간, 어머니의 제삿날에 한해서 마치 어머니의 혼령이 제단이 아니라 여동생 쪽에 옮겨 붙은 것처럼 유원은 변했고, 자신의 의지로는 어쩔 수 없을 만큼 자폐 증상에 빠져 버렸다. 오지 말라고 해도, 아득히 먼 서울에서 길을 멀다 않고 며칠씩이나 걸려서 돌아왔다. 그리고 제사 때에만 안채 쪽에, 하얀 치마저고리를 차려입은 청초한 모습으로 나타나, 제단 앞에 무릎을 꿇었다. 하지만 결코 울거나 자세를 흐트러뜨리지는 않았다. 이런 여동생이 올해부터는 확실하게 변했다.

친척들과 주변 사람들의 손을 빌려 가면서 2, 3일 전부터 당일의 제물 준비에 열을 올렸는데, 이틀 전에 돌아온 유원은 어머니의 제사를, 크게 할 일도 없는 주제에, 자신이 관장을 하는 것처럼 밝게 행동했다. 그러자 원래 창고처럼 가라앉아 있는 이 집 안의 공기가 밝게 움직이기 시작했던 것이다. 아버지는 어머니가 돌아가신 이듬해, 일 주기가 끝나자마자 곧바로 선옥을 집으로 들였다. 8·15해방 전년의 봄이니까, 4년 남짓 될 것이다. 유원은 아버지의 후처로 들어온 선옥에게 어머니라고 부르지 않고 아주머니로 일관했다. 오빠 쪽은 기계적으로 열 살 정도 밖에 차이가 나지 않는 선옥을 어머니라고 부르고 있었는데, 그것을 타협적인 자세라고 이따금 울면서 비난하곤 했다. 그것이, 점차 어른스러워졌다고 할 수도 있겠지만, 최근 1, 2년 전부터 어머니라고 부르기 시작했던 것이다. 그런데 그 선옥의 임신 소식에 여동생은 구토를 일으켰던 것이다.

도자기로 된 작은 잔에 서너 번 따르자 소주는 거의 없어졌지만, 그걸로 충분했다. 이방근은 한쪽 다리를 다른 쪽 다리의 허벅지에 올려 좌선에 가까운 자세로 이불 위에 앉은 채 상반신을 좌우로 크게 흔들며 마셨다. 아까부터 마신 술에다가 소주 한 홉을 더 마신 것만으로, 새로운 취기가 머리 중심부에서 소용돌이를 일으키듯 깊고 뜨겁게 퍼져 갔다. ……설마, 선옥이 임신을 했다고 해서, 어머니에서 다시 아주머니로 호칭이 바뀌지는 않겠지만, 여동생의 마음속에 선옥에 대한 거부반응이 일어나고 있는 것만은 분명했다. 지금까지 선옥이 아이를 낳지 못하는 석녀라고 생각하던 참에 아이를 가졌다는 것이 놀라웠지만, 사실 그녀는 아버지 이태수의 후처였기 때문에 임신을 했다고 해서, 그 사실을 일부러 서울까지 알려 온 아버지의 어리석음이 문제라면 문제인 것이다. 선옥 자신이 비난 받을 이유는 없었다. 따라서 숙부나 숙모의 입장에서 볼 때, 여동생의 알레르기 반응을 이해하지 못하는 것도 무리는 아니었다. 다만 유원이 돌아가신 어머니를, 아버지가 선옥을 첩으로 삼고 병든 어머니를 돌보지 않는 상태에서 사망한 아직 오십 남짓한 나이의 어머니를 떠올리는 것은 사실일 것이다. 그것이 이상한 과민증상을 불러일으켰는지도 모른다.

그러고 보면 나 자신도 이상하게 어머니를 떠올렸으니, 묘한 일이다. 어째서 선옥의 임신 소식이 바로 어머니와 연결되는 것일까. 이태수, 그 장남인 용근, 아니 요시오, 하타나카 요시오지만, 그는 일본에서 일본인 여자를 아내로 맞아 일본인이 되었고, 차남인 자신은 집안의 대를 이어야 할 입장에 있으면서도 완전히 그것을 포기하고, 아버지 입장에서의 손자를 낳으려고 하지 않았다. 그리고 딸은 또 딸대로, 아버지가 강요하는 혼담에 철저하게 저항하고 있었다.

아버지는 제주도에서 이씨 가문의 종손으로서, 항상 가계의 단절에 대한 위기의식에 시달리던 와중에 선옥에게 아이가 생긴 것이기에 그 기쁨과 기대는 매우 클 것이었다. 점괘도, 물론 선옥이 보고 왔겠지만, 그 남자아이의 출산이라는 신화에 아버지가 만족하는 이유도 알 것 같았다. ……한방약의 냄새가 난다. 안채의 아버지 방에 들어가는 순간, 방 구석구석에 스며든 녹용과 조선 인삼을 넣어 달인 약 냄새가 확 풍기며 얼굴을 감쌌다. 아니, 툇마루에만 서도 냄새가 방에서 새어 나왔다. 강정제(強精劑)를 계속 마신 보람이 있는 것인지, 석녀인 선옥이 소생하여 경사스런 하나의 생명을 잉태한 것이다. 아버지의 붉고 혈색이 좋은 번들번들한 얼굴. 해구신(물개 수컷의 생식기)을 떠올리게 된다. 지금까지 몇 개의 해구신을 달이거나 술에 담가 마셨던가. 강정제를 너무 마셔서 머리카락이 하얗게 변한 사람도 있지만, 아버지는 용케도 코피를 쏟지 않았다는 생각이 들 정도였다……. 성교 자체보다도, 보다도는 아니겠지만, 오로지 아이를, 아들을 낳게 위해 그 일에 힘을 쏟는다는 것.

이방근은 선옥의 임신을 알았을 때, 전화를 걸어온 아버지의 어리석음과 함께 그 소식 자체에 구토를 느꼈지만, 지금 새로운 생명을 잉태한 이상한 느낌에 휩싸였다. 그것은 계모의 뱃속에 이복의 어린 형제가 생겼다는 혈연적인 것이 아니라, 살육의 땅에 생명이 잉태되었다고 하는 고향의 아픔과 연결되는 감각이었다. 어쨌든 아들이 태어난다면 선옥은 여왕이 될 것이다.

5

아버지는 그렇게 단순하고 어수룩한 남자는 아니다. 저희 아버지는 이런 구석이 있습니다……라고 술자리에서 하동명에게 말한 것은 그 자리의 분위기 탓이기도 했다. 이방근은 아버지 이태수가 일부러 선옥의 임신을 서울까지 장거리전화로 알려 온 것이, 한 잔 걸친 기분에 따른 대수롭지 않은 행동인 것 같으면서도, 아니, 그렇지가 않았다, 이건 보통 일이 아니라는 생각이 들었다.

바로 잠들지 못한 채 숙부인 이건수에게 걸려 온 전화 내용을 떠올리자, 취중에 피식하는 웃음이 나오면서도 조금 화가 나는 것도 사실이었다. 취기가 배어 나오는 상념을 타고 퍼지는 밤의 어둠 속에서 이방근은, 시골의 아버지와 서로 대좌하고, 퉁방울눈으로 사람을 응시하는 아버지의 그 눈동자 안쪽에 한 점의 원망하는 빛이 스치는 것을 보았다. 전화는 낮부터 신청해 놓았을 것이다. 한 잔 걸친 기분으로 그랬는지 어쨌는지는 차치하더라도, 신청하고 나서 몇 시간을 기다려야 하는 장거리전화를 걸어온 것은 역시 확실한 목적이 있었다. 숙부와 숙모가 말하듯이 너무 기뻐서 그렇다고 한다면, 왜 그렇게까지 기뻐한단 말인가. 지금으로서는 하나의 핏덩어리에 불과한, 아직 형태도 갖추지 못했을 텐데 그렇게 기쁨을 느끼는 이유는 무엇인가. 전화는 분명히 기쁨을 넘어서고 있었다. 노년에 달한 탓인지 나쁜 심보가 엿보이고 있었다. 아버지에 대해서는 전혀 적개심이 없었지만, 그 선옥의 임신 소식은, 아들에 대한 아버지의 적의가 드러난 표현이었을 것이다.

그게 언제였던가. 올봄, 그렇지, 일본으로 자금 공작을 위해 떠났던 강몽구가 돌아오자마자 대낮에 찾아온 것을 문제 삼고 있었으니까, '4·3'의 조금 전의 일인데, 아버지는 웬만해서는 발을 들여놓지 않는 아들의 방으로 찾아와, 함께 저녁을 먹기 시작했던 것이다. 밤으로 빚은 소주를 마시며 어울리지 않게 세상 이야기를 시작한 아버지가 당돌하게도, 만일 네가 공산당이 되기라도 한다면 이 집안은 무너지고 만다……고 협박에 가까운 말을 했었다. 이미 거의 무너지다시피 해서 간신히 형태만 갖추고 있는 집안인데도 말이다.

아버지는 남로당을 공산당이라고 불렀는데, 강몽구가 찾아온 것을 알고 이른바 탐색을 하면서 그렇게 말했다. 그는 자신은 원래 자식운이 없는 인간이라면서, 나는 늘 혼자였다. 이 나이가 되도록 혼자서 해 오고 있다, 음, 다른 집을 보거라, 네가 나의 오른팔이라고는 하지 않겠다. 하다못해 왼팔이라도 되어 준다면 얼마나 이 애비가 힘이 나겠느냐, 그리고, 어험, 이미 포기한 일이니 이제 와서 다른 말은 않겠다. 이건 나온 김에 하는 이야긴데, 너에게 뭔가를 이야기하기 위한 불평이 아니다, 라고 점잖게 말했다.

너는 너다. 그러나 네 생각이 어떻든 부모 자식의 관계는 끊어지지 않는다. 피로 연결된 것은 끊어지는 게 아니다. 그런 놈은 호래자식, 패륜아다, 우리 조선의 가족제도, 도덕으로는 용서할 수 없는 일이다. 인류의 기본이니까. 네가 어엿한 어른이 되었다 해도, 또 아무리 나이를 먹어도 부모가 볼 때 자식은 자식이야. 연령은 줄어들지 않아. 죽어도 줄어들지 않는다. 설령 네가 내 나이보다 더 오래 산다고 해도, 부모는 죽어서도 나이를 먹는다. 나이가 팔십이 되었더라도 백 살 먹은 아버지 앞에서는 아이처럼 행동하지 않으면 안 돼. 너에게는 돈이 있는 것이 병이다. 네 죽은 어머니의 유산 말이다. 그러나 너는 나의 상속인이기도 하다. 권리도 있지만, 본래는 자식으로서의 의무도 있는 법이야.

하지만, 저는 상속인이 되지 않겠습니다, 어머니까지 들먹여 화가 난 나는 그렇게 말했다. 그러나 그건 본심을 말했을 뿐이었다. 멍한 표정의 아버지는 이윽고, 마침내, 너는 내가 죽은 뒤에 제사도 안 지내고 집안의 대도 잇지 않겠다는 것이냐고, 그야말로 절대적인 명분론을 들고 나왔던 것이다. 아니, 세상에 부모의 제사를 지내지 않는 자식이 어디 있느냐. 조선에 그런 못된 놈은 없다. 아이고, 이제 와서 말할 필요도 없지만, 원래 나는 자식 복이 없는 인간이야. 덕분에 자식에게 의지하지 않고 혼자서 이렇게까지 이뤄 낼 수 있었지만. 그래도 나는 너라는 인간을 이해하지 못하겠다⋯⋯. 제사를 지내지 않겠다고 한 것도 아닌데 아버지는 자신의 생각만을 이야기했다. 차라리

깔끔하게, 자식인 네가 없으면, 즉 우리 집에 본래 아들이 없었다면, 문중에서 양자가 될 만한 자식을 데리고 오면 어떻게든 집안은 이어 갈 수도 있을 것이다. 그러나 어엿한 자식이 있고 보니 그렇게도 못하고 있는 거야. 입에 담기도 싫지만, 일본에 있는 자식까지 합치면 아들이 둘이나 된다. 일본처럼 딸을 집안에 두고서 생판 모르는 남들 중에 양자를 고르는 방법이 부럽구나……. 아니 실제로, 그 뒤의 일이지만, 문중회의 석상에서 이 '양자' 건이 도마 위에 오른 적이 있었다. 이방근이 없다는 전제하의 이야기였지만, 아버지의 의도와 마찬가지로 일종의 견제의 의미를 담아 족쇄를 채우기 위한 것이었다…….

　문중, 친족회의에 모인 것은 주로 4대조―고조부의 자손들로, 제일 먼 친척이 팔촌 간이니까, 조선에서는 매우 가까운 친척이기도 하다. 성내 이방근의 집, 정확하게는 아버지, 이태수의 집에서 열린 회합에는, 동란으로 먼 곳에서는 참가하기 어려운 상황에서도, 팔십을 넘긴 장로들로부터 이십 대의 청년층에 이르기까지 20여 명이 한 자리에 모였다. 주연을 겸한 제사 수준의 회합이라서, 밤에는 제각각 성내의 친척 집에 분산해서 묵게 되었다. 다른 장소가 회장이었다면 이방근은 참가하지 않을 작정이었지만, 어쨌든 자신의 집에서 하는 행사였고, 더구나 의제라는 것이, 고조부 산소의 비석과 제단, 돌담 등의 보수에 관한 건이 되고 보니, 직계 종손으로서 얼굴을 내밀지 않을 수 없었다. 하물며 간사 역이, 올봄의 어머니 제사 때 집사를 맡았던 육촌인 이상근이었는데, 장로 격으로 '번문욕례' 격인 그 아버지와 함께 가문의 일에 대해서는 조금 까다로웠다.

　묘지의 보수작업에는 물론 상당한 비용이 들겠지만, 그보다도 한라산 자락에 가까운 그 명당자리라고 점쳐진 묘지가 있는 일대는 게릴라가 출몰하는 지구이기도 해서, 그곳에 들어가기 위해서는 관헌의 허가와, 게릴라 측의 안전 보증이 문제가 되었다. 게릴라가 조상의 묘지 보수작업을 방해할 리는 없겠지만, 그래도 만일을 대비해서 대책이 필요하다는 것이었다. 친척 중에는 관공서 관계자도 있었고, 농촌지역의 사람도 있어서, 직접 게릴라와는 관계가 없었지만, 마을의 조직이라든가 간접적으로 게릴라와 연락을 취할 수 있는 사람도 있을 터였다. 그러나 그것을 분명하게 표명하는 사람도, 그리고 강요하는 사람도 없었다. 이방근은 남로당의 도부위원장인 강몽구를 통해서 안전 보증을 확인받고 싶어 하는 듯한 아버지의 낌새를 눈치 챘지만, 이방근은 그럴 생각이 없었고, 아버지 이태수도 말을 꺼내지 않았다. 이리하여 관헌의 허가는 아버지 이태수에게 일임하는 것으로 하고, 보수작업의 안전 보증에 대해서는, 상대가 유령처럼 실태를 파악하기 어려운 존재인 만큼, 결론을 내지 못한 채 회의는 끝났지만, 그 자리에서 장로의 입을 통해 '양자'의 이야기가 나왔던 것이다.

　장로는 늘 그렇듯이 우리 조선의 ××이씨는 제주도 입도 후에도 다수의 과거시험에 급제하여 현관을 배출하였는데, 그중에서도 순조(조선 23대 왕)대에 등과한 부사공(府使公, 정삼품의 지방장관)의 직계가 4대손인 방근이다……며 근엄한 태도로 일단의 서두를 마쳤다. 조선의 집안 대부분에서는 족보를 더듬어 올라가면 어딘가에서 '양반'과 마주치게 마련이고, 장로가 말하듯이 현관을 배출했다고 해 봤자, 판관(종5품), 정언(정5품), 그리고 부사급의 이른바 당하관(정3품 이하)이라서, 그렇게 대단한 현관이 아니라는 것을 이방근은 알고 있었다. 엄격한 지역 차별이 있는 가운데(과거시험에서 북한 지역, 제주도, 서얼에 대한 차별을 3대 차별이라 했다), 한 가문에서 한 사람의 과거급제자만 나와도 옛날에는 대단한 일로 여겼다.

　오히려 남승지의 가까운 조상이 의정부 등에서 당상관의 요직을 역임한 현관에 해당될 것이다. 남씨 가문은 조선의 멸망과 함께 새로운 시대에 적응하지 못하고 완전히 몰락했다. 시대의 흐름을 타고 실업에 전념한 이방근의 조부들은 다소의 재산을 축적했던 것이다.

……우리 문중으로서도 직계의 자손이 끊겨서 가계를 단절시키는 일이 있어서는 안 된다. 효는 삼강오륜의 근본으로써, 그에 어긋나는 일은……, 아니 아니야, 우리에게 특별히 소란을 피울 만한 일은 아무것도 없어. 방근은 현재 대장부로서 엄연히 존재하고 있으니까. 어떻게 우리 종손의 씨가 끊겨서 존재하지 않는다고 할 수 있나. 방근이가 이 세상에 없다면 그건 어쩔 수 없겠지. 명당은 그 땅을 조상의 묘로 정하면, 후손이 부귀영화를 누린다고 하는 곳. '명당자손'인 우리들 문중으로서도 '양자'를 생각해 봐야 하겠지만, 그럴 필요는 없어. 방근이는 본가의 종손이라는 자각을 깊게 하여, 아버지를 한탄하게 만들거나 아버지에게 책임이 돌아가는 일이 없도록 아들을 낳지 않으면 안 돼. 아무 여자의 배라도 빌려서 혈통의 전존을 도모하는 것도 상관없겠지만, 그래서는 첩의 자식인 서자와 같은 취급을 받게 되므로, 재혼해서 적자를 낳도록 해야겠지. 나는 일전에 태수의 입장을 보다 못해, 또한 문중의 장래를 우려한 나머지 방근을 향해 결혼 이야기를 꺼낸 적이 있어. 그러고 나서 몇 년이나 지났는데, 그때는 문중 회의가 아니고 내 개인의 입장에서 말했지만, 오늘은 친척들이 모인 자리에서 우리 일족의 일을 생각해서 방근이에게 이야기를 하고 있는 것이야. 형인 용근은 왜국의 인간이 된 지 오래고, 형제 중에서 남은 것은, 방근이, 너뿐이야. 유원이는 언젠가 다른 집 사람이 될 몸. 내 말 알겠지, 반복되는 이야기지만, 이건 방근이 한 사람 만이 아니라, 가문 전체가 걸린 일이기 때문에, 방근이 혼자만의 생각으로 결정할 수 있는 일은 아니야……라는 식으로 이방근은 친족회의에서 커다란

족쇄를 차고 말았던 것이다.

　그러나 이 이야기는 어떤 의미에서는 이미 아버지와의 사이에 일단락 지어져 있었으므로, 다시 문제 삼는 것에 불과했다. 학생 시절에 '집'을 위해서라는 아버지의 강한 요청에 따라 결혼을 했지만, 아내를 고향에 남겨 둔 유학생활은, 그리고 체포와 형무소 수감, 당시 제주에서 면장을 하고 있던 적극적인 친일파였던 아내의 부친은 딸에게 이혼을 강요하였고, 결국은 신혼다운 생활을 해 보지도 못하고 헤어졌다. 그 뒤 아버지는 가부장적인 권위를 전면에 내세워 자식에게 거듭해서 결혼을 강요하고, 마침내 부자지간의 충돌을 일으키게 만들었다. 그때부터 이방근은 재혼의 의사가 없다는 점, 그리고 그 일은 '집안'의 사정, 아버지와 친족의 의향에 좌우될 일이 아니라는 것을 분명히 표명했다. 당시에도 친족의 장로가 아버지와의 중개 역할을 하였지만, 이방근은 술에 절어 방탕한 생활을 하고 있던 시기라서, 일부러 자신의 소행을 쉽게 긍정하지 않았던 것이다. 더욱이 계모까지 한통속이 되어 이러쿵저러쿵 끈질기게 재혼을 권했는데, 한번은 이방근이 안색을 바꾸어 화를 내며 자신의 방에서 선옥을 내쫓은 일도 있었다. 애당초 그 실패한 결혼을 강요한 것은 아버지였다. 어쨌든 그 뒤로 이방근은 결혼 이야기를 일절 꺼내지 못하게 했다. 그런데 2, 3년이 지난 문중회의 석상에서, 간접적이기는 하지만 장로의 입에서 결혼 이야기가 나왔던 것이다.

　그리고 얼마 지나지 않아 아버지는 선옥의 임신 사실을 확인했다는 말이 된다. 포기했다고 말을 하면서도 아버지는 아들의 마음이 바뀌기를 내심 바라고 있었겠지만, 그렇다 하더라도 지금 선옥의 뱃속에 막 깃들은 작은 생명에 미래를 의탁하는 것은 너무나도 막막한 기분이 들었다. 그 막막한 기분을, 막막한 어둠과 밤바다 저편의 아득히 먼 서울까지, 전화로 전해 왔다는 말인가.

생각해 보면 우리들의 형제 그리고 가족은, 다른 사람들의 입장과는 달리 경제적인 이유에서가 아니라, 제각각 뿔뿔이 흩어져 살아온 것이나 마찬가지다……라고 이방근은 새삼 생각했다. 조선인이 일제 식민지 지배하의 빈궁에 허덕이며 '남부여대(男負女戴, 남자는 짊어지고 여자는 머리에 짐을 이고 방랑하는 것)', 일용할 양식을 구하려고 무리지어 이향, 유랑의 여행을 떠나는 가운데, 이산이 경제적인 이유가 아니라는 것은, 그만큼 큰 책임이 자신에게 있다는 뜻이 된다. 일곱 살 연상의 형 용근이 성내의 소학교(국민학교)를 나와 본토의 중학교로 진학하고, 도쿄의 의전(醫專)에 입학하기 위해 조선을 떠난 것이 소화(昭和) 초기였다. 이따금 귀성은 했지만 결국은 돌아오지 않았기 때문에, 가족과 함께 산 것은 소년 시절에 한정된다. 일본의 여성과 결혼하여 그 호적에 들어간 지 10년, 그 사이에 어머니가 병석에 있을 때 문병 와서 도쿄에서 입원하기를 권유했으나 뜻을 이루지 못하고 돌아갔는데, 그 뒤로는 어머니의 장례식에도 얼굴을 보이지 않았다. 해방 전에 아버지는 조선총독부에서 발행하는 교과서의 도내 판매를 독점하는 친일 행위를 하고 있던 주제에, 장남인 형이 일본 여자와 결혼해서 입적한 일은 용서하기 어려웠던 모양인데, 그건 왜 그랬을까. 조선인 사회에 대한 체면이 서지 않았던 것일까. 이 집은 어린 시절부터 아이들이 아버지와 거의 동거한 일이 없어 익숙하지 않았다. 그것도 아버지가 독립운동을 했다든가 혁명을 위해 가정을 저버린 결과에 따른 것은 아니었다.

유원의 경우도 소학교를 나오자 광주의 여학교에 들어갔고, 또 서울로 갔기 때문에, 여동생 역시 집에서 지낸 것은(그때는 이미 오빠 둘은 집에 없었다) 소학교 시절뿐이었다. 이방근 자신은 소학교 5학년 때 학교에서 쫓겨났고, 제주도에서 추방된 이래, 목포, 그리고 도쿄에서 대학을 다니다가 체포된 뒤 서울에서 보낸 형무소 생활, 출소해서 집으로 돌아온 것이 태평양전쟁 발발 전해로, 실질적인 결혼은 해소되어 있었다. 그때부터 지금까지 약 8년간, 이방근만이 겨우 집에서 지내온 셈이 된다. 그러나 이미 아버지 이태수는 축첩을 해서 어머니와의 관계가 소원해졌고, 어머니는 간장병으로 와병과 입원생활이 계속되면서 거의 별거 상태 속에서 지금의 선옥을 첩으로 두었던 것이다.

　이방근은 분명히 형식적으로는 아버지와 동거를 하고 있었지만, 거의 '두문불출' 하루 종일 자신의 서재 소파 위에 계속 앉아 있거나 누워서, 아무것도 없는, 겨우 개미들만이 기어 다닐 뿐인 안뜰을 응시하거나 하늘을 올려다보는 무위의 날들을 보내고 있었다. 안뜰을 사이에 둔 건너편 아버지의 방이 있는 건물이, 마치 두꺼운 유리벽을 통해 보이는 마을 풍경의 일부와도 같았다. 그 건물의 툇마루를 사람들이 걷는다. 그것은 계모인 선옥이거나, 아버지이거나, 이전에는 식모인 부엌이거나 했다. 그들은 이쪽을 이따금씩 바라보는 일도 있었지만 서로 모르는 사람처럼 아무런 말도 건네지 않았다. 그것은 사람이 걷는다기보다도, 사람이 있다는 하나의 증거로서 건물의 일부에 지나지 않았다. 이렇듯 같은 집의 안뜰을 사이에 둔 채 마주 보고 살면서도, 일주일이나 10일, 때로는 보름이나 아버지와 얼굴을 대면하지 않거나, 어쩌다 한 번 얼굴을 마주친다 해도 이야기는 나누지도 않고 서로 무관심하게 집 안의 생활을 이어 가고 있었던 것이다.

　집안의 붕괴를 간신히 붙들어 매고 있는 것은 이방근이 아버지와 동거하고 있다는 그 외양에 지나지 않았다. 그러나 그 외양조차 그가 의식하고, 형태만으로도 유지하려는 기특한 생각에 의한 것은 아니었다. 여기에 오래 살아 익숙해진 집이라는 타성에 의한 것에 불과했다.

슬슬 집을 나가야 되는 건가. 지금은 서재의 소파도 닳아서 수선을 하거나 새로 구입해야 할 시기가 되었다. 여동생의 말을 따라 하려는 것은 아니지만, "이래서는 정말로 망치고" 말 것이다. 핫, 핫하아, 그런 의미에서는 벌써 너무 망가져 있었다. 그렇다 해도 앞으로 나날이 계모의 배가 불러 오고, 일본의 스모 선수가 걸어가는 듯한 모습을 같은 집 안에서 보는 것은 마음이 내키지 않았다.

집을 나온다 하더라도 성내에서는 큰 집을 빈집으로 만들어 놓는 것 같아 너무 눈에 뜨일 뿐만 아니라, 읍내의 참새들이 번거로웠다. 그러나 아버지는 이 독립된 아들이 집에서 나가는 것을 승낙하지 않을 것이다. 어찌 됐건 집을 나갈 거라면, 차라리 서울에라도 옮겨 사는 편이 좋을 것이다. 무엇보다도 아버지의 전화는, 아들에 대한 뭔가의 복수심 같은 것을 느끼게 만들었다. 동시에 다른 생각이 들기도 했다. 아버지는 축하한다는 아들의 말을 듣고 싶은지도 몰랐다. 아버지는 힘이 없었다. 이 아들에 대해서는 무력했다. 그것을 알고 있기 때문에 아들은 아버지의 체면을 세워 주려 했다. 적어도 그렇게 해 왔다고 생각했다.

다음 날은 투명한 햇살이 찬란하게 빛나는 맑은 날이었는데, 이방근은 여느 때와 마찬가지로 느지막이 이부자리에서 빠져나왔다. 집 앞의 완만한 언덕길을 올라가면 녹음이 우거지고 절이 산재해 있는 고지대로 변한다. 다시 그곳을 벗어나 올라가면 조용한 북악산 산록의 삼청동 일대가 나오는데, 그곳에서는 서울 시가지가 한눈에 내려다보였다. 삼청동 변두리는 나무들의 녹음이 울창한 자연공원지대로, 나뭇잎 사이로 비치는 햇살에 반짝이는 맑은 물은 암반지대를 지나 시내 한복판으로 아름다운 강줄기를 뻗어가고 있었다. 근처 주민들에게는 알맞은 산책로였으며, 또 근사한 하이킹 코스이기도 했다. 이제 막 열 시를 지난 시간이었지만, 이미 중천에 다다른 느낌의 밝은 태양이 쏟아 내는 눈부신 빛을 맞으며 이방근은, 여기서부터 조금 멀기는 하지만 일찍 일어나 두세 시간 정도 여동생과 함께 산책이라도 했더라면 좋았을 것이라는, 조금 아쉽단 생각을 했다. 그러나 서울 시내를 내려다본들 뭐가 달라진단 말인가. 광대한 하늘에서 쏟아지는 건조한 태양 아래로 혼잡하게 움직이는 서울 시내. 허무한 생각을 더욱 부채질할 뿐일지도 모른다.

"오빠, 푹 쉬셨어요?"

유원은 오빠의 방에 독상을 가져와 말했다.

"그래, 어제 저녁은 네가 가져다준 소주 덕분에 잘 잤지……. 어때, 우리 아가씨도 잘 잤나."

"예—. 오빠, 그런 말투는 하지 마세요, 싫다구요." 유원은 그러나 미소를 띤 채 말했다. "오빠는 어젯밤에 잠꼬대 같기도 하고 혼잣말 같기도 한, 무슨 소린가를 늦게까지 중얼거리고 있었는데, 괜찮아요? 잘 못 잔 거 같은데."

"으—음, 그랬나? 기억이 잘 안 나는구나. 그렇다면 너도 푹 자지 못했다는 소린데. 안 그러냐."

이방근은 해장술도 마시지 않고, 간단히 식사를 끝냈다. 그리고 독상을 치운 뒤에 탁자를 가지고 오라고 해서 팔을 괸 뒤, 우뚝 선 채 돌아가지 않는 여동생을 올려다보면서 천천히 담배를 한 대 피워 물었다.

"오빠, 커피는 어때요?"

"으—음, 커피란 말이지……."

"싫다는 말이죠."

"아니, 그런 건 아니야. 필요 없는 건 아니지만, 그렇다고 특별히 마시고 싶은 것도 아닐 뿐이야. 오빠는 커피를 싫어하지도 않지만, 커피 없이 못 사는 사람도 아니니까. 그럼, 어떻게 할까."

이방근은 여동생을 보고 웃었다.

"예, 그건 알고 있어요."

밝게 행동하는 여동생의 표정에는 어젯밤에 흘린 눈물의 흔적이 없었다. 이방근은 여동생을 따라 커피를 마셨다. 뭔가 할 말이 있는 모양이었다. 바깥의 태양은 여전히 뜨거웠지만, 창문으로 미끄러져 들어오는 바람은 상쾌했다.

"오빠는 언제 제주도에 돌아가요?"

탁자를 사이에 두고 마주 앉은 유원이 갑작스레 물었다.

"제주도에 돌아간다고?"

내가? 이방근은 한순간 당황하여 다른 사람의 일처럼 말했다.

"제주도에 안 돌아가요? 오빠……."

"아니, 자신의 집에 돌아가지 말라는 법은 없겠지. 지금으로서는 언제 돌아갈지 알 수 없지만 말이야. 어쨌든, 9월 초쯤에는 돌아가야겠지……. 그런데, 뭐랄까, 핫핫, 이쪽이 더 마음이 편한 것 같은데."

"그럼, 서울에 있지 그래요?"

"그렇게 쉽게 말하지 마. 그럴 수도 없잖아." 커피의 카페인 영향인지 머릿속 심지가 맑아져오는 것을 느꼈다. "너도 돌아가고 싶은가 보구나. 오빠와 함께라면 제주도에 돌아갈 수는 있겠지만, 그때는 여름 방학이 거의 끝날 무렵이잖아."

"하지만, 제주도에는 돌아가지 않을 거예요. 아니지, 제주도가 아니에요, 제주도에 있는 집에는 돌아가지 않을 거예요."

유원은 단정적인 어투로 말했다.

"뭐라고? 집에는 이제 돌아가지 않는다구……?"

"돌아가고 싶지 않아요. 아버지도, 계모도 만나고 싶지 않아요."

유원은 오빠를 가만히 바라보다가 커피 잔을 손에 들고, 한 모금 입에 머금듯이 마셨다.

"왜 그러는데? 어젯밤에 아버지한테 걸려 온 전화 때문에 그러냐?"

"그 일은 더 이상 말하고 싶지 않아요. 뭐랄까, 지금보다도 집이, 원래 먼 집이었지만, 휙 날아가 훨씬 멀어져 버렸어요……. 사라져서 없어져 버릴 정도로."

"그래, 오빠도 이해할 수 있을 것 같다." 이방근은 자상하게 웃으며 말했다. "아버지로부터의 전화 탓일 거야, 그건. 그러나 만나고 싶지 않다든가, 만나고 싶다는 문제가 아니야. 너의 부모야, 너의 집이기도 하고. 그건 어디까지나 네 느낌일 뿐이야."

"그래요, 제 느낌이에요. 저의 부모라는 건 당연하지요. 오빠도 얼렁뚱땅 넘어가려는 식으로 말씀하시네요. 자신의 부모니까 거기에서 태어나는 아이는 형제가 되잖아요. 숙모님은 형제가 생겨서 좋다고 하시지만, 저는 정말로 싫어요. 태어나 보지 않으면 모르겠지만, 저는 형제라는 생각이 조금도 들지 않아요. 태어난다면 그런 생각이 더욱 심해져서 증오의 대상이 될지도 몰라요."

"말도 안 되는 소리 하지 마. 마치 어린애 같구나."

이방근은 가슴이 철렁 내려앉는 것을 느끼며, 미동도 하지 않고 빛을 발하는 검은 눈동자에 빨려 들어가듯이 여동생을 마주 보며 말했다.

"저는 어제 아버지로부터 걸려 온 전화 내용을 들었을 때, 자신도 모르게 돌아가신 어머니를 떠올렸어요. 제가 크면서 알게 된 여러 가지 슬픈 일들이 떠올랐어요. 고생만 하고, 그것도 아버지 때문에 걱정만 하고 지내던 어머니를……. 오빠, 오빤 아버지가 어떤 사람이라고 생각해요?" 유원이 일단 말을 끊고 날카롭게 오빠를 바라보았다. 이방근은 그 경멸이 섞인 차가운 분노의 빛을 자신의 눈 속 깊이 받아들였지만, 유원은 어이없이 눈을 내리깔고 고개를 숙인 채 신음하듯 말했다. "아아, 오빠, 저는 지금 부모에 대해서 무슨 말을 하고 있는 걸까요. 저는 지금 과거의, 오빠가 모르는 아버지에 대해서 말하려 하고 있어요. 오빠가 들어줬으면 좋겠어요."

"음, 말해 보렴. 오빠가 모르는 일이라니, 후후, 너도 뭔가 오빠에게 오랫동안 말하지 않은 '비밀'이 있는 모양이구나."

이방근은 억지로 웃으며 농담조로 말했다.

"……우리 아버지는 자식 교육에는 돈을 쓴 사람이지만, 결국 보답을 받지 못한 사람이에요. 왜 그럴까요. 생전에 어머니는 용근 오빠가 일본 여자와 결혼해서 그 집안으로 호적을 옮긴 것도 아버지에게 원인이 있다고 저에게 말한 적이 있어요. 저는 잘 몰랐지만, 나이를 먹으면서 점차 알게 되었어요. 저는 이런 이야기를 처음으로 오빠에게 하는데요……. 지금도 잊지 않는 저의 어릴 적 하나의 체험이에요. 철이 들면서 제 가슴에 박혀 있던 작고 부드러운 가시가, 점점 단단하게 커지면서 상처를 크게 만들고 빠지질 않아요. 작은 기억이, 어린 시절의 기억이 세월과 함께 다시 기억되면서 보강되다가 지금은 뚜렷이 되살아나요. 그 일은 제가 소학교에 들어가기 2, 3년 전의, 아마 초여름이었다고 생각하는데, 아버지는 하얀 파나마모자를 쓰고 있었던 것을 확실히 기억하고 있어요. 그 무렵 오빠들은 이미 집에 없었어요. 위의 용근 오빠는 그때부터 일본의 도쿄에 있었고, 방근 오빠는 목포에서 학교를 다니던 때라서 저는 형제 없는 외톨이였어요……. 어머니는 흰 치마저고리에 양산을 받치고 있던 것이 기억나요. 그 시절로서는 현대적이었던 셈이죠. 사람들이 뒤돌아보곤 했대요……. 어머니는 나를 안은 아버지와 함께 축항에 가까운 길을 걷고 있었어요. 무슨 용무로 축항 근처까지 갔는지는 몰라요. 그때, 처음에는 몰랐지만, 젊은 여자가 스지듯 지나갔어요. 아버지가 갑자기 당황히는 듯해서 나는 그 여자를 알아보았지만, 아버지는 자신의 팔에 안고 있던 어린 나를 휙 내던지듯이 옆에 있던 어머니에게 건넸어요. 그때 높이 공중에 떠 있다가 낙하하는 듯한 무서운 느낌을 지금도 기억하고 있어요. 나중에 자신의 내부에서 생겨난 느낌일지도 모르지만……. 나는 한순간에 내던져졌다고 생각했어요. 아버지는 나를 그 팔에서 놓더니, 젊은 여자의 뒤를 쫓아가서는 이윽고 둘이서 어디론가 가 버렸어요. 오빠, 우스워요?"

유원은 미소를 띠고 있었지만, 희미하게 안구가 눈물의 막으로 덮여 있었다.

"으흐-음……."

이방근은 고개를 천천히 옆으로 흔들었다. 그리고는 깊은 숨을 내쉬었다. 그는 뭔가를 떠올리고 있었다. 아니, 머릿속에 물결이 일고, 그 거품이 이는 파도 사이에서 뭔가가 솟구쳐 올라왔던 것이다. 웃후후……. 요릿집 옆방에서 들려온 아버지의 웃음소리였다. 음모가 하얘져 버려서……. 음모가 하얗게 된다……. 이방근은 차가운 노기가 등줄기를 타고 달리는 것을 느꼈지만, 커피를 홀짝이고 또 침을 삼키며 억눌렀다. 그리고 여동생의 이야기를 재촉했다.

"하지만, 지금 생각해 보면 우스운 생각도 들어요. 도대체 뭐하는 아버지인가 하고……. 그것이 무엇을 의미하는지 몰랐지만, 그때 일은 지금도 확실히 기억하고 있어요. ……제가 철이 들면서, 그건 여학교에 들어가고 나서였지만, 그때 오빠는 서대문형무소에서 출소해서 집에서 요양하고 있을 때였어요. 오빠에게는 잠자코 있었지만……. 미안해요, 그렇지만 그런 이야기는 하고 싶지 않았어요. 그때는 이미 부부 사이가 좋지 않았잖아요. 어느 날, 주저하면서도 어머니에게, 옛날 그때의 일을 물어보았어요. 어머니는 처음에 깜짝 놀란 듯이, 무슨 말이냐고 의심하며 입을 닫고 있었지만, 결국은 이야기해 주었어요. 어머니는 옛날 사람이라 아버지가 하는 대로 내버려 두었던 거예요. 그런 일은 대수로운 게 아니라고 하셨는데, 그 외에도 여러 가지 일이 있었다는 뜻이겠지요. 그때 어머니는 이런 말씀을 하셨어요. 아버지가 너를 나에게 내던지듯 건네고 그 젊은 여자와 함께 가 버렸을 때, 낯익은 사람들이 그 광경을 지켜보고 있었다고……. 서울이나 다른 지역의 아는 사람이 없는 곳에서 일어난 일이라면 몰라도, 성내 거리에서, 거의 모든 사람을 알고 있는 좁은 지역에서, 체면이고 뭐고 생각하지 않는 처사를 참을 수가 없었다고 하시더군요. 이게 얼마나 지독한 처사인지 말이죠. 사람들 앞에서 남편에게 무시당한 아내. 침이라도 뱉는 행위와 다를 게 없다구요. 몸이 아픈 어머니를 내팽개쳐 두고……." 탁자 위에 시선을 떨어뜨린 유원의 눈이 붉어졌다. "그때 아버지가 지금의 계모와 동거에 가까운 생활을 하고 있었다는 건 오빠도 알잖아요. 오빠도 해방 뒤에는 술만 마시고, 그리고 기생집에도 자주 드나들었어요……. 하지만, 오빠가 아버지처럼 할 수 있을까요. 오빠가 못할 일은 없지만, 오빠는 자신이 싫은 일은 하지 못하잖아요."

"흐ー음, 뭐냐, 그 말투는 좀 어렵구나." 대답을 할 필요는 없었지만, 이방근은 담배 연기를 크게 내뿜으며 말했다. "아버지와 비교하는 건 무리야. 오빠에겐 무엇보다도 자식이 없으니까."

"아니에요. 자식보다도, 본질은 부부간의 문제예요. 그때 어린 저는 아버지에게는 덤으로 달린 부록에 불과했으니까요. 그래도 상관없어요. 용케도 저는 땅바닥에 떨어지지 않았던 거예요. 떨어졌다면 죽었을지도 몰라요……."

"말도 안 되는 소리는 그만둬라."

"제가 큰 부상을 당해서 아버지가 곤란한 입장에 치혔을지도 모르죠."

"으ー음, 오빠로서도 처음 듣는 이야기야, 기분이 좋지 않다. 아버지의 제멋대로인 행동을 보는 것 같아서 기분이 별로 좋지 않아. 그러나 옛날 일이야……."

이방근은 실제로 기분이 좋지 않았다. 게다가 양친이라고는 하지만, 남녀 관계에 관한 일이기 때문에 말을 꺼내기가 쉽지 않았다. 여동생이 옛날의, 어린 시절의 기억을 소중히 감추고 있을 줄은 몰랐다. 그 나름의 여러 가지 생각을 하고 있었다니. 참으로 한심한 남자다. 머릿속에서 아버지의 얼굴이 흔들리고 있었다. 하얀 음모……. 쓴 침이 여동생 앞에서 솟아올랐다. 2년이 다된 겨울밤의 일이었는데, 우연히 요릿집에서 여러 명의 손님이 옆방으로 들어온 적이 있었다. 이방근은 일행과 둘이서 여자를 대동하고 있었는데, 옆방에서 아버지로 보이는 남자의 목소리가 들렸고, 이윽고 아버지와 함께 온 손님들이라는 것을 알았다. 아버지의 웃음 섞인 이야기 소리는 농담조였다. 일행을 앞에 둔 이방근은 아무렇지도 않은 듯 가장을 하면서도 아버지의 이야기 소리는 분명히 듣고 있었다. ……아니, 그러니까, 만년의 집사람의 거기에 난 털이 말이지, 하얗게 변해서 도저히 잘 마음이 내키지 않더라구. 어쨌든, 검고 무성해서 탐스러운 게 최고지……. 웃후후……. 같이 온 손님들의 조심스런 웃음소리가 옆방으로 울려 퍼졌다.

정말로 오십 남짓한 나이에 어머니가 그랬단 말인가. 저속한 음담. 이방근은 후처로 맞이한 선옥과의 생활을 합리화하기 위해 죽은 이를 기만하고 욕보이는 것이 아닌가 하는 생각이 들었지만, 옆방으로 고함을 치며 뛰어들고 싶은 충동을 간신히 억누르고 바로 자리에서 일어나 가게를 나왔다. 하얀 음모……. 부부간의 일이라고는 하지만 술자리에서 그걸 안주로 삼는 아버지라는 남자를 경멸했다. 그 검고 탐스러운 음모의 주인은 누구인가. 일반적인 비유라고 하더라도, 동석한 일행에게는 아직 젊은 후처의 음모를 상상시키기에 충분했을 것이다. 그런 자신의 음모는 어떠할까……. 이것은 정말로, 자신에게 혐오감을 느낄 정도로 불쾌했다. 죽은 아내의 치부를 다른 사람들 앞에 들춰내면서, 그 제사 때는 보란 듯이 성대하게 허세를 부린다. 체면치레로, 죽은 아내에 대한 사랑과 추모의 징표로 삼으려는 것인가. 이런 이야기는 남자 형제끼리라면 몰라도 여동생에게 할 수 있는 이야기는 아니었지만, 만일 유원이 알게 되면 어떻게 될까. 축항에서 스쳐 지나가던 여자에 비할 바가 아닐 것이다.

"그 일은 너무 깊게 생각할 거 없어." 이방근은 어머니의 모습이 여동생의 얼굴에 겹쳐 보여서 여동생의 얼굴을 똑바로 바라볼 수 없었다. 섞여 있었는지 어땠는지는 모르지만, 하얀 음모라는 것은 아마도 술자리에서 아버지가 저속하게 지어낸 이야기일 것이다. "오래 전에, 아버지가 아직 젊을 때의 이야기니까. 아버지를 만나고 싶지 않다든가 집에 돌아가고 싶지 않다는 것은 너무 섣부른 결론이 아닌가 싶구나."

"저는 싫어요, 너무 싫어……."

유원은 표정을 바꾸지 않고 말했다.

"그래, 알았다. 그 기분은 알겠어. 좀 전에 너는 오빠에게 이야기하면서, 우스워요? 라고 물었는데, 그건 무슨 의미로 한 말이냐? 오빠는 전혀 우습지 않은데 말야."

"아니에요, 그저 오래 전의 제 이야기를 하면서 우스워졌을 뿐이에요. 남자들은 그런 건가요. 마치 아무렇지도 않게 장난감을 바꾸는 응석받이처럼, 좀 전에 오빠는 아버지가 제멋대로……라고 말했는데,

제멋대로를 넘어서, 어린애가 그렇듯이 잔인하기까지 하다니까요."

유원의 말이 너무 대남해서 오빠를 놀라게 했다.

"으흠, 너도 제법 입이 거칠구나." 이방근은 웃으며 말했지만, 여동생의 기세에 압도당하고 있었다. "아버지를 응석받이 같다고 하는 것은, 네가 지금 돌아가신 어머니의 입장에 서 있다는 증거야."

"그 젊은 여자와, 하다못해 연애라도 하고 있었다면, 하고 생각할 때가 있어요. 이건 어디까지나 가정한 이야기이지만, 실제라면 용서할 수 없지요. 이혼하면 되는 거니까요. 하지만, 아버지는 언제나 상대를 바꾸고 있었잖아요."

유원의 볼에 희미한 홍조가 떠올랐다.

"뭐라고?" 이방근은 한순간 말의 칼끝이 심장을 찌르는 것을 느끼며 들뜬 목소리로 말했다. "연애였다면 괜찮다는 말이지. 아니, 정말 그렇게 생각한단 말이야?"

이방근은 멍해져서 자신이 한 말이 별 의미가 없다는 것을 알고 있었다.

"……"

"그러니까……. 그 아버지가 말이지, 너를 안고 어머니와 함께 걷고 있었다는 것은, 음, 그걸 한마디로 말하자면, 아이를 안고 있었다는 것만으로도 훌륭한 면이 있다는 거야. 옛날 사람들은 아이를 안고 아내와 함께 길을 걷거나 하지는 않거든. 핫, 핫하. 아내는 양산이란 말이지, 파나마모자를 쓴 남편은 아이를 안고……. 현대적이군. 그런데 그 뒤가 좋지 않아. 안고 있던 딸을 땅에 내팽개치다니. 아니지, 어머니에게 건네줬을 뿐이야. 유원아, 화내지는 말거라, 오빠는 얼버무리려는 게 아니니까. 그 옛날이야기는 그 정도로 해 두자. 오빠는 아버지의 이야기를 들으면 속이 메슥거리고 기분이 나빠져……."

"미안해요. 더 이상 아버지 이야기는 하지 않을게요. 하지만 오빠, 오빠에게 묻고 싶은데, 조선의 남자들은 왜 그래요." 유원은 오빠가 도중에 말을 돌린 것을 추궁하지 않았다. "여자보다 못한 남자가, 단지 남자로 태어났다는 것만으로, 조선의 가족제도 덕분에 여자를 철저히 지배하고 있으니까요. 조선만이 그런 것은 아니지만, 특히 조선에서는 여자를 인간이 아닌 것처럼 취급하잖아요. 어젯밤 전화만 해도, 아들, 아들하며 여자인 숙모님까지 함께 소란을 피우더라니까요. 태어날지 어떨지도 모르는 판에 무슨 아들 타령인지. 어이가 없어서. 또 아버지 이야기가 나와서 미안해요. 우리 오빠는 그래도 낫다고 생각해요. 일체의 권위에 부정적이고, 가부장적인 것을 인정하지 않지만, 그래도 실생활에서는 꽤 봉건적인 구석이 있어요……."

"음, 그럴까."

"그럴까라니, 오빠는 모르세요?"

"아니, 그렇게 말한다면 모른다고는 할 수 없겠지. 알고 있어, 하지만, 알고만 있을지도, 핫, 핫하……." 이방근은 웃으며 고개를 끄덕였지만, 거의 당황하다시피 해서 할 말을 찾지 못했다. 여동생이 이렇게까지 진지하게 이런 종류의 이야기를 한 것은 처음이었다. "너에게 그래도 나은 편이라고 인정을 받은 것만으로도 다행이라는 생각이 든다. 유교야, 유교……. 잘 들어, 아버지 앞에서 조금이라도 그런 말을 했다가는, 인간이 아니라며 맞아 죽을 거야. 핫하, 아버지만이 아니지만. ……음, 그래서 말인데, 되풀이되는 말이기는 하지만." 이방근은 화제를 바꾸었다. "너도 그 정도는 알고 있겠지만, 계모에게 아이가 생긴 것은 결코 이상한 일이 아니야. 지금의 아버지 부부의 입장에서 본다면 기쁜 일이지. 그렇잖아. 그걸 너의 느낌만으로 받아들여서 아버지와 절연이라도 할 것처럼 말하지는 마, 알았지."

"전 싫어요, 상상하는 것조차 싫어요. 어머니가 생각난다구요. 그러면 여러 가지 일들이 머릿속에 구름처럼 솟아올라 꿈틀거려요. 어머니는 살아 계세요. 우리들의 기억 속에, 마음속에……. 우리들이 어머니를 잊어버렸을 때는 어머니의 존재도 사라져 버리겠지요. 죽은 자는 산 자 안에서만 살아 있는 것이라고, 언젠가 오빠가 말했잖아요. 저는 그 말이 너무 좋아요. 죽은 자는 그저 산 자를 위해서만 존재한다고……. 저는 아버지도 만나고 싶지 않아요. 어젯밤에 저는 많은 생각을 했어요. 오빠와 하 선생님이 진심으로 걱정해 주시는 유학 문제를 생각하면서, 이번 기회에 일본으로 가 버릴까 하는 마음도 생겼어요. 아아, 가 버리다니, 이런 말투는 좋지 않아요. 그래요, 유학을 가자는 생각을 했어요. 하지만, 역시 그것은 한때의 감정적이고 충동적인 면이 있어요. 올봄에도 선생님이 추천하시니 일본에 가고 싶다고 오빠에게 상담을 한 일이 있잖아요. 어머니 제사로 돌아갔을 때 말이에요. 나중에 다시 생각해 보고 그만두었지만, 그때도 역시 일시적인 충동, 충동이라기보다도 조금 들뜬 기분에서 공상을 하고 있었던 거예요. 지금도 아버지나 계모를 만나기 싫다는 것이 일본행의 동기가 되다니, 그게 동기가 되었다면, 자포자기한 것처럼 얼마나 한심한 일인지……, 그렇잖아요. 그건 진정한 일본 유학의 이유는 되지 못하겠지요. 그래서 오빠, 저는 일본에 가지 않겠어요. 오빠에게 야단을 맞겠지만, 어젯밤에 생각했어요……."

"일본에는 가지 않겠다고?"

오빠, 일본에는 가지 않겠어요……. 이방근은 뭔가 기습을 당한 느낌으로, 혼잣말처럼 한마디를 건네고는 여동생을 보았다. 유원은 말없이 고개를 끄덕였다. 으흠……. 이방근이 혼자서 가볍게 끄덕이며 담배에 불을 붙이는 사이, 아주 잠시 침묵이 흘렀다.

"어쨌든 지금은 이 이야기는 그만두기로 하자."

아버지에 대한 반발심에서 일본행을 생각하다니, 사태는 복잡한 양상을 띠고 있었다. 그 정도까지 아버지 부부에 대한 거부반응을 일으키는 여동생의 기분을 이해할 것 같으면서도 알기 어려운 면이 있었다. 당사자인 아버지 이태수가 알았다가는 그야말로 딸의 정신에 이상이 생긴 것이 아니냐는 생각을 할 게 틀림없었다.

"오빠, 9월 초에는 제주도로 돌아가는 거예요?"

유원이 조심스레 물었다.

"그럴 작정이지만, 아직은 잘 몰라. 아까도 물은 거 같은데, 무슨 일 있어?"

"예, 부탁이 있어요."

"뭐야, 새삼스럽게."

"말해도 돼요?"

"말을 하지 않으면 어떻게 알아."

"일전의 유치장에서 돌아온 날에 열린 파티에서 술을 마시고 취한 오 군이라고 있잖아요. 대학의 건축과에 다니고 있는, 기억나요?"

"물론, 기억나고말고. 오빠에게 트집을 잡기도 했고, 취하면 우는 학생을 말하는 거잖아. 조금 문학적인 청년이었어."

"예, 그래요. 오 군이 꼭 오빠에게 부탁해서 제주도에 함께 데리고 가 달라는 거예요……. 그때도 무슨 수를 써서라도 고향에 가고 싶다고 했었는데, 가족 소식이 너무 궁금한 모양이에요. 오빠라면 어떻게든 허가를 받아 낼 수 있을 거라고 생각하고 있어요. 그 사람만이 그런 건 아니지만, 오빠가 제주도에서 나왔기 때문에, 그리고 또 돌아갈 거잖아요, 모두가 자극을 받고 있어요."

"으—음, 그건 어려울 것 같은데." 이방근은 충분히 생각해 보지도

않고 그렇게 말했다. "그 동무는 학교에는 안 가나. 설사 입도했다 하
너라도, 그 다음에는 섬에서 나오는 게 어려워. 못 나오게 된다구.
……그와는 언제 만났지? 일전에 왔을 때 그런 말을 했었나."

"어제 조영하와 만났을 때 잠시 같이 있었어요. 대학은 휴학할 예정
이래요. 지금까지도 학교에는 잘 나오지 않았지만……. 일단 목포까
지 가서, 그곳에서 어떻게든 '밀항'을 할 생각인 모양이에요."

"말도 안 돼." 이방근은 담뱃불을 재떨이에 비벼 껐다. "밀항이라니,
이건 그야말로 외국이나 다름없군……. 음, 밀항은 밀항이지."

이방근은 우상배가 조선에 온 김에 며칠만이라도 떠난 지 이십 수
년이 되는 고향 제주도에 가 보고 싶다고 한 말을 떠올렸다. ……양준
오와 남승지 두 사람과도 만나고 싶고, 헷헤, 제주도의 투쟁에 몸을
던지려 해도, 글쎄 어떨까, 별 쓸모가 없겠지……. 마음은 있다구. 강
몽구가 일본에서 돌아오는 배 위에서 말하더군. 우 동무가 제주도에
가 본들 무슨 할 일이 있겠나. 제주도의 투쟁 현장에 도움 될 일이
없다고 말이지. 그 말이 맞아. 앗, 핫핫하아……. 자신의 고향으로
밀항한단 말이지. 일본에는 가지 않겠어요……. 어쨌든 골치 아프게
되었다는 느낌이 들었다. 이방근은 이야기는 이 정도로 해 두자며 자
리에서 일어났다. 유원도 따라 일어났는데, 오 군은 어떻게 될 것 같
으냐고 물었다.

"어떻게 되다니, 그게 그렇게 간단한 일은 아니잖아. 현실적으로 해
상봉쇄가 되어 있으니까. 지금 당장 대답할 수 있는 일이 아니야. 생
각은 해 보겠지만, 너와 함께 남매가 들어가는 것과는 달라. 기대는
하지 않는 게 좋을 거야."

이방근은 목이 마르다는 생각을 하면서 방을 나와 변소로 가 볼일을
본 뒤, 부엌에서 수돗물을 한 사발 가득 받아 마셨다.

유원이 다짜고짜 여성해방론을 들고 나온 것은 아니었지만, 지금까지 없었던 그 강한 주장에 이방근은 조금 충격을 받았다. 갑자기 여동생이 새로운 모습을 드러낸 듯한 느낌마저 들었다. 유원과는 조선 사회에서 여성의 위치 같은 문제를 놓고 제대로 이야기를 나눈 적은 없었지만, 그녀가 결코 봉건적인 인습에 순종적이지 않고, 가부장제 아래의 '남존여비', 여성멸시에 반발하는 비판적인 생각을 지니고 있다는 것은 그런대로 알고 있었다. 그런대로, 라는 것은 유원이 그런 생각을 지니고 있구나 하는 정도였지, 여성해방의 문제를 이방근이 심각하게 받아들이고 있었던 것은 아니었다. 유원은 그래도, 일상생활에서는 예를 들면 오빠의 이부자리를 펴고 갠다든가, 그 밖의 심부름을 하였고, 오빠의 '무위도식'하는 '기생충적'인 생활에는 비판적인 시선을 던지기 시작하면서도, 그 생활습관에 대해서는 특별히 이렇다 할 비난을 한 적은 없었다. 그녀 자신이, 고풍스런 여성과 그렇게 크게 다르지 않았다. 그러나 아버지가 강요하는 결혼담을, 보통이라면 용서받지 못할, 절대 복종해야 할 그 일을 완고하게 거절한 것은, 역시 그녀의 사상적인 뒷받침에서 비롯된 것이라 해야 할 것이었다.

어쨌든 유원의, 이론적인 전개는 하지 않았지만, 서슴없는 좀 전의 발언은 즉흥적인 것이 아니라, 여성해방론을 자신의 사상으로 만들어 가고 있는 것 같았다. 게다가 그 사상이 계모인 선옥이 애를 가졌다는 것만으로 분출함으로써, 당사자로서는 그야말로 말도 안 되는 거절 반응과, 아버지에 대한 반발로 연결되어 있는 듯했다.

이방근은 여동생이 아무래도 다루기 어려운 존재로 변해 가고 있다는 것을, 아버지를 대신하는 '절대적'인, 그것은 오빠에 대한 존경에서 비롯된, 여동생에게도 좋은 '전제군주', '나의 임금님'이었던 자신의 '권위'가 계속 무너져 가고 있음을 느꼈다. 조금 쓸쓸한 느낌이 들지 않는 것도 아니었다. 그렇다 하더라도 여동생이 부탁한 그 오 군이라는 술주정꾼 청년이 제주도로 돌아가려는 이유는 무엇일까. 가족의 소식을 알기 위해서라고는 하지만, 단지 그뿐일까……. 유원의 말에 의하면, 다시 한 번 뵙고 싶으며, 제주도행에 대해서도 직접 부탁드리기 위해 찾아뵙고 싶다는 것이었다.

이방근은 서울역에 내렸을 때와 마찬가지로 흰 노타이셔츠에 감색의 포럴 양복 차림으로 일곱 시경에 집을 나왔다. 이미 해가 저물어 저녁의 어둠이 하늘을 가득 채우고 있었다. 행선지는 종로 3가 근처였기 때문에 직행하면 일곱 시 반에 나와도 충분했지만, 한동안 걸을 생각이었다. 오후 여덟 시, 합동법률사무소라는 것은, 지난 4월 서울에 왔을 때, 박갑삼, 아니 여기에서는 황동성(우상배의 말에 따르면 김동삼이었다)과 만났던 같은 장소이자, 게다가 사정상 우연한 일치에 지나지 않겠지만, 시간도 같았다. 황동성은 그때 여덟 시부터 아홉 시까지도 시간을 정했는데, 이번에도 시간이 같다는 것을 본인은 의식하고 있는지, 어떤지. 아무럼 어떤가.

지금은 국제통신사에 관계하고 있는 것 같은데도 합동법률사무소를 지정한 것은, 아직도 그곳을 고문변호사로 삼고 있는 창원부동산에 그대로 비상근 중역이라는 자리를 유지하고 있기 때문인지도 모른다. 일전에는 황동성과 만난 3일 후에 서북청년회 중앙총본부로부터 갑작스레 예기치 못한 전화가 걸려 오고, 마중 나온 검은 외제차로 '서북' 간부숙소에 '연행'되었을 때, 황동성을 알고 있느냐는 질문을 받은 적이 있었다. 모른다고 대답했지만 아무래도 미행당했을 가능성이 매우 컸다. 지금도 집 주위를 누군가가 감시하고 있을지도 모르고, 그렇지 않더라도 합동법률사무소가 있는 3층짜리 잡거건물 주변이 감시망에 들어가 있지 않다고 장담할 수도 없었다. 그렇다 하더라도 온몸이 '당성(黨性)'으로 무장된 황동성이 그런 일에 무심할 리가 없었고, 경계심이 결여되어 있다고는 생각하기 어려웠다.

이방근은 집 앞의 언덕길을 내려와 큰길에서 멈춰 선 채 담배를 물고 불을 붙이면서, 무언가를 생각하듯 좌우를 둘러보았다. 누군가의 시선을 의식한 것은 아니었다. 그보다는 누군가가 자신의 그러한 동작을 보고 있다는 것을 의식한, 일종의 제스처이기도 했다. 자 그럼, 내 뒤를 따라오거라. 일전에는 여기에서 택시를 타고 종로 3가의 방향과는 정반대인 서쪽으로 미군정청 앞까지 갔다가 좌회전, 세종로를 남대문 쪽으로 달려 광화문 교차로를 지나, 태평로에서 다시 덕수궁 앞을 좌회전하여 을지로를 동쪽으로 달렸다. 그리고 커다란 호를 그리듯이 상당히 멀리 우회하는 길을 종로 3가의 네거리에서 내렸던 것이다. 운전수가 의아한 얼굴을 하면서도, 두세 배가 되는 요금을 고맙게 받았다.

이방근은 손가락의 담배를 입에 물고 큰 걸음으로 도로를 건너, 종로 1가의 화신백화점이 있는 네거리에 이르는 큰길과 삼각형으로 갈라져 비스듬히 직진하면 종로 2가 쪽으로 나오는 길을 조금 들어가, 작은 다방의 문을 밀었다. 7, 8명이 앉을 수 있는 스탠드와 그 배후의 벽 쪽으로 테이블이 서너 개 있는 약간 좁고 긴 느낌의, 연한 갈색의 판자벽으로 둘러싸인 차분한 분위기의 가게였다. '향기 짙은 커피전문점'이라고 쓰여 있었다. 이방근은 진열대에 늘어놓은 여러 종류의 커피 열매를 넣은 유리병이 정면으로 보이는 스탠드 옆의 의자에 앉았다. 두세 명 앉아 있는 카운터는 자리가 비어 있었지만, 손님들은 거의 테이블을 차지하고 있었다. 이방근은 적당히 커피를 주문했다. 제주도에서는 거의 커피를 마시지 않는데, 서울에 와서 익숙해진 모양이었다. 커피 열매를 볶아서 갈아 놓은 조금 탄 듯한 냄새가 참으로 향기로웠다. 코가 바뀌었나. 코끝을 두 개의 손가락으로 가볍게 비틀어 보았다.

서울은 여기저기에 다방이 있어서 커피 향기가 늘 신변에 감돌고 있는 듯한 느낌조차 들었다. 도회지에서는 커피를 마시지 않으면, '문화인'의 자격이 결여되는지도 몰랐다. 다방은 어디든 대체로 자리가 꽉 차 있었고, 그곳에는 인텔리 실업자가 종일 진을 치고, 학생들이 토론을 하는 곳, 아니, 사건 해결을 위한 중개인이나 시시한 모리배들이 책략을 꾸미는 곳이기도 하다. 커피 한 잔으로 몇 시간을 버티기 위해서는 테이블이 좋을 것이다. 다만, 이 커피전문점은 소파가 아니라 딱딱한 나무의자였다.

이방근은 카운터의 가게 출입구에 가까운 오른쪽 끝에 앉아 있었는데, 문 틈새로 누군가의 그림자가 어른거리며 가게 내부를 엿보는 듯한 낌새가 들어 잠시 숨을 죽였다. 가게 안은 경쾌한 탱고 리듬이 흐르고 있었다. 아까부터 카운터를 가볍게 손가락으로 두드려 리듬을 타는 소리가 들렸다. 잡거빌딩의 2층에 있는 합동법률사무소의 아래층 다방에서 발밑의 마루를 타고 블루스풍의 레코드가 들려오던 일을 떠올렸다. 미스터 김이라든가, 일본식의 박상이라는 호칭이 귀에 들려온다.

출입구로 시선을 돌리자, 사람들이 눈치 채지 못하도록 살그머니 문이 움직여 간격을 넓히더니, 뜻밖의 작은 그림자가 그곳을 가로막고 검은 눈동자가 반짝였다. 그것은 쥐처럼 재빠르고 주의 깊게 빛나는 눈이었다. 이방근과 잠깐 시선이 마주치자, 남녀 두 사람의 점원이 눈치 채지 못하는 사이에 문을 조금 밀어 열고, 상반신이 알몸인 때투성이 소년이 옆구리에 도구 상자를 껴안은 채 몸을 구부리며 살며시

다가왔다. 그리고 양손으로 이방근의 오른쪽 구두를 받침대 대신의 작은 도구 상자 위에 들어 올리고, 초스피드로 닦기 시작했다. 정말로 그것은 눈 깜짝할 사이에 이루어진 빠른 솜씨였고, 열 살 정도 되는 소년의 빈약한 알몸의 상반신을 내려다보며 이방근은 잠자코 내버려 두었다. 싸구려 포마드로 번들번들하게 머리를 넘긴 젊은 점원이 뭔가를 눈치 챈 듯, 카운터 너머로 몸을 내밀어 밑을 내려다보다가 까까머리를 발견하자, 이 녀석! 하고 외치며 카운터 밖으로 튀어나왔다. 소년은 도망치는 대신에 카운터의 이방근이 앉아 있는 의자와 그의 가랑이 사이에 몸을 웅크려 숨기고, 손님의 다리에 원숭이처럼 매달렸다.

"손님, 그 꼬맹이를 이쪽으로 차 버리세요."

이방근의 옆으로 온 점원이 말했다. 이방근은 발로 찰 마음도 없었지만, 다리에 매달리고 있어서 차 버릴 수도 없었다.

"이 자식아! 여기는 거지들이 구두를 닦는 곳이 아니야."

점원은 뜻밖의 거친 말투를 쓰더니, 많은 손님이 있는 가게 안인데도 불구하고, 팔을 걷어붙이며 소년을 끌어내려 했다. 이방근은 어깨를 치켜 올린 채 몸을 구부린 상대의 등을 가볍게 두드리고, 아니야 마침 잘 됐어, 구두를 닦으려던 참이니 내버려 두라고 말을 걸었다.

"야, 이 새끼, 얼른 나와, 나오지 않으면 나중에 맞아 죽을 줄 알아!"

이방근은 일어나 소년을 감쌌다. 과연 점원은 손님을 난폭하게 대하지는 않았지만, 소년을 가만두지 않겠다는 자세로, 자신보다도 큰 이방근의 손을 뿌리치려 했다.

"자네, 그만하라니까." 이방근이 목소리를 높였다. "가게 물건을 훔친 것도 아니잖아."

"손님, 구두를 닦으려면 가게 밖에서 해 주세요." 주눅이 든 점원이 굳어진 얼굴로 말했다. "우리 가게는 명동 주변과는 달리 절대로 이런 녀석들을 들이지 않기로 했단 말입니다. 위생을 제일로 생각해서……."

이방근은 의자에는 다시 앉지 않고 일어선 채로 계산을 끝낸 뒤, 소년과 함께 담배 연기가 천장 선풍기 때문에 흩어지는 별로 공기가 좋지 않은 가게를 나왔다. 소년이 이방근의 상의 소매를 더러운 손으로 잡아당기며 구두를 닦게 해 달라고 졸랐다. 그는 백 원짜리 지폐한 장을 소년에게 쥐어 주고, 두 번 다시 그 가게에는 가지 말라고말한 뒤 헤어졌다. 이렇게 하면 오히려 습관이 될지도 모른다는 생각을 했지만, 그 문제는 별개였다. 참견이 좀 지나쳤나 하는 생각을 하면서 두세 가게 앞에 있는 원래의 큰길로 나오자, 소년도 도구 상자를한 손에 들고 같은 방향으로 걸어왔다. 종로경찰서가 바로 코앞이어서 유원을 데리러 갔을 때 만난 사찰계장 장(張)이 불쑥 나타날지도모른다. 이방근 선생을 알고 있다고 말한 '서북' 출신의 남자였다.

이방근은 바로 오른쪽의 경찰서 방향에서 온 택시를 탔다. 차 안에서 뒤쪽 창문으로 돌아보자, 가로등 아래에서 가만히 선 채 지켜보던소년이 계속해서 손을 흔들고 있는 것이 작게 오므라들듯 눈에 들어왔다. 건방지게도 억지 미소를 짓고 있었다. 이방근은 동시에 뒤따라오는 자동차가 없다는 것을 주의 깊게 확인했다.

이방근은 운전수에게 행선지를 말하지 않고, 중앙청 앞을 좌회전해서 남대문 방향으로 가 달라고 했다. 이전과 같은 일을 반복하고 있었다. 그러나 택시가 덕수궁 앞에서 좌회전하지 않고 똑바로 달리다, 이윽고 밤의 거리를 배경으로 시커먼 남대문의 실루엣이 다가올 무렵, 이방근은 남대문 로터리에서 남대문로를 되돌아가 종로 3가까지가 달라고 지시했다. 초로의 운전수가 멀리 돌게 된다고 중얼거리듯말했지만, 그래도 괜찮다, 밤거리를 달리고 싶어 그런다고 대답했다.

나는 어째서 오(吳)를 경계하고 있는 것일까. 휴학을 하고 제주도에 돌아가고 싶다는 그를, 나는 분명히 경계하고 있었다. 이방근은 차 안에서 얼마 전에 파티가 열렸을 때, 취해서 꼴사납게 오열하던 오를 생각했다. 드러눕자 맥없이 잠들어 버린 학생이었다. 만일 그가 산에라도 들어갈 작정이라면, 왜 내가 그걸 경계하는 것일까. 나 자신이 황동성과 만나는 입장이라서 그런가. 여동생에게 기대하지 않는 편이 좋다고 말한 것은, 함께 데리고 가는 일이 실제로 어렵다는 것 이상으로, 그를 이미 경계하고 있었기 때문이다. 이방근은 자동차의 흔들림 속에서 자신의 마음이 움직이는 방향을 충분히 파악하지 못하고 있었다.

종로 3가 네거리 모퉁이에서 차를 내렸다. 여덟 시 10분 전으로 조금 일렀다. 아니, 잡거빌딩의 2층으로 올라가, 접수창구를 통과하여 지정된 방으로 가면 딱 맞을 것이었다. 3층짜리 건물이 서 있는 도로 쪽을 보자, 그 오른쪽으로 영화관의 조명이 아직 밝게 빛나고 있었다.

6

황동성은 와 있는지 어떤지. 누군가가 망을 보고 있다면 그것도 어쩔 수 없는 일이었다. 아마 황동성 자신이 그 정도는 충분히 의식을 하면서 행동할 것이고, 아니면 괜한 의심에 지나지 않을지도 몰랐다. 설사 누군가 감시하고 있다 해도, 그는 창원부동산의, 그리고 국제통신사의 황동성일 뿐 그 이외의 아무것도 아니었다. 행상인으로 제주도까지 찾아온 박갑삼은 지금은 없었다.

이방근은 담배를 문 채 교차로를 건너면서 그저 잠시 전차 길가의 보도에 시선을 던졌다. 순간, 그는 전방에 환상이라도 본 것처럼 멈춰 선 채 눈을 크게 뜨고, 자신도 모르게 도로 모퉁이 건물 뒤로 몸을 숨겼다. 그녀가, 검은 옷차림의 문난설이 아직 밝은 영화관 앞 근처에서 걸어오고 있었다. 아무렇지도 않은 척 건물 뒤에서 한 걸음 몸을 앞으로 내밀었다 다시 숨기면서 확인해 보았는데, 이쪽을 향해 똑바로 걸어오는 것은 역시 문난설이었다.

예기치 못한 우연이었다. 서울에 도착하던 날 밤 노상에서 우연히 나영호와 함께 만난 이후 흰 양장이라는 이미지를 날려 버리는, 마치 상복처럼 검은, 그러나 얇은 옷감의 시원한 차림에 기품이 있었다. 그리고 풍만한 허리선은 본 적 있는 그녀의 것이었다. 혼자인 듯, 나영호의 모습은 보이지 않았다. 명화 전문 영화관에서 나온 것인지, 아니면 그 앞에 있는 잡거빌딩 안에서 걸어 나온 것인지 확실하지 않았지만, 이방근은 이렇다 할 근거도 없이 황동성의 사무소에서 나온 것임을 직감했다. 설사 잡거빌딩에서 나왔다 하더라도, 1층에는 다방이 있었고, 그것이 황동성의 사무실이라고 단정할 수 없음에도, 지레짐작만으로 그렇게 생각했던 것이다. 그렇지 않았다면 이방근은 이 우연한 기회에 감사하며 그녀 앞에 모습을 드러내고는 말을 걸며 그녀를 놀라게 만들었을 것이다.

이방근은 건물 뒤에서 사람을 기다리는 것처럼 담배를 피우며, 그녀가 전차 길로 나와 눈앞으로 지나가기를 기다렸다. ……서울역에 도착하여 곧바로 들어간 남대문 옆 다방 창문으로 바라본 남대문로 저편의 보도를, 가볍게 춤추듯 스쳐 지나간 환영 같은 흰옷 차림의 그림자. 순식간에 인파 속으로 사라진 하얀 양장을 한 여인의 모습. 그리고 그 뒤에 숙부 이건수와 식사를 하던 무교동의 요릿집 앞 노상에서 우연히 나영호와 만났을 때, 뚫어져라 이쪽을 의식했던 일행의 하얀 양장의 여인은, 틀림없이 그 서북청년회 간부숙소에서 얼굴을 마주친 이상한 느낌의 아름다운 여인이었던 것이다. 이러한 여인의 상이 얽힌 테두리 속으로, 지금 그녀가 도로 저편에서 이쪽을 향해 걸어오고 있는 모습이, 이방근의 머릿속에 또렷이 비치고 있었다. 불시에 이쪽으로 고개를 돌려 서로 얼굴이 마주칠지도 모르는 일을 경계하면서, 이윽고 그녀가 교차로를 건너 택시를 세워 탈 때까지 2, 3분간은 심장이 조여드는 기분으로 참았다. 그녀가 일단 이쪽을 눈치채지 못한 채 전차 길 앞에서 멈춰 섰을 때, 이방근은 당장이라도 뛰어나가 말을 걸고 싶은 충동을 간신히 억제했다. 그렇다 해도 그녀가 2, 3미터 전방에서 스쳐 지나갈 때의, 이 뜨거운 마찰감은 무엇인가. 핫하아, 도대체, 이게 어떻게 된 일인가…….

문난설과 교대하듯이 건물 뒤에서 나온 이방근은 도중에 있는 영화관의 간판에 눈길을 주었다. 그 의식된 아무렇지도 않은 듯한 동작은 그녀가 잡거빌딩이 아니라, 만일 영화관에서 나왔다면 어떤 영화를 보았을까 하는 관심에 의한 것이었다. 그러나 영화관에서 나온 것은 아니라고 생각했다. 이러한 이방근의 직감은 전혀 근거가 없는 것은 아니었다. 그가 '서북'에 연행되었을 때, 사무국장 고영상으로부터 황동성을 알고 있느냐는 질문을 받았고, 그가 경찰에 체포되었다는 말을 들었는데, 그때의 여러 가지 의혹이 어디선가 무의식중에 황동성과 그녀를 연결시키고 있었던 것이다.

여덟 시까지 작은 공백은 그녀의 불의의 출현에 의해 간단하게 메워져 버렸다. 만일 이방근이 그녀를 불러 세우기라도 했다면, 황동성에게 전화를 걸어 오늘 밤의 약속을 취소하지 않았어도 틀림없이 지각을 했을 것이다.

이방근은 정면으로 걸으면서 시야 가득히 들어오는 도로 전체의 껌

새에 신경을 곤두세우고 있었지만, 어둠 속에서는 음산하게 총구를 겨냥하고 있는 것은 아닐 것이었다. 그는 그 눈빛은 차치하고라도, 특별히 수상한 느낌을 주는 통행인은 없었다. 전방 우측 잡거빌딩의 2층에 그곳이라고 짐작되는 방의 창문에서 불빛을 확인했다. 3층에 있는 방 한 곳의 창문도 밝았다. 황동성은 전과 마찬가지로 2층의 방에 있을 것이다. 문난설도 그 방에서 막 나왔음에 틀림없었다. 뜻밖의 발견이었지만, 그게 사실이라면 두 사람은 어떤 관계일까. 아아, 8·15, 그렇군요……. 시치미를 떼고 있었던 게 아니고, 권태감마저 느껴지던 그때의 전화 속 목소리였다.

여동생 유원의 석방 파티가 한창일 때 걸려 온 나영호의 전화에 등장한 그녀가, 일시에 터져 나온 옆방 학생들의 웃음소리에, 뭔가 재미있는 일이라도 있으신 모양이라고 말했었다. 예, 그러니까, 내일은 8·15 명절이라서 말이죠. 이방근은 적당히 둘러댔다. 아아, 내일이 8·15, 그렇군요……. 마치 무감동적인, 내일이 8·15기념일이라는 것, 그리고 대한민국 정부 수립일과 겹쳐 있다는 것을 잊기라도 한 것처럼, 즉 염두에 없는 듯한 그녀의 목소리가 또렷이 귀에 되살아나는 것을, 이방근은 잡거빌딩 계단을 올라가면서 듣고 있었다. 뭐야, 이명인가. 삐-걱, 삐-걱……. 머릿속이 삐걱거리듯이, 머릿속에서 톱니바퀴가 삐걱거리는 소리로 되살아났다. 덜컹, 덜컹, 녹이 쓴 이명의 울림.

그는 다방 옆에 있는 입구를 통해, 이전과 같은 계단을 같은 시각에, 아마도 2층의 같은 방을 향해 올라가고 있었다. 단순한 우연의 일치였지만, 일종의 정신적인 피로와 묘한 압박감을 느끼게 했다. 문난설이 이 겹쳐진 느낌의 공간과 시간의 조작을 둘로 젖혀 열고 불쑥 나타난 것이 달랐다. 그곳에 바람이 움직이고 있었다. 일전에는 관리실

사무원으로 보이는 중년 여자가 나왔었는데, 이번에도 같은 사람이라면 조금 참기 어려울 것이라고 생각하면서 올라간 2층의 그곳에 앉아 있는 것은, 초로의 키 작은 남자였다. 무뚝뚝한 남자로 거의 말을 하지 않았다. 창고에라도 안내하는 것처럼 찰랑거리는 열쇠 꾸러미를 들고 일어섰다. 이방근은 아무런 맥락도 없이 과거에 하인이었던 부스럼영감을 떠올리며 2층이 아닌 3층의 창원부동산으로 따라갔다.

노크를 하고 문을 열자, 예닐곱 평쯤 되는 사무실 안쪽의 칸막이를 한 방에서 황동성이 나왔다. 알로하셔츠의 가벼운 복장을 한 장신의 그는 여전히 반듯한 자세로 느긋하게 손을 내밀었다.

"이방근 동지, 오랜만입니다. 자아, 이쪽으로."

다시금 '동지'가 되살아났다. 아니, 이미 상대는 이 호칭을 정착시키고 말았던 것이다. 이방근은 악수를 하고 나서 황동성을 따라 안쪽의 칸막이가 쳐진 임원실로 들어가, 좀 전까지 문난설이 앉아 있었을지도 모를 소파에 천천히 앉았다. 만일 그렇다면, 무엇을 하러 그녀는 여기까지 왔던 것일까. 테이블에 놓인 재떨이는 더럽혀진 그대로였는데, 입술연지의 흔적이 있는 꽁초는 없었다. 그것이 순간적으로 이방근을 안심시켰다. 무교동 밤거리에서 담배를 물고 라이터를 갖다 대던 그녀였다. 그는 여자의 남은 향기를 맡기라도 하듯이 마음속에서 코를 벌름거리며, 일전에 급한 용무로 약속한 날에 만나지 못했던 일을 황동성에게 사과했다.

"어떻습니까, 오늘 밤, 시간이 있습니까? 지난번에는 바빠서 전혀 안내를 하지 못했습니다만, 오늘은 시간을 좀 비워 두었습니다."

"저와는 달리 여러 가지로 바쁘실 텐데, 그런 일은 신경 쓰지 않으셔도 됩니다."

옆의 책상 위에서는 선풍기가 머리를 흔들며 보내는 바람과 창을 통해 불어 드는 바람이 얽히는 가운데, 조금 전에까지 있었을지도 모르는 문난설의 무슨 특별한 냄새를 맡을 수는 없었다. 그건 사람을 잘못 본 것이 아니었다. 2, 3미터 가까운 거리에서 그녀의 전체 모습을 두 눈으로 똑똑히 보았다. 혹은 이 잡거빌딩과는 관계가 없었는지도 모른다. 그렇다고 해도 이상했다. 재떨이의 꽁초에 시선을 던지며, 그 약간의 거리를 둔 노상에서 피운 담배는 어떤 의미에서 그녀의, 나에 대한 자기표시였다는 생각이 들었다. 연장자가 있는 이 자리에서, 그것도 여자가 담배를 피지는 않았을 것이다. 만일 피웠다고 한다면, 그것은 상당히 스스럼없는 관계라는 말이 될 것이다.

이방근은 그녀가 그 얇은 옷으로 감싼 풍만한 엉덩이를 얹어 놓았을 소파에 다시 앉으면서, 조금 전까지 손님이 없었느냐고, 대충 어림짐작으로 불쑥 물었다.

"에?" 휙 하고 경계의 불꽃이 순간적으로 그 눈에 비쳤다 사라졌지만, 황동성치고는 선선하게 새로운 손님의 질문에 대답했다. "아, 손님이 말이죠, 회사사람인데요, 좀 전까지 있었습니다만, 무슨 일이 있습니까?"

"회사?" 이방근은 자신의 생각이 적중한 것에 당황하며, 다시 무례한 질문을 했다. "회사라고 하시면, 그 창원부동산을 말하는 건가요……?"

"아니오, 그게 아니라, 통신사입니다."

"하아, 그녀는 통신사, 국제통신사의 사람입니까. 역시 와 있었군요."

이방근은 상대의 말을 이해하지 못한 채 거의 멍한 상태에서, 그러나 이유도 없이 감탄하며 말했다.

"그녀? 그녀가 역시 와 있었다니, 동지는 그녀를 알고 있습니까?"

지레짐작이 적중하여 크게 놀란 것은 황동성 쪽일 것이었다.

"아니, 특별히 알고 있는 것은 아닙니다만(아니, 알 수 없는 일이다. 어쩌면 그녀를 통해서 나에 관해 듣고 있는지도 모른다), 그러니까, 이곳으로 오는 도중에 스쳐 지나간 것이 그녀라는 걸 알았는데…… . 이전에, 그렇습니다, 올봄에 황동성 씨와 이곳에서 만난 3일 뒤에 '서북'에서 외제차로 마중을 와 끌려간 일이 있습니다. 분명히 그때, '서북'의 숙소에서 얼굴을 마주친 적이 있는 여성 같았는데, 혹은 사람을 잘못 봤을 수도 있습니다만, 어쩌면 그때의 그녀가 이쪽에 들른 것은 아닐까 하는 생각이 들어서 말이죠. 어떻습니까, 옷은 검은색, 상복처럼 검은 양장을 하고 있지 않았습니까?"

이방근은 왜 그녀의 이야기를 서두부터 꺼냈을까 하는 생각을 하면서, 겨우 이야기의 두서를 갖추었다.

"홋후후후, 설마 '서북'에 관계있는 여자가 이곳에 오다니…… 이 동지는 그렇게 생각했겠지요. 무리는 아닙니다. 결론부터 말하자면, 분명히 이 동지의 말은 맞습니다. 사람을 잘못 본 게 아닙니다. 이곳에서 나간 여성은 검은 양장을 하고 있었으니까. 그녀는 당신이 '서북'의 숙소에서 마주친 적이 있는 바로 그 여성입니다."

이방근은 놀라서 황동성이 권한 담배를 손가락에 끼운 채 상대의 얼굴을 보았다.

"어떻게 그걸 알고 있습니까?"

"사실이 그러니까요…… . 후후, 그보다도 이방근 동지가 어떻게 그녀가 이곳에 들렀다고 생각했는지, 그쪽이 궁금하군요. 아니, 그건 됐습니다." 황동성은 아랫입술을 말아 올리듯이 윗입술을 핥더니, 담배를 물고 라이터를 켜서는 이방근에게 내밀었다. "말할 필요도 없는 일이지만, 여기에서 한마디 새삼 이방근 동지에게 해 두고 싶은 말은, 나는 당신이 그다지 좋아하지 않는 듯한 '동지'라는 말을 하고 있습니다만, 그것은 당신을 동지와 똑같이 생각하고 있기 때문이지, 그저 말로만 그렇지가 않습니다. 그러나 내가 한 발자국 사회에 나오면 그렇지 않게 됩니다. 그때의 박갑삼이 아닙니다. 행상인인 그는 아무도 모릅니다. 따라서 일반적으로는 존재하지 않습니다. 지금의 나는 단순한 민간인에 지나지 않습니다."

"황동성 씨, 여기는 도청이라든가, 아니, 그보다도, 미행 등을 생각해서 사복이 이 주변에 잠복하고 있는 것은 아닙니까?" 이방근은 문득 생각이 나서 가볍게 웃으며 덧붙였다. "그것이, 핫, 하아, 어쩌면, 그것이 당원인 사복이거나 하는……."

행상인으로 제주도에 왔을 때, 그는 남몰래 남로당원의 사복을 두 사람, '보디가드'로서 데리고 있었던 것이다.

"이방근 동지는 일전에도 같은 일에 신경을 쓰고 있었던 듯했습니다만, 아무도 없습니다. 도청이라든가, 여기 3층에는 다른 사람이 없으니 걱정하지 않아도 됩니다. 음, 가령 진짜 사복경찰이 잠복을 하고 있다고 해도 신경 쓰지 않습니다." 황동성은 웃으면서 자세한 내용은 생략하고 본론만을 이야기했다. "지금 막 이야기했지만, 나는 박갑삼이 아닙니다. 창원부동산의 중역, 글쎄, 일주일에 한 번 정도 얼굴을 내미는 비상근이지만 말입니다. 그리고 국제통신사의 편집고문입니다. 그 이외의 황동성은 없습니다. 나는 '서북'과도 접촉하고, 저널리스트로서 당연한 일이지만, 각 방면으로 많은 교제가 있어서 말이죠. 가령 미행을 하려고 해도 끝이 없겠지요, 음, 아닌가요. 국제통신사의 서 회장은 여당계 무소속 국회의원으로, 나는 그의 파벌 상담역이기도 합니다. 으흠, 이런 말까지 할 필요는 없겠지만, 이건 이방근 동지를 신뢰하기 때문에 하는 말입니다. 서 회장과는 해방 전부터 아는 사이로, 이번에 새로운 신문 발행의 계획에 참가하기로 돼 있습니다.

깜박했습니다, 차라도 내올까요, 일본 녹차가 있습니다."

"차는 괜찮습니다."

"일본 차는 싫어합니까. 아니면, 커피 쪽이 좋을까요. 아래 다방에 전화해서 가져오라고 할 수도 있지만, 가능하면 사람의 출입이 없는 게 좋을 겁니다."

황동성은 소파에서 일어나 옆 사무실로 가더니, 칸막이 안쪽의 부엌 같은 곳에서 물을 끓이기 시작했다.

족제비가죽 상인 박갑삼에서 창원부동산의 황동성, 그리고 기자로의 변신은, 우상배로부터 들은 그의 일제강점기 이래의 신문기자로서의 경력으로 볼 때도 결코 이상한 일은 아니었다. 서 회장과는 해방 전부터 알고 지내는 사이라는 것도, 아마 일본의 큰 신문사 경성 특파원 시절을 말하는 것일 게다. 해방 후, 좌익계의 신문기자로서 활약하다가 이내 그만둔 것은, 탄압에 의한 폐간일 수도 있지만, 한편으로는 그 일이 좌익의 정치색을 지우기 위한 계기가 되었는지도 모른다.

물이 금방 끓었는지, 얼마 지나지 않아 쟁반에 담긴 청잣빛 작은 찻잔에서 김이 피어오르는 녹차를 내왔다.

"어떻습니까, 이 동지는 자신이 차를 끓이거나 합니까? 예를 들어 지금 내가 하는 것과 같은 일을 합니까?"

황동성은 진지한 어투로 말했다.

이방근은 웃으며 대답하지 않았다. 그리고 뜨겁고 떫은맛이 나는 차를 홀짝였다.

"그래요, 그래, 문난설, 이건 좀 전에 돌아간 여성의 이름인데, 이 동지가 M동의 '서북' 간부숙소에서 얼굴을 마주친 여성이 그녀였다는 것은 말이죠, 당신은 어떻게 그걸 알고 있느냐고 말했는데, 그녀가 서 회장의 친척이라서 말입니다……."

"친척? 서 회장 말입니까?"

이방근은 흠칫 놀라며 찻잔을 손에 든 채 고개를 들었다.

"그렇습니다. 그래서 그녀에게 통신사의 일을 돕게 하고 있습니다."

"으—음."

이방근은 왠지 모르게 고개가 끄덕여졌다. 아니, 영문도 모른 채 고개를 끄덕였던 것이다. 친척의 여성……? 친척이 아니라, 누군가 부자의 첩일지도 모른다고 생각하고 있었는데, 그러한 첩은 아니란 말인가. 그렇다면, 젊은 '유한마담'일 것이다. 황동성의 불필요한 허구의 냄새가 나는 억양의 말투가 신경 쓰였다.

"그녀는 여성 기자입니까?"

"아니오, 지금으로서는 임시 보조입니다만, 앞으로의 형편에 따라 어떻게 될지 모릅니다. 물론, 본인 자신의 의사도 포함해서……. 나는 말이죠, 이방근 동지가 '서북'에 연행된 뒤, 그곳의 사무국장 고영상과 만난 것을 알고 있습니다. 음, 그리고 그녀로부터 이방근 동지에 대해 들었습니다."

"하아……. 저에 대해서, 그건 무슨 뜻입니까?"

이방근은 볼이 안쪽으로부터 붉어지는 것을 느끼며 냉정하게 말했다.

"요 며칠 전에, 우연히 만났다는 것도 말이죠……."

마치 속뜻이 있는 듯한 말투였다.

"아, 그렇습니까. 그러고 보니 서울에 도착한 날 밤에 당숙과 식사를 하고 가게를 나오다가 옛 친구와 딱 마주쳤습니다. 그 친구의 일행이 그녀였습니다. 처음에는 누군가 했습니다. ……그렇다면 그 문 씨는 저를 기억하고 있다는 것이군요."

이방근은 소극적인 자세로 뭔가 답변을 하듯이 말하면서, 그날 밤의 노상에서 한순간 이상하게 빛나던 그녀의 눈 동작과, 거리를 두고 그녀가 담배를 문 포즈가 이쪽을 강하게 의식한 결과였음을 분명히 확인하고, 몸속에서 일종의 쾌감이 이는 것을 느꼈다.

"기억하고 있는 정도가 아닙니다. 대단한 인물이라고 칭찬하고 있었습니다. 어쨌든 '서북'패들의 폭력소굴에 단신으로 들어갔으니까, 우선은 보통 일이 아닙니다. 스스로가 좋아서 들어간 것이 아니라고 해도 말입니다. 인상이 대단히 강했던 모양입니다. 다리 하나 부러지지 않고 오체가 말짱하게 돌아간 것이 오히려 이상한 일이니까 말이죠."

"······과연, 그렇게 생각할 수도 있군요."

이방근은 애매하게 이야기를 얼버무렸다. 그녀는 '서북'과 어떤 관계인가. 왜, 그때 '서북'의 간부숙소에 있었는지 되묻고 싶었지만, 지금은 되도록 문난설을 화제에서 빼고 싶었다. 미행당하고 있을지도 모른다며 신경을 썼던 일이 갑자기 바보처럼 여겨졌다. 이건 입장이 뒤바뀐 게 아닌가. 마치 이쪽의 행동이, 황동성이 풀어 놓은 그림자 없는 미행에 의해 노출되고 있는 듯한 느낌마저 들었다. 그러나 그 이상한 느낌을 지닌 아름다운 여인의 정체가 희미하게 투명한 상을 지으며 손에 잡힐 것처럼 여겨졌다.

"그런데······." 이방근은 상의를 벗어 옆에 놓으며 말했다. "'서북'의 이야기가 나왔으니 말씀드립니다만, 실은 하나의 의문이, 아무래도 이치에 맞지 않는 일이 있어서 말이죠. 이런 일을 황동성 씨에게 물어도 되는 건지 모르겠습니다만, 실례된다면 그 점은 용서해 주십시오. 지난 4월에 황동성 씨와 이 건물 2층 방에서, 아마도 고문법률사무소와 관계가 있는 방이었다고 생각합니다만, 그곳에서 뵙고 나서 3일 후에 남산 산록에 있는 그 간부숙소에 연행돼 갔을 때의 일입니다.

저는 완고하게 끝까지 부정했습니다만, 부하들을 잔뜩 대동한 고영상이 나에게 황동성을 알고 있느냐고 다그쳐 물었습니다. 그런 인간은 모른다고 반복을 하니까 상대는 마침내 애가 타서 당장이라도 저를 요리해 먹을 것처럼 화를 내기 시작했습니다. 다리 하나가 아니라, 목숨을 부지하여 돌아갈 수 있을지 없을지 내심 떨고 있었습니다만, 그때 다카키(高木)는, 참, 그가 일제 때의 고등경찰계 다카키 경부보였다는 것은 물론 알고 계시겠지만, 그런 그가 황동성은 부동산 사기 사건으로 체포되었다고 말했던 것입니다. 평양에서 4월 19일부터 시작되는 남북정치협상회의(남북조선제정당제사회단체연석회의)의 참가를 목전에 두고, 이미 서울을 출발해서, 38선을 넘었을 시기에 황동성 씨가 체포되었다는 겁니다. 사기로 말이죠. 실은 그 전전날의 점심 무렵에, 황동성 씨가 반 시간 정도 당숙의 집에 들렀다 돌아가신 적이 있지 않습니까. 그때는 갑자기 오늘 밤에 출발하게 되었다고 말씀했던 참인데 말이죠. 물론 저는 그들이 하는 말을 액면 그대로 믿지는 않았습니다만, 어째서 나에게 황동성을 알고 있느냐, 더 나아가 그는 경찰에 체포되었다고 말을 한 것인지, 그걸 잘 모르겠습니다. 나중에야 거짓말이 아닐까 하는 생각을 했었고, 사실 황동성 씨가 무사히 '북'에 갔다 왔다는 것은 간접적으로 알았습니다만, 당시 앞에서는 설마 하고 의심하면서도, 어쩌면 체포되었을지도 모른다고 그들 앞에서는 믿을 뻔했습니다. 물론, 뭔가의 형태로, 그리고 뭔가의 이유로 미행당하고 있었을 것이라고는 생각하고 있습니다만."

"......"

가만히 이방근을 지켜보듯 이야기를 듣고 있던 황동성은 등을 꼿꼿이 세운 자세로 팔짱을 낀 채, 두세 번 고개를 끄덕여 보였다. 1층의 다방에서 나는 것이겠지만, 레코드음악이 일단 밖으로 나갔다가 바람에 실려 되돌아왔다. 황동성은 팔짱을 풀더니, 테이블 위의 담배를 집어 들고는 천천히 불을 붙인 다음 무언가를 생각하듯 한 모금 빨아 들이며 말했다.

"이방근 동지, 그건 그다지 어려운 문제가 아닙니다. 그 시점에 나는 올 가을에 신문을 발행하려고 이방근 동지에게도 상담을 했습니다만, 나는 그때, 나중에 이야기하기로 하고, 그때 분명히 38선을 넘어 '북'으로 갔습니다. 체포되었을 리가 없지요. 경찰로부터 뭔가의 정보를 얻겠지만, 체포라는 것은 새빨간 거짓말인 셈이지요. 그때도 역시 행상인으로 변장하고 갔습니다만, 그것이 마지막이었습니다. 다만 내가 '북'으로 간 것으로는 돼 있지 않았습니다. 이방근 동지와 만난 뒤에, 이 동지가 '서북'으로 연행되어 갔다는 그날 나는 예정을 하루 늦춰 서울에 있었지만, 불명예스럽게도 토지의 매매에 얽힌 사기 혐의로 경찰에 출두한 것은 사실인데 말이죠, 그것을 걸고 넘어갔는지도 모르겠군요. 그러나 나는 어떤 기관의 전화 한 통으로 바로 돌아왔습니다. 그뿐입니다……. 지금 모리배 같은 불명예스런 이야기라고 했습니다만, 사기 사건이라는 불명예스런 이야기이기 때문에 오히려 더 잘 된 겁니다. 이것이 '명예스런' 사상 사건이라면 어떻게 되겠습니까. 홋홋후후, 이 나라에서 최대의 선은 반공, 최대의 악은 용공, 친공이니까요. 반공, 이것이 이 나라의 국시로까지 되어 있는 지고의 미덕……."

"놈들은 여러 가지로 날조하고 거짓말을 하는군요. 고영상은 그때 황동성 씨를 남로당이라고 단언하던데요."

"내가 남로당?" 황동성은 마치 고영상 본인을 눈앞에 두고 있는 것처럼, 이방근을 들여다보며 말했다. "그놈은 남로당이 아니라 소련공산당이라고까지 말할 겁니다, 음. 입에서 나온다고 그게 다 말이냐……라는 식의 속담도 있습니다만, 으흠…….” 그는 말을 일단 끊고 담배를 피웠다. “그러니까, 그들이 말하는 그 근거라는 것을 굳이 말하자면, 내가 해방 후에 일시적으로 좌익의 기자를 했었기 때문이지요……. 음, 그렇습니다. 그게 하나의 근거라면 근거이겠지요. 그러나 그것은 이미 과거의 일이고, 그런 인간은 얼마든지 있습니다. 그건 문제가 되지 않을 터이고, 그보다도 오히려, 왜 이 동지가 서울에서 ‘서북’의 본부로 ‘연행’되었을까요. 이 동지는 그걸 어떻게 생각하고 있습니까?”

“……저로서는, 그 전에 어떻게 그들이 내가 서울에 온 것을 알고 있는지, 그리고 황동성 씨와 만난 것을 알고 있는지 하는 문제가 있습니다만, ‘서북’에 ‘연행’된 것은 말이죠, 저에 대한 일종의 경고와, 결과적으로 보면, 서북청년회 제주지부에 대한 애국기금의 협력 요청 같았습니다. 확실히 말하자면, 그들이 재계인들을 협박해서 돈을 받는, 이른바 ‘갈취’, 간접적인 협박을 통한 기금 모집인 셈이지요. 저는 고향인 성내 거리에서 우연히 ‘서북’패들과 폭력 사태를 일으키는 바람에, 그 합의금으로 10만 원을 기부한 적이 있습니다만, 그 일이 폭력 사건은 완전히 빼 버리고 애국기금을 낸 사실만 보고된 것 같습니다. 고영상이 크게 고마워하고 있었으니까요. 그러고 보면, 다리 하나 부러지지 않고 일이 끝난 것은 그 일 덕분이라고 생각하고 있습니다.”

“음, 기금…….” 황동성은 눈을 반짝이며 말했다. “그 애국기금이라는 것은 했습니까?”

“아니요, 하지 않았습니다. 돈이 남아도는 것도 아니고…….”

“가능하다면, 그것은 정치적으로 중요한 일입니다만.”

“어째서 그렇습니까?”

이방근은 거의 반사적으로 말했다. 그러나 울컥하고 화가 치밀어

오르기 전에 상대의 말이 멈춘 것이, 그 이상 지시하는 듯한 말이 계속되지 않은 것이 다행이었다. 그러고 보면 오늘 밤은 아직 그 주술적인 권위의 분위기를 풍기는 '당중앙', 당중앙위원회, 당중앙의 의향……. 중앙, 중앙……이 상대의 입에서 나오지 않는 것이 이상할 정도였다. 알로하셔츠를 입고 있는 탓일지도. 아니다, 그건 지금부터 나올 것이다. 지금부터 본론으로 들어간다.

"……"

황동성은 가볍게 쓴웃음이 섞인 미소를 지었을 뿐 대답하지 않았다. 이 동무, 어째서 자네는, 일부러 그런 걸 묻는가……. 그는 담배에 불을 붙였다. 손가락 끝이 노랗게 변해 있는 것만 보더라도 알 수 있지만, 담배를 많이 피우는 남자였다. 순식간에 재떨이가 잔해로 수북이 쌓였다. 이방근은 상대의 침묵에 대해서, 이미 자신의 앞선 질문으로, 그 여운으로 동시에 대답하고 있었다.

갑자기 날카로운 사이렌 소리가 밤하늘을 찢으며 달려오더니, 종로의 전찻길을 동쪽에서 서쪽으로 사라져 갔다. 이방근은 자신의 반팔셔츠를 입은 손목시계를 보았다. 여덟 시 반을 지나고 있었다. 그녀……. 택시를 탄 문난설은 지금쯤 자택이나 어딘가의 목적지에 도착해 있지 않을까. 택시는 종로 거리를 서쪽으로 달려갔으니까, 어쨌든 M동의 '서북' 숙소는 아닐 것이다. 남산 산록의 그곳으로 직행하기 위해서는, 이 잡거빌딩의 앞길을 곧장 종로 3가 교차로를 건너 남산으로 달려가야만 한다…….

"이 빌딩의 폐문 시간은 몇 시입니까?"

이방근이 말했다.

"아홉 시입니다. 모두 돌아가면, 여덟 시에라도 문을 닫지만, 아홉 시 반까지는 괜찮습니다. 아직 시간은 있는데, 급한 일이 있습니까?

아홉 시가 지나면 나가도록 합시다."

"아닙니다. 그런 의미로 물은 것은 아닙니다."

설마, 그녀가 걱정되는 것이 아니라, 마음에 있는 것이 아닐까, 나에게. 핫, 핫하, 말도 안 돼…….

"그런데, 이방근 동지. 동지의 당숙에 해당하는 이건수 씨는 아마 건국일보의 업무부장을 하고 계시지요."

황동성은 새삼스런 어투로 말했다. 이방근은 그렇다고 대답했다.

"그 신문은 우익 민족주의자 김구의 노선을 지지하는 신문이지만, 지금 용공신문으로 의심받고 있다는 것은 알고 있겠지요. 김구가 4월 남북연석회의에 우익진영의 반대를 무릅쓰고, 남북분단 결사반대, 조국의 통일을 위해서라면 38선을 베개로 삼아 죽어도 좋다고 단호하게 입북을 선언했을 때도 이를 대서특필하여 독자들을 열광시켰습니다. 즉 남북통일, 남쪽만의 단선(단독선거) 단정(단독정부) 반대의 입장에서, 진상추구, 사실폭로주의로 많은 독자를 확보해 왔지만, 좌익계 신문이 탄압으로 폐간되는 와중에, 우익계이면서도 진실을 보도하려는 자세는 매우 소중합니다. 그런 만큼 외부의 압력도 거세지기 때문에, 신정부가 현실적으로 성립되어 있는 이상, 권력 측에서는 그대로 내버려 두지는 않을 겁니다……. 으흠, 이 말은 즉 좀 전에 미행에 관한 이야기가 나왔습니다만, 미행당하고 있을 가능성이 있다고 생각합니다. 우선, 어쩌면 이미 제주도 성내의 경찰 쪽에서 은밀히 이 동지를 감시하고 있으면서, 제주도에서 직접 미행을 붙이지는 않았겠지만, 뭔가의 방법으로 이쪽의 경찰에, 이방근이 서울로 갔다는 정도로 연락을 했을지도 모릅니다. 다음으로, 좀 전에 언급한 건국일보와 관계가 있는데, 그 간부들의 행동이 감시당하고 있을 가능성이 있으며, 그중에는 당연히 편집 간부만이 아니라, 이건수 씨도 포함되어 있다고 보는 것이 좋겠지요. 그런 일이 있을 수 있다는 겁니다. 만일, 사복이 감시하고 있다면, 그것은 창원부동산이라기보다도, 이건수 씨의 자택 쪽일 가능성이 큽니다……. 홋홋후. 이건 빈정거리는 말이 아닙니다. 내가 일부러 도망치려는 것도 아니고. 물론, 이 주변도 감시를 당하고 있을지 모릅니다."

"그 정도는 짐작하고 있습니다. 어쨌든 상대는 이 눈에 보이지 않기 때문에 곤란합니다. 핫, 핫하아. 실제로 미행이 없다면 보려고 해도 볼 수 없는 것이 당연하겠지만요. 그러나 건국일보의 일은 그렇다 치더라도, 제주도의 경찰이 저를 그렇게까지 감시할 필요는 없을 텐데요……."

그렇게 말하면서도 이방근은 가슴이 덜컹 내려앉으며, 머릿속에 외가 쪽 친척인 제주경찰의 경무계장 정세용의 단정한 얼굴이 불쑥 떠올랐다. 설마……. 그래, 설마 하는 생각이 들었다. 그는 분명히 나와 강몽구의 관계를 의심하는 듯했고 아버지에게도 그에 대해 넌지시 이야기한 것은 사실이지만, 그건 그것이고, 그가 다른 사람이라면 몰라도 친척인 나에 대해서, 더구나 그 부서의 틀을 넘어 그렇게까지 한다는 것은 아무래도 납득이 가지 않았다.

"상식적으로는 그렇게 말할 수도 있겠지만, 동시에 그것은 이 동지의 주관이기도 해서, 어지간히 주의를 기울여 이쪽에서도 정보 입수에 만전을 기하지 않는 한, 그런 일은 알 수가 없습니다. 불이 없는 곳에서도 연기가 나는 세상입니다. 좀 전에 이 동지는 '서북' 제주지부에 대한 기부의 공덕, 그 힘이 어쩌면 '서북'의 간부숙소에서 살아남게 만들었을지도 모른다고 본인이 말했지만, 아마 그 영향도 있을 겁니다. 아까 이 동지가 내 말에 불쾌감을 표시했지만, 그와 같은 여러 가지 일에 대비해서라도, 방금 전에 말한 애국기금 같은 것은 결코 내다버리는 돈이 아닙니다."

"예를 들어, 적에게 탄환을 보내는 격이라고 할 수 있을 텐데요."

"이 동지 치고는 상당히 계산이 거칠군요. 탄환이라면 소총의 그걸 말하는 것일 텐데. 그 대신에 일단 유사시에는 대포의 탄환을 취할 수도 있게 된다는 겁니다. 물론, 웃훗훗후, 놈들에게만 도움을 준다면, 그건 좀 곤란하지만……."

황동성은 웃으며 일어나더니, 시원해진 밤바람에는 필요가 없는 옆에 있는 책상 위의 선풍기를 껐다. 그리고 바지 주머니에서 작은 열쇠꾸러미를 꺼내 복도 쪽의 로커 앞으로 가더니, 열쇠를 꽂아 문을 열고, 다시 등을 구부려 그 안의 서랍 열쇠를 연 뒤 뭔가를 꺼내는 것 같았다. 그리고 일어나 똑바른 자세로 이쪽을 향한 그의 손에는 검게 빛나는 권총이 들려 있어서, 순간적으로 이방근을 놀라게 했다. 스마트한 소형 권총이었다.

권총을 들고 눈앞에 우뚝 서 있는 장신의 알로하셔츠를 입은 남자. 계절이 여름이니 당연한 것이겠지만, 반년 전에 만났을 때는 엿장수가 쓰는 듯한 낡은 사냥모자에 다박수염을 기르고 허름한 점퍼 차림을 한 행상인이었다. 그리고 머리를 7대 3으로 깔끔하게 가르고 양복을 입은 부동산업자인 신사가, 지금은 사람의 의표를 찌르듯이 알로하의 가벼운 차림으로 권총을 들고 있는 것이다.

"아이구 이건, 권총이 아닙니까?"

"브라우닝이라는 건데요. 자동장전식으로 성능도 좋고, 호주머니에 간단히 들어가 편리하기 때문에, 호신용이라고나 할까요……."

황동성은 소파로 돌아와 등을 꼿꼿이 세운 채 앉더니, 테이블 위에 권총을 놓았다. 그리고 진짜 실탄이 들어 있지만 안전장치가 되어 있어서 걱정할 건 없다는 말을 덧붙였다. 안전이고 뭐고, 사람을 놀라게 하는 저널리스트가 아닌가.

이방근은 조금 묵직한 느낌은 들지만, 그다지 무겁지는 않은 브라우닝을 손에 들고, 잘 닦인 매끈한 총의 표면을 쓰다듬으며, 음, 하고 낮은 신음소리를 내었다. 호신용이라……. 강몽구는 올봄에 남승지를 데리고 일본으로 무장봉기의 자금 협조를 얻기 위해 갔다가 돌아오는 길에 브라우닝을 한 정 구입해 왔다고 했는데, 그게 이것과 같은 종류인지도 모른다. 강몽구는 일본의 고향 출신자들로부터 모은 현물 협조 외에 자금 대부분을 무기 구입에 쓰려고 했지만, 일본공산당의 강경한 요청으로 그 계획을 중지하고, 그 대신이라고는 할 수 없지만 오사카에서 권총 한 정을 구입해 왔다고 노골적인 불만을 드러내며 말했다. 즉 미군 점령하에서 평화혁명노선을 취하고 있는 일본공산당의 입장으로서의 요청이라고 했다는 것이다.

이방근은 전부터, 특히 이렇다 할 목적이 있는 것은 아니었지만, 권총 한 자루 수중에 넣고 싶다고 생각하고 있었기 때문에, 손으로 잠시 그 감촉을 즐기고 난 뒤 테이블 위에 올려놓았다. 그러나 황동성은 무슨 목적으로 권총을 꺼낸 것일까. 문득 생각이 나서 그런 것 같지만, 별 다른 목적 없이 이런 것을 보여 줄 남자는 아니었다. 최소한의 계산이 있을 것이다. 손님에 대한 신뢰를 표시하려는 모양이었다. 그런 뒤에 뜻밖의 이야기가 튀어나올 것이다…….

"이건 조선시대의 백자는 아니지만, 일단 신변 가까이에 두고 닦아 주며 어루만지다 보면, 그야말로 주인에게 순종하는 느낌이 전해져 오는데, 도저히 몸에서 떼어 놓을 수가 없게 됩니다. 마치 살아 있는 생물처럼 말입니다. 이 총으로서도, 저 서랍의 어둠 속에서 고독할 테니 마찬가지겠지만……." 황동성은 테이블 위의 권총을 손바닥에 올려놓고 어르는가 싶더니, 갑자기 그것을 고쳐 잡고 창밖을 향해 팔을 쭉 뻗어 겨누는 자세를 취하고 나서, 억양이 없는 냉정한 어투로 말을 계속했다. "현재 상황으로서는 말이죠, 이미 제주도에서는 게릴라가 봉기해서 치열한 싸움을 전개하고 있지만, 본토에서도 지금 인민유격대가 계속 조직되고 있는 실정입니다. 남한 전체가 새로운 군사 투쟁으로 들어가는 단계, 혁명 단계에 와 있다는 것입니다. ……음, 나는 이제 곧 동해 쪽 산악지대, 이렇게 말하면 대충 아시겠지만, 그 모처에 조직된 인민유격대의 정치지도원으로서, 즉 정치교육이지요. 그곳에 한동안 파견될 예정이었습니다만, 이번 국제통신사의 신문 공작, 신문 발행 사업에 관한 일로 그 계획이 백지화됐습니다. 그런 일도 있어서, 다시 이 동지에게 할 이야기가 있었습니다만, 서울에 잘 와 주셨습니다. 그러니까, 이 동지는 4, 5일이나 일주일 만에 바로 돌아가지는 않을 테니, 제주도에서 만나지 못하더라도 서울에 돌아가면 된다고 안심은 하고 있었지만 말이죠. 나는 기자의 신분으로 군정청의 일행과 함께 2, 3일을 체재할 일정으로 비행기를 타고 왕복했습니다만, 기차와 배였다면 아무리 잘 갈아타고 간다고 해도 이틀은 걸릴 것을, 김포공항에서 제주도까지 겨우 한 걸음 밖에 되지 않아서……."

"비행기로 다녀오셨습니까? 전화로는 배를 타신 것처럼 말씀하셔서……."

이방근은 상대의 콧방울이 옆으로 크게 퍼진 평평하고 정력적인 느낌의 코를 보면서 말했다.

"아아, 그건 말이죠, 아무리 해상봉쇄를 해도 길은 있다. 배는 얼마든지 있다는 말을 했을 뿐으로, 즉 교통수단은 얼마든지 있다는 의미입니다. 그런데 여동생은, 이름이 아마 유원 동무였지요, 건강한가요. 무사히 석방되어 집으로 돌아왔다고 들었습니다만."

황동성은 그 빈틈없는 눈에 기름처럼 끈적이는 빛을 스치며 말했다.

"……" 이방근은 놀라 상대를 마주 보았지만, 어이없는 웃음을 지으며 말했다. "여동생이 석방되었다니……. 뭐, 그런 일까지 알고 계셨습니까?"

"아니, 그런 일까지, 라고 할 수 있는 것은 아니고요. 일전에 댁으로 전화를 했을 때 여동생이 받은 적이 있습니다. 뭐랄까, 제주 출신 학생들의 학우회 임원을 하고 있는 청년을 알고 있는데, 우연히 그에게서 들은 내용으로, 내가 특별히 은밀한 행동을 하고 있는 것은 아닙니다. 홋홋후후. 유원 동무는 자산가 가정의 딸로서는 혁명적이고 꽤 훌륭합니다."

"……이번 상경은 여동생의 일과도 관계가 있습니다만, 서울에 올 기회가 없었기 때문에, 이번 5월에도 만나지 못하고 말았습니다만. 잠시 여동생의 일도 겸한 상경이 되었으나, 양해해 주십시오."

이방근은 상대가 여동생의 일을 이런 식으로 꺼낸 것에 대해 조금 불쾌감을 느끼며 말했다.

"아니, 그건 이미 다 이해하고 있는 일입니다. 그 사이에도 계속 연락을 취하고 있었으므로, 나는 특별히 그것을 문제시하고 있는 것은 아닙니다. 나는 이 동지의 이번 상경을 기뻐하고 있고, 또 감사하고 있습니다……. 음, 그런데 당초 계획하고 있던 이번 가을의 신문 발행이 곤란해진 것은 알고 계실 텐데요, 결과적으로는 거액의 자금 문제도 있지만, 좀처럼 신규 판권이 손에 들어오지 않는다는 점, 달리 매수할 수 있을 것 같은 기존의 신문사가 없다는 것입니다. 이 동지도 알고 있는 정판사 위폐 사건 날조, 그건 나치스 히틀러의 국회의사당 방화 사건을 모방해 꾸민 일이라고들 합니다만, 공산당 본부가 있는 정판사 건물이 CIC(방첩부대) 요원이 지휘하는 경찰에 습격당해 당 간

부들이 검거되었습니다. 지하의 인쇄공장에서 인쇄되고 있던 당중앙
기관지 '해방일보'가 강제 폐간되고, 건물은 미군정청에 접수되고 말
았는데, 재작년 5월 18일의 일입니다. 그 직후인 5월 말, 군정청은
언론 통제를 위해 군정법 88호를 공포하고, 7월에는 신문 잡지 등 정
기간행물을 허가하지 않는 폭거를 기어이 실행에 옮겼습니다. '인민
보'나 그 밖의 신문사에 우익 테러단이 수류탄을 던지기도 하고, 인쇄
기를 파괴하는 등, 진보적인 언론에 대한 미군정청과 우익의 탄압,
테러로 언론 대부분이 폐간되어 버린 것은, 해방 후의 1, 2년 전의
일로 아직도 기억에 새롭습니다. 군정청은 언론기관을 '반공계'와 '친
공계' 두 종류로 선별하고 '친공계'를 철저하게 탄압해 왔습니다. 따라
서 좌익계의 인간이 신문 등의 정기간행물을 발행하려면, 이미 등록
허가를 받은, 즉 그 등록이 끝난 판권을 어디에서 사 올 것인가, 이미
존재하는 기존의 신문사를 매수해야 합니다만, 그게 좀처럼 간단한
일이 아닙니다. 게다가 일단 폐간된 좌익계 출판물은, 이것이 또 두
번 다시 복간할 수 없는 구조로 돼 있습니다. ……으-음, 마침 이럴
때 전부터 알고 지내던 서운제 회장으로부터 새로운 신문 발행의 상
담이 들어와서 말이죠. 그는 헌법 정신에 입각한 이 나라에서 민주주
의 실현을 언론이 달성한다는 것을 이념으로, 신념을 가지고 임한다
고 말합니다. 따라서 그곳에 들어가서 좌익신문을 만들거나 하는 것
이 목적이 아닙니다. 좀 더 고도의 정치성, '민주주의 언론'을 실현하
는 과정 속에서, 장기의 혁명적 전망에 입각하여 하나의 언론으로서
의 '근거지'를 만든다는 겁니다. 나는 현재 이 사업에 전면적으로 몰두
하고 있는 상황이라서……."

황동성은 담배를 물고, 권총이 그대로 놓여 있는 테이블 위의 메모
용지를 끌어당겨, 거기에 연필로 '민주기지', '민주기지'를 몇 번이고

반복해서 쓰더니, 연필심으로 흰 종이를 계속 찔렀다. '민주기지'라는 것은 조선 혁명에서 근거지 역할을 짊어진, 민주개혁을 달성한 북한을 가리키고 있었다. 그는 상체를 반듯하게 세운 자세로 거의 몸을 움직이지 않고 이야기를 계속했다. 그와 같은 습성을 몸에 익히고 있었던 것이다. 방의 공기는 담배 연기로 뿌옇게 흐려지지는 않았지만, 이방근은 재떨이의 담배꽁초를 책상 옆에 있는 쓰레기통에 버렸을 정도였다.

황동성은, 이방근 동지, 동지는 제주도를 떠나 서울로 옮겨 올 생각은 없느냐며 말을 계속했다.

"제주도에서 이 동지는 도대체 뭘 합니까?"

"무슨 말씀이신지……."

"아무것도 할 일이 없지 않느냐는 겁니다. 안 그런가요. 할 일이 없는 게 아니냐는 말입니다."

"핫, 핫하, 원래 아무것도 할 일이 없습니다. 저는 아무것도 할 생각이 없으니까요."

"으흠, 그렇지 않습니다. 게다가 그런 말은 지금은 통용되지 않습니다. 그렇습니다, 이 동지. 그건 이 동지 자신이 잘 알고 있을 겁니다."

"……그러나, 서울에 온다고 해서 기분이 바뀌는 것은 아니라서 말이죠."

이방근은 웃으며 말했다.

"그러나, 여기에서는 제주도의 성내와는 달리 할 일이 있습니다. 조선의 혁명을 위해 해야 할 명예로운 일입니다."

올봄에 제주도로 찾아온 박갑삼의 말은, 가을에 발행을 계획하고 있는 신문의 경제적 협력과 함께 부편집장의 취임을 요청하는 것이었지만, 이방근은 후일, 부편집장이 되는 등의 실제적인 일에 관여할 의사는 전혀 없지만, 신문 발행 사업의 편집 방침, 그 기구, 재정적 기반 등의 준비상황을 검토한 후에 일정한 경제적 협력을 하겠다는 약속을 했었다. 요컨대 황동성의 이야기는, 당초에 계획했던 신문 발행의 계획은 중지되었으므로, 현재로서는 자금 협력이 필요 없게 됐지만, 우선 국제통신사가 계획 중인 신문 기자로서 입사, 협력을 부탁한다는 것이었다. ……당분간 을지로 국제통신사의 사옥 일부를 이용하게 되겠지만, 물론 이 동지는 평기자는 아닙니다. 아직 직분을 결정한 단계는 아니지만, 일단은 편집국 소속으로 와 주었으면 합니다…….

이방근은 권총을 손에 들고 어린애처럼 볼에 대어 그 차가운 감촉을 시험하면서, 내가 권총을 갖고 싶어 하는 것은 분명히 이렇다 할 목적에서가 아닌 것은 사실이지만, 해방 전에 보트 위에서 이어도 노래를 절창하며 밤의 제주 바다에 몸을 던진 그 홍(洪)의 경우와는 달리, 나의 자살 의도와 관계가 있는지도 모른다고 생각하면서, 황동성의 이야기를 듣고 있었다.

"이 동지, 내 이야기를 듣고 있습니까?"

"예, 듣고 있습니다……."

이방근은 권총을 테이블 위에 내려놓았다. 이어, 이어, 이어도 하라……. 폐병을 앓으며 사람의 얼굴만 그리던 화가 지망생 홍, 열렬한 조선 독립의 염원을 애타게 그리다 죽은 홍……. 머릿속은 아득히 먼 곳에 펼쳐진 밤의 공간에, 뱃전을 때리는 파도 소리. 이어도, 환상의 섬. 탐라(제주)인 선원인 반드시 들러야만 하는 중국과 탐라 사이의 넓은 바다 안에, 지금까지 아무도 그곳에 가 본 적이 없는, 도착했다 하더라도 지금까지 아무도 그곳에서 살아서 돌아온 적이 없는 섬, 악마의 섬. 환상의 이상향이기도 한 섬. 이어, 이어, 이어도 하라, 강남을 가려거든 햇님을 보고 가라, 이어도까지가 절반 길이라 한다, 이어도란 말은 말고서 가라, 말하지 않고 가면 사람들이 웃는다, 이어도란 말은 말고서 가라, 이어도 하면 눈물이 난다……. 이어, 이어, 이어도 하라……. 해난으로 돌아오지 않는 남편을 통곡의 슬픔으로 애타게 기다리는 섬 여인의 남편을 그리는 노래. 창밖의 밤바다. 전차의 전기를 공급받는 막대 모양의 폴이 스파크를 일으키며 튕기는 섬광 소리.

이방근은 고맙다는 인사를 하고 나서 지금 즉답을 할 수는 없지만, 특별한 이유도 없이, 그런 일은 마음이 내키지 않는다고 대답했다.

"아니, 대체로 이 동지의 그러한 대답은 예상을 하고 있었고, 나는 여기에서 즉답을 요구하는 것이 아닙니다. 내가 이 동지에게 하는 말의 의미를 알 겁니다. 알아주길 바랍니다. 생각 좀 해 보시오, 이건 단순한 신문 발행 사업의 문제가 아니라는 것을. 이방근 동지에게, 가능한 형태로 조국의 혁명사업에 참가해 주길 바라고, 아니 참가해야 할 의무가 있다는 것이며, 이것은 나 황동성 한 개인의 소망이나 주관이 아닙니다. 당중앙이 보내는 이방근 동지에 대한 변함없는 신뢰와, 기대의 표명이고, 조국의 통일과 혁명사업이 이방근 동지를 필요로 한다는 겁니다……."

내가 전적으로 '북'을 지지하고 있다고 생각하는 것일까. 드디어 '당중앙'이 나왔다는 느낌이다. 그러나 당중앙을 계속 반복하지 않는 것은 몇 번인가 만난 탓이겠지만, 이전과는 어딘지 좀 뉘앙스가 다르다는 기분이 들었다. 뭔가 미묘한 변화의 냄새가 났다. 이방근은 익숙한 이 말에 말없이 고개를 끄덕였다. 그리고는 다시 권총을 손에 들더니, 이거, 이런 것은 간단하게 손에 넣을 수 있습니까? 하고 불쑥 가벼운 기분으로 말했다.

"마음에 듭니까?"

"뭐가요?"

권총을 말한다는 것을 알면서도, 갑작스런 질문에 이방근은 그렇게 되물었다. 자살에 대한 생각이 좀 전에 머리를 스친 것은, 이미 어느새 섬광처럼 멀리 사라져 버린 과거의 기억이었고, 자살에 대한 생각 같은 것은 나에게 전혀 없다, 없는 것이다.

"그 권총 말입니다."

"헷헤에, 마음에 들고 말고가 아니라, 이전에 갖고 싶다고 생각한 적은 있습니다. 특별한 목적이 있었던 것은 아닙니다만…… . 황동성 씨는 이것을 호신용 이외에는 사용하지 않습니까?"

"호신용 이외라는 것은, 묘한 질문입니다만, 적을 쏘기 위해서란 말인가요? 그래요, 일단 유사시에는 여러 가지로 도움이 되겠지만, 어디까지나 호신용이라고 해야겠지요." 황동성은 순간적으로 손님을 탐색하는 듯한 눈으로 바라보며 말했다. "이방근 동지는 권총이 필요합니까?"

"글쎄요……." 이방근은 당황하며 말했다. "저는 특별히 필요하지 않습니다. 그런 입장이 아닙니다."

"손쉽다고 할 수는 없지만, 입수하려면 할 수는 있습니다. 불가능한 것은 아니라는 겁니다. 필요하다면 이걸 양보해서 드려도 상관없습니다. 그럴 마음이 있다면 망설일 필요가 없습니다."

이방근은 상대의 뜻밖의 말에, 뭔가 총신처럼 섬뜩한 것을 등줄기에 느꼈다.

"필요는 없겠지만, 가령 망설이지 않는다면, 뭔가의 담보가 필요합니까."

이방근은 당혹스러워하면서, 그러나 웃으며 말했다.

"농담이겠지만, 설마 권총 한 자루로 제가 거래를 하겠습니까. 만일 갖고 싶다면 드리겠다는 겁니다. 이방근 동지가 제주도에 돌아갈 때까지 내가 이대로 맡아 둘 수도 있고……."

"감사합니다."

서로 간에 확실히 수수의 약속이 성립된 것도 아닌데, 이방근은 애매하게 답례를 했다. 그리고 만일 이 권총이 자신의 소유가 된다면, 이것이 혼자 걸어 다닐 것 같은, 어디선가 뭔가 큰일에 연결되어 있을 것 같은 느낌, 예감 같은 것에 순간적으로 사로잡혔다.

"이방근 동지, 묘한 일을 묻는 것 같은데, 어떻습니까, 당신은 이런 나를 믿을 수 있습니까?"

이 남자는 도대체 무슨 말을 하는 것인가. 이미 그러한 이쪽의 속마음을 눈치 채고 하는 질문일 것이다. 이방근은 울컥하면서도, 엷은 웃음을 지은 채 말했다.

"그것은 사람을 테스트하는 질문입니다. 여느 때 같으면 대답 같은 건 하지 않았을 겁니다."

"이방근 동지, 화는 내지 말아 주시오. 실례가 되었다면 발언을 취소하겠습니다. 나는 결코 이 동지를 테스트하지 않았습니다. 그건 당치도 않은 말입니다. 나는 원칙적으로 오로지 진지하게 이 동지를 대하고 있습니다. 테스트 당하고 있는 것은 오히려 이쪽이라고 생각할 정도입니다. 안 그런가요. 이 동지는 나를 테스트하고 있습니다. 어떻습니까, 그런 나를 신뢰할 수 있습니까?"

황동성은 그렇게 말한 뒤 이방근의 대답을 기다렸다.

"……솔직히 말해서 그건 어렵습니다. 하하, 실례를 전제로 말씀드립니다만, 우리 속담에 천 길 물 속은 알아도 한 길 사람 속은 모른다는 말이 있듯이, 그것은 제가 황동성 씨를, 그 일의 입장 위에서 잘 알지 못하는 탓이겠지만, 그러나 이렇게 만나고 있는 것은, 제가 황동성 씨를 신뢰하고 있기 때문이라고 생각합니다만."

"이방근 동지, 고맙소." 황동성은 갑자기 몸을 앞으로 내밀며 악수를 청하더니, 손님의 손을 굳게 잡고 아래위로 두세 번 흔들었다. "나는 이 동지를 신뢰하고 있습니다. 신뢰하기 때문에 앞으로의 사업에 대해 이야기하는 것이고, 이러한 감춰진 진실은 동지적인 신뢰에 의해서만 뒷받침될 수 있는 것입니다. 즉 앞으로의 일은, 인간적이고 동지적인 신뢰관계 위에서만 성립합니다. 나는 올봄의 4·3봉기가 일어나기 직전에 제주도 유달현의 하숙집에서 이 동지와 처음으로 만났습니다만, 그건 제가 직접 이 동지를 알고 있는 것은 아니기 때문에, 유달현이 중개하여 이 동지를 나에게 소개한 겁니다. 그 중개 역할을 맡았던 유달현은 이 동지가 신뢰하는 대상이 아니어서, 이방근 동지와 나의 관계에 약간의 곤란을 초래하였습니다. 나는 처음 만났을 때부터 이 동지를 신뢰하고 있었던 까닭에, 후후, 지금까지 이 동지는 나를 테스트해 온 것이 됩니다. 그러나 이건 농담으로 받아 주시기 바랍니다. 이 동지는 이렇게 해서 이번의 국제통신사에 관한 세포조직의 공작 사실을 알게 되었습니다만, 그것은 '접선', 선에 접한 일이 되고, 이 동지와 나의 신뢰관계를 기초로 하는 것입니다."

"뭐라고요……?" 이방근은 상체를 흔들며 몸을 기댄 소파의 등에 팔을 걸고, 천연덕스러운 느낌을 주는 말을 되받듯이 상대를 보았다. 이건 교묘한 일종의 협박이 아닌가. "'접선'이라는 제가 잘 모르는 조직적인 말씀을 황동성 씨는 하셨습니다만, 저는 국제통신사의 새로운 일에 관계된 사람은 아닐 텐데요."

"그래서 간접적이라고 한 겁니다. 사실을 알고 있다는 것 자체가, 그렇다는 겁니다."

황동성은 천천히 웃었다.

"......"

이쪽에서 부탁한 것도 아니지 않습니까……. 멋대로 이야기해 놓고, 사실을 알고 있다는 등 말을 하는 것은, 폭력단 수준이었다. 그러나 그렇게까지 말할 필요는 없었다. 이방근은 침묵을 지켰고, 잠시 이야기가 끊겼다.

7

두 사람을 감싼 침묵이 날을 세우고 느리게 움직였다. "이건 내가 맡아 두기로 합시다. 이 동지가 제주도로 돌아갈 때까지." 황동성은 상대를 힐끗 쳐다본 뒤 테이블 위의 권총을 손에 들고 일어섰다.

"이 동지의 경우는 괜찮겠지만, 그래도 짐을 검사당하지 않는다고 할 수도 없으므로 주의해야 합니다."

"......"

황동성의 발자국 소리가 삐걱거렸다. 이방근이 대답을 하지 않았기 때문에, 황동성의 말은 그의 독백처럼 울렸다. 아니오, 괜찮습니다……. 이방근은 거절해야 했지만, 눈앞에서 현물을 가지고 가는 거라면 몰라도 지금 다시 원래의 서랍에 보관하는 것이라서, 굳이 대답을 할 필요도 없었던 것이다. 하지만 침묵으로 상대의 말을 듣기만 하는 것은 묵인한다는 뜻이므로 방금 전에 황동성이 억지로 이야기를 꺼낸 '접선'의 관계에 얽혀드는 것을 인정해 버리는 모양새가 되기 쉬웠다.

그러나 아니, 괜찮습니다, 하는 말을 할 기회를 놓친 이방근은, 이미 서랍으로 향하고 있는 상대의 등에 시선을 던지고 있었다. 그리고 열린 서랍의, 권총을 넣은 서랍에서 찰칵 하고 열쇠가 걸리는 딱딱하고 투명한 소리, 서랍 문이 조심스럽게 닫힌 뒤 자물쇠가 채워지는, 모든 과정이 끝나는 좀 더 큰 소리를 들었다. 황동성은 권총 한 자루로 거래는 하지 않는다고 말했지만, 혹시 그와의 '접선'을 거절해도 권총을 그대로 건네줄지 모른다. 그리고 다시 서랍의 어둠 속에서 꺼내진 권총이 이 손바닥 위에 올라온다는 것은, 역시 황동성과 어떤 유대를 갖게 된다는 것을 의미한다. 아무려면 어떤가. 권총은 지금 현재 내 손에 있는 게 아니다.

황동성은 소파 쪽으로 돌아왔지만, 그대로 테이블을 지나 창가로 가더니, 꼿꼿한 자세로 멀리 밤거리를 바라보았다. 그 뒷짐을 지고 밤의 한 점을 응시하는 알로하셔츠의 뒷모습에, 작전 진지의 사령관 같은 엄격함이 느껴졌다.

"황동성 씨……." 이방근은 숨을 한 번 내쉬고 상대의 등을 향해 말했다. 손목시계는 아홉 시가 가까웠다. "어떻습니까, 이곳을 나가시지 않겠습니까?"

황동성이 배후의 목소리에 이끌리듯이 천천히 돌아보더니, 의식된 시선을 벽시계로 던지며 말했다. "음, 글쎄요. 이 동지는 바쁩니까? 어떻습니까. 예정대로 앞으로 반 시간 정도 지난 뒤, 조금만 있다가 아홉 시 반경에 나갑시다. 좀 전에도 말했듯이, 오늘 밤은 시간을 잡아 두었습니다만……. 아홉 시를 넘으면 충분한 시간이라고는 할 수 없겠지만 말이죠. 게다가 술자리에서는 이런 이야기를 계속할 수도 없을 겁니다."

"호의는 고맙습니다만, 바쁘신데 일부러 장소를 옮기시지 않으셔도 괜찮습니다. 저도 열 시가 넘으면 밖에서 전화가 오기로 돼 있어서,

그때까지는 돌아가야 합니다…….."

이제 와서 열 시 넘어서라는 것은, 어딘지 억지로 갖다 붙이는 듯한 말투였다.

"열 시 넘어서……?"

황동성은 깊은 밤을 도려내듯 열린 창의, 무한한 공간을 배경으로 우뚝 선 채 말했다.

"그렇습니다."

"어떻게 된 겁니까. 좀 전까지는 그런 말이 없었는데……. 기분이 바뀌었습니까? 모처럼 시간을 잡아 놓았으니 가시지요. 경우에 따라서는 문난설 등과 만날 수 있을지도 모릅니다. 이방근의 팬인 그녀는 기뻐할 겁니다."

문난설, 아니, 문난설 등……? 황동성은 약간 여운이 남는 말투를 했다.

"호호오, 지금부터, 그 뭡니까, 문난설 씨와 만날 약속이 돼 있다는 말씀인가요……."

이방근은 황동성의 말투가 마음에 들지 않았다.

"아니, 약속은 하지 않았지만, 어쩌면 그럴지도 모른다는 겁니다."

"핫, 핫하, 문난설 씨가 온다고 해도 제겐 전혀 현실감이 없는 일입니다. ……기분이 바뀌었냐고 말씀하셨습니다만, 바뀌고 안 바뀌고의 문제가 아니라, 처음부터 그랬습니다. 사양하는 것이 아니라, 신경 쓰지 마시라고 말씀드렸지 않습니까." 택시로 종로를 서쪽으로 달려간 그녀가 지금쯤 어디에서 무얼 하고 있다는 것인가. 문난설과 만나고 싶지 않은 것은 아니었지만, 지금 황동성이 미끼를 던진 상황에서 말려들 수는 없었다. 이방근은 이야기를 본론으로 되돌려 계속했다. "그런데 저는 지금 황동성 씨로부터 대체적인 이야기는 들었습니다.

한 잔 술로는 배가 차지 않는다는 말도 있습니다. 단번에 일이 결정되는 것은 아니라고 해도, 제가 황동성 씨의 이야기를, 동성 씨는 당중앙의 요청이라고 했습니다만, 그 요청을 거절한다면 어떻게 됩니까. 그래도 강요하실 생각인가요?"

"거절한다……?" 황동성의 얼굴 근육이 한순간 통째로 움직이듯 험악한 표정으로 변했다. "아니, 강요? 내가 이방근 동지에 대해서……?"

"극단적으로 말하면, 뭔가 강제로 신을 믿게 하는 것 같습니다." 이방근은 반사적으로 불필요한 한마디를 덧붙였다.

"강제로 신을 믿게 한다……?" 뜻밖의 표정을 지은 황동성은, 무슨 말을 하는 거냐는 식으로 턱을 당기더니 상반신을 뒤로 젖혔다. "강요라든가, 강제라든가 하는 말은 의외입니다. 게다가 이 동지는 혁명사업을 뭔가의 종교와 혼동하고 있는 건 아닌지……. 으흠, 강제로 신을 믿게 하다니, 말도 그렇고 사고도 바람직하지 않습니다. 이 동지는 신앙으로 무슨 일을 하는 인간은 아니지 않습니까? '확신범'에 가까운 인간에게 내가 강제로 '신을 믿게' 한다? 그건 이상합니다. 있을 수 없는 일입니다. 무엇보다도 혁명에의 참가와 신을 믿는 행위를 같은 선상에 놓는다는 것이 이상하지 않습니까. 이를테면, 단추를 잘못 채운 것과 마찬가지로, 하나의 비유이겠지만 말입니다."

"그렇습니다. 지금 한 말은 하나의 비유입니다." 이방근은 상대를 따라하듯 말했다. 비유, 아니, 비유가 아니다. 종교와 혁명을 혼동하고 있는 것도 아니다. 혁명이 종교와 닮은 데가 있다는 것이다. 당의 절대성, 절대적 권위, 신이 바로 그렇고, 그것이 국가권력의 형태가 된다면 어떻게 될까. "아무쪼록 기분이 상하지 않으셨길 바랍니다."

"그건 나 개인의 기분이 좋고 나쁘고의 문제가 아닙니다. 이 동지가 나의 말을 강요, 강제라고 느낀다면, 그건 참으로 뜻밖입니다. 당신의 큰 오해입니다. 이방근 동지……." 황동성은 큰 걸음으로 몇 발자국 삐걱거리며 소파로 돌아와 담배를 손에 들고 말했다. "아이고 이거, 이 동지가 그렇게 느꼈다고 한다면, 사실 그렇게 느낀 것이니까, 그건 내 쪽의 잘못도 있을 것입니다. 이 동지의 오해만이 아닙니다. 그렇지만, 이 동지. 어떻게 혁명사업에 강요라든가 강제가 있을 수 있겠습니까. 어디까지나 이방근 동지의 주체적인 의사를 존중하고, 그것을 전제로 한 요청, 당중앙의 요청입니다. 올봄에 당중앙이 신문의 발행 계획에 대해 이 동지의 협력을 요청했을 때, 동지는 적어도 경제적인 측면에서의 협력을 약속함으로써, 조직의 혁명적 사업과의 관계를 결의하고, 그것이 성립되었습니다. 안 그렇습니까. 이방근 동지 스스로의 의사와 미 제국주의의 지배하에 있는 조국에 대한 큰 사랑으로 결의했습니다. 그리고 지금은 그것이 국제통신사로 형태를 바꾸어 이 동지에게 요청을 하고 있는 것인데, 그것이 어떻게 강제가 될 수 있습니까. 말도 안 됩니다. 강제라는 것은 물리적인 폭력과 마찬가지로 일방적인 것입니다."

"혁명조직은 물리적인 강제를 동반합니다."

"……? 그것은 외부의 계급적인 적에 대해서는, 혁명정권 전복에 대한 프롤레타리아 독재의 폭력적 장치가 과도적으로 필요하게 됩니다만, 그렇다고 그것을 일체의 강제적 폭력과 함께 취급하는 것은 옳지 않습니다……."

"내부에 대해서도 있을 수 있지 않습니까."

"이 동지, 강대한 적과 대치하고 있는 혁명당은 강철 같은 규율이 필요합니다. 이 동지에게는 오해가 있는 것 같군요."

"반혁명적이라는 것이겠지요. 중산계급의 반동적인 사상……. 실제로 저는 혁명 측에서 본다면 그러한 생각의 소유자입니다."

"이 동지, 도대체 자신에 대해서 무슨 말씀을 하는 겁니까. 혁명 측에서 본다면……이 아니라, 이 동지야말로 혁명 쪽입니다. 여기는 토론의 장은 아니지만, 내가 이 동지를 반혁명적으로 보고 있다면, 지금 여기 이런 장소에서 두 사람이 있을 수 있다고 생각합니까. 나는 아까부터 지금까지 마음을, 가슴을 열고 신뢰관계의 성립을 위해 노력하고 있는 남자입니다. 동지는 그것을 인정하지 않습니까. 농담이 아니라, 이런 관계에는 목숨이 걸려 있다고 해도 과언이 아닙니다. 으흠, 나는 언제부터 이 동지 앞에서 이런 말까지 하게 되었는지. 어험, 도대체가……."

황동성은 담배에 불을 붙이고 냉정한 눈빛으로 가볍게 웃었다.

"알고 있습니다. 과분한 신뢰에 감사하고 있습니다. 불필요한 말은 그만두겠습니다. 어쨌든 이런 일들이 저 이외의 다른 곳으로 새어 나가는 일은 없을 거라고 약속하겠습니다. 다만 똑같은 말을 반복하는 것 같아서 저도 싫습니다만, 제가 이런 일에 적합하지 않다는 것은, 황동성 씨께서도 알고 있을 거라고 생각합니다. 올봄에 그런 이야기가 있었을 때, 저 나름대로 생각하고, 분명히 뭔가 협력할 의사가 있음을 밝히고 약속했습니다만, 실제의 일에는 일절 관여하지 않겠다, 즉 부편집장 취임에 관한 이야기는 확실히 거절했을 것입니다. 제겐 맞지 않습니다……. 모든 것이……."

자신도 모르게 불쑥 튀어나온 말이었다. 이 말은 하지 말았어야 한다는 생각을 하면서도 이방근은 다시, 그렇습니다, 모든 것이 말이죠……라며 계속하다가, 악취가 나는 감상주의적인 쓴 뒷맛을 혀뿌리에 느끼며 말을 중단했다.

"뭐라고요? 이건 마치 자포자기를 한 허무적인 말투군요. 모든 것에 맞지 않다니, 그런 일은 없습니다. 만일 그렇다고 한다면, 그건 그럴 의사가 없다는 것뿐입니다……. 부편집장의 이야기는 반년 전에 나온 것이고, 인간은 변합니다. 절대적인 불변은 없습니다. 모든 것이 변화를 보이며 운동하고, 인간으로서도 예외는 아니고, 이방근 동지만이 불변하다는 것은 있을 수 없는 일입니다. ……그렇다 하더라도, 좀 전의 강요라든가 강제라는 것은 말도 안 되는 일이고, 어디까지나 요청이라는 것을 명기해 주시기 바랍니다. ……참, 좀 전에 내가 권총을 로커에 다시 넣었습니다만, 내가 맡아 두고 있어도 지장없겠지요."

"글쎄요, 지장이고 뭐고, 그건 제 것이 아니지 않습니까. 저에게 준다고 하셨지만, 그렇게 간단하게……. 저는 받겠다고 말하지는 않았습니다."

"이건 마치 귀찮은 물건 취급이군요. 이 동지는 권총을 갖고 싶어 하고 있습니다." 황동성은 냉정하게 말했다. "권총을 손에 들었을 때의 이 동지의 표정, 눈빛이 다른 사람과는 상당히 달랐습니다. 이방근 동지의, 당신의 눈은 멋집니다. 나는 놀리려는 것이 아닙니다. 자상하고 어린애처럼 무심한 눈빛이 갑자기 이쪽의 두개골을 파고들 듯이 진한 독을 품은 빛을 발합니다. 정말 그렇습니다, 당신의 눈은……." 거침없이 잘도 말하는군……. 이방근은 순간적으로 상대를 노려보고는 어이없다는 듯이 시선을 허공으로 던졌다. 황동성의 목소리는 약간 떨리면서도, 마치 이방근을 놀리는 듯한 말투였다. "그건 마치 권총과 같은 눈빛입니다……."

"그만 좀 놀리세요. 권총 같은 눈빛이 어디 있단 말입니까."

이방근이 말을 가로막았다.

"아니, 들어 보시오. 나는 이 동지를 놀리고 있는 게 아닙니다. 나는 지금 이 동지에게 우정조차 느끼고 있습니다. 그 누워 있는 차가운 강철의 부드러운 빛과, 어두운 총구, 그리고 그것이 불쑥 일어나 존재를 꿰뚫는 불을 뿜는다…….”

“존재를 꿰뚫는 불……. 참으로 문학적이군요…….”

이방근이 분하다는 듯이 한마디 했다.

“그렇게 되나요. 아니, 부끄럽습니다. 거기에 있는 것을 쏜다고 말했을 뿐입니다. 그러고 보니 나도 왕년에 문학청년이었던 시절이 있었습니다. ……나는 생각합니다만, 권총과 이 동지는 궁합이 맞는다고. 이건 농담 반 진담 반으로 하는 말이라 해도, 이방근 동지에 대한 나의 가장 큰 찬사입니다. 권총을 가지시오. 뭔가의 도움이 될 때가 있을 테니까……. 그리고 나에게 맡겨 주시오. 물론 오늘 밤 가지고 가도 상관은 없습니다. 그것으로 뭔가 거래를 하겠다는 생각은 추호도 없습니다. 거래……. 그래, 그렇지, 좀 전에 이 동지는 한 잔의 술로 배가 부른 것은 아니라는 말을 했습니다만, 정말로 그렇습니다. 이 동지는 당중앙의 요청을 거절한다면 어떻게 되는 거냐고 물었습니다만, 음, 당신은 대담한 말을 하는 동무입니다, 정말 그렇습니다. 지금 여기에서 예스냐 노―를 결정해야 되는 건 아닙니다……. 좀 전에도 단 한 번으로 일이 결정되는 건 아니라고 이 동지 자신이 말하지 않았습니까. 내가 동지의 권총을 맡아 두듯이, 동지는 나의, 당중앙의 요청을 가지고 돌아가 맡아 두기만 하면 됩니다. 다만 이건 결코 교환 조건은 아닙니다.”

황동성은 천천히 웃었다.

이방근은 거의 기계적으로 가볍게 끄덕였을 뿐 침묵을 지켰다.

“……권총 이야기는 음산합니다. 살인자라면 몰라도, 이건 애완물이 아니라 흉기라서 말이죠. 아까 문난설의 이야기가 나왔습니다만, 이방근 동지는 나영호를 알고 있지요?”

"나·영호……?"

갑자기 황동성의 입에서 나온 그 이름은 순간적으로 처음 듣는 것처럼 고막을 때리고, 이방근은 제정신이 든 것처럼 되물었다.

"그래요, 나영호 말입니다만, 좀 전에 이 동지가 당숙과의 저녁식사 후에 밤의 노상에서 우연히 문난설과 함께 만난 그 옛 친구라는 남자 말입니다. 그는 소설이라는 것을 쓰고 있습니다만, 몇 편인가의 소설을 써가지고는 이 태평양의 파도처럼 거친 세상에서 먹고 살기란 없습니다. 나는 이 동무의 친구를 욕하려는 게 아닙니다. 그는 우익 문단인 '문협'에 나가기도 하지만, 빈둥거리는 고등룸펜이라고 할 수 있습니다. 그런데 권력 체제에 찰싹 달라붙은 문학자처럼, 그런 자들을 문학자라고 부를 수 없다는 것은 말할 것도 없지만, 이승만 괴뢰정부 수립에 만세를 부르거나, 조국 분단의 현실을 결코 긍정하거나 인정하지 않는다는 겁니다. 양심파인 셈이지요. 이 동지 이상으로 방황을 합니다……, 아이고 이거 실례, 이 동지는 그렇게 보이기도 합니다만, 그렇다고 결코 방황하는 양떼는 아닙니다. 방황한다는 형용사를 붙인다면, 사자나 호랑이가 적합하겠지요. 혹은 곰이거나. 나영호는 방황하는 양입니다. 그 방황하는 양이 이번에 국제통신사에, 그 새로운 신문의 편집국에 오기로 되었습니다."

"호오, 그렇습니까."

이방근은 특별한 이유도 없이 감탄하듯 말했다. 의외였던 것이다. 왜 나영호의 이름을 꺼낸 것일까, 상대가 전개하는 이야기에 신경을 곤두세워 듣고 있었지만, 황동성의 밑으로 들어간다는 이 결말은 놀라움이었다. 아니, 문난설이 국제통신사에서 황동성을 돕고 있다고 하니까, 그녀와 찰싹 달라붙어 걷고 있던 나영호가 그렇다고 해서 특별히 이상할 일도 없을 것이다. 이방근의 앞에 있는 '정체불명'의 남자가, 이렇게 해서 베일을 한 겹씩 벗어가듯이 점차 자신을 펼치면서 인상이 산만해지는 기분이었다. 오히려 처음으로 제주도에서 만난 행상인 박갑삼일 때가, 어떤 중압감을 가지고 다가오면서, 정체불명의 조금은 신비한 위엄조차 있었는데, 지금은 그런 분위기는 없었다.

"다만, 나영호 동무의 경우는, 나와 이방근 동지의 관계와는 다릅니다. 이것은 이야기가 나온 이상 확실히 해 두어야 할 것 같습니다. 물론 이 동지도 이미 알고 있겠지만, 좀 전에 말한 문난설도 마찬가지로, 그녀도 나영호 군도 내가 이러한 입장에 있다는 것은 일절 모릅니다. 앞으로도 알지 못할 겁니다. 필요가 있을 때까지는……" 황동성은 번쩍하고 눈을 빛내며, 다물고 있는 엷은 입술 주위에 미소를 떠올렸다. "이야기가 옆길로 새고 말았습니다만, 어떻습니까, 여기를 나가서 한군데 들렀다가, 문난설이 있는 곳에 잠깐 얼굴을 내밀러 가지 않겠습니까? 들어 본 적이 있습니까? 낭만클럽이라고, 말하자면 '세련'된 여성들이 모이는 곳인 셈이죠. 여류작가와 시인, 그 밖의 예술가라고 하는 사람들로, 이 역시 '세련'된 남자들이 흥취를 더하는, 즉 미국 냄새를 풍기는 '신사 숙녀'가 모이는 살롱이 있습니다. 좀 전에 문난설이 여기에 들렀을 때 이야기했는데, 파티라도 여는 모양입니다. 작가, 예술가라고는 해도, 삼류, 사류라고 해야 하고, 미국인을 상대로 하는 갈보 역할도 하는 경망스런 여자, 그걸 '세련'되었다고 하는 것입니다만, 대체로 남쪽에 남아 있는 자로서 일류의 인물이, 현재 있을 리가 없지요. 음. 연극, 영화인, 무용가, 가수로부터 만담가에 이르기까지, 모든 분야의 일류에 해당하는 인물들이, 미군정이 시행되고 있는 이 땅서 지낸 생활에 종지부를 찍고, 최근 2, 3년 사이에 대거 38선을 넘어 입북했습니다. 지하활동을 위해 목숨을 걸고 남쪽에 남은 사람들은 다릅니다만. 참, 이 동지도 알고 있겠지만, 3, 4일

앞으로 다가온 이번 21일부터 38선의 바로 북쪽에 있는 해주시에서 남조선인민대표자회의가 열립니다. 나는 이번의 그 일과 직접적으로 관계는 없습니다만, 나중에, 내가 38선을 넘어 입북했던 이야기를 해 드리겠습니다. 그 낭만클럽인지 하는 것을 조금 들여다보지 않겠습니까. 나 동무도, 그리고 문난설도 와 있을지 모릅니다. 그곳은 이른바 '자유연애'의 창구라서 말이죠. 때로는 여자에 정신이 팔린 미국인들도 옵니다. 부패하고 타락한 부르주아들이 모이는 곳. 이렇게 말하면 이 동지는 바로 구토를 일으키며 불쾌해 할지도 모르지만, '사회 견학'의 차원에서 한번쯤 얼굴을 내밀어 보는 것도 나쁘지 않을 겁니다. 무엇보다 나 자신이 그런 곳에 얼굴을 내밀어 쓸데없는 말을 지껄이고 있을 여유 따윈 없지만……."

"핫, 하아." 이방근은 웃고 나서 말했다. "나 군이 그런 곳에 얼굴을 내민다는 게 다소 의외라는 생각도 들지만, 요즘 같은 세상에 특별히 놀랄 일도 아니겠지요. 저는 어쨌든 제주도 출신의 시골 사람이라서, 도저히 그런 곳에는 애당초 어울리지 않습니다. 자, 어서, 제 걱정은 마시고 혼자라도 가 보시지요."

"아니, 나 혼자서 일부러 찾아갈 특별한 용무가 있는 것도 아닌데. ……문난설이 와 있을 것이고, 멀리 제주도에서 오신 귀빈으로서 크게 환영받을 게 틀림없습니다."

"신기해서 말이죠……."

황동성은 이방근의 말에 미간을 찡그렸다. 이방근은 자신의 발음과 그 억양이 서울말의 그것과는 달리 제주도 사투리라는 것을 납득하면서, 황동성의 탓이 아닌데도 조금 불쾌해졌다. 어쩌면 클럽의, 아마 춤도 추고 있을 파티의 광경을 상상하자, 갑자기 불쾌해졌던 것이다. '멀리 제주도에서 온 귀빈'……. 제주도에서 서울 한가운데에 나타난 촌놈이겠지. 제주도······. 소년 시절 본토에서, 제주도는 어디에 있는 거지, 공을 차면 바로 바다에 빠져서 축구 같은 건 할 수 없을 거라며 놀림을 당한 적이 있다. 옛날부터 중앙정부의 버림을 받은 '지수민빈 (地瘦民貧)'의 학정에 시달리던 백성의 땅. 일찍이 적객(謫客, 정치범)들 이 서울에서 출발하여 험한 산과 물길을 몇 달씩이나 걸려 고생 끝에 간신히 도착한 유배의 땅. 저주 받은 천형(天刑)의 땅이었고, 본토인 으로부터 멸시와 차별이 중첩된 땅이었다. 또한 지금은 게릴라가 봉 기하고 있는 '혁명의 땅', 아니, '폭도'에 의한 반란의 땅이다.

서울로 이주한 사람들의 대부분이 본적을 제주도에서 본토로 바꾸 어 자신의 고향 땅과 작별을 고하고, 유려한 서울말을 익혀서(이방근은 이에 대해 구역질을 느꼈지만) 변신한다. 제주도가 본적이어서는 '입신출 세'에 커다란 장애물이 되는 것이다······. 이방근은 담배를 물었다. 악 의가 있는 것은 아니겠지만, 그래도 황동성으로서는 무신경한 말이었 다. 아니, 그렇지가 않다. 이쪽의 비뚤어진 생각이다. ······낭만클럽 살롱에 나타난 이방근. 제주도 출신이라고 소개되는 순간, 오오, 하고 낮은 환성이 울려 퍼진다. 여자들이 보내는 은밀하고 호기심 어린 시 선 속에서 품평이 이루어질 것이 뻔하다. 이거 참, 어떻게 한다. 그곳 에는 나영호와 문난설이 있고, 게다가 황동성도 함께 얼굴을 내미는 것이니, 제주도 남자의 본모습을 보여 줄까 하는 충동이 없지도 않았 지만, 그 역시 어리석은 짓이다.

"······그런 곳에서 마시는 술이 과연 맛이 나겠나, 하는 생각이 듭니 다. 그 무슨 클럽인가에는 흥미가 없지만, 그렇군요, 나영호 군에게는 그 신문사 일이라는 게 딱 맞을 것 같은데요. 언제 결정된 일입니까?"

"2, 3일 전입니다."

"2, 3일······."

집을 비운 사이에 그로부터 전화가 걸려 올지도 모른다. 그게 아니면, 살롱에서 야단법석을 떤 뒤에 숙취가 남은 머리로, 내일이라도 전화를 걸어올지 모른다.

"나영호는 문난설에게 마음이 있어서 말이죠. 그녀 쪽에서도 그의 취직을 신경 쓰고 있었는지, 그 입김도 작용을 했습니다만, 나 동무 쪽은 그녀와 같은 곳에서 일을 하게 되었다며 기꺼이 승낙을 했습니다. 그녀는 상근으로 근무하는 여자가 아닌데도 말입니다……."

같은 곳에서 일한다, 이 말이 조금 자극적으로 들렸다. 설마 내가 들으라고 하는 말은 아니겠지 라고 이방근은 생각했다. 나영호는 문난설에게 마음을 두고 있어서 말이죠. 그건 알고 있다. 그녀 쪽은 어떤가. 이방근은 말이 나온 김에 조금 구체적으로 나영호와 그녀의 관계를 묻고 싶었지만 그만두었다.

"자─ 그럼, 그 낭만클럽 쪽은 그만둘까요. 그곳은 반드시 가야 할 곳도 아니니까요. 그야말로 강요는 않겠습니다. 그러나 모처럼 만이니, 나중에 어디 한 곳 들릅시다. 조용한 요정이 있습니다. ……열 시 넘어서 전화가 올 거라고 했지요, 요정에 가서 연락처를 집 쪽으로 알려 주면 어떨까요."

열 시 넘어서 전화가, 아마도 집에 돌아가기 위한 구실이라는 것을 눈치 챈 황동성의 말이었다.

"아니, 그게." 이방근은 쓴웃음을 지으며 고개를 옆으로 흔들었다. "그렇게까지 한다는 것은 귀찮은 일입니다. 밖에 있어서는 분명한 일 처리가 안 됩니다. 게다가 제 개인적인 일입니다만, 서울에 도착한 날 밤부터, 그렇습니다, 그때는 나영호와 늦게까지 술을 마시고 있었고요, 최근 4, 5일 매일같이 술을 마시다 보니, 헷헤, 죄송한 말씀이지만, 매일 숙취가 계속되고 있습니다……."

사소한 거짓말이라도 그 뒤를 수습하는 것이 귀찮고 성가셨다. 그러나 거짓말이라는 것을 상대가 알았다 하더라도 크게 신경 쓸 일은 아니다. 이방근은 통금에 관계없이 아침까지 계속되는 낭만클럽도, 조용한 요정도 마음이 내키지 않았다. 좀 전에는 창가에 우뚝 선 황동성의 등에 대고, 어떻습니까, 이곳을 나가지 않겠습니까, 당장이라도 자리에서 일어날 것처럼 말했었는데, 그때 방을 나갔다면 틀림없이 둘이서 어딘가에, 그 조용한 요정에라도 들렀을 것이다. 겨우 십여 분 전의 일이었지만, 지금은 그럴 기분이 나지 않았다. 오히려 전화가 걸려 올 거라고 한 시간에 맞추어, 이 잡거빌딩이 문을 닫을 때까지 이 방의 소파에 그대로 계속 앉아, 38선을 넘은 이야기라도 들었으면 좋겠다는 생각을 했다.

"……" 황동성은 어금니를 깨물었다. 그리고 말했다. "좋습니다. 잘 알겠습니다. 여기서 한잔하지 않겠습니까?"

"여기라고 말씀하시면, 이 방을 말하는 것인가요?"

"그렇습니다. 양주가 있을 겁니다. 소주도 있습니다만, '물을 섞지 않은 소주'라고 신문에 광고를 하고 있는 합성소주니까, 집에서 담근 소주처럼 맛있지는 않을 겁니다. 양주는 PX에서 흘러나온 것이니, 이건 본고장에서 만든 스카치입니다. 그런데, 식사는 하셨습니까?"

이방근은 했다고 대답하고, 이곳에서 한잔 마시기로 했다. 거절할 이유가 없었다.

황동성은 바닥에 차의 찌꺼기가 말라붙어 있는 찻잔을 정리하여 옆에 있는 사무실 쪽으로 갔다. 그리고 칸막이 안쪽에서 두꺼운 유리잔, 좀 전의 것과는 다른 찻잔을 각각 두 개씩, 물을 넣은 주전자를 쟁반에 담아 가져왔다.

"얼음이 없어서 말이죠. 밑에 있는 다방에 주문을 할까. 안주도 없고, 주문하는 김에 만들어 달라고 해 봐야겠군. 잔도 짝이 맞지 않으니, 제대로 있는 게 없지만, 물은 찻잔으로……."

황동성이 쟁반을 테이블 위에 올려놓은 채, 전화가 놓인 책상으로 향하는 것을 이방근이 말렸다.

"괜찮을 것 같습니다. 귀찮으실 텐데 그만두시지요. 가능하면 사람들의 출입이 없는 편이 좋을 거라고 말씀하신 것처럼. 물로 충분합니다."

황동성은 조금 당황한 듯했지만, 그때 불시에 책상 위의 전화가, 황동성이 바로 수화기 드는 것을 망설였을 만큼 갑자기 감응하듯 울렸다.

"뭐야……." 황동성이 수화기를 들고 귀에 대었다. 여보세요-……. 조용한 방 안에 또렷한 젊은 여자의 목소리가 수화기를 통해 들렸다. "아아, 난데, 무슨 일입니까? 예, 예-, 지금 클럽에 도착했다……. 나는 손님이 와서 그쪽으로 갈 수 있는 상황이 아닌데. 손님이 누구냐고……?"

황동성은 이방근을 흘낏 바라보았다. 전화는 문난설이었다. 주의 깊게 황동성이 하는 말을 듣고 있던 이방근이 고개를 옆으로 흔들고 있었는데도, 황동성은 송화구를 향해 미소를 보내면서, 음, 당신이 알고 있는 사람입니다……라고 말했다.

재빨리 그게 누구냐고 묻는 모양이다. 황동성이 차분한 목소리로 이방근이라고 대답했다. 이방근은 가볍게 손을 흔들어 전화를 바꾸지 말라는 취지의 사인을 황동성에게 보냈다. 일에 관한 이야기가 잠시 계속되다가, 두 사람이 클럽에 오지 않겠냐고 권하는 것 같았지만, 황동성은 이방근이 일이 있어 잠시 후에 돌아갈 거라는 설명을 하고 있었다.

"……여기요-, 이방근 씨." 전화를 의식한 것인지, 황동성은 본인을 향해 처음으로 '동지'라는 말을 빼고 불렀다. "문난설 씨가 꼭 인사를 하고 싶다고 하는데, 전화를 바꾸겠습니다. 통화 한번 하시죠."

조용히 고동이 빨라지는 것을 느끼고 있던 이방근은 천천히 일어나 책상 옆으로 간 뒤 황동성으로부터 수화기를 받아들고 문난설과 인사를 나누었다.

"아이구, 정말로, 건강하신가요, 지난번에는 갑작스레 전화를 드려서 실례했습니다. 이 선생님이 그쪽에 계시다니……. 언제 오셨나요. 저도 초저녁에 그쪽에 갔었습니다. 조금만 더 있었더라면, 선생님을 뵐 수 있을 뻔했네요."

"그렇군요. 그거 참 유감입니다. 저로서도 조금만 더 빨리 올 걸 그랬습니다, 핫하하."

이방근은 대답을 덧붙이며 웃었지만, 깜짝 놀라며 여기에 왔을 때 황동성을 향해, 여기로 오는 도중에 스쳐 지나가는 사람이 있었는데, 알고 보니 그녀였다, 잘못 봤을지도 모르지만……이라고 말한 것을 떠올렸다. 입을 맞출 여유도 없었다. 나는 당신이 이 잡거빌딩 앞의 전찻길 쪽으로 걸어가는 것을 보고 있었습니다. 당신은 지금도 그때의 상복처럼 검은, 하지만 시원해 보이는 의상을 입고 있습니까? 내가 건물 뒤에서 훔쳐보고 있었다는 것을 안다면, 당신은 크게 놀랄 것이다. 그리고 갑자기 화를 낼지도 모른다. 이방근은 여덟 시경이었다고 입에서 막 나오려는 것을 억누르며 애매하게 말을 얼버무렸다. 그리고 보통이라면 묻지 않을 일을 일부러, 지금 어디에 계시냐고 물었다. 파티를 하고 있는 살롱치고는 주위가 너무 조용했다.

"효자동이에요." 상대는 조금 망설이듯 말했다. "저어, 파티 장소에요. 우리들의 사교장인 살롱입니다. 이 선생님은 별로 관심이 없으시겠지만……."

"아니오, 그렇지도 않습니다."

"그러신가요. 선생님은 지금부터 다른 일이 있으신가요."

이방근은 일이 아니라, 용무가 있다고 고쳐 말하려다 그냥, 예― 하고 대답했다.

"유감이네요. 만일 황 선생님과 함께 오실 수 있다면, 얼마나 기쁠까요. 제가 다른 분들을 소개해 드릴 수 있는데. 크게 환영할 거예요. 나영호 씨도 조금 있으면 이쪽으로 오실 텐데, 유감스러워할 거예요. 혹시 일이 일찍 끝나시거든 꼭 와 주세요. '통금' 전까지만 오시면 괜찮아요. 파티는 밤새 열리니까요……."

이방근은 조금 전의 거짓말을 번복해서 얼굴을 내밀어 볼까 하고 잠시 마음이 흔들렸다. 그러나 거짓의 방편이 없었다면, 그는 다른 구실을 새롭게 만들어 거절했을 것이다. 이방근이 다른 기회에 불러 달라고 말하자, 정말이세요, 꼭 연락드리겠습니다……라는 들뜬 그녀의 목소리의 여운이 허공에 사라지는 듯 귀에서 멀어지는 것을 쫓으며, 전화를 황동성에게 바꾸고 소파로 돌아와 앉았다. 이것 참…….

"얼음 없이 마셔 볼까요."

전화를 끝낸 황동성은 로커와 나란히 있는 책장으로 가, 부동산 관계의 서류철 등이 쌓여 있는 그곳에서 위스키를 꺼내면서, 음, 여기에 통조림이 있군, 아니, 이건 연어 같은데……라고 낮은 소리로 말했다. 그리고 긴 목의 밑동이 잘록하게 좁아졌다가 둥글게 어깨의 선으로 이어지는 둥근 위스키병과 통조림이 테이블 위에 놓였다. 황동성이 다시 옆방으로 가더니, 이번에는 깡통따개와 접시 등을 가지고 돌아왔다. 덩치 큰 남자가 제법 날렵하고 바쁘게 움직인다는 느낌이 들었다. 아마도 독신 생활을 하고 있으면서, 평소 자신의 주변 일을 다른 사람에게 맡기지 않고 있는지도 모른다.

황동성은 아직 반절 정도 남아 있는 위스키를 두 개의 잔에 각각 따랐다. 도수가 높은 진한 향기가, 순간적으로 뭔가의 향료처럼 냄새를 발산시키며 콧구멍을 자극하고 점막에 스며들었다. 두 사람은 잔을 마주치고 나서 위스키를 꿀꺽 목구멍으로 흘려 넣었다.

"아까운 술이군요."

"이 동지는 주호(酒豪)라고 들었습니다."

황동성이, 하아 하고 가벼운 한숨 같은 상쾌한 숨을 내쉬며 말했다.

"아닙니다, 전에는 잘 마셨지만, 지금은 그렇지도 않습니다. 황동성 씨는 상당히 셀 것 같은데요. 알 수 있습니다. 왠지 모르게……."

이방근은 웃었다. 셀 거라고 생각한다. 세지 않고서는 그가 하는 일을 견뎌 내기 어려울 것이다. 취기를 구실로 삼을 수 없다. 그렇지 못하다면 절대 술을 마셔서는 안 된다.

"오늘 밤은 생각지도 않게 모처럼 오신 손님에게 간술(안주 없이 마시는 술)을 대접해서 실례가 많습니다. 이거 도대체, 술자리라고 할 수 있는 게 아니지만, 이방근 동지가 흔쾌히 동석해 주니 이 또한 기쁜 일이라는 생각이 듭니다." 황동성은 통조림을 딴 뒤 젓가락으로 안에 들어 있는 연어를 각각의 접시에 옮겨 담았다. "이거, 이 동지의 입에 맞을지 어떨지. ……그런데 이방근 동지, 이건 다른 이야기입니다만." 그는 잔을 입으로 옮겨 위스키를 한 모금 마신 뒤 화제를 바꾸어 말했다. "이 동지는, 이번 지하선거의 투표를 했습니까?"

"……"

이방근은 당돌한 황동성의 질문에 잠시 침묵했다. 8월 25일의 남북 통일총선거 실시를 앞두고, 남조선 대표를 선출하기 위한 지하선거 운동이 7월 중순부터 남조선 전역에서 실시되고 있었던 것이다.

5·10단독선거 강행(단선이 실패한 제주도에서는 6월 하순에 재선거가 예정되어 있었지만, 이것도 무기한 연기되었다)이라는 사태에 대응해서, 6월

29일부터 7월 5일에 걸쳐서, 다시 평양에서 열린 남북정치협상회의에서는 남쪽만의 단독선거 결과로 수립된 이승만 단독정부를 부인하고, 남북통일총선거를 실시하여 최고인민회의(국회)를 창설한다고 결정했다. 북조선에서는 8월 25일, 직접선거로 212명의 국회의원을 선출하는데, 공개적인 선거가 불가능한 남조선에서는 비합법적인 지하선거지도위원회가, 먼저 남쪽의 각 시, 군 단위로 지방 대표를 다섯 명에서 일곱 명씩 선출하고, 8월 21일 해주시에서 남조선인민대표자회의를 개최하여 남측 의석 360명의 국회의원을 선출한다고 하는, 2단계 간접선거의 방식을 취하게 되었다.

이미 7월부터 선거 캠페인이 시작되고 있었다. 서명투표인 이 선거 방식으로 서명을 모아, 혹은 투표용지를 돌린 뒤 그것을 북조선까지 보내는 데는 상당한 시간이 걸린다고 보았기 때문이다.

선거라고는 해도 결정된 특정의 후보가 있는 것은 아니라서, 서명투표는 조국 통일이나, 농민에 대한 무상 토지분배의 개혁 등이 이루어진 북조선에 대한 지지, 조선민주주의인민공화국의 창건을 지지하는 국민투표적인 것이라고 할 수 있었다. 그리고 또 게릴라에 대한 공포심에서 투표를 하는 경우도 있을 것이다.

어쨌든 이방근이 지하선거에 투표를 한 것은 사실이었기 때문에, 그는 그렇다고 대답했다.

"호오, 역시……. 음, 이런 말투는 실례가 되겠지요. 나는 믿고 있었습니다. 같은 '한 표'라도 이 동지의 한 표가 갖는 의미는 매우 크다는 것을, 나는 충분히 의식하고 있습니다."

"아니, 그건 과분한 말씀이십니다. 제가 연판장(투표용지)을 가지고 돌아다니는 서명을 모으는 위험한 활동을 한 것도 아니고, 그저 받은 용지에 이름을 써넣었을 뿐이니까요."

"그러나 그게 보통 일은 아닙니다. 신문에도 보도되었지만, 각지의 연판장이 선거활동의 도중이나, 집게한 것을 북으로 보내는 도중에 경찰에 발각돼서, 압수당하는 경우도 있어서, 그곳에 서명, 날인을 하면 바로 신원이 탄로 나게 됩니다. 그래서 간단한 일이 아닙니다. 그렇게 위험한 상황 속에서도 선거는 상당히 성공리에 진행되고 있는데, 한편으로 가짜 이름을 쓰거나, 변칙적인 서명투표가 나오고 있는 것은 사실입니다. ……재미있는 것은, 이것도 눈앞에 없는 동무에 대해서 실례가 되겠지만, 나영호, 이 동지의 옛 친구인 나 군이 투표를 했습니다. 이승만 정부의 성립에 부정적이니까, 어떤 의미에서는 당연한 일인지도 모르겠지만, 싫다면 '기권'이라는 식으로 투표를 하지 않아도 되는데 투표를 했습니다. 연판장이 돌아와 서명을 하지 않으면 안 되기 때문에, '합법' 선거처럼 결석을 함으로써 '기권'을 할 수 없는 경우도 있었을 겁니다. 그러나 실명으로 서명을 하는 것은 투표 의사가 있다는 확실한 증명이 되겠지요. 그렇다 하더라도 낭만클럽에서 파티를 한다는 등 태평한 사람들입니다. 이방근 동지, 여기서 이렇게 특별히 간술을 마시고 있자니, 그 클럽인지에 가지 않은 것이 잘됐다는 생각이 듭니다. 나는 사교적으로 잠시 얼굴을 내미는 정도이지만……."

"그러나, 나영호도 새로운 신문사에서 일을 하게 되면, 언제까지나 그런 생활을 지속할 수는 없겠지요."

"당연한 말씀입니다. 그는 조직원이 아니라서 일 이외의, 개인의 생활에 간섭을 할 수는 없지만, 그러나 우리에게 있어 개인이란 무엇인가 하는 문제가 있습니다. 그는 술에 빠져 생활도 난잡한데, 그 도가 지나치면 해고할 겁니다. 허무주의자가 돼 있습니다."

황동성은 엄격한 눈빛으로 입가에만 웃음을 지으며 말했다. 마치 당장이라도 나영호를 단죄할 것처럼 보였는데, 거기에는 말을 실행으로 옮기겠다는 강한 의지가 엿보였다.

"허무주의는 아닌 것 같은데요."

"뭐라고요? 허무주의, 니힐리즘이 아니다, 그가 허무주의자가 아니라는 것은……?"

"아닙니다. 역시 허무주의자라 해야겠지요." 이방근은 지금 여기에서 허무주의에 대한 개념이 서로 다르다는 것을 설명하지 않았다. "저는 이번에 서울에서 오랜만에 나영호 동무를 만났습니다만, 그를 이해할 수 있겠다는 기분이 들었습니다. 절망하고 있더군요. 해방 후의 이 조선 사회에……. 그런 의미에서는 분명히 허무적이었습니다. 우리의 머리 위에 있는 강대한 미군정 아래에서, 해방 전부터 '친일파'의 계보……." 이방근은 퍼뜩 정신이 들어 순간적으로 말을 삼켰다. 그것이 얼굴 표정에 스쳤는지도 모른다. 아니, 이방근은 상대의 표정에서 희미하게, 결코 험악함을 동반하지 않은 조심스런 움직임을 보았다. 황동성이 일찍이 A급에 속하는 '친일파'로, 일본 대신문의 경성 특파원이었던 것을 내가 우상배를 통해 알고 있다는 것을, 아마도 상대는 모를 것이다. 그래, 나는 그 사실을 아직 모르는 상태에서 '친일파'라는 말을 사용하면 된다. 게다가 황동성은 철저하게 과거의 자신을 비판한 남자였다. 찰나의 판단이 바로 다음 말을 이어 갔다. "그 과거의 '친일파'였던 우익진영이, 미국의 지배 아래 현재의 남조선의 모든 것을 좌지우지하는 상황을 개탄하며, 어쩔 수 없는 무력감에 빠져 절망하고 있는 겁니다. 그러한 힘이 지금은 거대한 콘크리트 벽이 되어 우리를 감싸 버리고, 모든 것이, 정치의 힘으로 공기까지 콘크리트처럼 굳어져 버렸다고 술을 마시며 이야기하더군요. 그는 작가입니다. 작가라는 것은 고민이 많습니다. 우리가 느끼지 못하는 것, 생각하지 못하는 것도 혼자서 짊어지고 괴로워하며 번민하고……. 핫, 핫하아, 그렇다니까요."

"그의 그 절망이라는 건 중산계급 인텔리의 사상적인 한계에서 오는 것으로, 그는 그 콘크리트를 부수려고 하지 않습니다. 절망, 절망으로 술을 마시고 헛소리를 지껄이기만 한다면 그래도 나은 겁니다. 여자의 꽁무니를 쫓아다니고……. 뭐가 절망이라는 겁니까. 사상성의 문제이지."

"……"

사상성의 문제……. 조금 전에 자신의 반혁명, 중산계급의 반동적 사상……이라는 말을 한 나는 어떻게 되는 것인가. 이방근은 가벼운 취기가 몸의 내부에 번지기 시작하는 것을 느꼈다. 바지에서 손수건을 꺼내 목덜미에 대었는데, 특별히 땀이 나는 것은 아니었다.

"선풍기를 틀까요?"

"조금 술기운이 돌기 시작한 탓일 뿐, 괜찮습니다. 선풍기를 틀면 담뱃재가 날립니다……. 나영호 동무는 우수한 인재입니다만, 지금처럼 '문협' 등의 어용 단체에 출입하고 있다가는 시대 영합적인 작품밖에 쓰지 못하게 될 것이고, 어쨌든 신문사에 가는 것은 그를 위해서도 좋다고 생각합니다. 저도 '투표'를 했습니다만, 나영호가 지하투표를 했다는 것은, 좀 전에 황동성 씨의 표현이 아니더라도, 뭔가 중요한 한 표입니다. 그 자신을 위해서도. 현실의 부정입니다……."

지하투표를 위해 이방근이 있는 곳으로 찾아온 것은, 아버지 이태수가 경영하는 남해자동차의 화물부에서 트럭을 운전하고 있는 박산봉이었다. 그가 지난 8월 초에 미리 연락이 있었지만, 이방근 선생께 상담할 것이 있다며 찾아왔다. 낮이었는데, 아버지의 회사 사람이기도 해서 계모인 선옥으로서도 특별히 의심 같은 건 하지 않았다. 이방근의 신봉자이자 그의 하인처럼 행동하는 그가, 이전에 이방근에게 남로당원이라는 것이 탄로 나서, 그것을 고백하는 과정에서 사생아라는 것을 밝힌 적이 있었지만, 조직활동으로 이방근 앞에 공공연히 나타난 것은 처음이었다. 박산봉은 이방근의 서재에서 인기척에 귀를 쫑긋 세우고 쭈뼛쭈뼛, 그러나 이것은 개인의 일이 아니라, 조직의 일이라는 태도를 보이며, 8월 25일의 남북조선통일선거에 대해 나름대로 설명하기 시작했다.

이방근은 상대의 '선전 공작'에 대해서 거의 귀를 기울이지 않고, 이제 됐어, 자네가 연판장 운동을 하고 있다면 얼른 연판장을 내놓으라고 말했다. 박산봉은 바지 뒤쪽 호주머니에서 반을 접은 문고판보다는 조금 긴 얇은 미농지 서명용지를 펴서 양손으로 이방근 앞에 내밀었다. 그것은 열 명이 기명하고 날인할 수 있는 크기였는데, 백지 상태로 있었다. 왠지 쩨쩨한 느낌을 주는 방식이었지만, 이건 아마도 특별히 이방근의 서명을 받기 위해 의식적으로 하는 행동임에 틀림없었다. 이방근은, 이 연판장은 내가 제1호란 말인가, 하고 웃으며 잉크로 서명을 했던 것이다. 물어보니, 박산봉은 남해자동차의 노동자와 다른 교통에 종사하는 노동자를 대상으로 서명투표 활동을 하고 있다고 했다.

황동성에 의하면, 계엄하의 지하선거에서 당연히 일어날 수 있는 엉터리 투표에 대해 남로당은 엄격하게 체크하고, 정당한 수속에 의한 선거를 실현하기 위해 최대한 노력을 기울이고 있었다. 또한 지하의 시, 군, 구의 선거지도위원회에 대한 지시문서에는 "선거에서 변칙적인 방법을 취하는 경향이 있는데, 즉시 중지하지 않으면 안 된다. 서명은 투표자 자신이 직접 해야만 한다……." "선거에 대한 신뢰와 많은 지지자를 획득하기 위해서 최대한의 노력을 해야 한다. 대리투표는 인정하지만, 그것은 경찰의 탄압이 심하여 정상적인 투표가 곤란한 지역에 한한다……." 등의 내용이 적혀 있다고 황동성은 언급했다.

이러한 지하선거에 '문협'에도 출입하고 있는 것으로 보이는 나영호가 실명으로 투표했다는 것은, 적어도 북쪽의 공화국 창건을 지지한다는 것으로, 이방근은 새삼 나영호의 생각의 폭을 짐작할 수 있었다. 황동성은 나영호의 험담을 하면서도 그 점을 평가했기 때문에 신문사로 불러들였을 것이다.

취기가 조금씩 돌기 시작하는 사이에 사무실이, 아니, 주변 전체가 한층 조용해진 느낌이었다. 저 멀리 레일 위를 달리고 있는 노면전차 바퀴의 리드미컬한 울림이, 맑은 밤공기를 흔들듯이 들려온다. 밤거리는 한밤중을 향해 수렴되면서 점차 깊은 정적을 잉태하기 시작했다. 이제 슬슬 영화관도 끝날 시간이다. 여기에 오는 도중에 본 간판은 영화가 아니라, 어느 가극단의 8·15기념공연으로 내건 '양자강의 아리랑'―유랑편, 망향편이라는 내용으로 보아, 조선 독립운동 투사의 중국에서 겪은 고난에 찬 유랑 이야기인 모양이다.

"이 시간에는 눈에 띄겠군요."

이방근은 창밖으로 시선을 던지며 말했다.

"밖에 뭔가 특별히 눈에 띄는 것이라도 있습니까?"

황동성이 손님의 시선을 따라 밖을 보았다.

"밖에서 보이는 이 밝은 사무실을 말하는 겁니다."

"아하, 그건 그렇게 의식하기 때문일 겁니다." 아마도 그것을 강하게 의식하고 있을 황동성이 대답했다. "이 건물의 다른 사무소도, 3층은 이곳뿐이지만, 아직 불이 켜져 있습니다. 애초에, 창문을 열어젖히고, 전등을 훤히 밝힌 채 무슨 나쁜 짓을 할 수 있겠습니까. 우리는 아직 일하는 중이거나, 일이 끝난 뒤에 잡담을 하는 것으로 비치겠지요.

이 동지는 경계심이 강하군요. 그건 중요한 일입니다."

"……황동성 씨는 지금 독신생활을 하고 계신가요?"

이방근은 깡통의 연어를 집어 들었다. 알코올이 조금 식욕을 돋우었다.

"……" 황동성은 힐끗 의심이 담긴 표정을 바꾸며 말했다. "예, 그렇습니다. 어째서 또 내가 독신생활을 하느냐는 질문을. 유달현에게도 들었습니까. 그로서도 거기까지는 알 리가 없습니다만."

"아니요, 그냥 제 느낌입니다. 그런데 가족은 없으십니까?"

"……가족, 가족은 북에 가 있는데, 지금은 평양에 있습니다. 다른 동지들에게는 미안하지만, 나는 처자를 안전지대로 옮겨 놓은 셈이지요."

"아, 그렇습니까." 안전지대……, 이방근은 작게 중얼거렸다. 분명히 그럴 것이다. 그러나 언젠가 황동성의 입북이 달성되지 않는 한, 처자와의 동거는 불가능하다. "안전지대라고 한다면, 황동성 씨는 위험지대에 있는 셈입니다."

"그건 배려심이 느껴지는 말입니다. 고맙소. 이 동지는 해방 전 학생 시절에 결혼했다면서요."

황동성은 자신의 가족에 대해서는 더 이상 언급하지 않았다. 이방근은 그렇다고 대답했다. 아마 유달현에게서 이미 들었을 것이다. 이방근은 결혼만이 아니라, 과거의 일에 대해서, 특별히 피하려는 것은 아니었지만 굳이 이야기하고 싶은 마음은 없었다.

"바로 헤어졌습니다만, 그래서 저는 독신입니다. 독신은 가족병으로부터 해방될 수 있어서 자유롭습니다. 황동성 씨의 경우는 독신이라기보다 독거 쪽에 속합니다만. 그러나 38선으로 가로막혀 있어서는……."

"가족병이라, 과연 그렇군요. 그 말은 혁명적입니다. 뜻하지 않게 혁명가의 사상과 일치합니다. 혁명가는 가족병을 가지고 있지 않습니다. 가족병은 스스로 치유해야 합니다. 훗후후. 나는 아직 연약한 환자라고나 할까요……. 그런데 서대문형무소에는 얼마나 있었습니까?"

황동성은 뜻밖의 질문을 했다. 뜻밖이라고 하는 것은, 일제강점기의, 게다가 민족 독립 반일 투쟁에 관계되는 이야기로 옮겨 가는 것은, '친일'이었던 자신의 어느 부분과 충돌하여 큰 상처를 건드리게 될지도 모른다. 이방근은 아마도 상대가 알고 있을 그 일을, 그저 1년이라고만 대답했다. 그저 1년이 아니다, 형무소에서 1년은 매우 길다. 황동성 씨는 형무소 생활의 경험은 없습니까, 하고 그는 불현듯 악의에 찬 말을 꺼내려다 그만두었다. 어찌 된 일인가. 황동성은 아마도 우상배와 서울에서는 아직 만나지 않은 모양이었다. 우상배로부터는 그후 연락이 없었는데, 일본에서 운반해 온 화물을 처리하기 위해 부산으로 '출장' 체류 중인 것이 분명했다. 만일 황동성이 오사카에서 동창이었던 우상배와 만나 이방근 자신에 관한 이야기를 들었다면, 조금 다른 대응을 했을지도 모른다. 황동성은 그 일제강점기의 경력을(그로서는 해방 후에 철저하게 청산을 했겠지만) 이방근이 모른다고 생각하고 있으나 이방근은 우상배로부터 들어서 일단은 알고 있었던 것이다.

"이방근 동지는 역시 투사로군요……."

그는 아마도, 일찍이 해방 전에는 자신도…… 하고 뭔가를 말하고 싶어 하면서도, 아무런 말을 하지 않았다. 반일 투쟁, 저항에 대해 이방근 자신에게 이야기하고 싶은 것이 있다면, 그는 그것을 함께 화제로 삼았을 것이다. 혹은 매우 자랑스럽게. 그러나 군이 거짓의 투쟁경력 같은 것을 암시하며 그 자리를 얼버무리려고도 하지 않았다.

"동지, 동지라고 부르시는 것을 저는 그대로 듣고는 있습니다만, 솔직히 말해서 저는 마음이 편치 않습니다." 이방근은 무뚝뚝한 표정으로 말했다. "하물며, 투사라는 것은……. 동성 씨는 그럴 요량으로 말씀하지는 않으시겠지만, 저는 왠지 놀림당하는 기분이 듭니다. 감정이 고조되거든요."

"무슨 말씀을요, 내가 이 동지를 놀리다니. 말도 안 되는 소립니다." 상반신을 쑥 내민 황동성은 오른손을 옆으로 흔들고 웃으며 강하게 부정했다. "나는 이 동지의 과거 투쟁경력에 대해 경의를 담아 말하고 있는 것이고, 당중앙에서도 그것을 확실하게 인정하고 있습니다. 전에 내가 말한 적이 있듯이, 이 동지는 자신의 존재를 과소평가하고 있습니다. 모든 스타트라인에서 한 걸음이나 두 걸음 뒤로 물러난 느낌이 듭니다. 스타트라인 그 자체를 무시하고 있는지는 모르겠지만, 자신의 능력과 영향력을 무시하는 경향이 있습니다. 무신경하다고 할까요."

"저에게는 그런 힘이 없습니다."

이방근은 조금 싫증이 난 것처럼 말했다. 이 얼마나 투쟁경력 같은 것을 좋아하는 사람들이란 말인가.

"그건 아닙니다. 우리는 그렇게 보지 않습니다. 이 동지는 다만 움직이지 않을 뿐입니다. 움직이는 것을 싫어하여, 움직이는 것을 거부하고 있습니다. 이야기가 비약되는 것 같습니다만, 예를 들어 노동자가 움직여 일하는 것을 멈추면, 모든 생산이 중지되어 사회의 기능이 마비됩니다. 하긴, 이 동지는 움직이지 않아도 되는 좋은 입장에 있는 것은 사실이지만, 그러나……." 황동성은 조금 취기가 배어 나오는 목소리로, 그러나……에 긍정적인 뉘앙스를 담아서 말했다. 두 사람 모두 얼굴에는 취기가 배어 나오지 않고 있었다. 술은 얼마 남지 않았다. 이방근은 두개골 뒤편이 찡하고 저려 오는 것을 느끼면서, 38선의 '월경' 이야기가 아닌, 수다를 듣고 있었다. 이제 곧 아홉 시 반이 된다. "이방근 동지는 모든 것에 무관심한 구석이 있고, 어떤 부류의 관념론 철학자처럼 행동하려고 하지는 않지만, 이 동지의 머릿속은, 사고는 한시도 쉬지 않고 혈관을 흐르는 혈액처럼 간단없이, 그것도 빠른 속도로 회전하고 있습니다." 이방근은 조금 고개를 숙인 자세 그대로 눈을 위로 치켜뜨고 상대를 보았다. 취기가 없는 그 차가운 눈이 독으로 빛나고 있었다. 상반신을 꼿꼿이 세운 황동성은 상대를 위압하는 듯한 표정의 눈을 살짝 돌리며 웃었다. "바로 내가 그런 타입이라 말이죠. 그 점에서는 나와 이방근 동지가 닮아 있습니다. 그것이 나로 하여금 우정을 느끼게 하는지도 모릅니다. 한순간도 쉬지 않습니다. 극단적으로 말하자면, 수면 중에도, 하루 종일, 거울에 자신을 비추고 있는 인간이라고나 할까요. 이 동지 자신이……."

이방근은, 아니 아닙니다…… 하며 고개를 옆으로 크게 흔들며, 어이가 없다는 듯이 웃었다.

"나는 그렇게 보고 있습니다. 나의 경우는 그것이 나의 행동, 실천과 관계가 있습니다. 나는 행동적인 인간, 실천적인 인간으로, 그 점이 이 동지와는 다르지만, 이 동지는, 실제로는 행동력이 있는 사람입니다. 나는 그것을 믿고 있습니다. ……음, 이제 슬슬 시간이 되었군요. 입북할 때의 일과 평양 얘기를 할 예정이었는데, 시간이 없군요. 그 이야기는 다음 기회에 하도록 합시다. 나의 마지막 행상인 변장이 되겠지만, 월경할 때는 고생 좀 했습니다. 그러나 몇백, 몇천의 남쪽 대표가 38선을 넘어 왕복하는 것이고, 또 북측으로부터도 은밀한 월남이 있습니다……. 이것이 혁명입니다. 월경, 이것은 마치 국경을 넘는 거나 마찬가지입니다. 하지만, 38선을 무사히 넘은 순간의, 그리고 북쪽 땅을 갈 때의 그 자유로운 기분은 뭐라고 형용하기 어렵습니다. 학살의 땅, 남쪽의 고된 탄압으로부터 해방된, 무서운 위험지대로부터 도망 나온 기분이지요……. 참, 그렇지, 내가 권총을 맡아 두고 있다는 것이 생각났습니다. 오늘 밤 일부러 와 주셨는데, 안주도 없는 술을 대접해서 정말 면목이 없습니다. 오늘의 이야기는 새삼 거론할 필요도 없겠지만, 이 동지와 나라는 개인의 차원을 넘는 것으로 이해해 주십시오. 그리고 그 답은, 아까도 이야기가 나왔듯이, 이 동지에게 한동안 맡겨 두는 것입니다. 지금 다시 한 번, 민족의 통일 독립과 혁명이 이방근 동지를 필요로 하고 있다는 점을 강조하고 싶습니다. 좀 전에 반혁명적……이라든가, 자신을 폄하해서는 안 됩니다. ……그리고, 권총은 교환조건이 아닙니다. 참으로 하찮은 것입니다. 권총은 제주도로 출발하실 때라도, 괜찮다면 지금이라도, 필요할 때는 언제든지 연락을 주십시오. 다음에 만날 때라도……."

황동성은 웃는 얼굴로 말했다. 복도에서 찰랑거리는 열쇠 소리에 섞인 발소리가 들리더니, 이윽고 옆쪽 사무실의 문이 노크와 함께 열렸다. 나이 든 수위가 상반신을 내밀고 들여다보는 인기척과 동시에, 문 닫을 시간이 지났다고 말했다. 황동성의 응답을 확인한 수위는 자리를 떠났다.

간단하게 테이블을 정리한 뒤 창문을 닫고 임원실을 나올 때, 황동성은 손을 내밀어 이방근과 악수를 나눴다.

"이방근 동지, 앞으로 황 동지라고 불러 줬으면 좋겠는데, 어떻습니까. '동지'라는 말에는 연령의 차이와 관계없으니 말입니다."

"핫하아, 송구스럽습니다. 그러나 저 같은 사람이 어떻게……."

황동성이 먼저 일어났고, 두 사람은 캄캄해진 방에서 복도로 나왔다.

밖으로 나온 두 사람은 전찻길에서 택시를 잡았다. ……내가 이 동지의 집 근처까지, 그렇지, 언덕 입구까지 바래다 드리겠습니다. 전화에는 늦지 않겠지요? 선의가 배어 있었지만 의식적인 말이었다. 아마도 전화가 구실을 위한 거짓이라는 것을 알면서도, 그 이상 다른 곳을 자꾸 권하지는 않았다. 이방근도 주위에 경계를 게을리 하지 않았지만, 황동성도 결코 무방비한 상태로 택시에 몸을 싣지는 않았다. 그러나 자동차는 있을지도 모르는 미행을 따돌리기 위해 방향을 바꾸는 일 없이 목적지로 직행했다.

"안국동 쪽으로. 그리고 용산까지."

황동성이 운전석을 향해 말했다. ……권총. 피스톨, 브라우닝, 소형. 자동장전식. 뭔가에 도움이 되겠지요. 이방근은 이 목소리가 옆에 있는 황동성이 아니라, 어딘가 다른 공간에서 동석하고 있던 다른 인간의 목소리처럼 귓속에서 되살아나는 것을 들었다. 이방근은 손바닥에 권총을 잡는 것처럼 쥐면서, 뭔가 도움이 되겠지요……라고, 완전히 다른, 밤의 한구석에서 들려오는 주인 없는 목소리를 들었다. 뭔가에 도움이 된다는 건가. 흉기가 아니다, 장난감이라면, 실탄이 장전된 장난감이라면, 뭔가 도움이 되겠지요. 그래, 장난감으로 생각한다면…….

택시는 안국동 입구의 완만한 언덕길로 들어가지 않았다. 재회를 약속하고, 이방근을 내려 준 자동차는 방향을 바꾸어 종로 1가 쪽으로 사라져 갔다. ……왜, 권총인가, 뭔가의 도움이 되겠지요. 밤의 목소리. 무엇에 도움이 되면 좋다는 말인가…….

이방근은 자신 방에서 위스키를 더 마셨다. 나영호로부터 전화는 없었다고 여동생이 말했다. 아마도 내일은 숙취 상태로 전화를 걸어 올 것이다. 제기랄, 지금쯤 어쩌면 파티에서, 뭣이냐, 문난설을 안고 춤을 추는 건 아닐까. 그 녀석은 춤추는 법을 알고 있을까. 아니, 이미 배웠을 것이다. 이방근은 속이 울렁거리며 마음속에 뭔가가 뒤틀리는 듯한, 미묘한 질투와도 같은 감정을 느끼자, 그것이 한층 기분을 초조하게 만들었다. ……신뢰, 나를 신뢰한다. 당신과 나의 신뢰관계. 우리 혁명사업 내부의 사실을 이방근 동지는 알고 있다. 이쪽에서 부탁을 한 것도 아닌데, 갑자기 사건처럼 일이 발생하고, 하늘에서 떨어진 것처럼 '신뢰관계'가 압박해 왔던 것이다. 신뢰라는 것은 교우 관계처럼, 일정한 인간의 교제에서 생겨나는 관계가 아닌가. 그렇지 않다면 이건 그야말로 신앙일 것이다. 그러나 지금 황동성과의 사이에, 하나의 신뢰관계가 생겼다. 생겨났을 것이다. 생각해 보면 이상한 관계이고 감정이었다.

이방근은 황동성을 결과적으로는 무시하고 거부하려 마음먹고 있었지만, 지금 문득 취기를 타고 생각이 미궁으로 빠져드는 것을 느끼자, 누군가에게 쫓기고 있다는 기분조차 들었다. 이불 위에서 그는 격에 맞지 않게, 어떻게 하면 좋을지를, 모든 것을 어떻게 할 것인지를 두고 번민했다. 어떻게 해야 하다니? 아니, 특별한 일도 아니다. 뭔가에 도움이 되겠지요. 밤의 목소리가 다시 들려오고, 갑자기 그것이 박산봉의 목소리로 변하는 것을 들었다. 이방근은 놀라 이불 위에서 일어났다. ……이놈아! 트럭 운전대에서 지껄이지 마.

8

뭐야, 이건. 이 밤의 목소리는, 박산봉, 너란 말이냐. 뭔가에 도움이 되겠지요, 라고 말한 것은, 분명히 너였어. 이방근 선생님, 전 그런 말을 한 적이 없어요. 하지만 도움이 될 거요. 다만 나는 권총을 쏠 줄 몰라……. 이놈아! 트럭 운전대에서 지껄이지 마. 밤의 목소리, 그저 한순간 나타났다 사라지는 유성 같은, 꿈과 같은 한순간에, 그것은 어둠의 공간을 달린 환청이었다. 남대문시장의 고기를 파는 포장마차가 하나 서 있었고, 번들거리게 삶아 낸 돼지머리 몇 개가 매달린 희미한 빛 속에서, 징과 장구 소리를 세게 울리며 하얀 여자의 둥근 가면과 검은 남자의 네모난 가면을 쓴 두 개의 그림자가, 한 사람의 그림자 주위에 들어붙어서는 서로 얽히면서 괴상한 무당춤 같은 걸 추고 있었다. 하얀 가면을 쓴 것은 작은 키에 다리를 저는 노인이었고, 검은 가면의 열린 입의 구멍으로 비어져 나온 빛나는 혀를 보이고 있는 것은, 아무래도 박산봉인 것 같았다. 술에 만취한 것처럼 몸을 이리저리 휘청거리고 있는 한 사람의 그림자가 쓰러지는 것을, 가면들이 그 목덜미를 잡고 종이인형처럼 일으켜 세운다. 세 사람의 그림자가 뒤얽히면서 물속처럼 희미한 빛 속으로 사라졌다. 아니 이건, 돼지머리의 포장마차만이 남아 있는 무인의 남대문시장 거리를, 반라의 여자가, 문난설이 무슨 이유인지 허리를 흔들며 걸어가고 있다…….

이봐요─, 이방근 선생, 희미한 꿈의 막을 제치고 나온 박산봉이 가면의 밑바닥에서 편집증으로 일그러진 만면에 웃음을 띠며 말했다. 난 말이죠, 트럭 운전대 같은 곳에 있지 않아요. ……왜 또 나를 꺼림칙한 권총 같은 것에 연결시키는 겁니까. 나는 분명히 좁아터진 흙벽의 짚 냄새가 물씬 풍기는 방구석에, 한 마리 벌레처럼 착 들러붙어서 선생님 명령을 기다리고 있었지요. 안 그렇습니까, 명령이 검은 덩어리의 그림자가 되어 선생의 내부에 가만히 웅크리고 있는 것을 나는 알고 있단 말입니다. 난 이래 봬도 혁명전사입니다. 민족반역자의 반동분자에게는 단호하게 맞섭니다. 선생님은 나를 겁쟁이라고 여기는 것 같은데, 나는 명령을, 아아, 명령이 아니라도, 뭐든지 괜찮은데, 나에게 이렇게 하라든가, 저렇게 하라는 뭔가의 지시가 떨어지기를 기다리고 있는 사이에, 서울에 가 버렸더군요. 그리고는 우연히 권총을 본 순간, 갑자기 저를 떠올리고는 그것과 결부시켜, 이놈아! 하고 고함을 치니까, 전 깜짝 놀라 잠을 깼단 말입니다. 아니지, 잠은 훨씬 전에 깼었지만. 그래요, 트럭 운전대에서 잠을 깼어요. 선생님이 호통을 쳤을 때, 전 어두운 트럭의 운전대에서 내려와 어떤 남자의 그림자를 쫓고 있었어요. 그 그림자는 선생님 마음속에서 튀어나온 놈인데 말이죠. 마치 짐승 같은 모습을 하고 있었는데, 아니, 그게 아니지. 그놈은 선생님의 마음속에 숨어 있던 놈인데, 제게 옮겨 붙은 겁니다. 그놈을 제가 쫓아갔다는 말이 됩니다, 도대체가. 이해가 갑니까? 그래요, 뭔가에 도움이 되고말고요, 소리가 나지 않는 권총 같은 건 없나요? 그만해! 이놈아, 네가 내 안에 있는 놈을, 더러운 손가락을 찔러 넣어 부추길 셈이냐. 이방근은 실제로, 자신의 내부에서 검고 부드러운 덩어리의 그림자 하나가 밖으로 스르르 빠져나가, 어두운 창틀을 넘어가는 것을 보고 오싹했다. 저 새우등은 완전히 내 그림자가 아닌가. 아니, 저 검은 짐승의 그림자는 사라지지 않고 살아 있었던 것이다. 검게 빛나는 권총에 잠을 깬 것처럼 희미한 어둠 속에서 되살아난 것이었다.

　이방근은 베개 언저리에 놓인 갓이 달린 스탠드의 스위치를 당겨 불을 켰는데, 열을 띤 빛이 갑자기 눈을 찌르는 바람에, 꼬마전구의 밝기로 바꿨다. 그리고는 위스키를 따른 잔을 손에 들었다. 찰싹 손바닥에 들러붙는 그것이, 한순간 권총을 잡은 감촉으로 변하는 것을 의식하면서 잔을 기울였다. 위를 태우며 알코올이 내려가는 한줄기 뜨거운 길이 위벽을 도려내듯 새겨지는 느낌이었다.

위스키병과 물병을 담은 쟁반 옆에 읽다 만 두 권의 낡은 잡지가 있었다. 모두 해방 전의 것이었는데, 한 권은 일본어로 된 『국민문학』으로, 페이지가 열린 채로 놓여 있었다. 어제 여동생의 주임교수인 하동명을 만나러 가던 도중에, 종로 뒷골목의 고서점에서 해방 전의 조선어 문예지 『문장』과 함께 샀던 것이었다. 『문장』은 여동생이 읽는다고 가져갔다. 베개 언저리의 다른 한 권은 조선어 종합잡지 『삼천리』였는데, 이 집에 있던 것이었다. 이어, 이어, 이어도 하라……. 이어도의 노래를 절창하면서, 친구를 혼자 배에 남겨 둔 채 보트에서 갑자기 몸을 던진 홍은, 아마 권총이 있었다면, 그것으로 서양에서 하듯이 머리를 관통시켜 유체를 육지에 남겼을지도 모른다. 아니, 알 수 없는 일이다. 이어도 바다의 마력에 끌려……. 내가 그때 제주도에 있었다면, 밤바다의 뱃놀이 상대는 내가 되었을지도 모른다. ……오늘 밤, 그 장소에서 권총이 갑자기 눈앞에 나타난 그 우연이, 하나의 인과의 의사 표현 같기도 하여 이상한 느낌조차 들었다. 그는 자신의 비스듬히 뒤로 쓰러져 있는 상반신의 그림자가 희미한 어둠 속에 윤곽을 허물어뜨리며 어렴풋이 배어 있는 것을 보았다. 손을 이불 위로, 그림자 속으로 넣어 쓰다듬어 본다. 그림자가 몸에서 분리되어 떨어지는 것은 어둠 속에서만 일어날 일이었다.

너는 아무것도 하지 않는다. 어떤 일에도 관계하지 않는다. 나에게 무슨 일을 하라는 건가. 내가 신문기자라니, 핫핫하, 사회부? 움직임이 적은 문화부 기자라도 상관없다고? 말도 안 돼. 이봐요, 이방근 동지, 신문기자가 목적이 아니오. 혁명 쪽에 현실적으로 몸을 두는 것이 중요합니다. 이 동지, 동지는 돈이, 재산이 없으면 어떻게 할 겁니까? 동지에게 힘이 있다고 한다면, 그건 돈의 힘이 아닙니까. 모친의 유산……. 이 동지는 내 발언 뒤에 당 조직의 절대적인 힘이 있다고 생각하겠지만, 동지의 배후에는 돈의 힘이 있소. 돈이 없는 이방근은 도대체 무슨 소용이 있겠소, 그저 송장, 아니, 이건 큰 실례가 되겠군. 결코 그렇지 않습니다. 지금 이방근 동지에 대한 요청은, 국제통신사 건이 기금이나 돈의 출자를 목적으로 하는 것이 아니라는 것은 잘 알고 있을 겁니다. 이 동지 자신의 힘, 능력입니다. 그러니 이 황동성을, 아니 우리 당중앙을 신뢰하는 기분이 조금은 생기지 않았을까요. ……그렇지, 어둠과 취기가 뒤섞여 끈적거리는 미로에 발이 빠졌는데, 누군가에게 쫓기고 있는 듯한 기분이 드는 것은, 이방근 동지, 내 탓이 아닙니다.

이방근 동지는 뭘 하는 사람입니까. 돌도 벨트 컨베이어 위에서는 움직여 갑니다. 시대의 벨트 컨베이어 밖에 이방근은 있지 않습니다. 이 동지는 서울로 이사 올 생각은 없습니까, 제주도의 집을 나오겠다는 생각. 겨우 표면적으로만 연결되어 있는 집을. 동지는 도대체 제주도에서 무얼 하는 겁니까. 우물 안에서 작은 하늘을 올려다볼 뿐이 아닙니까……. 이 동지는 나를 거부하고 무시하려 하지만, 그렇게는 안 될 겁니다. 나는 이 동지이기 때문에……. 안 그렇습니까. 서울에 온 것은, 서울로의 이주 결단을 자신에게 압박하려는 게 아닌가 하고 생각하기 시작한 것이, 그 증거입니다. 이제 슬슬 집을 나올 시기라고 자신이 생각하고 있다는 것을, 인정하는 셈입니다.

나는 동지의 의사를 대변하고 있습니다. 내가 말하는 것은 동지가 말하는 것, 아니, 동지만이 아닙니다. 나는 이 동지 주위의 모든 것을, 남승지와 양준오를, 반복해서 강하게 입당을 요청했던 강몽구를, 신문기자에서 게릴라가 된 김동진을, 무력 탄압에 떨고 있는 그 밖의 많은 것을 통틀어서 집중적으로 대변하고, 아니 표현하고 있습니다. 조국의 해방과 독립 측에 가담해라, 혁명 측에 가담하라고. 들어 보시오, 이방근 동지, 나는 유치장에서 석방된 여동생은 잘 있냐고 물었었지요. 동지는 조금 불쾌한 표정을 하고 있었지만, 나는 그 여동생까지 대변하고 있습니다. 여동생은 일본에의 유학을 거부하는 것으로, 이황동성과 함께 있으며, 그리고 그녀는 동지를 압박해 갈 겁니다. ……이방근 동지, 다음에 만날 때는 동지가 맡아 두고 있는 것을, 긍정적으로 되돌려 주지 않으면 안 됩니다. 다만 권총과는 교환 조건이 아닙니다. 그러나 생각해 보면, 왜 내가 동지에게 권총 같은 물건을 주려는 기분이 들었을까요? 묘한 일입니다, 알 수가 없어요…….

"알 수가 없지요."

이방근의 입에서 취기로 잠긴 쉰 목소리의 중얼거림이 흘러나왔다. 그는 전기스탠드를 켜고 불빛 속에 얼굴을 비추었다. 잔을 쟁반에 올려놓고, 옆에 페이지가 펼쳐져 있는 낡은 잡지를 앞쪽으로 끌어당기더니, 취한 눈에 들어오는 일본어 활자의 더러운 흐름을 읽어 보았다.

"……이 '새로운 정신'의 구체적인 과제로는, 새로운 세계관을 파악, 새로운 감정의 준비, 새로운 문학관의 수립 등이다. 이것을 예로 든다면, 이러한 '새로운 일본 정신', '일본주의', 적어도 일본적인 것을 체내에 받아들여, 충분히 씹어서 소화하고, 문학 속에 살아 있는 생명의 흐름에까지 발전시켜 가는 그것이다. 그렇지만, 이것은 이론적으로는 그다지 곤란하지 않지만, 실제로 문학적 효과를 표현하기 위해서는, 문학자의 생명의 피가 분출하지 않으면 안 된다……." 이방근은 깊은 숨을 토해 내고, 내던지고 싶은 기분을 억누르며 몇 쪽인가를 넘겼다. "……특히, 다른 국가나 국민과는 근본적으로 다른 우리나라의 국체와 신민의 길을 업신여겨 왔다고 한다면, 일본 국민이 대정익찬(大政翼贊)과 신도(臣道) 실천의 본도로 돌아가지 않으면 안 될 때, 먼저 그 개인주의적인 생활을 청산, 극복하지 않으면 안 된다는 것은……."

이것은 지금 문예평론가로 활약하고 있는, 그리고 나영호가 출입하고 있는 것으로 보이는 '문협'의 간부를 하고 있는 백 아무개의 몇 년 전 문장의 일부였다. 이방근은 잡지를 덮고, 잔을 손에 들고 다른 한 권의 한글 문장 쪽을 펼쳤다. 조금 숨이 괴로워지면서 고동이 빨라졌다. 황동성이, 일제강점기의 황동성이 전혀 다른 모습으로 페이지 위에 겹쳐졌다.

"……조선이 미약하나마 한번 자립해 보려는 것은, 한 시간에 30전 하는 한강의 대여 보트로 태평양을 횡단하겠다는 공상과 같다는 것은, 그야말로 30전의 보트 놀이밖에 모르는 어린 소녀의 철없는 상식이다. ……조선인이 황국신민이 되려는 것은, 나막신을 끌고 단무지를 씹는 데 있는 것이 아니라, 우리의 고무신에 깍두기도 괜찮으니까, 우선 정신적인 내장을 청소하는 일에 있다. 지금까지, 조선이었기에 가지고 있었던 모든 부실·불선(不善)—악취가 뒤섞인 썩은 내장물을, 위로는 토해 내고, 밑으로는 관장 배설하여, 뱃속을 깨끗이 하지 않으면 안 된다. 이렇게 함으로써, 우리가 의욕을 보이지 않더라도 저절로 다른 새로운 정신이 날아들어 오는 것이다. 아무리 조선민족주의자라 할지라도, 과거의, 그 악취가 배어 있는 민족주의자가 다시 침입하는 일은 없을 것이다. 사실, 우리 내장은 조선 민족을 살리는 일본 정신, 그 외의 것은 다시 틈입할 여지는 전혀 없어지게 될 것이다. 당연한 이치이다. 일본 정신이란 즉 오랜 옛날, 내선일체였던 그 시대의 우리 조상들의 정신이기 때문이다……."

위속 밑바닥에서 취기가 섞인 쉰 냄새와 트림이 올라왔다. "악취가 뒤섞인 썩은 내장물을……." 노예, 노예, 설령 어쩔 수 없었다고 하자. 그래도 노예임에는 틀림이 없다. 두개골이 당기는 것처럼 기분이 나쁘고, 구토가 나오려는 것을 참았다. 이방근은 천천히 시큼한 침을 삼켰다. 아, 아, 아, 아, 아아……로구나, 도대체가. 이런 자들이, 지금 어용문단 조직에 모여, 애국, 애족을, 그리고 그를 위한 반공주의를 외치는 모습에 더 이상 참을 수가 없었다. 그는 낡은 잡지를 창가 벽으로 내던져 버렸다. 이런 것들은 해방 전에 절망적인 기분으로 이를 갈면서 읽은 적이 있어서, 성내의 집 어딘가를 찾으면 나올지도 모른다. 조선 전체를 뒤덮은 조선 지식인들의, '황국신민'화, '일본 정신' 무장화로의 총진군 나팔. '황군' 지원병이 되는 길을 설득하고, 조선 장정의 징병 의무실시 촉진을 외치고, 조선 최초의 지원병 이(李)군의 전사에 임해서는, '축하'의 문장을 불꽃처럼 유려하게 쏘아올리고, 모든 문인들이 앞을 다투어 대일 협력의 여론을 리드하려고 몸을 바치는 모습은, 그야말로 장관이기까지 했다.

　　여러 가지 풀에 물방울이 빛나고
　　진주 같은 이슬마다 천황폐하의 위광, 찬란한 까닭에
　　사방은 위풍도 당당하게 충족한 삶을 산다

　'황국신민'으로서의 희열과 각오를 노래한 것 중의 하나, 일본 천황의 '위광〔御稜威〕'을 예찬. '어능위(御稜威)'를 조선말로 어떻게 표현하면 좋은가. 직역조로는 '천황폐하의 위광'이라고 하면 될 것이다. 조선인이 일본어로 황국신민화와 일본주의를 창도하는 것 이상으로, 조선어로 그것을 추진하는 모습은, 그 어떤 말로도 형용하기 어렵다. 일본인 이상으로 일본 제국에 충성을 맹세한 조선인.

　　오늘에서야 우리를 부르시는 천황폐하의 큰 뜻
　　이야기로 전하며 눈물이 흐른다

천황폐하께 바치는 같은 정성이라도
총을 걸친 어깨의 뿌듯함에 비할까

일본의 전통가요 형식을 띤 이들 노래를 잠시나마 들여다보는 것
은, 오장육부가 뒤틀릴 정도로 참기 어려운 일이었다. 그들이 식민지
사회의 전면에 서서 명사가 되고 영예를 짊어졌지만, 이러한 문인들
이 일본의 패전, 조선의 해방으로부터 1년이 채 지나기도 전에, 과거
고등경찰(특고)과 각종의 친일분자, 민족반역자층과 함께 부활했던
것이다. 그리고 지금 그들은 해방 전과 마찬가지로 순수문학론을 펼
치며, 문학의 정치로부터의 독립과 정치성의 배제를 주장하며, '현실
참여'를 부정하고 좌익적 문학에 대항하면서, 과거 자신들의 대일 협
력행위를 반공＝애국전선의 후방으로 돌리고, 다시금 이 사회의 전면
에 나왔던 것이다. 뭐라고? 친일파라고……. 일제강점기를 산 사람치
고, 조금이라도 친일을 하지 않은 사람이 있을까. 친일을 하지 않고
살 수 있었을까. 아버지 이태수의 목소리와 닮아 있었다. 우리는 지금
해방된 오늘날에도 살아남아 민족을 보전하고 있단 말이다…….

고바야카와(小早川)·가토(加藤)·고니시(小西)가 살아 있다면
오늘 밤의 달을 어떤 기분으로 바라보았을까

1910년 8월, '한일합방'이 달성되었을 때, 제3대 조선통감, 초대 총
독인 데라우치 마사타케(寺內正毅)가 서울에서 수하들과 함께 축배를
들며 읊은 한 수. 우리는 노예가 아닌가. 친일파의 부활은, 정신적 노
예의 부활, 어험.
황동성은 8·15해방 전에 자신을 청산, 다시 태어난 인간으로서 해

방 후의 자신을 혁명에 던지고 있다고 우상배가 말했는데, 그런 그에게, 지금 국회에서 친일파들의 방해를 받으면서도, 친일파 숙청이라는 거센 여론에 밀려 겨우 성립을 앞두고 있는 '반민족행위처벌법'이 어떻게 비칠까. A급에 가까운 '민족 반역행위'에 해당될 것이다. "종교, 사회, 문화, 경제 그 밖의 각 부문에 있어서, 민족적 정신과 신념에 배반되고, 일본주의와 그 시책을 악질적이고 반민족적인 언론 및 저작을 통해 극력 지도한 자"(제4조 11호)에 준하게 될 것이다. 국회 내 특별조사위의 조사에 근거하여 특별검찰부에서 특별재판부로 기소되면, 죄과는 10년 이하의 징역, 15년 이하의 공민권 정지, 그리고 재산의 전부 또는 일부를 몰수당하게 된다. '처벌법'이 성립되어 친일파의 철저한 단죄가 이루어지지 않으면 안 된다. 그러나 황동성의 경우를 생각하면, 자신의 일도 아니면서 조금 걸리는 구석이 있었다. 핫핫하. 게다가 나는 분명히 친일은 하지 않았지만, 그렇다고 그다지 훌륭하지도 않았다……. 일본의 관헌은 조선인이 전향할 것이라곤 거의 믿지 않았다. 거의 대부분이 표면적인 전향이라고 간주하고 있었다. 이방근에 있어서도, 그렇지, 나로서도, '전향'으로 바로 석방된 것은 아니다. 각혈이 계속되고 용태가 좋지 않았기 때문이지만……. 그러나 나는 훌륭했던 것은 아니다. ……이 동지, 동지에게 돈이, 재산이 없다면 어떻게 하겠습니까? 동지에게 힘이 있다고 한다면, 그것은 돈의 힘……. 동지의 배후에는 돈이 있소. 돈이 없는 이방근은……. 오오, 낮게 중얼거리다가, 오오……하고 반복해서 중얼거리는 이방근은 무거운 몸을 일으켜 세웠다. 벽에서부터 천장을 뒤덮듯이 커다란 그림자가 퍼지다가 들러붙었다. 어딘가로 가는 게 아니다. 그는 발밑에서부터 연결된 넓은 그림자 속에서 양팔을 천천히 벌린 뒤 공중을 휘저으며, 한쪽 발을 훌쩍 들어 올려 가볍게 춤추는 동작을 취했다.

후후, 얼씨구나…… 취기가 순간, 어둠과 빛을 짙게 만들었다. 헷
헤, 그렇고말고, 이방근에게 돈이 없어지면, 돈이 없는 이방근이
여…… 희미한 전율의 파도가 달리며 왠지 무서운 생각이 머리를 스
쳐 지나갔지만, 그것은 그뿐이었다. 이방근은 자신의 그림자에 안기
면서, 한동안 우스꽝스럽게 몸을 움직여 춤을 추었다. 아니 이거, 설
마, 내가 혼자서 추지도 못하는 춤을 추겠다는 것은 아닐 텐데…….

얼마 안 있어 그는 이불 속으로 들어갔는데, 여느 때와 달리 곧바로
잠이 들었다.

이방근은 다음날 평소보다 일찍 눈을 떴지만, 조반을 미루고 숙취
의 막이 가시지 않는 머리로, 어젯밤에 내팽개쳤던 낡은 잡지를 읽었
다. 계속 기분이 나쁘고 참을 수 없이 한심해져, 신물과 함께 올라오
는 구토를 억누르기 위해 연거푸 침을 삼킬 만큼 읽는 것이 괴로운
작업이었다. 그랬다, 그것은 설령 잠자리에서 뒹굴며 손에 들고 있으
면서도, 작업, 의무로서 억지로 하지 않으면 읽을 수 없는 것이었다.
그것은 한편으로는 이들 문장이 아직도 '신선'한 자극을 주고 있다는
증거이기도 할 것이다. 식민지 지배하의 지식인, 조선의 지식인이라
는 자들이 얼마나 타락했었는지. 조선에서 '황도(皇道)문학' 건설을 획
책한 조선 문학자들의 오욕과 비참……. 상흔과 치부, 그것은 그들만
의 것이 아니었다. 그들에 의해 대변되고, 우리들 위에 새겨진 것으
로, 자신을 포함한 조선인 자신의 것이라고 이방근은 생각했다.

침략자 앞에서 조국을 팔고, 자신을 팔고, 타락할 대로 타락한 영혼
의 노예. 나 자신도 읽는 것이 고행이고 보면, 이것을 쓴 장본인들이
조선 민족의 행복을 위한 길로 생각하고 한 일이라고 태도를 바꿔 나
온다면, 분서를 해서라도 그 흔적을 지우고 싶어지는 것은 무리가 아

닐 것이다. 그러나 지금은 그러한 행동과 위기감마저 희박해지고 있었다. 친일, 대일 협력……? 쌍심지를 켤 필요는 없다. 그건 피차일반이 아닌가. '친일'—'반민족적'이라는 것은 시대에 뒤떨어진 것이고, '용공'이, 공산주의가 '반민족적'인 것으로 대체되어, '친일'이 '애국'의 모습을 갖추기 시작했던 것이다. 이리하여 그들은 다시 과거의 친일파가 지배하던 이 사회에서 되살아나고 있었다. 때문에, 도의가 질식하고 불의가 활보하는 사회의 커다란 흐름에 참여하여, 시류에 편승하지 않는 한, 배제되어 패자가 된다. 나영호가 아니더라도 무력감에 짓눌리게 되는 것 역시 무리가 아니었다. 우울하다, 우울한데 왜 일부러 이런 걸 읽고 있는 것일까. 그러니까, 점심때가 다 되었는데도, 아침을 거르고 해장국조차 생각이 없는 것은 바로 이런 친일문학의 탓이었다.

"……이번에 참관의 영예를 안게 된 우리들의 영광과 감격이 무상의 절정에 달하고, 황공무지의 송구함을 주는, 장엄하고 성엄(聖嚴)한 순간이었다. 이 순간, 절정에 달한 더없이 크고 장중한 감정이 어떠했는가를 표현하라고 해도……." 갑자기, 현관의 초인종이 울렸다. 처음에는 주저하듯 곧바로 끊어졌다가, 두 번째는 명확하게 계속 울리다가 멈췄다. "……나는 감격한 나머지 깊고 크게 그 고상한 천황폐하의 위광 앞에 그저 형용할 수 없는 성엄의 순간을 가질 뿐으로, 그 감격을 분석하는 작은 이성은, 이 순간에 빛을 잃고 색이 바래 가는 것처럼 여겨졌다……."

백 아무개의 '특별관함식 배관(特別觀艦式拜觀)'이라는 르포……. 옆방에서 유원이 현관으로 나갔다.

"어머나……."

유원이 놀라면서 순간적으로 당황해하는 목소리가, 문을 열어 놓은 방의 이부자리까지 또렷하게 들렸다. 이방근은 책을 손에서 내려 놓고 상반신을 벌떡 일으켰다가 다시 이부자리에 몸을 누이고 귀를 기울였다.

"아아, 유원 씨……. 저, 접니다. 건강하셨습니까."

"무슨 일이세요?"

"예? 불쑥 나타나서 놀라셨겠지요. 유원 씨, 당신이 직접 현관에 나와 주신 것만도 제겐 행운입니다. 마침 서울에 출장을 오게 되었거든 요. 아버지의 은행 관련 일도 있어서, 그래서……."

어라? 어디선가 들어 본 적이 있는 목소리였다. 아니, 들어 본 적이 있는 정도가 아니라, 그놈이었다. 이방근은 상반신을 일으키고 이불 위에 자세를 고쳐 앉았다. 유창한 그러나 부자연스러운 구석이 있는 서울말……. 이건 또 어떻게 된 일인가. 저건 그 간들거리는 최 아무 개인가 하는, 그래, 최용학이었는데, 제일은행 이사장의 외아들이자 상속자인 그였다. 서울 사람 이상으로 서울말 같은 억양. 이방근은 한순간 소름이 돋을 정도로 오싹해졌다. 아침부터 그것만으로도 기분 을 상하기에 충분했다. 광주의 은행에서 뭔가의 장, 계장인가를 하고 있는 것 같은데, 올봄에 구혼 상대인 유원에게 선물을 가지고 집으로 찾아왔을 때, 스스로 득의양양하게 본적을 제주도에서 전라남도 광주 로 옮겼다고 말하고, 그래서 자신은 호적상으로도 제주인이 아니라고 말한 남자였다. 본토 안에서는 전라도에 대한 지역 차별과 멸시가 강 했지만, 그래도 제주도보다는 훨씬 낫다는 판단일 것이다.

"……아니, 아니에요, 실례가 되겠지만, 받을 수는 없습니다. 모처 럼 와 주셨지만, 그냥 이대로 돌아가 주세요. 당신을 모르는 분이라고 는 하지 않을 테니……."

"무슨 말씀을, 그건 너무하신 거 아닌가요. 안 그렇습니까, 어떻게 그런……. 게다가 저는 멀리서 일부러 찾아온 손님입니다. 저어, 지금 댁에는 혼자 계십니까?"

"아니요, 있습니다. 오빠가 있어요……."

유원이 마지못해 독을 품은 어조로 대답했다.

"오빠?" 상대는 괴상한 소리를 지르더니 말문이 꽉 막혔다. "오빠……라면, 그 뭡니까, 친척 중에 사촌이 되는 오빠라도 오셨습니까?"

"아니요, 그렇지 않습니다. 제 친오빠입니다. 방근 오빠요. 잘 아시잖아요."

차가운 웃음을 입가에 띠우고 있을 여동생이 일격을 가했다.

"방근 오빠? 방근, 아아, 이방근, 앗, 당신의, 그 이방근 씨가, 제주도에 있는 사람이 어떻게 이곳에……. 농담이겠지요? 저를 놀라게 하려고, 그렇지요……."

최용학은 목소리가 흐트러지면서 곤혹스러워했다. 아마도 비뚤어진 웃음을 얼굴에 띠운 채. 틀림없는 그놈이었다. 최용학은 아버지인 이태수가 지금까지 어떻게든 딸과 결혼시키려고 노력해 온 상대의 청년이었다. 계모인 선옥도 상대의 양친과 함께 열심히 움직였지만, 유원이 완강하게 응하지 않았던 것이다. 최용학의 아버지 최상규는 이태수가 이사장인 식산은행과 어깨를 나란히 하는 제일은행의 이사장이었고, 라이벌이면서도 공존을 유지하는 관계였다. 최상규 쪽은 '엘리트' 은행원으로 후계자인 아들이 더할 나위 없는 자랑거리여서 아내와 함께 크게 자랑하고 다녔었다. 그러나 이태수는 그 자신이 바라고 세간의 체면에 걸맞게 자랑할 만한 자식을 가지고 있지 못했다. 그 청년신사인 최용학이 선옥의 안내를 받아 장수를 잡기 위해 먼저 그 말을 쏜다는 옛말처럼, 남매가 기다리고 있는 이방근의 서재로, 유원에게 줄 선물인 콤팩트를 가지고 찾아왔다. 애당초 이방근은 최용학이 마음에 들지 않았지만, 거드름 피우는 자세로 지방 사투리는 그만두고 신시대에 걸맞은 문화어인 서울말을 사용해야 한다든가, 서울말을 쓰면서 떠벌이는 주장이나 간들거리는 태도를 참지 못해 화를 내고, 급기야 폭력 직전의 상태에서 손님에게, 돌아가! 라고 호통을 쳐서 돌려보내고 말았던 것이다. 그랬던 것이 지금 불쑥 침입자로 나타난 것이었다.

무얼 하러 이곳까지 뻔뻔스럽게 찾아왔단 말인가. 어떻게 이 집을 알았을까. 이방근은 여동생에 대해서까지 순간적으로 이유를 알 수 없는 화가 치밀고, 최용학의 그 서울말에 불쾌감이 소용돌이치면서, 당장이라도 분노가 폭발할 것 같았다. 아니 그게 아니라, 어젯밤부터 친일문학 탓으로 잿불처럼 연기만 피우고 있던 것이, 갑자기 침입자가 휘젓는 바람에 불이 붙은 것이다.

이방근은 자리에서 일어났다. 그리고 러닝셔츠 위에 상의 파자마를 아무렇게나 걸치고, 천천히 방밖의 복도로 나갔다. 복도를 걷는 인기척이 먼저 현관에 전해졌다.

빨간 장미꽃 다발을 안은 최용학이, 열린 채로 있는 현관문을 뒤로 하고 유원과 마주 보고 있었다. 유원이 굳은, 당혹스런 얼굴을 돌려 오빠를 보았고, 회색의 여름 양복에 똑바로 넥타이를 맨 은행원 최용학이 이마에 땀을 반짝이면서 한 걸음 뒤로 물러났다. 창백해진 얼굴은 두려움과, 불시에 피어오른 적개심으로 굳은 표정을 지었다. 꽃다발보다도 포마드의 냄새가 코를 찔렀다.

"유, 유원 씨, 이걸……."

상대는 다시 한 걸음 물러나면서, 손을 뻗어 여동생에게 꽃다발을 내밀었다.

"뭐가, 유원 씨야."

"……" 최용학이 방 입구에 우뚝 선 이방근을 치켜 뜬 눈으로 노려보았다. "아아, 여전히 예의가 없이. 손님에게 어떻게 이럴 수가……."

"손님이라니, 누가 와 달라고 부탁하던가?"

"오빠, 그만 됐어요……."

"조용히 해!"

"이방근 씨, 그게 무슨 태도입니까. 불청객, 초대받지 않은 손님도 손님이지 않습니까. 손님에 대한 예의, 예의를 갖췄으면 합니다. 이 얼마나, 실례되고 무례한……."

최용학은 목소리가 떨리고, 아니 몸 그 자체가 떨리고, 한쪽 가슴에 꼭 껴안은 꽃다발이 흔들렸다.

"돌아가! 일제의 주구 같은 놈이." 최용학과 유원은 그 의미를 알지 못하여 멍하니 있었다. 이방근은, 아, 이건 입을 잘못 놀렸다고 생각했지만, 이미 늦었다. 유감스럽게도 상대는 어젯밤부터 편치 않은 심기의 이방근에게 잘못 걸려든 것이었다. "네 아버지나 우리 아버지도 모두 마찬가지야." 겨우 이 말만을, 그다지 맥락이 통하지 않았지만, 덧붙여 말했다. 그러고 보면 최용학 자신도 8·15해방 전에는 충실한 황국청년이었으니까, 크게 잘못된 말은 아닐 것이다. "일제의 주구라니, 무슨 말입니까? 나를 뭘로 생각하는 겁니까. 관계도 없는 남의 아버지까지 들먹이고, 이 얼마나 무례한……."

"앗핫핫핫." 이방근은 갑자기 폭발하는 것처럼, 열린 현관문으로 밖에까지 울리는 웃음소리를 내었다. "이봐, 알았으니까, 돌아가게. 아침부터 조짐이 좋지 않아. 기분이 별로 좋지 않단 말이야. 성내에 있는 내 방에서 겪은 일을 잊었나. 두 번 다시 낯짝을 보이지 말라고 그때 말했을 텐데. 자아, 돌아가, 돌아가란 말이야."

이방근은 상대를 쫓아내려는 듯이 방에서 현관으로 내려섰다.

"아아, 돌아가고말고……."

최용학은 주눅이 들면서 한 걸음 물러나더니, 휙 하고 발길을 돌린 뒤, 교양이란 눈꼽만큼도 없고 예의를 모르는 호로자식이군, 꼭 기억하고 있겠다는 말을 내뱉고 현관 밖으로 뛰쳐나갔다.

"유원아, 저 꼴 좀 봐라. 꽃다발을 현관 앞에라도 내동댕이치고 가도 좋을 것을, 소중하게 가지고 돌아갔구나. 간들거리는 자식! 소금이라도 뿌리는 게 좋겠다."

"그렇게까진 하지 않아도 돌아갔을 텐데……."

유원이 현관문을 닫았다.

"뭐? 너는 무슨 품위 있는 말을 다 하고 그러냐. 일전에는 잘도 참았다는 생각이 지금 드는구나. 죽도록 패서 머리를 죽사발로 만들어 놓을 걸 그랬다. 저런 놈들이 일제 때는 왜놈들의 꽁무니에 매달려서 같은 조선인의 머리를 구둣발로 짓이기고 있었단 말이다."

이방근은 방으로 올라가면서 분하다는 듯이 말했다.

"오빠, 무슨 일 있었어요?"

유원이 그렇게 말하며 오빠의 뒤를 따랐다.

"무슨 일이 있었냐고? 아무 일도 없었어. 하필이면 저런 놈이 찾아오다니, 기분이 좋지 않을 뿐이야……. 시건방지게, 기억하고 있겠다니."

이방근은 거실을 지나, 뒤뜰에 면한 툇마루의 등나무 의자에 앉았다.

"오빠, 미안해요."

유원이 오빠와 마주 보고 의자에 앉으며 말했다.

"네가 그 녀석을 부른 것도 아니니, 특별히 미안해할 필요는 없겠지. 어떻게 그놈이 이 집을 알고 있나? 또 학교에서 기다리고 있다가, 개처럼 뒤를 따라온 건가?"

유원은 그렇다고 대답했다. 전에는 광주에서 서울 본점 등에 출장을 올 때마다 학교의 정문에서 하교하는 유원을 기다렸다가 끈질기게 따라다녔지만, 그때마다 여러 명의 학우들에게 철저하게 격퇴를 당한 뒤로는, 한동안 모습을 보이지 않았다. 그런데 한 달 전쯤 어느 날부턴가 유원이 학교에서 귀가한 직후에 집으로 찾아왔다고 한다. 하교하는 여동생을 기다렸다가, 이번에는 살그머니 뒤를 쫓아 서울역 근처에서부터 같은 전차를 타고 갈아타기까지 하면서, 사복경찰처럼 집까지 따라왔던 것이다. 상당한 집념이라고 해야 할 것이었다.

"음, 대단하긴 하지만, 이제는 오지 않을 거야."

이방근은 그렇게 말하면서도 특별히 자신은 없었다.

"알 수 없어요. 오빠가 서울에 있는 동안에는 절대로 오지 않겠지만. 자긴 평생 결혼을 하지 않을 거라는 둥, 알 수 없는 소리도 했어요……."

"뭔가 싸구려 소설이나 연극의 대사 같구나. 너는 그런 말을 흥흥거리며 그냥 좋다고 듣고 있었단 말이냐. 왜 좀 더 의연한 태도를 취하지 못하는 거야."

"흥흥……이라니, 어째서 오빠는 내가 말도 안 되는 사람에게 그런 태도를 취할 거라고 생각하는 거예요. 그게 아니잖아요. 쫓아 보내지만, 필사적인 목소리로 이상한 말을 내뱉고 간단 말이에요……."

"알았으니 그만해. 으흠, 이놈은 크게 한번 혼을 내줘야겠군……."

"올봄에 성내의 집에서 오빠에게 쫓겨난 뒤의 일인데, 학교 주소로 저한테 보내온 '프러포즈' 편지가 있었잖아요." 유원이 그 말을 받듯이 말했다. "그 안에서 여신처럼 구혼 상대를 떠받들면서, 방근 오빠에 대해서는 히스테릭하게 비난했던 그 편지. 정말로 읽는 것이 부끄러워질 정도의 파렴치. 편지의 문장조차도 만들어 낸 것으로, 니글거리는 한편, 문학과는 인연도 없는 주제에 지리멸렬한 문학적 표현을 사용한 그 편지, 있잖아요, 오빠에게 보여 줬잖아요…….”

“아, 읽었고말고, 알고 있어. 일부러 네가 서울에서 가지고 왔잖아.”

“……본인은 아주 잘된 내용의 편지라고 생각하고 있어요. 제가 용학 씨에게 그것을 공개하여 어딘가의 잡지에라도 발표하겠다고 말한 적이 있어요…….” 유원이 갑자기 픽 하는 웃음을 흘리며 손으로 입을 막았다. “그랬더니, 뭐라고 대답했을 것 같아요? 그런 걸 두부에 못 박기라거나, 칼로 물 베기라고 해야 되는지 모르겠지만, 오빠, 그 사람은 아무렇지도 않은 얼굴로 그렇게 하라는 거예요……. 정말로 어이가 없더라구요. 그걸 세상에 드러내고 싶을까요. 그는 창피함을 모르는 사람이에요. 사회의 쓰레기죠.”

“숙모님은 어디에 가셨지?”

“아는 사람 집이요, 제주도에서 사람이 왔다나 봐요. 오빠처럼 증명서를 가지고 있지는 않을 테니, 탈출한 거겠죠.”

“탈출이라. 용케도 무사히 빠져나왔구나. 음, 서울에서 한동안 머물다가 친척인지 지인을 의지하여 일본에라도 갈 모양이구나. 일본에.”

이방근은 그것이 누구인지, 남자인지 여자인지도 모르지만, 우상배의 배를 떠올리면서 말했다. 일본으로 돌아갈 때, 그렇게 큰 것도 무거운 것도 아니지만, 짐을 한두 개 부탁할지도 모른다고 우상배에게 말을 해 두었는데, 그 짐, 즉 살아 있는 짐의 준비는 아직 되어 있지 않았다. 그 살아 있는 짐 중에 작은 쪽인 유원은 민소매의 시원한 물방울 모양이 들어간 원피스를 입고 화장기가 없는 얼굴로 오빠와 마주하고 있었다. 풍성한 가슴이 밝은 빛에 두드러져 보였다. 오빠, 일본에는 가지 않겠습니다……. 본인이 의식하지 않고 있을 때, 남자가 의식한 눈으로 보는 여자의 육체적 특징이라는 것은, 여자에게는 어떤 의미에서 불행한 일이다……. 밖은 더워 보였지만, 정원에 무성한 무궁화를 쓰다듬으며 바람이 불어 들었다. 빼곡한 가지 사이에서 새 한 마리가 푸드득 하며 날아올랐다. 그러고 보니 어젯밤 늦게, 심야인데도 갑자기 창밖에서 났는지, 호, 호, 호, 홋게─……하고 휘파람새 같은 부드러운 울음소리가 나고, 얼마 안 있어 푸드득하며 방 안으로 새 한 마리가 잘못 들어와서는, 어둠 속을 날아다니다 다시 밖으로 나간 일이 생각났다. 박쥐 같은 새의 그림자를 봤을 뿐이라서, 그것은 꿈의 단편이었는지도 모른다. 낮의 햇살에 비친 무궁화 꽃 무리의 흰색과 녹색이, 방금 전 격해져 있던 마음을 가라앉혔다. 이방근은 담배를 피우고 싶다는 생각이 들었다.

"오빠, 좀 전에 최용학 씨가 도망갈 때, 기억하고 있겠다고 했잖아요. ……설마, 복수로 방화라도 하려는 것은 아닌지 모르겠어요."

"너는 묘한 생각을 다 하는구나. 핫, 핫, 그런 기분을 가지고 있다고 해도, 그 녀석은 그럴 용기가 없어. 그 자신을 파괴하게 될 테니까."

"그러니까, 자신의 파멸을 각오하고……."

"적당히 해, 너는 무슨 꿈이라고 꾸고 있는 거 아니냐? 묘한 생각으로 오만하게 굴지 마."

"제가 무슨 그런 생각을……."

"그러기 위해서는 용기가 필요해. 정열, 훌륭한 정념이라는 건 말야. 시류에 뒤처지지 않고 살아가겠다는 인간은 그런 가당찮은 일은 할 수 없어. 좀도둑질 정도라면 몰라도, 큰 사고는 칠 수 없는 거야. 그 녀석이 복수를 한다면, 그건 뒷구멍에서 꾸미는 음습한 일이 될 거야……."

이방근이 여동생에게 담배를 부탁했을 때, 전화가 울렸다.

"됐어, 내가 갈게. 오빠한테 걸려 온 전화일 거야."

이방근은 의자에서 일어난 뒤 거실을 지나 옆방으로 갔다. 전화 상자의 수화기를 들고 상대가 나영호라는 지레짐작으로, 여보시오, 하고 말을 했는데, 그렇지가 않았다. 상대는 순간적으로 망설이다가, 저어, 이방근 선생님 되십니까? 저는 오, 오남주라는 사람입니다. 일전에 유원 동무의 환영파티가 열렸을 때 참가했던 사람이라고, 약간 당황하면서도, 유원에게 전화를 바꿔 주겠다는 이방근을 말리고, 선생님, 죄송합니다만 조금만 시간을 내 주십시오……라며, 마치 전화에 매달리기라도 하듯이 이야기를 계속했다. 전화의 기척에 유원이 전화가 있는 방으로 얼굴을 내밀었다.

"……이 선생님, 지금 전화로 실례합니다만, 유원 동무에게 한 이야기를, 저는 오인데요, 저에 관한 이야기를 들으셨는지요. 저는 부디 선생님을 직접 뵙고 이야기를 하고 싶습니다. 반 시간이면 갈 수 있는데, 꼭 좀 부탁드리겠습니다."

"자세한 내용은 모르겠지만, 일단은 여동생에게 들었습니다. 오늘은 예정이 있어서 사정이 어렵군요. 그래서 전화를 기다리고 있었고. 어쨌든 여동생에게 말을 해 둘 테니, 유원에게 그 이야기를 해 주세요……."

"저기, 선생님은 언제 제주도에 돌아가십니까?"

"그건 아직 모릅니다."

"저어, 돌아가실 때, 유원 동무가 말했을 거라고 생각합니다만, 저를 꼭 데리고 가 주실 수는 없을까요……."

여동생이 너의 뭐라도 된단 말인가. 이방근은 끈질기다는 생각을 하면서도 화를 낼 마음은 없었다.

"그런 이야기는 전화로는 어렵고, 게다가 음, 어쨌든 그건 상당히 어려운 문제입니다. 실제로 어려워. 아무튼 여동생을 바꾸겠습니다. 여기에 있으니까."

유원이 수화기를 오빠의 손에서 받아들면서, 오빠는 언제쯤 오 동무를 만날 수 있냐고, 작은 소리로 물었다. "오빠는 아직 한동안 있을 거니까, 좀 지나서. 지금 당장 내일이나 모레라고 약속하기는 어려워."

이방근은 전화 곁을 떠나 뒤뜰 툇마루의 의자로 돌아와, 여동생이 가져다 놓은 담배를 물고 불을 붙였다. 그리고 파자마를 갈아입어야겠다는 생각을 하면서, 아직 세수도 하지 않았다는 것을 깨달았다. 오 청년이 제주도에 가고 싶다는 목적이 가족의 안부가 궁금하다는 것은 그렇다 치더라도, 달리 뭐가 있는지는 알 수 없었지만, 설령 동반하고 싶다고 해도 그건 불가능에 가까웠다. 공무 관계나 일부에 한정된 보도 관계자들이 운항 정지된 연락선 대신에 화물선을 이용하는 형편이라, 이방근도 제주도청의 촉탁증명서로 와 있었던 것이다. 정부에 옛 친구나 지인이 있기는 했지만, 그렇게 간단하게 장담할 수 있는 일이 아니었다. 동란의 고향에 가고 싶다는 기분은 이해한다 하더라도, 그렇다고 가족의 안부 운운하는 것만으로 지금 제주도에 돌아갈 수 있는 형편은 아니었던 것이다. 애당초, 객선 대신 화물선에 몸을 싣는다는 것 자체가, 어떤 의미에서는 독안에 든 쥐와 마찬가지로, 도망갈 곳도 없이 엄중한 경계가 펼쳐지고 있는 섬으로 운반되는 것이다. 한편, 위험하지만 동시에 안전하다고 할 수 있는 것은, 목포 주변에서 밀항선을 타고 하루 밤낮을 지낸 뒤 은밀하게 섬에 상륙하는 수밖에 없을 것이다. 그러나 이 방법은 돈과 연줄이 있어야 했다.

오전 중에 걸려 올 거라고 생각하고 있었던 나영호로부터의 전화는 점심때라기보다 늦은 아침을 들고 난 뒤인 한 시가 넘어서였다. 이방근은 상대의 목소리가 숙취 탓으로 갈라져 있지 않은 것에 일종의 신선한 느낌을 받으면서도 의아한 생각이 들었다. 그가 파티에 가서 술을 마시지 않을 까닭이 없다. 그렇다면 이미 점심때가 지났으니 취기로 상처 입은 성대가 회복된 모양이다. 목소리에 아직 취기가 남아 갈라진 느낌을 주는 것은 오히려 이방근 자신이었다. ……연락이 늦어졌는데, 오늘 밤의 사정은 어떤가? 오늘 말인가? 그래, 다른 사정이 있나? 아닐세, 괜찮아. 이방근은 내심 왠지 그로부터 전화가 걸려오기를 기다리고 있던 자신을 인정했다.

"자네는 숙취로 고생하는 것 같지가 않군. 어젯밤에는 상당히, 게다가 아침까지 마신 거 아닌가?"

"그건 또 무슨 말인가? 요즘에 아침까지 마실 곳이 어디 있단 말인가. 우리 같은 서민계급에게……."

"로맨틱 클럽은 어땠나?"

이방근은 웃었다.

"그 로맨틱 클럽이라는 건 또 뭔가?"

"후후, 문자 그대로 로맨틱 클럽이지. 자네는 작가 아닌가. 낭만클럽 말일세."

"음, 낭만클럽……. 이 동무가 그걸 어떻게 알고 있을까. '신식여성'들의 살롱이라는 곳 말인가 보군. 그게 어떻게 됐다는 거지?"

"어떻게 된 게 아니라……." 내가 클럽에 있었다고 말한 게 뭐 잘못된 건가……. 설마 묘한 일로 시치미를 떼고 있는 것은 아니겠지. 그래도 이건 좀 이상하다. "나 동무는 어제 그곳에 있었지 않나?"

"뭐? 내가 거기에 있었다니? 마치 투시경이라도 사용하는 것 같은 말투로군……. 아하, 그렇구만, 알겠네, 어떻게 또 동무는 그런 걸 알고 있나. 이건 좀 무서운데. 나는 전에 한번 권유를 받아간 적이 있는데, 취향이 맞지 않더라구(뜻밖의 대답이 돌아왔다고 이방근은 생각했다). 그래, 어젯밤에 권유를 받았지만, 다른 볼일이 있어서 가지 않았어. 자네는 그 정보를 어디서 들었나. 문난설로부터 전화가 있었나?"

"……전화가 있었던 것은 아니지만, 그렇지 전화는 전화였어." 이방근은 황동성의 이름을 꺼내야 할지 말아야 할지 순간 망설였다. "어젯밤 어떤 곳에 있었는데, 마침 그곳으로 그녀의 전화가 걸려 와서, 음, 잘 설명이 안 되지만, 그곳에서 우연히 바꿔 주는 전화를 받았더니, 그런 이야기를 하더군."

이방근은 왠지 모르게 뒤가 켕기는, 그리고 기분을 안정시키면서 문난설을 안고 춤을 추고 있을지도 모르는 나영호에게 질투와 닮은 것을, 어젯밤의 취기 속에서 느꼈던 것이 우스워졌다.

"옛날이야기도 아니고 어떤 곳이라니, 무슨 말인지 모르겠군. 그녀가 전화를 할 만한 곳은 얼마든지 있잖아. 그러나 이방근 동무가 그곳에 있을 만한 곳이라면, 그것이 묘해서 알기가 어렵군……. 아무려면 어떤가. 그녀의 이야기가 나온 김에 묻겠는데, 자네는 언제 제주도에 돌아가는가?"

"아직 정하지 않았어." 너나 할 거 없이 내가 언제 돌아갈 거냐고 묻는군, 도대체……. "그녀의 이야기가 나온 김에, 라는 건 무슨 말인가?"

"그런 사정이 있는데, 자네가 언제 이쪽에 왔더라……. 그건 8·15 2, 3일 전이었을 거야. 자네가 서울에 도착한 밤에 우연히 만난 것은. 으-음, 13일인가. 그렇다면 오늘이 19일, 그동안 오래 만나지 못한 기분이 들지만, 5, 6일이 지났을 뿐이구만. 제주도에 언제 돌아갈 거냐고 물은 것은, 나도 제주도에 가 보고 싶어져서 말이지. 가능하면 함께 갈까 해서……."

"뭐라고?" 이방근은 놀랐다. "도대체, 제주도에 가서 뭘 하려고?"

"뭘 하려고……라니, 이방근이 이상한 말을 다 하는군. 나는 작가야. 그리고 전화로 긴 이야기는 못하겠지만, 나는 이번에 국제통신사에 들어가게 되었어. ……음, 그렇게 됐어. 따라서 기자의 자격으로도 입도할 수 있지. 어쨌든 증명서는 간단하게 입수할 수 있는 루트가 있어. 그게 문난설, 그 여자야. 그녀가 제주도에 가 보고 싶다는 거야. 그녀는 비행기로도 갈 수 있을 테니까. 간단한 일이지. 그녀가, 이방근 선생님과 함께 가지 않겠습니까, 라고 하더군. 이방근에게 자극을 받은 게 아닐까."

"……" 문난설도 나영호도 제주도에 간다……. 이야기가 너무 당돌해서 말문이 막혔다. 이방근은 전화 상자의 송화기에서 얼굴을 돌려, 어험 하고 기침을 한 번 한 뒤 말했다. "으-음, 문난설 씨까지 간다니, 놀랐는데. 조금 이해가 안 가는군. 관광지로 구경을 가는 것도 아닐 테고……." 이방근에게 자극을 받았다? 그녀와 직접 만나 이야기를 한 적도 없는데. 만일 그런 일이 있을 수 있다고 한다면, 거기에 더해서 황동성이 며칠 전인가 비행기로 제주도에 갔다 왔기 때문에, 그 일도 작용했을지 모른다. 머리의 회전이 빠르지만, 변덕스런 여자다. "나 동무, 그건 그렇고, 그 여자는 뭐하는 사람이지?"

이방근은 처음으로 의문을, 의문의 형태를 띤 그녀에 대한 관심을 입으로 말했다.

"뭐하는 사람……." 나영호는 전화의 잡음 때문이기도 했지만, 순간 바람에 흔들리는 듯한 목소리로 웃었다. "달리 특별한 사람은 아니야. 자네치고는 꽤나 허풍스런 말로 들리는군. 한 사람의 여자야, 조만간 알게 될 거야."

"그래도 동무의 말을 듣고 있자니 보통여자는 아닌 것 같아. 제주도에 가는 데 간단하게 허가를 받을 수 있다든가…… 그렇다면 뭐하는 사람인가 하는 생각이 들어. 정부의 고관이나 다름없잖아. 그건 뭔가 빽이 있는 여자라는 거 아니겠어."

"빽은 있지. 있지 않을까. 나도 잘은 모르겠지만. 지금쯤 그녀는 재채기를 하고 있을 거야. 어젯밤부터 철야 파티를 했다면 아직 쉬고 있을지도 모르겠군."

이방근은 불쑥, 어디서 쉬는데? 라는 말이 목구멍에서 나오려는 것을 서둘러 삼켰다.

저녁 때 만나기로 하고 전화는 끊었는데, 나영호는 그렇다 치더라도, 문난설이 제주도에 간다는 이야기는 설사 변덕스런 마음에서 나온 것이 아니라 하더라도, 뭔가 호기심 많은 여자의 유람 같은 느낌이 들어서 기분이 좋지 않았다. 그러나 그렇다 하더라도 동란이 한창인 살풍경한 땅에 일부러 구경을 가는 여자는 달리 없을 것이다. 나영호, 문난설과 동행하여 제주도로 돌아가는 것은, 현지에서의 일은 예측할 수 없다 해도, 상당히 재미있겠다는 생각이 들었다. 그리고 나서는 이방근은 머리를 스쳐 지나가고 나서도 한동안 연기처럼 감돌고 있던 그 생각을 접고 말았지만, 문난설에게 오남주를 부탁해 볼까 하고 생각했던 것이다. 물론 그 학생과 만나 이야기를 들어 본 뒤의 일이었지만, 아무래도 필요한 경우에는 나영호를 통하는 것도 좋겠지만, 직접 그녀에게 부탁해 보는 건 어떨까 하는 생각을 했던 것이다. 툇마루로 돌아오자, 의자에 앉은 여동생이 털실로 뜨개질을 하고 있었다.

"여름에 뜨개질을 하는 거야?"

"그럼요, 겨울을 대비해야죠." 유원은 테이블 밑에 뜨개질을 시작한 털실을 감추듯이 놓더니, 맑고 깨끗한 눈을 크게 반짝이고 있었다. "……전화로 말하던 여자, 예쁜 사람이에요?"

"전화 상대는 오빠의 친구인 나 동무야."

이방근은 자상하게 웃으며 말했다. 왜 그런지 여동생의 목소리가 부드러웠다. 부드러운 울림으로 들렸던 것이다. 어젯밤의 어둠 속에서 휘파람새로 보이는 새의 지저귀는 소리가 잠깐 들렸었는데, 아름답고 부드러운 소리, 그건 무엇이었을까. 심야에 지저귀는 새의, 슬픈 울음소리. 몽환처럼 견딜 수 없다.

"아, 그렇군요. 하지만, 일전에 나 선생님으로부터 전화가 왔을 때, 오빠는 도중에 전화를 바꿔서 여자분과 이야기를 나눴잖아요. 아주 잠시 뿐이었지만, 옆방에서도 잘 들렸어요……. 문, 뭔가 하는 분이잖아요. 지금도 그분 이름이 나온 것 같은데."

"맞아. 그게 뭐 어때서?"

보통 여자가 아니라든가, 제주도에 가는데 간단하게 허가를 받을 수 있다고 한 말을 여동생이 들었을지도 모른다. "아니에요, 아무것도……. 그저 예쁜 사람이냐고 묻고 싶었을 뿐이에요."

생각하고 있는 대로 예쁘다고 하면 될 것을, 웬일인지 이방근은 주저했다. 하지만 이상한 상상력이다. 애당초 그녀의 얼굴을 몇 초간이나마 제대로 본 적이 없으니 이상한 이야기가 아닌가. 그야말로 흘끗 바라본 것에 지나지 않는다.

"음, 글쎄, 예쁜 사람일거야. 왜 그래. 오늘 너는 좀 이상하구나. 그녀는 친구의 아는 사람이고……."

이방근은 말을 멈췄다. 그리고 오 동무와는 며칠 안에 만날 테니, 그때는 집으로 불러 달라고 말하고, 지금 자세한 말은 피했다. 제주도에 가는 이상은 다시 나오기는 어렵다는 것을 알고 있을 테니, 그곳에 머물 심산일 것이다. 오의 경우는 이미 휴학 상태라고는 해도 아직 학생이다. 그리고 고향에는 누구라도 가고 싶을 텐데, 현실적으로 이 일을 계획하고 있는 것은 오남주 한 사람뿐인지 어떤지. 혹시 그룹이 있는 것은 아닌지……. 나영호나 문난설과는 전혀 사정이 달랐다.

여름의 오후는 조용했다. 바람이 멈추자, 공기도 익은 것처럼 가만히 움직임을 멈추고 있었다. 소용돌이치는 모양의 거대한 적란운이 은빛을 하늘 높이 발산하면서 솟아오르고 있었다. 매미의 울음소리가 가까운 곳에서 커지더니 뒤뜰에 쏟아져 내렸다. 유원이 털실과 뜨개바늘을 가지고 자신의 방으로 돌아가더니, 곧이어 피아노 연습이 시작되었다. 이방근은 그 털실의 뜨개질이 누구의 것인지는 신경을 쓰지 않았지만(당연히 여동생의 것일 테니까), 겨울을 대비해서 여름에 뜨개질을 한다는 그녀의 말에 일리가 있었지만 왠지 가벼운 위화감이 일어나는 것도 사실이었다. 어쩌면 유원은 계절 감각이 벗어나 있는지도 모른다. 겨울에 대비한다……는 건데. 겨울……. 그는 양팔을 팔걸이에 올려놓고 천천히 의자의 등에 몸과 목을 기대며 눈을 감았다. 특별히 졸린 것도 아니었지만, 그대로 잠들 것도 같았다. 아니, 머릿속의 어딘가 한 곳의 힘줄이 투명한 피아노 줄처럼 팽팽하게 당겨져 있는 것 같고, 그 작은 진폭의 파장이 졸음을 흔들어 방해했다.

이방근이 저녁에 집을 나올 때까지 두 번의 장난전화가 걸려 왔다. 처음에 걸려 온 전화는 여동생이 받은 것을 이방근이 살며시 수화기를 건네 들고 귀에 대었다가 이쪽에서 말없이 끊었다. 반 시간 정도 지난 두 번째 전화는 이방근이 직접 수화기를 들었지만, 이것도 마찬가지 수법의 전화였다. 점심때인데도 주위의 잡음이 들리지 않는 것으로 보아 공중전화박스는 아닌 것 같았다. 이방근은 한동안 말없이 상대의 숨소리가 들릴지도 모르는 그 기척을 살피다가 수화기를 철컥, 하고 의식적으로 소리를 내며 끊었다. 유원은 기분 나빠 했지만, 아마도 최용학의 짓일 것이었다. 그러나 그러면 이런 짓을 할 것이라는 생각을 해서 그렇지, 단정은 할 수 없었다. 숙모는 시장을 보고 돌아와 있었지만, 이방근은 여동생에게 외출하지 말라고 이른 뒤 집을 나섰다. 유원이 현관까지 나와서, 오빠, 조심하라며 배웅했다.

여섯 시 반에 명동 근처의 충무로 안쪽에 있는 음료수 가게인 팔러에서 나영호와 만나기로 했는데, 이방근은 그곳에서 우연히 문난설을 보고 크게 놀랐다. 아니, 그녀는 가게로 들어오더니, 가볍게 허리를 굽혀 인사를 하고 약속이라도 한 것처럼, 이방근이 있는 자리로 다가와 맞은편에 앉았던 것이다.

9

팔러는 보통의 다방보다 훨씬 넓었다. 해방 전에는 일본의 제과회사가 직영한, 지금의 충무로, 당시에는 일본인들의 메인스트리트인 혼초(本町) 거리 중에서도 현대식 가게의 하나로, 2층은 식민지 지배하의 문사들이 자주 회합을 갖던 곳이다. 냉방은 들어오지 않았지만, 커다란 선풍기의 프로펠러가 천장의 두세 군데에서 바람을 보내고 있었고, 인도고무나무 같은 관엽 식물의 잎이 달그락 달그락 소리라도 낼 것처럼 희미하게 흔들리고 있었다.

이방근이 무심코 그 타원형과 칼 모양을 한 잎이 움직이는 것을 보고 있는데, 불쑥 문난설이 사람 키만 한 잎의 그늘에서 그의 눈에 들어왔다. 이방근은 사람을 잘못 본 것이 아닌가 하고 깜짝 놀랐지만, 상대는 전혀 그런 기색이 없었다. 이방근은 조금 당황하고 있었다. 그는 내가 왜 당황해야 하는지 자문하면서도 전혀 당황한 표정을 드러내지 않고 꽤 혼잡한 가게 안에서 망설임 없이 자신 쪽으로 다가온 그녀를, 눈부시다는 느낌으로 미소를 지으며 일어나 맞이했다. 그러나 이방근을 더욱 놀라게 한 것은, 우연히 만나 인사를 할 요량으로 자리에서 일어났는데, 상대는, 이방근 선생님, 안녕하십니까, 어젯밤에는 전화로 무례한 말씀을 드려 죄송합니다. 오늘은 선생님을 뵙게되어 정말 기쁩니다⋯⋯라며, 인사만 하고 스쳐 지나가는 것이 아니라, 희미하게 향수 냄새를 풍기면서 맞은편 자리에 앉더니, 그곳이 종점이라도 되는 양 하얀 핸드백을 무릎 위에 올려놓는 것이었다.

"이 선생님, 나영호 씨가 권유해서 나왔습니다만, 실례가 되는 건 아닌지요?"

그녀는 나영호 대신 나온 것은 아니었지만, 그로부터 이야기를 듣고 있었던 것이고, 나영호는 조금 늦을 거라는 말도 전했다. 문난설이 홀에 있는 관엽식물 잎사귀 뒤에서 나타난 것은 너무나 뜻밖이었다. 그때 무심코 눈을 크게 뜨고 바라보던 아름다운 여자가, 입술에 또렷하게 루주를 바르고 그곳에 있었다. 당신은 이런 모습이 마음이 들지 않겠지요, 라고 말하듯이 루주는 선명한 색을 띠고 있었다. 한여름의 새빨간 장미였다. 올봄에 '서북' 간부숙소에서 그녀를 얼핏 보았을 때는 분명히 이런 폭력테러단의 소굴에 어떻게 저런 여자가 있을까 하는 충격에 가까웠던 이상한 느낌이, 그녀의 아름다움을 한층 돋보이게 했을 것이다.

문난설은 어젯밤처럼 검은 복장은 아니었다. 그녀는 얇은 옷감으로 된 엷은 팥죽색의 커다란 당초 문양의 살갗이 희미하게 비치는 원피스를, 검고 두꺼운 에나멜 벨트로 조이고 있었다. 얼마간 열려 있는 흰 가슴팍에는, 이전과 마찬가지로 경질의 백금색으로 빛나는 가는 목걸이가 걸려 있었다. 가까이에서, 그리고 정면으로 얼굴을 마주 보고 있자니, 꽤 묵직한 몸매의 여자였고, 그 표정이 그다지 움직이지 않는 차가운 아름다움과는 반대로, 육감적인 압박을 느끼게 했다. 그 모습이 얼굴은 닮아 있지 않지만, 조영하를 크게 확대한 느낌을 주었다. 어째서 그때 '서북'의 숙소에서 커피를 가져다 놓고 떠나가는 그녀의 뒷모습에 엿보이던 풍만한 허리의 움직임을 한순간 눈 끝으로 포착하면서, 그녀가 아이의 엄마인지 애를 낳지 못하는 석녀인지, 피임용구를 사용하는지 필요가 없는지와 같은, 거의 1 초의 몇 분의 1에도 미치지 못하는 찰나에 묘한 상상을 했던 것일까. 석녀……. 남대문시장은 바로 옆이었다. 이방근은 고양이의 눈처럼, 빛을 차단하기 위해 눈에는 보이지 않는 셔터를 작게 조이고 있었다. 삶은 돼지의 머리가 몇 개나 매달린 포장마차가 하나만 남아 있는 어슴푸레한, 무인의 남대문시장 거리를 반라의 여자가, 문난설이 왠지 허리를 흔들며 가고 있어요…… 하면서, 어젯밤의 몽환 속에서 의아해 했었는데, 왜 그걸 의아하게 생각했을까. 석녀의 성(性)은 산도(産道)를 위해 있는 것은 아니다……. 왜 나는 이런 생각을 하는 걸까. 이방근은 희미한 불빛 속에서 빛나는 하얀 가슴팍의 목걸이로부터 눈을 돌린 뒤 담배를 집어 입에 물었다. 그리고는 불을 붙여 한 모금 빨고 나서, 상대에게 담배를 피우라고 권했다. 문난설은 아니라며 고개를 가볍게 옆으로 흔들었다.

"담배를 피우시지 않나요?"

"……지금은 괜찮아요."

거리낌 없는, 어딘가 손님에 익숙한 술집여자처럼 당당한 인상을 주었다.

커피가 나왔다. 그녀는 급사인 여자아이에게 파인주스를 주문했다. ……오빠, 전화를 한 여자, 예쁜 사람이에요? 아니에요, 그저 예쁜 사람인지 물어보고 싶었어요…….

"놀랐습니다. 이런 곳에서 만날 거라고는 생각하지 못했습니다."

문난설과 이렇게 만나는 것이 처음이면서도, 그런 기분이 들지 않았다. 그건 아마도 머릿속에 문난설이 드나드는 회로가 생긴 탓일 것이다. 이방근은 가슴이 꽉 조여 옴을 느꼈다. ……어젯밤의 파티는 즐거우셨습니까? 그는 조금 가쁜 숨을 내쉬며 사족을 달았다.

"늘 하는 일이라서 그런지 의외로 재미가 없어요. 어젯밤 파티에 나영호 씨는 오시지 않았습니다. 나영호 씨가 오실 거라고 말씀드렸는데, 실례했습니다……."

문난설은 테이블에 양팔을 세워 손을 맞잡고, 왼손의 루비 반지를 반짝이면서 기죽지 않고 상대를 바라보며 말했다.

"아아, 그 일은 나 동무로부터 들었습니다."

옆에서 보니, 멀리에서 빛난다고 생각되던 정도의 피부색은 아니었지만, 어젯밤 파티의 피로는 없었고, 옅은 화장으로 피부가 깨끗하고 말끔하게 단장되어 있었다. 철야는 하지 않았는지도 모른다.

"서울에는 이따금 오시나요?"

문난설은 파티에 관해서는 더 이상 관심이 없다는 듯 언급하지 않았다.

"글쎄요. 1년에 한두 번이라고나 할까요. 올 4월에도 왔었습니다만, 그러고 보니 그때, 저는 우연히 M동, 중구의 M동에 있는 '서북', 이쪽에서 말하는 '서청'의 간부숙소에 갔었습니다만, 난설 씨는 그곳에 살고 계십니까?"

이방근은 그 저택이 그녀의 집이라는 말을 듣고 놀랐었지만, 그녀는 그곳에 살지 않는 것 같다고 생각하면서 그렇게 물었다. 이것은 또, 주소가 어디냐는 간접적인 질문이기도 했다.

"아니에요, 그렇지는 않습니다." 그녀는 맞잡고 있던 손을 풀어 무릎에 올려놓고, 표정도 변하지 않은 채 단호하게 부정했다. "이 선생님은 왜 그런 것을……."

"그때 저는 그곳에서 난설 씨를 보았기 때문이죠. '서북' 중앙사무국장 고영상과 함께 있는 곳에, 커피를 가지고 오셨습니다."

"어머나, 부끄럽습니다……. 아무런 대접도 못해 드리고, 그저 커피를 내놓았을 뿐인데, 기억을 해 주시니 정말로 영광입니다."

"난설 씨는 그때의 저를 기억하고 계시군요. 핫, 핫하아……."

"잘 기억하고 있습니다. 이 선생님께는 힘든 하루였겠지요."

문난설은 이방근의 뜻 모를, 아마도 계면쩍은 웃음을 마주 보다가 테이블로 시선을 떨어뜨린 채, 스트로를 양 입술 사이에 끼고 얼음이 떠 있는 노란 액체 속에 담갔다. 그녀는 확실히 기억하며 의식하고 있었다. 그것을 지금 본인의 입으로 말했다. 그렇다면 왜 무교동의 밤길에서 나영호와 만났을 때, 그로부터 소개를 받으면서 모르는 척했냐고 묻고 싶었지만, 그것은 우문일 것이다. 이방근 자신이 상대를 분명히 그때의 여자라는 것을 알면서도 초대면인 것처럼, 그러니까 서로 간에 그런 행동을 했던 것이다. 아니, 사실이 초대면이나 마찬가지였으니까. 그 소개조차 몇 초 만에 끝나고, 이내 그녀는 가볍게 고개를 끄덕여 인사를 한 뒤 나영호와 이방근의 곁을 떠났던 것이다.

"힘든 하루……라고 말씀하신 것은, 뭡니까, 난설 씨는 그렇게 생각하고 계신다는 건가요?"

"이 선생님에게는 그렇지 않았을까…… 하는 것입니다."

이 선생님에게는……. 이방근은 상대의 진의를 파악하기 어려웠지만, 그때 이래로 계속 응어리져 있던 의문을, 그건 관심이 강하다는 표현이었지만, 단도직입적으로 솔직한 인상을 주면서 물었다.

"난설 씨, 이런 질문을 해도 되는 건지 잘 모르겠습니다만, 그곳에 살고 계신 것 같지는 않고, 그렇다면 왜 그때 그곳에 계셨던 겁니까? 무례한 질문입니다만, 솔직히 말해서 이건 그때 이후로 제 안에서 풀기 어려운 의문, 불가사의가 돼서 말입니다."

"어머나, 왜 그런가요. 제가 그곳에 있었던 것이 어째서 이해하기 어려운 의문이고 불가사의한 일인가요?"

"제가 말하고 있는 것을 이해하지 못하시는 건가요?" 이방근은 상대의 대답에 따지듯이 말했다. "이 이상 제가 이야기를 한다면 누군가가 상처를 입을지도 모릅니다."

"누군가가 상처를 입는다……고 말씀하시면, 누가 그렇다는 건가요? 괜찮으시다면 어서 말씀해 주세요."

"상처를 입는다기보다 선을 넘어서 한 발짝 남의 일에 파고들게 될지도 모릅니다. 지금, 힘든 하루였을 것이다……라고 문난설 씨가 언급하셨기 때문에 말하는 겁니다만, 저로서는 처음은 아닐지라도, 그러나 상당히 힘든 자리였다고 해야겠지요. '서북'의 간부숙소라고 하는 곳이. 바로 옆에는 '서북' 대원들의 합숙소도 있을 겁니다. 그건 그렇다 치고, 그곳에 문난설 씨와 같은 여성, 멋진 여성이 말이죠, 계셨다는 건, 게다가 테이블에까지 커피를 갖다 주셨다는 건, 실제로 놀라운 일이었고 나중에까지 그건 불가사의한 일이었습니다. 이렇게 말하면 뭐가 불가사의한 일인지 이해하시겠습니까?"

"그때는 아주 잠시 뵈었을 뿐입니다. 그걸 어떻게 그렇게까지 생각하실 수가 있을까요. 게다가 저는 선생님이 생각하고 계신 그런 여자는 아닙니다. 그때 그렇게 느끼신 것은 틀림없이 뭔가 착각하신 모양입니다. 그런 것 같습니다."

"아니, 그건 아닙니다." 이방근은 상대의 강조를 밀쳐 내듯이 웃었다. "착각이 아닙니다. 실제로 지금 저는 난설 씨 앞에 있고, 아니,

일전의 밤, 무교동의 노상에서 나 군과 함께 우연히 만났을 때도, 저는 그때와 같은 느낌이었고, 지금도 이상한 생각이 가시지 않고 있습니다."

"선생님이 뭔가를 착각하신 게 아니라면, 제 쪽이 이상한 것이겠지요." 그녀는 주저하는 이쪽의 시선을 끌어들이는 아름답게 웃는 얼굴로 입술을 움직였지만, 표정은 굳어 있었다. "나영호 씨에게 그 불가사의한 이야기는 하셨나요?"

"아닙니다……. 아니, 술을 마시며 무슨 말을 했을지도 모릅니다. 그러나 대답은 얻지 못했습니다. 따라서 여전히 불가사의한 채로 있습니다."

이방근은 입가에 미소를 지었다. 사실, 나영호와 만났던 밤에 술을 마시며 이야기를 했던 것이다. 다만 나영호는, 이상하고 말고 할 것은 없다, 그렇게 심각하게 생각할 일은 아니다. 그건 애당초 그녀의 집이니까 말야……라고 말했을 뿐, 더 이상 언급하지 않았다.

"이상하지 않다는 게 그 사람의 대답이었겠지요. 그래요. 이 선생님은 '서청'에 비판적이시지 않습니까? 그 정도는 알고 있습니다. 그런 곳에 제가 있었다는 것이 이상하다고 이 선생님은 생각하시는 것 같습니다만, 특별히 이상하고 말고 할 것이 없습니다. 나영호 씨 역시 비판적입니다. 하지만 이상하다고는 말하지 않습니다. 그 사람은 술을 너무 많이 마시는 버릇이 있습니다……. 물론 이 선생님과 나영호 씨와는 사고방식도 다르겠지만, 저는 선생님이 생각하고 계신 것과 같은 여자는 아닙니다. 그래서 그곳에 있었던 것입니다."

"아니, 다릅니다. 으흠, 그건 좀 다른 것 같군요……."

"그건 왜 그렇지요?"

"……" 이방근은 잠시 침묵을 지키다가 말했다.

"그냥, 저의 느낌입니다."

"……이 선생님, 담배를 피워도 될까요?"

"물론입니다……."

문난설은 옆에 있던 핸드백을 무릎 위에 다시 올려놓은 뒤 그 안에서 양담배와 라이터를 꺼내 필터가 달린 담배 한 개비를 입에 물었다. 그리고 가볍게 머리를 숙인 이방근이 내민 성냥불을 받아 불을 붙였다. 그녀의 담배는 일종의 포즈였다. 깊게 들이마시지 않고 입속에서 부풀어 오른 연기는 천천히 입술 밖으로 나와 흩어졌다.

"이 선생님은 담배 피우는 여자를 싫어하시는 거 아닌가요?"

"아니오, 그렇지 않습니다. 그건 사람의 취향이지 않습니까. 남자만 담배를 피운다는 것도 이상합니다……."

팔러 안에서도 담배를 피우고 있는 젊은 여성은 거의 없었다. 담배를 피우는 것은 술장사를 하는 여자이거나 그와 비슷한 여자들일 것이다. 그 사람은 술을 너무 많이 마시는 버릇이 있습니다……. 일종의 독을 품은 냉소적인 느낌의 말은, 이방근처럼 이상하다고 생각하지 않는 나영호를 비꼬는 말이 아닌가.

나영호는 무얼 하고 있는 것일까. 약속시간에서 반 시간 정도 지나고 있었다. 마치 그녀를 양보하거나 억지로 들이대듯이 문난설을 보낸 채 모습을 나타내지 않고 있었다. 아니, 그건 이방근의 하찮은 망상에 불과했지만, 그는 문난설과 우연이라도 둘이서만 만나고 싶다는 마음이 없었던 것도 아니었기에, 지금 이렇게 이야기를 나눌 수 있는 관계로 만나게 된 것은, 뜻하지 않은 나영호의 선물이었다. 다만 오늘은 그녀가 계속 동석하면, 어젯밤부터 '친일' 문장 탓으로 상당해 우울해져 있던 문제에 대해서 나영호와 속 깊은 대화는 할 수 없을 것이다. 그러나 그 예정은 빗나가겠지만, 오늘 밤은 그걸로 좋았다. 무엇보다 문난설과 직접 만나고 있으니까.

그렇다 하더라도 이미 화제가 궁해지기 시작했다. 화제가 없는 것은 아니다. 여러 가지 있었지만 궁해진다는 생각이 들었다. 제법 술술 이야기가 진행되고 있었는데도, 갑자기 수돗물의 밸브라도 잠근 것처럼 이야기가 궁색해진 느낌이었다. 문난설의 민소매 원피스에서 밖으로 노출된 하얀 피부가 눈부셨다. 그녀가 한 손을 잠깐 들어 올린 사이에 겨드랑이에 드러난 검은 털이 냄새를 풍기듯 농밀했다. 부엌이다……. 포크와 나이프가 식기에 부딪치는 소리, 가게 내의 수런거림이 갑자기 크게 부풀어 올라 두 사람 사이를 가로막더니, 순간 그곳에 소리가 응고된 진공의 공간을 만들었다. 이방근은 커피를 홀짝이고 마른침을 삼켰다. 그리고 고개를 계속해서 흔들었다.

"선생님, 무슨 일 있으세요?"

"아닙니다, 그러니까, 어젯밤의 알코올이 남은 탓입니다……."

"많이 드셨나요?"

"예, 난설 씨는 술을 드십니까?"

"아니에요, 그래도 술자리를 같이할 정도로는 마십니다."

"……알코올이 몸에 퍼지면 취기의 막이 머리를 감쌉니다. 천천히 기분 좋게, 조금은 괴롭게요. 그래서 머리를 흔들고, 흔들 때마다 막이 사라지면서 취기가 점차 깊어지는 겁니다. 지금 제가 머리를 흔든 것은 그 취기의 막이 갑자기 되살아난 듯한 기분이 들어서요……."

거짓말이었다. 이윽고 그 막이 없어지고, 취기는 무한하게 퍼져서…….

"재미있네요."

다방에서 젊은 여자와 마주 앉아 화제가 끊기는 일 없이, 몇 시간이고 길게 대화할 수 있는 행복한 남자도 세상에는 있을 텐데 하고 생각하면서, 이방근은 아직 그녀와 만나 반 시간도 지나지 않았음에도 조금 무거운 기분으로 다음 말을 꺼내지 않으면 안 되었다. ……나 군은 늦군요. 그런데 나영호와는 자주 만납니까? 아니지, 두 사람은 이번에 같은 직장에 다니게 되었다면서요…….

"이 선생님, 식사는 아직 안 하셨지요. 나영호 씨가 오시면 오늘 밤은 제가 안내를 하겠습니다."

"아니, 그건. 여성에게 그럴 수는 없습니다."

"이 선생님은 서울까지 오신 손님이시니까요. 그리고 여성에게라고 말씀하신 것은 불필요한 말씀이라고 생각합니다." 문난설은 장미의 입술을 닫은 채 웃음을 그곳에 그렸지만, 이방근은 그 한마디에 허를 찔린 것처럼 움찔했다. 여자에게 얻어먹는다는 것은 말도 안 된다, 남자의 체면에 관한 문제라는 것인데, 그녀는 처음부터 그런 생각을 무시하고 있었다. "……제가 제주도에 가게 된다면, 그때는 잘 좀 부탁드려야 될 것 같아서요."

"난설 씨가 제주도에?"

이방근은 나영호가 전화로 말하던 이야기를 떠올리고, 이건 진심인 것 같다는 생각을 하면서 물었다.

"이 선생님은 언제쯤 제주도에 돌아가시나요?"

"아직 정확한 일정은 알 수 없습니다만, 다음 달 초쯤에는 돌아갈까 생각하고 있습니다. 난설 씨가 제주도에 가신단 말입니까. 그건 또 왜 그렇습니까?"

"예ー." 문난설은 천천히 고개를 끄덕였다. "산이, 한라산이 매우 멋있잖아요. 그리고 바다도……. 해방 전부터 한 번 가 보고 싶다고 생각하고 있었어요."

뭐라고? 산이, 바다가 멋있어? 이방근은 상반신이 갑자기 뒤로 젖혀지는 듯한 기세로, 울컥하는 분노의 덩어리가 위의 밑바닥을 차고 올라오는 것을 느꼈다. 상대가 첫 대면이나 다름없는 문난설이 아니었다면, 지레짐작만으로 뭔가 폭발했을지도 몰랐다. 뭐가 멋진 산이란 말인가. 한라산에는 게릴라들이 잠복해 있단 말이오…….

"아아, 그렇습니까." 이방근은 컵의 물을 마셨다. 아니지, 멋진 산임에 틀림없다, 아주……. "그러나 그런 동란의 땅에, 대체 무얼 하러 가시는 겁니까? 한라산이 멋있다고 한들 구경하며 돌아다니기에는 적합하지 않습니다."

"구경하고 돌아다닌다니요, 말도 안 되는 말씀입니다. 어째서, 그런 동란의 섬이라는 식으로 말씀하시는지요. 신문 보도에서도 반복해서 보도하고 있듯이 제주도는 비극의 섬입니다. 폭동 측의 게릴라라고는 하더라도 같은 조선인입니다. 게릴라들이 반란을 중지하고 서로 간에 평화를 찾을 길이 있다면 얼마나 좋을까요. ……어젯밤, 이 선생님은 황동성 선생님의 종로사무소에 계셨지요. 정말로 놀랐습니다. 황 선생님은 지금 국제통신사에서 발행을 준비 중인 새로운 신문의 책임자입니다만, 일전에 제주도를 단 2, 3일 동안에 다녀온 이야기를 하셨습니다. 지금은 정부가 게릴라 평정을 발표하였고, 표면적으로는 조용하지만, 그래도 잠재적으로는 게릴라 세력이 강합니다. 게다가 사람들의 경찰이나 정부 측에 대한 반감이 매우 크다고 하더군요……. 알고 계실 거라고 생각합니다만, 나영호 씨가 통신사에 취직이 결정돼서 꼭 이 선생님의 고향인 제주도에 가 보고 싶어 합니다. 저도 이 선생님과 제주도에 갈 수 있을지, 이 선생님이 함께 제주도에 가신다면 얼마나 마음이 든든할까 생각하기도 하고……. 하지만, 어쩌면 제가 선생님을 만나 뵙고 제주도에 가고 싶어졌는지도 모릅니다……. 그렇습니다."

"언제 만났을까요. 만난 것은 오늘이 처음이나 마찬가진데요."

"그렇지요, 이렇게 만나는 것은 말이죠."

"핫, 핫하, 이건 참 대단한 이야기로, 제 탓이라고 한다면 어떻게 답을 해야 할지 모르겠습니다. 다만 제 책임이 중대해지는군요. 무사히 난설 씨를 제주도로 안내해야 될 텐데…… 그렇다 하더라도, 지금 말씀하신 이유만으로 일부러 동란의 섬에 가신다고 하는 것은 역시 이해가 잘 되지 않습니다."

아이고 이거, 얼마나 행복한 사람인가. 하려고 마음만 먹으면 바로 실천에 옮길 수 있으니. 동란, 반란이라…… 이방근은 이미 바닥을 드러낸 잔에 시선을 떨어뜨리고, 왜 커피 같은 것을 시켰을까 하는 생각을 했다. 서울에 와서 며칠 사이에, 마치 커피 '통'이 된 기분이었다.

"이유는 없어요."

문난설이 불쑥 말했다.

"이유가 없다고요? 그럼 기분에 따라? 아아, 이런 말투는 좋지 않습니다. 좋지 않아요…… 아이구, 이제야 왔군요. 수고했네. 다만 40분이나 지각이야."

이방근이 한 손을 들어올려, 미안, 미안 하고 땀을 닦으며 다가온 긴 머리에 마른 나영호를 맞았다.

"그러니까 한발 먼저 메신저를 보냈지 않나. 뛰어난 메신저라구. 나 같은 것보다는 훨씬 지루하지 않았을 텐데."

"영호 씨, 말을 좀 삼가 주세요. 뛰어나고 뭐고 간에 저는 메신저가 아니니까요."

문난설은 나영호를 돌아보지는 않았지만, 이방근을 마주 보고 자신의 옆에 앉은 그를 보고 말했다.

"예ㅡ, 예ㅡ."

노타이셔츠 차림의 나영호는 오른손으로 손수건을 펄럭펄럭 흔들어 부채 대신 바람을 일으키면서, 머리를 조아리는 척 우스꽝스럽게 말했다.

"영호 씨는 이미 술을 마시고 온 거 아닌가요?"

"낭패로군, 이건 막 도착한 물건에 클레임을 거는 것이나 마찬가지 잖아. 나는 황동성 씨와 급한 일로 협의를 하느라 빠져나올 수가 없었 다구. 그래서……."

"어째서 영호 씨는 본인이 물건도 아닌데……." 문난설은 호호호 하고 가볍게 소리를 내어 웃었다. "술 냄새가 나고 있어요."

그러고 보니, 더위만이 아닌 알코올 탓으로 보이는 나영호의 광대 뼈가 튀어나온 얼굴이 발갰다.

"노예를 매매하던 시대도 아닐 테고, 사람들이 나를 물건으로 생각 할까?" 그는 갑자기 손수건으로 바람 부치는 일을 그만두고, 조금 부 자연스러운 왼손으로 어색하게 이마에 걸린 앞머리를 쓸어 올리며 말 했다. "그래서 막걸리 한 사발을 서서 마셨을 뿐이야. 오늘은 아무래 도 난설 씨의 서슬이 퍼런 것 같군. 설마 이방근 동무를 만나서 기분 이 나빠진 것은 아닐 테고……. 헷헤에, 갑자기 무슨 일일까."

"왜 그러세요? 비아냥거리는 말은 하지 마세요. 서슬이 퍼런 것은 나영호 씨 아닌가요. 뭔가 좀 드세요. 땀이 좀 식으면 얼른 나가요. 오늘 밤은 제가 안내할게요."

"웃호오, 그거 좋아. 나야 늘 얻어먹고 있지만, 이방근 동무를 위하 여 꼭 좀 부탁해. 그러나 유감이구만. 나는 급한 용무가 있어서 조금 있다가 다시 나가 봐야 돼. 이방근 동무……. 아는 사람이, 문학을 하는 동료가 한 사람 죽어서 말이야. 연립주택 변소의 천장에 줄을 달아 목을 맸어. 자살이야."

"자살⋯⋯?"

이방근은 되묻고, 문난설은 무심코 비참함에서 눈을 돌리듯이 얼굴을 돌리며 고개를 숙였다.

"이유가 뭐야⋯⋯."

이방근은 작은 신음소리를 내었다.

"처자식은 있나요?"

문난설이 고개를 들고 말했다.

"어린 여자아이와 아내가 있어."

"가엾게도."

"그렇다 하더라도, 주인공인 나 동무가 빠져서는 곤란한데."

"오늘의 주인공은 이 동무, 자네 쪽이야. 무엇보다 문난설 여사가 꼭 만나고 싶어 했거든."

나영호는 잠시 얼굴을 내밀고 올 테니, 나중에 시간을 정해서 만나자고 말하고, 이 근처의 명동에 있는 그의 단골 바를 지정했다. 그곳은 이방근이 서울에 도착한 날 밤 나영호와 함께 들렀던 마담 혼자 있는 작은 술집으로, 그가 정신을 잃고 쓰러져 콧물을 흘리며 잠들어 버린 곳이었다.

이윽고 세 사람이 함께 자리에서 일어났다. 나영호는, 이방근 동무에게 잠시 그녀를 맡긴다, 아니, 그게 아니라, 난설 여사에게 이방근을 맡기기로 할 테니, 둘이서 즐겁게 지내라고 말하는 바람에, 문난설로부터 한마디 욕을 얻어먹고 가게를 나가면서, 여덟 시 반에 만나자는 말을 남긴 채 허겁지겁 충무로를 벗어나 남대문 쪽으로 사라져 갔다.

이방근은 벗어 놓은 저고리를 한 손에 들고 아직 네온사인과 전등이 밝은, 나영호가 급하게 인파 속으로 사라져 간 길을 문난설과 나란히 걸었다. 그녀는 나영호가 빠진 뒤에도 자신이 안내하겠다고 말했는데, 이방근은 그가 함께 있다면 몰라도, 마음 편하게 그녀의 뒤를 따라갈 수는 없어서, 그가 함께 있을 때 다시 안내를 해 주었으면 좋겠고, 오늘 밤은 자신에게 맡겨 달라고 말했다. 문난설은 의외로 순순히 그 말에 따랐다.

이방근은 길을 가는 사람들의 시선을 의식하고, 자신이 이렇게 여자와 함께 길을 걸어가는 것이 오랜만이라는 것을 느꼈다. 집을 쫓겨나기 전까지 부엌이와 밤을 같이 지낸 적은 있지만, 물론 그 추한 사십 대의 하녀를 데리고 걷는 일은 뭔가의 볼일 외에는 있을 수 없었다. 그날 밤, 하얀 양장을 한 이상한 느낌의 아름다운 여자와 이렇게 걸으면서, 왠지 점점 그녀를 이해할 수 없다는 느낌이 들었다. 별 생각 없이 뒤를 돌아보았는데, 그녀의 등신대 그림자, 그것도 입체적인 조각상과 같은 그림자가 그녀의 뒤에 달라붙어 있는 것 같아, 이방근은 압박감을 느꼈다. 지금이 우연이라도 두 사람만이서 만나고 싶다고 생각한 그 좋은 기회일 터인데, 갑자기 만난 탓인지, 갑자기 한 사람이 빠져 버린 탓인지, 무엇을 위한 좋은 기회인지 알 수 없게 되었다. 두 사람이 걷는 것은, 의식하고 보니 발의 움직임까지 꽤나 어색한 느낌이 들고, 지금부터 화제를 찾는 일이 곤란할 것 같다는 느낌마저 들었다. 어쨌든 나영호가 돌아올 때까지 마시고 있을 수밖에 없다.

"나 군과는 오래 사귀었습니까?"

"아니에요, 그렇지는 않아요."

잠시 걷자 왼쪽으로 커다란 맥주홀이 나타났는데, 일전에 나영호와 함께 왔을 때와 마찬가지로 악단의 시끌벅적한 연주가 거리에까지 울리고 있었다. 하얀 깃의 제복을 입은 보이가 드나드는 손님들에게 인사를 하고 있었다.

"선생님, 맥주홀은 어떠세요?"

"맥주홀?"

이방근은 걸음을 멈추었다.

"시원한 맥주를 마시고 싶은데⋯⋯. 이 선생님은요?"

"저는 물론 좋지요."

한 쌍의 남녀 뒤를 따라 들어갔는데, 취객이 비틀거리며 나오는 순간, 이방근은 문난설을 한쪽으로 끌어당겨 감싸듯이 보호했기에, 그녀가 앞서게 되었다. 이방근은 이전과 마찬가지로 악단이 없는 2층으로 올라가려 했지만, 보이가 안쪽 무대 쪽으로 안내하는 대로 그녀가 따라가는 바람에, 그는 그녀의 살짝 땀이 밴 살갗에 닿은 감촉의 온기가 왼쪽 손바닥과 손가락에 촉촉이 배어 오는 것을 느끼면서 그 뒤에 섰다. 무대 앞에는 조금 넓은 공간이 있었고, 몇 쌍의 남녀가 춤을 추고 있었다. 그 주변 자리는 꽉 차 있어서, 오른쪽 계단 근처인 벽쪽으로 자리를 잡았다.

중 조끼 두 개와 간단한 마른안주가 나왔다. 맥주홀에 특별한 안주가 있을 리 없다. 비프스테이크와, 맥주는 어울리지 않을 것 같았지만, 자신의 몫으로 순대를 주문했다.

"이 선생님은 대자 조끼가 좋을 것 같은데."

"같은 것이 좋지 않을까요. 또 주문하면 되니까."

조끼를 손에 든 두 사람은 서로 눈이 부신다는 듯이 그것을 가까이 대고 탁 부딪쳤다. 투명하고 명쾌한, 그리고 차갑고 자그마한 소리. 이방근은 조끼를 크게 기울여 꿀꺽꿀꺽 단숨에 3분의 1 정도를 비웠다. 하지만 그녀는 천천히 한 모금 마시고 가볍게 숨을 토하면서 조끼를 테이블 위에 내려놓았다. 술이 있는 테이블을 마주하자 조금 전까지의 어색한, 그리고 불안정하면서 화가 치미는 듯한 느낌이 사라지는 것 같아서, 화제가 없어도 고통스러울 것 같지 않았다.

"여기는 일전에 우연히 뵀던 밤에, 나영호 동무를 따라왔던 곳입니다."

"그러셨군요. 영호 씨는 아무런 이야기도 없었어요."

"그때는 2층이었는데 말이죠. 난설 씨의 일이 화제가 되었습니다. 제가 꺼냈습니다만, 저는 이전에 '서북'에서 잠깐이지만 난설 씨를 보았다는 이야기를 했습니다. 그러자 그는 화를 내더군요. 난설 씨를 만난 일이 있는 주제에, 두 사람을 소개해도 전혀 그런 기색을 보이지 않더군, 그녀 쪽은 자네를 알고 있나? 라고 묻기에, 아니, 아마 모를 거라고, 저는 말해 두었습니다만."

"괜찮아요. 그런 일은." 문난설은 전혀 신경 쓰지 않는다는 어투로 말했다. "저는 영호 씨에게 이 선생님을, '서청'의 간부숙소에서 잠깐 얼굴을 본 일이 있는 것 같은데, 아마도 그분인 것 같다고 말했으니까요. 그러니까, 소개받는 것이 당연한 일이죠. 실제로 첫 대면이니까……. 그 사람은 이 선생님을 질투하고 있는지도 몰라요."

"뭐라고요, 저를? 터무니없는 말씀을. 그건 난설 씨의 짓궂은 농담이겠지요."

"그렇지요, 저의 농담이 아니라면 이상한 일이 되는 거지요……."

"앞으로 만나 뵐 수 없게 됩니다."

"겁이 많은 분이시네요." 문난설은 웃음으로 말을 받았다. "이 선생님은 화를 낸다든가, 무섭게 분노하는 일은 없으신가요?"

"그렇게 보입니까?"

"첫 대면이라서, 모르겠어요."

"이렇게 난설 씨와 이야기를 하고 있자니, 오늘이 첫 대면이나 마찬가지고, 처음으로 천천히 이야기를 나누고 있는 것 같지 않습니다."

"......"

문난설은 잠자코 이방근을 빛나는 눈으로 마주 보고, 맞장구치듯이 고개를 끄덕였다.

스테이크와 순대, 그리고 샐러드가 나왔다. 새빨간 김치가 추가되어 있었다. 이방근의 앞에는 피가 뚝뚝 떨어질 것처럼 살짝 익힌 것이, 그리고 그녀의 앞에는 잘 익혀진 고기가 놓였다. 이방근은 두 잔째를 주문하고, 문난설은 천천히 마셨다. 눈가가 조금 붉어져 있었다. 취기의 부드러운 막이 어딘지 먼 외계에서 온 것처럼 신선한 울림을 동반한 채 머리를 감싸고, 이윽고 그 틀을 넘어, 틀이 녹아 취기가 전신에, 혈관의 말단까지 타고 내려가는 것을 알 수 있었다. 이방근이 머리를 흔들었다.

"어머나, 선생님의 버릇이시군요." 문난설이 빙긋이 처음으로 웃더니, 뭔가 자비심이 깊은, 남동생이라도 바라보듯이 흐뭇한 눈으로 이방근을 쳐다보았다. "취기의 막이 머리를 감싼다고 말씀하셨잖아요. 천천히 기분 좋게, 그리고 조금은 괴로운 듯이······. 그러다가 그 막이 사라지면서, 다시 취기가 겹쳐지면서 퍼져 간다고요······. 저는 선생님이 말씀하신 것을, 아까부터 떠올리고 있었어요. 그리고 제 머릿속 취기의 막을 인식하려고······."

그녀는 하얗고 반듯한 목을 세우고 조끼를 크게 기울여 맥주를 마셨다.

"아이고, 잘 기억하고 계시는군요. 별일도 아닌 것을."

이방근이 감탄하듯 큰 목소리로 말했다.

잠시 식사가 계속되었다. 악단의 연주가 끝나고 휴식에 들어간 모양이다. 악단원이 퇴장하여 텅 빈 무대 위에 '축 대한민국 정부 수립'이라는 문구의 현수막 주위로 장식된 만국기가 천장의 선풍기 바람에 작은 파도를 일으키며 흔들리고 있었다.

"선생님은 춤을 잘 추시겠지요?"

"아니요, 전혀 못 춥니다. 그래서 파티에 초대받아도 헛일입니다. 그곳에서는 춤도 출 거 아닙니까. 춤은 신시대 교양의 일종인데 말입니다. 저 같은 게 춤을 추었다가는 춤을 모욕하게 될 겁니다."

"어머나, 무슨 그런 말씀을 하세요. 그래도 선생님이 춤을 추지 않으시다니……. 그렇게는 보이지 않아요."

"호호오, 그런가요."

이방근이 담배를 피우자, 그녀도 담배를 물고 그의 불을 받았다. 취기가 전신을, 문난설을 포함한 테이블 위의 먹다 만 고기와 순대, 그리고 샐러드와 김치, 땅콩, 식기와 냅킨, 조끼 등 전체를, 노란 빛의 막처럼 감싸고 있는 것 같았다. 우리들은 왜 지금 이곳에 앉아서, 무엇을 하고 있는가. 왜 여기가 제주도의 어두운 밤이 아닌가. 이방근은 서로 간에 가만히 마주 보고 있음을 의식하고, 여기가 밀실 같다는 착각에서 깨어났다. 귀에 바이올린이 주제를 연주하는 아름다운 선율이 살아났다. 아니, 이미 가을의 초저녁처럼 조용하고 감미로운 곡의 흐름에 한동안 빠져 있었던 모양이다. 무대를 바라보자 여전히 텅 비어 있었고, 어디선가 구름이 솟아나 모여드는 것 같은 격정을 동반하면서, 「타이스의 명상곡」이 들려왔다. 연주의 사이에 레코드음악을 틀고 있는 것 같았다.

"「타이스의 명상곡」이지요. 마스네의……. 좋은 곡이에요. 아름다운 곡은 슬프네요."

이방근은 움찔하며 상대의 말을 들었다. 아름다운 것은 슬픈 것이다. 작년 여름이었던가, 양준오가 아직 중학교 교사를 하고 있던 남승지를 데리고 성내의 집으로 찾아왔다. 그때 마침 여동생 유원이 피아노로 슈만의 「나비」를 치고 있었다. 다 치고 나자, 남승지가 그건 무슨 곡이냐고 여동생에게 물었다. 그 곡의 첫 부분을 듣고 있으면, 서울에서 본 프랑스 영화 『죄와 벌』 속의 소냐와 라스콜리니코프, 특히 소냐의 허름한 아파트를 찾은 라스콜리니코프의 심상 같은 것이 상상된다고 열심히 말했다. 여동생은 그것은 「가면무도회」라는 표제가 붙어 있는 「나비」의 첫 번째 곡으로, 분위기가 전혀 다르지 않느냐, 당신이 그 장면에 집착하는 것은, 음악은 듣는 사람의 느낌으로 얼마든지 그 형태를 바꿀 수 있겠지만, 그래도 남승지 씨의 상상력은 대단하네요……라고 결코 찬사가 아닌 거만한 말투를 했다. 즉 착각을 해도 이만저만이 아니라는 것이었다.

「나비」라고 되어 있으니까, 나비가 날고 있는 모습을 상상하면 될 터인데, 나비가 나는 모습이 그렇게 슬프니까, 하고 묻는 남승지를 보고, 여동생은 웃음을 터뜨리더니, 손으로 입을 가리고 웃었다. 승지 씨는 왜 화려하고 가련한 아름다운 곡을 그렇게 슬픈 곡조로 듣는 건가요……. 아름다운 것은 슬픈 거야……. 이방근은 여동생을 나무라듯 말했던 것이다. 여동생은 자리를 떠났다. 「나비」는 슈만이 같은 독일의 작가 장·파울의, 한 여인을 사랑한 형제가 가면을 쓰고 그녀가 있는 무도회에 나타나, 어느 쪽인가가 사랑을 양보한다는 사랑의 성취와 실연의 이야기를 토대로 한 것이라고 하니까, 그 음악에서 절절한 슬픔의 감정을 들었다는 것은 결코 남승지의 착각이 아니었고, 남승지의 감정 속에서 그 느낌을 불러일으킨 유원의 피아노 실력도 대단하다고 해야 할 것이었다.

문난설은 음악이 울려 퍼지는 중에도 아랑곳 않고 자리를 떴다가 잠시 후 한여름의 장미와 같은 선명한 립스틱을 다시 바르고 돌아왔다. 이윽고 몇 분간 계속된 아름다운 곡이 끝났다. 그녀는 자리를 비운 사이에 가져온, 빨갛고 투명한 색으로 흔들리는 와인 잔을 들어 올리고, 곡이 끝났습니다, 이 선생님, 건배하시죠, 즐거운 밤입니다, 라고 말하고 눈으로 신호를 보낸 뒤, 입술에 붉은 액체의 잔을 가져갔다. 이방근은 이 곡에 어떤 추억이라도 있느냐고 물으려다 그만두었다. 음악에는 누구에게나 그 나름의 추억이 결부되기 마련이었다. 어쩌면 조금 전에 연주된 곡은 새로운 추억의 재료로써 다시 겹쳐질 수도 있을 것이다.

무대에 악단의 멤버들이 슬슬 나오더니, 다시 연주가 시작되었다. 이윽고 커플들이 자리에서 일어나 무대 앞으로 나갔다. 이방근은 나이프로 자른 자국이 빨간 덜 익힌 고기를 포크로 찍어 입에 넣으며, 춤을 출 수 있었다면 아마도 그녀에게 요청했을지도 모른다는 생각을 했다. 그녀는 응할 것이다. 그리고 무대 앞으로 나가 커플들의 사이에 섞이면 그만이다. 이방근은 눈앞의 문난설을 보면서, 한참 동떨어진 공간에, 우걱우걱 고기 씹는 이빨과 턱의 관절 소리가 울리는 공간에, 그녀의 몸을, 풍만한 허리의 선과 솟아오른 가슴의 선, 그리고 순식간에 옷이 흘러내려 움직이는 나체를 보았다.

그녀가 불쑥 자리에서 일어나, 이 선생님, 춤을 추시죠, 정해진 스텝만 밟으면 되니까, 제가 리드할게요…… 하고, 그녀 쪽에서 권유의 손을 뻗어도, 그는 자리에서 일어나지 않을 것이었다. 관계없는 일이었지만, 어젯밤의 파티에 그녀는 어떤 남자와 춤을 추었을까. 나영호가 급히 이쪽으로, 맥주홀이 아니라, 명동의 번화한 거리를 급한 걸음으로 달려오는 것이 보였다. 나영호와는 관계가 있는가. 안겼을까. 이방근은 섬뜩한 느낌으로, 입안의 고기와 함께 혀를 씹을 뻔하면서, 순간 찰싹 달라붙는 듯한 무서운 느낌으로 문난설을 보았다. 그 시선을 받은 그녀는 조용히 와인을 마셨다. 뭐가, 그 사람은 이 선생님을 질투할지도 모른다는 거야. 침대 위의 문난설과 나영호. 이것은 타들어 가는 듯한 고통을 동반하고 머릿속을 숟가락으로 도려내는 것처럼 질투심을 불러일으키며 취한 혈관을 내달리는 느낌이었다. 이방근은 스스로도 놀랐다. 그것은 몸이 뒤로 젖혀질 정도의 기세였고, 그는 그 반동으로 자리에서 일어났다.

남자변소는 많은 손님들의 체내를 빠져나온 맥주의 배설물 탓에 눈을 찌를 정도로 독한 암모니아 냄새로 가득 차 있었다. 일전에 처음 겪어 보는 나쁜 취기로 극심한 구토를 반복하면서 괴로워하던 때를 떠올렸다. 암모니아 냄새 탓에 두통을 동반하고 있던, 덜컹덜컹 톱니바퀴가 회전하는 것 같던 머릿속에서 소리가 사라지고, 기분이 다소 진정되었던 것이다. 도대체 어찌 된 일인가. 이상한 이야기다. 연인도 아니고…… . 오늘 막 만났는데 이상한 일이 아닌가. 마치 영화라도 보면서 등장인물에게 감정을 이입하고 함께 질투하는 것과 같은 일이 아닌가. 나는 어쩌면, 그 여자 앞에서 이미 자유를 잃어버린 것은 아닐까? 말도 안 된다. 질투? 어리석기는. 이방근은, 아, 아…… 하는 신음소리를 내면서, 입에 담기도 꺼림칙한 그 말을 삼켰다.

"난설 씨……." 자리로 돌아온 이방근이 술기운으로 촉촉해진 목소리로 말했다. "나 군은 난설 씨를 좋아하지요?"

그녀가 갑자기 정색했다. 그리고는 바로 원래의 표정으로 돌아가더니, 무슨 그런 시시한 이야기를 묻느냐는 식으로 이방근을 쳐다보며 말했다.

"왜 그런 걸 물으시는 건가요?"

"……"

이방근은 콧대가 꺾인 느낌이 들었지만, 그녀의 말투는 그 표정과 함께 그의 '질문'에 부정적인 울림을 띠고 있었다.

"그 사람은 어린애 같은 구석이 있어서, 이 사람 저 사람 관심이 많은 것 같아요."

"핫, 하아……. 그럴까요. 하지만, 그건 난설 씨가 제대로 받아 주지 않기 때문이겠지요."

"어째서 그래야 하는 건가요? 저는 그 사람과 아무런 관계도 없어요."

"아무런 관계도 아니다?"

"왜 그런 얼굴을……. 영호 씨가 뭔가 그런 이야기라도 했나요? 글쎄요, 있을 수 없는 일이에요. 이런 건 여자가 이야기하기 곤란한 일이지만, 설사 뭔가 관계가 있었다고 해도, 그런 일이 없으니까 말하는 것이지만, 그것이 어떻다는 건가요. 저는 저니까요. 제가 영호 씨로부터 이래라 저래라 하는 말을 들을 이유가 전혀 없어요……."

"……"

이방근은 속으로 신음했다. 나는 그녀에게 무슨 말을 하게 한 것일까. 그리고 나영호에 대한 잔혹한 말을……

"저는 자유예요."

"자유……. 그건 그렇겠지요." 이방근은 적잖이 놀라고 있었다. "왜 그걸 제게 말씀하시는 겁니까?"

"뭐라고요? 선생님에게 말입니까? 그건 선생님이 지금 이곳에 계시기 때문입니다. 그렇잖아요. 선생님과 이야기를 하고 있으니까요. 그러나 그건 저 자신에게 말하고 있는 겁니다." 문난설은 약간 흥분된 어조로 말하더니, 남은 와인을 단숨에 비웠다. 이방근은 거의, 화가 난 그녀가 자리에서 일어나 버릴 거라고 생각하고 반사적으로, 잠깐만 기다려 달라……며 일어날 뻔했다. 그러나 그녀는 붉어진 얼굴에 웃음을 지으며 말했다. "아이구, 어쩌다 이런 말을 하고 있는지 모르겠네요. 제가 너무 실례를 범해서……. 이 선생님, 죄송해요."

"죄송이고 말고가 어디 있습니까."

오만한 여자다. 이방근은 자신의 손으로 머리카락을 쥐어뜯는 시늉과 함께 들어 올린 주먹을 내려놓을 자리가 없다는 느낌으로, 그러나 안심하면서 말했다.

시각은 이미 여덟 시 반이었다. 나영호가 여덟 시 반에 맞추어 온다는 보장은 없었지만, 이쪽은 둘이 함께 있는 것이니, 먼저 가서 그가 오기를 기다리는 것도 좋을 것 같았다. 그런데 여기에서 멀지 않다고는 하지만 걸어서 십여 분은 걸리는 그곳까지, 지금 바로 일어난다고 해도 약속시간에 맞출 수는 없었다. 하긴, 그가 팔러에서 지각한 복수라고 한다면 애교로 봐줄까. 무대의 앞에서는 춤이 계속되고 있었지만, 선생님, 춤을 추시죠…… 하는 문난설로부터의 권유는 결국 없었다. 두 사람은 자리에서 일어나, 밴드의 음악에 포위된 곳에서 빠져나와, 취기로 붉어진 얼굴에 시원한 밤바람이 불어오는 거리로 나왔다.

남대문 쪽으로 향하면서 이방근은 도중에, 명동 쪽으로 나오는 네거리를 우측으로 꺾어 들어가려고 할 때, 문난설이, 이 선생님…… 하고 말을 걸며 멈춰 섰다. 그리고는 더 이상 다른 곳에 들르거나 해서는 너무 늦어지기 때문에, 자신은 여기에서 실례하겠다……고, 철야의 파티에도 출석하는 여자치고는 그다지 어울리지 않는 말을 했다. 당돌한 말에 이방근은 당황했다. 무엇보다 나영호의 입장이 있었다. 이방근은 이미 나영호가 와서 기다리고 있을 것이고, 당신이 빠지면 그가 쓸쓸해 할 것이니 얼굴만이라도 내밀어 달라고 요청했지만, 일단 술집에 들어가면 그렇게 되지는 않을 것이라며 그녀는 응하지 않았다. 그리고 나중에 다시 뵙고 싶다고 말한 뒤, 자신은 제주도에 가 볼 예정이니 부디 잊지 마시고, 그때는 잘 부탁한다……며, 작별의 손을 내민 이방근과 가벼운 악수를 하고 그 자리를 떠났다. 가슴

속에서 실망의 감정이 꿈틀대는 것을 의식하며 이방근은 잠깐 그 뒷모습을 전송한 뒤 옆길로 들어갔다.

그는 약속한 장소로 향하면서, 조금 전의 맥주홀에서 왜 그처럼 질투심이 순식간에 전신을 꿰뚫은 것인지 이해하지 못했다. 마치 일종의 발작 같았다. 마음을 도려낸 구멍이 뚫려서 벌어져 가는 공허한 감정. 아니, 술, 술의 탓도 있었을 것이다. 취기로 흥분해 있었던 것이다.

이방근은 조금 불안한 기분이 없는 것은 아니었지만, 취기로 얼버무리며 그 두 번째의 바로 갔다. 나영호는 이미, 아마도 상가에서 마시고 왔을 것이다. 상당히 취해 있었는데, 이방근을 보더니 취한 눈으로 문 쪽을 계속 지켜보면서, 문난설은 어떻게 됐어……라고 으르렁거리듯이 말했다. 어떻게 되고 말고 할 것도 없었다. 그래서 그녀는 먼저 돌아갔다고, 대여섯 명이 앉을 수 있는 카운터의 의자에 앉으면서 이방근은 말했다. 어쨌든, 그녀가 함께 오지 않았다는 것이, 나영호의 취한 날개에 올라탄 망상을 자극한 것인지, 그는 자신을 책망하듯이, 여자의 일로 추태를 부렸다.

나영호는, 자네가 난설을 돌아가게 한 것이 아니냐고 말하기도 하고, 그녀는 나를 피하고 있다, 이런 일은 지금까지 없었는데 뭔가의 변화가 그녀의 마음속에 일어나고 있는 게 틀림없다……라고 말하기도 했고, 자네가 뭔가 쓸데없는 말을 해서 그녀를 화나게 만든 것은 아닌가, 그 말은 조금 맞기도 했지만, 그런 소리를 해대며 이방근에게 시비를 걸었다. 그리고 마침내는, 용서해 달라고 사죄는 했지만, 이봐, 방근, 내 여자에게 손대지마, 라고 외치기도 하다가, 결국은, 아이고, 그녀는 내 여자야, ……나의 공주님이란 말이야……라는 둥, 듣는 사람을 조금 계면쩍게 만드는 뜻밖의 모습을 보여 이방근을 놀라게 했다. 어젯밤에 우연히 읽은 '친일' 문장의 뒷맛이 참을 수 없을 만큼 우울하게 신경을 자극하는 기분의 일단을 놓고 천천히 술을 마시며 이야기해 볼 작정이었는데, 문난설이 불쑥 끼어드는 바람에 허사가 되고 말았다. 그러나 그것은 특별히 중요한 일도 아무것도 아니었다. 앞으로도 기회는 있을 것이고, 그 대신 생각지도 못한 일이었지만, 문난설을 만난 건 다행이었다.

나영호는 처자식을 남기고 자살한 문학 동료에 대해 이야기했다. 자살이란 무엇인가, 왜 그 장소가 악취로 가득한 연립주택의 변소이고, 그것도 목을 매었는가에 대해 눈물을 흘리고 화를 내면서, 조금 혀가 꼬인 어투로 말했다. 방근이, 자네는 어떻게 생각하나? 이런 일은 있을 수 있을 거야, 가령 권총이 없었다든가. 만일 그 사람에게 권총이 있었다면, 변소는 그렇다 치더라도, 목을 매지는 않았을 거야. 으, 으—음, 그건 그렇군, 귀, 권총이란 말이지……. 아니, 아니지, 잠깐만, 영호 동무, 알 수 없는 일이야, 만일 권총이 그의 손에 있었다고 해도, 어쩌면 변소에서 같은 방법을 선택했을지도 몰라……. 오오, 궁극적으로는 같은 일이라는 건가. 어차피 죽는 건 마찬가지야, 죽어 버린 사람들에게는……. 난 말이지, 궁극적으로는 제주도에 갈 거야, 자넨 웃었지만, 나의 제주도행은 진지하다구. 나, 난 말야, 자격은 신문사 기자지만 작가로서 가고 싶어……. 그는 문난설과 비슷한 내용을 취기 속에서 말했다.

이방근은 그를 재촉해서, 오늘 밤은 나와 함께 가서 자자고 권했지만, 나는 안 가, 안 간다며 말을 듣지 않았다. 그럼 자네 하숙집까지 바래다주겠다고 말해 봤지만, 내버려 두라며 움직이지 않았다. 그리고 전과 마찬가지로 카운터 위에 엎드리더니, 어린애처럼 바로 잠에 떨어져 코를 골기 시작했다. 행복한 남자였다. 이렇게 되면 누가 깨워도, 설령 문난설 여사가 찾아와 깨운다 한들, 한동안은 행복한 잠에서 깨어나지 않을 것이다.

이방근은 계산을 끝내고, 이전과 마찬가지로 혼자서 술집을 나왔다. 잠시 걷다가, 도중에 잡은 택시로 집에 돌아왔다.

다음날 아침, 여덟 시를 지나고 있었을까. 벌써 눈을 떠도 이른 시간은 아니었지만, 여동생이 방에 들어온 기척에 반쯤 깨어 있으면서도 감고 있던 눈을 떴다.

"오빠, 벌써 일어나셨군요."

이방근은 이불 위에 일어나, 베개 맡에 놓인 물병에서 가득 따른 물을 단숨에 마셨다.

"무슨 일이야?"

물이 막 목을 통과했지만, 목소리는 갈라져 있었다. 이상야릇한 얼굴을 하고 우뚝 서 있던 유원이, 남승지 씨가 죽는 꿈을 꾸었다……라고 말했다.

"뭐라고? 남승지가 죽다니. 꿈속에서 죽었다는 말이겠지. 그게 어쨌다는 거냐. 꿈속에서는 지구든 우주든 없어지기도 하잖아. 꿈은 종잡을 수가 없어."

이방근은 담배를 물고, 켠 성냥의 남은 불을 불어 껐다.

"꿈일까요? 혹시 들어맞는 꿈이라면, 오빠, 어떻게 해요. 오빠는 꿈 같은 걸 믿지 않겠지만……."

여동생은 어쩌면 진심으로 걱정하고 있는 것 같았다.

"믿고 안 믿고는 둘째 치고, 알았으니, 거기 앉아서 꿈 얘기나 좀 해 보렴, 음."

"꿈속의 장소는, 제가 올봄에 집에 갔을 때, 오빠와 함께……." 그녀는 목소리를 작게 하더니, 저어, 게릴라의 '해방구' 같은 곳으로, 강몽구 선생님과 남승지 씨의 안내로 갔었잖아요, 라고 말했다. "그곳과 닮았어요. 한참 올라간 한라산 자락의 고원 마을 주변이었는데, 전 피아노를 치고 있었어요. 그러니까 역시 꿈이었다고 생각해요. 그도 그럴 것이, 그런 고원의 시골에 피아노가 있을 리가 없는데도……. 그 피아노 소리를 들으려고 어디선가 남승지 씨가 와 있었어요. 곡은 지난 여름방학 때, 아직 남승지 씨가 지하로 잠복하기 전의 학교에서 선생으로 있을 적에 양준오 씨를 따라 성내의 집으로 놀러 온 일이 있잖아요. 그때 쳤던 슈만의 「나비」를, 지난밤에 저는 그 무렵의 일을 생각하면서 같은 곡을 치고 있었어요. 승지 씨에게 상당히 건방지고 실례되는 말을 하는 바람에, 오빠에게 심하게 야단을 맞은 일이 있었어요. 아름다운 것은 슬픈 것이다……라고, 오빠는 매우 멋진 말을 하셨고요. 전 그때는 분한 마음에 자리에서 일어나 제 방으로 돌아가 버렸지만……. 꿈은 여러 가지가 섞여 있었고, 그때 갑자기, 한 사람의 여자가 나타났는데, 그건 식모였던 부엌이였어요. 부엌이는 지금까지 본 적이 없는 기묘한 모양의 작은 동물, 개미핥기를 닮은 것 같았는데, 번들번들한 갈색의 등딱지와 긴 꼬리, 착하지만 쓸쓸한 눈을 가진 동물을 데리고 있었어요. 고양이 흰둥이와 함께 있는 게 아니었어요. 그 부엌이가 승지 씨에게 마을 사람들이 부른다면서 데리고 가더니 돌아오지 않는 거예요. 그래서 그를 찾아갔더니, 그 고원에서 멀리 떨어진 마을 입구 안에는 해안의 바위지대였는데, 승지 씨는 피투성이로 참살당해 있었어요. 저는 놀라기보다, 너무나 슬퍼서 꿈속이지만 소리 내어 울었어요……. 아무리 꿈속이라고는 하지만, 그렇게 죽을 수도 있는 건지 모르겠어요, 오빠……."

"우후후……." 이방근은 담배 연기를 내뿜으며 신음소리를 내었다. 부엌이에게 끌려가 죽임을 당하는 것은 남승지가 아니다. 그건 바로 내 모습이 아닌가. 머리가 큰 도끼로 쪼개져서 말이지……. "어쨌든 꿈이야. 평범한 꿈으로 걸작은 아니구나. 꿈속에서 그의 죽음에 놀라는 것도, 네가 남승지의 일을 잊어버린 것처럼 거의 화제로 삼지 않는 벌일지도 모르지. 어쨌든 꿈이야. 그는 아마 펄펄 날고 있을 거야. 물론, 그들로서는 배를 굶주리거나 하는 고생은 하겠지만."

"오빠, 남승지 씨의 일을 잊거나 하진 않았어요. 다만 별로 화제로 삼고 싶지 않았을 뿐이에요. 유치장에서 남승지 씨와 김동진 씨를 비롯한 그 밖의 사람들이 고향에서 투쟁하고 있는 일에 대해서, 그리고 자신의 불행한 조국에 대해서, 음악에 관한 일도 함께 여러 가지로 생각했어요. 그러자 남승지 씨의 일에 대해서도 그다지 화제로 삼고 싶지 않았어요……. 괴롭잖아요. 하지만, 고향 땅에서 피를 흘리며 싸우고 있는 남승지 씨의 일은 잊은 적이 없어요……."

그리고 유원은, 이번에 오빠가 제주도에 돌아갈 때까지 스웨터를 다 짤 테니, 그걸 어떤 방법으로든 남승지의 손에 전해 달라고 말하여, 오빠를 놀라게 만들었다. 어제 툇마루에서 짜고 있던 작은 털실의 단편은, 겨울에 대비한 자신의 것이 아니라, 한라산의 혹독한 겨울에 대비하기 위한 작은 선물이었던 것이다.

……좋은 곡이네요, 아름다운 곡은 슬퍼요. 이방근은 아무런 맥락도 없이, 어젯밤의 맥주홀에서 문난설이 한 말을 떠올렸다.

제15장

1

　남승지는 기둥에 매달린 장방형의 거울을 보고 있었다. 산에서는 거울 같은 것은 거의 보지 못한 채 생활해 온 탓인지, 이 방에 있으면 눈앞에 하루 종일 거울이 매달린 느낌이 들면서, 신기한 것이나 되는 양 거울에 다가가 얼굴을 들이대는 동물처럼 반복해서 들여다보고 있었다. 거울 안쪽에 비치는 것은, 배후의 그다지 넓지 않은, 낮은 천장을 한 방의 단순한 벽이었다. 이곳은 양준오의 방이었는데, 거울 속은 관계가 없는 다른 공간이었다. 이 공간에서는 모든 것이 다른 고동을 친다. 분명히 벽과 함께 독신자다운 작은 옷장과 앉은뱅이책상 같은 사소한 세간이 비치고 있었지만, 그것들은 이미 빛의 반사에 드러난 채로 있었다. 거울 속에 보이는 것은, 배후의 벽만이 아니었다. 이 방 사면의 공간 전체가 이미 거울처럼 빛나며 자신을 감싸고 있음을 의식했다. 여름의 바람이 반쯤 열린 뒤쪽 미닫이를 흔들고, 햇볕을 흡수하여 번들번들 빛나는 검은 돌담 너머 초가지붕을 성큼 뛰어넘어, 바람을 타고 바다가 부서지는 소리가 확실히 들려왔다.

　지하공작자, 조직자로서 성내에 와 있던 남승지는 아는 사람이라고는 이방근의 가족과 유달현의 하숙집 친척, 양준오의 하숙집 가족 등을 제외하고는 거의 없다고 해도 과언이 아닌, 사면의 거울 속에 있는 자신을 의식하고 있었다. 아니, 그 거울에는 자신만이 아니다. 양준오와 유달현, 박산봉 등도 포함해서 성내 지구의 학교와 각 직장, 20여 개소의 세포에 속한 동지들이 비치고 있었다. 특히 세포와는 관계가 없었지만, 최근 2, 3개월 전에 특별당원, 즉 비밀당원으로 조직에 가담한 양준오의 모습이 있었다. 최근 일본에 다녀온 강몽구에게서 장문의 편지를 맡긴 여동생 말순을 비롯하여, 강몽구와 같은 배로 서울에 와 있는 것으로 보이는 우상배……

　어제 저녁에 성내로 들어온 남승지는, 유달현 등과의 회합을 마치자 바로 이곳으로 돌아와 머물고, 아침에 양준오가 도청으로 출근하고 난 뒤에도 외출하지 않았다. 오늘은 8월 20일, '신정부'가 성립되어, 해방된 지 3년 만에 매국노의 공공연한 나라가 되어 버린 8월 15일로부터 닷새가 지나 있었다. 대한민국. 초가지붕의 그다지 넓지 않은 방에 틀어박혀 있자니, 온갖 상념이 방 안 가득히 날개를 펼치며 부풀어 올랐다. 지금 거울 속은 남승지의 자유로운 공간이었고, 벽이랑 세간 너머로 만화경에 비치듯이 다양한 것들이 보였다. 투명한 막을 걷어 올리자, 천천히 그것들이 만조의 흐름을 타고 밀려왔다. …… 음, 승지 동무, 참 그렇지, 조심해서 김명우 동무라고 불러야 되겠지. 자네는 훌륭해. 나와는 달리 자넨 일본의 오사카에 모친과 여동생이 있으니 말야. 게다가 자네는 외아들이라서 결혼도 해야 되는데, 오로지 그것이 모친의, 아니 조선 사람으로서 자손의 보전, 조상에 대한 유일한 지성의 길이라고 하잖아, 대를 잇는 일이. 이렇게 말하면 자네의 효심을 자극하는 일이 될지도 모르지만……. 여동생으로부터 온 편지에 대해 말하자, 같은 외아들인 자신의 일은 제쳐 둔 양준오의 말이었다.

　……어머니의 건강은 그다지 좋지는 않은 것 같더군, 위장 쪽이 좋지 않은 모양이야. 강몽구의 말이었다. 남승지는 거울 안쪽에 나타난 어머니의 얼굴을 보고, 거울 앞을 떠났다. 바다가 부서지는 파도 소리가 뚜렷이 들려오고, 여름 바람이 반쯤 열린 미닫이 사이로 불어 들었다.

　오빠, 건강하세요? 지금 7월의 한여름 더위가 한창입니다. 이 편지가 오빠 있는 곳에 도착하여, 오빠의 손바닥 위에 펼쳐지는 것은, 앞으로 보름, 아니 훨씬 더 지나야 될지도 모르겠어요. 지금은 건강해도, 그 무렵에는 어떻게 될까요. 어머니는 오빠 걱정만 하세요. 제가 괜찮을 거라고 위로를 해도 마찬가지예요. 그 뒤로 다시 강몽구 오라버니가 일본에 오셔서 이카이노(猪飼野)의 집까지 찾아 주셨을 때 얼마나 기뻤는지 몰라요. 하지만 3월에 오셨을 때는 오빠도 함께였는데, 이번에는 혼자 오셔서 너무나 실망스러웠지만, 그래도 그건 저희들의 사정만 생각하는 일이겠지요. 일전에 오빠가 일본에 오신 것은 특별한 경우였으니까요.

그리고 나서 벌써 4개월이 지나고 말았습니다. 실은 몇 년이나 지난 것 같은 느낌도 들지만. 몽구 오라버니로부터 그쪽의 소식은 들었어요. 어머니는 그것만으로도 얼마나 기뻐하셨는지 몰라요. 제 소중한 오빠, 건강하세요? 어디서부터 이 편지를 쓰면 좋을까요. 그래서 인사만이 앞서고 말았네요. 오빠, 승지 오빠, 몽구 오라버니로부터 우리의 소식을 들을 거라고 생각하지만, 어머니와 저는 모두 건강하고, 오빠에게 지지 않을 만큼 열심히 살고 있어요. 어머니는 변함없이 허리가 둥글게 휠 정도로 재봉틀을 밟고 있습니다. 저는 올 4월부터 지역 민족학교의 아이들을 상대로 교사를 하고 있는데, 지금 우리 민족학교를 지키는 것이 큰일입니다. 해방 후에 동포들이 피와 땀으로 건설한 우리의 학교를, 미점령군과 일본 정부가 부당하고 심하게 탄압하고 있지만 피와 눈물로 지키려 하고 있습니다. 해방군이라고 생각했던 미국도, 민주화되었을 터인 일본 정부도, 지금은 완전히 '거꾸로' 달리고 있습니다.

4·28한신(阪神)교육 투쟁에 대해서는 본국에서도 큰 분노와 함께 보도되었다고 들었습니다만, 오빠도 알고 있겠지요? 고베와 오사카

에서는 2천 명에 가까운 동포들과 함께 싸운 일본인들이 체포되었습니다. 4월 23일 아침, 오사카에서는 민족학교의 폐쇄 명령에 분노한 동포들이 각 방면으로부터 오사카 부청(府廳) 앞 오테마에(大手前) 공원에 모여(알고 계시겠지만, 오사카 성 해자 앞 공원이에요), 반대 항의 대회를 열었습니다. 많은 동포들이 부청에 눌러앉아 대표들이 교섭을 위해 부지사와의 면담을 요구하고 있을 때, 무장경관 4천 명이 시커먼 산처럼 출동하더니, 무방비 상태의 데모대에 달려들었고, 소방차 여러 대가 세찬 물줄기로 사람들을 콘크리트 바닥에 내동댕이쳤습니다. 경관대의 습격으로 일부의 군중이 뿔뿔이 흩어지면서 도망 다녔고, 저도 소방차의 물줄기를 맞으며 뒤에서 휘두르는 곤봉을 피하려고 필사적으로 도망쳤습니다. 머리를 겨냥해서 내려치는 곤봉 끝이 격렬한 기세로 등의 한쪽을 스치고 지나가는 것을 느끼면서, 부청 앞의 전찻길이 있잖아요, 그 전찻길의 보도와 공원의 울타리 대신 만들어 놓은 수풀이 있어요. 그곳으로 우리는 나뭇가지 등에 얼굴이나 팔을 긁히면서 정신없이 뛰어들었어요. 몇 명인가가 뛰어들었습니다. 끈질긴 개들의 곤봉은 수풀의 잎과 가지를 두들기다 말았지만, 수풀 밖에 작은 아치 모양의 철봉으로 된 울타리가 있잖아요. 경관들은 그곳에 발이 걸려 고꾸라지고 말았어요. 우리들은 그 사이에 반대편 보도로 빠져나와 군중 속으로 파고들었지만, 너무나 무서웠고, 게다가 나중에는 자신이 너무나 우스워졌어요. 고꾸라진 경관들보다도, 수풀 속으로 뛰어든 자신의 모습이. 경찰대에 쫓기면서도 데모대는 전진하였고, 인민항쟁가의 노랫소리도 힘차게 들려왔습니다.

저는 어디서 온 데모대인지도 모르지만, 거기에 합류했습니다. 우리는 매일 데모에 참가했지만, 26일 점심때를 지나 방송국 앞의 넓은 십자로 주변에 모인 사람들의 외침 속에서 갑자기, 타-앙, 타-앙!

하고 큰 소리로 파열하는 총소리를 들었습니다. 얼마 안 있어 경관대가 조선의 소년을 사살했다는 외침이 여기저기에서 들렸습니다. 저도 그렇게 외치면서 사람들과 함께 항의데모에 참가했습니다. 그 날카롭고, 주위의 어수선한 공기를 단숨에 찢어 버리며 터지는 발포의 굉음, 순간, 주변 일대는 숨이 멎은 것처럼 조용해졌습니다.

방송국 앞 넓은 교차로는 광장처럼 텅 빈 채 물에 젖어 있었고, 거기에는 열네 살 소년의 사체가 웅크리듯 쓰러져 있었습니다. 분노로 얼마나 울었을까요. 나이 든 여자들은 소리 내어 통곡하였습니다. 8·15 해방 이후 동포들이 없는 돈을 털고 수고를 들여서 만들어 낸, 일본 전국에 초급학교에서부터 고등학교에 이르기까지 6백에 가까운 민족교육기관을, 미국과 일본 정부는 한 조각의 통달로 폐쇄 명령을 내리면서 재일조선인을 무력으로 탄압하여, 패전으로부터 2, 3년 사이에, 또 다시 일제강점기와 마찬가지로 조선인을 망국의 노예처럼 취급하려 들었습니다. 연합군 사령부는 4월 24일, 고베 지구에 비상사태를 선언하였습니다. 그래도 우리들은 항의데모를 하며 계속 싸웠습니다만, 무장경관의 발포로 수많은 사람들이 중상을 입었습니다. 지금도 계속되고 있는 군사재판에서, 민족학교 폐쇄에 반대하여 싸운 사람들을 심판하여 중형을 언도하고 있습니다.

아아, 오빠, 어째서 저는 이런 내용을 장황하게 쓰고 있는 것일까요. 이 편지는 어머니의 대필 편지인데도 4·24교육사건의 일을 무심코 쓰고 말았습니다.

오빠, 우리의 소중한 하나밖에 없는 오빠, 어머니가 소중한 아들을 얼마나 생각하고 있는지 아실 거예요. 정말로 몽구 오라버니가 말씀하셨듯이 오빠는 건강하신 건가요? 건강한 몸으로 혁명을 위해서, 조국을 위해서 싸우고 계신 건가요? 지난 3월에 몽구 오라버니와 함께 오셨을 때는, 모든 것을 어렴풋한 정도로밖에 몰랐는데, 제주도에서 4·3사건이 일어나고, 고향 사람들이 무기를 손에 들고 한라산으로 들어갔다는 것을 훨씬 뒤에 알게 되었을 때, 어머니는 그 일을 어딘가에서 듣고 와서는 몸져눕고 말았습니다. 그렇게 활기찬 어머니가 말이에요. 미국이 지배하는 제주도에서, 게릴라와 군대, 경찰이 교전을 하면서 많은 희생이 나오고 있다는 이야기를 들었습니다. 제주도 사람들이 경찰에게 무참히 살해되기도 하고, 어떤 마을에서는 불태워진 집에서 쫓겨난 사람들이 길거리를 헤매고 있다든가 하는 무서운 이야기를. 미국은, 일본도 그렇지만, 자유와 독립을 찾기 위해 싸운 우리들에게, 자유와 독립이 아닌, 피와 죽음을 주는 제국주의의 잔혹한 나라입니다.

어째서 조선인은 이렇게 일제강점기에도 지금도 박해만 받는 것일까요. 일본에 친척이나 지인이 있는 사람들은 고향을 도망쳐 일본으로, 그것도 오사카의 이카이노에는 제주도 출신자가 많아서, 많은 사람들이 이들에게 의지하러 온다고 합니다. 제주도 현지에서 경찰에게 쫓기거나 하여 탈출해 온 사람들입니다. 그 사람들은 일본까지 건너오는 사이에 밀항선이나, 일본 어딘가에 상륙하여 안전한 목적지에 도착할 때까지 심한 고생을 하기 때문에, 그것만으로도 진력이 나서 현지의 일을 거의 이야기하지 않는다고 합니다.

무리가 아니라고 생각해요. 도중에 일본 경찰에 체포되어 규슈의 오무라(大村)수용소에 보내지는 사람들이 얼마나 많을까요. 오사카까지 오는데 제주도에서부터 줄곧 규슈 남단을 돌아 와카야마(和歌山)에 도착한 5, 6톤의 화물선에는 몇 십 명이나 빼곡히 타고 있었고, 도중에 폭풍우를 만나 규슈 근처의 작은 무인도에 표류했다가, 그곳에서 보름을 지내고 난 뒤 겨우 오사카에 도착한 사람들도 있다고 합니다.

그걸 어머니가 여러 곳에서 이야기를 듣고 옵니다. 게릴라가 매우 강해서, 내일이라도 제주도에 혁명이 일어날 것이라고 말하는 사람도 있는가 하면, 경찰에서 고문으로 반쯤 죽었다가 돈의 힘으로 석방된 뒤 겨우 섬에서 나온 사람도 있어서, 이야기는 이것저것 뒤섞여 진상을 파악하기 어려운 초조함도 있습니다. 게릴라 부대가 무서워서, 지금까지 경찰 측에 서서 나쁜 짓을 해 온 이장이 잠시 일본으로 도망을 왔다가, 다시 제주도로 돌아갔다는 소문도 어머니는 듣고 왔어요. 일본의 신문에도 이따금 작게 보도되는 것을, 저는 물고 늘어지듯이 읽은 뒤 이번에는 반대로 어머니에게 그 짧은 기사를 설명해 드립니다만, 그 정도로는 도저히 알 수 없는 정보를, 마치 정보 수집가처럼 어머니는 틈만 나면 사람을 만나고, 그런 이야기를 들으러 나가기 때문에, 지금은 완전히 '4·3사건 아줌마'처럼 되어 버렸습니다. 아들이 그 게릴라 투쟁에 참가하고 있다는 사실도 사람들에게 알려져, 어머니는 영웅의 어머니가 된 것처럼 소문 나 있습니다.

하지만 어머니의 가슴 속은 매우 복잡합니다. 몽구 오라버니로부터 직접 이야기를 듣고 납득도 하지만, 그래도, 몽구야, 너의 이야기는 다른 사람의 이야기와 좀 다른 거 아니냐? 나를 안심시키려고 하는 이야기가 아니냐고 추궁하기도 했습니다. 몽구 오라버니는, 고모님께 거짓말을 할 리가 있겠습니까, 하고 어머니를 안심시켰지만……. 그렇고말고요, 몽구 오라버니는 3월에 오빠와 함께 일본에 오셨을 때, 오빠에게 어머니 말씀대로 제주도로 돌아가지 않아도 좋다고, 가족들과 함께 일본에 남으라고 말씀하셨을 정도니까요. 거짓말을 하실 리가 없지요. 오빠에게 뭔가 걱정을 끼치는 듯한 편지가 되어 버렸는데, 부디 용서해 주세요.

비참한 이야기가 뒤섞여 나오는 4·3사건 투쟁은 언제쯤 끝나는 것일까요. 그리고 우리의 소중한 하나밖에 없는 오빠와 만날 수 있는 것은. 오빠는 멀리 떨어져 있어도 우리의 기둥이자 지주예요……. 어머니는 말씀하세요. 죽으나 사나 함께하고 싶다고. 따로 산다면 그 게 사는 거냐고. 그리고 언젠가 너는 시집갈 몸이라고, 매우 쓸쓸하고 슬픈 말씀을 하세요……. 죽으나 사나 함께한다는 것은 무슨 의미일까요?

4·3사건이 일어나기 전까지만 해도, 지금까지의 일본 생활을 청산하고 고향으로 돌아가 며느리를 본 오빠와 함께 살겠다고 생각하셨어요. 자신은 아직 일할 수 있다, 몽구 오라버니에게 맡겨 둔 밭이 있으니, 들일을 해서라도 어떻게든 먹고 살 수 있을 거라면서요……. 하지만, 지금 고향은 전쟁터입니다. 오빠도 그때 반대하셨지만, 제주도에 갈 수 없다는 것을 이제야 알았습니다. 그래도 어머니는 말씀하십니다. 승지가 와도 좋다고 하면 제주도에 가겠다고요. 갈 수 있다면 저 혼자 가서 게릴라와 함께 싸우고 싶어요. 어떻게 하면 좋을까요? 좀 전에는 오빠, 건강하게 조국과 혁명을 위해 싸우고 있냐고 말해 놓고서, 지금 편지의 끝부분에서는 이런 말을 쓰다니……. 어머니는 일본에 한번 올 수 없냐고 말씀하십니다. 일전에는 모처럼 일본에 왔었는데, 오빠는 제주도로 가 버리고 말았지요. 모두의 의견을 떨쳐 버리고. 아, 오빠의 발목을 잡는 듯한 말만 쓴 것 같아 미안해요.

우리들은 일본에서 독립하고 해방되었다는데, 어째서 육친 간에 만날 수 없는 건가요. 일제강점기 쪽이 더 자유롭게 만날 수 있었던 것 같아요. 저에게 많은 영향을 주신 오빠, 그리고 조국의 독립과 함께 제 곁을 떠나 간 오빠. 우리들 주위의 조선인이 일본인처럼 행동하고 있던 전시 중의 중학생 때부터, 양준오 씨 등과 함께 철저한 반일 사상을 지니고, 조선의 독립을 꿈꾸었던 우리의 젊은 오빠. 역시 저는 어린가 봐요. 어머니는 시집갈 나이가 됐으니 이제 어엿한 어른이라고 재촉하시지만, 오빠가 안 계신 이 집은, 기둥이 없는 집처럼 불안합니다. 하지만, 오빠, 우리는 고향 사람들과 함께 시련을 견뎌 내지 않으면 안 된다고 생각합니다. 하늘과 운명이 주는 혹독한 시련을. 오빠, 화는 내지 마시고, 만일 편지를 쓸 시간이 있거든 간단하게라도 좋으니 오빠의 친필로 쓴 편지를 보내 주세요. 하긴, 편지를 썼다 한들, 이쪽에 보내는 것이 어렵겠지요…….

말미에 추신이 있었지만, 편지는 이런 내용이었다. 처음에는 조선어로, 그리고 바로 도중에서부터 일본어로 빼곡하게 대학노트 세 장 남짓 쓰여 있었다.

남승지를 괴롭게 만든 것은, 편지의 어디에도 어머니가 아프다고는 쓰여 있지 않았으나, 드러눕지만 않았을 뿐 건강이 좋지 않고, 특히 위가 아픈 것 같다고 강몽구가 이야기한 내용이었다. 요컨대 어머니는 제주도에 올 수 없으니, 네 쪽에서 일본으로 올 수 없느냐는 것이었고, 직접 만나고 온 강몽구는 그런 어머니의 기분을 알고 있었다. 그러나 올봄에, 조직에서 파견되어 일본으로 동행했을 때와는 달리, 지금에 와서 개인적인 사정으로 남승지가 제주도에서 떠나는 것을 조직이 승인할 리는 없었다. 남몰래 남승지가 탈출하지 않는 한. 비록 많은 사람들이 섬에서 탈출하고 있다고는 해도, 그것은 있을 수 없는 일이었다. 아니, 남승지에게는 그러고 싶은 생각이 없었다. 당원으로서의 자긍심. 조직에 충실하지 않으면 안 된다. 최근에 비밀당원으로서 조직에 들어온 양준오만 하더라도, 일제강점기부터 얼마나 훌륭한 선배이자 동지였던가. 이방근 역시, 남승지는 그에 대해서 비판적이었지만, 역시 훌륭한 존재임에는 틀림없었다. 그 여동생인 유원, 동지 김동진……. 그 밖의 많은 동지들이, 이 나라의 혁명적 전진을 위해 함께 싸우는 자신에게 얼마나 용기를 주고 있는지 모른다.

생각해 보면, 해방 후 일본에서 단신으로 서울에 온 지 벌써 3년이 다 되어 간다. 서울에서의 학생생활을 내던지고 제주도로 온 지 1년 반. 교사생활을 하면서 작년 여름의 전국적인 좌익에 대한 대탄압과 대검거 후의 조직활동 비합법화로 지하에 잠입한 지 반년 이상이 된 다. 문득 나는 혁명의 승리를 믿고 있는 것인지 어떤지 하는 생각이 들자, 무서운 불안과 배신감에 빠져들었다. 하지만 그걸 입 밖에 내는 일은 없었다. 투항주의, 배신자. 누구나 승리를 믿고, 혁명의 궁극적 인 승리를 믿는다. 그 담보가 되는 당 조직을 믿고 복종한다. 혁명적 낙천주의자가 되지 않으면 안 된다. 중국공산당의 승리와 중국 전토 의 해방이 다가오고 있었고, 이제 곧 이북의 북조선에는 8·25남북총 선거의 수순을 밟아, 최초의 인민정권, 빛나는 인민공화국이 창건된 다. 8월 21일, 내일로 다가온 해주인민대표회의에는 도당위원장 겸 군사부장으로 게릴라 사령관인 김성달과 그 일행이, 남조선측 대의원 360명의 멤버로서 이미 제주도를 탈출하여 북조선으로 향하고 있었 다. 머지않아 제주도의 투쟁에 대한 무기 등의 물질적 원조와 지시도 받을 수 있을 것이었다.

추신에는, 오빠, 기뻐해 주세요, 라고 되어 있었다. 시립미술관에서 주최하는 전람회에서 유화 '어머니의 상'이 입선했다고 한다. 남승지 는 자신도 모르게 눈물이 방울져 볼을 타고 흐르는 것을 느꼈다. 관헌 의 조선인에 대한 탄압이 심각한 사회에서, 강한 조선인에 대한 차별 속에서, 그것이 예술의 세계라고는 하지만 입선을 하다니. 남승지는 으ㅡ음 하고 신음소리를 내었다. 일본에 갔을 때 자신의 그림을 오빠 에게 보여 주기를 무척이나 부끄러워했던 여동생에게, 어디에 그 애 의 그런 재능이 숨어 있었다는 것인가. 마지못해 보여 준 것이 '어머니의 상'이었는데, 입선작은 그 연작의 하나인 것 같았다. 경제적으로 유복한 가정에서 자라고, 서울에서 음악공부를 원하는 만큼 계속하고 있는 이유원을 떠올렸다. 아아, 나는 아무것도 해 줄 수가 없지만, 혼자서라도 제주도에 건너와 게릴라와 함께 싸우겠다는 따위의 바보 같은 글은 쓰지 말고, 가능하면 어떻게든 자력으로 그림에 대한 재능을 키워 주기 바란다. 말순아, 네가 화가라니……. 도중의 바다 냄새를 가득 품은 편지였다.

어젯밤, 양준오와 저녁식사를 마치고 조금 지난 여덟 시경에, 제복을 입은 여자 중학생이, 유달현의 하숙집인 사촌 형의 딸로서 남승지도 몇 번인가 얼굴을 본 적이 있는 귀여운 소녀였는데, 찾아왔다. 그리고 방으로 들어오더니, 머리에 양손을 올려 머리카락 사이에서 머리핀으로 고정한 작고 부드러운 종잇조각을 꺼내 건네고는 바로 돌아갔다. 그녀는 조직 연락책의 한 사람이었다.

유달현에 대한 연락은 어제 중으로 도착해 있었다. 남승지가 있는 조천면의 동쪽 끝 마을, Y리에서 각 마을마다 릴레이식으로 소년소녀들에 의한 연락이 유달현에게 도착해 있었고, 오늘은 남승지가 있는 곳에도 연락이 왔다. 연락책인 소녀가 돌아가고 잠시 지나서, 남문길 위쪽에 있는 유달현의 하숙집으로 가자, 이미 유달현을 대신하여 새로 성내 지구 책임자가 된 유성원이 와 있었다. 그는 여자중학교의 교사였는데, 좀 전에 온 연락책 소녀의 담임선생이기도 했다. 해방 후, 유학하던 일본에서 돌아와 한동안 새로운 교육과 계몽을 주로 한 문화 활동에 종사했고, 그 후 목포에서 교사로 근무하다가 올봄에 성내로 돌아왔다. 하지만 그동안 2년 가까이 떠나 있었기 때문에, 조직원으로서의 활동경력이 해방 후 계속 이어졌음에도 성내에서는 그다지 얼굴이 알려지지 않은 신참이었고, 그를 조직의 책임자로 보는 사람은 없었다.

이 회합은 도당 조직부의 조직원인 남승지가 앞으로는 유달현을 대신하는 성내 지구 책임자 유성원과 연락을 취하는 데 있어서, 이른바 얼굴을 익히는 자리이기도 했다. 연령은 우리 나이로 27, 8세, 길고 하얀 얼굴을 한 누가 보아도 교사 같은 부드러운 인상을 주는 유성원은, 외견상으로는 성내 20여 개소의 세포 총책임자라고는 도저히 상상이 되지 않았다. 그는 교사이자 지구 책임자로서 조직활동을 계속하게 되었는데, 이는 금후 도당 조직의 강화에 따른 것으로, 장기전을 예상하고 있는 조직으로서는, 성내에서 이미 얼굴이 알려져 있는 유달현으로는 계속적인 비합법적 활동이 곤란하다는 판단 때문이었고, 경찰인 정세용이 유달현을 노리고 있는 것 같다고 유 자신도 말하고 있었다. 그런 낌새를 이전부터 눈치 채고 있던 이방근이 유달현에게 넌지시 주의를 주었고, 또 조직원인 강몽구와 남승지에게도 경계할 필요가 있다는 것을 말했던 것이다. 유달현은 일단 세포 책임자로서의 임무를 그만두고, 단순한 고참 세포로 남게 되었다.

초토화작전을 감행하여 부하에게 암살된 박경진 대령의 후임이자 신토벌사령관으로서 입도한 최경오 중령은, 지금까지 주로 경찰이 게릴라 토벌을 주도하고, 국방경비대 쪽이 후방경비를 맡고 있던 것과는 반대로, 경찰이 해안가 촌락지대의 경비를 담당하고, 국방경비대가 산악지대의 게릴라 소탕에 임하는 작전으로 대폭 전환하였다. 애당초 게릴라는 군을 적대시하지 않고, 곳곳에 '국방경비대 환영'이라는 현수막을 내걸고 있었다. 군 쪽에서도 은연중에 게릴라 토벌을 피하면서 서로 조우하는 일이 있어도 거의 교전하지 않고 경찰을 전면에 내세우고 있었지만, 작전 변경으로 그것이 불가능하게 되었다. 게릴라 측은 적의 작전 변경에 따라 새로운 국면에 대응하고 장기전에 대비하기 위해 조직의 강화, 자급자족의 태세를 공고히 할 필요성이 제기되어 전투 행위를 중지, 교전을 의식적으로 피했기 때문에, 쌍방 모두 교착 상태에 들어갔던 것이다.

신토벌사령부는 게릴라가 소탕, 치안의 회복이 달성되었다고 판단하고, 7월 중순, '게릴라 소탕은 대성공리에 종료했다'고 공표하며, 승리선언을 했다. 또한 본토에서 증원되었던 경찰대의 일부가 철수하였고, 또한 본토 수원에서 파견되었던 게릴라 토벌의 주력부대인 제11연대가 철수하기에 이르렀다. 중앙지 등에서도 제주도 정세는 소강상태에 들어갔다고 신중한 표현을 하면서도, 현지 토벌사령부의 발표내용을 사실로서 보도하는 등, 경비태세는 상당히 완화되어 있었다. 그러나 외부로부터 '공산분자'의 잠입을 막는다는 명목으로 해상봉쇄는 해제되지 않았다. 그러는 한편 경찰이 담당하는 해안의 촌락지대를 중심으로, 8월 25일의 남북통일선거를 위한 지하투표운동을 둘러싸고 경찰과 부분적으로 충돌하고 있었다.

게다가 게릴라 측이 새로 제시한 화평 조건, 하나, 도민 생활의 안정을 회복시키기 위한 당국 측의 적절한 시책, 둘, 민심을 안심시키기 위한 경찰의 무장해제, 셋, 경찰의 권력 남용의 엄금과 서북청년회 등의 테러 단체(신문에는 서북청년회라고는 명기하지 않고, 그저 모 사설 청년 단체라고만 쓰여 있었다)의 숙청 등에 대한 당국 측의 긍정적인 대응이 없는 상태에서 '신정부'의 수립을 추진했다. 그러나 게릴라 세력은 숨을 죽인 채 다음 단계의 투쟁 준비를 갖추고 있었던 것이지, 결코 평정된 것이 아니었다. 토벌사령부의 게릴라 평정 발표에서, 최 사령관은 게릴라 폭도의 수를 정예부대 약 2백 명이라고 했다. 하지만 어떤 중앙지에서 현지 특파원 기자는 극비로 입수한 정보로는 게릴라 세력이 천 명 이하로는 내려가지 않을 것이라 전하면서 일반 도민의 이야기로는 적어도 3천 명은 넘을 것이라는 기사를 싣고 있었다. 따라서 게릴라 평정은커녕, 은연중에 그 힘을 비축하고 있다는 것이 확실해지면, 정부 측은 다시 공세로 전환할 것이었다.

그동안의 정세 분석, 조직 정비에 관한 도당으로부터의 전달, 포로 수용소로부터 석방된 사람들의 재조직 강화 등, 반 시간 남짓한 회합이 끝나자 유성원이 먼저 나갔다. 시간을 두고 남승지가 자리에서 일어나려 하는 것을 유달현이 제지하여 막걸리 한 사발 앞에 놓고 잠시 잡담을 시작하였다. 그는 여전히 자신이 선배라는, 상대를 조금 내려다보는 듯한 태도로, 이번 조치는 당의 조직원칙에서 나온 요청으로, 자신도 이를 당원으로서 적극 지지한다는 것을 강조했다. 그러나 유달현은 내심 일개의 세포원이 된 홀가분함과는 반대로, 책임 있는 지위에서 배제된 실망감으로 기분이 안정되지 않는 듯, 가는 눈을 반짝이며 엷은 입술을 씹듯이 말했다.

이보게 남 동무, 아니, 김명우 동무. 내가 이번의 인사를 환영하는 것은, 그것이 조직 방어에 필요하기 때문일세. 우리의 인민전선, 찬연하게 빛나는 인민공화국의 창건, 음, 마침내 혁명 성취를 위한 장기적인 전망이 펼쳐진 현 단계의 가장 혁명적인 우리 제주도의 투쟁에 있어서, 무엇보다 혁명적인 경계심과 단결, 그리고 조직을 한층 강화해야만 돼. 나는 무언가 원칙적인 오류를 범한 결과가 아니라는 것에, 당원으로서 자긍심을 지니고 있어. 그, 이방근 있잖아, 남 동무, 자네가 존경하는 이방근 말이야, 음, 이건 농담인데, 그는 태평한 몸이라서 지금은 이곳 제주도를 떠나 서울에서 매일 밤 마시고 돌아다니겠지만, 그건 그렇다 치고, 그의 모계 쪽 친척 중에, 성내 경찰서에 근무하는 정세용이라는 자가 있지. 들어 본 적이 있을 거야. 언젠가 이방근의 모친 제삿날 밤에 동석을 한 일이 있는데, 이전부터 그자가 보낸 시선에 걸리는 구석이 있긴 했지만 아무래도 무슨 냄새를 맡은 것 같아. 그자는 내가 이방근의 친구라는 것을 알고 있고, 부서도 수사와는 관계없는 총무 계통, 경무 쪽이니까, 웬만해서는 다른 곳에 정보를 넘기기 위해 사실을 왜곡하지는 않아. 이번의 조치는 그에 대해 선수를 친다는 의미도 있어. 하지만 유성원은 괜찮을 거야. 그 부드러운 남자가 성내 지구의 책임자로 보이나? 웃훗후후……. 이보게, 김명우 동무, 나에 대해서는 신경 쓰지 말게나. 앞으로 당무와 관련해서는 지금까지처럼 자네와 직접 만날 일은 없을 테고, 게다가 요즘 같은 때에 개인적으로 가볍게 만날 수도 없으니 말일세. 음, 난 말이지, 이번 기회에 동무에게 한마디 해 두고 싶은데, 이것도 자네를 믿기 때문이지만, 지금까지의 성내 지구 책임자라는 임무를 그만두어도, 다른 특별한 선이 있어서 말이지, 당중앙에 직결되는 선이 있어서 말야, 거기에 직접 관계하고 있다구. 전라남도 당위원회 산하의 제주도 당위원회가 아니라, 실은 당중앙이라구…….

남승지는 이유도 없이 움찔하면서, 그 당중앙과 직결되는 특별한 선이라는 것이 뭡니까? 하고 물어보려다 잠자코 상대의 말에 고개를 끄덕였다. 기분이 좋지 않았다. ……참, 그렇지, 신문사에 있던 김동진 군이 포로수용소에 있다고 하는 소문이 있었지만, 아무래도 아닌 것 같아. 수용소에서 석방된 사람이 성내에도 몇 명인가 있지만, 그들은 표면상으로 이른바 '양민'답게 지내고 있으므로, 조직에서 너무 적극적으로 접근하는 것은 피해야 할 거야. 그들에게 물어보았더니, 김동진으로 보이는 사람은 없었다고 하더군…….

성내의 서쪽 끝이 용담리였는데, 그 외곽에 있는 미군 비행장에 포로수용소가 설치돼 있었다. 4·3사건 이후인 4월 말, 게릴라 측 대표 김성달과 군 측 대표 김익구 중령과의 사이에 4·28화평협상이 성립되고, 하산자를 각자의 마을로 돌려보낼 때까지 일시적으로 수용하기 위해 설치된 것이었다. 그러나 며칠이 지나지 않은 사이에 화평협정은 군부에 대한 경찰 측의 음모로 완전히 파탄 나고, 수용소만 그대로 유지되다가, 그 뒤로는 '귀순자' 혹은 전투 중에 잡힌 포로, 그 밖의 '용의자'들을 수용하는 시설로 변해 있었다. 그것은 당초의 협정 정신에서 크게 벗어났는데, 수용자의 분류를 시행하고, 그중에서 '일반 양민'을 선별하여 석방했다. 즉 '용의자'와 '비용의자', '게릴라'와 '비게릴라', '게릴라 가족'과 '비게릴라 가족', '일반 양민'을 구별하여, '양민'과 게릴라들의 접촉이나, 연락을 끊지 않으면 안 되었기 때문에, 게릴라들은 계속 수용하고, 협정 성립 당시의 목적에 반하여 '양민'만을 석방하고 있었다. 따라서 협정과 함께 하산했던 사람들은, 일부 '양민'을 제외하면 결과적으로 적의 술수에 말려든 셈이었다.

그런데 오균 제2대대장이 수용소장이 되고 나서, 수용자의 분류기준이 변하기 시작했다. 그는 군대 내부 세포조직의 남로당원이었다. 제주도 게릴라 토벌의 증원부대로서 부산에서 1개 대대를 인솔하여 4·3봉기 직후 제주도에 상륙해 있었다. 그는 게릴라 토벌 명령을 바꾸어 어떻게든 평화적인 해결방법을 찾아내려 하였고, 이윽고 김익구 연대장과 김성달에 의한 군·게릴라 대표 양자 평화회담의 중개 역할을 담당하게 되었다. 그는 박경진 토벌사령관의 암살사건에 관여한 현상일 중위 등이 범인으로 체포된 뒤, 제2대대장을 그만두고 한직인 포로수용소장을 자원했다. 협정 파기 후의 수용소 일은 '양민'의 석방과 '좌익분자'에 대한 계몽, 전향 유도에 있었지만, 오균 소장은 게릴라 측의 '용의자'를 석방하고, '양민'을 그대로 수용소에 머물게 하였다. 이렇게 하여 시기적으로도 그가 소장에 취임한 직후인 7월 초순부터 시작된 8·25남북총선거의 지하투표운동에, 수용소에서 석방된 사람들이 적극적으로 참가해 싸웠던 것이다.

남승지는 그 오균 소령과 오늘 오후, 혹은 내일이 될지도 모르지만, 만나기로 되어 있었다. 일시는 머지않아 양준오로부터 알려 올 것이다. 김동진, 김동진이다…….

모처럼 성내까지 찾아와서 이방근과 만나지 못하는 것은 지극히 유감이고, 지금이 여름방학인데도 이유원이 귀성하지 않은 것을 의식하자 매우 쓸쓸한 기분이 들었다. 본토와의 연락선 운항이 정지되어 있다고는 하지만, 그녀가 가진 배경으로 볼 때 화물선을 이용하는 도항증명서는 간단하게 취득할 수 있을 것이다. 귀성하려고 마음만 먹으면 할 수 있는 일이었다. 그래, 어차피 이방근이 서울에 가 있으니까, 오로지 경애해 마지않는 오빠가 서울에 가 있기 때문에, 일부러 제주도까지 돌아올 필요가 없다는 것인가. 그러나 오빠는 오빠, 나는 나, 그녀의 입장에서 볼 때 남승지는 남승지이고, 오빠와는 다르지 않은가……. 그는 자신도 모르게 얼굴이 붉어지는 것을 느꼈다. 그는 아주 잠시였지만, 유원이 자신을 만나기 위해서라도 돌아와야 한다는, 너무나 뻔뻔스런 생각에 빠져 있었던 것이다. 혁명을 수행하고 있는 자가 무슨 어리석은 생각을 하고 있단 말인가. 유원은 어차피 부르주아의 딸이다. 혁명에 강한 동경을 지니고 있는 것도 로맨틱한 호기심의 표현에 지나지 않는다. 그렇다, 제주도와는 달리, 서울이라는 수도에 살다 보면 현실적이 될 수밖에. 그래서 이미 나 같은 것은 잊어버린 것이다…….

남승지는 그녀와 다시 만날 수 없을 것 같은 기분에 휩싸여, 쓴 국물이 독처럼 절망적으로 전신에 퍼지는 것을 느꼈다. 아니, 그렇지 않다, 이건 나의 지나친 생각이다, 라며 남승지는 유원의 여러 가지 모습의 단편, 말을 떠올리면서, 역시 그런 게 아니라고 고쳐 생각했다.

이렇다 할 악재료는 없지 않는가. 4·3봉기 전날, 버스정류장까지 전송 나온 그녀와 한동안 관덕정의 인기척이 없는 벽 쪽의 초석 끝에 나란히 앉았을 때, 마침내 두 사람의 손은 어둠 속에서 겹쳐져 있었다. 그녀의 허벅지 위에 놓여 있던 오른손에 남승지의 왼손이 겹쳐졌다. 서로의 손에 숨이 막힐 정도로 격렬한 고동이 전해져 오는 것을 의식하면서, 손은 그 자리에서 움직이지 않고 아래위로 마주 잡은 채 있었다. 전신에 뜨거운 피의 흐름이 되살아났기 때문이다. 남승지는 자리에서 일어나 거울 앞에 섰다. 흠, 뭔가 마력의 힘으로 수은 색으로 빛나는 거울 속에 유원을 불러올 수는 없을까. 거울의 안쪽에, 서울에 있는 그녀를 투시할 수는 없을까⋯⋯. 그는 방의 뒤쪽 미닫이를 완전히 열고 툇마루로 나와, 파도 소리가 들리는 바다 쪽 하늘을 보았다. 상쾌한 바닷바람이 볼을 쓰다듬으며 방으로 불어 들고, 소용돌이 치는 적란운의 꼭대기가 저 멀리 천상에서 춤이라도 출 것처럼 빛나고 있었다. 유원과 만나서 뭘 어떻게 하겠다는 것인가. 어떻게 된다는 것인가.

남승지가 성내에 올 경우, 거기에는 일종의 부수입 같은 것이 있었는데(당연히 조직적 원칙에서 벗어나면 안 된다. 이전에 유달현으로부터 탈선행위라는 식으로 지적받은 적이 있다), 유원이 귀성하면 그녀를 만날 수 있을지도 모른다며 가슴을 설레기도 했고, 또 이방근을 만나는 것도 큰 즐거움이었다. 그런데 이번에는 양준오 말고는 이방근도 만날 수 없다는 것이 자꾸만 섭섭하게 느껴졌다. 그는 성내의 한가운데에 커다란 구멍이 뚫린 것 같은 공허를 마음속에 느끼고 있었다. 유원을 생각하면 그녀의 집에 들러, 환영도 받지 못할 텐데도, 안녕하세요⋯⋯ 하면서 그 아버지와 계모에게라도 인사를 하고 싶다는 묘한 기분조차 드는 것이었다.

양준오가 점심시간에 자전거를 타고 돌아와 남승지와 함께 식사를 했다. 안채의 부엌에서 안뜰을 건너 독상을 하나씩 반복해서 가져온 안주인은 남승지의 얼굴을 기억하고 있었고 붙임성도 좋았다. 언젠가는 그녀가 성내의 우체국에서 5·10단독선거 반대의 삐라를 뿌려 경찰의 수배를 받고 있던 농업학교 학생인 조카의 일을, 이미 양준오에게서 들었지만, 이야기해 주었다. 부모 곁으로 돌아갈 수도 없었던 소년은 친구의 집에서 이쪽으로 옮겨와, 안채의 고방에 예닐곱 개 있는 곡물을 넣어 둔 항아리 속에서 열흘 정도를 숨어 지냈다. 어느 날 밤, 갑자기 경찰대의 습격으로, 어두운 고방의 모든 항아리가 깨져 버릴 정도로 총격을 받았는데, 경찰대가 물러간 후에 고방에서 죽었을 것으로 생각하고 있던 소년은 상처 하나 없이 살아 있었다. 며칠 뒤 밀항선으로 섬을 탈출하여, 지금은 일본의 규슈에 있는 친척 집에 가 있다고 했다.

　"……수용소 쪽은 오후 세 시로 예정되어 있어. 이 서류를 수용소 입구의 검문소에 보이면, 직접 소장실로 안내해 줄 거야."

　"감사합니다."

　"혼자서도 괜찮겠지?"

　"예? 괜찮고 말고가 어디 있어요. 설마 준오 형이 함께 가려고요?" 남승지는 웃으며 말했다. "함께 가면 오히려 좋지 않아요. 저는 수용소로 허가증을 가지고 '면회'를 가는 것이고, 으흠, 면회라고는 해도 소장과의 면회지만 말이죠. 지금은 '치안의 회복'이 이루어졌고, 사회질서가 돌아왔다니까."

　"뭣하면 자전거로 가면 어때? 여기에서 걸어도 멀지는 않지만, 자전거라면 쉽게 갈 수 있잖아."

　"아니 됐어요. 그건 어울리지 않아요."

식초를 곁들인 미역과 오이의 시원한 냉국, 갈치 소금구이, 굴 젓갈, 물김치 등의 절임 채소, 그리고 삶은 돼지고기가 선명한 빛깔로 식욕을 돋우며 접시에 담겨 있었다. 밥도 흰쌀과 보리가 반반인, 시골 마을에서는 먹어 보기 어려운 것이었다. 어른 손가락 굵기의 반들거리는 풋고추의 초록색.

"헷헤에, 이거 벌 받겠는데요. 준오 형이 일부러 저를 위해 여기 아주머니에게 부탁한 거지요?"

남승지가 돼지수육을 작은 접시의 초장에 듬뿍 찍어 입 안 가득 집어넣었다. 사치스런 식사라고 생각했다. 가슴이 조금 아팠다.

"먹을 수 있을 때 먹어 두면 돼. 남 동무가 이전에 말했듯이, 그렇다고 겨울잠을 자는 동물은 아니지만, 일단 유사시에는 먹어 둔 것으로 버티면 되니까. 하긴 그렇게 잘 영양 보충이 될 만한 것도 없지만, 기회가 있을 때 영양을 보급하는 것은 괜찮겠지. 늘 배고프게 지내고 있을 테니, 특별히 신경 쓸 건 없어. 눈앞에 있을 때 많이 먹어 둬야 해. 그것이 가난한 자들이 혁명하는 방식 아닌가."

양준오는 가늘고 뾰족한 턱으로 웃으며 말했다.

"좋아요, 어젯밤부터 실컷 먹어서 영양 만점이지만, 계속 먹지요. 게릴라 부대는 아니지만, 저도 늘 걷고 있기 때문에, 배가 고파서 인간이 비참해져요. 그러나 이제는 그런 감각도 없어졌어요……."

남승지는 전시 중인 고베에 있을 때부터, 양준오에게 반일 저항사상 등의 여러 가지 영향을 받아왔지만, 그런 그가 비밀당원으로 입당한 것에 깊은 감동과 존경을 느꼈다. 무엇보다 입당 동기가, 물론 본인의 조직 참가에 대한 자발적인 의지에 의한 것이었지만, 남승지의 공작, 즉 그를 통한 조직의 요청에 대한 대응이었고, 세포에 속하지 않는 대신에 도청의 정보를 수집하여 남승지에게 전해 주는 것이었다. 조직원으로서는 손아래이자 후배 격인 남승지의 선에 닿게 된다. 이른바 남승지는 양준오의 담당이 되는 것이다. 예를 들어 현시욕이 강한 유달현이었다면, 그 쓸데없는 자존심 때문에라도 결코 이런 일은 하지 않을 것이다.

도당 간부 외에는 아무도 양준오가 당원이라는 것을 모른다. 이방근은 5·10단독선거 때 보여 준 양준오의 뭔가 특별한 각오를 통해, 조직에 들어갈지도 모른다고 어렴풋이 느끼고 있었지만, 정작 양준오 자신은 아직 이야기하지 않고 있었다. 그러나 그는 이방근에게 그 일이 알려져도 상관없다고 생각했다. 여자 옆에 있어도 아무것도 느끼지 못할 만큼, 어딘지 불구자일지도 모른다고 생각한 적이 있는, 여자에게 차가운 남자. 스스로가 아버지를 모르는 사생아라고 말하는 독신주의자. 남승지는 그의 삼각으로 깊이 들어간 눈의 부드러운 시선이 만들어 내는 파장을 느끼면서, 문득, 이방근에게서 이따금 보이는 아이 같은 시선을 떠올렸다.

여기에 있는 양준오가 이방근을 존경하고 대체로 서로 마음이 맞는다는 것이 재미있었다. 그는 오사카에서 야간중학에 다니던 무렵, 독서그룹 사건으로 검거되었을 때, 오사카 부청 지하에 있는 부경(府警) 유치장에서 우연히 이방근을 만났던 것이다. 그때 일을 마치 지옥에서 부처라도 만난 심경이었다고 했었다. 가난한 고학 소년 양준오는 5, 6세 연장자이자, 당시 도쿄의 대학생이었던 이방근이 시대를 구하는 영웅이라도 되는 것처럼 비쳐졌던 모양이다. 게다가 같은 조선인이자, 동향의 선배. "……노예 민족은 노예로 있는 한, 인간이 아니다. 독립을 위해 저항하기 때문에 인간인 것이고, 그것이 자유이다." 당연한 말이었지만, 당시 식민지배하에서 그 말은 반일 독립사상의 표현으로서 양준오 소년에게 커다란 영향을 미쳤다.

그 이방근이 강몽구에게서 여러 차례에 걸쳐 비밀당원으로서의 입당 요청을 거부한 가운데, 양준오는 남승지의 선으로 조직원이 되었다. 조만간 이방근도 우리의 조직에 들어오지 않으면, 아니, 들어와야만 한다. 양준오와 둘이서 이방근을 '포위 공격'해야 한다.

"준오 형은 별로 땀을 흘리지 않네요……."

남승지가 풋고추를 초장에 찍어 씹으며, 히-잇 하고 비명에 가까운 숨을 토해 내고, 손수건으로 이마와 콧방울의 땀을 닦으며 말했다.

"내가?" 양준오는 무슨 생각을 하고 있었는지, 엉뚱한 방향을 돌아보듯이 남승지를 보고 말했다. "글쎄, 의식은 하지 않고 있지만, 별로 흘리지 않는 편인지도 모르지. 왜 그러는데?"

"이렇게 매운 걸 먹어도요?"

"아아, 고추 말이군. 나는 잘 먹지 않아. 이걸 먹으면 머리가, 갑자기 머리의 모근 전체가 근질근질해질 거야."

식사가 끝나자 독상을 출입구인 미닫이 옆으로 내놓은 뒤, 두 사람은 재떨이를 사이에 두고 담배를 피웠다.

"준오 형, 그 오균 소령은 이방근 씨 집에 간 적이 있다면서요?"

"그래, 내가 이방근에게 소개한 거야. 아직 오균이 대대장 시절이었지만. 세 사람이 요정에서 한잔 마시고 나서 이 형 집에 들렀지. 오균도 학도병 출신인데, 알고 보니 이방근과 같은 도쿄 A대학의 5, 6년 후배더군."

"그렇군요……."

남승지가 감탄의 소리를 내었다.

"그렇다니까. 학부는 다르지만 말이야. 이방근은 법과에서 동양사로 옮겼지. 법과는 아버지의 의향을 따라 입학했는데, 동양사로 옮겼다가 형무소에 들어가는 바람에 중퇴했잖아. 오균 쪽은 경제였는데,

이쪽도 학도병으로 중퇴했고. 이방근은 원래 그런 타입이니까, 동문이라고 해도 그것을 특별히 의식한다든가, 화제로 삼는 것을 좋아하는 사람은 아니지만, 오균 대대장은 이방근 선배가 마음에 들었는지 너무나 황송하게 여기더군. 나에게 이런 말을 하더라니까. 이방근이라는 분은 멋진 인물이다. 그는 반혁명적 인물이고, 그러면서 가장 혁명적인 인물이라고 말이지."

"음, 과연……. 그러나 현실적으로는 혁명 전선 측에 서 있지 않잖아요."

"아니, 그렇지 않아. 그는 그렇게 보여도 혁명 측에 서 있는 거야. 다만 조직 속으로 들어가지 않았을 뿐이라는 것이지."

"……"

남승지는 잠자코 고개를 끄덕였다.

"핫하, 그것이 오균이 말하는 반혁명적인 점이 아니고 뭔가?"

양준오가 웃으며 말했다.

"그렇다 하더라도 한두 번 만난 것만으로, 그렇게까지 말할 수 있을까요?"

"어쨌든 열렬한 당원이자, 애국자야……."

조금 있다가 양준오는 자전거를 타고 도청으로 향했다.

그가 떠난 뒤, 남승지는 앉은뱅이책상에서 종잇조각에 사람들의 이름을 떠오르는 대로 30명 정도 써 보았다. 막힘없이 나온다. 이름만이 아니라, 출신 마을도 암기하고 있었지만, 그들과는 실제로 만난 적이 없기 때문에, 지인이나 중학교 교사 시절에 담임을 맡고 있던 학생들의 이름을 떠올리는 것과는 전혀 다르다. 그는 기명하던 것을 그만두고, 메모를 재떨이에서 불에 태우자, 가볍게 소리를 내어 호명해 보았다. 이것도 틀리지 않았다.

이름이라는 것은 포로수용소의 수용자를 말하는 것으로, 게릴라와 그 가족, 혹은 비게릴라 활동가 등이었다. 오균 수용소장은 수용자 중에서 게릴라 관계자를 조사하여 석방하고 있었지만, 조직의 원칙으로서 일체 메모 같은 것을 몸에 지니고 다니지 않는 남승지가 암기하고 있는 명부는, 조직이 우선적으로 석방을 요청하고 있는 활동가와 관계가 있는 것으로, 오균 소장의 판단 재료도 되었다. 김동진이 포함돼 있었다. 김동진은 그 명부에 들어 있지 않았다. 어젯밤에 유달현이 말했듯이 최근에 김동진이 포로수용소에 수용되었다는 이야기를 접했지만, 게릴라나 그들과 함께 행동하는 비전투원들이 소대로 이동하고 있었기 때문에, 그 진위는 아직 파악되지 않았다.

김동진은 4·3봉기에 즈음하여, 기자로 있던 한라신문사에서 선언문을 비밀리에 인쇄한 뒤 모습을 감추었다가, 마침내 입산하여 게릴라 부대에 합류하고 있었다. 그런 그가 만일 수용소에 수용되어 있다가, 조사 결과 석방대상이 되어 다시 성내로 돌아온다면, 바로 선언문 인쇄의 혐의자로서 경찰에 체포될 것이었다. 오히려 그대로 수용소에 머물든가, 그곳에서 석방되거나 아니면 탈출의 형태로라도 다시 산에 들어가는 편이 안전하다. 김동진의 석방은 오균 소장 이전에 취해진 '좌익분자'에 대한 전향 유도의 결과라면 몰라도, 체포된 경우에는 오균 자신에게도 위험했다. 그런 점들은 충분히 검토되겠지만 조직에서도 확인이 필요했다.

남승지는 나갈 준비를 했다. 준비라고는 해도 러닝셔츠 위에 카키색의 반팔 노타이셔츠를 입고, 그리고 방을 나서면서 밀짚모자를 쓰면 그만이었다. 특별히 지니고 있는 물건이 없었으므로, 합법 서류인 면회허가서를 노타이셔츠의 가슴주머니에라도 넣어 두면 된다. 그리고 신임장이 있었다. 남승지는 손가락으로 바지 오른쪽의 허리 뒤쪽 끝을 살짝 만져 보았다. 재봉틀로 꿰매진 허리끝 부분에 3센티가 채 안 되는 부드러운 심의 감촉을 확인하였는데, 그곳에 작게 접은 신임장이 끼어져 있었다.

남승지는 뜰에서 안주인과 인사를 나누고 나서 문밖으로 나왔다. 한동안 걷다가 신작로로 들어서 동문교 쪽으로 향했다. 지금은 신작로를 피할 필요가 없었다. 동문교 일대는 시장이 서 있는 관계로 사람들의 왕래가 많았다. 바람에 모래 먼지가 일고 있는 가운데, 돼지의 굵은 목에 거친 새끼줄을 매어 끌어당기며 노천시장에서 나오고 있는 키 작은 노인이 있었다. 지금은 동문교에 검문소가 없지만, 동문교를 건너지 않아도 성내로 들어가는 방법은 얼마든지 있었다.

다리를 건너 똑바로 아무렇지도 않은 얼굴로 한동안 걸어 관덕정 광장으로 나왔다. 광장을 서쪽 신작로 쪽으로 계속 걸어가면서, 오른쪽으로 경찰서 등과 같은 구내에 있는 도청 건물을 보았다. 태극기가, 즉 '국기'가 바람에 기세 좋게 펄럭이고 있었다. 요 며칠 전까지만 해도, 그 건물의 일부가 미군정청인 까닭도 있었지만, 성조기가 해방 후 최근까지 3년 간, 밤낮 없이 게양대에 걸려 있었다. 8월 15일에 신정부가 수립되었다고 해서 성조기가 내려진 것은 표면적으로 이치에 합당한 것이다. 그렇다면 왜 미군이 철수하지 않고 이 나라에 계속 눌러앉아 있는 것일까.

과거에 남승지는 단층건물 기와지붕 위에서 펄럭이는 성조기를 볼 때마다, 해방되어 독립된 이 나라의 이 섬에는 왜 머나먼 태평양 건너에 있는 나라의 국기가 펄럭이는 것인가…… 하는, 현실이면서도 그것이 비현실적인 감각으로 눈에 들어오는, 그 위화감을 불러일으키는 감정의 알력에 가슴이 욱신거리곤 했다. 머릿속에서 순간, 그의 눈에 비치고 있던 광경이 빙그르 한 바퀴 회전하지 않으면 안 된다. 그렇지 않으면, 이 있을 수 없는 현실이 그래도 현실이라는 인식에 도달하지 못한다. 도청 옥상 위의 성조기가 펄럭이는 것을 볼 때마다 일어나는 착각의 감정이 발밑에까지 미치는 것이다. 지금 성조기 대신 바람에 기세 좋게 펄럭이는 태극기의 진짜 같은 얼굴을 보라. 그 거동을! 분명히 깃발은 진짜다……. 대한민국 정부, 이승만 대통령 만세. 미합중국 만세.

서문교에서 다시 한천 다리를 건너면, 이윽고 그곳은 비행장의 서쪽 변두리에 접하고 있는 용담리, 김동진의 마을로 들어선다. 한라신문이 4·3선언문의 인쇄로 수색을 당했을 때, 행방불명인 김동진을 대신해 그의 부친이 자택에서 연행된 것을, 이방근이 뒤에서 돈으로 공작을 하고, 석방을 위해 움직인 일이 있었다. 신문사는 그때, 공무, 편집, 총무부의 일제 수사를 받고, 증거로서 활자의 일부와 한라신문 등을 압수당했을 뿐만 아니라, 편집장이 연행되었다. 그리고 공무부장은 이미 본토 출장이라는 명목으로 섬을 빠져나갔기 때문에 체포는 면했지만, 그 길로 공무부장직을 그만두고 한라신문에는 돌아오지 않았다.

울창한 소나무 숲에 둘러싸인 향교 건물 긴 담을 오른쪽으로 보면서 남승지는 용담리로 들어섰다. 마을은 신작로를 끼고 양쪽으로 나뉘어져 있었는데, 김동진의 집은 해안 쪽에 있었다. 날카로운 폭발음이 들려왔다. 비행장 쪽 상공에서 은백색의 섬광이 번쩍이고 있었는데, 그것은 미군기의 날개에서 반사된 태양의 빛이었다. 이제 곧 포로수용소가 나온다.

2

　은백색 섬광이 폭음과 함께 바다 쪽으로 사라진 뒤, 어느새 멀리 앞쪽 상공으로 검은 그림자의 호가 생겨나 있었고, 이윽고 그것이 원형을 이루며 까마귀 무리가 춤추고 있었다.

　연도에 늘어선 통나무 전화선 전주는 아직 새것이었다. 4·3봉기 당일의 새벽에는 이미 게릴라와 마을의 민위대에 의해 전선이 절단되고, 전주는 톱으로 잘려 넘어졌다. 이 주변은 성내에서 가깝고 미군 비행장이나 캠프에서 멀지 않은데도, 복구된 뒤에도 전주 절단이 반복되었다.

　돌멩이가 운동화 바닥을 파고드는 길은 하얗게 말라서 태양을 눈부시게 반사하고 있었다. 잠시 바람에 흔들린 밀짚모자의 넓은 차양에 내리쬐는 오후의 태양은 격렬했다. 가루처럼 미세한 흙먼지가 바짓가랑이에 얽히듯이 지면에서 날아올랐다. 연도의 밭을 둘러싼 돌담 그늘에는 잡초와 노랗고 흰 작은 여름 꽃들이 흙먼지를 뒤집어쓴 채 축 늘어져 있었다. 쌓인 재 같은 그 흙먼지의 막을 통해서 태양이 찌는 듯한 열기를 쏟아 부었다. 바람이 지나가면 크게 한 번 흔들린 뒤 원위치로 돌아올 때까지의 반응이 느렸다.

　남승지는 걸으면서 흐-음하고 크게 숨을 토했지만, 몸은 가벼웠다. 가벼운 느낌이 들었다. 어쨌든……. 흐음. 어쨌든, 어쨌든……이란 말이지. 어린아이 키 높이로 끝없이 계속되는 연도 왼쪽의 검은 돌담을 보며 걷고 있던 남승지는 갑자기 멈췄다. 그리고 발밑에 굴러다니는 돌멩이를 주워 들고 돌담 너머 하늘을 향해 힘껏 하늘을 나는 새라도 맞히려는 듯이 던졌다. 그리고는 아무 일도 없었다는 듯 뒤를 돌아보고 사람이 없다는 것을 확인한 뒤, 그 자리에서 탄력 있게 돌담을 따라 4, 5미터를 달려 한쪽 발로 지면을 찼고 비스듬히 몸을 기울이며 공중으로 떠올랐다. 그리고는 건너편 막 수확을 마친 보리밭 위로 가볍게 내려섰다. 일부러 달리지 않아도 이 정도 높이는 간단하게 넘을 수 있었지만, 지금은 반동을 준 탓일까 돌담 위를 상당히 높게 뛰어넘었다. 그때 어머니와 여동생의 모습이 자신의 몸과 함께 휙 하고 공중을 갈랐다.

남승지는 손목시계를 보았다. 두 시 40분. 포로수용소의 약속 시간까지는 아직 충분히 여유가 있었다. 그는 지금 막 돌을 던진 왼쪽의 아득히 먼 곳에 펼쳐진 고원지대 너머로 솟아 있는 한라산을 바라보고 나서, 다시금 돌담을 반대편 신작로 쪽으로 뛰어내려 길을 걸었다.

남승지는 게릴라인 산부대 소속은 아니었지만 비합법조직원으로서의 기본훈련이 되는 돌담 넘기 같은 것은 하고 있었다. 제주도의 가는 곳마다 있는 여러 돌담을 가볍게 뛰어넘지 못해서는 유사시에 대비할 수가 없었다. 경찰의 추격을 당하다가 돌담을 뛰어넘지 못하여 체포되는 경우는 얼마든지 있었다. 이쪽이 간단하게 차례로 밭의 경계선인 돌담을 뛰어넘어도, 경찰은 최초의 돌담에서 장애물에 부딪치게 되고, 그것을 넘기 위해서는 기어올라야만 되는데, 잘못하다가는 기어오르는 도중에 단순하게 쌓아 올리기만 해 놓은 돌담이 무너져 내리는 경우가 있었다. 남승지는 예를 들어, 훈련용 보리 한 가마니를 짊어지고도 보통의 돌담이라면 뛰어넘을 수 있었다. 바지 속에 모래를, 처음에는 적게, 점차 많이 넣어서 옷자락을 발목에 단단히 맨 뒤 달리기 훈련을 하기도 하고, 돌담을 조금씩 높여 가면서 뛰어넘는 것인데, 마지막에는 바지의 모래를 전부 털어 내거나, 혹은 보리 가마니를 짊어지지 않고서 돌담을 뛰어넘었다. 그때는 마치 발에 날개가 달린 것처럼 가볍게 공중으로 몸이 떠오르는 것이다. 게릴라 대원 중에는 아마도 육상경기의 높이뛰기나 장애물 경기 선수가 될 만한 사람들이 상당히 나올 것이다.

전 게릴라 토벌사령관 박경진이 아직 암살되기 전에 섬 전체의 초토화작전을 감행하기 시작한 6월 경, 남승지 등이 지낸 지금까지 아지트는 해안 부락인 Y리에서 신작로를 산 쪽으로 넘어간 중산간 부락에 가까운 오름의 동굴로 옮겨, 열 명 남짓한 인원이 집단생활을 계속했다. 남승지가 그곳에서 약 1킬로 남짓 떨어진 소나무 숲으로 덮인 작은 오름에 있는 아지트에서 면 세포 책임자 등 두 사람과 만나, 점심 때를 넘겨 삶은 고구마를 먹으며 회합을 하고 있을 때, 어떻게 냄새를 맡았는지 열 명 정도 되는 경찰대가 일제히 사격을 가해 왔다. 비밀 아지트는 대개 제3선까지 있었고, 서로 간에 각각의 방향으로 도망가 뿔뿔이 흩어져도 사고가 없는 한 나중에는 연락이 닿았다. 지형을 알고 있는 세 사람은 소나무 숲의 한쪽을 뚫고 빠져나갔다. 공비를 잡아라! 에서, 쏴 죽여라! 로 호령이 바뀌었다. 총성이 작렬하고 주위를 피융, 피융 하는 소리와 함께 총탄이 공기를 태우며 날았다. 놀랄 여유도 없이 무작정 도중의 돌담을 뛰어넘고, 기복이 많은 돌투성이의 시골길을, 밭의 경계선인 돌담에서 탄환이 무섭게 튕겨 나가는 소리를 들으며, 땀이 흩날리는 속에서 약 3킬로를 도망치고 또 도망쳤다.

소나무 숲으로 파고들었다가 다시 소나무 숲을 빠져나길 반복하다 주위에 펼쳐진 억새 속에 잠시 숨어들었다가 다시 안전한 장소를 찾아 오솔길 맞은편의 가시나무 숲 속으로 손발을 긁히면서 들어가서는 추격해 오는 토벌대의 기척을 살폈다. 그때 갑자기 정적을 깨고 비둘기 한 마리가 날카롭게 파닥거리며 날개 소리를 내며 숲 속에서 날아올랐다. 남승지는 엄청난 공포감으로 전신이 움츠러들며 그 자리에 얼어붙고 말았다. 뭔가가 등 뒤에서 살그머니 다가오는 느낌이 들었던 것이다. 그렇다고 돌아볼 수도 없었다. 아니, 돌아보기는커녕, 뒤돌아보는 순간 총을 맞든가 칼에 찔릴 것 같아 등을 돌리고 웅크린채 손가락 하나 움직이지 못했다. 질식할 것 같던 순간, 격렬한 고동소리와 함께 순간이 새겨지듯 흘러가고, 그대로 아무 일도 없이 끝나긴 했지만, 그래도 한동안 넋이 나간 것처럼 그 자리에서 일어나지못했다. 나중에 동지들과 만난 뒤에 안 일이지만, 그리고 며칠 뒤에강몽구에게 이야기했다가 놀림을 당했지만, 비둘기가 날아오른 것은이유가 있었다. 근처까지 다가온 총성에 놀란 비둘기가 가시덤불 속어딘가에 숨어 있다가, 위험이 사라진 것을 알고 나서, 다른 안전한지대를 찾아 날아갔던 것이다.

적의 집요한 추격으로부터 세 사람 모두 맨손으로 무사히 도망을쳤지만, 도중에 탄환을 막아 주기도 했던 돌담을 뛰어넘지 못했다면,돌담에 앞길이 막혀 이미 체포되었거나 총탄에 쓰러졌을 것이다.

어쨌든, 어쨌든……. 어험. "노동자를 입간판으로 삼아 전위를 맡고있는 지적 위선자, 지적 빈곤자의 무리. 화폐로 개념을 뇌에 채워 넣은 유사혁명 인텔리의 무리. 아아, 그 악취……!" 이러한 냉소적인 경구는 이방근의 젊은 시절과 닮은 것도 같았지만, 남승지는 서울에서보낸 학생 시절의 노트에 적어 둔 이런 종류의 강한 집념에서 오랫동안 자유롭지 못했다. 조국이라고는 했지만 육친을 일본에 남겨 두고온 이향의 감각에 가까운 생활현장의 탓은 결코 아니었지만, 자폐적인 현상까지 나타나기 시작한 남승지는 그의 말끝마다 "어쨌든……"이 빈발했다. 사람들과의 대화만이 아니라, 자기 혼자만의 독백에서도 걸핏하면 "어쨌든……"이 무슨 단서와도 같은 말이라도 되는 것처럼 습관적으로 튀어나왔다. "어쨌든……" 자신은 거의 의식하지 못하고 있었지만, 문득, 모든 것에 유보 조건을 전제로 하고, 스스로 감정의 흐름조차 일단 제지하고 있는 자신을 의식한다. 그것은 수동적이면서도 현실을 긍정하려는 의지의 표현이었지만, 이 "어쨌든……"은 타자에 대해서도 결론이 확실하지 않게 유보하는 말이었다. 그것은 다른 사람에게 묘한 위화감을 주었고, 그리고 그것이 다시 자신과 타자, 현실과의 괴리, 단절을 깊게 만들었다. 뭐가, 어쨌든……, 이란 말인가, 아무런 결론도 내리지 못하는 "어쨌든……" 우유부단하고, 오만하고, 불결한 정신……. 어쨌든……의 반복은 추하다. 그래도, "어쨌든……. 어쨌든……." 불행한 일이었지만, 어쨌든……이 없으면, 이렇게 한 박자를 두지 않으면 인생을 긍정할 수 없었다.

그러나 이방근이 이 일을 알고 남승지를 평가했다는 것도 재미있었다. 어쨌든……이라는 단서를 다는 것으로 현실을, 인생을 살아간다. 그것은 남승지에게는 어둠 속의 긍정이었다. 그 입버릇을, 그를 끌어들여 크게 요동치는 조국의 현실이라는 톱니바퀴가 씹어 부순다, 그렇지 않으면 그 자신을 씹어 부수려 덤빈다. 하지만 지금의 남승지는 그 입버릇이었던 "어쨌든……"이 거의 사라져 있었다. 그 말이 튀어나온다고 하더라도 문맥의 흐름에서 크게 벗어나지 않았다. 그런데 왜 지금, 어쨌든……이 입에서 튀어나온 것일까. 남승지는 걸으며 생각했다. 혁명적 낙천주의, 혁명적 낙천주의……. 태양이 뜨겁다.

전방에서 트럭이 마른 모래 먼지를 일으키며 달려왔다. 모래 먼지가 바람에 휘말리며 자욱이 피어올라 시야를 가렸다. 남승지는 길가로 몸을 비켜 전신을 휘감아 오는 모래 먼지를 피하려 했지만, 갑자기 트럭은 급브레이크를 밟으며 남승지 옆에서 정차했다. 남승지는 부풀어 오른 채 갈 곳을 잃은 모래 먼지 속에서, 한 걸음 뒤로 물러나 경계를 하듯 멈춰 선 뒤, 눈앞의 먼지를 손으로 헤치고 있었다.

"아이구, 여보쇼! 김명우 동무 아닌가⋯⋯."

김명우⋯⋯. 누군가 남승지의 별명을 불렀다. 상대는 이쪽을 분명히 확인하고 있는 것 같았는데, 옅어져 가는 모래 먼지의 베일 속에, 트럭의 운전석 창문으로 고개를 내밀고 고함치듯 말을 건넨 사람은 남해자동차의 박산봉이었다.

"아이구, 박 동무 아닙니까. 깜짝 놀랐습니다. 무슨 일인가 했어요⋯⋯."

"어디로 가는 겁니까?"

고개와 함께 상반신을 크게 밖으로 내민 박산봉이 말했다.

"예, 저쪽 포로수용소에 가는 길입니다."

남승지는 트럭으로 다가가 박산봉을 올려다보며 말했다. 트럭이 일으킨 모래 먼지의 연막이 걷히자, 그 건너편은 인가와 밭 사이의 돌담이 끊겨 시야가 열려 있었고, 비행장의 동쪽 끝에 포로수용소로 여겨지는 건물이 보였다.

"포로수용소에 무슨 볼일이라도 있나요? 헤헷, 물론 용무가 있겠지만, 음."

햇볕에 그을려 거무스름하고 건강한, 그리고 변함없이 긴장된 느낌의 무표정한 얼굴에 약간의 웃음을 띠며 박산봉이 말했다.

"박 동무는 일을 마치고 돌아가는 길입니까?"

트럭의 짐칸은 비어 있는 것 같았다.

"나는 지금 수용소에서 막 나오는 참인데, 수용소에 채소와 고구마 같은 식량을 운반하고 돌아가는 길입니다. 명우 동무는 무슨 일로 수용소에 갑니까?"

"예ㅡ, 면회하러⋯⋯."

"면회? 으ㅡ음, 그 시간은 몇 시입니까?"

남승지는 세 시라고 대답했다.

"세 시? 그렇다면 시간이 다른데. 일반적으로는 열두 시인데⋯⋯. 세 시라면 아직 조금 시간이 있군요. 여기에서 걸어서 5, 6분 거리지만, 트럭으로는 단숨에 갑니다. 여기서부터는 내가 바래드리지요."

시각은 거의 세 시 15분 전. 박산봉은 트럭 문을 열고, 러닝셔츠만을 입은 검게 타 듬직한 상반신을 드러내며 계단을 내려오더니, 남승지에게 호주머니에서 꺼낸 쭈글쭈글해진 담배 한 대를 권하고 자신도 한 대 물었다. 그는 8월 25일의 남북총선거를 위한 지하서명투표— 연판장운동에서는 성내의 운송 노동자들에게서 많은 서명을 받아 냈고, 게다가 서명의 제1호로 이방근의 이름을 올리는 등, 크게 활약하고 있었던 것이다.

"그건 그렇고, 명우 동무가 수용소에 가는 것은 괜찮을지 모르겠네. 그곳에 수용되어 있는 누군가 아는 사람을 면회하는 건가요?" 박산봉은 남승지가 지방에서 성내로 오는 조직자라는 것을 알고서 하는 말이었다. 남승지는 담배 연기를 천천히 내뿜으며 고개를 끄덕였다. "성내 경찰서에 정세용이라는 자가 있는데, 이방근의⋯⋯, 이방근 선생님의 친척인데 말이오. 명우 동무는 그 남자를 알고 있습니까?"

"한참 전에 이방근 씨 댁에서 만난 적이 있습니다."

"이 선생님은 성내의 집에 안 계시지요. 지금 없어요. 서울에 갔거든요. 언제 돌아올지는 모르지만, 벌써 일주일쯤 된 것 같은데⋯⋯. 그 '젊은 서방님'은 자유라서 말이죠. 그러고 보니 나는 어젯밤에 이방근 선생님의 꿈을 꾸었는데 말입니다. 이상한, 기분 나쁜 꿈이었습니다. 그래서 정세용과 그런 곳에서 만났는지도 몰라요."

트럭의 엔진은 멈춰 있었지만, 차체 밑에서 열기를 품은 먼지와 함께 기름 냄새가 바람을 타고 물씬 풍겨 왔다.

"그런 곳이라면, 포로수용소를 말하는 겁니까? 박 동무, 그건 언제 일인가요."

남승지는 내심 놀라며 되물었다.

"방금 전에, 수용소에서 막 만났지요. 놈은 무엇 하러 경찰과 관계가 없는 수용소에 왔을까. 원래 군과 경찰은 사이가 좋지 않았는데 말이오. 그렇잖아요. 암살된 토벌사령관 박경진이라는 자가 있을 때부터 방향 전환을 시도했다고는 해도, 오균이 대대장이었던 무렵에는 견원지간이었는데, 수용소에 경찰이 얼굴을 내밀었다는 겁니다. 소장인 오균 소령과 광장에 서서 웃으며 이야기를 하고 있더군요."

오균과 정세용이 함께 서서 웃으며 이야기를 했다……. 정세용이 수용소에 오다니……, 전혀 생각하지 못한 일이었다. 남승지는 곤란하게 됐다고 생각했다. 서로 간에 얼굴은 모르지만, 조직을 통한 약속을 오균이 잊었을 리가 없다. 그러나 수용소에서 '면회'라고는 하지만 정세용과 얼굴을 마주치는 것은 바람직하지 않다. 게다가 시간 외 면회였기 때문에 특정한 수용자와 만나는 것도 아니다. 이미 반년이나 전인 올해 초에 이방근의 집에서 양준오와 함께 평상복인 그와 만난 적이 있었다. 그때 서로 간에 말은 나누지 않았지만, 상대는 이쪽의 얼굴을 기억하고 있을 것이다.

"그런데, 김명우 동무……." 박산봉은 조금 편집적인 얼굴 표정을 암시적으로 찡그리며, 남승지가 이방근과 친하다는 것을 의식한 탓이겠지만, 꿈 이야기를 여름의 구름이 하얗게 피어오르는 염천 아래 신작로 길가에서 계속했다. 그야말로 무슨 백일몽이라도 이야기하는 것 같았다. "그 꿈이라는 게, 이방근 선생님과 나, 그리고 정세용 세 사람이, 서울 같은 도시의 큰 레스토랑에서 만나고 있었는데, 그러는 사이에 정세용이 가늘고 긴 수조 속에서 익사했단 말이오. 마치 세면기에 빠지듯이 말입니다. 그걸 어느 틈엔지 성내 한가운데의 관덕정 광장에서 많은 사람들이 보고 있는 가운데, 이방근 선생님이 앞장을 서고 내가 뒤를 따르는 형태로, 마치 관 같은 모양으로 출렁출렁 물속의 사체가 흔들리고 있는 수조를, 관 대신에 두 사람이 어딘가로, 바다에라도 버리러 가는 겐지 운반해 가는 겁니다. 이 선생님은 지금까지도 이따금, 일전에도 서울로 출발하기 전에 나를 불러서 이야기를 하셨지만, 정세용을 주의해서 잘 관찰하라고 말씀하셨는데 말이오. 그러고 보면 그 남자는 간장병을 앓고 있는 탓으로, 조만간 죽을지도 몰라⋯⋯라고 묘한 말씀을 뭔가 잠꼬대라도 하는 듯한 어조로 말씀하셨죠. 그게 이제 와서 꿈으로 나타난 것인지도 모르지만. 어젯밤 꿈속에서 만났을 뿐인데, 오늘 낮에도 계속 수용소 같은 곳에서 만나게 되다니 말이오. 왠지 기분이 나빠요. 그자는 묘한 눈초리로 계속해서 나를 바라보고 있었는데, 이쪽은 뭔가 죽음의 귀신을 보는 듯한 느낌이 들어서 불쾌했다오⋯⋯. 아니, 한순간 그 차가운 눈빛이 얼굴을 쓰다듬는 듯해서 소름이 돋더군요.”

남승지는 시간을 신경 쓰면서도, 그것보다 정세용과, 어젯밤에도 유달현이 자신을 겨냥하고 있는 것 같다던 정세용과 이방근의 집이 아닌 포로수용소에서 얼굴을 마주치는 것은 피해야 한다고 생각했다. 그리고는 어젯밤 꿈에 안성맞춤인 상대를 발견했다는 듯이 입가에 침을 묻혀 가며 말을 계속 건네는 박산봉의 이야기를 기묘한 기분으로 듣고 있었다.

“아이구, 내가 무슨 이야기를 하고 있는 거지. 명우 동무가 이방근 선생님과 친하다는 걸 알고 있기 때문이야, 그렇다니까요. 좀 전에 죽음의 신 같은 그 자의 얼굴을 보는 순간에 번개처럼 꿈이 생각나면서 머릿속이 몽롱해졌다니까요. 도중에 잡아서 미안합니다. 헷헤에,

이방근 선생님으로 말하자면, 내게 개구리 앞의 뱀 같은 존재라서 말이죠, 농담이 아니라, 이 단단한 뼈가 흐물흐물해져 버린다니까요. 명우 동무에게도 이 선생님은 소중한 형님이 되겠지요. 오늘이라도 시간이 있거든 꼭, 제 일이 끝나는 저녁에라도 하숙집에 들러 주세요. 참, 그렇지, 이번에 유달현이 성내 책임자를 그만두었다오……."

세 시 5분 전이 된 손목시계를 확인하는 남승지를 보고, 아이구, 슬슬 가 볼 시간이군, 이라고 박산봉이 말했다. 하지만 정세용이 수용소에 있어서는, 게다가 남승지를 태운 트럭이 일부러 수용소로 되돌아가는 것은 더욱 눈에 띌 것이다. 어쨌든 출발해야 한다. 수용소 조금 앞에서 내리면 그만이다. 그보다도 수용소에 간 뒤 정세용과 얼굴을 마주치지 않을 방법은 없을까. 게이트 옆의 검문소를 들어가면, 왼쪽으로 두 동의 단층 가건물이 있는데, 그중의 하나가 소장실과 취조실, 총무, 의무실 등이었고, 오른쪽 창고 사이에 있는 통로를 똑바로 들어가면 광장이 나오는데, 그 일대에 텐트를 친 몇 개의 수용시설이 있다는 것이었다. 그렇다면 거의 절망적이다. 정세용은 무슨 용무인가. 그는 뭔가를 구실로 탐색하러 온 것인가. 오균이 그렇게 간단하게 경찰을 군의, 자기 관할 내에 들여보낼 리가 없었다. 오균은 세 시 약속을 알고 있을 테니까, 만일 정세용이 소장실에 있다면, 그 시간에 맞춰 방문객을 돌려보내지 않을까. 조금 지각을 하더라도 어쩔 수 없다. 서둘러 갈 필요는 없었다. 이쪽은 늦더라도 오균 소장과 만나면 그만이다. 때마침 트럭이 지금 대기 장소 역할을 하고 있고, 이쪽에서 정세용이 돌아가는 것을 볼 수도 있을 것이다.

그때 저쪽 수용소에서 한 대의 지프가 모래 먼지를 일으키며 달려오는 것이 보였다. 남승지는 지프의 내부를 확실히 볼 수는 없었지만, 거기에 타고 있는 것은 정세용이라는 것을 직감했다. 박산봉도 함께 지프를 보고 있었다. 그는 순간 남승지에게 눈짓을 하더니 재빨리 그를 운전대로 밀어 넣고는 몸을 숙이라고 말하고는, 자신도 운전석에 올라탄 뒤 힘껏 문을 닫았다. 그리고는 담배를 물고 불을 붙였다. 자아, 먼저 한 모금을……이라며 상반신을 구부려 머리를 감추고 있던 남승지의 입에 가져다 대주고 나서 자신의 입으로 옮긴 뒤, 걸레로 앞 유리를 닦기 시작했다.

"보지 못했겠지요."

"괜찮아요, 보였다면 내 쪽일 테니."

잠시 후 트럭 옆을 지나가던 지프는 일단 정차를 하여, 어디 고장이라도 났느냐는 식으로 운전석의 박산봉을, 정세용이 그 차가운 눈빛으로 올려다보더니, 그러나 아무런 말도 하지 않고 그대로 모래 먼지를 주변에 흩날리며 성내 쪽을 향해 달렸다.

이윽고 트럭도 엔진을 걸어 움직이기 시작했다. 웃으며 조수석에 앉은 남승지와, 핸들을 잡고 크게 커브를 틀며, 마치 어린애 장난 같아요……라며 웃는 박산봉의 눈이 마주쳤다. 반대 방향으로 핸들을 돌린 트럭은 울퉁불퉁한 길을 단숨에 달려 수용소의 게이트 앞에 도착한 뒤 남승지를 내려 주고는 다시 성내 쪽으로 향했다.

시간은 몇 분 늦었지만, 박산봉이 왜 죽음의 신이라고 불렸는지 알 수 없는 정세용과 얼굴을 마주치지 않은 것은 천만다행이었다. 지각을 했지만 면회를 거절당한 것은 아니었다. 이방근의 친척이기도 한 정세용이 일제강점기부터 경찰 분야에서 일하면서, 권력 측에 의지하는 처세술을 잘 알고 있었고, 도쿄에서 고학할 때 학우를 팔아 목포경찰서의 순사부장으로 임명되었다는 이야기는 이전부터 들었다. 해방 후에도 그는 추방되는 일 없이 제주경찰의 요직에 남아 있었던 것이다. 안색은 좋지 않았지만 그 단정한 용모, 감정을 밖으로 드러내는 일 없이 늘 침착하고 냉정한 신사적인 태도, 또한 누구에게나 그러한 인상을 주는 차가운 눈빛. 게릴라 측과 군 측의 지난 4·28화평협정의 성립이 수일 후에 완전히 파탄 난 것은, 경찰과 '서북'의 공모라고 인식되고 있었지만, 거기에 정세용이 관여하여 어떤 역할을 한 것 같다, 이방근 자신이 그렇게 생각하고 있다는 이야기를 남승지는 양준오에게서 들은 적이 있었다. 무엇 때문에 오균이 소장을 맡고 있는 포로수용소로 찾아온 것인지는 알 수 없었지만, 성내 주민도 아닌 나의 얼굴을 기억하고 있을 그와 만나는 것은 역시 달갑지 않았다.

수용소 주변은 조잡한 철조망과 곳곳에 보이는 나무 담장으로 둘러싸여 있었다. 수용소 건너편 비행장에는 군용기의 모습이 보였고, 튼튼한 철망 울타리로 둘러싸인 미군 캠프의 반달 모양을 한 병영도 보였다. 사람들의 작은 그림자와 지프가 움직이고 있었다.

성내에서 올 때에는 수용소 주변이라고 생각하고 있던 까마귀 떼의 비상은 저 멀리 바다 쪽 상공이었는데, 하늘에서 쏟아져 내리는 울음소리가 잘 들렸다. 마치 아기의 울음소리 같았다. 뭔가의 사체라도 있는가. 게다가 지상으로 춤추며 내려올 수 없는 무언가가······.

총을 든 보초가 서 있는 게이트 옆의 검문소에서 남승지는 밀짚모자를 벗고 노타이셔츠의 가슴주머니에서 면회허가증을 꺼내 보이자, 검문소 박스 안에 있던 또 한 사람이, 남승지와 비슷한 연배로 계급장이 일등상사인 하사관이 허가증 번호를 확인하고 나서 고개를 끄덕이며 자리에서 일어났다. 그리고 단층 가건물 복도를 앞장서서 걷다가 소장실 앞에서 노크를 했다. 실내에서 응답 소리가 들리자, 젊은 하사관은 문을 열고 손님을 들여보낸 뒤 거수경례를 하고 사라졌다. 그곳은 부관실이었는데, 남승지는 젊은 장교의 안내로 옆에 있는 소장실로 인도되었다.

"안으로 들어오시오."

굵은 목소리였다. 여름 군복 차림으로 모자를 쓰지 않은 젊은 장교가 조선반도의 지도와 제주도 작전지도 등, 그리고 이승만 대통령의 사진이 걸려 있는 방 한쪽의 벽을 등진 사무용 책상의 의자에서 일어나 남승지에게 다가오더니 굳은 악수로 맞이했다.

"먼 길을 오느라 고생이 많았소. 내가 소장인 오균입니다."

"여러 가지로 수고가 많으십니다. 저는 김명우입니다."

"들었습니다."

오균은 가볍게 웃으며 남승지의 말을 받았다. 들었습니다……. 무엇을? 거기에는 친근감이 담긴 울림이 있었다. 반쯤 열린 창문 너머로 다른 한 동의 가건물이 눈에 들어왔다.

오균은 방의 구석에 칸막이가 있는 소파로 이동해 남승지를 맞이했다. 머리 위로 바람이 내리 불었는데, 천장에서는 프로펠러식 선풍기가 돌아가고 있었다. 탁자를 사이에 두고 일단 마주 앉은 남승지는 이내, 잠시 실례하겠습니다, 라는 말과 함께 자리에서 일어나 칸막이 밖으로 나가더니, 바지 오른쪽 허리춤의 꿰맨 테두리를 손가락으로 집어 올리듯 살짝 문질러, 작게 말아 끼워 넣은 신임장을 꺼내 자리로 돌아온 뒤, 그것을 펼쳐 오균에게 전했다.

오균은 손바닥에 들어가는 그것을 대충 눈으로 훑어본 뒤 라이터로 불을 붙여 재떨이에서 깨끗이 태웠다.

"확인했소."

그는 손을 뻗어 손님과 악수를 나눴다. 그것은 자신이 권력조직 속에 있는 당원, 동지라는 표현이기도 했다.

"여러 가지로 수고가 많으십니다."

남승지도 아까와 같은 말을 새로운 기분으로 반복했다.

오균은 탁자 위의 담배 케이스에서 한 개비를 들어 입에 물면서, 손님에게도 권했지만, 남승지는 초면이기도 하고, 연장자 앞이어서 사양했다.

차가운 보리차가 나왔다.

오균은 알맞은 몸집에 중키의 약간 둥근 얼굴로, 머리는 7대 3으로 가르고 있었으며, 튀어나온 느낌을 주는 크고 자상한 눈, 단단하게 보이는 코, 두툼한 입술과 햇볕에 그을린 살갗을 지니고 있었다. 양준오가 열렬한 당원이자 애국자라고 한 남자였다. 대부분의 경우가 그렇지만, 오균도 구일본의 학도병 출신으로 군대에 들어와 있었다. 4·28화평협정을 성립시키기 위해, 게릴라 측 대표와 군 측 대표 김익구 연대장의 양자 화평 회담 실현에는 오균의 노력에 힘입은 바가 컸다.

"그런데 오균 소장님, 본론으로 들어가겠습니다만." 소장 동지라고는 굳이 말하지 않았다. 남승지는 보리차를 마시고 탁자에 놓여 있는 한 장의 메모용지에, 연필로 김동진의 이름을 써서 상대에게 건네며 말했다. "그는 산부대에 속해 있습니다만, 최근에 수용소에 수용되었다는 정보가 있을 뿐, 현재 소부대로 분산 행동 중이라 조직에서 확인하지 못하고 있습니다. 수용소 쪽에서 뭔가 짚이는 것이 없는지 여쭙고 싶습니다."

"김·동진……." 오균이 중얼거렸다. "금방 생각이 나지는 않는군. 지금 조사해 봅시다. 수용소 안에는, 여기에 온 뒤로 이름을 바꾼 사람도 있어서 말입니다."

오균은 자리에서 일어나 사무용 책상의 벨을 누른 뒤, 옆방과의 사이에 있는 문을 열고 들어온 부관에게 수용자의 명부를 가져오라고 일렀다. 부관은 대여섯 권의 종목별로 두터운 서류철을 가져오더니, 오균은 심복인 듯한 그에게 동석을 명하고, 먼저 명부의 음별(音別)

항목에서 '김동진'을 찾게 했지만, 그로 보이는 수용자의 이름은 나오지 않았다. 조사표가 아닌 명부만의 서류에는 곳곳에 세로로 두 줄의 빨간 선이 그어져 있었는데, 그것은 석방자이거나 사망자였고, 거기에도 김동진의 이름은 보이지 않았다.

지금 옆에 앉아서 서류를 조사하고 있는 부관도, 그리고 조금 전에 이곳으로 안내해 준 하사관도 아마 동지일 것이다. 수용소의 경우는 특히 그렇겠지만, 이렇게 군대 내 조직 속에 당원들이 움직이고 있다는 것을 눈앞에서 확인하자 그 생생한 느낌에 남승지는 더욱 전진해야겠다는 용기가 샘솟는 것을 느꼈다. 그는 언젠가 한라산 중턱의 관음사에서 있었던 조직회의에서 만난 김동진을, 여전히 표표한 구석이 있는 꺽다리였지만, 수염이 더부룩하고 양 눈이 숲 속의 올빼미처럼 빛나고 있던, 마치 다른 사람 같은 인상을 주던 김동진을 떠올렸다. 서로 껴안았을 때 볼에 닿는 간지러울 정도로 푹신푹신한 수염의 감촉. 그는 제주도 동부의 인민유격대 제1지대에서 남부의 제3지대로 이동, 선전부장으로서 대원들의 정치교육을 담당하면서 소부대와 함께 행동하고 있었다. 소대──소부대는 열 명 안팎의 단위로 각각 별개로 이동하면서 제각기 싸웠다. 즉 이길 것 같으면 싸우고, 이길 것 같지 않으면 적을 피하는데, 추격해 오면 일단 '도망'가는 수법을 썼다.

남승지는 김동진에 관한 대체적인 내용을, 성내 근처의, 아니 이 비행장이 있는 같은 용담리의 출신으로 전에는 한라신문의 기자를 하고 있었고, 4·3봉기의 선언문을 인쇄한 후에 입산, 게릴라에 합류했다는 것 등을 이야기했지만, 당사자로 보이는 사람은 눈에 띄지 않았다.

2, 3백 명이 수용되어 있는 몇 개의 텐트 안을 하나하나 돌면서 김동진의 '얼굴'을 확인할 수도 없었다. 이는 남승지 자신을 드러내는 일이 될 것이었다.

어쨌든 김동진은 역시 포로수용소에 들어와 있지 않았다. 지금은 이 사실을 확인하기만 하면 된다. 조만간 김동진이 속한 지대와 연락이 닿을 것이었다. 부관이 서류철을 놓고 자리를 떠난 뒤, 남승지는 김동진이 만약 여기에 수용되어 있고, 심사의 결과 그가 우리의 동지라고 판명되어, 석방된 경우에는, 그가 성내에서 얼굴이 알려져 있는 지명수배 중의 '범인'으로 즉시 체포될 위험이 있기 때문에, 수용소장과 그 측근에 대해서도 큰 누를 끼치게 된다. 따라서 그럴 경우에는 수용소에 한동안 수용을 계속하는 것이 서로 간에 안전하고, 그렇지 않으면 '도망' 등의 명목을 붙여서 다시 입산시키는 것이 타당하다는, 조직의 뜻을 전했다.

오균은 숨을 깊게 들이마시고 크게 고개를 끄덕였다.

"음, 고맙소. 그런 일이 있을 수 있어요. 이건 맹점이지만, 음……."

생각지도 못한 새로운 발견이라도 한 모습이었다. 소장은 고개를 끄덕이고, 그러한 사정과 배경은 본인 자신이 이야기하지 않는 한 이쪽에서는 알 수가 없다. 동지와 그 가족들의 석방에 힘쓰는 한편 충분히 신중을 기해야겠다. 김동진은 수용되어 있지 않지만, 심사 도중에 그와 유사한 수용자가 있을 경우는 가볍게 석방하지는 않겠다고 말했다.

용건은 다음으로 넘어가, 남승지는 탁자 위의 메모가 아닌, 편지지를 두세 장 놓고, 거기에 머릿속에 들어 있는 게릴라와 비게릴라 활동가들의 이름, 출신 마을 등을 펜으로 써내려 갔다. 즉 조직이 우선적으로 석방을 요청하고, 동시에 오균 소장의 심사 과정에서 판단 자료가 되는 것이었다. 종이의 질이 그다지 좋지 않은 편지지 위에서 펜 끝이 껄끄럽고 때로는 긁혔다. 오균은 펜대를 쥔 남승지의 손가락 움직임을 따라, 펜 끝을 적신 잉크 방울이 일련의 이름으로 변해 가는 모양을 가만히 지켜보고 있었다.

편지지 세 장을 가득 채운 30명가량의 명부가 오균에게 건네졌다. 오균은 이를 손에 들고, 참으로 대단한 달필이군, 힘차고 웅혼한 글씨라며 남승지를 칭찬했다. 그리고 명부 중에서도 최우선이라는 표시를 한 열 명 정도에 대해 간단한 질문을 하면서 메모를 하고, 일단은 훑어보는 정도로 한 뒤, 명부의 서류철 사이에 끼워 넣었다. 이들 수용자 명부의 자료는 수용소 측이 조직에 대해 극비로 제공한 명부에 따른 것이었다.

"알겠습니다. 급속한 처리는 어렵겠지만, 신중을 기해서 심사를 하겠습니다."

오균은 조직적인 이야기는 간단히 사무적으로 끝냈다.

"저어, 잠시 여쭙고 싶은 이야기가 있습니다만." 남승지가 말했다. "실은 수용소에 오는 도중에 성내 경찰인 정세용 경무계장이 지프로 나오는 것을 보았습니다만, 그가 여기에 왔습니까?"

"김 동무는 그와 만났습니까?"

"아닙니다, 가능하면 만나는 것을 피하다 보니 잠시 늦어졌습니다만, 남해트럭, 예―, 남해자동차의, 이쪽에 식량 운반을 하고 있는 트럭 운전수 동무와 우연히 만난 덕분에, 그 트럭 안에서 정세용이 나오는 것을 보았습니다. 그런데 화제는 바뀝니다만, 아까부터 신경 쓰이던 일인데, 연장자로서 저에 대한 말투를 낮춰 주시지 않겠습니까. 경어를 사용하지 말아 주십시오."

"그렇군요, 알겠소. 정세용은 이쪽에 인사를 왔었지요."

"인사?"

"정 씨는 이번에 제주경찰의 경무계장에서, 도경찰국 경무과의 계장으로 전임된 모양이야. 같은 경위 계급이긴 하지만, 도경 경무계장 쪽의 격이 한 단계 높으니까, 이른바 영전인데, 조금 늦은 감이 있지.

그래도 정세용의 말에 의하면, 이제 곧 이번 달 안에라도 경찰의 직제 개편이 있을 것이고, 계장에는 경감급을 배치한다고 하니까, 한 계급 승진하는 것은 틀림없어. 으흠, 뭔가 생각이 있었겠지만, 사이가 좋지 않은 군의 수용소에, 이 오균이 있는 곳에 일부러 찾아온 것이므로, 나는 방문객을 환영하고 영전을 축하하면서도 그렇지만 그가 관계도 없는 '견학'을 하고 싶어 하던 수용소 텐트의 안내는 은근히 거절했지요. 그는 텐트가 있는 쪽에서 불어오는 바람을 타고 들어온 수용소 변소의 악취에, 코를 감싸 쥐듯 하고 돌아가더군."

남승지는 후유, 하고 안도의 숨을 내쉬었다. 말로는 하지 않았지만, 당연한 일로서 오균이 정세용의 내방을 경계하고 있음을 알 수 있었다. 게다가 마지막의, 텐트가 있는 방향에서 불어오는 바람을 타고 들어온 수용소 변소의 악취…… 운운하는 바람에, 왠지 모르게 마음이 누그러지는 것을 느꼈다.

"김 동무는, 음, 훗훗, 남 동무인가. 나는 남승지를 알고 있지. 핫핫 하……."

"아니, 정말이십니까? 어떻게 말입니까?"

남승지는 자신도 모르게 웃음을 지으며 말했다. 나중에 말한 어떻게 말입니까? 는 사족이었다.

"좀 전에 남해트럭이라는 걸 동무가 말하고 있었는데, 그 사장의 아들 이방근은 내가 다니던 도쿄의 대학 선배라서 말이지. 그는 언젠가 양준오 형과 함께 만났을 때, 대학의 선배라는 걸 알았는데, 나는 너무나 황공했었지. 그가 '남승지라는 청년'에 대해 이야기를 했었어. 김 동무는 해방 전엔 고베에 있었다면서."

"그렇습니다. 양준오 씨로부터 오균 소장님에 대해서는 들었습니다. 그는 제가 고베에 있을 때부터 알고 지내는 사이로, 존경하는 선배입니다."

"양준오로부터도 김 동무의 일은, 해방 후, 단신으로 일본에서 서울에 돌아온 일도 들었어. 양 형과는 최근 몇 개월 전에야 알게 되었지만, 믿음직한 인물이야. 이방근은, 핫핫하, 내 선배님은 잘도 마시는 사람이고⋯⋯. 지금 서울에 가 있다고 하는데, 김 동무, 언제 넷이서 함께 마시고 싶구만⋯⋯."

"예, 정말로 그러고 싶습니다."

남승지가 네 명 중에 한 명이 되는 것은 개인의 집이라면 몰라도, 밖의 요정 등에서는 거의 불가능한 일이었다. 밖에서 개가 시끄럽게 짖어 대고 있었다. 그것은 다른 두세 마리가 짖는 소리와 겹쳐서 들리고 있었다.

"이 수용소에는 개가 있습니까?" 갑자기 남승지가 말했다. "군용견인가요?"

"그렇소만."

오균은 조금 의아하게 대답했는데, 남승지의 묻는 태도가 뜻밖의 인상을 준 모양이었다.

"도망자용인가요?"

남승지가 틈을 주지 않고 다시 물었다.

"그렇기도 하였지만, 지금은 막사를 지키는 개이고, 도망자용으로는 사용하지 않아. 무엇보다 여기는 도망자가 없어서. 애당초 이 수용소의 설치 목적이 '귀순'한 하산자를 '재교육'시켜서, 각자 생업을 보장하여 고향에 돌려보내는 데 있었기 때문에, 도망갈 필요가 없어서 말이야. 그런데 전 소장이 도망자 추적을 목적으로 사용했던 것이지. 여기는 형기를 정해서 수감하는 형무소가 아니기 때문에, 도망가지 않아도 차례로 석방되거든. 안 그런가. 도망은 오히려 불이익만을 초래한다는 걸 수용자 전원에게 철저히 알리고 있어서, 추적하기 위해 셰퍼드를 풀어 놓을 필요는 없어. 음, 김 동무…….”

오균은 일단 말을 끊고, 나는 국군이지만, 그건 진정한 의미에서의 국군, 인민의 군대가 아니면 안 되겠지. 인민의 해방, 민족의 해방을 위해 싸우는 군대여야 하고, 인민유격대와 우리는 함께해야 하는데, 언젠가 하나가 될 때를 기약하면서, 우선은 제주도 해방을 위해 함께 전진하자구. 성내 도청의 깃대에 해방기가 펄럭이는 날을 위하여…… 라고 입가에 미소를 지으며 말했다.

남승지는 입술을 깨물며 크게 고개를 끄덕였다. 오균이라는 당원 동지라기보다도, 백주의 군수용소 내에서, 군복을 입은 국군 장교로 부터 혁명을 위해 함께 싸우자는 요청을 받은 듯한 의외의 기분으로, 가슴이 떨리고, 순간 눈시울이 뜨거워지는 것을 느꼈다. 이미 한 시간 가까이 지나고 있었다. 오균은 다른 일에 대해서는 극히 사무적으로 처리하고, 오늘 당원끼리 첫 대면을 마무리하는 입장에서 그렇게 말했던 것이다.

오균은 아까 남승지가 이름 등을 기록해서 건넨 편지지 세 장을, 서류철을 열고 다시 한 번 손에 들었는데, 그때 남승지는, 아니? 하면서, 그 서류철의 열린 페이지의 이름을 들여다보았다. 용백, 용백이? 이름 용백, 직업 공양주……. 뭐라고?

“오균 소장님.” 놀란 남승지가 말했다. “죄송합니다만, 그 서류철을 잠시 볼 수 없겠습니까.”

오균은 반사적으로 탁자 위의 서류철에 시선을 던졌지만, 이내 남승지의 얼굴을 돌아보면서 그것을 건넸다.

“분명히 이건 용백이다.”

“무슨 일인가?”

"이 남자는 한라산 관음사의 공양주입니다."

남승지는 이것이 질문에 대한 설명이라도 되는 깃처럼 단순에 말했다. 그것이 어떻다는 것이냐며 상대는 다시 물었다. 어떻게 되고 말고가 아니다. 아아, 여기에 기록되어 있다, 이건 7월 초에 수용되었으니 이미 한 달 이상이다. 남승지는, 용백은 얼른 석방되어야 할 수용자입니다, 라고 말했다.

"……어째서 용백이 지금까지 석방자 명부에서 제외되었을까요. 이건 조직의 편견입니다. 게릴라도 그 가족도, 다른 활동가도 아니기 때문에, '양민' 취급을 하여 그대로 계속 수용했을지도 모릅니다. 더구나 그가 체포되었을 때는 게릴라 측이라는 혐의를 받았을 거라고 생각합니다만……."

'양민' 취급이라는 것은, 당국에 협력적인 자, 게릴라와도 관계가 없는 채로 그저 '빨갱이' 용의자로 체포된 자, 당국 측 스파이 또는 사상 교화의 성적이 좋은 전향 표명자 등이 '양민', 관헌 측에 있어서 '선량한 백성'으로서 석방되었던 사실을 가리켰고, 귀향을 약속받은 후에 하산한 게릴라 관계자들은 그대로 계속 수용했다. 그런데 오균이 소장을 맡은 뒤로는, 지금까지와는 반대로 '양민'들은 그대로 두고, 게릴라 관계자의 석방을 즉 4·28화평협정에 의해 수용소가 설치된 당초의 목적에 따라 일을 서서히 추진하고 있었던 것이고, 그 과정에서 용백이 '양민' 취급을 받게 된 모양이었다.

남승지는 용백이 게릴라 근거지의 중계 장소로 되어 있던 관음사와, 그 아래의 산천단에 있는 절이나 마을 등에서 어떻게 게릴라를 위해 일했는지를 이야기하고, 오균에게 조속한 석방을 부탁했다.

오균은 자리에서 일어나 사무용 책상으로 가더니, 벨을 눌러 옆방에서 문을 열고 들어온 조금 전의 부관을 향해, 제3텐트, 131호 용백이라는 사람을 데려오도록 조치를 취하라고 명령했다.

15분 정도 지나 용백이 소장실로 왔다. 문이 열리고 큰 몸집의 그가 들어온 순간 매우 시큼하고 독특한 냄새가 천장의 선풍기 바람에 흩날리듯 퍼지며 코를 찔렀다. 용백이 방으로 들어오기 전에, 간수병과 함께 온 부관이 소장실로 직접 들어가도 되는지 물어 왔는데, 오균은 상관없으니 들여보내라고 말했다. 때가 부스럼 딱지처럼 눌러 붙어 악취를 풍기는 공양주를 소장실에 들여보내는 일은 결코 없을 것이다. 역시 공산주의자, 그리고 휴머니스트라고 남승지는 생각했다. 볼이 움푹 파이고 다박수염이 자라 몰라보게 되어 버린 용백이 느릿느릿, 조금 주뼛거리며 방 한가운데로 걸어왔을 때, 마침 자리에서 일어나 칸막이 그늘에서 얼굴을 내민 남승지와 눈이 마주쳤다. 용백은 남승지를 확실히 기억하고 있었고, 변함없이 자상한, 그 유아 같은 두 눈이 빛을 발하며 큰 입으로 빙그레 웃었지만, 무슨 일이 일어난 것인지 영문을 몰라 어리둥절한 모습으로, 소장 자리에 돌아온 오균 앞으로 나아갔다. 그리고는 의자를 옆에 둔 채 우뚝 서 있었다. 거듭 착석을 명령받자 나무의자를 내려다보더니, 자신의 바지 엉덩이를 먼지라도 털려는 듯이 손바닥으로 몇 번인가 두들기고 나서 천천히 의자 끝에 살그머니 엉덩이를 걸쳤다.

"자네가 용백인가?"

소장이 말했다.

"예, 한라산 관음사의 공양주 용백이우다."

"그냥 용백인가. 성은?"

"저는 용백이우다."

그 동작과 마찬가지로 말도 느긋했다.

"음, 용백에게 면회야."

"제게 면회란 말이우꽈. 여기는 소장님 방이지, 면회실은 아니우다."

오균과 그 옆에 서 있던 부관이 가볍게 웃었다.

"여기는 임시 면회실이야."

"임시……? 임시. 예―."

"용백, 왜 그러는가?"

오균이 의아한 미소를 띠운 채 말했다.

"……별명이 반편이입니다."

부관이 조금 농담처럼 말참견을 했다.

"뭐라, 반편이? 자네들도 그렇게 부르나, 음."

"아닙니다, 그런 게 아닙니다. 저는 결코 나쁜 의미로 말한 것이 아닙니다. 텐트 안에서의 사실을 말씀드린 것뿐입니다."

한순간 오균의 표정이 험악하게 변하자, 부관은 자세를 고치고 그렇게 말했다.

"김 동무, 이쪽으로 오시오."

어느새 면회자가 되어 버린 남승지는 칸막이를 떠나 용백 옆으로 왔다. 후두부가 튀어나온 머리에는 이미 머리가 자랐고, 아직 스물서너 살이라고 하는데도 흰머리가 섞여 있었다. 그 소시지처럼 길고 엄숙하게 입술 주위까지 늘어진 기묘하게 긴 코. 크고 길게 옆으로 찢어진 눈은 무심하게 빛나며 부처님처럼 자상하다. 낡은 한복은 때로 더러워져 변색되었고, 신고 있는 배 모양의 짚신도 꽤나 닳아 있었다. 남승지는, 용백, 오랜만이야, 라면서 그 큰 손을 잡으며 일어선 그를 가볍게 포옹했다.

"아이구―, 나무아미타불, 나무아미타불. 뭐 하러, 나를 면회 온 거우꽈. 나한테 무슨 용무라도 있는 거우꽈."

남승지는 자신도 모르게 웃음이 터져 나오려 했지만, 용백이 갑자

기 그 장신의 커다란 몸을 떨면서 엉엉 울기 시작했다. 남승지는 가슴
이 뜨거워졌다. 용백의 옷과 몸, 머리에서 풍기는 쉬고 썩은 듯한 악
취도 잊고, 한동안 서로 안은 채 커다란 어린애 같은 용백의 울음이
멈추기를 기다렸다. 용백은 남승지로부터 몸을 떼어 내더니, 때로 얼
룩진 얇은 저고리 소매를 손가락으로 잡아당겨 눈물을 닦고, 자신이
앉아 있던 의자를 남승지에게 권했다. 남승지는 용백의 건장한 골격
의 상반신을 누르는 듯한 자세로, 여기는 용백이 앉아야 한다며 의자
에 앉혔다.

　오균은 부관에게 칸막이 안쪽의 탁자 위에 있는 서류철을 가져오도
록 명하여, 바로 조사표의 용백에 관한 사항을 살펴보도록 했다.

　"……주소, 본적 모두 한라산 관음사, 으흠, 친척관계, 금강 주지와
목포 보살……. 연령 22세…… 용백, 이 목포 보살이라는 건 누군가?"

　"관음사에 있는 제 어머니를 대신하는 보살이우다."

　"살아 있는 사람이 보살인가?"

　"……"

　용백은 웅얼거렸다. 남승지는 그 성질이 격한, 분명히 히스테릭한,
대나무 회초리로 완전히 무저항 상태인 큰 남자인 용백을 때릴 때 사디
즘적인 사십 대의 여자를 알고 있었다. 관음사의 법당에서 부드러운
대나무 회초리를 마음껏 휘두르는 무서운 형상의 얼굴을 한 목포 보살
과, 양손으로 머리를 감싼 채 피를 흘리며 계속 얻어맞는 용백을 목격
한 일도 있었다. 그는 설명하기 어려워하는 용백을 대신해서 그녀가
주지를 대신하는 절의 관리인이라는 것, 보살이라는 호칭은 이른바
절의 관리인인 그녀에게 존칭의 의미를 담아 여신도들이 붙인 것으로,
일찍이 본토의 목포 어딘가에서 여관 안주인을 하고 있었기 때문에,
목포와 보살을 붙여서 그와 같이 불리는 것이라고 이야기했다.

조사표에 의하면, 체포 이유는 공비 출몰지역의 한라산 관음사에 살고 있기 때문에 공비와의 통보 관계에 있다는 것이었다. 그러나 절의 책임자인 주지나 목포 보살은 같은 절에 살고 있음에도 불구하고, 아마도 금품의 힘이겠지만, 체포 따위와는 무관하였고, 용백만이 이른바 희생양이 되어 수용소로 보내졌던 것이다. 그렇다 하더라도 금강 주지는 세상에서 말하는 파계승으로, 관음사에는 한 달에 며칠도 머물지 않았는데, 그런 의미에서는 분명히 공비 출몰지역의 주민에 해당하지는 않았지만, 성내와 각 지역의 불교 포교당 등을 돌며 여기저기 축첩을 하고 있다는 소문이 나 있는 스님이었다. 그래서 그런지, 그는 머리를 몇 센티 정도의 길이로 항상 깨끗하게 다듬고 다녔다.

또한 목포 보살 쪽도 일찍이 여관의 안주인을 하고 있었던 만큼, 상당한 축재의 능력이 있었고, 성내에서 익명으로 여관을 경영하고 있다는 소문처럼, 그녀도 관음사와 성내를 자주 왕래하고 있었다. 그러면서도 한 달 넘게 수용되어 있는 절의 공양주인 용백의 면회를 오지도 않았다.

"한 소위."

"옛."

"소장 심사의 단계는 아직 아니지만, 그 전의 예비심사는 어떻게 된 건가. 이건 수용 당시의 기재사항뿐이고 실수가 있어. 수용한 뒤 그냥 방치하고 있잖아. 직무태만이야. 음, 엄중한 주의가 필요하네."

오균은 담배를 입에 문 채 성급하게 연기를 뿜어내면서, 서류철의 관계가 없는 다른 페이지를 소리 내어 몇 장인가 넘기더니, 다시 원래의 용백과 관계된 곳을 펼쳤다.

"제 책임입니다." 부관이 황송해하며 말했다. "심사부에 엄중한 주의를 주겠습니다."

"좋아, 이 사람은 석방이야. 어떤가, 한 소위, 자네의 의견은?"

"소장님, 이견은 없습니다. 조속히 그렇게 조치를 취하겠습니다."

"용백, 오늘 날짜로 당 포로수용소의 출소를 허가하겠는데, 오늘 이곳을 나가겠는가, 아니면 내일로 하겠는가. 갈 곳은 어딘가. 한라산 관음사라면 벌써 네 시야. 절까지 가려면 시간이 걸릴 텐데. 내일 아침에 출발하는 게 어떤가?"

"예─, 언제라도 좋수다. 나무아미타불, 나무아미타불. 고맙수다. 소장님." 용백은 오균, 그리고 부관, 게다가 옆에 우뚝 선 채로 있는 남승지를 향해 머리를 숙여 합장했다. 그리고 한마디 덧붙였다. "저보다 먼저 나가야 될 사람들이 있는 거 아니우꽈? 저는 천천히 나중에 나가도 상관 없수다."

"……"

한순간, 용백의 주위에 마른 침을 삼키는 침묵이 스쳐 지나갔지만, 오균은 아무렇지도 않은 듯이 미소를 지으며, 걱정할 것 없어, 용백이 출소하는 대신에 누군가 다른 사람이 희생되어 나가지 못하는 일은 없으니까, 모두 똑같이 석방돼 나갈 거야……라고 말했다.

용백은 고개를 끄덕였다.

석방을 위한 사무 처리는 간단해서 시간이 걸리는 일은 아니었다. 이 자리에서 심사사항을 적어 넣고, 소장 결재의 서명만 하면 되었다. 뒷일은 석방증명서를 발행하면 그만이었다.

용백은 다음 날 아침 출소하기로 되었다. 좀처럼 순번이 돌아오지 않는 드럼통의 목욕이었지만, 몸의 때를 씻고, 면도를 잘하는 병사가 머리를 민 뒤 수염까지 깎아 주었다.

남승지는 오균 등에게 감사하고, 기분 좋게 포로수용소를 나왔다. 용백과는 관음사에서 만날 것을 기약하면서. 남승지는 마치 용백의 석방을 위해 찾아온 것 같다고 생각하면서, 하얗게 마른 신작로를 따라 성내 쪽으로 걸었다.

3

바다 쪽에서 바람을 타고 고기의, 아마도 돼지고기를 굽는 것으로 보이는 냄새가 코를 자극해 왔다. 남승지가 포로수용소의 하늘을 올려다보자 저 멀리에 아까보다는 수가 줄었지만, 까마귀 떼가 날고 있었고, 고기 굽는 냄새는 아무래도 그 주변에서 나고 있는 모양이었다. 두세 마리의 검은 그림자가 지상을 향해 천천히 하강했다. 돼지고기? 저 멀리에서 흘러드는 고기 냄새. 약간의 고기를 굽고 있다면, 그 상공에 까마귀가 장시간 배회하고, 멀리 떨어져 있는 이 신작로까지 바람에 실려 올 리가 없을 것이다. 비행장에서 돼지고기를 굽는다……? 아하, 아마도 미군들이 야외에서 제주도의 흑돼지를 통구이 하는 모양이다. 바비큐인지 뭔지를. 가까이에서 못된 짓을 하고 있었다. 수용소 텐트 안의 배를 굶주린 수용자들이 바로 가까이에서 기름기 섞인 냄새와 함께 제주도 돼지를 통구이 하는 강렬한 냄새에 발광하거나, 장이 꼬여 큰 소동을 일으킬지도 모른다. 까마귀들이 노리는 것이 어딘가 방치된 인간의 사체가 아니어서 다행이었다.

관음사.

한라산 중턱 깊은 숲에 둘러싸인 관음사 대웅전의 커다란 그림자가 신기루처럼 불쑥 솟아올라, 신작로를 걷고 있는 남승지의 시야에 모습을 드러냈다. 서쪽으로 기울기 시작한 햇살에 관음사에 이르는 산천단, 열 가구 남짓한 벼랑 아래에 있는 마을에 다가서듯 솟아 있는 삼의양 오름의 원추형 단면에 그림자를 드리운 산의 모습이 뚜렷이 비치고 있었다. 그 건너편에 웅대한 한라산의 능선이 험악한 정상에서 이윽고 완만하게 동서로 흘러내려 멀리 뻗어가더니 시선 저편으로 사라져 갔다. 쾌청한 날이라도 산 정상에 구름을 이고 있는 날이 많아, 산 전체의 모습을 보기는 어려웠다. 하지만 오늘은 흰 구름이 준마처럼 산 중턱의 능선을 차고 공중으로 높이 달려 올라가, 하늘의 투명하고 파란 배경이 한라산을 그림처럼 돋보이게 전방으로 밀어내고 있었다. 적란운도 아닌 격렬한 기세인 구름 모양은 더운 여름이 한창인 가운데 마치 초겨울의 느낌을 주고 있었다. 그러고 보니 산천단 동굴에 살고 있는 목탁영감도 한동안 만나지 못했다. 불결한 거지 취급을 받고 있는 노인이었지만, 이방근이, 아니 남승지 자신도 존경하고 있는 노인이었다. 그는 여름은 그렇다 치더라도 겨울에도 동굴 밖에 쌓인 눈을 보면서 거적 한 장만 바위에 깐 침상 위에서 지냈다.

아니, 정말이지 용백과 만나리라고는……. 남승지는 용백의 석방에 기분이 좋아졌을 뿐만 아니라, 용백을 만남으로써 왠지 기분이 느긋하고 여유가 생기는 느낌이었다. 관음사를 울창한 숲의 품에 안은 한라산을 멀리 바라보면서, 남승지는 가볍게 휘파람이라도 불고 싶은 기분이었다. 무엇보다 그 무표정한 표정의, 얼핏 굼떠 보이는 용백의 얼굴을 보라. 또한 그 유아의 마음을 간직한 커다란 몸집의 동작. 용백이 출소함으로써 다른 한 사람이 희생되어 출소하지 못하는 것이 아니야, 모두 똑같이 석방되어 갈 거야……라는 석방의 '조건'을 받아들이고 나서야 용백은 출소할 수 있게 된 것을 기뻐했지만, 그것은 자신의 자유에 대해서가 아니었다. 주지가, 그리고 때로는 여자 관리인인 목포 보살도 자주 자리를 비우는 절에서, 부처님 앞에 아침저녁으로 밥을 올리고 근행을 할 수 없는 것이 무엇보다 괴로웠기 때문이었고, 지금은 다시 절로 돌아가, 공양주, 밥을 짓는 중으로 돌아갈 수 있기 때문이라고 그는 말했다.

용백이 소장실에서 나올 때, 그가 무척 맘에 든 모양인 오균 소장은 무심코, 용백과 이렇게 만날 수 있게 된 것도 '인연'이라며, 감개무량해하며 말했다. 그러자 용백은 관상이라도 보는 것처럼 오균을 응시하며 말했다. 예ㅡ, 큰 인연이우다. 언젠가 이 인연으로 소장님을 반드시 뵙게 될 거라고 저는 생각하우다. 뭐라, 반드시? 으흠, 반드시란 말이지……. 그렇지, 언젠가 만날 수 있겠지.

남승지는 먼지 나는 돌투성이의 신작로를 걸으면서, 양준오의 방 기둥에 걸려 있는 거울 안쪽으로 무한히 열린 공간 속을 걷고 있는 듯한 기분과 함께, 어깨 결림과도 같은 긴장이, 용백을 만난 것만으로 풀리는 듯했다. 그런 용백이 '반편이'라는 별명으로 불리고 있는 것이다.

남승지가 포로수용소에서 용백의 이름을 발견하고, 그와 만나게 된 것은 전혀 예상하지 못했던 우연이었지만, 어쨌거나 용백은 석방되는 게 당연한 수용자였다. 용백이 체포된 날로부터 지금까지 한 달 반 사이에, 예비심사를 위해 호출한 적이 한 번도 없었던 것은 '실수'였고 '직무태만'이었지만, 그것은 역시 용백이 '반편이'였고, 자기주장을 전혀 하지 않는 절의 공양주라고 해서 업신여김을 당했던 결과임이 틀림없었다.

분명히 게릴라를 위해서 연락을 했던 것은 사실이지만, 용백이 전 수용소장 시절에 체포된 이유는 '현행범'도 아니었을 뿐더러, 연락책이라는 증거가 있었던 것도 아니었다. 그저 공비 출몰지구인 한라산 관음사에 살고 있다는 것뿐이었다. 본인과는 무관하게 관음사에 출몰하는 공비에게 음식 등의 편의를 제공하고, 그 앞잡이가 되어 연락했다는 제멋대로인 억측에 의한 날조였다. 오균 소장이 체포 당시의 사정을 청취한 결과, 조사표의 사항 란에 기재되어 있는 것과는 전혀 달랐고, 7월 초에 열 명 정도의 공비토벌 경비대가 절로 찾아오자, 대장이 마침 절에 와 있던 주지와 주지실에서 뭔가 이야기를 나눈 뒤, 술과 음식을 대접 받고 나서 돌아가는 길에, 별것 아닌 것처럼 경비대를 대접하려고 준비하고 있던 용백을 연행해 갔던 것이다. 용의점은 절에 출입하고 있는 공비와의 접촉이었지만, 요컨대 공비 출몰지구의 관음사를 그대로 방치할 수는 없어서, 그 증거로서 누군가를 체포하여 수용소나 경찰에 보내야만 했던 것이다.

말문이 막힌 오균은(놀랄 것도 없이, 이런 종류의 날조가 보통으로 이루어지고 있다는 것은 그 자신도 잘 알고 있다) 불쾌한 마음에 잠자코 출소허가서에 결재 서명을 했는데, 그러나 그는 이 절의 고양주에게 약간 흥미를 가진 듯했다. 그는 절의 밥을 짓는 스님인 고양주가 공양주로 바뀐 말이라는 것을 처음 알고 나서, 절의 시주를 가리키기도 하는 공양주가 절에서 밥을 짓는 스님의 호칭으로도 사용된다는 것에 새삼 감탄했다. 말하자면, 아침저녁으로 밥을 지어 다른 사람보다도 먼저 불전에 바치기 때문에, 밥 짓는 스님이야말로 밤낮으로 부처님을 섬기는 진정한 공양주일 것이었다.

오균은 처음에, 그 고양주에 대해 모두 본적 등을 절로 옮겨야 하고, 이름도 그가 '그냥 용백이냐'고 물은 것처럼 세속의 성을 가지지 않는다고 생각했던 것이다. 무엇보다 조사표의 용백에 관한 기재사항에는 본적, 주소 모두 한라산 관음사로 되어 있었고, 이름은 그저 용백이었기 때문이다. 오균은 파고들어 캐묻지는 않았지만, 용백이 부모를 모르는 고아라는 것을 알자, 그 이야기를 중단했다.

오균은 용백의 인물과 그 이름, 또한 절이 본적이라는 것에 왠지 모르게 흥미를 가진 듯했지만, 그것은 흥미나 일시적인 호기심의 대상이 될 만한 것이 아님을, 오균 자신도 이내 깨달았다. 더구나 '친척 관계'가 친척도 아닌 금강 주지와 목포 보살로 되어 있었으니까, 이로써 짐작할 수 있었다. 설사 기재사항이 그러하고, 본인도 그것을 시인하고 있다고 해도, 본적이 한라산 관음사일 리가 없었다. 그것은 용백이 본적을 모르는, 즉 이름이 없는 것과 마찬가지로 본적이 없다는 것이었고, 이른바 그 출생의 뿌리를 아무도, 본인 자신도 모른다는 것이었다. 따라서 연령이 스물두셋이라고는 하지만, 그리고 조사표에 스물둘이라고 기입되어 있지만, 그것조차 정확하지는 않을 것이다.

　　용백의 출생과 성장과정은 일반적인 경우와는 조금 다른 이유가 있었다. 약 반세기 전에 관음사를 세운 여승 안봉(安蓬)에게는 날개가 달려 있어서 한라산 이곳저곳의 계속 깊숙이까지 새처럼 자유롭게 날면서, 사원을 세울 땅을 점치고 돌아다녔다는 전설이 있었다. 남승지도 소년 시절에 어머니로부터 그 이야기를 들은 적이 있었고, 선녀처럼 하늘을 날아오르는 사람을 상상하기도 하였다. 선대의 나이 든 화상은 지금의 파계승인 금강 주지와는 달리, 조선왕조의 정책에 의한 사찰 파괴, 소각 등의 탄압으로 오랜 기간 침체되어 있던 불교의 포교와, 2백 년 만에 부흥의 길을 연 관음사 창건자인 여승의 신앙과 뜻을 이어받아 완수한, 이른바 덕이 높은 스님이었다. 그런데 금강 주지 쪽은 선대와는 전혀 다른 세속적인 중이었기 때문에, 절은 그의 대에서 망할 운명이라는 게 사람들의 입소문이었고, 설사 절이 망하더라도 그에 동요되지 않을 만큼의 축재와 지위를 굳혀 가고 있었던 것이 또한 금강 주지였다.

　　선대의 노승은 용백이 아직 어릴 무렵에 뒤에 남겨질 그의 미래를 염려하면서 타계했다. 목포 보살은, 이 아이에게는 불심이 깃들어 있다, 소중히 자비를 베풀어 키우라는 노화상의 유언을 일단 받들어 용백의 양부모가 되었던 것이고, 따라서 용백의 출생과 성장 등에 대해서는 그녀의 입을 통해서 주위로 새어 나간 소문이 많았다.

남승지는 용백이 전시 중에 일본의 홋카이도(北海道)까지 강제노동으로 끌려갔던 일을 알고 있었는데, 또 이방근으로부터도 용백의 출생과 성장과정에 관련된 이야기를 들은 바 있었다.

오사카의 조선인 부락 근처에 있는 조선의 절에서 여자 공양주로, 이른 아침부터 밤늦게까지 밥 짓는 일에서부터 불전에 바치는 일, 청소, 빨래 그 일체를 하고 있던 용백의 모친은 불심이 깃든, 그렇지만 말을 못하는 젊은 여자였다. 여러 가지로 생각다 못해 고향의 신성한 한라산의 절에 맡기기 위해 어린 아들을 업고 머나먼 일본 땅에서 찾아온 그녀가, 선대의 하얗고 긴 수염을 지닌 노화상에게, 이 아이의 아버지가 누구냐는 질문을 받았을 때, 그녀는 손짓을 섞어 가며 빙긋 웃고는, 고개를 옆으로 흔들어 모른다고 했다는 것이다.

오사카 조선 사찰에서의 어느 날, 주방에서 한창 바쁘게 일하고 있을 때, 절에 이따금 출입하여 조금 안면이 있는 남자가 훌쩍 찾아와서는, 그녀에게 말을 걸면서 절에 아무도 없다는 것을 확인하고, 옆방 벽장을 열고 그 안에 몸을 넣은 뒤, 잠깐만 와 봐, 이리와, 이쪽으로 오라……고 손짓하며 그녀를 불렀다. 어린애 같은 그녀는 무슨 일인가 하여 남자가 하라는 대로 했다. 그러자 남자는 그녀의 손을 잡고 벽장 안으로 끌어들인 다음 문을 닫았다. 이윽고 그녀는 임신을 하였으나, 남자는 떠났고, 그녀도 불러오는 배를 감싸 안은 몸으로 절을 나오게 되었다. 아이가 아장아장 걸을 때까지 그럭저럭 키워낸 그녀는 한라산의 관음사에 아들을 맡겼는데, 여기에는 부처님의 가호로 훌륭한 인간을 만들어 달라는 모친의 염원이 있었다. 가난한 그녀가 약간의 돈 꾸러미를 내놓으려는 것을 노화상이 받을 리도 없었지만, 그 아이를 맡긴 모친은 다시 일본으로 건너가 소식을 끊었다고 한다.

따라서 그에게는 본인 자신도 희미하게나마 기억하고 있는 어린 시절의 '개똥이'라는 별명 이외에, 특별히 이름은 없었다. '개똥이'라는 것은 일반적으로 서민들 사이에서, 외동아들이라든가 병약하여 조금 장래가 걱정되는 아이를 위해서 부모가 굳이 개 따위의 짐승을 가리키는 최하급의 별명을 애칭으로 붙였던 것으로, 이는 자식에 대한 애정과 성장에 대한 염원의 표현이었다. 용백의 모친 또한 만강의 심정으로 박복한 아들의 미래를 그 '개똥이'라는 이름에 담았을 것이다. 그러나 언제까지나 그 이름만으로는 신성한 절과 조화를 이루기는 어려웠다. '용백(龍白)'이라는 이름은 노화상이 개똥이 안에 깃든 평범함 가운데 비범함을 보고 붙인 것이었다. 용백에게 아무튼 본적이라는 것이 필요해서 그걸 포로수용소의 조사표에 기입해야 했다면, 한라산 관음사를 특정할 수밖에 없었던 것은 당연한 일이었다.

남승지가 용백과 처음으로 만난 것은 언제였던가. 서울에서 학업을 내팽개치고 제주도로 옮겨와, S리의 고모 집에서 기숙하며 중학교 교사가 된 것은 작년 봄, 아직 동란 1년 전이었다. 그리고 얼마 안 있어 학교 동료와 시도한 한라산 등반의 중간지점에 해당하는 관음사에 들러 일박을 한 날이었음을 똑똑히 기억하고 있었다. 초여름 6월이었다. 이방근이 전시 중에 서울의 서대문형무소를 병보석으로 출소한 뒤, 한동안 요양하면서 사람들과의 접촉을 의식적으로 피하고 있던 절이었는데, 남승지는 처음 보는 그 심산유곡의 벼랑 가에 세워진 관음사의 규모가 예상외로 큰 것에 놀랐다. 한라산 기슭의 해발 5백 미터 부근에 있는 산천단에서 다시 산 중턱을 향해 지그재그로 험한 산

길을 헐떡이며 올라가면, 갑자기 시야가 헛발을 디딘 것처럼 열리며 평탄한 길이 펼쳐진다. 해발 6, 7백 미터 부근이다. 산문에 이르기까지 일직선으로 뻗은 참배로 양쪽으로는 몇 아름은 됨직한 울창한 삼나무 가로수가 솟아 있었고, 올려다보면 어두운 숲 꼭대기의 갈라진 틈을 새파란 하늘이 달리고 있었다.

절의 경내에 들어가 왼쪽으로 돌아가면, 주방과 온돌방으로 식당을 겸한 큰 방이 있는 간이 2층의 듬직한 건물이 있다. 또한 경내의 정면 안쪽에는 'ㄱ'자 형으로 되어 있는 승방과 요사채와 이어진 본당인 대웅전이 양 옆으로 건물을 거느리듯이 한층 높게 서 있다. 대웅전과 승방 측 건물은 복도로 연결되어 있었지만, 주방은 본당과도 떨어져 있었고, 일단 지면으로 내려서지 않으면 건널 수 없었다. 그 사이의, 대웅전 뒤편으로 조금 높게 솟아 있는 아미산으로 올라가는 입구의 암반지대에서는, 파란 대나무 통을 타고 흘러내리는 차고 맑은 물소리가 끊어지는 일이 없었다. 절 주위로는 깊은 숲이 펼쳐져 있었고, 온갖 새들의 지저귐이 숲을 지나는 바람을 타고 멀리에서도 들렸다. 나무에서 나오는 수액을 비롯하여 여러 식물들의 냄새가 숲에 배어 있어서, 조용히 눈을 감으면 그것들이 눈꺼풀에 와 닿았고, 향기로운 무언가 생리적인 냄새가 되어 부풀어 오른 콧구멍을 가득 채웠다. 승방 뒤쪽에 있는 숲을 빠져나가면 그곳은 한라산 등산로의 하나로 연결되는, 사람의 키만큼이나 되는 무성한 풀 냄새가 아지랑이와 함께 피어오르는 평지였다.

원두막 형태를 한 창고 같은 오두막이 서 있는 넓은 경내 끝의 연못 주변에는, 곧바로 깊은 계곡으로 연결되는 경사지에 고사리 등의 양치식물이 번성하고 있었고, 아득한 계곡 아래에는 나뭇잎 사이로 비쳐 드는 햇살을 반사하며 계곡물이 흐르고 있었다. 귀를 기울이자 숲의 속삭임 속에서 졸졸 흐르는 투명한 물소리가 들려왔다. 무엇보다 장쾌한 것은, 아니 처음에는 가슴이 철렁하고 내려앉는 기분이 드는데, 변소에 걸터앉아 구멍 아래를 내려다보면 천길 아래 계곡이라고 하면 조금 과장 같지만, 좁은 직사각형의 구멍 아래로 몇십 미터는 됨직한 깊은 공간이 펼쳐져 있었고, 마치 공중에 매달린 것처럼 방분의 덩어리가 발밑으로 가속도를 붙여 가며 떨어져 가는 곳은, 아득히 먼 아래쪽 계곡물이었다. 계곡의 바람 속을 돌멩이처럼 점차 작아지며 떨어져 가는 그것을 끝까지 지켜볼 수 있는 장쾌한 기분은 도저히 항간에서는 맛볼 수 없었다.

그들이 오후 늦게 우마가 들어오지 못하도록 두 개의 통나무를 걸쳐 놓은 사이를 빠져나가, 삼나무 거목이 양쪽에 늘어선 길을 걸어서 산문에 다가서자, 산의 공기를 기분 좋게 진동시키는 장작 패는 소리가 깊은 계곡에 메아리치며 들려왔다. 그 장작을 패던 주인공이 처음으로 보는 덩치 큰 남자 용백이었다. 그는 큰 도끼를 인왕처럼 치켜 올리고 이마의 땀방울을 날리며 계속해서 장작을 패고 있었다. 세 사람의 중생을 눈치 챈 용백은 나무 밑동을 잘라 놓은 받침대에 도끼를 내리꽂더니 경건한 합장으로 손님을 맞이했다. 그리고는 등산객이라는 것을 알자, 뒤를 따르는 손님이 안달이 날 정도로 느릿느릿 경내를 걸어, 목포 보살의 방이 있는 승방의 건물 쪽으로 안내했던 것이다.

그것이 처음에 만난 용백의 모습이었다. 가면처럼 무표정하면서도, 그 얼굴의 유아처럼 맑은 눈빛 탓이었겠지만, 인상적이었다는 것이 기억에 남아 있었다. 그러나 그때는 조직원이 되어 나중에 자주 관음사를 방문하게 될 거라고는, 남승지로서도 생각하지 못했다.

절에서 하룻밤을 잔 다음날 아침, 숲 속 새들의 지저귐이 경내를 가득 채우기 시작할 무렵, 아직 이른 새벽이었는데 어디선가 여자의 외침 소리, 느닷없이 깊은 산속의 절에서 새된 목소리가 들리는 것 같았다. 눈을 뜬 남승지가 머리를 들어 올려다보니, 방의 장지문이 희미하게 밝아 오고 있었다. ……이를 가는 것처럼 여자의 외침이 뒤섞인 고함 소리가 났지만, 무슨 말을 하는 것인지는 분명하지 않았다. 남승지는 상반신을 일으켜, 옆에 누운 동료 한 사람을(그는 교원조합에 든 활동분자였는데, 도내의 탄압을 두려워하여 올봄에 일본으로 밀항한 윤상길이었다) 깨워 살그머니 방을 나간 뒤, 복도를 따라 소리가 나는 대웅전 본당 쪽으로 가서는 옆으로 난 입구 장지문이 열린 틈으로 아직은 어둑어둑한, 그러나 불전의 촛불이 조용히 비추고 있는 내부를 들여다보았다.

그─래, 하이고, 이놈아, 개만도 못한 고양주 놈아! 밥만 처먹고 이가 들끓는 고양주 놈아! 부처님이 아침부터 밥을 태우라고 하더냐, 이 식충이 같은 고양주 놈아! 아이고! 허공을 가르며 으르렁거리는 대나무 회초리. 엄숙하게 몇 갠가의 불상이 안치된 본당의, 반들반들하게 닦여 있는 마루 위에서 히스테리 발작을 일으킨 여자의 사디즘적인 연출이라도 보고 있는 듯한 광경이 펼쳐지고 있었다. 창백한 안면, 가는 눈을 치켜뜨고 입에서 거품을 뿜어낼 듯한 굳은 표정의, 질투의 화신 같은 무서운 형상을 한 목포 보살이, 흔들리는 촛불의 붉은 빛을 받으며, 대나무 회초리를 힘껏 치켜 올리고는 용서 없이, 큰 몸을 두 개로 접어 둔한 동작으로 마루 위를 이리저리 도망 다니는 용백을 때리고 있었다. 용백은, 어이쿠, 어이쿠 하고 낮은 비명을 지르며 양손으로 그 까까머리를 감싸자, 틈을 주지 않고 대나무 회초리가 바람을 가르며 양 손등 위를 내려쳐 살을 찢는다. 피가 주위에 튀었다. 그러나 묵계라도 있는 것인지, 용백은 결코 저항하지 않았다. 주인에게 얻어맞는 충직한 개와 같았다. 개는 그래도 캥캥거리며 슬픈 소리를 내겠지만, 용백은 억누른 낮은 신음소리, 한숨 같은 신음소리 밖에 내시 않았다. 그것이 한층 목포 보살을 격앙, 흥분시키는지도 몰랐다.

이게 대체 어떻게 된 일인가. 마치 꿈속에서 일어난 일이 눈을 뜨자마자 그대로 밖으로 튀어나와 버린 듯한 느낌의 광경이었다. 더구나 오늘은 장작을 패던 용백의 안내로 목포 보살의 방 앞으로 갔을 때, 복도로 나온 그녀는 용백을 보자, 아이고―, 용백아, 너는 아직도 장작을 패고 있었구나. 땀에 흠뻑 젖어가지고, 오늘 중에 1년 치를 모두 해치우려는 것이냐, 쉬엄쉬엄 하거라…… 하며, 그야말로 보살처럼 자상한 미소를 눈꼬리와 입가에 띠우며 말했던 것이다.

두 사람은 한동안 숨을 죽이고 멍하니 서 있는 자신들을 깨달으면서 넓은 본당 안으로 들어가, 대나무 회초리가 으르렁거리고 있는 그 지근거리까지 다가섰다.

갑작스런 침입자에 놀란 목포 보살은 모처럼 들어 올린 회초리를 그대로 내려놓는 것이 아쉬웠던지, 다시 한 번 피가 배어 나온 용백의 두터운 등짝을 내려치더니, 하던 일을 일단 쉬기라도 하는 것처럼 회초리 든 손을 내렸다. 그리고는 남승지 등을 향하여, 왜 법당 안으로 들어왔느냐며 힐난하듯 말했다. 두 사람은 곧바로 대답할 수가 없었다. 용백은 옆에서 웅크린 채 가만히 있었다. 아니― 이건, 아침부터 무슨 일입니까. 너무 심한 거 아닙니까? 아침부터라니? 어젯밤에 이곳에 온 세 분이군요. 저쪽으로 가세요, 법당에서 나가요. 당신들하고 무슨 상관이 있습니까? 음, 자아, 빨리 방으로 돌아가 쉬세요. 대나무 회초리가 마치 맹수 조련사의 그것처럼 공중을 가르며 윙 하고 으르렁거리는 순간, 두 사람은 깜짝 놀라 그 자리에서 물러났다. 사정은 모르겠습니다만, 공양주를 때리지 말아 주십시오. 너무 하시는 거 아닙니까……. 뭐가 너무 한다는 거요, 저쪽으로 가세요, 젊은이들. 당신들과 무슨 상관이 있다는 겁니까? 음. 목포 보살은 대나무 회초리를 손에 든 채 무서운 얼굴로 두 사람에게 다가왔다. 용백이 무릎을 꿇은 채 두 사람을 향해 합장을 했다. 부디, 목포 보살님의 말씀대로 해 달라는 뜻으로 이해되었다.

아니 이건, 두 사람은 영문을 모른 채 분노와 한심함을 느끼며, 더 이상 구타가 계속되지 않도록 빌면서 방으로 돌아왔다. 목포 보살의 포악한 히스테리는 아무래도 그 선에서 가라앉은 듯, 다시 깊은 산의 절에는 아침의 정적이 돌아오고, 새들의 지저귐이 한층 요란해지기 시작했다.

절에는 그 밖에도 다른 신자들이 있었고, 주방 쪽 건물 큰방에서 자고 있을 터였지만, 누구 하나 본당의 현장에 얼굴을 내밀지 않았다. 본당과 떨어져 있고, 게다가 대나무 통에서 흘러 떨어지는 물소리 때문에 외침 소리가 들리지 않았을지도 모르지만, 혹시 이번이 처음은 아닐 목포 보살의 사디즘적인 행동을 신자들이 알고 있는지도 몰랐다.

남승지는 용백을 처음 보았을 때부터, 목포 보살의 회초리 밑에서 저항하지 않고 이리저리 도망치는 그의 모습을 목격한 일이 강렬한 인상으로 남았다. 후일, 관음사에서 요양한 적이 있는 이방근에게 절에서 목격한 일을 이야기했더니, 회초리로 때리는 일은 용백이 소년일 때부터, 그가 일본이 패전할 때까지 1년 남짓 홋카이도의 크롬 탄광에 강제 연행당한 시기를 제외하고는 계속되었던 것 같았고, 목포 보살은 히스테리 증상이 가라앉으면 그 순간 확 바뀌어 용백을 더 없이 귀여워한다는 것이었다.

용백은 오균 수용소장에게 호출되어 석방을 통보받았을 때, 다시 절로 돌아가 공양주로서 아침저녁으로 불전에 밥을 올리고, 근행할 수 있는 것이 기쁘다고 말하고, 그 이상의 이야기는 하지 않았다. 하지만 용백이 돌아오기를 손꼽아 기다리는 몇 사람의, 거의 몸을 움직이지 못하는 노파들이 있었다.

주방이 있는 간이 이층건물의 경내와 마주한 복도 끝에, 얼핏 끝부분이 천장에 닿은 것처럼 보이는 사다리 모양의 계단이 있었다. 즉 계단 윗부분이 천장과 같은 평면에 닿아 있는 것인데, 그 닿는 부분을 밀어 올리면, 판자로 된 뚜껑이 그 위쪽으로 열리게끔 되어 있었고, 그곳이 간이 2층으로 들어가는 입구였다. 그러나 이 사다리는 방문객이 있는 날에는 치워 놓기 때문에 사람들 눈에는 그다지 띄지 않았다. 남승지는 그 계단 끝부분 천장 뒤쪽에 간이 2층의 넓은 방이 있다고 이방근에게서 들은 적이 있었는데, 기회가 있을 때 한 번 올라가 보고 싶다고 생각하고 있었다.

……그건 말이지, 일종의 노파를 버리는 곳이야. 감옥은 아니지만 마치 감옥 안에 있는, 늙어서 죽음을 기다리고 있는 생명체, 즉 노파에게 먹이를 주는 것과 마찬가지로, 그곳에서 죽을 수밖에 없는, 그때까지 링거주사처럼 근근이 음식물이 제공되는 것이지. 산야에 버려져 마침내 거기서 백골이 되는 것보다는 좀 나은 정도랄까. 전혀 '양로원' 같은 곳이 아니라구…….

그 간이 2층에서는 몸을 움직이지 못하는 노파들이 누워서 오로지 내일로 다가온 죽음을 기다리고 있는 것이다. 부자가 절에 거액의 기부를 하는 대신에, 그 노모를 한라산의 중턱까지 하인을 시켜 업고와 맡기는 것인데, 그것은 귀찮은 존재를 더구나 자기 어머니를 집에서 제거하는 것이나 마찬가지였다. 효를 지고의 덕으로 생각하는 조선에서는, 무엇보다 인간의 도리라 할 수 없을 것이었다. ……내가 해방 전에 관음사에서 생활하고 있을 때, 몇 번인가 그, 때로는 치워 버리는 계단 위쪽의 간이 2층에 올라간 일이 있어. 백발조차 거의 빠져

버린, 어떤 노파는 너무 말라서 뼈와 가죽만 남아 있었지만, 의식은
또렷해서, 음, 그리고 생각이 나는군, 아직 살아 있을 때부터 화려한
수의처럼 빨갛고 파란 원색의 아름답고 선명한 옷을 입고 있었는데
말이지, 그 노파는 그것을 기분 나쁘게 생각하지 않고 아이들처럼 자
랑을 하더군. 역시 조금 노망이 들었는지도 모르지. 그래도 그 의식이
또렷한 노파는, 나이가 팔십 몇쯤 되었는데, 몸을 움직이지는 못하지
만 밀듯이 내 옆으로 다가오더니, 종이처럼 미덥지 못하게 힘없는 손
으로 내 손을 잡으며, 내 집안 내력을 꼬치꼬치 캐묻더군. 그리고는
자신이 얼마나 훌륭한 양반의 자손인가를 이야기하면서, 아니 그 말
에는 좀 놀랐는데, 그럼에도 불구하고 성질이 고약한 며느리에게 괴
롭힘을 당하다가, 마침내 아들까지 며느리의 감언이설에 속아 넘어가
서는, 이렇게 다시는 마을로 돌아갈 수 없는 산중으로 끌려왔다는 한
탄이었다. 자신은 그 사다리를 내려갈 힘도 없지만, 성질이 고약한
며느리가 사다리마저 치워 버려 더 이상 내려갈 수 없도록 했다……
고, 빛이 들어오는 작은 창문이 있을 뿐인 어두컴컴한 방에서, 그 메
마른 얼굴에 깊이 파인 주름에 묻혀 좀처럼 흘러내리지 못하는 눈물
을 반짝이며 이야기했는데, 계속해서 며느리를 저주하더군. 그 훌륭
한 양반 가문 출신의 노파는 이미 사망했을 거야. 당시에 이미 2, 3년
이나 그 감옥 안에 갇혀 있었으니까.

　물론 감옥은 지금도 있어. 또 관음사에 갈 기회가 있거든 주의해서
살펴봐. 용백이 그 계단을 올라가 밥을 주고 있거든. 그는 친절하게
노파들의 시중을 들고 있어, 오물도 처리해 주고……. 아니지 아니야,
그렇다고 간이 2층 내부를 사다리 위에서 고개를 내밀고 들여다보지
는 마. 넓기만 한 그곳은, 그런 장소라는 정도로만 알고 있는 게 좋아.
그 냄새, 냄새가 대단해. 계단을 올라가 천장의 뚜껑을 여는 순간, 머

리로부터 덮어씌우듯 내려오는 납처럼 무거운 악취……. 배설물이랑, 노쇠해 가는 인체가 녹아내리는 듯한 추깃물에 가까운 액체에서 풍기는 냄새. 썩는 냄새가 섞인 것처럼 생기가 없는, 그러면서도 묘하게 비릿한 냄새인데, 반사적으로 구토가 올라와. 공기가 맑은 산간이니까 그 정도로 냄새가 억제되고 있는 것이지. 내가 왜 이런 뜬금없는 이야기를 하고 있나. 자네, 갈 거 없어, 그만두는 게 좋아…….

관음사는 그 지리적인 조건으로 볼 때 게릴라에게 있어 근거지로 삼을 수는 없다고 해도, 속세인의 출입이 없을 때는 알맞은 은신처였다. 또 그런 만큼 산중의 회합 장소로 사용되고 있었다. 금강 주지와 목포 보살은 그것을 흔쾌히 받아들이는 한편으로, 경찰에 대해서도 물론 밀고를 하거나 정보를 새 나가게 하지는 않았지만, 그에 상응하는 대응을 하지 않을 수 없었다. 용백을 수용소에 보낸 것은 금강 주지와 목포 보살의 보신책이라고만 단정 지을 수 없는, 절을 지키기 위한 하나의 수단이기도 했다. 용백은 절과 주지 등의 희생양이었다.

남승지는 4·3봉기를 전후해서 지금까지 관음사에서의 연락이나 조직회의에 몇 번인가 참가하고 있었는데 어느 날, 주방이 있는 건물의 복도 끝에 낯선 사다리 모양의 계단이 걸려 있는 것을 보았다. 2, 3개월 전, 조직회의가 끝나고 게릴라들은 각각의 근거지로 떠나고, 남승지 등은 아지트로 향하기 전에 잠시 휴식을 취하고 있을 때의 일이었다. 그때 절에는 목포 보살과 용백 밖에 없었다. 남승지는 이방근에게서 들은 적이 있는 복도 끝의 그곳으로 짐작되는 장소에서 발견한 그것이, 예의 사다리라고 판단했던 것이다.

남승지는 본당에서 목포 보살이 근행 중이었고, 용백은 연못 주위에서 한창 빨래를 하고 있었기 때문에, 자신도 모르게 계단 위쪽의 방을 들여다보고 싶은 유혹을 느꼈다. 복도 끝의 그 주위는 벽이 경내와 마주하고 있었으므로, 사다리는 밖에서 금방 눈에 띄지 않았다. 그는 천장까지 살그머니 계단을 올라가면서, 혹시 뚜껑에 자물쇠라도 채워져 있는 것은 아닐까 의심했지만, 그럴 만한 장치는 보이지 않았다. 뚜껑 가장자리에 손을 대고 천천히 밀어 올리자, 상당히 묵직한 뚜껑이 조금 삐걱거리며 움직였다. 그가 일단 원래대로 내려놓고 고동치는 가슴의 호흡을 가다듬은 뒤 다시 밀어 올려 여는 순간, 네모난 입구를 향해 악취가 한꺼번에 밀려들어, 마치 정체를 알 수 없는 냄새의 자루를 머리로부터 푹 뒤집어쓴 것처럼, 순간적으로 압도당했다. 갑자기 밝은 곳에서 상반신을 눈이 익숙하지 않은 어둠 속으로 들이밀었기 때문에, 주위는 암흑처럼 아무것도 보이지 않았다. 으―, 으―윽 하고 힘이 없는 마치 빈사 상태의 동물이 신음하는 듯한 소리가, 여기저기로부터 뭔가 커다란 벌레처럼 천천히 몸을 움직여 다가오는 기척이 겹쳐졌다. 남승지는 놀라서 사다리를 두세 단 내려섰다.

"토벌대다, 도망쳐라! 동쪽으로 도망쳐!"

갑자기, 외치는 소리가 들렸다. 망을 서고 있었던 것 치고는 너무나 급박한 신호였다. 어떻게 알아챈 것일까. 국방경비대의 토벌대가 올라온다고는 해도, 산도 입구 주위의 경계를 빼먹은 것은 아닐 터인데, 아마도 삼나무 가로수 그늘에 숨어서 접근한 것이 틀림없었다. 이쪽 상황을 알고 있는 듯한 토벌대는 총을 쏘아 댔다. 총성으로 보아 적은 이미 산문 주위에 와 있었고, 그곳은 주방이 있는 여기 간이 이층건물의 바로 근처였다. 남승지는 순간적으로 계단을 내려가 동쪽으로, 풀이 무성한 곳으로 도망갈 생각을 하면서, 반사적으로 계단을 그대로 끝까지 올라가, 간이 2층의 어둠 속으로 몸을 밀어 넣은 뒤 뚜껑을 덮고 말았다. 도망칠 여유가 없었던 것이다. 경내를 달려가는 사이에 뒤쪽에서 총격을 당할 것이다. 주위는 어두워서 아무것도 보이지 않았다. 방금 전 귀에 들렸던 빈사 상태의 동물 같은 신음소리는 들리지 않았다. 어두운 그곳에는 죽음을 앞둔 노파들이 있을 터인데, 뭔가가 가만히 이쪽을 엿보고 있는 동물적인 침묵의 기척만 느껴질 뿐, 이명이 울리고 있었다.

경내에서 총성이 울리고, 병사들의 고함 소리와 목포 보살의 외침이 들리는 등, 절의 한가운데에서 요란한 소동이 폭발하고 있었지만, 그것이 먼 외계의 일처럼 남승지의 머리를 스쳤다. 오물이 뒤섞여 탁해진 액체처럼 묵직한 냄새 속에서 남승지는 뚜껑에 귀를 대고 바깥의 기척을 살폈다. 일곱 명의 동지는 아무래도 동쪽, 승방이 있는 건물의 뒤편 숲을 통해 풀이 무성한 초지로 무사히 탈출한 것 같았다. 총성은 그쪽에서 들리고 있었다. 남승지는 사다리를 아래로 넘어뜨려 놓는 게 좋을 뻔했다며 후회했지만, 이미 늦었다. 아니, 그렇게 하면 오히려 부자연스러워서 군인들의 의심을 받게 된다. 그러나 이 사다리를 타고 군인들이 올라와 수색할 것은 뻔한 일이었다.

총성으로 판단할 때, 토벌대의 일부는 한라산 등산로 입구에 이르는 풀이 무성한 초지로 게릴라를 뒤쫓고 있는 것 같았지만, 사방이 온통 사람 키만큼인 풀숲에서 움직임을 멈춰 버리면, 어디에 사람이 숨어 있는지 찾아낼 재간이 없었다. 무턱대고 풀을 헤치고 다니다가는 게릴라 측에 반격당할 위험조차 있었다. 게다가 토벌대는 원래 이곳 지형에 익숙하지 않았다. 게릴라가 초지에서 산의 밀림 속으로 숨어들게 되면 어떻게 해 볼 도리가 없었다.

열 명가량인 토벌대 중의 일부는 절 안을 수색하고 있는 모양이었는데, 결국 남승지 혼자만이 우발적인 생각 때문에 남겨지게 되었고, 위험한 상황에 처하고 말았다. 점차 어둠에 눈이 익숙해지자, 경내와 접한 것과는 반대편 벽에 빛을 받아들이기 위한 작은 창문 두 개가 있었는데, 그곳으로 햇살이 비쳐 들고 있는 것이 확실히 보였다. 급했다고는 하지만, 그것이 전혀 보이지 않았던 것은 이상할 정도였다. 그곳은 또한 통기 구멍이기도 한 모양이었다. 방의 여기저기에는 이야기로 듣고 있던 노파들이겠지만, 작고 빈약한 그림자가 새벽처럼 어렴풋한 빛 속에 드러누워 있었다. 분명히 동물은 아니라는 증거라도 대는 것처럼 목소리가, 가늘고 쉰 듯한 목소리가 탁한 공기 속에서 희미하게 울렸다. 우, 우, 우, 우ㅡ, 아이ㅡ고, 거기 있는 게 누구야, 누구냐고…… . 물에 빠진 것처럼 끊어질듯 말듯 하는 목소리. 이봐, 저 사다리는 뭔가? 마침내 찾아왔다. 남승지는 건물 밖으로부터 벽을 뚫고 들어오는 군인들의 목소리를 배경으로, 예ㅡ, 예ㅡ 하고 작은 목소리로 노파들을 응대하면서, 방의 가장자리로 허리를 굽힌 채 나아갔다.

갑자기 사다리가 있는 복도 주위로 거친 군홧발 소리가 나더니 계단을 오르기 시작한 모양이었다. 개머리판 같은 것으로 뚜껑이 힘껏 밀어 올려진 것인지 반대편으로 요란한 소리와 함께, 남승지는 누워 있는 몇 명의 노파들 사이를 빠져나가 쓰러지면서 구석에 혼자 있는 노인 뒤로 몸을 숨겼다. 노인들은 공포에 떠는 비명이 아닌 기묘한 소리를 내었지만, 이내 숨을 죽인 듯 조용해졌다.

"조심해, 머리를 내밀지 마."

사다리 밑에서 들리는 목소리였다.

"허ㅡ억, 이, 이 냄새, 악취는 뭐지! 후, 후웃, 아이구, 이 냄새는 못 견디겠어…… ."

선두의 군인이 사다리 위에서 밖을 향해 켁 하며 가래침을 내뱉었다. 2층으로 올라오는 것을 주저하는 모양이다. 그럴 것이다. 악취 탓만은 아니었다. 만일 남승지에게 총이 있고 지금 발포하지 않으면 안 되는 상황이었다면, 밑에서 비쳐 드는 햇살에 감싸인 채 모습을 드러낸 표적만큼 노리기 쉬운 것은 없었다. 남승지는 숨을 죽이고 군침을 삼킨 뒤, 마침 벽 쪽에 있던 1미터 정도의 각목을 움켜잡았다. 네모난 구멍 입구에 군인의 머리, 철모 그림자가 흔들리는 바람에 가슴이 철렁했지만, 그건 단지 철모로 이쪽의 발포를 유도하기 위한 유치한 미끼였다. 적은 아무래도 2층으로 올라올 모양이었다. 분노가 흩어져 있는 것인지, 그 강렬한 냄새 속에 누워 있던 코앞의 노파는 잠든 것처럼 움직이지 않았다. 남승지는 어둠을 틈타 몸을 숨길 적당한 장소를 찾고 있었다. 군인들은 간이 2층으로 들어가려는 결심이 아직 서지 않은 듯, 잠시 교착 상태가 숨 가쁘게 계속되었다.

목포 보살의 목소리가 들려왔다. 군인들에게 계단 위에 있는 방에 대해 설명하고 있는 것 같았다. 그곳은 황천으로 가기 직전인 노파들 외에는 아무도 없다. 공비들은 모두 산속으로 도망가지 않았느냐, 일반인은 함부로 들어가면 안 되지만, 그럼 확인을 위해 한번 올라가 봅시다. 라며 그녀 자신이 선두에 서고 한 사람의 군인이 그 뒤를 따라 간이 2층으로 올라왔다. 그런데 그때, 병든 작은 동물처럼 겁에 질린 노파들이 죽음을 앞둔 것처럼 가엾은 목소리로 울기 시작했기 때문에, 어둠 속의 이상한 분위기와 냄새에 압도당한, 군인들은 수색도 하지 않고 그대로 철수해 버렸다. 목포 보살의 말대로, 여기에는 적이 숨어들지 않았다고 지레짐작을 했던 것이었다.

이렇게 하여 위기일발의 상황에서 남승지는 목숨을 건졌지만, 사다리를 넘어뜨리지 않고 그대로 두기를 잘했던 것이다. 만일 있어야 할 곳에 사다리가 없이 방치되어 있었다면, 무엇보다도 그것을 발견한 목포 보살 자신이 이변을 알아차리고, 군인들에게 달리 대응했을 것이었다.

남승지는 조금 있다가 알게 되었지만, 분노에 범벅이 된 채 코앞에서 잠들듯이 누워 꼼짝도 않던 노파는 이미 소란 속에 조용히 절명해 있었다.

그날은 해가 저물자 토벌대가 완전히 하산해서 철수한 것을 확인하고 나서, 습격 사태에 대한 총괄회의가 같은 관음사의 어느 방에서 열렸다. 간부를 포함한 전원이, 남승지의 탈선, 적의 접근을 직전까지 알아채지 못했던 초병의 문제 등, 혁명적 경계심의 결여에 대해 엄격한 상호비판과 자기비판을 실시했다. 설사 적이 관음사를 게릴라 측이 이용하고 있을 것이라고 단정했다 하더라도, 결코 그 현장을 탐지, 습격당하거나 하여 증거를 남기는 일이 있어서는 안 된다. 그것은 절을 탄압하는 구실을 제공하여 절 측을 궁지로 몰아넣을 뿐만 아니라, 마침내 적절한 이점을 지닌 관음사로 출입하는 것을 불가능하게 만듦으로써, 혁명 수행에 심대한 불이익을 초래한다. 한 사람의 체포자도 사상자도 나오지 않은 것은 평가할 만하지만, 어떻게 국방경비대가 산중에서 열린 조직의 회합을 탐지할 수 있었던 것일까. 누군가의 통보에 의한 것인가. 그러나 당일, 일정한 시각에 각 방면에서 한두 사람씩 분산해서 조직원이 모이는 것은 관계자 이외에는 알 수가 없었다. 혹시 남승지 등의 비전투 조직원의 참가자가 미행을 당했던 것일까…… 등의 문제는 남았다.

어쨌든 관음사는 그 한라산 중턱에 위치하는 지리적 환경으로 볼 때 게릴라 측이 이용하지 않을 수 없기 때문에, 문제는 흔적을 남기거나 적에게 발견되는 일이 있어서는 안 되는 것이고, 그만큼 철저한 경계 태세와 함께 토벌대가 접근할 때 통보하는 연락망을 재검토해서 재조직하는 일이 중요한 과제가 되었다. 그러나 무엇보다도 모든 것에 우선해서 이들의 담보가 되는 것은 혁명적 경계심의 고양이었다.

절 측에 게릴라에 대한 공포감을 주거나 하는 일은 제 무덤을 파는 일과 마찬가지였다. 민중의, 노민의 아들이자 딸이고, 형제자매인 게릴라가 민중에게 봉사하고, 그들의 지지와 협력이야말로 투쟁을 전진시키는 것이고, 강요나 강제는 있을 수 없었다. 일손이 필요할 때에는, 용백 혼자서는 다 해내기 어려운 절에서 힘쓰는 잡일을 도우며 절에서 호의를 베풀어 음식 등의 편의를 제공받는 일이 있더라도, 함부로 바늘 하나, 실 한 올이라도 손을 대서는 안 되고, 하물며 절을 적의 탄압의 대상으로 만드는 행동은 반혁명적인 규율 위반으로서 엄격하게 비판, 극복하지 않으면 안 되었다.

한편, 국방경비대는 토벌대를 산중의 절에 상주시킬 수도 없어서, 그곳이 또 게릴라의 출몰지구가 된다 해도, 근거지는 아니므로 절을 봉쇄할 수는 없었다. 애당초 관음사를 봉쇄해 본들 토벌대의 상주는 불가능했고, 넓은 건물과 설비는 게릴라의 차지가 될 뿐이었다. 그렇다면 마지막에는 관음사 그 자체를 없애 버리는 일이었지만, 그것은 역사적인 건물이기도 한 웅장한 절을 소각하는 것 말고는 달리 방법이 없을 것이다. 절을, 관음사를 소각해 버린다? 만일 이 일이 현실이 되고 용백이 이를 알게 된다면 어떻게 될까. 한라산 관음사가 '본적'인 용백. 깊은 숲에 둘러싸인 요람의 땅. 자비심이 깊은 희고 긴 수염의 노화상에게 문자를 배운 숲 속의 서당. 새와 다람쥐 등의 작은 동물과, 숲의 나무들, 모든 풀과 꽃이 벗인, 깊은 숲에 둘러싸인 관음사. 그것이 불타 없어진다……?

남승지는 심기일전이라고 과장해서 말할 정도는 아니지만(일전이라고 할 만한 전기가 다가온 것도 아니라서) 용백과 만난 덕분에 무언가 유쾌한 기분으로 신작로를 걸었고, 성내 밖의 한천을 건넌 뒤 다시 서문교가 보이는 병문천에 이르렀다. 용백만이 아니다. 남승지는 오늘 포로 수용소로 면회를 간 것은 조직상의 목적만이 아니라, 개인적으로도 많은 소득이 있었다는 느낌을 받았다. 직접 만날 수 있었던 오균 소장과 같은 군 내부에 있는 당원 동지의 존재는 더할 나위 없이 강력한 뒷받침이 되고 있음을 실감했다. 수용소 내에 게릴라들에 대한 우선적인 석방은 위험했지만, 혁명의 승리에 대한 전망에서 비롯된 대담한, 군대조직 혁명화의 일단을 짊어진 행동이었다. 더구나 오균이 양준오만이 아니라, 이방근과도 친하게 지내고 있다는 것 역시 기연이라 할 만했다.

물가 버드나무 가로수가 바람에 흔들리고 있는 병문천의 바다에 가까운 하류 쪽에서, 이제 곧 어두워질 텐데도 빨래 방망이를 두드리는 탄력 있는 울림이 들리고 있었다. 여자들의 하얀 모습도 드문드문 보였다. 하류의 용천 쪽에서 물 항아리를 담은 대바구니를 짊어진 여자들이 등을 구부린 채 하천변을 걷고 있었다. 남승지는 수용소로 가는 도중에, 갑자기 충동적으로 내달려 돌담 건너편 쪽 밭으로 가볍게 뛰어넘었는데, 그때 공중으로 떠오른 자신의 몸과 함께 어머니와 여동생의 모습이 휙 하고 허공을 가르는 것을 보았던 기억, 그것을 돌아가는 길에 같은 장소를 지나가면서 머리에 떠올렸다. 그런 일이 있을 수 있는가. 일종의 착각, 심상의 번뜩임인가, 마치 어머니와 여동생이 투명한 날개를 가진 것처럼 허공을 날고 있었던 것이다. 지상에서 돌담 위로 높게 날아오른 순간 나를 지켜본 모양이다. 편지를 보낼 수 있다면, 이런 내용을 써도 기뻐할 것이다. 기뻐하기 전에 눈물을 먼저 보일지도 모르지만.

서문시장 앞 혼잡한 거리를 지나 서문교를 건넌 다음, 몇 대의 자전거가 서 있는 이층건물의 제주읍사무소가 보이는 주변까지 이르렀을 때, 전방에서 여름 사냥모자를 쓴 깡패풍의 남자 서너 명이 조를 이루어 팔자걸음으로 다가왔다. 짧은 경찰봉 같은 것을 들고 있는 젊은 그들은 경찰의 보조역할을 하고 있는 '서북'의 졸개들이었다. 남승지는 돌연 발가락 끝이 경직되면서 오른쪽의 영화관이 있는 골목으로 도망칠까 생각했지만, 그들의 눈앞에서 갑자기 방향을 바꾸는 것도 부자연스러워서, 숨을 죽이고 길을 조금 피해 그들을 지나쳤다. 무슨 시비를 걸어올지 알 수 없다. 스쳐 지나가다가 이봐! 하고 갑자기 말을 걸어오면 그냥 지나칠 수도 없었다.

읍사무소 앞을 지날 때 현관에서 내부를 흘깃 들여다보며 똑바로 걸어가자, 멀리 머리 위쪽에서 한순간 읍내라는 것을 의심할 정도로 솔바람 소리가 들리더니, 관덕정 뒤의 높은 소나무 숲의 꼭대기를 지나는 바람 소리가 주위에 시원함을 몰고 왔다. 소나무 숲 속 가지 위에서 까마귀의 울음소리가 들리고 있었다. 관덕정 옆을 빠져나가 갑자기 시야가 열리는 광장과 마주한 버스정류장 근처에 접어들었다. 오른쪽으로 트럭 한 대가 시동을 건 채 정차해 있었는데, 그곳은 남해자동차의 버스 차고와 나란히 있는 트럭의 차고이기도 했다. 남승지는 박산봉이 아직 트럭 운전 중이라 없을지 모른다고 생각하면서도, 혹시나 해서 차고 쪽으로 발길을 옮겼다.

그는 일단 양준오의 하숙집으로 가지 않으면 안 된다. 오늘 밤 서둘러 돌아갈 필요는 없었지만(전등 없이 별빛만이 비추는 어두운 밤길을 걷는 것은 아무렇지도 않았지만, 조천면 동쪽 끝의 Y리 부근에 있는 아지트까지 가려면 세 시간 남짓 걸렸다), 내일 아침에는 떠나야만 했다. 양준오가 도청 일을 끝낸 뒤의 상황을 보고 나서, 박산봉 자신의 하숙집에도 꼭 들러달라고 말했기 때문에, 그를 만나고 싶었다. 특별히 조직상의 연락이나 목적이 있는 것은 아니었지만, 들러 보고 싶다는 생각에서였다. 왜 그는 신작로의 흙먼지가 피어오르는 대낮의 뜨거운 태양 아래에서 기묘한 꿈 이야기를 했을까. 어젯밤에 꾼 꿈이고, 더구나 그 꿈속에 이방근과 함께 등장한 정세용을 현실 속에서 연이어 만난 것인데, 꿈과 부합했다는 암시에 사로잡힌 탓이겠지만, 남승지는 그것이 조금 마음에 걸렸다. 박산봉이 정세용에 대해, 죽음의 신 같은 얼굴을 하고 있어서 기분이 나빴다고 이야기한 것도 마음에 걸린 채 앙금으로 남아 있었다.

버스정류장의 그늘진 매표창구 앞에는 커다란 짐을 든 승객들이 웅성거리고 있었고, 노인들은 긴 담뱃대로 담배를 피우면서, 아직 출발 시각이 적잖이 남아 있는 버스가 떠나기를 느긋하게 기다리고 있었다. 가까이에서 시동을 걸고 있던 트럭이, 갑자기 경적을 울려 사람들을 놀라 비키도록 하고는 적재함 위에 건강한 목소리로 웃고 있는 청년 둘을 태운 채 달리기 시작했다. 남승지는 트럭이 사라진 뒤 차고 앞까지 오자, 일단 사람들 사이에 멈춰 서서 아무렇지도 않은 듯 걸어온 길을 슬쩍 뒤돌아보고, 신작로의 통행인은 물론 연도의 광경을 순간적으로 눈에 담았다. 그는 미행을 의식하고는 있었지만, 자신이 누구인지를 알고 있는 것은 조직 관계자 외에는 없었고, 더구나 성내와 같이 아는 사람이 거의 없는 곳에서는 미행을 할 수가 없을 것이라고 생각했다. 거울 속에 비친 성내 거리를 걷는 자신을 의식하면서도, 그럴 리는 없다고 생각했다. 그리고 '게릴라가 평정'된 지금 섬은 '치안이 회복'되어 있고, 질서가 확보된 곳이었다.

남승지가 차고 안쪽을 엿보자 이미 트럭이 한 대 들어와 있었고, 그 뒤쪽 짐받이 그늘에 웅크린 채 움직이고 있는 사람 그림자로부터 담배 연기가 피어오르고 있었는데, 박산봉 같았다. 가까이 다가가자 짧아진 담배를 물고 기름 범벅이 된 모습으로 트럭의 짐받이 밑에 몸을 절반쯤 밀어 넣고 자동차의 정비를 하고 있었다.

"아이구, 누굽니까, 김명우 동무 아닙니까."

인기척을 느낀 박산봉이 스패너를 손에 든 채 몸을 일으키며 말했다.

"없을 줄 알았는데, 마침 잘 됐네요."

"저기, 명우 동무, 잠깐만……." 박산봉은 손짓을 하여 트럭 짐받이 뒤쪽의, 외부에서는 차에 가려 보이지 않는 차고의 안쪽으로 남승지를 불렀다. "좀 전에 말이지, 그러니까, 정 그자가 왔었단 말이요."

"옛, 정세용?"

"쉬―잇, 그렇다니까요."

박산봉이 자신의 입술에 집게손가락을 가져다 대고 작은 목소리로 상대를 제지했다.

"무엇하러?"

"그걸 알 수가 없단 말입니다. 트럭을 차고에 넣기 전이었는데, 차고 앞을 지나다가 내 얼굴을 봤다는 거겠지요. 그리고는 멈춰 서더니 말을 걸어왔어요. 수용소 근처에 트럭을 세워 놓고 있을 때, 그 녀석의 지프가 달려와 일단 멈춰 서지 않았습니까, 음. 그때 일은 전혀 언급을 않더군요. 그러나 생각해 보니 이쪽의 지레짐작일 뿐, 특별히 그런 말을 할 필요가 없는 것이죠, 안 그런가요. 그러더니 갑자기, 이방근 군은 서울에서 언제 돌아오는 거냐고 미소 지은 얼굴로 묻지 뭡니까. 그런 걸 내가 어떻게 알겠냐고 대꾸를 했지요. 나와 사장님의 아들인 서방님의 관계니까, 이 선생님의 일을 나에게 물었다고 해서 특별히 이상할 것도 없지만, 그래도 조금은 이상하지 않습니까. 그자가 나에게 친한 듯이 그런 걸 물어 올 관계는 아니니까 말이죠. 오히려 그자가 이방근 선생님의 친척이니, 자신이 사장님에게 물어보면 되는 거지. 음, 그자는 역시 조심을 하는 편이 좋을 거예요, 김 동무."

"음……. 하지만, 그건 박 동무도 지금 말했듯이 지나친 생각이 아 닐까요. 그는 이방근 씨와 친척이니까 마침 회사의 박 동무와 얼굴을 마주친 김에 생각이 나서 물어본 것이겠지요. 게다가 이방근 씨에 관 한 일을 그 아버지에게 물어본들 알 리가 없을 테니까요. 물론, 경계 하는 게 좋겠지요."

남승지는 그렇게 말했지만, 등줄기에 서늘한 기운이 엄습하는 것을 느끼며, 방금 전 차고에 들어오기 직전까지 미행은 없을 거라고 자신 을 안심시킨 것은 잘못이었다는 생각을 했다.

"그렇게 말하면 그렇기도 하겠지만, 아니, 놈과는 뭔가 서로 간에 불길한 느낌을 공유하고 있는 듯한 기분이 들어요, 뭔가가……."

박산봉은 커다란 눈을 부릅뜬 채 깜박이지도 않고, 거의 불길한 예 감인지 하는 것을 감수하듯이 말했다.

"무슨 말입니까, 불길한 예감이라는 것은?"

원래 편집광적인 구석이 있는 남자다. 그러나 남승지는 묘한 기분 이 들면서 말했다.

"아니, 문득 그런 생각이 들었을 뿐이고 잘은 몰라요. 그러니까-, 어쩌면 그 자도 어젯밤에 이상한 꿈을 꾸었을지도 모르죠. 그럴지도 모릅니다. 자신이 죽어 있는 꿈을 말입니다. 우리들은 각각의 꿈속에 서 함께 있었던 거지요. 으-음, 서울에 계신 이방근 선생님도 같은 꿈을 꾸었을지 모르고. 그래서 그자는 나에게 다가왔던 겁니다. 놈은 어젯밤에 꿈을 꾸었던 거예요. 그때 신작로에서 지프를 세우고 트럭 에 있는 나를 보고 있었던 건 그 꿈 탓일지도 모릅니다……."

"박 동무, 도대체 그게 무슨 말입니까?"

남승지는 상대가 갑자기 이상해진 것은 아닌가 생각했다.

"아니, 이건 꿈에 대한, 꿈같은 이야기가 되고 말았네. 아이고, 이야기가 그만 농담처럼 되어 버리고 말았군요."

박산봉은 그 이야기를 도중에 그만두고, 오늘 밤 너무 늦지 않게 꼭 만나고 싶다. 밖에서 마실 수는 없으니 자기 방에서 소주라도 한 잔 하자고 말했다. 남승지도 그 말에 동의했다. 성내를 출발하는 것은 아마도 내일이 될 것이기 때문에, 오늘 밤에는 일찍 만날 수 있을 거라고 일단은 약속을 하고, 차고 밖의 사람들이 모여 있는 곳으로 나와, 다시 통행인이 많아진 저녁 무렵의 광장을 동문거리로 빠져서 양준오의 하숙집으로 향했다.

양준오가 돌아오고 나서 남승지는 Y리에는 내일 출발하기로 했다. 양준오는 용백이 수용소에서 석방된다는 말을 듣고 크게 기뻐했다. 그도 관음사에는 이전에 몇 번인가 간 적이 있었던 것이다.

"……그렇지 참, 승지 동무, 이방근으로부터 도청으로 전화가 왔었는데 말이야." 양준오가 독상인 각각의 저녁 식사를 앞에 두고 말했다. "저녁 무렵이었는데, 자네에 대해서도 묻더군. 건강하게 잘 지내고 있다고 말해 뒀어. 한 번 서울에라도 데려오고 싶다고 하던데. 관공서라서 너무 사적인 이야기는 할 수 없었지만 말이야. 상대방도 그걸 알고 있는지 자네에 대해 그저 남 군이라고만 하더군."

"글쎄요, 태평스런 이야기지만, 그래도 고맙군요. 언제쯤 이쪽으로 돌아온답니까?"

남승지는 정세용이 박산봉에게 물었다고 하는 내용을 떠올리며 말했다. 서울에 데리고 오고 싶다, 여동생인 유원이 있는 서울에…….

"월말이 될 거라고 하더군. 어쨌든 건강한 것 같기는 했는데, 변함없이 숙취가 계속되고 있는 모양이야. 한때는 여동생의 일로, 함께 일본에 가려고 했었지 아마."

"여동생의 일로, 일본에?"

남승지는 가슴이 철렁 내려앉으며 손에 들고 있던 금속제 수저를 밥상 위에 놓고, 양준오의 얼굴을 보며 말했다. 유원이 지금 일본으로……, 이게 무슨 일인가. 그는 순간 눈앞이 캄캄해지는 것을 느꼈다. 배신, 아니, 배신 같은 것은 아니다. 아니야, 마음속으로 중얼거리며, 도대체 무엇 때문에, 음악공부를 위해서? 라고 되물었다. 오빠인 이방근까지 함께?

"아아, 그랬던 것 같은데, 결국은 포기한 모양이야. 여동생이 완강하게 거부했다더군."

"아이구, 그렇습니까, 으-음……."

남승지는 한순간 나락으로 떨어지다가 다시 기어오르는 심정으로 안도의 숨을 살며시 내쉬었다.

"핫하아, 그런데 말이지, 이 형은 '깜짝 놀랄만한' 미인을 데리고 가겠다고 하더군."

"무슨 말입니까, 그 미인이라는 것은?"

"전화라서 자세한 이야기는 하지 않았지만, 조금, 농담처럼 말하더군. 이번에 제주도에 돌아갈 때는 서울에 있는 친구들과 함께, 그 여자들, 그래, 여자 친구들이라고 했는데, 벌써 여자 친구를 사귄 모양이야, 그 까다로운 남자가. 그녀가 뭐하는 사람인지는 말하지 않았지만, 제주도에 볼일이 있는 모양인 그 깜짝 놀란 만한 미인을 따라온다는 것이겠지. 그 양반은 여자관계가 별로 좋지 않은데 말이야."

양준오는 웃었다.

"준오 형은 그걸 용인한단 말이죠. 저는 그런 이방근 씨는 좋아하지 않아요."

"용인이고 뭐고 할 것까지는 없겠지. 그는 한때 방탕했던 남자인데, 그러나 저러나 여자를 속이거나 하는 인간은 아니야. '바람둥이' 같으면서도 말이지."

"저는 지금 말하는 그런 의미를 이해하지 못하겠어요."

"어쨌든 그는 거짓말은 하지 못해. 그리고 거짓말을 하지도 않는 인간이지. 그래서 여자에 대해서도 그런 거야."

"저도 방근 씨를 존경하고 있고, 좋아하기도 하지만, 준오 형은 상당히 그를 변호하는군요."

"무슨 말을 하는 거야, 그렇지도 않아. 자아, 밥을 먹자구." 양준오는 수저를 손에 들고 일단 말을 끊었지만, 생각난 듯 덧붙였다. "재밌겠는데, 그가 여자를 데려온다면, 성내에 있는 요정 여자들이 크게 당황할 거야. 아니, 요정 여자들만이 아니지. 그러나 아버지는 자식이 겨우 결혼 상대라도 찾아냈다며 기뻐하겠지. 사이가 좋지 않은 부자 지간이긴 하지만……."

4

자넨 갈 거 없어. 그만두는 게 좋아……. 남승지는 식사를 마친 독상을 방구석으로 옮기면서, 이방근이 이전에 했던 말을 떠올렸다. 만일 한라산의 관음사에 갈 일이 있거든 주의해서 살펴보는 것이 좋다고 말해 놓고서, 그는 왜 관음사의 주방 건물 간이 2층에 갇힌 채 시시각각 죽음에 침식해 가는 노파들에게 접근하지 말라고 한 것일까. 단순히 이야기가 나온 김에 한 말일까. 노쇠해진 육체가 추깃물로 녹아내리는 것 같은 악취를 맡지 말라는 것인가. '놀랄 만한' 미인……. 서울에서 이방근이 놀랄 만한 미인과 함께 온다면 성내의 여자들이 당황할 거라는 양준오의 말을, 남승지는 반은 농담이라곤 해도, 그다지 좋은 기분으로는 들리지 않았다. 그런 신분인 이방근의 일까지 남승지가 처한 입장에서는 감각적으로 받아들일 여유가 없었다. 말하자면 그런 문제에는 관심을 보이기 어려운 기분이었던 것이다.

우연히 용백을 만난 일로 왠지 기분이 느긋해지고, 넉넉한 느낌이 들었던 것도 사실이지만, 그것과 이것은 다르다. 무엇보다 양준오 자신이 애당초 결혼해서 가정을 이룰 의사가 없었으니까, 이방근과 여자의 관계를 객관적으로 가볍게 이야기할 수 있을지는 모르지만, 조선 사회에서 스물일곱 살이라는 나이는 벌써 결혼을 했어도 이상하지 않을 뿐만 아니라, 독신이어서는 어른으로 대접을 받지 못했다. 게다가 그는 외아들이어서 당연히 자신의 대를 이을 사내아이를 낳지 않으면 안 된다. 원래부터 결혼에 관심이 없는 것인지, 다른 사람들과는 달리 생각이 결혼에 뜻을 두지 않는 것은 이방근과 다름이 없었지만, 남승지는 어쩌면 자신도 부지불식간에 선배 격인 두 사람의 영향을 받고 있는지도 모른다고 생각했다. 게다가 양준오는 이방근과는 달리 이성에 대해서도, 해방 전 일본에 있을 때부터 남승지가 알고 있는 한, 거의 관심이 없는 것 같았다.

남승지는 그런 그가 이방근에 대해, '바람둥이' 같지만 운운하는 말투를 쓰는 것도, 지금은 생리적인 혐오감을 불러일으킬 정도로 아주 마음에 들지 않았다. '바람둥이' 같지만 여자를 속이거나 하는 인간이 아니라는, 이 두 가지의 말이 하나로 연결되는 의미가 곧바로 이해되지 않았는데, 남승지는 그런 일보다도, 포기했다고는 하지만 유원의 일본행에 관한 이야기가 충격적이었다. 음악공부를 위해서라는 둥, 지금의 격동하는 조선 사회에서는 성취하기 어려운 면이 있지만, 일본에 건너간다는 것은 일종의 도피가 아닌가. 그리고 거기에는 적어도 남승지라는 자신의 존재는 무시되어, 안중에도 없다는 것이다. 아니지 아니야……. 남승지는 다시금 안도의 한숨을 내쉬면서, 이것은 포기한 일이다. 유원 자신이 완강하게 반대했다고 하질 않는가……라고 고쳐 생각했다.

"포기했다고는 하지만, 그래도 유원 동무의 경우는 그렇다 쳐도, 방근 씨가 함께 일본에 간다니, 조금 충격이군요."

"음, 그렇긴 하지. 자네의 경우는 모처럼 일본까지 갔으면서도 주위의 반대를 무릅쓰고 여기 제주도로 돌아왔으니까 말야. 이방근은 설령 여동생과 함께 간다고 해도 이쪽으로 돌아올 거야."

"그렇게는 말해도, 한 번 일본에 건너가 버리면 돌아오는 건 어려워요. 뭔가 특별한 임무라도 있다면 모르겠지만."

"그럴지도 모르지만, 그는 임무가 없어도 돌아올 인간이야. 이방근을 너무 변호한다고 하겠지만 말야. 그는 자네나 날 배신하는 형태로, 배신이라는 말은 적절한 비유가 아니지만, 행동하지는 않아. 우린 남승지, 양준오라는 개인이라기보다도, 이방근의 머릿속에 있는 하나의 존재로서, 좀 더 추상적인 남승지와 양준오이거든. 그는 특히 단신으로 일본에서 제주도를 찾아와 격랑 속에 놓인 승지 동무에게 열등감에 가까운, 그 무엇인가를 느끼고 있어."

"……"

남승지는 재떨이를 사이에 두고 마주 앉은 양준오를 보고 고개를 옆으로 흔들었다.

"그렇다니까. 금방은 납득이 가지 않는 모양인데, 이건 중요한 일이야. 어쨌든 그는 제주도로 돌아온다는 거야. 즉, 일본에는 가지 않을 거라는 말이지. 나도 이 조선이라는 나라를 떠나서 일본이나 미국에, 미국에는 쉽게 갈 수 없으니까, 일본으로 다시 돌아가려고 생각했으니 말이야. 군정청에 있던 올봄까지만 해도 그랬어. 해방된 조선 현실에 실망했고, 싫은 감정으로 일부러 여기에 있을 이유가 내겐 없었으니까."

남승지는 고개를 끄덕였다. 양준오의 그 심정을 알고 있었기 때문인데, 그러한 그가 혁명 측에 가담하고, 지금 비밀당원으로서 이 땅에 남아 있는 것이다. 놀란 만한 미인이라……. 이방근, 거북한 표현이다.

"저어." 남승지는 일단 말을 끊었다가 계속했다. "그건 그렇다 치고, 준오 형 쪽은 어때요. 결혼할 생각이 전혀 없는 건가요?"

남승지는 문득 생각이 난 것처럼 웃으며 말했지만, 내심으로는, 저기…… 하며 다른 말을 꺼내고 있었다. 포로수용소에 가는 길에 박산봉과 만났고, 수용소를 방문하고 돌아오는 경찰인 정세용과 스쳐 지나간 일 따위를 이야기했는데, 그에 관해서 양준오에게 묻고 싶은 것이 있었다.

"뭐, 결혼? 나 말인가?" 양준오는 뾰족한 턱을 당기고, 갑작스런 질문에 당황한 모습이었지만, 그것은 남승지에게, 아니? 하는 의외의 생각을 갖게 할 만큼 의미 있게 보였다. 남승지는 특별히 그럴 의도로 말한 건 아니었기 때문이다.

"으-음, 그렇구만, 핫핫하……."

뭐가 핫핫하……란 말인가, 남승지는 상대를 의아하게 바라보았다.

"글쎄, 그게 말이지, 결혼이라는 걸 할지도 몰라."

양준오는 조금 어색하지만 의미심장한 미소를 지으며 말했다.

"뭐라고? 양준오가 결혼을 한다고?"

"동무가 그렇게 물었지 않나? 그래서 그렇게 말한 거야."

"만일 사실이라면, 매우 서운한 말씀이군요. 준오 형, 그게 사실입니까?"

남승지는 놀랐다.

"그게, 사실이긴 하지만, 서운하게는 생각하진 말어. 말하자면 일종의 쑥스러움 같은 거니까."

양준오는 고개를 끄덕이며 말했지만, 아무래도 정말인 것 같았다. 남승지는 믿을 수가 없었다. 그런 말도 안 되는.

"아니, 그런 말도 안 되는, 농담이겠지요. 설마 그게……."

"뭐가 설마란 말야. 자넨 좀 이상하구만. 아니, 내가 그렇게 이상한가? 정말이야, 핫핫하."

양준오는 새삼스런 거의 자조적인 어투로 말했다.

"정말이란 말이죠."

남승지는 큰 소리를 내었지만, 맥이 빠졌다. 양준오가 결혼을 하다니. 그는 '불능'에다 여자를 싫어하지 않았던가. 남승지는 웃었다. 그러나 비밀당원인 그가 결혼을 하는데, 결혼은 개인의 자유이지만, 사전에 뭔가 상의는 해야 하는 게 아닌가 하는 의심이 웃음의 밑바닥에서 솟아올랐다. 남승지는 상대가 어디의 누구냐는 것보다도, 그게 사실이라면 결혼식은 언제냐고 앞선 질문을 했다.

"왜 그렇게 성급한 질문을 하는 거야. 이야기가 막 나왔을 뿐이고, 그런 것까지는 정해지지 않았어." 양준오는 웃으며 대답했다. "자네에게도 잠자코 있을 수는 없겠지. 좀 생각해 볼 문제가 있어서……. 갑자기 자네가 묘한 질문을 하는 바람에 이야기했을 뿐이야. 아직은 먼이야기. 그냥, 그런 이야기가 있다는 거야. 느닷없이 묻는 바람에 내가 더 놀랐다구."

"농담이었는데……."

"사실이라는데, 그렇게 놀라며 기대에 어긋났다는 식으로 말할 수 있나. 후후훗, 다른 사람을 축복할 줄도 알아야지."

"그냥, 믿어지지가 않아서. 이방근 씨는 알고 있나요?"

"몰라. 그가 서울에 간 뒤에, 그러니까 바로 며칠인가 전에 나온 이야기야." 양준오는 담담하게 상당히 냉정한 어투로 말했다. "결혼한다는 건 말이지, 그렇게 간단한 게 아니야. 상대도 인간이니까. 조선식으로 씨받이하는 밭도 아니고……. 적어도 나는 그런 생각을 갖고 있어. 음, 남 동무, 자네처럼 주위로부터 이러쿵저러쿵 말을 들으면서도, 또 그렇게 하지 않으면 안 될 '삼대독자'이면서, 그걸 반대하고 일본에서 제주도로 다시 돌아왔는데, 나 같은 사람은 적어도 결혼을 서두를 필요가 없겠지. 나 같은 사람에게 혼담이 들어온다는 것도 참신기한 일이기는 하지만. 나는 생각하고 있어. 내 입장에서 여러 가지를 생각하고 있지. 일반적으로 말해서, 이렇게 힘든 상황 속에서도 결혼을 하는 것은, 혁명의 동반자를 만든다기보다, 어쩌면 오히려 짐을 짊어지는 일이 될지도 모르고……. 하지만 그렇다고만은 할 수도 없어, 그렇다고만은 말할 수 없는 거야……. 음, 연애도 아니고, 아직선을 본 것도 아니야……. 그러니까, 특별히 결혼한다고 정해진 것도 아니라구. 하지 않을지도 모르고. 아마도, 핫핫하아."

양준오는 웃었지만, 이야기가 막 나왔다고는 하더라도, 자신의 일로 결혼을 이야기하는데 젊은이다운 밝고 감미로운 느낌은 전혀 없었다. 상대 여성은 알고 있는 사람이냐고 남승지가 물었다. 그래, 알고있어, 이야기도 한 적이 있는 상당히 훌륭한 여성이야. 으─음……, 남승지가 감탄하듯 소리를 내었을 때, 양준오는 조금 기다려……하면서 열어 놓은 뒷문으로 들어오는 바람이 통하도록 조금만 열어 놓은 안뜰과 마주한 장지문의 틈새로 밖을 내다보았다. 안주인의 그림자가 움직였다. 돌담 사이의 작은 문이 열리는 소리가 나더니, 어험하고 방문을 알리는 헛기침 소리와 함께 마침 뜰에 나와 있던 안주인의, 아이구…… 하는 놀라움이 섞인 황송한 목소리가 들렸다.

"이게 어떻게 된 일이신가요. 이 사장님."

"어험, 저기 ㅡ, 양 군은 돌아왔소?"

"예ㅡ, 예ㅡ."

온화한 석양빛에 감싸인 안뜰을, 이쪽 별채를 향해서, 일단 장지문의 틈새에서 사라진 안주인이 다가오는 것이 보였다.

"아니 이런, 이건 또 어떻게 된 일인가. 호랑이도 제 말하면 온다더니. 그렇지, 참, 남 동무, 이방근 씨의 아버지야……. 내 중매인이셔."

양준오가 자리에서 일어났다.

"뭐라고요? 방근 씨의 아버님이……. 아, 이거 곤란하게 됐네."

남승지는 뜻밖의 손님에 놀랐다. 이태수가 중매인이라는 것도 놀라웠지만, 그 이태수 자신의 갑작스런 출현에, 특별히 곤란할 것이 없음에도 반사적으로 거의 난감한 기분이 들었다. 남승지도 일어났다. 방의 바로 앞까지 온 안주인이 장지문을 열고 서 있는 양준오를 향해, 이 사장님이 오셨다고 당황스런 기색으로 전했다.

툇마루로 나간 양준오가 뜰로 내려서면서 낡은 고무신을 걸치는 것과 교대하듯이 안주인이, 사장님은 이쪽으로 오실 텐데, 밥상을 치워야지…… 하며 서둘러 방으로 올라왔다. 이태수는 돌담 옆 짚더미 너머로 상반신이 가려진 채 뒷짐을 지고, 안채의 초가지붕에 앉은 까마귀 한 마리를 올려다보고 있었다. 양준오는 이태수에게 다가가, 이 선생님, 일부러 와 주시다니 무슨 일이십니까? 무슨 용무가 있으시면 제가 찾아뵈면 되는데……라고 인사를 했다. 이태수는 얼굴을 든 양준오를 향해 손을 내밀어 악수를 했다.

"용무가 없으면 찾아오지 말라는 법도 없겠지, 음. 바로 근처까지 온 김에 얼굴을 내밀어 본 것뿐이야. 어떤가, 일전의 이야기는 생각

좀 해 봤나?"

이태수는 웃으며 말했다.

"예—……."

양준오는 조금 쑥스러운 듯이 대답을 했다.

남승지는 장지문이 뜰을 향해 열려 있는 방 안에만 가만히 있을 수도 없어서, 이태수를 맞이하기라도 하듯이 툇마루로 나갔다. 커다란 날개 소리가 나고 까마귀가 안채 지붕에서 날아올라, 순식간에 바람을 타고 높이 날아갔다.

"음, 손님인가?"

"괜찮습니다. 모처럼 오셨으니, 괜찮으시다면 비좁고 누추한 곳이지만 올라가시지 않으시겠습니까?"

"그것도 좋겠지, 어험."

두 사람은 함께 걸어서 별채 쪽으로 다가왔다. 남승지는 갑자기 고동이 심하게 울리는 것을 느끼면서 툇마루에서 내려가 이태수를 맞이했다.

"음……. 동무는 이름이 뭐였더라?"

이태수는 남승지를 보고 고개를 끄덕이며 말했다.

한순간 남승지는 입술을 반쯤 열고 금방 대답을 하지 못하고 있었는데, 양준오가 본인보다도 먼저 남승지라고 말했다. 그가 작년 봄, 남승지를 이방근의 집으로 데려갔을 때는, 아직 비합법 활동에 들어가기 전이었고, 김명우라는 별명이 없이 본명인 남승지였던 것이다.

"음, 남승지. 그렇지, 남 군이었지. 알고 있고말고. 방근이와 유원이가 있을 때 이따금 들렀었지."

남승지는 머리를 깊게 숙였다.

이태수는 툇마루에서 방으로 올라가면서, 나는 오래는 있지 못하겠지만, 잠시 총각들의 냄새라도 맡고 가 볼까, 하며 퉁방울눈으로 방 안을 둘러보고 나서, 양준오가 내민 방석을 엉덩이에 대고 장판의 상좌에 앉아 저고리를 벗었다. 열어 둔 뒤쪽 장지문으로 바다 향기를 품은 시원한 바람이 불어 들었다. 전등 빛에 비친 혈색이 좋은 붉은 얼굴에서 희미한 술 냄새가 피어오르고 있었다.

이태수는 갑작스런 방문에 황공해하고 있는 두 사람을 앞에 두고, 남승지의 직업을 묻는 등 두세 가지 잡담을 섞은 뒤에, 양준오를 향해 말했다.

"좀 전 혼담은 그렇다 치고, 방근이란 놈은 언제쯤 돌아오는 건가. 자네하곤 이따금 연락을 하겠지. 듣자니, 월말이나 다음 달이라고 하는 것 같은데, 아니야, 그런 건 어쨌든 상관없어. 나는 특별히 그 애가 돌아오기를 기다리는 것도 아니니까. 나는 이전부터 신경을 쓰지 않고 있어. 그 애는 함흥차사야. 서울에는 여러 차례 전화를 했지만, 아버지에게 온 전화라는 것을 알면서도 전화를 바꿔 달라고 한 적이 없어. 게다가 말이지, 사람의 자식으로서 자기 본분을 다하지도 못하는 주제에, 에미 뱃속에 자기 남동생이 들어 있다는데도, 그애는 전혀 무관심하단 말야. 앗핫하아, 내가 지금, 그 애의 남동생이라고 했나. 무심코 말이 나왔지만, 남동생이고말고, 내 아들이니까, 뭐? 이상한가. 핫핫하아, 여자애일지도 모른다고……. 그럴 리가 없어. 방근이는 장차 나 대신에 뒤를 이를 남동생이 생겼다는데도, 아무것도 느끼지 못하고, 그리고 스스로도 말이지, 그만큼 놀아 놓고도 어디 여자의 배라도 빌릴 생각조차 하질 않아. 어험, 도대체가 말이지……." 이태수는 담배를 물고 라이터의 불을 붙였다. "양 동무, 그런 종류의 인간을 뭐라 부르면 되는가. 그 애의 심장에도 피는 흐르고 있을 텐데……. 무슨 생각을 하고 있는지, 도무지 알 수가 없어. 도대체 서른도 넘은 남자가 장차 무얼 할 생각인지? 음. 해방 전에 사상범으로 형무소 생활을 했으니까, 우리 신정부가 수립된 지금, 정계에 나가도 충분히 해낼 만큼 힘이 있을 거라구. 지금 정계는 과거의 일제 때 사상범으로 투옥된 경력이 있는 사람에게는 약하거든, 바보 같은 놈이……. 음, 이건 예를 들어서 하는 말이고. 양 군도 슬슬 결혼을 해야 될 사람이야. 자네가 하기에 따라 이야기는 결정돼. 이번에 방근이가 돌아오거든, 조금이라도 자신을 추스르게끔 양 군이 잘 좀 이야기해 주게."

"이 선생님, 설사 농담이더라도 그건 황송한 말씀이십니다."

양준오가 거의 웃는 얼굴로 말했다.

"내가 농담을 하는 게 아니야. 그 애는 양준오가 하는 말이라면 들으려 하거든. 다른 누구보다도. 나는 알고 있다구. 으흠, 어째서 양준오 군 같은 좋은 친구를 가까이 두고서도 그 애는 그 모양인가. 도대체가 나잇살이나 먹어가지고 말야. 내가 나약한 소리를 하려는 게 아니라, 부자간의 핏줄이라는 건 끊을 수도 없는 것이라구. ……아니지, 내가 이런 말을 하려고 여기에 온 게 아니야. 나는 불평을 늘어놓거나 하는 인간은 아니니까."

이태수는 나잇값도 하지 못하고 후처의 회임 사실을 젊은이들 앞에서 기쁘다는 듯이 말하고, 이방근을 헐뜯은 것은, 아직 출생을 기다릴 수밖에 없는 생명을 남자아이라고 단정적으로 말하면서, 그것은 소망이라고는 해도 사실일 것이라는 자신이 있을 리가 없는, 역시 현실적으로 어엿한 아들인 이방근을 의지하고 있다는 반증이었다. 무엇보다 이제 막 회임했을 뿐이고, 뱃속에서 순조롭게 자란다고 해도 마흔을 넘긴 여성의 첫 출산이 안전하다고는 단정할 수 없었다.

"그런데, 양 군, 자네는 제주도 경찰인 정세용, 그 사람은 방근이의 죽은 모친 쪽의 친척인데, 그 사람과는 친하게 지내고 있는가?"

"아닙니다, 친하고 뭐고 그저 보통입니다만, 무슨 일이 있으십니까?"

양준오의 삼각진 눈이 반짝였는데, 남승지는 이방근의 아버지 입에서 갑자기 정세용의 이름이 나오는 바람에 가슴이 철렁했다.

"특별히 무슨 일이 있는 것은 아니지만, 최근에 방근이가 '서북'들과 술자리를 같이 하는 빈도가 너무 잦다고 하더군. 성내 사람들의 눈이 있다면서 말이지. '서북'과 그리고 '친척'으로 경찰인 정세용 자신이 일부러 그렇게 말할 정도니까, 무슨 일이 있는 게 아닐까. 방근이에게 한마디 주의를 주는 것이 어떠냐고 하던데, 그 애가 애비 말을 들을 사내는 아니잖아. 스스로 하고 싶은 만큼 하고 말거야. '서북'과의 교제는 이전부터 있었지만, 최근에 그것이 거듭되는 모양이야. 정세용은 친척이기도 하니까 신경이 쓰이는 것 같은데. 그가 걱정할 정도라면, 무슨 일인지 모르겠어, 음. 무서운 맹견 같은 '서북'들이 그 애가 하는 말은 잘 듣나 봐. 핫핫핫."

"잘은 모르겠습니다만, '서북'들과 마시고는 있는 것 같기는 하지만, 그렇게 자주는 아닐 겁니다. 정세용 씨가 그렇게 신경 쓸 일은 아니라고 생각합니다."

"그럴까." 이태수는 가만히 양준오를 바라보며 말했다. "어쨌든 '서북'과 사귀는 것도 좋지만, 도가 지나친 것은 좋지 않아."

이태수는 정세용에 대해 더 이상 말하지 않았지만, 안주인이 술상을 내온다는 것도 마다하고 이내 자리에서 일어나, 그가 말한 대로 오래 있지는 않고 반 시간 정도 있다가 돌아갔다. 후처인 선옥이 아이를 가진 뒤로는 밖에서 마시고 먹는 것도 가능하면 피하고, 애처에게 돌아간다는 세간의 소문이 돌고 있었다. 따라서 이방근이 서울에서 계모의 회임을 알면서도 스스로 축하의 전화를 제주도로 걸어오지 않을 뿐만 아니라, 아버지에게서 전화가 왔다는 것을 알면서도 전화를 바꿔 한마디 기쁨의 인사도 하지 않는다는 것은, 이방근의 내심이야 어찌 되었든, 아버지와 선옥에게는 참기 어려울 만큼 냉담하게 받아 들여졌을 것이다.

"방근 씨 아버님은 오늘 처음 오신 겁니까?"

"아니야, 한참 전에 한번 들른 적이 있어. 근처까지 온 김에 혼자 사는 내 방이라도 들여다보고 싶었던 모양이야. 결혼에 대해서는 손님이 있어서인지 특별히 화제로 삼지는 않았지만 말이야. 그 이야기를 먼저 해야 된다는 법도 없으니까."

남승지는 양준오가 '결혼'이라는 말을 입에 담고 있는 것이 현실적이지 않을 뿐만 아니라, 기묘하게 이상한 느낌이 들어서 눈부시다는 생각으로 그 얼굴을 들여다보았다.

"준오 형의 혼담이라고 하니, 아무래도 이상한 느낌이 들어요. 결혼에 관한 이야기는 나중에 듣고 싶지만, 조금 전에 방근 씨 아버님이 정세용의 이야기를 했잖아요." 남승지는 손목시계를 보았다. 여덟 시가 가까웠지만, 한 시간 빠른 서머타임을 적용받고 있었기 때문에, 아직 밖은 어스레할 뿐 완전히 어두워지지는 않았다. "저는 조금 있다가 남해자동차의 운전수인 박산봉의 하숙집에서 만나기로 돼 있는데, 오늘 포로수용소 가는 도중에 식량을 운반하고 그곳에서 나오고 있던 그와 우연히 만났어요. 정세용이 수용소에 와 있더군요. 나중에 오균 소장에게 물어보니, 다음 달에 도경 경무계장으로 전임하게 되어 '인사'차 왔던 모양인데, 견원지간인 군수용소에 말이죠. 저녁 때, 차고 앞에서 정세용이 박산봉과 만났을 때는, 이방근은 언제 돌아오느냐는 둥 물었다고 하는데, 박산봉도 정세용을 경계하라고 하더군요. 방근 씨 아버님 말씀에도 정세용이 이방근을 신경 쓰고 있는 듯한 구석이 있어요. ……이전에 군과 게릴라의 4·28화평협정을 파괴로 몰아간 그 음모의 주도자가 정세용 같다, 그가 깊이 관계하고 있는 것 같다는 말을 준오 형이 했었잖아요. 그것과 관련해 그 뒤로 뭔가 확증이라도 찾았나요? 게다가 방근 씨가 '서북'들과 늘 붙어 다닌다는 것은 무슨 뜻일까요?"

"좀 전에 정세용이 하던 걱정은 아니지만, 늘 붙어 다니지는 않을 거야. 어째서 정세용이 그런 일을 이방근의 아버지에게 이야기했는가 하는 쪽에 문제가 있어. 혹은 그걸 경계경보로 받아들여야 되는 건 아닌지 모르겠어."

양준오는 담배를 물고 불을 붙였다.

"경계경보라니요?"

"음." 양준오는 담배를 천천히 두세 번 계속 들이마시며 말을 끊었다. "……이방근 자신이 정세용의 그런 '걱정'을, 이방근에 대한 것이라기보다 정세용 자기 자신에 대한 뭔가의 걱정, 즉 뒤집어 말하자면 그의 이방근에 대한 경계를, 알고 있는가 하는 것이야. 그러한 일에 생각이 미치지 못할 이방근은 아니지만."

남승지는 정세용이 친척이라고 해서 이방근을 위해 자기 일처럼 걱정하고, 부친을 통해 충고의 의사표시를 했다고는 생각하지 않았지만, 그러나 양준오가 한 말의 의미를 잘 이해하지 못했다.

"확증을 잡는 건 어려워. 이쪽은 경찰도 아니고, 내부증언이라도 있지 않는 한 확실한 증거를 포착하기는 어려운 일이야. 그저 방증이될 만한 것은 있지만, 정세용 개인으로 좁혀질 만큼의 결정적인 것은 못돼. 설령 정세용이 관여한 사실관계가 있다 하더라도, 그걸 공공연히 들이댈 수도 없는 일이고. 어디까지 사실을 확인할 수 있을지, 그걸 뒷받침할 수 있을지 하는 거겠지. 좀 전에 '서북'과의 교제가 너무

지나치다는 말이 나왔지만, 이방근이 '서북'의 간부, 제주지부장과도 술자리를 거듭하고 있는 것은, 그들의 입에서 4·28협상 파괴의 뒷공작에서 정세용의 역할을 직접 알아내려는 속셈이 있기 때문일 거야. 아마도. 그런 일을 정세용 또한 두려워하고 있는 거겠지."

"으―음, 방근 씨가……? 그가 정세용의 행적을 조사하고 있다는 말이군요."

"행적이라, 글쎄, 그럴지도 모르지. 사라진 행적을 찾아내긴 좀처럼 어렵겠지만 말야. 이방근은 놈들에게 신용이 있어. 나도 두세 번 함께 회식을 한 적이 있거든. 놈들은 먹고 마시는 걸, 공짜로 먹고 마시는 것을 좋아하지. 원래 무전취식의 상습범들인데, 천한 자들이야. 그런 주제에 철저하게 제주도 사람을 섬놈들이라며 경멸한다니까. ……이방근은 화평협상 파괴의 무서운 음모에 정세용이 관여하고 있을 거라는 점에 대하여, 심상치 않은 차가운 분노의 불꽃을 가슴에 품고 있는 모양이야. 친척이라는 점도 그 기분을 한층 강하게 만들고 있겠지. 일제 때 조선인을 지배하고 있던 일본인보다도 그 앞잡이가 되어 일본인 이상으로 일한 조선인 쪽이 증오스럽고, 용서하기 어려운 것과 닮은 점이 있어. 게다가 사실, 정세용은 해방 전에 일본 경찰의 진짜 앞잡이였으니까. 경찰 계통에서, 해방 후에 경찰이 된 젊은 사람을 제외하면, 과거에 일본 경찰의 앞잡이가 아니었던 자는 거의 없다구."

"방근 씨와 정세용은 가까운 친척인가요?"

남승지가 말했다.

"모계 쪽의 팔촌이라고 하니까, 멀지도 가깝지도 않은 친척이지. 그의 경우에 모계 쪽이라고 하면, 돌아가신 모친에 대한 각별한 생각 때문에 여러 가지로 복잡하게 얽힌 것이 있을 거야."

"방근 씨는 가족이라든가 친척이라든가, 혈족 관계에 별로 관심이 없는 사람 아닌가요?"

"그렇기는 하지만, 현실적인 관계에서는 무시하지도 않아. 상대 쪽에서 친척이라고 밝히면, 그는 최소한의 예의는 표하려고 노력하지. 게다가 정세용은 손위 형님이니까. 어쨌든 정세용이 맡았을지도 모르는 역할은 정세의 진전 여하에 따라서는 생나무 가지를 찢듯 그 흔적이 그대로 드러날 수도 있을 거야. 4·28화평협상을 파괴한 죄과는 그야말로 중대한 일이야. 게릴라 측에는 그것을 파괴할 조건도 필요도 없었지만, 경찰 측에는 그것이 가능한 일이라면 어떻게든 철저히 파괴할 필요가 있었던 것이고, 그 음모에 책임자도 아닌, 그리고 경무계장이라는 전혀 무관한 부서에 있으면서, 정세용이 아마도 적극적으로 관여하고 있었던 거지. 그러나 그게 확실하다 해도 어떻게 하겠단 건지. 그 자신이 경찰인데 말야."

"그렇지 않아요. 인민재판에 부쳐야 합니다!"

남승지가 격한 어조로 끼어들었다.

"음, 언젠가는 그래야겠지……."

양준오는 사려 깊게 뾰족한 턱을 손으로 쓰다듬으며 웃었다.

군 대표와 게릴라 대표의 양자회담에 의한 4·28화평협상과 정전의 성립은 '아닌 밤중에 홍두깨'식으로 경찰에게는 큰 충격을 주었다. 정전 성립의 결과, 경찰의 게릴라 토벌대는 미군정청의 명령으로 출동이 중지되었고, 그들의 임무는 문지기처럼 경찰서 등의 경찰 소속 건물의 경비로 축소되었다. 섬의 치안 책임은 전적으로 국방경비대에 위임되었고, 권한이 크게 제한된 경찰 당국은 군의 지휘 아래에 들어가게 되었다. 이에 만족하고 있을 수 없는 경찰로서는 기사회생의 비책이 필요했다. 이것이 양준오가 말하는, 정세용으로 하여금 뭔가의 행동에 관여하게 만든 주변의 조건, 사정이었다.

그리고 마침 4·28협상 성립 직후, 이방근은 이전부터 회식 기회를 재삼 요청하고 있던 '서북' 회장 및 정세용과의 약속을 지키기 위해서, 2, 3일 안에 상대의 형편이 허락할 때 만나자는 취지를, 정세용에게 전했다. 그런데 정세용 경무계장은 바빠서 시간을 낼 수 없다고 말하고, 확인도 해 보지 않은 채 '서북' 회장도 아마 시간을 내기 어려울 거라며, 그쪽에서 요구해 온 회식 기회를 연기했다. 출동 중지 명령으로 당황하고, 일단의 혼란은 있었다고 해도, '서북' 지부장을 포함한 정세용 자신이 시간을 낼 수 없을 정도로 바쁘다는 것은 이상했다. 더구나 경찰 측은 자신들의 건물 경비만 하면 되었기 때문에, 그 정도로 급박하게 처리할 일은 없을 터였다.

5월 1일, O리 습격방화사건이 일어날 때까지 2, 3일간, 정세용이 자기 부서 외에 경비계와 사찰계에 계속 드나들고, 귀가가 늦어진 것 등을 이방근은 조사해 놓고 있었다. 정세용의 직책은 경무계장이었다. 경무계는 경찰의 총무부서로, 정세용은 경찰의 기강 위반과 비행, 선행 등의 감사계라서, 전투에 출동하는 경비계나 '서북'의 출입이 많은 '사상' 계통의 사찰계와는 직무상 직접적인 관계가 없었다.

시간은 여덟 시가 되었지만, 남승지는 자리에서 일어나지 않았다.

"그 사이 정세용의 행동을 좁혀 보면 말이지." 양준오가 말을 계속했다. "정세용이 습격 사건 전날 대낮에, 검찰국 구내에 경찰 관계자가 자주 이용하는 이발소가 있는데, 그곳에 우연히 이발하러 나타났다는 거야. 그리고 거기서 얼굴을 마주친 알고 지내던 검사에게, 그 남자의 고향이 O리였다고 하는데, 내일 아침까지 가족들이 집을 잠시 비우는 게 좋다……고 귀띔하는 것을 이발사가 놓치지 않고 들었다고 하더군."

마을이 불타오르는 검은 연기와 불기둥이 성내에서도 보였던 O리 습격은, 정세용이 시사한 것처럼 5월 1일 오전 열한 시경, 정체불명의 청년집단에 의해 방화, 약탈이 자행되었고 많은 사상자가 나왔다. 경찰 측은 백여 명의 폭도(게릴라)가 습격 중이라며, 감찰청(나중의 도경찰국) 소속 경찰관 1개 소대가 트럭 두 대에 분승하여 '폭도' 진압을 위해 출동했으나, 그 '폭도'라는 것은, 부락민들의 증언으로 미루어 볼 때 '북'의 평안북도, 즉 서북 지방의 사투리가 강하고, 얼굴 생김새도 섬사람들과는 달랐다는 것이 분명하여, 경찰과 공모한 '서북'들의 짓이 틀림없었다.

또한 사태를 결정적으로 만든 것은, 이틀 뒤인 5월 3일 오후 세 시경, 약 백 명의 게릴라 하산자들이 비행장에 신설된 현재의 포로수용소로 향하던 도중에 일어난 습격 사건이었다. 성내로 하산하던 도중의 예정된 지점에서, 제주 미군정청 고문관 등 세 명의 미군과 일곱 명의 제9연대 군인들이 합류하여, 그들에게 인솔, 호송을 받고 있던 게릴라들이 O리 근처까지 왔을 때, 무장대의 기습을 받았던 것이다. 카빈총과 중기관총을 난사당한 하산 게릴라들의 일부는 죽고, 나머지는 다시 산으로 도망치고 말았다. 미군의 반격으로 무장대 수 명이 사살되고, 부상자들은 미군정청으로 연행한 뒤 치료하며 신문한 결과, 제주경찰 소속이라고 판명되어, 군정 당국은 경찰 측의 사정 청취를 실시했다. 하지만 경찰은 부정으로 일관했다. 그것은 경찰을 미군과 국방경비대로부터 이간질시키려는 '폭도'들의 악질적인 음모이고, 지금까지도 게릴라들에 의한 가장경찰들이 여러 차례 경찰 트럭을 습격해서, 무기를 탈취해 왔듯이, 경찰대는 가장한 폭도들이라고 주장하고 있어서, 경찰의 모략 행위를 공공연히 드러낼 수도 없는 미군정 당국은 그대로 묵인했다. 한편, O리에 대한 정체불명의 습격, 방화는 계속되었고, 하산자들과 마을 사람들까지 살해되어, 갈 곳을 잃은 사람들은 게릴라가 있는 산으로 피난하는 사태에 이르렀다. 이리하여 양자회담에 의한 4·28협상이 완전히 깨졌다고 판단한 게릴라 측은 각 경찰지서에 대한 공격을 재개했던 것이다.

"이방근은 정세용과 사건의 관계에 대해 상당한 정보를 입수하고 있는 게 아닐까. 그는 정세용에 대해서는 그다지 말을 하지 않고 있어. 그런데, 박산봉과는 몇 시에 만나기로 했지?"

"어두워진 뒤 여덟 시 넘어서 만나기로 했는데, 조금 늦어질 것 같군요. 슬슬 가 봐야겠어요……."

남승지는 다시 손목시계를 들여다보았다.

"좌우간, 왜 박산봉이 그런 말을 했는지, 그 나름대로 뭔가 느끼는 게 있을 거야. 경계하지 않으면 안 되겠지. 무엇보다 상대는 원래 그렇게 해서 밥을 먹고 살아온 경찰이니까."

"준오 형은 괜찮아요?"

남승지는 그렇게 말하고 나서 깜짝 놀라, 자신의 말을 부정하듯이 고개를 옆으로 흔들었다. 쓸데없는 말이었다.

"정세용이 수용소장이 있는 곳으로 전임 인사를 갔다는 것은 대단하군. 상대는 나이도 한참 아래고, 어쨌든 여러 가지 의도가 있을 거야. 오균도 경계가 필요해. 정세용이 다음달 9월부터 도경(道警)의 계장이 되는 것은, 그 건에 대한 논공행상의 결과라고 한다면, 한 계급 승진의 영전이겠군. 오래 기다렸을 거야. 겨우 성사되었다는 느낌이 드는데, 그러나 늦어진 것은 어쩌면 다른 사람들의 눈을 속이기 위한 것인지도 모르지. 지금 같으면 8월 15일, 신정부 수립 후의 직제개정, 신기구 발족에 임한 승진이라는 형태가 되는 거니까. 관청이라는 곳은, 특히 경찰 관계는 계급 승진에 그야말로 필사적이라는 느낌이 들거든. 이를 위해서라면 친구를 파는 것조차, 사람을 죽이는 일조차,

다만 잘 이루어졌을 때의 이야기지만, 저지르기 쉬울 거야. 따라서 아랫사람들은 윗사람에게 고개를 들 수가 없으니까, 함부로 일반의 민간인에 대해 횡포를 부리는 거라구. 누구에게나, 오만한 생각이라는 것은 가장 유혹적인 것 같아. 그리고는 스스로의 정신이 좀먹어 가고……. 자아, 슬슬 가 봐야지. 조심하라구. 얼마나 있다가 돌아올 거야?"

남승지는 한 시간 정도, 아홉 시 반까지는 돌아온다고 말하고, 밀 짚모자를 쓰지 않고 자리에서 일어났다. 안뜰에서 쪽문 두 개를 겹쳐 놓은 정도의 작은 문을 열고 밖으로 나온 남승지는 인기척 없는 어두운 골목을 걸었다. 골목에서 오른쪽으로 나가면 지름길인 신작로가 나오지만, 근처에 동문파출소가 있으니까 가능하면 피하는 것이 좋겠다고 생각하면서도 신작로로 향했다. 만일 강몽구였다면 어떻게 했을까. 담배라도 피우려다 성냥이 없다는 것을 알면, 그는 자기 눈앞에 있는 파출소로 들어가 경찰에게 불을 빌릴 것이다. 백열전구의 가로등이 달랑 서 있는 비포장의 울퉁불퉁한 길은 결코 밝지 않았지만, 전등 없는 완전히 어둠에 잠긴 시골에 비하면, 전방에 시야가 열리고 그림자를 드리운 사람들의 통행이 판별되는 것만으로도 별세계였다. 강몽구의 이야기에 의하면, 우상배가 일본에서 조선에 와 있다고 했다. 강몽구는 여전히 우상배에 대해 신랄했지만, 그가 고향 제주도에 이십 수 년 만에 오고 싶어 한다, 자네를 만나고 싶어 해, 모처럼 조선까지 왔지만…… 하고 소식을 동정적으로 전했던 것이다. 오늘 이방근으로부터 양준오에게 걸려 온 전화에 의하면, 남 군을 서울로 데려가고 싶다고 했다는데, 서울에 가면 그곳에서 우상배도, 그리고 유원도 만날 수 있을 것이다. 변함없이 술을 마시고 기염을 토하고 있다고 했다. 슬픈 기염을. 그는 술로, 술독으로 수명이 단축될 거라던데…….

　신작로로 나왔을 때, 비스듬히 맞은편 모퉁이에 있는 현관 등이 빨간 파출소 앞에 경찰관 한 명이 우뚝 서 있었고, 마치 대기하고 있었다는 듯이 거리로 막 나온 남승지에게로 시선을 던졌다. 10미터 남짓한 거리의 어둑한 곳에서 서로 시선이 마주치는 형태가 되었고, 갑자기 남승지는 심장이 덜컹, 하고 튀어 오르는 듯한 소리를 들었다. 남승지는 순간, 아, 일부러 이쪽으로 지나가지 말고 반대편의 화력발전소 쪽으로 가면 좋았을 것이라는 생각을 하면서, 에잇, 나는 특별한 사람이 아니다. 그저 통행인일 뿐이라며, 그대로 통행인에 섞여 동문교 쪽으로 성큼성큼 걸었다. 머리의 심이 삐걱거리는 소리를 내고, 당장이라도 등 뒤에서, 이봐, 하고 불러 세우지는 않을까, 등에 소름이 돋는 느낌으로 동문교를 건넜다. 그리고 그대로 계속해서 신작로를 가지 않고, 오른쪽의 아직 가동 중인 철공소 옆에서 비스듬히 뻗어 있는 C길로 들어갔다. 약간 돌아가야 했지만, 그곳에서 번화한 C길로 나와, 다시 관덕정 광장 쪽으로 걸었다.

　동문교를 건넌 뒤 그대로 신작로를 직진한 것은, 등 뒤로 누군가의 시선이 일직선으로 도달해 오는 것 같아 견딜 수 없었기 때문이었다. 설마 도중에 정세용을 만나는 일은 없겠지. 아니, 그와 우연히 마주쳤다 해도, 어딘가에서, 언젠가 이방근의 집에서 본 청년이라고 하면서, 우연히 성내에 볼일이 있어 왔는가 보다 정도로 끝날지도 모른다. 그렇지 않다. 이상하다고 생각할 수도 있다. 만일 이미 내가 성내에 와 있다고 하는 것을 뭔가의 계기로 알고 있다면, 혹시 이미 미행을 붙여 놓았을 수도 있다. 그러나 그렇다고 한다면, 그는 그러한 일과는 관계가 없는 부서의 인간이기 때문에, 쓸데없는 짓을 하고 있는 것이다.

　광장 안쪽의 밤하늘로 처마가 치켜 올라간 커다란 지붕의 관덕정이 주위의 어두운 배경 속에 무겁게 가라앉아 있었다. 양 옆에 서 있는 키가 크고 두루뭉술한 돌하르방들의, 전체의 반절을 차지하는 괴기한 얼굴이 주위의 약한 빛 때문에 음영을 만들고 있었는데, 그것이 표정을 지니고 웃음을 짓는 것처럼 보였다. 현무암의 울퉁불퉁한 표면 그대로 무표정하고 기분 나쁘게 느껴질 때도 있지만, 지금은 그렇지가 않았다.

도청과 경찰 등이 있는 구내를 얼핏 엿본 남승지는 광장을 건너, 관덕정 건물 옆을 동문교 쪽에서 반듯하게 뻗어 있는 신작로로 들어섰다. 관덕정의 돌계단, 그리고 성내의 중심에 위치한 광장은, 과거에는 이따금 지배자가 민중을 살육하는 장이 되기도 했다…… 인민재판. ……그렇지 않아요, 인민재판에 부쳐야 합니다! 남승지의 머릿속 공간에, 양준오가 화평협정 파괴에 정세용이 아마도 적극적으로 관여하고 있을 것이라고 했을 때 나온 자신의 격렬한 목소리가 떠올랐다. 언제, 어떻게……? 아니지, 아니야. 인민재판에 부쳐야 할 놈이다.

박산봉의 하숙집은 동문길과는 반대 방향인 서문길 근처에 있었다. 지난 3월, 변장을 위해 동문시장에 보릿자루를 짊어지고 와 팔고 나서, 유달현의 하숙집에서 처음으로 박산봉을 만난 뒤 그의 하숙집에 간 것은 딱 한 번뿐이었지만, 그의 하숙은 알기 쉬운 곳이었다.

박산봉은 소주라도 한잔 같이하자고 했지만, 한 시간 안에 끝내야 했다. 묵을 거라면 몰라도, 늦어지는 것은 피차 좋지 않았다. 그는 끈질기게 잡겠지만, 그래도 일어나야 한다. 돌아올 때는 동문교 쪽은 피해서 하천을 따라 다른 길로 돌아가는 것이 좋을 것이다.

그런데, 박산봉이 왜 정세용을 경계해야 하는가, 당원이라는 낌새라도 알아챈 것일까. 조직원이라는 증거는 없으니까, 자신이 선전하고 다니지 않는 한, 거기까지는 알 수 없을 것이다. 그럴 경우 정세용이 아니라, 이미 조사계가 일에 착수했을 것이다. 정세용이 유달현을 노리고 있다는 것은, 이방근이 유달현에게 주의를 준 것으로도 확인 되었지만(그런 일도 있어서 유달현은 성내 지구 책임자의 역할을 그만두었다), 박산봉은 유달현과의 관계를 의심받고 있는 것일까. 박산봉의 공연한 의심, 지레짐작……. 혹은 정세용은 이방근이 자신의 화평협정 파괴 공작에 관여했는지를 조사하고 있다는 낌새를 알아차리고, 그와 박산 봉과의 관계를 탐색하려는 것인가. 그런데, 왜 이방근과 박산봉이란 말인가. 무슨 관계가 있나? 어쨌든 박산봉까지 정세용과 자신을 관련 시켜 경계하면서 신경이 날카로워질 필요는 없었다.

그러나 남승지는 그가 정세용과 서로 불길한 느낌이라고 말한 것에 신경이 쓰였다. 그저 '불길한 느낌'일 뿐, 그게 무엇인지는 잘 모르겠 다고 말끝을 흐렸지만, 꿈속에서 정세용이 죽어 있었고, 수조에 떠 있는 사체를 어딘가로 옮겼다든가, 어쩌면 정세용도 어젯밤에 이상한 꿈을 꿨을지도 모른다. 그리고 이방근을 포함한 세 사람은 각각의 꿈 속에 함께 있었다. 서울에 있는 이방근도 같은 꿈을 꾸었을지도 모른 다……라면서, 마치 머리가 이상해진 것처럼, 왠지 귀신 들린 것 같 은, 그 자신의 말을 빌리자면, 꿈에 대해서 꿈같은 이야기를 하고, 그 에 집착하고 있는 것이었다. 그러나 황당무계하다고 해야 할 그 꿈 이야기에, 웬일인지 현실감이 느껴지는 게 이상했다. 그것은 그때 그 의 예언적인 말투가 뭔가를 투시하고 있는 것 같아서, 무심코 그 세계 로 끌려 들어간 탓도 있었다.

박산봉의 꿈도 그러했지만, 이방근 자신이 정세용에 대해서 묘한 말을 하고 있었다. 서울로 출발하기 전에 박산봉을 불러서는, 정세용 을 주의해서 잘 관찰하라든가, 그 남자는 간질환을 앓고 있어서 조만 간 죽을지도 모른다……라고 뭔가 잠꼬대 같은 말도 했다고 덧붙였다.

박산봉이 거짓말을 하는 게 아니라면, 이방근이 잠꼬대 같은 소리를 할 인간은 아니다. 뭔가 이상하다. ……정세용은 묘한 눈초리로 나를 계속 바라보고 있었는데, 이쪽은 뭔가 '죽음의 신'의 얼굴을 보고 있는 것 같아 불쾌한 기분이 들었다. 음, 남승지는 박산봉이 꾼 꿈에 대해서 물어봐야겠다고 생각했다. 역시 박산봉과 이방근은 정세용의 일로 뭔가 관계가 있는 것일까. 어쩌면 있을지도 모른다. 적어도 박산봉 자신은 그 꿈속에서, 그 관계에 자신을 위치시키고 있는 것 같았다.

남승지는 서둘렀다. 일찍 만나자는 것을 여덟 시로 약속했는데, 곧 여덟 시 반이었다. 그는 서문교를 건너자, 서문시장 바로 앞 골목을 왼쪽으로 돌지 않고 그대로 어두운 시장 앞을 지나고 나서, 그 다음 길을 왼쪽으로 돌아 크게 우회하는 형태로 몇 개의 골목을 돌아, 박산봉의 하숙집 근처에 이르렀다. 짐작만으로 반대 방향에서 왔기 때문에 바로 찾기는 어려울 것이라고 생각했지만, 머릿속에 전에 왔던 길을 떠올리면서 오다 보니 제대로 집 앞에 와 있었다. 오는 도중에 어느 집 돌담 너머로 안채 툇마루 근처에서, 언니, 소변……! 하는 엉뚱한 여자아이의 일본어가 귀에 들어와, 깜짝 놀라면서도 자신도 모르게 그리움이 허공을 스쳤다. 여동생과 어머니의 모습이 밤하늘의 유성처럼 비상하는 것을 보았다.

남승지는, 아니? 하고 집 앞에서 머뭇거렸다. 쑥 들어갈 수가 없었다. 분명히 이곳인데, 그러나 모습이 달라져 있었다. 달라졌다기보다는, 집 앞과 안뜰 사이를 막아서는 문이 없었는데, 집 주위를 둘러싼 돌담이 출입문용으로 뚫려 있는 곳에, 새롭게 작은 문이 달려 있었던 것이다. 돌담이 끊어진 사이라서 제대로 된 문을 설치할 수는 없었겠지만, 튼튼하게 만들어진 문이었다. 양준오의 하숙집에 있는 문과 조금 닮아 있었다. 문에 다가간 남승지는 거기에 손을 대려다 그만두었다. 시장 뒤쪽에 있는 창고와 접해 있는 초가집이었기 때문에, 창고의 모퉁이가 있는 곳까지 조금 걸어가 확인을 해 보니, 역시 그 집이 틀림없었다.

사람의 통행은 별로 없었다. 시장 건너편 쪽 길을 돌아오는 사이에 미행에 주의하고는 있었지만, 수상한 사람이 따라오는 기척은 없었다. 설마 처음부터 이 집으로 오는 것을 알고서, 조금 전에 지나친 창고 모퉁이에서 신작로 쪽으로 뻗어 있는 시장 앞 골목이었지만, 그 길을 먼저 돌아 아무렇지도 않게 통행인 행세로 찾아올 리는 없을 것이다……. 아니, 그때, 백열전등 하나가 달랑 매달려 있는 통나무 가로등이 빨갛게 빛나고 있는 골목 저편의 어두운 곳에서, 이쪽을 향해 급하게 다가오는 사람의 그림자가 보였다. 남승지는 반사적으로 창고 건물 뒤로 몸을 숨겼는데, 이미 커다랗고 검은 그림자를 앞으로 드리우며 전등 불빛 안으로 얼굴을 내밀고, 순식간에 다가온 커다란 그림자는 박산봉이었다.

"뭐야."

남승지가 말했다.

"뭐야, 무슨 일이 있나 했네."

박산봉은 입구의 문을 닫고, 안뜰 오른쪽의 작은 방이 있는 별채 쪽으로 걸어가면서, 늦어지는 바람에 큰길까지 마중할 겸 나갔었다고 말했다. 양준오의 방과 비슷한 위치에 있었지만, 그곳은 서고와 곳간을 겸한 방이 두 개 연결되어 있는 별채였다.

"서문교를 건너지 않았지요?"

"아니, 건넜지만 시장 건너편 쪽 길로 들어가 조금 돌아왔어요. 집을 잘못 찾은 줄 알았습니다. 분명히 전에 왔을 때는 문이 없었던 것 같은데."

"맞아요, 그랬지요. 불안해서 말이죠." 박산봉은 내뱉듯이 말을 계속했다. "'서북' 놈들이 술에 취해 신발을 신은 채 안채로 올라와서는, 술을 내놓으라든가, 돈이 될 만한 것을 가져간답니다. 가지고 가는 게 아니지, 강도라구요. 놈들이 노리는 건 비단, 일본제 비단인데요. 요즘은 대개, 성내 대부분의 집에서는 간단하게나마 문을 달고 있어요. 삼무의 섬이 바뀌고 있는 셈이죠. '서북' 등의 육지에서 온 놈들 탓입니다."

문이 없고, 도둑이 없고, 거지가 없다, 즉 '삼무(三無)'라는 것인데, 도둑이 없으니까 문도 필요 없다는 것이었다. 밖에서 그 집의 뜰로 누구라도 들어갈 수 있었다. 이제는 그게 아니라, 이 집의 뜰도 문으로 가로막히게 되었다. 그 삼무가 무너졌다.

좁은 방으로 들어가자, 정어리젓갈 냄새가 코를 찔렀다. 이미 방 한가운데에 한 되짜리 병이 놓인 둥근 밥상이 놓여 있었고, 핑크빛이 돌며 군침을 삼키게 만드는 삶은 돼지고기 한 접시와 김치, 물김치, 그리고 작은 접시의 정어리젓갈이 있었는데, 그 독특한 썩는 냄새이긴 하지만 감칠맛 나는, 코를 통해 뇌수에까지 단숨에 도달하는 강한 냄새가, 저녁식사를 끝낸 남승지의 식욕을 자극했다. 손님을 환대하기 위해 없는 돈을 털어서 일부러 정육점에서 사 온 돼지고기를 주된 안주로 한 작은 술상이었다.

"본토에서 온 놈들은 군인이든 경찰이든, 제주도를 떠날 때 선물로, 비단이나 양단을 가져가려고 안달이거든요." 차가운 장판에 바로 엉덩이를 대고 앉은 두 사람 앞에 놓인 유리컵에 소주가 채워지고, 서로 간에 건배의 잔을 부딪치는 작은 소리가 울렸다. "자아, 한잔합시다. 먼 길을 오랜만이오. 카아ー, 이건 장에 그냥 스며드는군······. 그래서 말이죠, 일본에서 돌아온 귀국 조선인들이 비단을 많이 가져와,

선물로 받은 것을 포함해서 어느 집이든 소중하게 보관하고 있지요. 겉으로 보면, 모두 초가지붕의 초라한 집이지만, 일단 안으로 들어가면, 안주인의 방에 있는 궤에는, 거의 모든 집의 궤에는 비단이나 양단이 한두 필은 보관되어 있습니다. 귀국 동포만 그런 게 아닙니다. 독고타이(特攻隊)라는 것이 일본에서 비단이나 양단을 본토의 여수로, 정규 무역선에 잘 숨겨 밀수입하고, 그것이 또 제주도로 들어옵니다. 직접 작은 밀항선으로 제주도로 운반해 오는 경우도 있고……."

"독고타이라는 것은 그 일본어 아닙니까?"

"그렇지요, 독고타이라는 것은 그 밀수입하는 그룹을 말합니다. 일본의 교토(京都)나 아이치(愛知) 현의 이치노미야(一宮), 도요하시(豊橋)에 있는 일본인 공장에서 사들여 조선까지 가지고 오니까, 목숨을 거는 거잖아요? 이 집 주인의 남동생도 독고타이인데, 지금은 그만두었지만, 한때 이 집의 고방에는 비단이 산처럼 쌓여 있었습니다. 그런 사실을 '서북'이 알게 된 거지요. 겉으로는 가난해 보여도, 집 안에 있는 궤에는 화려한 비단이 숨겨져 있다는 것을 말이죠. 그래서 뭔가 트집을 잡아 돈이 될 만한 것을 내놓으라고 협박을 하다가, 그 집의 궤를, 튼튼하고 커다란 자물쇠를 쇠몽둥이로 때려 부수면서까지 비단을 찾아내어 빼앗아 갑니다. 이 집의 주인은 도립병원의 총무부에 근무하는 공무원인데도, 서너 명의 '서북'이 트집을 잡더니, 밤에 집으로 쳐들어와 비단 세 필을 강탈해 갔습니다. 그들은 대낮에도 결코 혼자서는 길거리를 다니지 않습니다. 간부 외에는 한 곳에 오래 머물지 않고, 여기저기 섬의 대기소를 전전하기 때문에 이미 성내에는 없을 겁니다. 2, 3개월 전의 일이었는데, 그 뒤에 문을 단 거지요……."

박산봉은 그 무뚝뚝하고 말수가 적어 보이는 인상과는 달리 말을 많이 했다. 남승지는 박산봉과 유달현의 하숙집에서 처음 만났을 때의 인상을 지금도 잊지 않고 있었다. 겨우 반년 전의 일이었고, 현재 같은 사람이 눈앞에 있기 때문에 그 인상이 확실히 되살아났지만, 크게 열린 채 깜박이는 것을 잊은 듯한 눈빛에, 뭔가 편집적인 성향이 있었다. 그때, 그 햇볕에 그을린 건강한 체구의 청년은 의외로 겁쟁이 일지도 모른다, 아니 혹시 상당히 대담한 성격의 소유자일지도 모른 다는 분열된 인상을 주었다. 어딘지 표정이 긴장돼 있었고, 얼굴 근육 이 경직된 듯한, 그리고 음울하지는 않았지만 얼굴에 그림자가 있었 던 것이다. 그는 파리한 인텔리는 아니라 골격이 듬직한 농촌 출신의 노동자였다. 그리고 지금 그는 우연히 울퉁불퉁하고 커다란 양손을 밥상의 가장자리에 올려놓고 있었는데, 언제나 핸들을 잡고 있는 탓 인지 양팔이 앞으로 미는 것처럼 삼각형 모양으로 옆을 향해 튀어나 온 것이 왠지 어색해 보였다. 뭔가 깊은 생각에 잠긴 듯한, 폭발할 것 같은 눈, 아니 그 얼굴 전체의 표정이 그의 예언적인 꿈 이야기에 현실감을 더하고 있는지도 몰랐다. 묘한 꿈 이야기를 하기에 적합했 다. 남승지는 문득, 무당 같은 느낌을 준다고 생각했다.

남승지는 소주 한 잔으로 취기가 몸속을 천천히 물결치는 것을 느꼈 다. 관자놀이가 움찔거리며 맥박치고, 땀이 배어 나왔다. 너무 마시지 말아야겠다고 생각했다. 삶은 돼지고기를 초장에 듬뿍 찍어 입에 넣 고 씹자, 녹는 듯한 살점의 감촉이 견디기 어려웠다. 그리고 순식간에 침이 솟아오르는 정어리젓갈을 뼈째로 씹어 먹었다. 그리고 물김 치……. 너무 느긋하게 있을 수는 없다. 게다가 오늘 밤 헤어지면 언 제 다시 만날 수 있을지 알 수 없었다. 남승지는 잡담을 생략하고, 오늘 낮에 그가 말하던 꿈에 대해 묻고 싶었다. 어째서 그가 특히 정 세용을 경계하지 않으면 안 되는지, 그것을 알고 싶었다. 아니…… 음, 그렇게 되면, 박산봉과 이방근의 관계도 언급될 것이다.

"······명우 동무, 나는 지금 '서북' 놈들 때문에 문을 닫게 되었다고 말했지 않소." 박산봉은 거무스름한 얼굴 피부 안쪽에 술기운이 배어난 색을 띠우고 말했다. "지금 그게 말이오, 지금 서울에 가 계신, 우리 회사 사장님의 서방님, 그렇지, 이방근 선생님 말요. 지금 나는 솔직히 말해서, 이 선생님이 성내에 안 계신 것이 말이오, 홀가분합니다. '서북' 놈들과, 그야, 졸개들은 모두가 맹견처럼 야만스런 놈들로, 글자도 전혀 모르는, 신문의 글자 하나 읽을 줄 모르는 놈들인데, 이 선생님이 그 '서북'의 제주지부장과 함께 요정에서 술을 마시고 다닌다는 것은 누구나 알고 있는 일이란 말요. 함께 나란히 길을 걷고 있으면 누구의 눈에든 금방 띄고 말거 아니겠소. 읍내 사람들이 이 선생님에 대한 비난의 목소리가 높아요. 그걸 모를 이 선생님이 아닐 텐데, 술을 너무 마시면 그렇게 되나 봅니다. 이 집 주인 부부도 나를 붙잡고 이 선생님 욕을 해대는 바람에 견딜 수가 없어요. 도대체, '서북'패들이 뭐가 좋다는 거요, 응, 도대체가. 나는 지금 솔직히 말해서, 이 선생님이 성내에 안 계셔서 정말로 홀가분합니다······."

남승지는 대답을 하지 않았지만, 고개를 끄덕였다. 고개를 끄덕이며 어떤 식으로 말을 꺼낼 것인지 생각하고 있었다.

5

안뜰과 접한 장지문은 닫아 놓았기 때문에, 뒤쪽에 조금 열린 장지문으로 들어오는 밤바람이 좁은 방을 빠져나가지 못하고 몸부림쳤다. 도회지에서 온 인간에게는 질식할 것 같은, 희미한 전등 불빛이 비치는 방이었다. 부스럭 부스럭, 남승지의 등 쪽에서 소리가 났다. 찢어진 벽 종이 위에 덧붙여진 신문지의 풀이 굳은 가장자리가 떨어져 밀려 올라가, 방으로 바람이 불어 들어올 때마다 희미하게 소리를 내며 떨렸다. 양준오의 하숙방은 밤바람을 타고 바다의 향기와 파도가 부서지는 소리가 끊임없이 들려왔는데, 이 주변은 많지 않은 통행인의 발소리가 잘 들리고, 장지문을 가볍게 흔들며 들어오는 바람에, 부스럭부스럭하는 벽 종이 대신에 벗겨진 신문지가 울고 있을 뿐이었다. 농촌에서는 집안의 뜰 한쪽에 변소를 겸한 돼지우리에서, 아직 잠들기 전의 돼지들이 돌담에 코끝을 비벼대면서, 꿀꿀, 꿀꿀……거리고 있을 것이었다.

정어리젓갈의 강렬한 냄새가 희미해진 가운데, 지푸라기가 섞인 마른 흙벽의 냄새가 피어올랐다. 방구석의 작고 낡은 앉은뱅이책상 위에는 몇 권인가 책과 신문이 놓여 있었는데, 어두운 책상 밑에 하도롱지로 감싼 네모난 상자 같은 것이 밀어 넣어져 있었다. 옆의 벽에는 더러워진 작업복이 아무렇게나 걸려 있었다.

모기 한 마리가 일어서면 낮은 천장에 머리가 닿을 것 같은 방 안을 윙윙하는 소리를 내며 날고 있었다. 남승지는 취기 탓도 있어서, 땀이 촉촉이 배어 나오는 것을 느끼면서 노타이셔츠의 위쪽 단추를 풀었다.

"명우 동무, 더운가?"

박산봉이 말했다.

"덥지는 않지만 소주를 마셔서 그런지 몸속이 뜨거워지는 게, 조금 취한 것 같아……"

박산봉은 일어나 책상 위의 부채를 집어 들더니, 갑자기 공격하듯이 날아온 모기를 향해 내려쳐 방 안에 바람을 일으켰다. 분명히 픽 하고 작은 것이 닿는 소리가 나더니, 모기가 한 마리 장판에 떨어졌다.

"이걸 좀 봐, 어느새 피를 잔뜩 빨아먹었네."

박산봉은 울퉁불퉁한 손으로 작은 모기의 사체를 집어 들고, 충격으로 파열된 그 몸의 혈흔이 선명하게 남아 있는 부채를 남승지에게 건네주면서 말했다.

"난 괜찮아." 남승지는 부채를 손에 들고 잠시 기계적으로 움직이다가 옆에 놓았다. "저 책상 아래에 있는 것은 등사판이 아닌가?"

"그래. 작은 등사판을 잠시 맡아 둔 건데 말이지, 앞으로 2, 3일 뒤에 서귀포 쪽으로 운반해 주면 되는데, 트럭운전사라는 것은 여러 가지로 도움이 된다고. 다른 일들도 할 수 있거든. 나하고 우리 서방님인 이 선생님도 이따금 비밀로 이용을 하지. 언젠가 여동생인 유원 씨와 함께 Y리에서 돌아올 때도 그랬고, 그 집 식모로 일하던 부엌이가 있는 마을의 근처까지 갔다 온 적도 있어. 어쨌든 섬에는 철도가 말이지, 전차도 기차도 없으니까 자동차 중에서도 트럭이 최고야. 이게 없으면 물자의 수송이 불가능하니까."

트럭이 최고라는 말은, 남승지가 유달현의 방에서 처음으로 그와 만났을 때도 같은 말을 했었다.

"좀 전에 이 집 안채에 '서북'패들이 쳐들어왔다고 했는데, 그때 이 방은 아무 일도 없었나?"

"놈들은 잘 알고 있다구. 이런 곳에는 비단이나 양단을 보관하는 궤짝이 없다는 걸 잘 알고 있기 때문에 아무 일 없었어."

"지금까지 경찰이 쳐들어온 적은 없었겠지?"

"경찰?" 박산봉의 눈빛이 굳어졌다. "왜 그런 걸 묻는 거지? 저기에 있는 등사판이 신경 쓰이나. 내가 그 정도로 경계심이 부족한 건 아니니, 걱정하지 않아도 돼. 조직자가 되면 여러 가지로 신경이 쓰이겠지만."

"뭐라고?"

"아니, 아무것도 아니야. 명우 동무는 조직자이니까."

"그런 게 아니야. 그냥, 박 동무는……." 남승지는 목소리를 낮추고 상대를 보며 말했다. "오늘 낮부터 정세용을 상당히 경계했잖아. 그래서 무슨 일이 있었는가 싶어서, 문득 생각해 봤을 뿐이야."

"정세용? 아아, 정세용 말이군." 박산봉은 한순간 혼란스러운 듯이 말했다. "그렇지, 그자는 경계하는 편이 좋아, 여러 가지로 말이지."

"여러 가지……로?"

"음, 그런 느낌이 들어."

"그런 느낌?"

박산봉은 말없이 자리에서 일어나더니, 조금 열린 뒤쪽 장지문 사이로 고개를 내밀어, 돌담 너머 창고 건물의 어두운 그림자가 드리운 바깥 기척을 잠시 살피고 나서 장지문을 닫았다.

"나는 특별히 아무렇지도 않아, 음……. 그러니까, 이번에 유달현이 성내 지구 책임자를 그만두었잖아, 그 유달현 말인데, 유달현……."

"유달현?"

"아니지, 음, 나중에 또 얘기하기로 하고……. 그는 자신이 정세용에게 감시당하고 있다는 걸 자기 입으로 말했지. 그러니까, 나는 조직 방위를 위해 지구 책임자를 그만두는 것이지, 특별히 무슨 조직적인 잘못의 책임을 지고 그만두는 게 아니라고 강조하고 있었거든. 조금 이상한 생각이 들어."

박산봉은 시선을 내리며 말했다. 유달현이 성내 지구 책임자를 그만두는 것은 조직적인 잘못이 있어서가 아니라는 말은 어젯밤에 남승지가 본인으로부터 들은 이야기와 같은 것이었다.

"좀 이상한 생각이 든다는 건 무슨 말이지? 유달현에 관한 일인가?" 남승지는 유달현의 가는 두 눈이 사람을 들여다보듯이 바라보며 원칙론을 논할 때의 모습이 머리를 스치는 것을 의식하면서 말했다. "그가 정세용에게 미행이라도 당해서, 그래서 자신이 감시당하고 있다는 것을 알고 있는 건가?"

손에 든 컵을 입에 가져다 댄 박산봉은 반사적으로 고개를 흔들고 소주를 단숨에 들이켰다. "……왠지는 모르지만 본인은 알고 있어. 미행당한 적도 있다는 것 같아. 게다가 어딘가에서 만나면 친한 척하며 다가와 말을 건넨다는 거야. 그 차가운 눈빛의 남자가 말이지. 그 자는 웃지 않는 인간으로, 감정을 밖으로 드러내지 않는다구. 뱀 같은 냉혈동물이라니까. 왠지 기분 나쁜 눈초리를 해가지고서는. 일부러 유달현 동지를 움직이게 만드는지도 모른다구. 일단 유사시에 갑자기 투망을 던지려……. 그 주제에 명우 동무, 정세용이 이방근 선생님에게 말이지, 유달현은 조심하는 것이 좋다고 했다는데, 일부러 친절하게 말해 준 까닭은 뭘까? 친척이라는 정 때문인가. 이건 좀 이상하잖아. 정세용은 유달현의 뭔가 꼬리를 잡고 있고, 그렇지만 자기의 관할은 아니라서 일부러 조심하라고 간접적으로 통고한 건가. …… 나로서도 이 일과 전혀 관계가 없다고는 할 수 없거든. 정세용은 우리 편인지 적인지 알 수가 없잖아. 그래서 수상하다니까……. 좀 더 마셔, 자, 명우 동무."

박산봉은 술병을 한 손에 들고 손님의 컵에 따랐다. 소주 냄새가 칠이 벗겨진 볼품없는 밥상을 덮고, 강렬한 냄새의 정어리젓갈도 두 사람의 위속으로 거의 사라져, 두 사람은 땀내 나는 체취와 구취에 녹아들어 있었다.

"명우 동무는 어떻게 생각하는데? 정세용은 우리 편인가?"

"설마." 남승지는 무슨 말을 하는 거냐는 식으로 상대를 보며 웃고는, 한 모금 소주를 흘려 넣고 나서 계속했다. "농담이라도, 그런 일은 있을 수 없을 거야."

"난 잘 모르겠어, 그래도 그렇지, 그 친절은 도대체 뭐야. 유달현에게 조심하라고, 그것도 이 선생님을 통해서 말해 놓고는, 으-음, 그렇지, 그건 두 사람이 친구라는 것을 알고 있기 때문일지도 모르지만, 그런 짓을 하면서, 정세용은 친척인 이 선생님 자신의 일을 캐고 있다니까."

"이 선생님의……." 남승지는, 방근 씨의……라고 말을 고쳐서 하려다가 그대로 계속했다. "뭘 캐고 있을까?"

"그건." 박산봉은 순간적으로 당황하면서 말했다. "이방근은 언제 서울에서 돌아오느냐는 등……. 게다가 나를 계속 쳐다보는 눈초리가 왠지 기분 나쁘고, 그것이 내 몸을 끈적끈적하게 만지는 듯한 느낌이 든다구."

박산봉은 돼지고기를 먹고 난 뒤 기름기가 반들거리는 입술을 혀로 핥으며, 말투가 갑자기 주관적인 느낌으로 변했지만, 그자는 틀림없이 이 선생님을 의심하고 있어……와 같이, 아무래도 그 꿈 이야기처럼 막연한 면이 있었다. 정세용을 경계하라는 것도 그와 정세용과의 직접적인 것이 아닌 것 같았고, 그것은 박산봉의 내부에서 뭔가 하나의 '관념'처럼 부풀어 올라 발효하고 있는, 계속 증식되고 있는 것 같았다. 그 자신의 꿈과 마찬가지로.

"그런데, 왜 이방근 씨는 이 집 주인 부부에게까지 뒷손가락질을 받을 정도로 '서북'과 그렇게 붙어 다니는 걸까?"

남승지는 양준오의 이야기를 통해 다소의 사정은 알고 있었지만, 그렇게 말했다.

"나는 모르지." 박산봉은 고개를 흔들었다. "……원래 부잣집 도련님으로 사람이 좋으니까, '서북' 놈들이 졸라대면 거절하지 못했을 수도 있겠지만, 그렇다 하더라도 도가 지나치다는 거지. 나도 이 선생님이 놈들과 함께 가는 걸 두세 번 본 적이 있어. 이 선생님이 하시는 일이니까, 뭔가 의도가 있을 거라고는 생각하면서도, 이 선생님과 나란히 걸어가는 '서북'을 봤을 때, 실제로 나는 구토가 올라오는 느낌이었다구. 명우 동무, 정말이야, 지금 성내에 이 선생님이 계셨다면, 동무에게 뭔가 충고 좀 해 달라고 부탁하고 싶을 정도야. 명우 동무에게도 이 선생님은 소중한 형님뻘이 되니까 말이지. 양약은 입에 쓰다고 하잖아. 친한 사람에게는 그것이 윗사람이라 할지라도, 진심으로 비판을 하고 충고를 해야 한다구. ……난 말이지, 헷헤에……. 나로서도 어쩔 수 없는 일이지만, 이 선생님이 노려보면, 뱀 앞에 개구리처럼 꼼짝 못한다니까, 으이구……."

박산봉은 웃는 바람에 젓가락 끝에서 입으로 들어가려던 미끄러지기 쉬운 돼지고기 살점을 장판에 떨어뜨렸는데, 손가락으로 간신히 집어 올려 입안에 던져 넣었다. 양준오는 이방근이 '서북'과 늘 만나는 것은 아니라고 했지만, 도가 지나치다는 것은 정세용과 같은 지적으로서, 개의치 않고 꽤 자주 성내 사람들의 눈에 띄고 있는 것은 아닐까. 그러나 아무래도 박산봉은 이방근의 '서북'과 거듭되고 있다는 '교제'의 목적을 알고 있는 것 같지는 않았다. 그렇다 해도 도가 지나치다……. 지나치다는 것은 맞는 말이다.

사정을 모르는 박산봉이 이방근과 정세용을 연결시킨 뒤, 그리고 또 그 관계 속에 자신을 밀어 넣어 자리매김하려는 것이 무엇 때문일까. 적어도 그는 자신의 꿈속에서, 그처럼 자신을 위치시키고 있는 것은 틀림없었다. 더구나 그 꿈은 그에게 있어서, 꿈이면서도 단순한 꿈이 아닌 현실에 바탕을 둔, 현실적으로 느낄 수 있는 뭔가의 반응이 있는 것 같았다. 박산봉의 머릿속 공간에 구체적인 근거기 없는 체로 부풀어 오른 '관념' 같은 것은 무엇인가.

남승지는 손목시계를 보았다. 아홉 시를 지나고 있었다. 그는 처음에 마신 한 잔 때문에 몸에 취기가 도는 것을 의식했지만, 겨우 두 잔쯤 마신 지금은, 시간적으로 깨는 쪽이 빨랐던 것인지, 머리가 뚜렷이 맑아지는 것 같고 취기가 느껴지지 않았다. 박산봉은 둘이서 5홉 들이 소주는 대단한 것이 아니다, 조금도 취하지 않지 않느냐며 자꾸만 권했는데, 자신은 조금 취했는지 책상다리를 하고 앉은 상반신을 좌우로 흔들면서, 재떨이의 꽁초를 주워 다시 불을 붙이더니 입술에 불이 닿을 정도로 피웠다.

"명우 동무, 좀 더 마시라구. 모처럼 왔는데. 아직 술이 많이 남아 있어. 뭐하면, 좁긴 하겠지만, 여기서 느긋하게 자고 가는 게 어때? 할 이야기도 있고……."

박산봉은 취기가 배어 나오는 목소리로 입술 끝에 침을 묻힌 채 말했다. 그때 출입구 쪽에서 가죽 신 소리가 다가와 문 앞에 멈춰 서더니, 그다지 두껍지 않은 판자문을 노크하는 건조한 소리가 울려왔다. 남승지는 박산봉의 얼굴을 보며 귀에 신경을 집중시켰지만, 저건 집 주인이라고 박산봉이 말했고, 안채 쪽에서 사람이 나가는 기척이 안 뜰을 건너 전해져 왔다.

"뭐랄까, '서북' 탓으로 문이 생긴 셈이지만, 박 동무는 문이 생겨서 잘된 거 아닌가. 몸으로 밀치면 부서져 버리겠지만, 그래도 있는 게 나을 거야. 어차피 삼무 중에 이무는 없어지고 말았으니까. 그런데……." 남승지는 어투를 바꾸어 말했다. 아홉 시 반까지 돌아가겠다고 말을 했었다. 이제 곧 자리에서 일어나지 않으면 안 된다. 돌아가는 발걸음을 너무 서둘러서는 사람들의 눈에 띌 것이다. "그런데 말이지, 박 동무, 별로 시간도 없고, 고맙지만 자고 갈 수도 없어, 양준오에게 한 시간 정도면 돌아온다고 했거든. 박 동무에게 묻고 싶은 게 있는데, 좀 엉뚱할지도 모르겠지만, 그러니까, 오늘 박 동무는 꿈 이야기를, 낮에 수용소에 가는 도중에 우연히 만났을 때, 동무는 어젯밤에 막 꾼 꿈 얘길 했잖아, 그리고 저녁 때 트럭 차고 안에서도 이야길 했었고."

"아아, 그 꿈 말인가, 어젯밤에 꾼 꿈이야, 그게 왜? 나에게 무얼 묻고 싶은데?"

"……그 꿈 얘기 말야."

"꿈 얘기라니, 그건 동무가 지금 말했듯이 그때 얘기했잖아, 안 그래?"

"아, 듣긴 했는데, 뭐랄까, 다시 한 번 듣고 싶어서 말이지. 재미있는 꿈이잖아, 그건."

아직 남아 있을 꿈의 잔상을 좀 더 기억해 끄집어내보라고는 말하지 못했지만, 화제가 어젯밤 꿈으로 이어진다면, 아마도 꿈의 이야기가 대낮에 했던 것보다는 자세해질지도 모른다.

"이상한데, 명우 동무가 꿈에 흥미가 있다고?" 박산봉은 의아해하면서, 그러나 호기심의 빛을 열린 눈에 띤 채 말했다. "사회주의자는 꿈 얘기 같은 건 상대하지 않잖아. 하지만, 내 꿈은 잘 들어맞는 경우도 있어. 그래서 꿈을 무시하거나 하지는 않아."

"그러니까, 동무의 어젯밤 꿈속에서 정세용이 죽어 있었고……, 그리고 이방근 씨와 박 동무 둘이서 뭔가 장례 같은 걸 치렀다고 했었지."

남승지는 상대의 마음속 비밀의 방에 들어가는 기분으로, 이쪽에서 꿈의 장면을 박산봉의 내면에 불러일으키듯 말했다.

"……" 박산봉은 한동안 그 머릿속에서 어젯밤의 꿈을 쫓는데 시간이 걸리는 듯했다. "장, 상례라고 할 수 있는 긴 아니야, 그건…….
왜 또 동무는 꿈 애길 끄집어내는 건가. 그건 기분이 별로 좋지 않은 꿈이야. 아니, 그냥 꿈일 뿐이야, 그런 것은. 하지만, 그건 장례 같은 게 아니야……." 박산봉은 꿈속의 일을 되새기고 있는 것인지, 미간을 찌푸린 채 눈을 감고는 무슨 말인지 두세 마디를 중얼거렸다. 백주 대낮에, 염천하의 신작로에서 마치 백일몽을 이야기하듯이 열심이었는데, 지금은 마음이 내키지 않는 것 같았지만, 그래도 꿈이 되살아난 것인지, 이윽고 눈을 크게 떠 모세혈관이 빨갛게 흩어져 있는 흰자위를 뒤룩거리며 말했다. "……꿈속에서 내가 그자를 죽인 것은 아니야, 아, 그건, 지금 죽였다고…… 했는데, 그렇지, 그자는 어느 틈엔가 이미 누군가에 의해 살해되었든가 해서 죽어 있었으니 말야. 그렇다니까, 그자는 제멋대로 죽어 있었어. 그래서 그자를 수고스럽게도, 이 선생님과 내가 둘이서 운반했던 거야……. 분명히 바다 쪽으로 운반해 갔다구. 아이고, 이건 죄 많은 꿈이야. 역시 장례인가. 수장인지도 몰라. 아니, 솔직히 말해서, 그때, 풍덩하고 물속에 던져 버렸으니까, 역시 수장이라고 해야 하지 않을까……."

박산봉은 엷은 웃음을 지었다. 그리곤 혼자 고개를 끄덕이며 재떨이에 있는 짧은 꽁초 여러 개를 주워 모아 안쪽의 내용물을 파내더니 작게 자른 신문지에 싸서 침을 바른 다음 입에 물고 성냥을 그었다. 그러나 침을 너무 많이 발라 젖은 것인지 즉석에서 만든 담배는 연기가 날 뿐 불이 붙지 않았다. 두세 번 반복하는 사이에 모처럼 만든 담배 잎이 졸졸 밥상 위로 흘러내렸다.

"제기랄, 담배가 떨어지면 초조해진단 말이야. 아이고……." 그는 아참! 하고 무릎을 치며 일어났다. 그리고는 책상 서랍을 열고, 거기에서 작고 높지 않은 녹슨 깡통을 꺼내 왔다. "뭐랄까, 나는 명우 동무가 마시지 않는 바람에, 혼자 마시고 있었나 봐. 그래서 머리가 멍해져 있었던 모양이야. 동무는 담배를 피우고 싶지 않아? 담배가, 봐, 여기에 이렇게 있잖아. 으흠, 그러면……." 깡통 속에는 모아둔 꽁초가 들어 있었다. 박산봉은 손가락을 대충 집어넣어 꽁초를 두 개비, 아니 두 개를 골라내 남승지에게 한 개를 건넸다. "오늘 나는 마침 명우 동무를 만난 김에 이야기하고 싶은 것이 있는데 말야……. 흠, 그런데, 꿈 얘길 하라는 거잖아. 왜 그런 걸 듣고 싶은 거지? 명우 동무."

"무슨 특별한 이유는 없어. 재미있는 꿈이라서 그런가 봐. 아까부터 조심하라는 정세용도 나오고, 이방근 씨도 등장하기도 하고, 왠지 재미있는 꿈이라는 생각이 들어서 그래."

"그뿐이야? 꿈속에서 정세용이 죽었기 때문이 아니고? 그러나 그자는 죽은 게 아니야. 현실에서는 어엿하게 살아 있고, 그리고 오늘 낮에도 만났으니까."

"그건 그래." 남승지는 움찔하며 말했다. "꿈속에서 죽었다고 해도, 그건 현실과는 관계가 없는 거잖아. 그러니까, 그건 사실과 다른 거야."

"다른 사람의 꿈이 뭐가 재미있다는 건가. 꿈을 점쳐서 먹고 사는 사람도 아닌데. 시간이 없다면서, 그보다도 할 이야기가 좀, 중요한 이야기가 있는데 말이지. 좋아, 음, 어젯밤 꿈이 확실히 기억났어. 꿈 얘길 하자구. 어디서부터 시작을 할까, 준비됐지, 으―음……."

박산봉은 초점을 맞추듯이 눈을 가늘게 뜨고 남승지를 보았다. 그러나 남승지를 보고 있는 것이 아니고, 꿈의 상이 그 망막에 투영되는 듯한 한순간이었다. 그는 어젯밤의 꿈을 이야기했고, 남승지는 반복해서 그걸 들었다. 처음에는 주저하던 박산봉이, 점차 자신이 꿈 이야기에 젖어 들더니, 편집광적인 그림자가 있는 그 표정이 빛을 띠면서,

꿈에 사로잡혀 있는 것 같은 속마음이 얼굴에 나타나기 시작했다. ……꿈은 이 방에서 꾸었는데, 외박을 하지 않았으니 낭연한 것이지만, 그는 일부러 그렇게 특정했다. 그리고는 새벽녘에 두 번에 걸쳐 단속적으로 꾸었다고 했다. 난 이따금, 심하게 가위에 눌리거든……. 가위에 눌려 몸이 경직되면서 질식하기 직전에 소리를 지르며 잠에서 깨었을 때, 그건 악몽에서 벗어난 때이기도 했어. 마침 닭이 홰를 치는 소리가 들려오는 박명의 시각이었는데, 높은 다리 위에서 강물로 떨어지는 순간, 자기 이불 위라는 걸 발견하고 목숨을 건졌다며 안도의 한숨을 쉬었지.

무슨 죄인지도 모른 채 유치장에 들어갔던 박산봉은, 마중을 와 준 이방근의 이야기를 듣고 교통사고 때문이라는 것을 알았다. 하지만 이방근을 따라간 그는 커다란 레스토랑의 출옥 축하석상에서 정세용과 함께 있었다. ……이 정도의 일로 출옥 축하라니 우스꽝스러웠지만, 그곳은 내가 아직 가 본 적이 없는, 서울 근처 도시의 레스토랑이었어. 둥글고 큰 테이블이 레스토랑의 넓은 공간 한가운데에 하나밖에 없더군. 그 휑뎅그렁한 곳에 세 사람이 함께 앉아 있었어……. 박산봉은 실제로 2년 정도 전에 서귀포 근처에서 졸음운전으로 그다지 굵지 않은 전신주를 부러뜨려 경찰에 체포된 적이 있었어……라고 덧붙였다. 그때 만사를 귀찮아 하는 이방근이 일부러 찾아가 신원보증인이 되어 주고, 벌금을 낸 뒤 데리고 돌아왔는데, 현장의 노동자인 박산봉과, 그때 회사 측의 '전무' 역할을 맡고 있던 이방근이 서로 간에 알게 된 계기가 되었던 것이다.

왜 정세용이 동석을 하고 있었는지는 모른다. 박산봉은 꿈속에서도 이방근 앞에서는 작아져 있었지만, 이윽고 세 사람이 손을 대지 않은 꿩 요리가 남아 있는 테이블에서 일어나 인기척 없는 레스토랑 밖으로 나왔을 때는, 이방근과 둘뿐이었고, 정세용의 모습은 보이지 않았다. ……그렇다니까, 꿈속인데도 뭔가 으스스한 것이 등줄기에 느껴졌는데, 그때 한 사람의 모르는 통행인이, 저쪽에 정세용이 죽어 있다고 하는 바람에 가리키는 쪽으로 가 보니 그곳은 서울과는 다른, 관덕정 뒤편의 소나무 숲처럼 조용한 곳이더군. 그곳에 가늘고 긴 수조가 있었고, 그 안에 정세용이 빠져 죽어 있더라구. 출렁 출렁, 마치 사체에 공기가 들어 있는 것처럼 계속 흔들리고 있는 거야…….

조금 전까지 함께 있던 정세용이 왜 죽었는지는 알 수 없었다. 세면대에 빠진 것처럼 스스로 빠져 죽은 것 같았지만, 어쩌면 정세용이 죽었다고 알려 준 낯선 통행인이 범인이었을지도 모른다. 그 통행인은 아무래도 같은 남해자동차 화물부의 동료 중 한 사람이든가 유달현 같기도 했지만, 박산봉은 뭔가 자신이 하수인인 듯한 기분에 사로잡혀 그 자리에서 도망치려던 참에, 이방근에게 어느새 여자처럼 길어진 뒷머리를 잡혔다. 순간, 어딘가의 다리 위에서 난간이 무너져 내리는 바람에 강물로 떨어졌던 것이다. 그리고 박산봉은 조금 있다가 다시 잠에 빠져 계속 꿈을 꾸었다. ……이방근과 둘이서 많은 사람들이 모인 관덕정 광장에서 정세용의 사체가 흔들리고 있는 관처럼 생긴 수조를 관 대신에 짊어지고, 바다 쪽으로 운반해 갔다…….

"아이고, 정세용은 말이지, 물귀신이라구. 꿈속에서 물귀신이 된 거야. 실제로 그렇기 때문에, 뭐랄까, 그 자의 차갑게 빛나는 묘한 눈초리를 계속 쳐다보고 있으면, 마치 죽음의 신을 바라보고 있는 것 같아서, 이쪽이 물귀신이 된 듯한 느낌이 든다구……."

"이방근 씨가 서울에 가기 전에, 정세용을 주의해서 관찰하라든가 하는 말을 했다고 하는데, 그건 왜 그런 거지? 경계하라는 말인가."

남승지는 화제를 바꾸었지만, 박산봉은 꿈 이야기를 계속했다.

"아아, 분명히 그렇게 말했었지. 으—음, 그래서 말이지……, 윽, 윽……." 박산봉은 취기가 배어 나온, 조금 창백해진 얼굴을 씽그리고 딸꾹질을 계속했다. 그리고 그것을 위속으로 밀어 내리듯이 컵을 기울여 꿀꺽, 하고 소주를 삼켰다. "정세용은 어젯밤에 물귀신이 된 꿈을, 자신이 죽는 꿈을 꾼 것이 아닐까. 틀림없이 꾸었을 거야. 내가 불길한 예감이라고 한 건 그 일인데, 있잖아, 명우 동무, 그렇다면 말이지, 우린 각각 다른 이불 속에서 같은 꿈을 꾸고 있었다는 말이 돼. 틀림없이 그렇다니까."

박산봉은 얼굴 아래쪽에 경련이라도 이는 것처럼 표정을 심하게 일그러뜨리면서 자신 있게 말했다.

"으—음……." 남승지는 고개를 끄덕였으나, 상대의 말에 끌려가면서도 자신이 부탁했다고는 하지만, 이쯤 되면 이야기가 한심스러워졌다. 동상이몽이 아니라, 이건 '이상동몽(異床同夢)'이었다. "마치 꿈의 공화국처럼, 정세용은 적이 아니라, 친척이나 동지로구만."

"……." 박산봉은 놀라서 고개를 들었지만, 그렇다고 기분이 상한 것은 아니었다. "꿈을 함께 나눠 꾸고 있는 한 그럴지도 모르지. 꿈이라고 무시해서는 안 돼. 나는 지금까지 무서울 정도로 잘 맞는 꿈을 몇 번이나 꾸었어……. 서울에 가 계신 이 선생님도 그렇지만, 우린 각각 꿈속에서 서로 교신하고 있는 거야. 일종의 예감 같은 것이지. 그래서 정세용이 낮에, 수용소에서 돌아오는 길에 신작로에서 지프를 세우고 트럭 위에 있는 나를 말없이 바라보고 있었던 것도 그렇고, 저녁 때 차고 쪽으로 불쑥 찾아왔을 때도 나를 가만히 쳐다보고 있었는데, 으—음, 그자는 내가 꾼 꿈의 내용을 알고 있는 거야. 그자는 내 꿈을 알고 있어……."

박산봉은 갑자기 일어나더니, 뒤편 장지문을 활짝 열고 어두운 바

깥을 잠시 바라보았다. 그러더니 느닷없이, 윽, 윽, 하며 구역질이 나
오는지, 등을 구부리고 문지방 밖에 있는 작은 툇마루에 웅크려 앉더
니 지면을 향해 구토를 하기 시작했다. 놀란 남승지가 툇마루로 나가
그 등을 쓰다듬기도 했는데, 한 번 울컥 토했을 뿐 그럭저럭 가라앉은
듯했다. 그늘진 땅 위에 펼쳐진 토사물의, 구역질이 날 것 같은 냄새
가 피어올랐다.

"아이고⋯⋯, 물, 명우 동무, 주전자 좀 가져다줘. 휴⋯⋯."

남승지가 밥상 옆에 있던 주전자를 가져다주자, 입에 가져다 대고
물을 받아 몇 번이고 입을 헹군 다음 물을 땅에 뱉어 냈다.

"괜찮을까."

남승지가 말했다. 이제 곧 아홉 시 반이다. 자리에서 일어나지 않으
면 안 된다. 곤란하게 됐다⋯⋯.

"아아, 후련하다, 이제 괜찮아. 조금 기분이 좋지 않게 취한 것 같아,
이건⋯⋯."

두 사람은 높은 문지방을 넘어 방으로 들어가자 장지문을 닫았다.
박산봉은 벽에 걸려 있던 수건을 손에 들고 이마와 목덜미의 땀을 닦
고, 눈가에 밀려 나온 눈물을 닦았다.

"꿈 이야기를 하는 도중에 기분이 안 좋아졌어."

"미안해, 내가 무리하게 부탁을 해서."

"아니야. 그런 뜻으로 말한 게 아니야. 물귀신 같은 정세용의 얼굴
이 어른거린 탓이야."

박산봉은 밥상 앞에 다시 앉더니 3분의 1 정도 남은 소주를 자신의
컵에 따랐다.

"이봐, 박 동무, 이제 그만하는 게 좋을 텐데."

"괜찮아. 좀 전에 토해 버렸잖아. 조금 만, 입가심을 하려고."

"언제나 그렇게 토한 뒤에도 마시나?"

"아니야. 언제나 그런 건 아니야. 이따금 그러는 거지."

"으ー음, 박 동무는 술이 세구만, 그런 걸 보면……."

남승지는 감탄하며 말했다. 서울에 와 있다고 하는 우상배의 모습이 머리를 스쳤다. 남승지가 아직 패전 직후인 일본에 있을 무렵, 양준오와 함께 우상배를 따라 자주 술을 마시러 갔었는데, 그가 술을 많이 마시면 다리를 휘청거리다 주저앉아, 구토를, 그것도 괴로운 듯이, 마치 절망적인 표현이라도 되는 것처럼 피를 토하듯 구토를 한 뒤에도, 취기 속에 다시 막소주라든가 합성주를 기울이는 것이었다.

"아니, 별거 아니야. 이런 건. 나는 알고 있는데 1, 2년 전 이 선생님의 술이라고 하면 정말로 무서울 정도였어. 나도 함께 몇 번인가 마셨거든. 그 사람의 위는 정말 '시멘트 콘크리트'로 되어 있는 것 같았거든……." 박산봉은 아무 일도 없었다는 듯이 천연스러운 얼굴을 하고 잔을 기울이면서 말을 계속했다. "명우 동무, 오늘 밤 여기서 자고 가는 게 어때. ……마침 만난 김에, 음, 꼭 동무에게 이야기하고 싶은 것이 있어. 동무가 머물고 있는 도청의 선생한테는 내가 자전거를 타고 단숨에 달려가서, 걱정하지 않도록 전하고 올 테니까, 알겠지, 그렇게 하자구……."

남승지는 망설였다. 무슨 이야기일까, 잡아 두려고 하는 말은 아닐 것이다. 그러고 보면 아까부터 이야기가 있다. 그렇다면 꿈 이야기를 먼저 하겠다, 나중에 할 이야기가 있다……와 같은 말을 하고 있었다. 유달현, 유달현……. 꿈 이야기는 그만하면 되었는데, 이방근이 서울로 출발하기 전에 박산봉을 불러 이야기했다는 그 내용을 좀 더 듣고 싶었다. 뭔가가 있을 것 같은, 두 사람의 관계를 알 수 없었다. 더 이상의 꿈 이야기는 그야말로 부질없는 꿈 이야기에 지나지 않을 것이다. 남승지에게는 박산봉이 뭔가 편집광적이라고 하는 인상은 처음에 만날 때부터 있었지만, 설마 이렇게 자신이 꾼 꿈을 투명한 기구처럼 부풀려서, 거기에 여러 가지를 쌓아두고 있을 거라고 생각하지 못했다. 정말로 꿈이 사라지지 않고, 그의 머릿속에 귀신이라도 들러붙은 것처럼 발효를 계속하는 것을 아닐까 하는 생각이 들었다. 그렇다면 그렇게까지 증식하고 있는 꿈의 '관념'은 무엇인가. 남승지는 꿈이야기를 들은 탓으로, 상대의 마음으로 들어가 그 구석을 손으로 만지며 보고만 듯한, 조금 뒤가 켕기는 기분이 들었다.

"그 이야기라는 것은, 오늘 밤 하지 않으면 안 되는 건가?"

그럴 것이다, 이쪽도 오늘 밤이 아니면 언제 다시 만날 수 있을지 모른다. 가능하면 이방근의 일을 확인해 보고 싶다……. 그러고 보면 묘한 말을 뭔가 잠꼬대 같은 어투로 하지 않았던가. 잠꼬대, 이방근이 과연 잠꼬대 같은 어투로 무슨 말을 할 남자란 말인가. 그렇다면 그것은 감춰진 이방근일 것이다. 아니, 그 의지가 강한 남자는 그러한 점도 가지고 있으면서 억제하고 있는지도 모른다. 박산봉이 아무렇지도 않게 한 말이 계속 머릿속을 떠나지 않고 있었다. 정세용은 간장을 앓고 있어서 죽을지도 모른다……. 그리고……. 그뿐인가.

"조직상의 일인데, 조직자인 김명우 동무에게는 중요한 이야기야."

박산봉은 얼굴 근육을 씰룩하고 경련을 일으키며 말했다.

"조직상의 이야기라니? 좀 전에 유달현의 이름이 나왔었는데, 그의 일을 말하는 건가?"

"……" 박산봉은 이글거리는 눈으로 고개를 끄덕였다. "좀 더 마시는 게 어때?"

남승지의 컵은 아직 반쯤 술이 들어 있었지만, 박산봉은 그 위에 조금 더 따랐다. 어떤 직감이었지만, 좋지 않은 예감이 남승지의 머리를 스쳤다. 아니, 설마……, 음, 설마. 그는 자신도 모르게 내부의 중얼거림에 영향을 받고 고개를 흔들다가 컵을 입에 가져다 대었다. 그리고는 돼지고기의 작은 살점을 입에 넣고 천천히 맛도 모른 채 기계적으로 씹었다. 접시에 몇 점 남지 않은 돼지고기는 자른 곳이 공기에 닿은 채 시간이 지난 탓에 조금 변색되어 있었고, 껍질 언저리가 딱딱해져 있었다.

설마……. 남승지의 머릿속에 유달현의 얼굴이 커지며 다가왔다. 이상하게도 그것은 어젯밤에 막 만났을 뿐인데도, 벌써 2년 전에 서울에서 처음으로 만났을 때, 동향 출신 학우회의 회합에 양복 차림으로 머리를 뒤로 빗어 넘기고 나왔던 얼굴과, 그리고 목소리였다. 그것은 지금도 별로 변하지 않은, 중얼거리듯이 잘 들리지 않는 낮은 목소리, 듣는 사람을 애태우고 초조하게 만들었는데, 다른 사람의 주의를 집중시키려고 영리한 계산이 작동하고 있는 목소리였다. 극도로 주관적이고 자신의 내부에 빠져 자폐증적인 상태에 있을 무렵, 같이 공부하던 김동진에게 억지로 권유받아 갔던 초가을의 서늘한 밤이었다.

사태는 김동진이 편집을 담당하고 있는 모임의 기관지 『학광(學光)』에 실린 그의 단편 「바닷가의 발소리」에서 시작되었다. ……저녁 무렵 바닷가의 작은 마을에, 한 사람의 청년이 목적도 없이 기차에서 내렸다. 선술집에서 술을 마신 청년은 바닷가로 가다가, 어느 건물의 그늘에 서성이고 있는 한 여자를 보았다. 그는 여자에게 다가갔고, 여자는 두세 걸음 골목의 안쪽에서 청년을 기다렸다. 청년은 말수가 적고 목소리가 가는 그 여자를 산 뒤, 바닷가의 어두운 오두막으로 들어갔다. 어디에선가 희미한 갓난아기의 울음소리가 들렸고 점차 가까이 다가오는 것 같았다. ……여자가 몸을 움직여 일어나려고 했다. 청년은 갑자기 살의를 느끼고, 여자의 목을 조이면서 여자를 안고 하

늘로 뛰어오르려 했다. ……어두운 바닷가를 달음질쳐 도망치는 청년
의 뒤쪽에서, 아기의 울음소리, 뭐라는 것인지 쉰 노파의 외침이 들려
오고 있었다…….

　유달현은 김동진에게 어엿한 학생으로서 퇴폐적인 부르주아 사상
을 지니고 있으며, 반혁명적이라는 것을 엄격한 어투로 비판했다. 김
동진은, 그게 아니라, 인간의 내부에서 해방을 의도한 것이라고 반론
했다. 하지만 그때 김동진에게 신랄한 비판을 가했던 인물은, 그 자신
이 모임의 고문이자 그 지도를 담당하고 있던, 확실히 조직자적인 발
언을 한 OB 격의 유달현이었다. ……인간은 진실한 평등과 사랑을
성의 순간에 실현할 수 있다. 인간은 본래 이기주의적인데, 성의 결합
과 일치에 의해서만 '나'를 넘을 수 있고, 인간의 이기주의를 넘을 수
있는 겁니다……. 흥, '너도 좋고 나도 좋다'는 식이 아닌가……라고
조금 외설적인, 야유하는 듯한 말을 내뱉고 나서, 학우회는 단순한
친목 조직이 아니다, 학우회의 얼굴인 기관지도 마찬가지로 혁명적이
지 않으면 안 된다, 그 소설은 미국 점령하의 계급투쟁과 반제국 투쟁
을 무시한 것이다, 혁명시인 유진오(俞鎭五)와 같은 작품을 쓰지 않으
면 안 된다……라는 원칙적인 비판이 유달현의 입에서 나왔다. 그리
고 편집 책임도 동시에 물어야 한다는, 에둘러 사임을 강요하는 듯한
결론적인 발언을 참지 못하고 남승지가 그다지 유창하지 않은 조선어
로 반론했고, 김동진의 변호에 나서면서 유달현과 충돌했던 것이다.
그때, 자네는 학우회의 멤버인가, 어떤 자격으로 우리의 회합에 참가
한 것인가, 총무부에서는 제대로 확인을 한 것인가, 언제 일본에서
'온' 것인가……로 시작하여, 상당히 심술궂고 끈질긴 어투로 혼을 내
던 양복 차림의 머리를 뒤로 빗어 넘긴 얼굴이 한층 크게 부풀어 오르
며 머릿속에 떠오른 것이 이상했다.

"무슨 일 있어?"

갑자기 험악해진 남승지의 표정에 박신봉이 의아해하며 말했다.

"아니, 아무것도 아니야. 어떻게 할까 생각하고 있었어……. 그럼, 오늘 밤 이곳에 머무는 것으로 할게. 미안하지만, 양준오에게 갔다 와 주지 않겠어. 벌써 아홉 시 반이야."

"아아, 알았어. 그럼, 서둘러 갔다 올게."

"박 동무는 자전거가 있어?"

"이 집 주인 거야. 선선히 빌려주거든. 나는 자전거가 아니라 트럭을 가지고 있지, 헷헤에……."

남승지는 종이쪽지에 한마디, 여기서 자겠다는 취지를 적어 작게 접은 것을 박산봉에게 건네며, 이걸 양준오에게 보여 주라고 말했다.

"이건 뭐지? 신임장인가?"

신임장이라는 것은 물론 농담이었다.

"여기서 잘 거라고 한마디 적은 거야."

"음, 조심성이 있구만."

박산봉은 일어났다. 남승지도 일단 일어나면서 말했다.

"있잖아, 박 동무, 아까 내가 시간에 조금 늦었을 때, 동무가 조금 어긋나게 마중을 나왔었잖아. 그런 일은 조심하는 게 좋을 것 같아. 되도록 두 사람이 눈에 띄게 함께 걷지 않는 것이 좋을 테니까. 술을 마셨으니 조심해서 갔다 와."

"트럭을 운전한다 해도 문제없어."

박산봉은 한마디 대답을 한 뒤 장지문을 열고 툇마루에서 어두운 안뜰로 내려섰다. 원래의 자리로 돌아온 남승지의 귀에, 곧 안채 쪽에서 자전거를 끌고 문밖으로 나가는 기척이 전해져 왔다. 쓸데없는 말을 해서 기분이 상했을지도 모른다……. 남승지는 컵의 소주를 한 모금 마시고 나서 서늘한 장판 위에 몸을 누인 뒤, 베개 대신에 오른팔을 가져다 한쪽 볼을 받치며 중얼거렸다. 야나기자와, 야나기자와 다쓰겐(柳澤達鉉)······.

올봄 3월에 강몽구와 동행하여 일본에 갔을 때, 도쿄에 있는 어떤 귀화한 의사가 있는 곳으로 일본공산당의 조선인 간부를 따라 자금 모금을 갔었는데, 그 의사인 하타나카 요시오(畑中義雄)가 우연히도 이방근의 형 이용근이었다. 그는 마침 전시 중에 같은 아사가야(阿佐ヶ谷) 부근에 살고 있던 일본 이름이 야나기자와라는 남자의 이야기를 하였는데, 그것이 야나기자와 다쓰겐, 유달현이었던 것이다. 야나기자와는 '내선일체', '일억총력전운동'의 열성분자로서, 경시청으로부터 표창까지 받았다는 말을 하여 강몽구와 남승지를 놀라게 했다. '황국신민화' 단체인 협화회에 상당히 깊게 관여하고 있었다는 정도는 알고 있었지만, 표창까지 받았다는 것은 처음 듣는 말이었다. 하타나카는, 지금 생각해 보면 '일본인'인 자신이 남동생과 소학교 동창이기도 한 야나기자와의 일에 깊게 관여하지 않았고, 의사의 일 외에는 당시의 시국에 휩쓸리지 않은 것은 남동생 덕분이라고 말했는데, 유달현은 표창에 관련된 과거의 일은 모두 흔적도 없이 지워 버렸다.

······유달현은 철저한 친일파, '모범적인 일본인'이었지만, 해방 후에는 열렬한 공산당원이 되었지. 해방 전에는 일본 제국에 인생을 걸고 있었지만, 지금은 공산당에 걸고 있는 셈이라고나 할까. 그러나 그것도 철저하게 혁명을 하는 것이라면 존경할 만한 값어치가 있을 거야. 나 같은 인간보다는 훨씬 낫다고 해야겠지······. 이방근이 언젠가 한 말이었다. 지금 현재 철저히 임하고 있다면, 그것이 자기비판, 자기반성이 되는 것이고, 과거를 문제 삼을 필요는 없다는 생각이다. 그건 그럴 것이다. 그러나 과거를 문제 삼는다기보다도, 그 과거를

감추고 흔적도 없이 지워 버리려는 태도에 문제가 있다. 만일 이방근의 말을 완전히 거꾸로 뒤집는다면 어떻게 될까. 지금 현재는 열렬한 혁명가이지만, 과거에는 일제의 주구였다고. 그런데, 또 다시……

그때, 문이 천천히 열리고 작게 삐걱거리는 소리가 들리더니, 누군가가 안뜰을 이쪽으로 다가오는 기척이 났다. 박산봉이 돌아온 것은 아니었다. 남승지는 재빨리 일어나 밥상 앞에 앉은 뒤, 소주 컵을 밥상에 올려놓은 채 오른손으로 움켜쥐었다. 고무바닥의 낮은 발소리가 방 앞에서 멈추었다. 그리고 방문을 알리는 남자의 가벼운 기침 소리가 들렸다. 남승지는 마음의 준비를 하고 있었다.

"박 동무는 있나?"

아니? 놀랍게도 그 낮은 목소리는 분명히 유달현이었다. 남승지는 너무나 당황하여 어떤 대답을 해야 할지 순간적으로 판단이 서지 않았다.

"예―. 누구십니까?"

"누구지? 박 동무가 아닌 것 같은데. 박 동무는 집에 없는 모양이군."

남승지는 자리에서 일어나 장지문을 열었다. 어두운 안뜰을 배경으로 장지문이 열린 방에서 뻗어 나온 약한 전등 불빛 속에 유달현의 얼굴이, 머릿속에 부풀어 오르며 다가오던 조금 전의 머리를 넘긴 사람과는 다른, 아니 2, 3년 사이에 이마가 조금 벗겨져 올라간, 어젯밤에 만난 유달현의 모습이 떠올랐다. 갑작스런 유달현의 출현은, 마치 망령이 사뿐히 그곳에 내려선 것처럼 여겨졌다.

"유달현 씨 아니십니까. 어딘지 목소리가 닮았다고 생각했더니, 박 동무는 잠깐 일이 있어 나갔는데, 금방 돌아올 겁니다."

"동무가 여기 있다니, 깜짝 놀랐네." 유달현은 묘하게 복잡해진 표정을 고치며 말했다. "동무는 아직 성내에 있었나. 음, 꽤 진수성찬이군

그래. 훗후후."

"자아, 올라오시죠. 소주도 있고."

"아니야, 괜찮아. 소주는 별로 좋아하지 않아. 잠시 들렀을 뿐인데, 박 동무와는 가까워서 언제라도 만날 수 있거든. 게다가 동무와는 어젯밤에 만났고. 그럼, 천천히 지내게. 나는 실례하겠네. 그래도 너무 늦게 통금이 다 된 시간에는 돌아다니지 말게. 언제 돌아가나?"

"내일입니다."

"내일? 그런가, 여유가 있군."

유달현은 방으로 올라오지 않고 이내 돌아갔다.

사람 그림자가 사라진 어두운 연못 같은 안뜰과 마주한 장지문을 안도의 한숨과 함께 닫으며, 거기에 우뚝 서 있던 것이 마치 실체가 없는 환영처럼 눈 아래에 남아 있었다. 뭔가 이상한 느낌이 들었다. 머릿속에 부풀어 오른 유달현의 얼굴만으로는 부족해서, 현물과 닮은 가짜가 불쑥 눈앞에 출현한 듯한 기분이 들었다. 헤에, 헤엣……. 정말로 이상하다. 설마 술기운 탓은 아니겠지. 남승지는 손가락에 힘을 주어 자신의 볼을 꼬집어 보았지만 아팠다. 그것이 정말로 유달현이었다면, 이제 곧 박산봉이 돌아올 거라고 했으니까, 방으로 올라와 기다려도 좋았을 것이다. 그렇다고 해도 이 시간에, 그렇게 늦었다고는 할 수 없지만, 무엇하러 박산봉을, 어쩌면 유달현에 대해 이야기할지도 모를 그 박산봉을 찾아온 것일까. 유달현……. 설마, 그래, 그것은 방금 전 그의 그림자처럼 실체가 없는 환상이다. 설마……. 남승지는 머리를 흔들었다.

박산봉이 돌아왔다.

그는 바지 주머니에서 담배를 한 갑 꺼내어 밥상 위에 툭 던지듯이 놓았다. 담뱃가게가 닫혀 있어서, 양준오에게 사정을 이야기하고 두세 개비 부탁했더니, 마침 여분이 있다며 한 갑을 주었다고 한다.

"내일 아침은 양준오 씨 하숙집에서 식사를 하라고 하더군. 나와 함께 먹을 거라고 했지만, 내가 여기 안주인에게 폐를 끼칠 거라고 생각한 모양이야."

"도중에 유달현을 만나지 않았어? 그가 동무를 찾아왔었는데."

"유달현이 왔다구? 대체 무슨 일이지."

"그냥 들렀다고 하더군. 곧 돌아올 테니 방으로 올라와 기다리라고 했지만, 이내 돌아가 버렸어. 그렇다고 해도 빠르군. 벌써 서문교를 건너 옆길로 빠졌나, 거참……."

유달현은 실제로 왔을 터인데, 이래서는 완전히 환영이다. 아니면, 박산봉에게 꿈 이야기를 들은 탓인가.

"술이 별로 없네. 잘 때까진 시간이 있는데……." 박산봉이 담배에 불을 붙이며 말했다. "술집도 문을 닫았어. 요릿집은 장구를 치며 신나게 마시고 있는데 말이지……."

박산봉은 곧바로 잔을 들어 소주를 한 모금 마셨다. 그리고 꼭 들어 달라던 그 '조직상'의 이야기를 했다. 그것은 설마…… 하고 생각했던 유달현의 일이었다. 유달현이 정세용과 내통하고 있는 게 아닐까 하는 것이었다.

일주일 전쯤의 밤에, 실은 박산봉이 정세용을 미행했다고 했다. 정세용을 미행? 그 반대가 아닌가. 농담이 아니니까, 제대로 들어 봐. 미행이라고 할 정도는 아니지만, 어쨌든 나는 정세용의 뒤를 따라갔다니까. 왜 그랬는데? 우연히 그렇게 됐어……. 그러나 그는 정세용이 경찰서에서 보통은 늘 일곱 시경에 나온다는 것을 알고 있었다. 트럭의 차고가 관덕정 광장을 낀 도청과 경찰서 등의 건물이 있는 구내 출입구와 마주 보고 있었기 때문에, 차고에서 그 무렵까지 일을 하거나, 동료들과 담배를 피우고 잡담을 하면서, 조금만 주의하면 얼굴을 아는 사람의 구내 출입은 금방 눈에 띄게 마련이었다.

정세용의 집은 남문길에서 다시 동문교 쪽의 길을 O중학교가 있는 언덕 쪽으로 올라가, 도중에 몇 갠가의 골목을 들어간 곳에 있었는데, 얼마 전에는 정세용이 다방에서 나오는 것을 C길을 지나던 박산봉이 목격하기도 했다. 담배도 술도 않는 정세용은 커피를 경찰서에서 스스로 끓여 마실 정도로 좋아했는데, 다방 커피는 판지 냄새가 난다며 거의 입에 대지 않는 남자였지만, 그때는 틀림없이 다방에서 나왔던 것이다. 상대는 박산봉을 전혀 눈치 채지 못하고 있었다. 박산봉의 미행은 그때 우연히 생긴 충동이었다고 변명했지만, 어쨌든 그는 10미터 정도의 거리를 두고 뒤를 따라갔다. 아무래도 집 쪽으로 돌아가는 것인지, 도중에 우측 신작로 쪽으로 가다가, 신작로가 나오자 다시 길을 건너, O중학교가 있는 언덕 쪽을 향해 올라갔다.

박산봉은 정세용의 집을 알고 있었다. 이윽고 사람의 통행이 많지 않은 한적한, 유달현이 교사를 하고 있는 중학교 주변에 이르렀을 때, 이미 전방의 네거리를 왼쪽으로 돌고 있는 정세용의 미행을 그만두고 돌아가려던 박산봉의 눈에, 느닷없이 한남자의 그림자가 뛰어 들어와 정세용과 얼굴을 마주하는 것이 보였다. 주위는 어두웠다. 빈약한 가로등 불빛에 어렴풋이 비친 것은 유달현 같았다. 박산봉은 놀랐다. 두 사람은 인가의 돌담 그늘에 몸을 감추고 짧게 말을 나누는가 싶더니, 유달현이 나온, 정세용의 집이 있는 방향의 길로 함께 들어갔다. 박산봉은 네거리로 서둘러 다가가 왼쪽으로 돈 뒤, 전방을 걸어가는 두 사람의 그림자를 돌담에 몸을 바싹 붙이며 따라갔다. 그리고 그 유달현으로 보이는 남자는 정세용의 집으로 들어갔던 것이다. 박산봉은 유달현이 나올 때까지 한 시간 정도 기다렸다. 틀림없이 그는 유달현이었다.

"음, 그래서……."

남승지는 깊은 숨을 조용히 내쉬었다.

"그날 밤은 그걸로 끝이야. 이전에도 나는 두 사람이 만나는 것을, 이 눈으로 확인한 일이 있어."

"두 사람은 원래 아는 사이니까, 어느 한쪽의 집으로 놀러 가는 일은 있을 수 있잖아?" 남승지는 심장 고동이 숨쉬기 어려울 정도로 갑자기 격렬해지는 것을 느꼈다. "좀 전에 말야, 박 동무는 유달현이 정세용에게 미행을 당한 적도 있는 것 같고, 어디선가 만나면, 정세용이 유달현에게 친근하게 접근해 말을 거는 것 같다고 했는데, 두 사람은 아는 사이니까 그 정도는 있을 수 있는 일인지도 몰라. 이렇다 할 확증도 없으니까."

남승지는 이방근과 '서북'의 관계를 떠올리면서 말했지만, 의심의 가시가 마음에 꽂히는 것을 부정할 수 없었다.

"나도 그걸 생각했지. 좀 전에도 자전거를 타고 바람을 맞으며, 확실한 증거가 없으니까, 이상하게 사람을, 그것도 동지를 의심하는 것은 두려운 일이라서, 나는 웬만하면 이야기하는 것을 그만둘까 생각도 했었다구. 그건 생각하기에 따라서는 무서운 일이잖아. 안 그러냐구."

"박 동무, 생각이 너무 앞서고 있어."

남승지는 무리를 하고 있었다. 그러나 그 취기가 사라진 상대를 날카롭게 응시하는 눈은, 틀림없겠지, 그게 정말이지! 하고 강하게 다짐을 넣고 있었다.

"음, 그래서 말이지, 나는 확실히 이 눈으로 보았지만, 어둠 속에서 유달현이 정세용의 집에서 나왔을 때, 마치 도둑이라도 되는 것처럼 주위를 엿보다가 골목을 걸어가더군. 그 모습은 역시 수상했어. ……

나로서도 누구에게 이런 이야기를 할 수 있겠나. 새로 지구 책임자가
된 유성원에게 말인가? 사태가 일단 명백해지고 난 뒤에는 가능하겠
지. 음, 마침 잘 됐어. 조직자이기도 한 동무가 와서 말야. 마침 잘
만났어, 나 혼자 잠자코 있을 수도 없고. 게다가 말이지, 유달현이 이
번에 성내 지구 책임자를 그만두어 다행이라구. 그렇다고 해도, 어떻
게 하면 좋을까. 그걸 생각하면 왠지 견디기 어려워. 만일 무슨 일이
생긴다면, 우리의 일이 모두 놈들에게 새나가고 말 거라구……"

박산봉이 긴장된 기색으로 얼굴 근육을 씰룩거리면서 크게 열린 검
은 동공에 두려움의 빛이 감돌았다.

"그만해. 유달현은 정세용이 자신을 노리고 있는 것 같다고 말했어.
그가 성내 지구 책임자를 그만둔 이유 중의 하나는 바로 그거야. 확실
한 증거도 없이 동지를 통적분자로 보는 것은, 공연히 의심을 깊게
할 뿐만 아니라, 혁명적 원칙의 문제로서 투항주의라구."

혀가 껄끔거리는 말이었지만, 머릿속을 지나 튀어나오고 말았다.

"무슨 말인지 모르겠군. 나는 투항주의가 아니야. 혁명적 경계심의
문제잖아."

박산봉은 조바심 나는 목소리로 말하고는, 잔 바닥에 조금 남아 있
던 소주를 단숨에 비웠다.

"나는 오늘 밤, 박 동무에게서 이 이야기를 들어서 다행이라고 생각
하고 있어. 다만, 너무 의심하면 적의 함정에 빠질 수도 있으니 신중
하자는 말이야." 조금 전에 느닷없이 나타난 환영 같은 유달현은 무엇
인가. 안뜰의 어둠을 배경으로, 액자 속 그림처럼 유달현의 모습이
떠올랐다. 어젯밤에 만났을 때 유달현은 평소의 그와 별반 다르지 않
았다. 남승지는 믿을 수 없었다, 아니, 믿고 싶지 않았다. 그렇다고
하더라도, 아까부터 왜 직감적으로 불쾌한 예감이 선행하고 2, 3년

전 유달현의 얼굴이 머릿속에 부풀어 올랐던 것일까. 정세용에게 쫓기고 있다는 것은 위장을 위한 말인가. 그러나 유달현이 그렇다는 아무런 확증도 없었다. 그렇지 않은 동지를 의심하는 것은 반혁명적인 행위로 연결된다. 혁명적 경계심이 후퇴를 부른다. "그러니까, 동무가 이야기하는 것은……(남승지는 유달현의 이름을 확실하게 입에 담고 싶지 않았다), 확실히 정해진 것은 아니지만, 박 동무의 말처럼 경계는 필요해. 어쨌든 잘 생각해서 뭔가 대책을 세울 필요는 있어. 당장은 그 사실을 확인하기 위해서라도 말이지."

"그건 어떻게 하면 되는데?"

"그건 지금부터 생각해야지. 나 개인이 결정할 문제는 아니야. 어쨌든 말이 새나가지 않도록 해야겠지."

"……명우 동무, 그러니까, 유달현은 내가 자전거를 타고 간 사이에 분명히 이곳에 왔던 거야?"

박산봉은 묘한 말투로 물었다.

"흠, 이상하군. 왔으니까 왔다고 했을 뿐이야. 이내 돌아가고 말았지만."

"그는 왜 왔을까, 음. 나는 아무런 볼일이 없는데, 왠지 기분이 안 좋아……."

"후후, 말도 안 되는 소리를 하고 있어."

말도 안 되는 소리일까. 만일 쓸데없는 의심이 아니라, 하나의 사실이 있다고 한다면, 그리고 이미 어떤 일이 진행 중이라면, 어떻게 되는가……. 남승지의 마음에, 의혹의 어두운 구름이 난기류를 만난 것처럼 소용돌이쳤다. 유달현이 만일 스파이라고 한다면? 앗, 남승지는 거의 소리칠 뻔한 충동을 억제하고 일어서서, 뒤쪽 장지문을 완전히 열어젖히고, 가슴에 찬 강력한 가스라도 방출하듯이 크게 숨을 내쉬었다. 돌아보자, 박산봉이 소주잔을 기울이고 있었다.

"있잖아, 박 동무, 믿을 수가 없군." 자리로 돌아온 남승지가 말했다. 아니? 박산봉의 눈빛에 이상한 경련이 일어나고 있었다. "그런데 화제가 바뀌지만, 이방근 씨가 서울에 가기 전에 박 동무를 불러, 정세용에 대해 뭔가 이야기했다고 오늘 낮에 말했잖아. 나는 그 일에 대해서 조금 더 듣고 싶은데, 말해 주지 않겠어."

남승지는 단도직입적으로 말했다.

"……"

박산봉은 눈을 깜빡이지도 않고 크게 뜬 채 목을 움찔하고 움직이더니, 갑자기 잔을 든 손이 떨리고, 몸도 덜덜 떨기 시작했다. 방의 한 점을 응시한 눈이 허공에 떠 있었다.

"이봐, 박 동무, 어떻게 된 거야?"

"우, 우, 우ㅡ. 이방근이 어, 어떻게 됐다는 거야……."

목소리가 떨리고, 혀가 꼬여 있는 것 같았다. 남승지는 놀라 자리에서 일어나, 오한이 나듯이 떨고 있는 박산봉의 어깨를 감싸 안았다.

6

한동안 박산봉의, 남승지에게는 알 수 없는 일종의 발작 같은 것이 계속됐다. 처음에는 뭔가 간질이 아닌가 생각했지만, 그렇게 격렬하고 폭발적인 것은 아니었다.

몇 년 전인가 아직 일본의 고베에 있을 때였는데, 남승지는 근처에 사는 간질을 가진 여자의 발작을 목격한 일이 있었다. 천리교 신자로,

부부가 함께 천리교 포교소의 잡역 담당으로 일하고 있는, 아내 쪽은 밥을 짓는 여자였는데, 아직 서른을 갓 넘긴 그녀는 조울증처럼 감정의 기복, 고조될 때와 떨어질 때의 차이가 매우 뚜렷했다. 발작이 다가오면, 웃음을 잃고 우수에 찬 안색으로 변했으며, 무언가 우울하고 답답한 느낌의, 몸 전체가 발밑에서부터 흔들리는 듯한 불안한 징조가 있는 것 같았고, 갑자기 기분이 언짢아져서 이웃 사람들과 만나도 다른 사람처럼 말없이 고개를 숙이고 지나쳐 갔다. 그러다가 어느 순간에, 심신의 밸런스가 깨지면 갑자기 발작을 일으키며 쓰러져 버리는 것이었다. 어느 날 밤, 남승지가 외출했다가 집 근처까지 거의 왔을 때 갑자기 앞 골목에서, 살려 주세요─……! 하는 가슴이 찢어질 정도로 무서운 여자의 비명 소리가 들려왔다. 남승지가 놀라 골목으로 발을 들여놓았을 때, 한 여자가 길바닥에 벌렁 드러누워 발버둥을 치고, 한 남자가 발로 차면서 폭력을 휘두르는 듯한 광경이 눈에 들어왔다. ……아─, 신이야, 신의 계시야, 아, 아, 아, 아, 우─윽……, 신의 계시야……. 여자는 무서운 목소리로 외쳐 신의 계시를 전하면서, 무슨 말인지 필사적으로 떠들었지만, 그저 입을 움직여 소리를 내고 있을 뿐, 그 의미를 알 수 없었다. 무엇보다도 골목의 작은 가로등에 비친 그녀의 경직된 형상은 소름이 돋았다.

이것아, 뭐가 신의 계시라는 거야! 입 닥쳐! 여자는 눈을 뒤집어 간 채 동공의 움직임이 완전히 멈췄고, 얼굴은 뭔가 틀에 끼워 넣은 것처럼 완전히 일그러져 있었다. ……남자는 남승지가 달려오는 바람에 폭력을 멈췄지만, 남승지는 와서는 안 될 곳에 온 것은 아닐까 하고, 한순간 크게 후회했다. 손발을 버둥거리며 전신을 떨며 입에 거품을 물고 있는 광경은 비통하기까지 해서 함부로 곁에 다가가서는 안 될 것처럼 생각되었다. 눈앞에서 머리를 풀어헤치고 부들부들 떨면서 몸부림치며 실신 상태에 빠진 여자. 남승지는 그곳에 우뚝 서 있는 자신이 쑥스럽기도 하여 뒤가 켕기는 느낌으로 이내 그 자리를 벗어났다. 살려 주세요—……! 그 가슴을 두 갈래로 찢는 듯한 무서운 비명은, 남편의 폭력을 두려워한 것인가, 아니면 간질이 일어날 때 나오는 외침인가. 아−, 신이야, 신의 계시야……! 신의 계시에 의한 빛나는 세계가 어떤 식으로, 어두운 뒷골목에서 경련으로 발버둥 치며 남편에게 얻어맞고 있는 가난한 여자의 눈에 비춰졌을까.

남승지는 도스토예프스키가 간질 환자라고 책에서 읽은 적이 있는데, 천리교 신자인 그녀의 발작이 간질이라는 것을 알고 복잡한 감회에 젖었다. 또한 도스토예프스키의 작중인물이 "이 한순간을 위해서는 평생을 내던져도 아깝지 않은" 간질병에 의한 황홀한 체험, 황홀함과 고통이 뒤섞인 "어둠 속의 섬광"이라고 한 것을, '아−, 신의 계시야!'와 중첩시켜 그녀를 왠지 신비스럽게 바라보았던 것이다. 천리교회의 밥 짓는 여자가 길바닥에 쓰러져 신의 계시를 고하기 때문에, 그것을 기피해야 할 것 같은 느낌이 드는 것이지, 만일 교주와 같은 인간이 제단 앞에서라도 큰 발작을 일으키며 신의 계시를 외친다면, 사람들은 두려움으로 거기에 신성(神性)까지 느끼게 될지도 모른다. 간질병을 가진 남자가 발작을 일으키기 전에 사람을 죽였다는 신문 기사를 읽은 적이 있는데, 하늘은, 신은 왜 간질처럼 무섭고 괴로운 것을 특정한 인간에게 주는 것일까. 만일 그 인간이 스스로 억제할 수 없는 내적 충동이 폭발하는 심적 상태에서 어떤 범죄를 저질렀을 경우, 그것은 그 인간의 범죄가 아니라, 신의 범죄다. 신의 계시를 외치면서 사람을 죽였다면 어떻게 되는가. 이윽고 원래의 상태로 돌아온 뒤, 눈앞에 있는 사체, 피로 물든 자신의 손을 바라보면서, 왜 그렇게 되었는가에 대한 인과관계를 더듬어 갈 수가 없다. 간질이 신의 빛을 본다고는 단정할 수 없다…….

박산봉은 굳어진 두 개의 눈을 크게 뜬 채 장판에 누워, 으-윽, 으
-윽, 으-윽…… 하고 질식할 듯한 신음과 함께 굳은 몸을 희미하게
떨고 있었다. 이봐, 박 동무, 정신 차려! 남승지는 순간적으로, 이 녀
석이 설마 나를 속이기 위해 일부러 그러는 것은 아니겠지 하고 냉혹
하게 의심했지만, 의식불명이 되자마자 그대로 죽는 것은 아닌지 두
려웠다. ……어, 어머니, 어, 머, 니…… 하고 중얼거리는 소리가 들
렸다. 턱에 손을 대자, 턱뼈가 빠진 것처럼 굳어 움직이지 않았다. 목
소리는 더 이상 나오지 않았다. 상반신을 흔들어 보기도 하고, 볼을
손바닥으로 때려 보아도 반응이 없었다. 당황한 남승지는, 정말이지
집주인이 있는 안채로 도움을 요청하기 위해 박산봉을 혼자 두고 자
리에서 일어날 생각까지 하였다. 박산봉이 원래 이런 종류의 발작 같
은 것을 일으키는 인물인지 어떤지, 전혀 예비지식이 없었기 때문에
놀랐던 것이다.

설마 이대로 덜컥 죽어 버리는 것은 아니겠지. 아니, 그건 알 수 없
는 일이다. 이봐, 박 동무……. 증상은 박산봉이 어젯밤에 꿈을 꾸면
서 일으켰다고 하는 가위눌림과 비슷한 것 같으면서도 그렇지 않았
다. 가위에 눌려서 죽는 일은 없을 것이다. 가위눌림은 꿈속이나 비몽
사몽간에 일어나는 것으로, 박산봉은 바로 전까지 또렷한 정신으로
이야기를 하고 있었고, 밥상 앞에서 소주잔을 들고 있다가 갑자기 이
상해진 것이었다. 마치 의식적이고 일부러 그런 것처럼. 그러나 농담
으로라도 그런 의식적인 속임수를 쓸 이유가 없었다. 남승지는 어찌
할 방도를 모른 채 소주를 그것도 청심환을 대신할 요량으로 박산봉
의 입에 흘려 넣어 보기도 하고, 수건을 주전자의 물에 적셔 머리에
대보기도 하면서, 직감적으로 그가 불행한 사람이라는 생각을 했다.

마침내 가위눌림이 풀리기라도 하듯이 거친 호흡이 가라앉고 숨이 차분해지자, 박산봉은 초점을 잃은 눈을 감고 잠에 빠진 것처럼 보였지만, 바로 눈을 뜨더니 내려다보는 남승지와 공허한 시선을 마주쳤다.

"이봐, 박 동무, 나야, 알아보겠어?"

남승지는 소생하는 순간의 인간을 보는 것처럼 안도하며 말했다.

"……"

박산봉의 공허한 눈에 초점을 맺는, 희미하게 거품이 이는 듯한 빛이 되돌아왔다. 그리고 천천히 혼자 몸을 일으키는 것을, 남승지의 쉰 듯한 땀내가 코를 찌르는 상반신을 받쳐 주었다.

"괜찮아?"

"이·방근이는……?"

이마에 땀방울이 맺힌 박산봉이 중얼거리듯이 말했다.

"……이·방근이?" 남승지는 상대의 아직 공허한 기색이 남아 있는 눈을 응시하며 말했다. '이방근이'라니, 무슨 말을 하는 걸까. 아니, 함부로 부른다고 해도 '방근'이 아니고, '방근이'라고 하는 것이 조금 마음에 걸렸다. 발작이 멈추면 '이방근 선생님'이라고 할 상대를 친구나 손아랫사람처럼 불렀던 것이다. "이봐, 아직도 꿈을 꾸고 있나? 여기에 이방근 씨가 있을 턱이 없지 않나."

"……좀 전에 오지 않았나?"

"이봐, 괜찮은 거야? 응……?" 남승지는 박산봉의 어깨를 흔든 뒤 젖은 수건을 건네고, 자신도 손수건으로 땀을 닦았다. "잠꼬대, 자네는 지금 잠시 잠이 들었던 모양이군. 잠시 잠이 들었다구. 좀 전에 왔던 것은 유달현이야. 확실히 왔었지, 자네가 없는 사이에(그래, 분명히 유달현이 어두운 안뜰을 배경으로, 이 장지문 밖에 환영처럼 우뚝 서 있었다). 방으로 올라오지 않고 그냥 가 버렸지만."

"그랬군, 유달현일지도 모르겠어. 하지만 나는 유달현을 보지 못했어."

"동무기 없을 때 왔었다구. 없을 때 말야."

"아ㅡ, 아……."

"자네는 어디선가, 그래, 잠들어 있는 사이에라도 이방근 씨를 만났나?"

남승지는 상대의 몽롱한 머릿속 공간으로 밀고 들어가듯이 물었다.

"아니야, 만나지 않았어. 동무가 말했듯이 이방근은 없다구. 그는 서울에 있으니까. 그렇잖아."

박산봉은 무슨 바보 같은 소리냐는 식으로, 자못 진지하게 대답했다. 그는 땀에 젖은 수건으로 계속해서 얼굴을 닦았지만, 굳은 표정은 풀려 있었다. 그는 기계적으로 밥상 위에 놓인 담배를 집어 들어 불을 붙이고는 천천히 피웠다.

"박 동무, 오늘 밤은 일찍 쉬는 게 좋겠어. 밥상을 치울까."

"밥상은 아직 그대로 둬." 박산봉은 상대의 말을 가로막았다. "동무는 이상하군, 나는 아무렇지도 않은데."

"박 동무, 자네는 방금 전에 자신이 어떻게 했는지 기억 안나?"

"나는 장판에 누워 있었겠지."

"……그래, 누워 있었어. 내가 뉘였다고. 박 동무, 이건 뭔가 발작 같은 게 아닌가. 지금까지도 이런 일이 있었나? 갑자기 무슨 일이 일어났는지 알 수 없게 되는 일이……. 좋지 않아. 난 깜짝 놀랐다구."

"홍, 그런 일은 없어. 잠시 현기증이 났을 뿐이니까. 별일 아니야."

"현기증?"……그게 아닐 텐데, 라고 남승지는 말하지 않았다.

"운전 중에도 그런 일이 있나?"

"말도 안 되는 소리 하지 말어, 명우 동무. 그래가지고서야 어떻게 운전을 할 수 있겠어. 왠지 술이 다 깨버렸네."

술은 이제 그만하는 게 어떠냐는 남승지의 말에 박산봉은, 자아, 있는 것은 마셔 버리자며 잔에 담긴 소주를 꿀꺽하고 목구멍에 흘려 넣었다. 밥상 위의 5홉들이 소주병에는 술이 얼마 남아 있지 않았다. 어쨌든 소주병은 이제 곧 비게 될 것이다.

남승지는 밥상을 향해 자세를 고쳐 앉았는데, 이때 박산봉을 처음으로 만났던 밤의 그 편집광적인, 마음에서 사라지지 않고 있던 첫인상이, 지금 눈앞에서 일어난 일종의 발작적인 상태로 인해 납득할 수 있을 것 같은 묘한 느낌에, 왠지 상대를 이해하게 된 듯한 기분이 들었다. 무슨 일일까. 뭐가 현기증이란 말인가. 무당이 한창 굿판을 벌이다 신이 들린 것처럼 실신하기도 하는데, 그것은 어떤 황홀한 엑스터시의 상태가 된다. 박산봉은 춤을 추거나 뛰지도 않았으며, 황홀한 상태가 된 것도 아니다. 도대체 무슨 일일까. 느닷없이 몸을 경직시킨 채 경련을 일으키다니…… . 어머니…… 하고 중얼거린 것을 본인은 모르는 것이다. 그리고 완전히 동떨어진 곳에 있는 이방근을 부르고 있었다.

"박 동무……." 남승지는 소주병을 비워 컵에 따른 소주를 목구멍에 흘려 넣은 뒤 말했다. "동무는 좀 전에, 어머니…… 하고 작은 소리로 불렀는데, 그걸 알고 있나?"

"뭐, 어머니라고……?" 박산봉은 머리를 흔들고 표정을 바꿨다. "오-, 내가 그런 말을 했단 말이지. 그리고 또 무슨 잠꼬대를 하던가?"

"그뿐이었어."

"다른 말은 전혀 하지 않았단 말인가. 사실대로 말해 봐. 정말로 그뿐이야? 내가 좀 전에는 이방근 선생님에 대해 물었었지……."

"이·방근이……라고 함부로 부르더군. 그건 유달현을 잘못 말한 게 아닌가?"

"유달현이라니⋯⋯? 그러니까, 내가 방근이⋯⋯라고 했단 말이야? 이거 큰일이군, 내 머리통이 부서져도 할 말이 없겠어." 박산봉은 얼굴을 과장되게 찡그렸는데, 이내 표정을 되돌리고 가벼운 웃음을 지으며 말했다. "헷헷헤에, 그래도 나는 왠지 기분이, 느낌이 좋았어. 이방근 선생님과 어릴 적 친구처럼 친하고 온화한 분위기 속에서, 분명히 방근이―⋯⋯아니지, 당치도 않아. 그렇게 무서운 말을 할 수는 없겠지, 그, 방근⋯⋯, 그게 튀어 나왔다구. ⋯⋯나는 잠이 들었던 거야, 그리고 꿈을 꾼 게 틀림없어⋯⋯. 그러나 말이지, 유달현 따위가 아니야."

박산봉은 갑자기 거친 말투로 눈에 경직된 빛을 띠운 채 마지막 한 마디를 했다. 그리고 으―음, 내가 어머니⋯⋯라고 했단 말이지 하며 중얼거렸는데, 그의 그 두꺼운 입술이 일그러지고, 한순간 고통의 빛이 얼굴을 덮었다.

이윽고 두 사람의 잔에는 술이 없어졌다. 돼지고기를 담은 접시도 깨끗이 바닥을 보이고 있었고, 밥상 위의 음식을 담은 그릇은 모두 깨끗이 비워졌다.

남승지는 일찍 쉬는 것이 어떠냐는 말을 반복했지만, 박산봉은 서머타임의 열 시는 아직 아홉 시에 지나지 않는다며 응하지 않았다. 남승지는 내심, 어떻게든 이방근이 서울로 가기 전에 박산봉을 불러 정세용에 대해 이야기했다는 뭔가에 대해 알고 싶었지만, 조금 전에 그걸 묻자마자 박산봉은 고개를 움찔하고 움직이더니 눈빛이 굳어지면서 이상해졌던 것이다.

"⋯⋯동무는 어머니가 계시잖아. 그렇지 참, 일본에 여동생도 있지. 동무는 여기에서는 혼자로군."

"혼자가 아니야." 남승지의 마음속에서 뜨거운 소용돌이가 마찰을 일으켰다. "동지와 친구들이 있으니까. 박 동무도 그중 한 사람이야. 안 그래? 고모들도 있고."

남승지는 웃었다.

"아ㅡ, 그렇고말고……." 박산봉은 남승지의 얼굴을 새삼스럽게 쳐다보면서 말했다. "명우 동무는 원칙적인 동지애의 소유자로군. …… 나는 어머니가 살아 계신다면 할 수 있는 효도를 다하고 싶은데, 정작 어머니가 없고, 꿈일 뿐이야, 꿈……. 동지라고는 해도 말이지, 유달현 동지를 생각하면. 아, 나는 유달현을 의심하고 있었어……."

박산봉은 몸을 부르르 떨더니 말을 멈췄다. 그리고 빈 소주잔을 기울여 마지막 한 방울까지 두 입술로 소리를 내며 마셨다. 그러고 보니 남승지는 그의 부모와 그 자신에 대해서 아는 것이 없었다. 서로 간에 비교적 느긋한 시간을 가지고 이야기한 것도 반년 전쯤에 만난 뒤로 처음이었고, 피차간에 잘 알고 있는 것이 아니었다. 아무것도 없는 텅 빈 그릇뿐인 밥상을 앞에 두고, 재떨이를 더럽히면서 박산봉은 이야기를 시작했다. 나는 이전에 이방근 선생님에게, 나의 비밀을 이야기한 적이 있어……라며, 이방근을 끌어들여 그 이야기를 꺼냈다.

"……들어 봐, 조직과는 관계없는 이야기지만, 들어줘. 나는 김명우 동무를 믿고 있으니 말야. 지금 동무가 말했듯이 동지이면서 뭐랄까, 나하고는 이방근 선생님의 같은 동생뻘이 되잖아, 안 그러냐고(뭐가 같은 동생뻘이란 말인가. 이런 말은 이방근의 앞에서는 도저히, 남동생의 '남'자도 꺼낼 수 없을 것이다. 하지만 그러고 보면 그렇기도 한 것 같았다). 내겐 말이지, 이방근 선생님이 말씀하시더군. 자네는 자신의 출생 동기로 볼 때, 무슨 말이냐 하면, 내가 세상에 태어난 이유를 말하는 거야, 그 이유로 볼 때 자네는 무슨 일이든 할 수 있는 자격을 가진 인간이라고, 이방근 선생님이 말씀하셨지."

"······무슨 일이든 할 자격을 가진 인간이라는 건 무슨 뜻이지?"

남승지는, 어라, 하는 어떤 예감에 휩싸였다.

"그러니까, 나도 처음에는 그 의미를 잘 몰랐는데, 그때는 술도 마시고 있어서······." 박산봉은 그 무뚝뚝한 얼굴에 계면쩍은 엷은 웃음을 흘리며 말했다. 남승지는 상대의 눈이 경직된 정도를 살피듯이 그 눈동자의 움직임을 쫓았다. 눈동자는 초점을 맺고 검게 빛났으며, 좀 전에 있었던 '현기증'의 발작 흔적은 더 이상 남아 있지 않았다. "그건, 명우 동무가 지금부터 내가 하는 이야기를 듣지 않으면 알 수 없는 일이야. 난 말이지, 내가 태어난 것은 다른 사람들처럼 '부모'라는 두 사람이 결혼을 해서 태어난 게 아니야. 부끄러운 출생으로, 처음부터 나는 불행한 운명을 짊어지고 태어났다는 것이지. 이런 일은 좀처럼 다른 사람에게 이야기하지 않지만, 동무라서 그럴 마음이 생긴 거야. 나는 섬의 남쪽에 있는 대정 근처의 마을에서 소학교를 나올 때까지 자랐어······. 아아, 술이 조금만 더 있었더라면. ······즉, 좀 전에 이야기를 계속하자면, 나는 나의 출생이 애당초 세상의 계약에서 벗어난 사람이라서, 법률이나 계약으로 이루어진 세상의 약속에 특별히 구속될 이유가 없다는 거야. 내가 하는 말을 이해하겠어? 명우 동무."

"그래, 이야기를 계속해 봐." 남승지는 예감의 적중에 가슴이 답답해지는 것을 느끼며 말했다. 이게 어떻게 된 일인가. 박산봉이 아무래도 '사생아'인 것 같다는 것도 처음 듣는 말이지만, 그것보다도 그 생각, 아니, 이방근으로부터 그런 이야기를 들었다는 것이 놀라웠다. 이건 일종의 시사, 보기에 따라서는 사려가 결여된 선동이 아닌가. 이방근에게 사려가 없다······? 이것은 스스로가 사생아라고 하는 양준오의 사상이기도 했다. 그는 자신의 출생에 생물학적인 남녀의 일시적인 결합 외에는 조건이 없다고 했다. 출생에 앞선, 사회에 있어서 남녀의 계약에서 비어져 나온 인간이기 때문에, 본질적으로 자유라는 생각을 지니고 있었다. 계약에서 발생하는 여러 가지 조건 아래서 영위하는 생활을 다른 인간과 똑같이 하는 경우에는 그만큼 이미 계약 사회에 대해 윤리적으로 우위에 있어야 하는 것이고, 계약에서 비어져 나온 아웃사이더는 결코 부끄러운 존재가 아니다……라고. 그런 그 자신이 계약 사회의 틀 안에서 생활하고 있었지만. 그리고 자신의 결혼— 계약에 대한 이야기를 하고 있었다……. 박산봉은 뜻밖의 말을 하였지만, 그것은 이러한 생각과 맥락을 같이 하고 있었다. 이방근은 무엇 때문에 그러한 생각을 노동자인 그에게 일부러 외야석에서 바람을 불어넣듯이 이야기한 것일까. 남승지는 뭔가 서늘하고 악마적이라는 생각이 등줄기로부터 정수리로 빠져나가는 것을 느꼈다. "그건, 이방근 씨가 서울에 가기 전에 박 동무를 불러 정세용에 대해서 이야기 했잖아. 그때 말한 내용인가?"

"아니야. 그 전 이야기야. 한참 전의 일이야."

"아, 그렇군."

남승지는 후ー 하고 숨을 내쉬었다.

"이 이야기는 이방근 선생님을 따라 술집에 갔을 때 들었어. 이방근 선생님은 나 같은 것을 일부러 술집에 함께 데리고 가 주는 인간이야. 나는 감격했지. 트럭으로 교통사고를 내는 바람에 서귀포경찰서까지 신병을 인수하기 위해 와 주었을 때의 일인데, 당시에는 이방근 선생님이 못된 짓을 하기로 소문이 나 있었고, 부잣집 방탕아라는 좋지 않은 평판이었어. 그래도 나는 멀리에서 아직 직접 만나 이야기를 한 적도 없는 그 이방근 선생님을 존경하고 있었거든. 나는 그날 밤 내 신상 이야기를 하고 싶었던 거야. 그랬더니, 으음…… 하고 생각에 잠기듯이, 처음에는 혼잣말처럼 그렇게 말씀하시더군. 그래서 내가,

선생님, 그게 무슨 뜻입니까, 하고 질문을 했지. 내 어머니는 나를 낳았기 때문에 이 세상에서는 더할 나위 없는 치욕을 당한 불쌍한 여인이라구. 나는 그 일을 지금부터 동무에게 이야기하겠어. 이 선생님 말고는 아무에게도 하지 않은 이야기를……. 들어줘, 명우 동무. 내가 지금부터 이야기하려는 것이 미리 머릿속에 부풀어 오르는 바람에, 벌써부터 가슴이 답답해지는 것 같아. 이야기를 생각하는 것만으로도 눈물이 나오려고 해. 나에게는 앞으로의 일이 보이고 있어. 본 적도 없는 어머니가, 꿈속에서만 만난 적이 있는 어머니가, 아이고, 이제 곧 말에 태워진 어머니가 마을 광장으로 나온다구……. 머리가 터질 것 같아……."

박산봉은 말을 끊고 상념을 지우려는 듯 담배에 불을 붙였다.

"……"

남승지는 잠자코 있었다.

"나는 어머니를 몰라. 어머니라고 할 수도 없지만, 그래도 어머니야. 흐르는 강물에 비친 구름 같은 것으로, 만난 적도 없고, 어머니라고 한마디 불러 본 적도 없어. 아무튼 내가 태어난 뒤 얼마 지나지 않아 돌아가셨다고 하니까. ……아버지가 같은 마을의 유부녀, 즉 다른 사람의 아내인 내 어머니와 눈이 맞았다는 거야. 그래서 아버지는 마을의 규칙에 따라 사람들이 보는 앞에서 채찍 백 대의 벌을 받았고, 어머니는 거의 알몸으로 양손이 묶인 채 말에 태워져 온 마을을 끌려 다녔다더군. 벌써 20년도 넘은 이야기야. 나는 그곳 마을에서 일어난 일이, 하필이면 내 아버지와 어머니에 관한 이야기라는 것을 알았을 때, 어린 마음에도 어떻게 된 일인지 영문을 몰라 눈앞이 캄캄해지면서, 헷헷, 좀 전에 일어난 현기증 말야, 졸도해 버리고 말았지. 그리곤 집을 뛰쳐나갔어. 집뿐만이 아니라, 저주스러운 그 마을에서 뛰쳐나왔던 거야. 나는 이 이야기를 훨씬 전부터 알고 있었어. 처음에는 같은 마을의 두 살 위인 개구쟁이로부터 들었지. 그 녀석은 그 이야기를 어디서 주워들었는지는 몰라도, 내 눈깔사탕을 몇 개나 가로채고 나서, 작은 주먹의 엄지손가락을 집게손가락과 가운데손가락 사이에 끼워 보이며, 비밀로 이걸 했다는 거야, 라며 어린애답지 않은 의기양양한 모습으로 그 이야기를 해 주더군. 알몸으로 말에 태워진 젊은 유부녀는 미인이었지만 나쁜 여자라든가, 그 유부녀를 훔친 남자 쪽은 채찍 백 대를 맞을 때, 끝까지 신음소리를 내지 않았다……는 등의 이야기를 듣고 있는 가운데, 그것이 설마 내 자신의 아버지 일이라는 것을 알지 못했기 때문에, 나도 함께, 응, 그랬구나, 라든가 나쁜 여자라는 등의 그럴듯한 말을 하며, 건방지게 떠들고 있었지……. 으-으……, 이게 무슨 일인가 말이야, 명우 동무…….”

박산봉은 순간 말문이 막히는지 고개를 떨어뜨렸다. 그가 이마에 손을 가져다 대면서 한쪽 팔꿈치로 밥상 모서리를 누르는 바람에, 밥상이 갑자기 기울어지고 밥상 위의 그릇이 소리를 내었다. 박산봉은 팔꿈치를 들어 올리고 말을 계속했다.

“그땐 몰랐지만 자란 뒤 생각해 보니, 그 일을 처음 알았던 당시에도 말이지, 나쁜 남자라는 이야기는 거의 들리지 않았어. 나쁜 쪽은 거의 여자 쪽이었던 거야. ‘나쁜 여자’라는 거지. 남편이 있는 여자니까, 그런 부정한 여자는 죽어도 좋다는 거야. 나중에 알았지만 정말로 단명에 돌아가셨더군. 그 일이 내 양친에 관한 일이라는 것을 안 것은, 어느 날 아버지와 함께 들일을 갔을 때였어. 그리고 우연히 밭 가운데에서 점심 대신에 대바구니에 담아 온 찐 고구마를 꺼내 먹으며, 아버지, 우리 마을에서는 나쁜 남자는 사람들 앞에서 채찍을 백 대 맞고, 나쁜 여자는 말에 태워서 온 마을을 끌고 다니는 거냐고 물었지. 이

질문은 그것이 혹시 우리 집 이야기가 아닌가 하는, 무서운 의심을 갖게 만드는 이야기를, 뭔가의 기회에 들었기 때문이었어. 내 이야기를 들은 아버지는 갑자기 얼굴이 벌게지면서 무슨 말인가를 하려고 했지만, 먹고 있던 고구마가 목이 걸리고 말았지. 그 묘한, 재미있는 형상은 지금까지도 확실히 기억하고 있다구. 아버지는 간신히 서둘러 고구마를 삼키더니, 무서운 얼굴로, 너, 그 이야기는 어디서 들었냐고 호통을 치더군. 그러더니 아들의 대답도 듣지 않고, 내 뺨을 커다란 농부의 손으로 힘껏 때리더니 미쳐 날뛰듯 나를 발로 차 버렸어. 나는 아버지에게 맞아 죽을지도 모른다는 생각으로 쏜살같이 집으로 도망쳐 버렸는데, 아버지는 그날 밤 대취해서 난리를 피우더군. 그 일이 있고 난 지 얼마 안 있어 나는 집을 나왔어. 처음 시도한 그 가출은 실패로 끝나고 말았지만. 그때는 이미 어머니는 돌아가시고 없었지만, 살아 있다 해도 그런 어머니를 창피해서 찾으러 갈 마음은 없었어. 나는 그야말로 죄를 지은 여자의, 죄인의 자식이 아니고 뭔가. 그래도 역시 나는 어느새 사람들에게 물어 어머니를 찾아갔었지. 10년 전도 지난 과거의 일이니까, 마을 노인이나 나이가 든 사람들은 누구나 그 사실을 알고 있었는데, 그중에는 직접 그 일을 본 사람도 있다더군. 어머니는 그 일이 있고 나서 1년쯤 있다가 돌아가셨다는 거야. 그런데 말이지, 정신이 이상해졌었다는 것 같아. 그게 팔자가 어긋난 인간이라고 해서, 신방(무당)이 되면 병이 낫는다는 말을 들으며 돌아가셨다더군. 나를 낳기만 한 이름뿐인 모친이지만, 무당 같은 걸 하지 않아서 다행이야. 잘못했다가는 그야말로 설상가상으로 내가 무당의 아들이 될 뻔 했잖아. 도대체가, 이게 무슨 일인가 말이야, 이건 완전히 말도 안 된다구……. 헷헤, 명우 동무, 안 그러냐구."

남승지는 고개를 끄덕였다. 그러나 그것은 내심의 놀라움과 뭔가의 섬광처럼 머리를 스치는 것에 대한 반응이었다. 불행한 박산봉의 어머니였다. 신방—무당 같은 느낌……. 여기에 온 것은 여덟 시를 넘어서였는데, 그때 박산봉의 얼굴 표정 전체에서, 문득 무당 같은 느낌이 들었던 것이었다. 그것이 왠지 맞아떨어진 것이다. 묘한 꿈 이야기를 하기에 어울리는 듯한, 뭔가 예언 같은 꿈 이야기에 스스로 몰입해서 현실감을 주는 것도 결코 우연이 아닌 것 같은 기분이 들었다. 그런 말을 하면 박산봉은 비천한 무당 같은 것에 자신을 비유한다고 크게 화를 낼 것이다.

"박 동무, 동무는 무당의 아들이 될 뻔했다고 했는데, 나는 그 기분을 이해해. 그러나 나로서도 자신이 그렇게 된다면 박 동무와 같은 기분일 거라고 생각하지만, 무당을 그런 식으로 보는 것은 좋지 않아. 그런 사상은 청산해야 돼."

"으-음, 그건 그래. 하지만, 그것은 자신이 그렇지 않기 때문에 할 수 있는 말이야. 도향수(都鄕首)라고 있잖아. 신방 조직의 총책임자를 말하는 것인데, 그 네 명의 아들과 딸들이, 노쇠한 양친이 동굴 속에서 비참한 생활을 하고 있는데도, 신방의 자식이라는 말을 듣기 싫어서, 부모를 버리고 제각각 흩어져 버렸다는 이야기도 있어. 조직의 간부라고는 해도, 입으로는 남녀평등사상을 주장하면서 집에서는 옛날과 다름없는 폭군이잖아. 그와 마찬가지야. 공산주의자인 간부가 무당이라면 얼굴을 찡그리며 도망칠 거야. 무당이라는 건 경멸해서 하는 말이잖아. '무당'이라는 울림이 내 마음속에서 불쾌한 냄새를 풍기기 때문에, 내 자신이 싫어져……. 무당도 무당이지만, 그런 건 아무래도 상관없어. ……으-음, 생각해 보면, 어머니가 돌아가신 것은 내가 태어나고 나서 바로라고 하니까, 그렇다면 차라리, 치욕을 당했을 때 죽어 버렸다면, 모든 것이, 나도 태어나지 않았을 것이고, 하는 생각도 있어……."

"무슨 소리야, 이상한 말을 다 하는군. 지금도 그렇게 생각한단 말야?"

남승지는 상대를 추궁하듯 말했다.

"내가 말하는 것은 옛날 일이니까, 지금은 그렇지 않아. 생각하는 것이 아니라, 생각했다고 정정을 하지. ……어쨌든, 내 말 좀 들어 봐. 난 그때, 마을 사람들에게 물어서 마을 외곽의 언덕 기슭에 있는 어머니의 산소를 찾아갔었어. 그곳에서 하룻밤을 지내려고 했는데, 아버지와 형, 그리고 주변 사람들이 찾으러 와서 집으로 끌려가고 말았지……."

"으-음, 박 동무는 밤의 산소가 무섭지 않던가?"

남승지는 좁은 방 안에서 무거운 느낌으로 내리누르는 이야기의 숨통을 틔울 심산으로 말했다.

"왜 타인이나 다름없는 사람의 산소에 갔는지도 알 수가 없어. 다만 '자신의 어머니'라는 것만으로, '나쁜 여자'지만, 나 자신은 오로지 어머니라는 생각에 가득 차 있었어. 무서웠다면 그때 도망쳐서 돌아왔을 거야. 그래도 아버지가, 애야-, 애야-. 산봉아-, 하고 내 이름을 부르며 도깨비불처럼 빛나는 남포등을 비추며 산소 쪽으로 다가왔을 때는, 자신도 모르게 그곳에 있던 것이 무서워져서 혼자 울음을 터뜨리고 말았지. 하지만, 아버지 앞에서는 눈물을 보이지 말아야겠다는 생각으로 전혀 울지 않았어. 아버지도 채찍을 백 대 맞을 때 소리를 지르지 않은 남자였으니까. 이건 좀 이상한 이야기군……."

박산봉은 웃었다.

두 사람은 밥상을 방구석으로 치운 뒤, 얇은 이불을 두 장 깔아 잠자리로 만들어 놓고도, 박산봉은 이야기를 이어 갔다. 두 번째로 집을 나가고 나서, 즉 마을을 떠난 뒤로 성내의 친척 집에 머물며 공부를 계속해, 마침내 자동차 운전수의 조수가 되었다고 했다. 그리고 운전 시험을 목표로 공부했던 일을 이야기했다. 남승지는 약한 불빛의 전등갓에 그늘진 낮은 천장을 바라보면서, 엎드려 담배를 물고 있는 박산봉의 이야기를 들었다. ……자네는 자네의 출생 동기로 볼 때, 무슨 일이든 할 수 있는 자격이 있는 인간이야……. 나는 자네의 출생이 원래 세상의 계약에서 비어져 나온 국외자라서, 무엇이든 계약으로 성립되어 있는 세상의 일에 얽매일 필요가 없다는 거야. 명우 동무, 내가 하는 말을 이해하겠어? 아, 아……. 천장에 이방근의 그림자가 어른거렸다.

"아ー, 아……."

"무슨 일 있어?"

"아ー, 알고말고. 자네가 하는 말을. 그 말이 맞아. 아까부터 동무가 하고 있는 이야기 말이야……."

"이해해 주는군. 명우 동무는 나와는 달리 머리도 좋고, 우수하니 말이지. 정말이야. ……동무, 자식에게 있어서 부모라는 것은 뭐라고 생각해. 절대적인 신 같은 존재잖아. 무슨 일이 있을 때는, 병아리가 어미닭의 품에 안기듯이 말야, 모든 걸 안심하고 의지할 수 있고, 병아리처럼 어미닭의 뒤를 아장아장 따라가기만 하면 되잖아. 부모는 이상의 세계지. 그것이 어느 날 갑자기 배신을 하며 다리난간이 무너져 떨어지는 것처럼 의지할 곳이 없어져 버린 거야. 나의 아버지는 고집이 셌지만, 그렇게 나쁜 사람은 아니었어. 그러나 마을에서 일어난 일을 내가 알고 있다는 것을 깨달은 뒤부터, 부모는 썩은 다리의 난간처럼 돼 버렸고, 어미닭이 없어진 미아의 병아리 한 마리가 남게 된 것이지. ……그래서 나는 열여섯 살 때 트럭의 조수가 된 거야. 그 당시에는 제주도청의 고용인이 15원, 말단 관리의 초급이 45원이었어. 그런데 버스나 자동차의 운전수는 달에 50원에서 백 원이나 되었거든. 대단했다구. 한의사를 그만두고 몇 번이나 시험에 응시해서 겨우 합격해 운전수로 직업을 바꾼 사람도 있을 정도였으니까. 동무는 일본에 있었으니까 잘 모르겠지만, 당시에는 운전수를 아무나 할 수 있는 게 아니었다구. 기사님이었으니까. 기사님은 도청의 말단 관리보다도 높아 보였지. 버스 운전수의 경우는 신작로를 달리다가 도중에 버스를 세우고, 하루에 몇 번밖에 없는 버스를 포기하고 걸어가는 사람을 태우기도 했어. 차표는 성내나 각각의 정류장 앞에 있는 잡화점에서 팔고 있었는데, 그 도중에 승차하는 요금을 운전수가 미리 차장과 짜고 호주머니에 넣어 버렸다구. 회사에서는 그것을 대충 짐작하면서도 부수입이라며 묵인하고 있었지. 그래서 나는 조수가 되고 나서 3년째에 운전수 시험을 치려고, 당시에는 제주도가 전라남도에 속해 있었으니까, 도청이 있는 광주까지 가서 시험을 쳐서는 단번에 합격을 했다구. ……내가 운전수가 된 뒤 자동차를 운전해서 고향 마을로 갔을 때는 모두가 눈을 휘둥그레 뜨고 있었지. 마을을 떠난 뒤 처음 찾아간 거야."

"금의환향을 한 거네."

"응, 실제로 그랬어. 아버지도 한 번 성내로 찾아온 이래로 오랜만에 만났는데, 아들인 내게 미안하다고 하더군. 그때 아버지의 입에서 돌아가신 어머니에 대해서 조금 들을 수 있었지. 생각해 보면, 한심한 이야기야……." 박산봉은 러닝셔츠에 사각팬티 차림으로 이불 위에 고쳐 앉으며 말했다. "아버지로부터 조금 들은 어머니 이야기로 여러 가지 상상을 하기도 했는데, 지금도 그렇지만, 나를 낳아 준 사람을 떠올릴 때는, 직접 이 눈으로 본 것도 아닌데, 거의 알몸으로 양손을 묶인 채 말에 태워져 끌려다니는 모습이 떠오른다니까. 그러면 나는 순간적으로 머리가 아파 오고 눈을 감게 돼. ……후후, 도대체가. 내가 이 이야기를 처음으로 이방근 선생님에게 했을 때 울었어. 어린애처럼 코를 흘리며, 나중에는 창피한 이야기지만 소리를 내어 울었지. 고개를 숙인 채 도저히 얼굴을 들 수가 없었고, 콧물이 멈추지 않았어. 그런데 코끝으로 휴지를 든 손이 뻗어 오더니, 그 이방근 선생님이 내 코를 닦아 주시는 거야. 나는 마치 내가 자식이고, 이방근 선생님이 어머니 같다는 생각이 들었어. 그분은 무서운 면이 있지만, 부잣집 서방님치고는 마음씨가 따뜻한 사람이야. 방탕한 아들 같은 게 아니라구. 세간의 인간들은 모두 사람 보는 눈이 없어."

"박 동무……." 남승지도 박산봉과 같은 모습으로 이불 위에 고쳐 앉았다. 좁지만 찌는 듯한 더위가 가신 방에서 반쯤 알몸이 된 두 사람이, 햇볕에 그을리고 땀내 나는 육체를 드러낸 채, 서로의 이야기에 자신을 얽고 있었다. 담배 연기가 빠지도록 조금 열어 둔 뒤쪽 장지문 틈새로 밤바람이 살며시 들어와, 청량한 한 줄기 흐름을 피부에 느끼게 만들었다. "아까, 이방근 씨와 함께 술집에 갔을 때 신상 이야기를 했더니, 동무는 출생 동기로 볼 때, 무슨 일이든 할 자격을 가진 인간이라는 말을 들었다고 했잖아. 그래서 동무가, 선생님, 그게 무슨 뜻이냐는 질문을 했고. 즉, 의미가 확실치 않아서 그랬겠지만, 그 질문에 이방근 씨는 뭐라고 대답을 하던가?"

"응? 그건 이야기했잖아. 나는 원래 태생적으로 세상의 계약에서 비어져 나온 국외자라서, 모든 것이 계약으로 성립되어 있는 세상에서, 그 세상의 약속에 얽매일 필요가 없다는, 그거야. 원래는 이방근 선생님의 생각이지만, 그렇다고 이 선생님이 나와 같은 출생의 동기를 가진 것도 아니니까, 들어맞는 건 아니지. 혜택받은 운명을 타고난 사람이야."

"그뿐인가. 그런 간단한 이야기를 듣고, 그걸로 동무는 그런가 하고 납득을 했다는 거야? 박 동무 자신은 어떻게 생각하는네?"

"……?" 박산봉의 표정이 어두워졌다. "명우 동무는 뭔가 이 말에 걸리는 것이라도 있나. 내 자신이 그렇게 생각하고 있어. 그렇게 간단한 게 아니잖아. 생각은 이 선생님으로부터, 그 계기라고 할 만한 것은 이 선생님에게서 왔지만, 나도 그렇게 생각하고 있다구. 내 입장에서 본다면 말이지. 어쨌든 박산봉의 출생 동기처럼, 생각할수록 이렇게 웃기는, 비참한 것이 있을까. 어째서 어떤 인간은 그런 상태로 태어나야만 하는 거냐구. 불공평이라든가 그런 게 아니야. 이건……. 마지못해 태어났을 때부터 나에게 무슨 책임이 있겠어. 누구에게 이 책임을 물으면 되는 거냐구. 나는 신이 계신다면 묻고 싶어. 이런 점을 설명해 달라고 말이지. …… '아이고ㅡ, 내 팔자야' 하고 섬 여자들이 말하듯이, 모든 것을 전생의 업보라며 무력하게 포기해 버릴 수는 없잖아. ……그렇다고는 해도, 세상이 그렇게 호락호락하지 않다는 건 나도 잘 알고 있어. 나는 그런 의미에서는, 이방근 선생님 말씀을 듣고 깨닫기는 했지만, 이것은 당원이 되어 혁명사업을 위해 싸우고 있는 나에게는 필요한 생각이야. 그렇게 생각하고 있다구. 따라서 이방근 선생님에게 그 말씀을 듣고, 그리고 스스로도 그 일에 대해 잘 생각한 뒤로는 말이지, 불행한 운명을 타고난 나의 출생의 동기라는 것도 그다지 신경을 쓰지 않게 되었지……. 하지만 나는 결혼을 하거나 아이를 낳을 생각은 없어. 진력이 나 있으니까. 헷헤에. 역시 자식에게 있어서는 부모가 결혼을 하는 편이 좋겠지. 이건 방금 말한 이야기와 모순이 되는군, 음……."

"그건 당연하겠지. 결혼을 부정하지 않는 한은……."

남승지는, 어째서 이방근으로부터 들은 그 생각이 혁명사업을 위해 싸우는 박 동지에게 필요한 거지? 하고 되물으려다 그만두었다.

"음, 결혼의 부정이라는 것은 계약의 부정이 되겠지. ……나는 좀 전에 무당을 나쁘게 말했잖아. 그러나 실제로는 그런 낡은 사상을 부정하고 청산해야 한다는 그런 생각을 지니고 있어. 그것이 사회주의이고, 혁명이니 말야. 나는 해방 후에 결성된 전도교통노동조합에 들어가 그곳에서 투쟁하면서 여러 가지로 학습을 해 왔어. 이래 봬도 해방 직후부터 당의 경력 2년 반이 되는 조직원이라구. ……음, 무슨 일이든 할 수 있는 자격, 눈에 보이지도 않고 무슨 보람이나 반응을 확인하기 어려운 자격이야, 이건 말이지."

박산봉은 마지막 말을 혼잣말처럼 중얼거렸다.

"아까부터 동무는 자격, 자격이라는 말을 하고 있는데, 무슨 일이나 할 수 있다……라니, 구체적으로는 무슨 자격을 말하는 건가. 무엇보다 자격이라는 말이 이상하다구. 정말로 그런 말을 했다는 거야?"

남승지는 참지 못하고 상반신을 내밀어 박산봉의 베갯머리에 있는 재떨이를 앞으로 끌어당기며 말했다. 그리고는 입술을 뾰족하게 내밀고 꽁초를 물었다.

"……?" 박산봉은 뜻밖이라는 듯이 남승지를 바라보았는데, 그 얼굴이 경련을 일으키며 험악해졌다. "그게 구체적이지 않다는 것을 내 이야기를 듣고도 모른단 말인가? 눈에 보이지 않는다……고 했잖아, 듣지 못했나. 아니면, 나에게는 그런 사고가 없을 거라고 생각하는 건가?"

"자, 잠시만 기다려 봐, 그런 게 아니잖아……."

남승지는 아니면 나에게는……, 상대의 마지막 말에, 쓰윽 하고 얇은 면도날로 얼굴 표면을 베이는 듯한 아픔을 느끼며 상대의 말을 가로막았지만, 박산봉은 따지고 들었다.

"아까부터 동무는 계속 그러는 거 같은데, 그렇게 이방근의 이야기를 간단하게 듣고 납득할 수 있느냐라든가, 자격이라는 말이 이상하다든가, 뭔가 학생에 대한 선생 같은 태도가 아니냐구. 비꼬는 것처럼 들리거든. 동무는 자신이 인텔리라고 자부하고 있는 거야. 인텔리라는 게 뭔데? 동무가 인텔리라면 나는 노동자야. 물론 조직자로서의 동무는 조직에 있어서 위에 있지만……."

"이봐, 무슨 바보 같은 소릴 하고 있어. 내가 무슨 인텔리란 말야. 나는 인텔리니 하는 말을 싫어한다구." 남승지는 울컥하여 말했다. 분명히 움찔하며 자신의 말투에 찔리는 곳이 있었지만, 기분이 좋지 않았다. "조직에 있어서 위라는 것은 또 뭐야, 비꼬고 있는 것은 동무가 아닌가? 그럴 리가 없잖아. 동지는 원칙적으로 평등하고 위아래가 없는 거라구. 말도 안 되는 그런 말은 하지 마. 그런 인상을 주었다면, 나는 자기비판을 하겠어. 나는 단지 동무의 이야기를 듣다 보니 이방근 씨에 대해 알고 싶어져서 그런 말투를 한 것은 사실이야. 분명히 그럴 의도는 없었지만, 내 말투는 좋지 않았어."

나에게는 그럴 사고가 없을 거라고 생각하는 건가. 이 말이 남승지의 가슴을 푹 찔렀다. 그는 얼굴이 발개지는 심정으로, 거기에 자신이 무의식적으로 상대를 깔보는 마음의 작용이 있었음을 인정했다.

박산봉은 오른쪽 팔꿈치를 삼각형 모양으로 내밀고, 한쪽 손으로 그 겨드랑이 털을 만지작거리며, 경직된 느낌의 기묘한 표정으로 눈도 깜빡이지 않고 남승지를 바라보았다. 남승지는 박산봉의 경직된 상태가 갑자기 그 눈빛으로 옮겨 가 초점이 허공에 머문 채, 아까와 마찬가지로 고개를 꿈틀 움직이며 발작을 일으키는 것은 아닌지 두려웠다. 흐-음, 어쨌든 이것은 이미 양준오의 사상에 가까웠다. 그렇다 하더라도, 어떻게 된 일인가……. 박산봉의 출생 동기, 이 얼마나 새삼스런 말인가. 양준오에 대한 생각과는 달랐다. 아니, 양준오 자신의 '사생아'로서 지금까지 겪었을 고충에 자신의 생각이 미치지 못한 것을 느꼈다. 양준오가 자주 이야기하던 조선에 있어서, 특히 조선시대의 적출, 서출의, 그리고 같은 형제, 배다른 형제간에 있어서까지 비인간적인 차별. 서자는 자기 아버지나 형에 대해 '호부호형(呼父呼兄)', 아버지나 형이라 부를 수 없었으며, 조상의 제사에도 참석하지 못하고 과거시험에도 응시할 수 없었다…… 등등. 『홍길동전』의 작가인 허균 자신이 '명문거족(名門巨族)'의 출신이면서도 당시로서는 파격적인 사상가였기 때문에, 적서차별의 금지, 그리고 정권의 전복을 위한 혁명으로 연결되었고, 마침내 동지들과 함께 대역죄로 '능지처참', 사지가 찢어지는 형에 처해졌다는 사실에 비춰 보아도, 서출은 숙명적인 차별, 천시의 대상이 되어왔던 것이다.

이미 열한 시, 통행금지 시간이었다. 수하를 당해서 대답을 못 하면 사살되는 시간대에 들어간다. 조용했다. 불을 끄면 완전히 보이지 않고 들리지 않는 두꺼운 어둠에 휩싸일 것이다.

박산봉이 일어나, 일단 뒤쪽 장지문을 완전히 열어 놓고, 부채질로 방 안에 갑작스런 바람을 일으켜 모기 몇 마리를 몰아낸 뒤 장지문을 닫았다. 그리고는 전등을 끄고 두 사람은 어둠 속에 누웠다. 새까맣게 칠해진 어둠의 막간을 뚫고 나오는 목소리의 행방을 찾듯이 한동안 이야기가 계속 이어졌다. ……나는 이방근 선생님을 존경하고 있어. 동무도 그렇겠지. 박산봉의 목소리가 어둠에 물들어 보이지 않았다. 나는 이 선생님에게 당원이라는 것을 간파당한 적이 있어. 4·3봉기 전 어느 날 밤, 우연히 이곳에 와서, 이 선생님은 일부러 이곳에 오신 적이 있다구, 나에게 자네는 지금도 당원이냐고 물었지. 무슨 일인지 알 수 없었지만, 아마도 유달현과 나의 관계를 알고 싶었던 것이 아닐까 하는 생각이 나중에 들더군. 나는 완강히 부정했어. 이 선생님에게 거짓말하는 게 두려웠지만, 그건 조직의 비밀이었으니까. 그러나 나는 다음 날 밤에 어슬렁어슬렁 이 선생님 댁으로 찾아가, 내가 당원이라고 털어놓고 말았어. ……선생님, 저는 선생님에게 거짓말을 할 수가 없습니다. 선생님에게 거짓말을 하고 있다고 생각을 하니, 자신 스스로가 자유롭지 못하게 되고 몸도 마음도 굳어져 버려서, 몸을 움직일 수 없을 것 같은 느낌이 들었습니다. 몸이 뻣뻣해지고 가위에 눌리는 겁니다. 저는 선생님이 물으시면 잠자코 있을 자신이 없습니다. 모든 비밀을 말해 버릴 것 같은 기분이 듭니다. 제 혓바닥이 마음대로 움직일 것 같아요. 저는 선생님이 물으시면 무엇이든 말할 겁니다. 그렇지 않으면 가위눌림이 풀리지 않습니다……. 나는 마치 내 자신이 남자 있는 곳으로 찾아가 몸을 맡기는 여자처럼 이야기를 하고 말았어…….

남승지는 순간, 순간, 이방근이 자신인 것 같은 착각에 빠지면서, 어둠 속의 목소리를 들었다. 나는 이방근 선생님이 무섭다. 형님처럼 무서워. 그래도 나는 제대로 내 자신의 생각을 가지고 있어……. 이윽고 밤이 깊어지면서 터무니없는 어둠의 확산이 으스스하게 삐걱거리듯 무겁게 지상을 내리누르고, 무수한 매미 울음소리가 하늘을 가득 메운 별의 속삭임처럼 빼곡하게 밤 전체를 적셨다. 몇억이나 되는 별의 속삭임이 귓가에 밀려와 수런거렸다. 두 사람은 밤의 밑바닥으로 가라앉았다. 잔물결처럼, 그리고 해조음처럼 일어날지도 모르는 발작도 가라앉았다. 땀이 밴 짚이 섞인 마른 흙벽의 냄새가 나는 어둠 속에서, 어디선지 모르게 피어나는 서향 같은 향기……. 쥐죽은 듯 조용한 한밤중에, 움직이는 것이 있다. 밤의 생활자인 게릴라 같은 그림자가 투명하게 움직이다 사라지고, 바람이 지나가고, 어둠의 스크린에 사람 그림자가 움직이다가, 잠의 구멍으로 툭 떨어졌다.

　조금 전에 막 잠든 박산봉이 이부자리에서 일어나, 남승지의 끈적 끈적한 머릿속의 밤 공간으로 들어왔다. 그리고는 남승지를 재촉하여 자신의 방에서 데리고 나갔다. 밖은 성내 거리가 아니고, 멀리까지 계속되는 들판으로, 두 사람은 점차 오르막길을 타고 산 쪽으로 걸었 다. 그러자 저쪽에서 눈이 보이지 않는 늙은 무당이 다가와, 실로 꿰 맨 흔적이 있는 두 개의 눈꺼풀 속에 안구가 비쳐 보이는 기분 나쁜 눈으로 남승지를 응시한 채, 지금부터 박산봉의 모친 무덤에 가 보았 자 아무것도 없다고 말했다. 나쁜 여자라서 무덤이 파헤쳐졌는데, 그 자리를 정화하기 위해서 무제를 지냈으니까 이제 갈 필요는 없다고, 꿰맨 눈꺼풀 안쪽의 안구를 움직이며 노파는 길을 막았지만, 두 사람 은 그걸 발로 걷어 내고 앞으로 나아갔다. 예상대로 무덤은 무참히 파헤쳐져 있었고, 그 흔적인 커다란 구멍은 깊은 연못이 되었는데, 정체를 알 수 없는 물고기 같은 것이 헤엄치고 있었다. 그곳은 아무래 도 관음사 경내의 연못 같았다. 한라산이 한층 높게 솟아 있었고, 관 음사는 그 정상에 가까운, 험악한 절벽 위에 서 있었다. 주위를 내려 다보자 마치 천상에서 보는 것 같은 조망의 날개가 인간 세상의 끝을 향해 날아오른 순간, 장쾌하고 황홀한 섬광이 번쩍이고, 견디기 어려 운 쾌감이 날카롭게 뇌수를 뚫고 달리는 것이었다.

　관음사 옆 풀밭의 천막 안에서, 징과 꽹과리, 그리고 장구를 치면서 무제가 행해지고 있었는데, 이방근이 하얀 삼각건을 뒤집어쓰고 빨강 이나 파랑 등의 원색이 찬란한 무복을 입은 박수가 되어, 마치 도약경 기의 선수처럼 뛰어오르며 검무를 추고 있었다. 그는 남승지를 보자,

춤을 추면서, 어째서 이렇게 지각을 했느냐고 책망했다. 나는 내일 서울로 떠나는데 너에게 꼭 주방의 간이 2층에 갇혀 죽어가는 노파들을 보여 주고 싶었는데, 그것이 지금 자꾸만 녹아 사라지고 있단 말이다. 남승지는 이방근과 함께 간이 2층의, 썩은 다리난간처럼 흔들리는 계단을 올라갔다. 숲 속처럼 어두컴컴하고 낮은 천장의 간이 2층에는 불쾌한 냄새가 가득 차 있었다. 그것은 노쇠와 부패로 몸이 점점 녹은 체액으로 젖어 있는 판자로 된 바닥에서 피어오르는 냄새라고 이방근이 설명했다. 아아, 그래서 발바닥이 끈적거리며 바닥에 들어붙는 것이구나. 그런데 또 묘한 분명히 커피 냄새가 나면서 주위에 무수한 커피 잔과 커피 깡통이 흩어져 있는 것이 보였는데, 이전에는 없었을 터인 옆의 간이 2층으로 가자, 거기에 정세용이 누워 있었다. 양초의 어두운 빛 주위에 많은 사람들이 아무래도 밤을 새우는 것 같았지만, 거기에는 유달현도 와 있었고, 남승지의 어머니와 이야기를 나누고 있었다. 그리고 오랜만에 만나는 느낌이 드는 여동생 말순과 이방근의 여동생 유원이 물끄러미 남승지의 얼굴을 바라보았다. 이방근이 정세용은 술 대신에 커피를 너무 마셔서 간장에 독이 돌았다고 설명하자, 사람들은 묘하게 동물의 머리 같은 면상을 하고 크게 고개를 끄덕였는데, 이내 모두가 옆방으로 사라지듯이 없어져 버렸다.

들판의 소떼와 말의 무리가 인간의 눈을 하고 무언가를 응시하고 있었는데, 그것은 지면에 드러누운 정세용이었다. 커피를 너무 마셔서 몸이 초콜릿 빛으로 변색된 정세용을 묻으려고 땅을 파는 것을, 박산봉이 나와, 이 자는 물귀신이니까 여기에 넣어 헤엄치게 하자며, 어디서 운반해 온 것인지, 목제로 된 수조 안에 정세용을 띄웠다. 분명히 이전에 본 적이 있는 수조였는데, 정세용은 그곳에서 출렁출렁 흔들리며 잠들어 있는 것 같았다.

　남승지와 박산봉이 서울의 레스토랑을 나왔을 때, 거리의 울창한 숲의 공원에서 풀을 뜯고 있던 소 떼와 말의 무리를 보고, 같이 온 정세용이 도망치는 것을 남승지와 박산봉이 이인삼각으로 쫓아가 겨우 뒤에서 쓰러뜨릴 수가 있었다. 땀으로 범벅이 된 남승지가 무슨 말인가를 외치며 정세용의 두꺼운 목을 조르고, 옆에 있던 묵직한 망치를 들어 상대의 머리를 깨부수자, 커다랗고 뭉클한 간 모양의 뇌가 튀어나와 얼굴에 닿는 순간, 꿈이 깨어 안도를 했지만, 무섭게도 정세용이 머리가 쪼개진 모습으로 죽어 있었다. 자신을 보니, 망치를 든 손이 피로 빨갛게 물들어 있었다. 남승지는 꿈에서 깨어 나간 것은 박산봉이었다고 당황해하면서, 어느새 전라가 된 몸에 달라붙어 가슴을 조이고 있는 답답한 꿈의 막을 떨쳐 버리려고 발버둥 쳐 보았지만 효과가 없었다. 발이 딱딱한 구멍 속에 빠진 것처럼 움직이지 않았다. 힘껏 어떻게든 움직여 보았지만, 그것이 반대로 작용해서 질질 구멍 속으로 빨려 들어갔다. 질식할 듯한 답답함에 괴로워하며 박산봉을 불렀다. 옆에서 박산봉이 자고 있을 터인데, 내가 괴로워서 신음소리를 내며 꿈에서 나가고 싶다고 외치고 있는데도, 바로 옆의 이불 위에 있는 박산봉은 나 몰라라 하는 얼굴로, 바닥이 없는 꿈의 늪에서 손을 잡아 끌어올려 주려 하지 않았다……. 아앗, 아ー앗, 남승지가 끈적끈적하게 가위눌리는 밤의 꿈에서 깨어났다. 녹초가 되어 축 처지면서 큰 소리를 지른 것 같긴 했지만 희미하고 어슴푸레한 부드러운 빛에 감싸인 박산봉은 깊은 잠에 빠진 것 같았다. 코를 골며 자고 있는 이가 박산봉이라는 것을 확인했지만, 꿈에서 깬 순간 어머니와 같은 방에서 자고 있다는 착각에 빠져 있었다. 그리고 아, 여기가 제주도라는 것을 깨닫자, 아픔을 동반한 공허함이 가슴을 스쳐 지나는 것이었다. 등이 싸늘하게 차가운 느낌이 들었는데, 흥건한 땀이 이불을 적시고 있었다. 사타구니가 땅기는 것 같아 사각팬티 안으로 손을 밀어넣자, 정액 냄새가 확 풍기며 코에 닿았고, 반쯤 마른 풀 같은 감촉이 미끈거리며 손에 들러붙었다.

아직 이른 아침이었다. 별빛 정도의 박명이 장지문에 비치고 있었다. 최근에는 거의 없었던 가위눌림이었다. 불쾌한 꿈이었다. 남승지는 박산봉의 꿈 이야기에서, 정세용을 넣어 이방근과 둘이서 관 대신에 운반했다고 하는 수조를 막연히 상상하고 있었는데, 지금은 그것이 실제의 감촉을 동반하고 뇌리에 살아났다. 오랜만에 나타난 가위눌림은, 박산봉이 어제 새벽에 이 방에서 가위에 눌리며 그 꿈을 꾸었다고 했는데, 그것이 옮겨 온 것 같은 기분이 들었다. 어쩌면 박산봉을 대신해서 꿈을 꾸었는지도 모른다. 악몽이다. 박산봉의 이야기를 듣고 있을 때는 아무렇지도 않았던 일이, 자신이 꿈속에서 직접 경험하자, 마르지 않은 꿈의 흔적이 불쾌한 느낌으로 피부에 끈적거리는 것 같아 견디기 힘들었다. 박산봉은 코를 골며 잠들어 있었다. 남승지는 좀 더 자야겠다고 생각했다. 오늘은 출발이다.

7

빠져나온 꿈의 막이 무너진 흔적이, 피부에 끈적이는 듯한 불쾌한 꿈의 연속이었다. 실제로 피부가 끈적거렸다. 몽정의 흔적이 사타구니에서 끈적거렸고, 그것이 말라 굳으면서 뻣뻣하게 땅기는 것이 불쾌했던 것이다. 바다에라도 뛰어들어 몸을 씻고 싶었다.

남승지는 꿈을 박산봉처럼 반추하며 거기에 숨결을 불어넣어 부풀리고 스스로가 들어가려고는 하지 않았다. 어차피 박산봉으로부터 들은 꿈 이야기 탓이었다. 그렇다 해도, 설사 그것이 꿈이었으나 어머니와 여동생, 그리고 이유원이 눈길도 주지 않는 태도는 완전히 낯선 타인과 같았다. 얼마나 냉정하던지. 뒷맛이 개운치 않았다. 그보다도 꿈속에서 되살아난 죽은 사람은 아무 말도 하지 않는 법이라고 들은 적이 있는데, 어쩌면 오사카의 어머니가 병으로 돌아가신 것은 아닌가 하는 불길한 생각에 휩싸이면서도, 그것을 떨쳐 냈다. 악몽에서 깨어난 순간, 박산봉이 아닌 어머니와 같은 방에 자고 있다고 믿었던 것도 한심한 일이었다. ……오빠는 멀리 떨어져 있어도 우리들의 기둥이에요. 죽으나 사나 함께 있고 싶어요. 헤어져 살면서 그게 무슨 살아 있는 거냐고 어머니가 말씀하세요. 헤어져 살면서, 그게 살아 있는 거냐……. 부질없는 일이야. 남승지는 가슴이 뭉클하며 아파 오는 것을 느꼈다. 어째서 육친이라는 존재가 이렇게도 생트집을 잡는 것인가.

그는 월말에 돌아온다고 하는 이방근을 갑자기 만나고 싶어졌다. 그러나 그렇게 쉽게 만날 수 있을지 어떨지. 정세는 다시 급박하게 전개될 것이다. 이제 곧 8·25남북총선거가 실시된다. 이를 위해 남쪽 지역의 지하투표 연판장이 속속 북쪽으로 비밀리에 운반되고 있었다. 오늘 8월 21일부터 열리는 해주인민대표자회의에는 남측 대의원 360명 멤버의 일원으로서 섬을 탈출해 북쪽으로 향한 게릴라 사령관 김성달과 도당위원장, 다른 이들도 출석한다. 23일에는 수도관구(首都管區)에서 비상경계가 실시될 것이다. 결국 이방근에 대해서는 하룻밤 묵으면서도, 이방근이 박산봉에게 정세용을 이야기했다는 그 상세한 내용은 듣지 못하고 말았다. ……그러나 박산봉의 꿈은 뭔가를 확실히 말하고 있었다.

유달현, 유달현……. 꿈속에는 나오지 않았지만, 피부에 달라붙는 느낌의 불쾌한 꿈은, 어젯밤부터 유달현이 정세용과 내통하고 있는 것은 아닌지, 아니 통적분자, 스파이는 아닌지 하는 무서운 생각이 밤새도록 남승지의 의식 속에 꿈틀거리는 송충이처럼 들어붙어서, 그에 시달린 탓도 있었을 것이다. 시각은 일곱 시, 밖은 밝았다.

남승지는 사각팬티에 생긴 노란 지도 모양을 감추기 위해, 이불에서 나오자마자 바지를 입었다. 박산봉이었다면 어떻게 했을까. 이봐, 이걸 좀 보라구, 총각께서 그린 새로운 지도를! 이라고까지는 하지 않겠지. 이불에서 일어난 박산봉은 장지문을 열고 아침의 공기를 맞아들였다. ……다─다다다, 다─다다……. 그는 반라의 모습으로 이불을 개면서 박자를 맞추어 콧노래를 부르기 시작했다.

> ……조선의 대중들아 동포들아 들어 보아라
> 우렁차게 들려오는 해방의 날을
> 시위자가 울리는 발굽 소리와
> 미래를 고하는 아우성 소리……
>
> 노동자와 농민들은 힘을 다하여
> 놈들에게 빼앗겼던 토지와 공장……

"이봐, 박 동무, 목소리가 점점 커지고 있어."
"괜찮아, 들리고 있는 것은 이 방에 계시는 동무의 귀뿐이야." 박산봉은 어젯밤 '현기증'에 의한 발작은 어디로 갔는지, 천연덕스럽게 입

안에 머금은 낮은 목소리로 리듬을 강조하며 노래를 불렀다. 이것은 해방 직후에 만들어진 '해방가'였는데, 이미 노래하는 것을 금지하고 있었다. "이런 것은 성내 이외의 마을이나 산촌에 가면 소리 높여 동무들도 부르고 있을 거 아냐. 성내에서도 데모할 때에는 모두가 불렀다구."

이번에는 노래를 바꿔서, 민중의 깃발, 붉은 깃발은…… 하며, 주먹 쥔 손을 작게 흔들고, 행진곡조로 다리를 사용해 박자를 맞추면서 계속 노래를 불렀다.

"언제나 아침은 이렇게 노래를 하고 있어?"

"그렇지는 않겠지, 명우 동무여. 나는 동무가 여기에서 잔 것이 너무나 기쁘다구. 이방근 선생님 말고는 이야기한 적이 없는 내 과거를 동무는 들어주었잖아. 동무는 내 비밀을 알고 말았지. 하지만 나는 왠지 홀가분해. 동무와는 혈맹의 동지 같은 관계라구. 그리고 우리들은 이방근 선생님의 말이지, 아우뻘이고……. 아우뻘이라는 말을 이방근 선생님 앞에서 했다가는, 이 뻔뻔스런 놈이라며 머리가 쪼개질지도 몰라, 헷헤……."

"아우뻘이라는 말은 그만두자구."

남승지는 상대의 커다랗게 열린 채로 있는, 경련을 일으킬지도 모를 눈빛을 쫓고 있었다.

"그럼, 뭐라고 하면 되는데? 이방근 선생님은 동무도 존경하는 형님이잖아." 박산봉은 벽에 걸린 바지를 들고 입으며 계속했다. "그래서 말인데, 나는 도저히 그런 말을 할 처지가 못 되지만, 명우 동무는 다음에 언젠가 이방근 선생님을 만나거든 '서북'패들과 너무 어울리지 않도록 충고 좀 해 줘. 이 선생님이 하시는 일이라고 생각하면서도, 아무래도 보기가 좋지 않아."

"나로서도 그건 마찬가지야. 내게 신통력이 있는 것도 아니고……."

남승지가 웃으며 말했다.

"뭣하면 도청의 양 씨는 어때. 도청의 선생은 이방근 선생님과 친하잖아? 그는 친구의 일이 신경 쓰이지 않는 건가. 어쨌든 '서북' 놈들은 애당초 제주 사람을 섬놈들이라며 바보 취급하고 멸시하잖아. 빌어먹을. 특별히 '서북'만 그런 게 아니라 육지의 인간들은 모두가 그래. 이 선생님은 그걸 알고 있으면서도 사람이 좋아서, 놈들, 인간쓰레기들을 데리고 술을 마시고 있단 말야. 한심하기 그지없다구. 난 이 선생님이 성내로 돌아오지 않는 게 좋다고 생각할 정도라니까."

'서북'과 이방근, 그것은 그 나름의 생각이 있을 터였다. 그렇다 해도, 박산봉의 말대로 그렇게까지 할 필요는 없다고 생각했다. 남승지는 담배를 한 대 피우고 여덟 시 전에 박산봉의 방을 나왔다. 이미 하늘은 높게 맑아 있었고, 바다 냄새를 머금은 아침 바람이 기분 좋았다. 아침은 양준오의 하숙집에서 먹기로 되어 있었지만, 벌써 뱃속이 요란하게 울리고 있었다. 허기진 느낌을 잊고 지낸 성내의 이틀이었다. 창고 건물 옆의, 아직 햇살이 비치지 않고 있는 골목을 지나 신작로로 향했다.

서늘한 바람이 부는 골목에서 신작로로 나오자, 검은 항아리를 몇 개나 싣고 지나가는 짐수레에서 맵고 시큼한 김치 냄새가 코를 찔렀다. 김치? 남승지는 꿀꺽 군침을 삼켰다. 그 냄새가 순간 꿈속에서처럼 눈에 보이지 않는 증기가 되어 얼굴을 덮어오는 것이었다. 아, 김치구나, 김치……. 여자들이 물 항아리가 든 대나무 바구니를 짊어지고 물 긷는 모습이 보였다. 맨발의 여자아이가 울면서 엄마의 뒤를 따라가고 있었다. 성내에도 수도가 없는 건가, 있어도 절약을 위해

물을 긷는 모양이었다. 성내 중심부의 관덕정 광장을 향해 서문교를 건너가자, 전방에 보이는 관덕정 뒤편의 키가 큰 소나무 숲의 가지가 하늘 높이 바람에 흔들리고, 그 왼쪽 앞에 있는 읍사무소의 이층건물이 아침 햇살에 빛나고 있었다. 으─흠, 저기야, 저 어두운 소나무 숲 속에 정세용의 사체를 띄운 수조가 놓여 있었지. 그것을 이방근과 박산봉이……. 남승지는 운동화를 신은 발밑에서 미세한 먼지가 피어오르는 메마른 길을 걸어가면서 고개를 옆으로 세게 흔들었다. 사람의 통행이 있었다. 섬사람들의 아침은 빨랐다.

남승지는 아직 출근 시간이 조금 빠르지만, 혹시 정세용과 광장 주변에서 우연히 만날지도 모른다는 생각에, 읍사무소 앞길에서 왼쪽으로 돌아가려고 빙 돌아 경찰서와 도청의 뒷길을 북국민학교 쪽으로 빠졌다. 조금 전에 박산봉이 속삭이듯이, 그런데 유달현의 일은 어떻게 하지? 라고 말했지만, 어쩌고 말고 할 것도 없었다. 한동안 유달현의 거동에 박산봉이 주의를 기울인다. 동지를 은밀히 '감시'할 수밖에 없었다.

이것은 남승지 개인의 판단으로 결정할 문제가 아니었다. 확증도 없는데, 엊그제 밤에 처음 만난 새로운 성내 지구 책임자인 유성원에게 사정을 이야기할 수도 없었지만, 그러나 서둘러 조직의 대책을 세우지 않으면 안 된다. 증거를 잡고, 사실관계를 확인하기 위해서는 어떻게 할 것인가, 미행……. 아아, 남승지는 거의 멈춰 서듯이 뒤를 돌아보다가, 앗 하고 입 안에서 소리를 지르고, 전방의 한 점을 주시했다. ……뭐지, 저건? 붉은 깃발이 아닌가. 아니, 적기, 적기다! 민중의 깃발, 붉은 깃발은……. 박산봉이 일어나자마자 부르고 있던 '적기의 노래'가 머릿속을 꿰뚫고 지나갔다. 도대체 어떻게 된 일인가. 남승지는 어젯밤부터 단속적으로 계속되는 꿈의 영향을 받고 있는 것이 아닌가 하고, 아주 잠시였지만, 멍하니 멈춰 서서 눈을 비비고, 그 깃대 위에서 펄럭이고 있는 적기를 보았다.

틀림없는 적기였다. 악몽에 시달리던 하룻밤 사이에, 마치 신의 조화처럼 혁명이 성공하여 관공서를 점령하고 말았다……. 하필이면 태극기가 걸려 있어야 할 읍사무소 뒤뜰 국기게양대의 깃대에 적기가 펄럭이고 있었다. 연도의 단층집이 줄지어 있는 지붕 너머로 일단 의식을 하고 나면 그것이 확실히 보였다. 남승지는 갑자기 폭발한 듯한 가슴을 숨 막히게 움켜잡고 깃대의 적기에서 시선을 돌린 뒤, 일단 멈춰 섰던 발길을 앞쪽으로 재촉했다. 사람 통행이 많지는 않았지만, 눈치 빠르게 발견한 통행인 두세 사람이 한 덩어리가 되어 이야기하다가 이내 사라졌다. 혁명 같은 게 아니었다. 한 순간이었지만, 무슨 말도 안 되는 착각에 빠졌단 말인가……. 남승지는 곧바로 영화관이 있는 오른쪽 길로 돌아 들어갔다.

위험한 현장에서 도망친 듯한 기분으로 먼지가 뿌연 목이 마른 것처럼 색이 바랜 영화관 건물 앞을 지나면서도 남승지의 격한 고동은 가라앉지 않았다. 처음에 예정했던 길과는 반대 방향으로 와 버린 것에, 그가 모르는 길이 아닌데도, 왜 이 길로 들어온 것일까, 하며 막다른 골목으로 잘못 들어온 것처럼 불안해했다. 길 저쪽은 열려 있었다. 완만한 언덕길이라서 멀리 저편으로 모처럼 구름을 쓰지 않은 한라산 전체가 보였다. 지나가던 중화요리점의 유리문이 드르륵 열리고 잠이 덜 깬 키가 큰 남자가 나오면서 마주친 시선에 가슴이 덜컹했지만, 읍내는 특별히 달라진 것이 없었다. 도대체 어떻게 된 일인가. 읍사무소 앞도 조용했고, 건물을 빼앗느라 소란을 피운 기척도 없었다. 제주 읍사무소 건물의 깃대에서 바람으로 펄럭이던 적기……. 8월 15일의 이승만정부 수립 때까지, 미군정청이 있던 도청 건물의 깃대에 365일 걸려 있던 성조기가, 그리고 해방 전의 일장기가 머릿속을 천천히 통과하면서 적기와 겹쳐졌다. 아니, 바람에 펄럭이고 있던 깃대 위의 적기가 강렬한 인상으로 눈에 남아 있었다. 남승지는 적기를 발견했을 때의 자신의 동작과 표정을 누군가가 이상한 눈으로 바라보고 있었던 것은 아닐까 하고, 머릿속의 거울에 비쳐 보며 아무렇지도 않은 듯 주위를 둘러보았다. 적기를 발견하고 멍하니 우뚝 서 있었지만, 이 길로 들어올 때까지 그곳에 계속해서 서 있었던 것은 아니다. 읍사무소의 깃대에 이상을 느낀 순간 동작은 1, 2분이 아니라, 거의 4, 5초, 초 단위의 짧은 시간이었던 것이다.

그때 갑자기 거울이 큰 소리를 내며 깨졌다. 느닷없이 옆쪽의 골목에서 나온, 순찰을 돌던 젊은 경찰 두 사람과 마주쳤던 것이다. 몇 발자국의 거리에서 얼굴이 딱 마주치자, 남승지의 놀라는 표정을 경찰이 보았다는 것을, 그 자신도 확실히 의식하고 있었다. 그는 갑자기 내달리거나 하지는 않았다. 그대로 교차하는 골목길을 횡단하려고 하자, 달려온 경찰이 마치 시퍼런 칼날로 바람을 가르는 느낌으로 왼손을 잡았다. 또한 틈을 주지 않고 앞을 가로막은 다른 한 사람이 오른손을 잡아 좌우에서 눌렀다. 이게 무슨 일인가 하고 생각할 틈도 없이 순식간에 일어난 일이었다. 뿌리치고 도망가기에는 이미 늦었지만, 눈앞에서 도망치는 것은 좋지 않다. 단순한 통행인으로 지나가려다 잡혔을 뿐이다.

이런 일이 있을 수 있는가. 현기증이 일며, 순간 전속력으로 나락의 밑바닥에 떨어져 내리는 추락의 느낌에 눈앞이 캄캄해졌다. 그것은 1, 2초 사이에 일어난 일이었고, 이내 정신을 차려 어둠을 걷어 냈다. 이 얼마나 어리석은 실수인가. 어이가 없었다. 너무나 부자연스럽고 납득하기 어려운 순간, 일본의 스모에서 경기 시작 직후 한쪽 편이 단숨에 씨름장 밖으로 밀려나 버리는 듯한 뜻밖의 결말이었다.

"뭐야, 이거 놔!"

남승지가 저항했다.

"뭔지 몰라, 이자식이—!"

한 사람이 남승지의 따귀를 때리고 나서 수갑을 채웠다. 남승지는 어찌할 바를 모르고 그것을 지켜보는 사이에 양손의 자유를 잃고 말았다. 설마 백일몽 속의 일은 아닐 것이다. 그는 마침내 이거 큰일이라는 생각을 했다.

"잠자코 따라와. 그렇지 않으면 여기서 반쯤 죽여 놓겠다."

"왜 일반인을 체포하는 거야."

"이 자식이 건방진 소리를 하고 있네, 경찰의 맛을 모르는 모양이군. 여기서 죽고 싶나? 왜 도망가려고 했어, 응? 아침부터 어딜 가려던 거야, 이 빨갱이 자식아!"

"빨갱이라니 무슨 소리야, 억……!"

남승지는 사타구니를 걷어차이는 바람에 머리에서 불꽃이 튀면서 그 자리에 한동안 주저앉고 말았다. 저항은 그만두자. 얌전히 있는 것이 좋다. 남승지는 성난 파도처럼 밀려오는 후회의 물결에 휩싸이면서 얌전히 연행되었다.

그는 영화관 앞을 다시 거꾸로 되돌아가면서, 신작로로 나와 경찰서를 향하는 도중에, 읍사무소의 깃대에 펄럭이는 적기가 경찰의 눈에 띄는 것은 아닐까 하고 신경이 쓰였다. 설마 그 보기 드문 현상의 적기를 나와 연관시키는 것은 아니겠지. 어쨌든 경찰서까지 잠자코 가 볼 일이다. 그 사이에 시간을 벌어 대책을 생각해 보자. 경찰은 처음이 아니다. 2년 전인가, 서울에서 삐라를 붙이던 중에 체포되어 갇힌 적이 있었다. 12일간. 그러나 지금은 지나가는 통행인을 연행한 완전히 불법체포였고, 뭔가 증거가 될 만한 게 있는 것도 아니었다. 호주머니에는 수첩도 그 어떤 메모 종류도 없다는 것을 박산봉의 하숙집에서도 확인했기 때문에, 그것은 안심이었다. 그렇다 하더라도 이 얼마나 바보 같은 짓이란 말인가. 아침의 태양이 이마에 솟아난 땀을 파고드는 것처럼 뜨거웠다. 사람의 통행은 적었지만, 가급적 사람들의 눈에 띄지 않도록 고개를 숙이고 걸었다.

"아니……?"

신작로까지 나온 남승지는 놀라 소리를 내었다. 얼굴을 들자 읍사무소의 뒤뜰에서 펄럭이고 있던 그 적기는 없어지고, 빈 깃대만이 하나 달랑 서 있는 것이, 늘어선 단층집 지붕 너머로 보였던 것이다.

"뭐가, 아니, 라는 거야, 이 자식아, 하늘은 왜 쳐다보고 딴청을 부려, 자, 빨리 가!"

지금 경찰로 연행되고 있다는 것 자체가 실감이 나지 않았지만, 그 빈 깃대는 어떻게 된 것일까? 한 폭의 그림이 있었는데, 그 적기 부분만 배경인 하늘색으로 바꿔 칠한 뒤 깃대만이 하나 서 있다고 하는 풍경이 거기에 있었다. 그 바람에 펄럭이던 적기는 어쩌면 착각, 환영이었던 것일까. 아니, 그런 게 아니다. 분명히 적기를 발견한 듯한 통행인들도 뭔가 이야기를 하면서 흩어지지 않았던가. 그것도 뭔가의 착각이었을까. 그렇다면 이렇게 연행되고 있는 것도 뭔가 착각 속의 일이 된다. 말도 안 된다. 남승지는 혼란을 억제하고, 망막에 새겨져 떨어지지 않는 깃대의 깃발이 펄럭이는 것을 다시 한번 그 눈으로 보았다. 이것은, 이렇게 수갑을 차고 자유를 잃어버린 양손이 사실인 것처럼 현실이었다. 좀 전의 통행인들의 모습도 착각이 아니었다. 그리고 깃대 꼭대기에서 바람을 받고 있던 적기는 착각도 환각도 아니다.

생각지도 못한 재난으로, 꿈의 파편을 뒤집어쓴 듯한 사건이었지만, 관덕정 광장에는 흙먼지가 하얗게 피어오르는 가운데 분명하게 현실이 움직이고 있었다. 관덕정으로 다가가자 이미 광장 쪽에서 아침 공기를 흔들며 울리는 집단의 구호와 호령이 들려오고 있었다. 광장에서는 땀방울이 번쩍이는 나체의 상반신을 햇볕에 드러낸 청년의 무리가 사열종대의 대열을 두 개로 편성해서 군대식 행진을 하고 있었다. 수십 명, 두 개 소대 정도였는데, 그들은 '서북'이 아닌 대동청년단이나 그 밖의 반공단체원일 것이었다. 얼굴 생김새로 볼 때 그들은 섬사람들이었다. 우리들의 대한민국 사수! 적구(赤狗) 타도! 등의 구호를 반복하고 있었고 그 구호는 광장 전체에 메아리쳤다. 그리고 구보로 메마른 광장의 외곽을 땅울림 소리를 내면서 달리기 시작했다.

남승지는 관덕정 건물 앞을 가로지를 때, 이쪽으로 열기를 품고 압박해 올 듯한 알몸의 집단이, 와ㅡ 하고 대열을 무너뜨리며, 이 빨갱이 자식! 하며 몰려들 것 같은 기분에 자신도 모르게 어깨를 움츠렸다. 도청 등이 있는 구내로 들어가, 벚나무 가로수 그늘 아래의 통로를 따라 경찰서 앞에까지 오자, 남승지는 그 건물 입구로, 경찰들에게 등을 떠밀리듯 밀려 들어갔다. 서울에서 제주도로 온 지 이미 1년 반, 그 사이 체포되지 않았기 때문에 이 정도의 일은 있어도 괜찮다. 그러나 이건 체포라는 이름에 걸맞지 않는다. 뭔가 격투라도 벌이다가 체포되었다면 몰라도, 스스로 화를 자초한 지금과 같은 경우는 완전히 얼빠진 짓을 한 결과인 것이다.

"김 순경, 아침부터 그건 또 뭐하는 자야? 좀도둑인가?"

입구를 들어간 오른쪽으로 책상을 배열해 카운터처럼 막아 놓은 보안계에는 이미 여러 명의 경찰이 자리에 앉거나 우뚝 서서 담배를 피우고 있었는데, 그중의 한 사람이 말했다.

"내가 좀도둑이나 잡을 것 같아. 이놈은 빨갱이야. 낯짝을 보면 알 수 있다구. 순찰 중에 우릴 보더니 도망치더라니까."

남승지와 비슷한 나이의 젊은 순경이 말했다.

"누가 도망쳤다는 거야. 길을 걷고 있는 사람을 이유도 없이 체포해놓고서, 멋대로 빨갱이 취급을 하다니. 수갑을 풀고 빨리 내보내줘."

"뭐가 어째. 이 자식이. 경찰서 안에서도 건방진 소리를 지껄이고 있어. 그것이 빨갱이라는 증거야." 경찰이 수갑을 풀어 달라며 양손을 내민 남승지의 정강이를 걷어찼다. "길을 걷든 산에 오르든, 수상한 자는 직무상 체포한다. 이것이 경찰관의 일이야. 사찰계가 나오면 당장이라도 입을 열게 해 주겠다. 이쪽으로 와. 그때까지만 잡아 두마."

보안계와 나란히 배열한 책상으로 구분된 통로의 왼쪽에 정세용이 계장인 경무계장실과 서장실 등이 있었는데, 통로의 저쪽은 본관을 빠져나간 복도를 따라 연결된 별관의 유치장이었다. 두 사람의 '서북' 출신 경찰은 불문곡직하고 남승지를 유치장으로 끌고 간 뒤 수갑을 풀고, 사찰계로 돌리라며 간수에게 인계하고는, 다시금 순찰을 나가 버리고 말았다.

사찰계는 유치장의 뒤쪽 안뜰을 사이에 둔 연무전(演武殿) 옆에 있는 다른 건물 안에 있었다. 그것은 구조선총독부 시대의 고등경찰과 마찬가지로 '사상'계였으며 '서북'의 소굴이었다. 군과 게릴라 사이의 4·28정전협정이 경찰 측의 음모로 파괴되기 직전에 정세용 경무계장이 자주 출입한 것 같다고, 이방근이 양준오에게 말했다고 하는 '서북' 출신의 남자가 계장인 부서였다. 그곳은 또 고문의 장소이자(고문이 사찰계에서만 이루어지는 것은 아니었지만), 그 결과로서 누구든 될 수 있는 '빨갱이', '공산주의자'의 제조원이기도 했다.

어이없게도, 허둥지둥 올 데까지 온 느낌이 들었지만, 하늘이 무너져도 솟아날 구멍은 있는 법. 유치장으로 들어가자 오른쪽에 수도 등이 있는 콘크리트 벽, 천장 쪽으로 작은 채광용 창문이 있었고, 통로 왼쪽이 감방이었는데, 한가운데의 보호실 양쪽으로 네 개씩 여덟 개의 방이 있었다. 입구를 들어가자마자 보이는 철망을 친 두 개의 방이 강몽구로부터 들은 대로 여자 감방이었는데, 남승지는 두 평 반 정도의 그곳에 각각 열 명 남짓한 '여자 죄수'가 빼곡하게 앉아 있는 것을 보호실로 연행될 때 보았다.

그는 보호실에서 한 사람의 간수에게 손목시계와 함께 5, 6백 원의 현금, 바지의 벨트, 운동화 등을 '영치'했다. 이 영치품 중에 값이 나갈 만한 것은 돌려받을 수 있을지 장담하기 어려웠다. 아무래도 간수들의 교대시간이 다가온 듯했다. 남승지는 그 제주도 출신의 간수를 향해, 자신은 이유도 없이 통행 중에 연행되었는데, 부탁이니 산지(山地)의 고니리(健入里)에 있는 도청의 경리과장 양준오에게, 김명우가 유치되었다는 한마디만 전해 달라고 부탁하고, 일단 책상 위에 내놓았던 백 원짜리와 십 원짜리 지폐를 전부 집어 들고 상대의 바지 주머니에 슬며시 밀어 넣었다. 그 흔한 '뇌물'이었지만, 처음 해 보는 일이라서 용기가 필요했다. 서른이 채 안 되어 보이는, 양준오와 비슷한 연배의 간수는 순간 당황하며, 도청의 경리과장 양준오…… 하고, 그 이름을 이전부터 알고 있는 듯이 확실히 따라 말했는데, 아주 잠시 시간을 두더니 알았다며 고개를 끄덕였다. 그리고 호주머니에서 돈을 꺼내 책상 위에 올려놓고, 영치금으로 기입한 뒤 남승지를 유치장에 넣었다. 유치번호는 어떻게 주어지는지 알 수 없었지만, 157호. 이곳 유치장에서는 이름은 사라진다.

유치장에 들어서자마자 이미 변소의 악취와 섞여 쉰 듯한 냄새가 나고 있었지만, 감방의 문이 열리고 안으로 들어가는 순간, 거의 숨이 멎을 정도의 악취가 마치 액체를 뒤집어쓴 것 같은 기세로 밀려들었다. 두꺼운 냄새의 자루를 뒤집어쓴 느낌이었다. 서울의 유치장보다 훨씬 심했다. 그러고 보니 어젯밤 꿈에도 나왔었지만, 한라산 관음사의 주방이 있는 건물의 간이 2층에 갇혀 죽음을 기다리고 있을 뿐인 노파들이 내품는, 그 분뇨가 섞인 이상한 냄새가 장소를 바꾸어 되살아난 것과 마찬가지였다. 감방은 보호실 왼쪽에 있는 2호실이었는데 (유치장 입구 쪽의 철망으로 되어 있는 두 개의 감방을 건너뛴 세 개째의 1호 감방으로부터 안쪽으로 2호, 3호……와 같이 계속되었고, 마지막으로 여자 감방으로 돌아와, 7호, 8호가 된다), 철망으로 된 여자 감방보다 좁은 느낌의 한 평반 남짓한 곳에 빼곡하게 들어차 있는 십여 명의 시선이 일제히 감방 안으로 몸을 밀어 넣은 남승지를 둘러쌌다. 한때는 수십 명이 몸을 움직일 수 없을 정도로 들어와 있었다고 하는데, 분명 그때보다는 인원이 적었지만, '질서 회복'과 '게릴라 평정'을 선전하고 있는 것치고는 변함없이 검거자 수는 줄지 않고 있었다. 그중에는 도둑이나 사기꾼, 그리고 '사꾸라', 즉 스파이도 섞여 있을지 모르지만, 거의 대부분이 무턱대고 검거한 '빨갱이' 혐의자였다.

남승지는 배후에서 감방의 냄새를 차단하려는 듯이 철커덕 하며 무겁게 문이 닫히고, 열쇠꾸러미의 울림과 함께 자물쇠가 채워지는 소리를 들으며 머리 숙여 인사했다. 그리고 가장 구석의, 감방의 출입구와는 대각선 구석에, 거의 천장에 닿을 듯한 작은 철창 밑에 위치하고 있는 변기통 옆에 비어 있는 장소에 자리를 잡았다. 맨 발바닥의 감촉이 거친 바위 표면을 밟듯이 울퉁불퉁했다. 일제강점기부터 사용한 감방의 바닥이 닳아 생긴 요철로, 엉덩이를 대고 앉으면 평평하지 않은 부분이 엉덩이에 파고들어 편하지가 않았다. 변기통 가장자리에 앉아 있던 커다란 은색의 파리 한 마리가 날개 소리를 내며 날아올랐다. 대소변 겸용의 낡은 변기통은 아침청소 당번이 오물을 버린 것인지, 뚜껑을 덮지 않고 내버려 둔 그 안은 거의 비어 있었는데, 스며들기만 하는 냄새는 씻어도 사라지지 않는다. 두 개의 쇠창살이 끼워져 있는 작은 창문으로 빛과 함께 들어오는 신선한 바깥 공기의 흐름이 없다면, 액체처럼 피어오르는 무거운 냄새 속에 잠겨 사람들은 질식해 죽고 말 것이다.

"동무는 왜 체포되었지?" 어두컴컴한 남승지 자리 위의 창문으로 들어오는 아침 햇살 속에 정면으로 떠오른 맞은편 벽 쪽에서 소리가 들렸다. 더러워진 러닝셔츠 차림의 중년에 가까운, 수염을 기르고 머리카락이 거친 남자가 판자벽에 등을 기대고 있었다. "사기나 절도라도 했나."

"아닙니다……." 남승지가 대답했다. "길을 걷고 있는데 이유도 없이 순찰 중인 경찰에게 체포되었는데, 두 사람의 '서북'에게 체포되었습니다만, 이유를 모르겠습니다."

바보 같은 대답이었지만, 입을 벌린 남승지는 암모니아 가스가 섞여 목을 찌르는 냄새를 삼키고 있었다.

"순찰 중에 그랬다면, 성내에서 잡혔다는 것이군. 이유는 모르겠지만, 파렴치한은 아니라는 거지. 이봐, 원 서방, 신참과 자리를 바꿔."

남승지는 무슨 일인지 알 수 없었지만, 원이라고 불리자 움찔하며 고개를 든 옆의 작은 체구에 곱슬머리를 한 남자를 보고 당황했다. 신참은 방 안에서 누구나가 싫어하는 변기통 옆자리에 앉는 것이 통례였기 때문에, 판자벽의 남자가 하는 말은 의외였다. 남승지는 그건 이상하다, 필요 없는 일이다, 라고 투덜거리며 일어나는 곱슬머리의 남자를 강하게 제지했지만, 상대는 반대로 무리하게 남승지의 어깨를 밀쳐 내듯이 자리를 바꿨다. 남승지는 오히려 좋은 자리를 강탈당하는 듯해서 기분이 좋지 않았다. 게다가 바꿔 보았자 변기통이 바로 손에 닿을 듯한 자리에는 변함이 없었다.

"쳇. 혁명을 하는 인간은 상좌에 앉는다는 것인가. 나는 일찍 들어 왔는데도 여기에서는 변기통 옆이잖아. 혁명을 한다는 인간들이 인간을 차별하고 말이지. 나는 인간이 아닌가? 나도 언젠가는 혁명을 할 거라니까."

"도둑질을 한 자가 무슨 할 말이 있다고. 도둑질을 해 놓고 민족을 위해 일을 했다고 할 셈인가. 네가 속세로 나가 두 번 다시 도둑질을 하지 않기 위해서는, 이런 기회에 변기통 냄새를 잔뜩 맡아 두는 게 좋아. 너는 도둑질을 해 놓고도 우리보다 먼저 석방될 몸이니까 말야. 네가 이번에 속세로 나가거든 세상을 위해 도움이 되는 인간이 돼 보라구. 그러면 똥 냄새를 맡지 않아도 되는 대우를 해 주고말고."

"아아, 알고말고. 이번에는 제대로 혁명을 해서 들어올 테니까."

도둑 씨는 신참인 남승지에게 자리를 양보하면서도 특별히 도둑이라는 것을 비굴해하지 않았다. 간수들이 교대를 했는지, 그 발소리 하나가 감방 앞에 멈추더니, 문에 난 작은 구멍의 뚜껑이 바깥쪽에서 열리고, 눈을 크게 뜬 간수의 한쪽 동공이 빛났다. 그리고는 잠시 방 안을 둘러보다가 구멍의 뚜껑을 닫고 그 자리를 떠났다.

창문이 있는 감방 안쪽과 좌우 삼면은 콘크리트 벽이었고, 복도에 접한 정면이 두꺼운 판자벽으로 되어 있었는데, 그 밑으로 식사를 넣어 주는 틈이 있었다. 방이 좁은 것치고는 콘크리트 천장이 높았고, 한가운데에 백열전구가 끼워져 있었다. 콘크리트 벽은 어디나 사람의 등이 닿는 곳은 인간의 땀과 기름으로 더러워져 검게 빛나고 있었다. 특히 정면의 판자벽은 윤기가 나고 있어서, 감방 안에 웅크리고 있는 군상의 그림자가 희미하게 비치고 있었다.

변기통이 놓인 마룻바닥의 주위는 오물을 흘린 자리가 거의 썩어 있었고, 이끼의 변종이라도 돋아날 것처럼 미끈거렸다. 변기통 위의 어두컴컴한 벽 구석에, 희미하게 쌀 모양을 하고 꿈틀거리는 것이 보였는데, 벽을 기어오르는 두세 마리의 구더기였다. 벽 이곳저곳에 아마도 빈대를 손가락으로 눌러 죽인 흔적으로 보이는 핏자국이, 그리고 피를 빤 모기를 잡은 흔적이 배어 있었다. 겨울에는 토실토실 살이 오른 이가 번식한다. 사람들은 태양이 높아짐에 따라 땀이 흥건히 배어나는 몸을 웅크려 양쪽 무릎을 감싸 안거나, 그중에는 새우처럼 등을 구부리고 낮은 신음소리를 내며 누워 있는 사람도 있었는데, 한밤중에 불려 가 고문을 당한 모양이었다. 게다가 가장 안쪽에 있는 6호 감방에서 옮겨 왔던 것이다. 이곳저곳의 경찰서 유치장으로 순환시키는 것을 '다라이마와시'라고 하는데, 여기에서는 같은 유치장 안의 감방과 감방 사이를 돌게 만든다. 같은 감방의 '수인'들 사이의 친밀화를 막기 위한 것이다. ……오늘 당번은 어떻게 된 거야, 밥이 늦잖아. 누군가가 불만스럽다는 듯이 말했다. 밥이라고는 해도, 한 덩어리의 조밥과 소금을 풀었을 뿐 건더기가 거의 없는 국물, 무를 그대로 소금에 절인 단무지 두세 조각이 전부였지만, 그래도 남승지는 심한 악취 속에서 식욕이 돋았다.

간수의 교대도 끝난 것 같고, 슬슬 출근시간이 되었을 것이다. 사찰계가 출근을 하면 바로 호출을 할지, 어떨지. 믿는 구석은 교대를 마친 좀 전의 고(高)라는 기특한 간수가 돌아가는 길에라도 양준오에게 연락을 취해 주는 것이었다. 간수는 양준오의 이름을 듣는 순간 마음이 움직인 것 같긴 한데, 연락해 줄 가능성은 충분했다. 어쩌면……, 남승지는 그 경찰이 조직원이나 협력자일지도 모른다는 생각을 했다.

양준오에게 폐를 끼치게 되겠지만, 어쩔 수 없었다. 하룻밤 자고 온다는 것이 이미 늦어지고 있었다. 그가 알기만 한다면 바로 달려와 줄 것이다. 그리고 시골에서 오랜만에 성내로 나왔다는 증언만 해 준다면, 그것도 도청 경리과장의 증언이면, 별문제 없이 석방될 것이다. 무엇보다 체포의 근거도 없는가 하면, 증거가 있는 것도 아니었다. 이야기를 미리 맞출 수가 없으니까, 만일 어젯밤에 묵은 박산봉의 집으로 조사를 나간다면, 그는 깜짝 놀랄 것이다. 그러나 그곳에서도 그냥 묵은 것에 지나지 않는다. 그래도 이렇게 체포해 놓고, '빨갱이'라는 전제로 조사를 하면 먼지가 나오기도 한다. 안 나온다면 다른 먼지를 덮어씌운다. 우, 우, 우…… . 문 옆에서 나는 낮은 신음소리를 들으며 고문을 상상하는 것만으로도 이마에 식은땀이 흥건히 배어 나와 목덜미까지 흘러내릴 것 같았다. 남승지는 취조를 위해 사찰계실로 불려 가기 전에 양준오가 오기를 기다렸다. 오늘은 어떻게든 성내를 출발하지 않으면 안 된다. 그리고 양준오와의 협의도 필요했다.

유치장의 철문을 여닫는 소리가 반복해서 삐걱거리고, 간수들의 출입이 한동안 계속되었지만, 새롭게 누군가 연행된 기척은 없었다. 남승지는 유치장 철창문 안으로 연행되어올 때까지만 해도, 아직 다리가 땅에 닿지 않은 듯한 느낌으로 체포된 현실의 실감이 희박했지만, 자신도 모르게 치밀어 오르는 구역질에 심한 기침을 하게 만든 감방의 악취 속으로 들어가, 그곳에 있는 사람들, 아마도 '동지'들일 그들 사이에(서로 간에 어디에 소속되어 있는지 함부로 밝힐 수는 없었지만) 몸을 밀어 넣자, 겨우 이것이 실제로 일어난 일이라는 것을 납득할 수 있었다. 그리고 그 마치 몽환 속 일 같은 읍사무소 깃대의 적기가 펄럭인 것 역시 현실이었고, 깃대에서 깃발이 사라진 것도, 결코 착각이 무너진 결과가 아니라는 것을 확인했다. 일단 깃대에 누군가에 의해 게양된 적기는, 누군가에 의해 내려진 것이다. 만일 그것이 적기가 발견되었기 때문이라고 한다면, 그것은 그대로 끝날 일은 아닐 것이다. '범인'이 있고, 그러한 그가, 또는 그녀가 체포된다면…….

해방 후, 일본에서 귀국한 지 거의 1년째기 되는, 지금부터 2년 가까이 전인 11월 2일, 광주학생사건 기념일 전야에 서울의 노상에서 체포되었는데, 그것이 밤 열 시를 지나서였다는 것을 남승지는 기억하고 있었다. 특히 경계가 심한 종로경찰서의 관할구역에서 두 사람 중 한 사람은 재빨리 도망쳤던 것이다. 자폐증에 걸린 것처럼, 어쨌든, 어쨌든……이라는 입버릇이 사라지지 않아 주위로부터 자신을 차단하고 있으면서, 그는 학생자치회의 삐라 제작에 큰 모순을 느끼지 않았을 뿐만 아니라, 의식적으로 삐라를 붙이러 밤거리로 뛰쳐나갔다. 동향 출신 학우회의 회합에서 퇴폐적인 부르주아 반동사상에 물들었다고 규탄받은 김동진이, 마찬가지로 삐라를 붙이다 체포된 것도 이 무렵이었는데, 그러고 보니 유달현은 지금까지 체포경력이 없다는 것을 남승지는 깨달았다.

남승지는 아직 당원도 아니었고, 학생자치회 등의 지도조직 '학통(學統, 학생단체 통일협의회)'의 멤버도 아닌, 이른바 '추종파'라고 해서, 12일째에 불기소처분으로 석방되었지만, 그래도 고문은 상당히 지독했다. 그것은 요령이 없는 무뚝뚝한 태도와, 실제로 조직상 비밀을 알고 있지 않은데도, 왠지 입이 무거운 것 같다고 형사가 착각해서 불필요한 고문을 가했던 것이다.

최초의 취조에서 죽도로 등과 정강이를 얻어맞고 걸어서 감방으로 돌아올 수 없었다. 고문은 일주일간 거의 매일 계속되었다. 거꾸로 매달린 자세에서 고춧가루 섞은 물이 콧구멍으로 쏟아져 들어오면, 입에서 피 같은 물이 부글부글 넘쳐 났고, 칼날을 삼킨 듯한 고통과 공포 속에서 거의 의식을 잃어 가면서 사라져 가는 형사들의 웃음소리가 희미하게 귀에 들렸다. 비행기라고 불리는, 양손을 뒤로 묶어 천장에 매단 채 이루어지는 고문은 당하지 않았지만, 양손을 묶인 채 수조에 얼굴을 처박혀, '세면기에서의 익사'를 경험했다. 세 사람이 한 조로, 두 사람이 꼼짝 못하도록 몸을 누르고, 한 사람이 수조 속에 얼굴을 처넣는다. 그것을 몇 번이고 반복하는 것인데, 코와 입으로 다량의 물을 마시고, 내장이 파열될 것 같은 고통에 몸부림치다가 실신하면 일단 일이 끝난다. 압도적인 고문의 힘에 억눌린 정신은, 육체의 파편으로 변한 의식뿐이다. 한 덩어리 육체에 불과한 자신을 깨닫게 된다. 그래도 남승지의 경우는 가벼운 경우에 속했다. 그는 그때 새삼, 일제 강점기에 듣고 있던 일본 특고형사들의 고문과 완전히 같다는 것을, 그것도 일부를 실제로 알게 되었다는 생각이 들었다. 강몽구와 동행하여 일본에 갔던 것은 반년쯤 전으로, 그때 함께 목욕을 하다가 등에서 발견한 커다랗고 추하게 부풀어 오른 고문의 흔적은 정말 대단했는데, 남승지는 그의 고문에 대한 저항력에 놀랐던 것이다.

그러나 해방 직후의 간수들은 대체로 학생들이나 운동으로 체포된 사람들에게 호의적이었다. 도대체가 파렴치한이 고문을 당하는 것이 아니라, 학생이나 노동자들이 고문을 당하는 것을 그들은 아침부터 밤까지 보고 있었던 것이다. 혁명운동의 지도자나 거물이라면 몰라도, 그들은 자신들보다도 어린 학생에 대해서도, 선생님이라 부르고 처신도 결코 거칠지 않았는데, 그것도 해방 후 아직 1년 정도밖에 지나지 않았던 당시의 시대적인 분위기 탓도 있었을 것이다.

남승지는 체포된 2, 3일 뒤에 수도경찰청의 수사국장이라는 거물에게 취조를 받았다. 그것은 취조라기보다 훈계식의 문답이었는데, 그 도중에 갑자기 화를 낸 국장이, 남승지를 바닥에 무릎을 꿇게 한 뒤 그 코앞에, 이걸 핥아! 라며 내민 검게 빛나는 장화를 남승지는 잊을 수가 없었다. ……학생들이 공부도 하지 않고 무슨 애국자인 양 정치

브로커들의 흉내를 내고 있는가. 유치장은 유능한 학생들이 올 곳이 아니다. 유치장에 들어가려고 일본에서 왔단 말인가. 너희들은 학문을 연구하고 진리를 탐구해라. 여기는 파렴치한들이 끌려오는 곳이다……로 시작하여, 너는 사회주의에 대해서 얼마나 알고 있느냐, 그걸 어떻게 생각하고 있느냐, 어디 말 좀 해 봐라……라며, 40줄의 잔인한 턱과 눈빛을 한 국장이 '토론'을 들고 나왔다.

남승지는, 북조선에서는 토지개혁에 의해 빈농에게 토지가 무상으로 분배되고, 지주계급이 없어져서 새로운 사회제도가 실시되었지만, 남조선에서는…… 하며 조금 기세 좋게 이야기를 하고 있자니, 국장이, 이제 그만해! 하고 제지하더니 껄껄 웃기 시작했다. 그리고 너희들은 언제나 애들처럼 무작정 꿈만 꾸고……라며 한바탕 '설교'를 하고 나서, 갑자기 격노하듯 소리를 지르며 호통을 쳤다. 이쪽으로 와, 여기에 무릎 꿇어! 남승지는 무슨 일인지 영문을 모른 채, 아아, 무릎을 꿇으라는 거지……하고 거의 기계적으로 의자에서 엉덩이를 들고, 국장 앞으로 가 무릎을 꿇었던 것이다. 그때 회전의자를 옆으로 돌리고 상체를 크게 뒤로 젖힌 국장이, 이 구두를 핥아! 라며 장화를 내밀었던 것이다. 그것은 실내화처럼 잘 닦인, 아마 집무 중에도 이따금 천으로 광을 내고 있을, 그곳에 무릎을 꿇고 있는 자신의 얼굴이 일그러져 비치고 있는 것을, 남승지는 숨을 죽인 채 보고 있었다. 발목의 잘록한 곳이 혹처럼 융기한 장화는, 당장이라도 이빨을 드러내고 달려들 것 같은 검고 용맹한 짐승의 모습을 하고 있었다.

남승지는 그때 개처럼 무릎을 꿇고 있었는데, 개처럼 장화를 핥지는 않았다. 분노가, 상대가 누구든 간에, 제왕이라 하더라도 그 질이 바뀌지 않았을 자신의 안쪽 깊숙한 곳에 존재하는 것이 분노로 변해 분출할 듯한 감정의 기세로 싫다고 대답했다. 코앞에 들이댄 채 꿈쩍도 하지 않는 장화가, 무릎을 꿇은 자신의 턱을 바숴 버릴 것처럼 걷어찰지도 모른다고 생각하면서, 이런 모욕적인 취조에는 응할 수 없다, 자신은 개가 아니다, 묵비를 하겠다며 핥기를 거부했던 것이다.

수사국장은 누가 너를 개라고 했단 말이냐……라며 크게 웃었는데, 그러다 웃음을 딱 멈추고, 바보 같은 놈! 이라며 호통을 치더니 다시 껄껄 웃으며, 바닥을 한 번 찬 장화를 내려놓았는데, 남승지의 묵비를 하겠다는 한마디가, 묵비를 할 만한 뭔가의 조직적인 비밀이 있다고 생각하게 만들어 필요 이상의 취조를 받는 원인이 되었다. 그 국장의 갑작스런 격노는 아마도 일부러 연기를 한 것으로, 학생을 놀릴 겸 한번 시험해 보려는 취지가 있었을 것이다.

장화로 걷어차지 않은 것은 신기한 일이었다. 그러나 지금의 사찰계라면 아마도 장화는 바람을 가르고 날아, 걷어차여 뒤로 젖혀진 몸은 몇 미터인가 앞으로 구르고, 목뼈는 무참하게 꺾여 있을 것이다.

이 유치장은 강몽구가 몇 번인가 출입하였고, 이방근도 머문 일이 있다고 생각하자 일종의 감회가 솟아올랐다. 이방근이 술자리에서 '서북' 놈들을 두들겨 패는 바람에 연행되었을 때 우연히 강몽구와 같은 방이었고, 그걸 계기로 서로 알게 되었다. Y리에서 신발 수선을 하고 있는 손 서방은 성내는 아니지만, 한 달 전쯤 8·25총선거 지하투표의 삐라를 뿌리다가 잡히는 바람에, 옆 마을에 있는 경찰지서에 3일간(2, 3일간 특별한 연유가 있었다) 갇혀 있었다. 손 서방은 본토 남단의 어느 농촌 출신으로, 제주도 땅에 녹아들기 위해 열심히 노력하고, 마을의 일에 최선을 다하는 청년이었는데, 그는 취조과정에서 자신은 전혀 읽고 쓸 줄을 모른다고 버텨서, 역시 글을 읽을 줄 모르는 '서북' 출신의 경관을 곤란하게 만들었다고 한다. 손 서방이 원래는 글을 읽지 못했던 것이 사실이지만, 이전에 남승지로부터 한글 등의 가르침을 받았음에도, 일부러 시치미를 뗐던 것이다.

　서북청년회 패거리들은 단순한 단체의 멤버이든 경찰이 된 자이든, 극히 일부를 제외하고는, 믿을 수 없는 일이지만, 취조할 때 이름도 제대로 쓰지 못했다. 따라서 조서 등을 작성할 수가 없었다. 남승지를 연행한 두 사람의 '서북' 출신 경찰도 그럴 것이었다. 이를 대신할 수 있는 것은 폭력밖에 없었다. 인명에 있어서도, 숫자 정도는 알고 있으므로, 그 음이 들어맞는 것이라면 어떻게든 기록할 수가 있다. 예를 들어, '오(吳)'라는 성은 어려워서 쓸 수가 없다. 그래서 숫자의 '오(五)'나, 때로는 그때의 기분에 따라 아라비아 숫자인 '5'로 쓰는 일도 있다. 그들이 뭔가로 대신할 수 있는 성을 만나면 기분이 좋아지는 것도 무리는 아닐 것이다. '이(李)'에는 '2'라는 숫자를 대신하고, '육(陸)'의 성에는 숫자의 '육(六)', 숫자 '구(九)'로 대신할 수 있는 '구(具)', '구(丘)' 등이 그랬다. 이렇긴 해도 지금까지 서장이 된 자는 아직 없지만, 지서장 정도는 될 수 있었다. ……똥·나온다! 똥·나온다! 이것은 손 서방의 부적같이 유명한 대사가 되었다. 그는 지서에서 알몸이 되어 목도로 맞고 있었는데, 그 고문이 시작되자마자 바로 똥을 쌌다. 더구나, 똥·나온다! 아이고ー, 똥·나온다! 하고 엉덩이에 불이 붙은 것처럼 고함을 지르며 똥을 쌌기 때문에, 경찰은 그 무서운 냄새의 연막이 쳐지자 손을 쓸 수가 없었다. 코를 틀어쥐고 도망갈 수밖에 없었다. 아니, 실제로 경관들은 너무 심한 악취에 코를 틀어쥐고 방을 뛰쳐나갔다고 했다. 손 서방은 물을 퍼다가 방의 오물을 치우도록 명령을 받았는데, 그 김에 자신의 엉덩이도 씻었다. 그런데 경찰의 폭력이 시작되면 반드시 그것을 반복하기 때문에, 채찍을 들어 올리면 똥이 나오는 조건반사 같은 것으로 지서에서는 받아들이고, 이례적인 일이었지만 3일 만에, 그것도 고문을 멋지게 피해서 풀려났다. 그는 대신에 '똥새기'라는 별명을 얻고 지서에서 쫓겨났는데, 도중에 바위가 많은 해안에 들러 한바탕 헤엄을 치고 나서 마을로 돌아왔던 것이다.

간수의 연락이 도착했다면, 이미 양준오가 찾아왔어야 한다. 유치장에 들어간 지 이미 한 시간이나 지나고 있는데도, 철문의 삐걱거리는 소리에 귀를 기울였지만, 그것으로 짐작되는 외부로부터의 기척은 없었다. 만일 지금쯤 태평스럽게 도청의 책상 앞에 앉아 있다면, 같은 구내의 바로 옆에 있는 그 건물을 향해서 큰 소리로 외치고 싶은 충동을 느꼈다. 혹시 연락이 가지 않은 것일까, 간수 놈에게 제대로 당했을지도 모른다는 생각이 가슴을 쓰리게 했지만, 그러나 연락이 가지 않았다고 해도, 예정된 조식의 시간에 나타나지 않았으니까, 박산봉의 하숙집으로라도 찾아갔을 터였다. 아니, 천천히 돌아올 것으로 생각하고, 역시 도청에 출근해서, 지금쯤 담배를 피우면서 사무 처리에 임하고 있을지도……. 제기랄. 모든 게 그 적기에 눈을 빼앗긴 것이 원인이었다. 적기가 누군가에 의해 게양되고, 그리고 누군가에 의해 내려졌다면, 뭔가의 목적으로 게양한 사람이 있다는 말이 된다. 그 누군가가 체포된다면…… 하고 아까는 다른 사람의 일처럼 남승지는 생각했지만, 지금은 그것이 갑자기 불안한 요소로 다가왔다. 자신이 체포된 시간과, 깃대에 적기가 출몰한 시간대가 일치하고 있고, 더구나 체포 장소가 읍사무소에서 가깝다 보니, 어쩌면 그때 우연히 체포한 자신을, 이제 와서 적기와 연결시키는 것은 아닐까 하고 생각했던 것이다. 그러나 그렇다 해도 호출이 없다. 아니, 그건 지금부터다. 도대체 양준오는 무얼 하고 있단 말인가. 초조한 시간이 감방 내부의 온도 상승과 함께 천천히 움직였다.

감방 안에서는 신참인 남승지로부터 바깥세상의 일을 듣고 싶어 했다. 아마 '동지'들일 것이라고는 해도, 유치된 지 얼마 안 되는 감방에서 함부로 이런저런 이야기를 할 수는 없었지만, 남승지는 읍사무소의 깃대에 적기가 펄럭이고 있었던 이야기를 했다. 읍사무소에 적기가……? 감방 안의 수염이 자라고 더러워진 얼굴들 사이에서 수런거리는 소리가 들리더니, 서너 명 건너에 있던 한 사람이, 동무의 이야기가 정말인가? 헛소리를 하는 거 아니냐는 듯이 따지고 들었다. 아니, 정말이다. 국기게양대의 깃대가 보이는 신작로에서 다른 길로 빠져나가는 사이에 분명히 적기는 사라지고 없었지만, 틀림없이 이 눈으로 보았다고 남승지는 대답했다. 그러자 문과 가까운 콘크리트 벽쪽의 마른 청년이 벌떡 일어나, 감방 구석의 천장에 가까운, 남승지의 머리 위쪽에 있는 창문을 올려다보면서 신을 우러르는 듯한 목소리로, 혁명이다! 라고 낮게 외쳤다. 혁명이 가깝다. 아아, 동무, 좀 더 상세하게 이야기를 해 주시오. 자, 부탁이요. 적기를 보았다는 이야기가 거짓이 아니라면, 지금 적기가 사라졌다는 말은 거짓일 것이다. 그럴 리가 없다. 가는 그 목소리는 조금 흥분하여 울먹이듯 젖어 있었다. 이제 곧 제주시가 되는 제주읍사무소의 국기게양대에 적기가 펄럭인 것이다. 이것이 저기 있는 동무의 거짓이 아니라면, 혁명의 전조다……. 감방 안이 술렁였다. 조용히 해, 간수가 오고 있어. 복도와 마주한 판자벽의 거친 머리카락의 남자가 제지했다. 복수의 발자국 소리가 들려오고, 간수가 감시용 구멍의 뚜껑을 열었다.

아무런 호출도 취조도 없이 혼탁한 시간이 흘러, 거의 절망적인 기분으로 오후를 맞이했다. 찌그러진 알루미늄 식기에 담긴, 아침과 완전히 똑같이 부슬부슬 흘러내리는 조밥과 단무지, 물이나 마찬가지인 국물의 점심으로는 먹자마자 배가 고팠다.

양준오는 오지 않았다. 그리고 취조도 없었다. 양준오가 오지 않는 것은 밖에서 무슨 일이 생긴 것이 틀림없었지만, 혹은 역시 지금쯤 도청에서 집무 중이 아닐까⋯⋯. 높은 창문으로 강한 광선이 투명한 금색 각진 통처럼 감방 안에 비쳐 들었는데, 직사광선이 닿은 판자벽 주위는 뻥 뚫려 있었고, 울퉁불퉁한 마룻바닥이 훤히 다 보였다. 바람도 없고 움직이는 것도 없는데, 빛 속에 먼지의 부유물이 금가루처럼 반짝이며 떠다니고 있었다. 사람들의 몸에 땀이 반짝이고, 기침 소리가 들렸으며, 더러워진 셔츠를 벗어 땀을 닦는 사람도 있었다. 남승지도 러닝셔츠를 벗어 그걸로 땀을 닦았다. 이미 분뇨가 차기 시작하였고, 열기가 암모니아를 발산시켜 감방 안을 숨 막히게 만들었다.

　가까스로 양준오가 왔다. 역시 와 주었던 것이다. 157호라는 번호로 불린 남승지가, 보호실에서 영치품을 돌려받을 때의 손목시계는 세 시가 가까웠다. 영치품을 무사히 돌려받은 것에 안심했는데, 이것도 양준오라는 배경 덕분일 것이다. 아무런 이유도 없는 체포였지만, Y리 서동에 살고 있는 김명우라는 것만으로, 신원 확인도 없이 간단하게 석방되었다. 두려워하던 사찰계의 취조도 없이, 양준오가 신병을 인수한다는 것만으로 나왔던 것이다.

　"집으로 가자구, 일은 쉰다고 해 두었으니까."

　"준오 형, 정말로 폐를 끼치고 말았군요. 정말 어리석은 짓이었어요. 아니, 나는 자기비판을 철저히 해야 된다고 생각하고 있어요."

　두 사람은 관덕정 광장에서 우체국 모퉁이를 왼쪽으로 돌아, 북국민학교 앞의 북신작로를 지나 곧바로 하숙집으로 향했다.

　"빨리 성내를 떠나는 편이 좋아."

　양준오가 억제된 목소리로 말했다.

　"예."

　"고 간수가 일단 집으로 갔다가 평상복으로 갈아입고 바로 연락을 해 왔더군."

"고 간수와는 아는 사이입니까?"

"그래, 알고 있어. 경찰치고는 좋은 남자야. 무슨 사건이라도 일어난 줄 알고 깜짝 놀랐었는데, 그래도 그냥 통행 중에 이유도 없이 체포되었다고 동무가 말한 내용을 전해 듣고 일단은 안심을 했지."

연락을 받았으면서도 양준오가 늦어진 것은, 읍사무소의 적기 사건에 걸려 있었기 때문이었다. 읍사무소의 적기는 어젯밤에 게양된 것으로, 그것을 출근한 직원들이 발견하고 소동이 벌어졌던 것이다. 재빨리 깃발은 내려지고 내사가 시작되었는데, 적기의 게양은 범인이 외부에서 출입한 흔적이 없기 때문에, 아무래도 내부에 있는 자의 범행으로 간주되었다. 토벌사령부에서 조사관이 달려와 진상조사에 나섰지만, 쉽게 그럴 만한 단서를 잡을 수는 없었다. 범인을 잡지 못한다면 읍장의 입장이 위험해지고, 목이 날아가는 것만으로 일이 끝나지 않을지도 모른다. 직원회의 결과, 어젯밤의 숙직자가 건축기사를 하고 있는 장 아무개라는 것을 알았다. 장이 수상하다고 생각한 읍장은, 어떻게든 증거를 손에 넣기 위해 점심때가 지나 단신으로 장의 하숙집으로 찾아가, 집주인의 양해하에 방 안을 수색했다. 그리고 적기를 염색한 것으로 보이는 빨간 잉크와 그 밖의 '증거 물건'을 발견했다. 읍장은 읍사무소로 돌아오자 읍장실로 간부들을 불러 경과를 설명하고, 장이 눈치 채지 못하게 그를 감시하라고 해 놓고, 스스로 토벌사령관에게 달려갔던 것이다.

건축기사인 장은 경찰이 아니라, 토벌사령관에게 체포되었다. 남승지가 생각했던 대로, 그는 적기 사건과 관련되어 범인이 체포될 때까지 혐의를 받고 있었고, 양준오도 그 결과가 나올 때까지 기다리지 않으면 안 되었다. 범인이 체포되지 않았다면, 남승지의 유치는 양준오의 백에도 불구하고 아직까지 계속되고 있었을지 모른다.

장은 누구일까. 읍사무소 내의 세포조직원인지, 어떤지. 어쩌면 이 것은 다른 일로 파급될지도 모른다고 남승지는 생각했다. 양준오가 성내를 빨리 떠나는 것이 좋다고 한 것은, 그도 같은 생각이었기 때문 이다.

8

"도청 쪽은 아침부터 일을 쉬어도 괜찮은 건가요?"

남승지가 확인하듯 말했다.

"아, 괜찮아."

양준오가 말했다.

눈앞에 산지천의 다리가 뻗어 있고, 통행인의 머리 너머로 건너편 언덕에, 냇가의 도로에서 돌계단으로 연결된 기상대의 붉은 벽돌 건물 이 보였다. 꼭대기의 풍속계가 거의 쉬지 않고 여름의 하늘을 배경으 로 여전히 돌고 있었다. 길은 메말라 있었고, 태양은 아직 뜨거웠다.

남승지가 경찰서 현관으로부터 관공서의 건물이 있는 구내의 벚나 무 통로를 지나 돌문 밖으로 나왔을 때는 구내를 출입하는 통행인에 섞여 있었다. 때문에 사람들 눈에는 그가 유치장에서 막 석방된 인간 으로는 보이지 않았다. 남승지는 양준오와 함께 걸으면서, 자신이 신 경 쓰고 있는 만큼 성내 거리에 얼굴이 알려져 있지는 않다고 생각했 다. 우연히 성내로 찾아온 양준오의 친구이자, 수만 인구 중의, 그리 고 도내의 이곳저곳에서 출입이 많은 읍내 통행인의 한 사람일 뿐이 었다. 있을지도 모르는 미행조차도, 지금은 공공연히 양준오의 집으로 가는 것이기 때문에, 따라온다 한들 걱정이 없었다. 적기 게양의 '범인'이 체포된 직후라서 경계망이 펼쳐져 있을지도 모른다고 생각했지만, 그런 기색은 없었다. 유치장에서 석방되어 나올 때 경무계장인 정세용과 얼굴을 마주치지 않았는데, 무엇보다 다행스런 일이었다. 어쩌면 그의 귀에 들어갔을지도 모르고, 혹은 부서가 다른 사찰계로 인계되었으니까, 눈치 채지 못하고 있는지도 몰랐다. 설령 남승지가 체포되었다는 말을 들었다 해도, 이름만으로 금방 본인을 떠올릴 수 없을 것이고, 더구나 남승지가 아닌 김명우라고 하면, 그의 탐색망에 걸릴 일은 거의 없었다.

산지천의 냇가로 나와 아직도 하늘 높이 걸려 있는 오후 햇살이 부서지고 청량하게 흐르는 물소리를 듣자, 남승지는 갑자기 몸이 근질거리면서 감방 냄새가 되살아났다. 바다에서 냇가를 타고 불어오는 바람에 얼굴을 맞으며 구토를 느끼고, 순간 멈춰 섰는데, 가슴을 도려내는 듯한 고통이 스치고 지나갔다. 반짝이는 바다가 보이고, 방파제에서 요란하게 부서지는 파도 소리가 들려왔다. 유달현……? 감방에서 유달현의 이름을 듣다니……. 석방을 위해 감방의 문을 여는 소리가 들리는 가운데, 귓가를 찌르듯이 속삭이는 이상한 울림의 목소리. 몇 시간 전인 아침에 막 체포된 남자의 예상하지 못한 갑작스런 석방에, 감방의 차가운 뱀처럼 빛나는 눈의 무리. 서울의 유치장에서도 그랬지만, 먼저 석방되어 나올 때의 복잡한 심정과, 같은 방 사람들의 뒤를 쫓는 시선의 물결이 되살아났던 것이다. 동료의 경우에는, 먼저 나가서 열심히 하라는 격려의 말도 주고받지만, 남겨진 사람들에 대한 개운치 못한 심적 고통은 견디기 어려웠다. 더구나 오늘의 경우는 너무나 어처구니없는 실수의 결과로 유치장에 들어갔지만, 그래도 몇 시간인가를 그냥 스쳐 지나간, 마치 감방에 있는 사람들의 신경을 건

드리는 듯한 모양으로 가장 먼저 석방되어 나온 것이다. 무엇 때문에 조용한 감방으로 뛰어 들어가 파도를 일으키듯 휘젓고 나왔단 말인가. 견디기 힘든 냄새, 오탁한 가운데 공기 자체가 썩어 있는 듯한, 진흙처럼 무거운 냄새. 남승지는 다리를 건너면서 괴로운 심정으로 갯바람에 실려 오는 바다 공기를 천천히 가슴 가득 들이마신 뒤 크게 토해 내었다.

그저 아무런 이유도 없이 체포된 단순한 '통행인'이어서 다행이었다. 서로 간에 '동지'라는 것을 알고 있었다면, 설사 '이유 없는 체포'라 하더라도, 자신만이 뭔가 연줄이 있어서 먼저 석방되는 것은 괴로운 일이었다. 그것은 또, 예를 들어 논밭을 판 돈으로 석방에 이르는 것이 당연시되던 때라 어쩔 수 없는 일이기도 했다. 활동이 합법적이었던 시절과는 달리, 지금은 구원회를 만드는 등의 조직적인 구원활동은 있을 수 없었다. 그리고 보면, 남승지의 석방조차도 적기를 게양한 범인으로 체포된 장 아무개와의 교대라고도 할 수 있었다. 그렇지 않았다면, 아직도 감방에 계속 남아 있다가, 마침내 사찰계로 끌려가 근거도 없는 혐의를 뒤집어쓰고, 고문을 당하고, 그 후는 어떻게 될지 예측하기 어려웠다. 남승지의 입장에서 본다면 용케 석방되었다고 할 수 있었다.

유치장에서는 무엇보다도 읍사무소의 국기게양대에 적기가 실제로 한동안 펄럭이고 있었다는 남승지의 이야기가 사람들을 흥분시키기에 충분했다. 여러 명의 간수가 놀라 쫓아왔을 정도로 감방 안이 술렁거렸다. 아침에 신작로를 가다가 펄럭이는 적기를 발견했을 때 가슴이 폭발할 것 같던 놀라움. 하룻밤 사이에 혁명이 달성된 것은 아닐까 하고 남승지가 놀랐듯이, 감방 안은 마치 적기가 읍사무소만이 아니라, 성내의 여러 곳에 내걸린 착각을 불러일으킨 것이었다. 당장이라도 총성이 울리고 경찰이 점령된다. 유치장의 철문이 파괴되고 그리고 전원이 석방되는 것이 아닌가 할 성도로 지레짐작을 했는데, 붉은 깃발의 출현이 읍사무소만의 아주 일시적인 현상이라는 것을 알자, 마치 배신당한 것처럼 남승지에게 따지고 들었던 것이다.

이윽고 실망과 함께 평온해진 감방에서는, 그것은 모험이 아닐까 하는 의견, 경찰 측이 꾸민 음모일지도 모른다는 의견까지 나왔다. 아니, 당당하게 그것이 일시적인 것이라고는 해도, 읍사무소의 국기 게양대에 깃발이 올라간 것은 획기적인 일이다. 조직력의 시위이자 혁명의 전조라고 하는 사람도 있었고, 그 나름의 정세 분석이 이루어졌지만, 적기의 게양은 게릴라적인 데모로서 우리들에게 큰 격려와 용기를 주었다는 것으로 결론이 났다. 그리고 마치 남승지가 헛소리라도 한 것처럼, 그것이 틀림없냐고 반복해서 다짐을 하고, 스스로 목격하지 못한 그 상상 속에서 힘차게 펄럭이는 적기를 확인했던 것이다. 그중에는 실제로 혁명이 멀지 않았다고 흥분하여 우는 사람도 있었다. 그것은 감방의 문에 가까운 벽 쪽에서, 혁명이다! 라고 낮게 외친 비쩍 마른 청년이었다. 그는 감방이 조용해지고 나서, 이 사실을 옆의 감방 벽을 두드려 통방(옆의 감방과 암호를 사용해 소식을 주고받는 일)을 해 주어야 하는데…… 하며 애를 태웠지만, 그 암호가 서로 간에 성립되어 있지 않았다. 식사를 운반하는 당번은 2호 감방이 아니었지만, 조만간 내일 아침에 변기통이나 유치장 내의 청소당번 때에는, 이 환상 같은 적기 사건은 다른 감방에도 전해질 것이다.

혁명이다! 라고 외치며 흥분한 청년이 문 가까이에 있는 벽 쪽에서 분뇨 냄새가 심한 남승지 옆으로 다가와 앉더니, 작은 목소리로 말을 걸어왔다. 그는 여전히 읍사무소의 깃대에 걸린 적기의 진위를 따져 묻고, 동무는 왜 그 시간에 그곳을 지났는가, 라며 마치 경찰이 심문을 하듯이 물어 왔다. 악의에서 그런 것이 아니라, 적기 계양의 진실성을 확인하기 위한 방증을 굳히려 한 것이겠지만, 남승지는 금방 대답을 하지 못해 화가 났다. 가만히 있는 것도 이상할 것 같아서, 볼일이 있었다고 대답했다. 청년은, 동무의 집은 성내냐고 되물었다. 대답은 예스냐 노냐의 간단한 것이었지만, 금방 말이 나오지 않았다. 그렇다고는 해도 역시 잠자코 있을 수는 없었다. 성내라고 하면 감방 내에도 성내에 살고 있는 사람이 있을지도 모른다. 그러나 성내라고는 해도 넓었다. 그는 귀찮기도 하고, 그다지 깊이 관계하고 싶지도 않았기에, 한마디로 성내라고 대답했다. 상대는, 오오, 성내로군…… 하며 고개를 끄덕였는데, 성내의 어디냐고 다시 묻지는 않았다. 그리고 자신은 한림의 김호일이라고 통성명을 하고, 지하 선거운동으로 체포된 지 열흘이 되었다고 덧붙였다.

조선인이 첫 대면을 하는 경우에는, 경주 김 씨라든가, 혹은 광산 김 씨라는 등의 본관을 대고, 자신의 출신지로부터 부친의 이름까지 말하지만, 첫 대면인데다 안전지대도 아닌 터라 그렇게까지 하는 관습을 지키기는 어려웠다. 김호일은 본관과 부친의 이름까지는 말하지 않았지만, 어쨌든 유치장 안인데도 불구하고 '통성명'을 했기 때문에, 남승지는 자신의 이름을 밝히지 않을 수 없었다. 그는 157호라는 이름 없이 번호로 불리는 것을 다행으로 여기며, 김명우가 아니라 김동원이라고만 대답하고, 가능한 상대의 이야기에 결부되는 것을 피했다. 그 김호일이, 157호를 부르고 감시구멍에서 간수의 눈빛이 사라진 순간, 면회라는 말과 함께 남승지가 불려 나가자, 그것이 석방이라는 것을 확실함과 동시에 감방의 문에서 열쇠 소리가 나자, 남승지에게 딱 달라붙듯이 일어났다. 그리고는 남승지의 한쪽 팔을 잡고, 남문길 위의 O중학교에서 선생을 하고 있는 유달현이 자기 친척인데, 며칠 전에도 인편으로 면회를 와 달라고 부탁을 했는데, 전혀 소식이 없다, 부탁이니 그가 있는 곳으로 달려가 달라……고 재빠르게 말했다. 빨리 나와! 남승지가 유달현의 이름에 놀랄 겨를도 없이 감방의 문이 열리고, 그는 순간 출입구의 문턱에서 감방 안을 되돌아보았을 뿐, 충분한 작별인사도 못한 채 나와 버렸다.

유달현……. 감방 안에서 귓가에 미묘하게 울린 이름이었다. 면회? 면회 같은 게 될 리가 없다. 면회라는 것은 뭔가의 공작이나 백이 있어 석방을 의미하는 것이었고, 어떤 친척인지는 모르지만, 유달현이 그렇게 위험한 일을 할 리가 없었고, 또 그럴 입장도 못 되었다. 그러나 김호일에게 유달현의 이름을 확실히 듣고, 전언을 부탁받은 것은 사실이었다. 남승지는 마음에 걸리는 것을 의식하면서도, 그를 위해서 유달현과 다시 만나고 싶지는 않았다. 그러나 읍사무소의 장 아무개는 누구인지, 그와, 아니 그 행동과 조직의 관계, 그의 체포에 따라 조직에 대한 영향이 있는지, 없는지? 그것을 알고 싶었다. 이것은 새로운 성내 책임자인 유성원으로서는 아직 파악하지 못하고 있는 부분일 것이다. 만일 장이 조직과 관계가 없다고 한다면, 그 적기의 게양은 개인적인 행동이란 말인가. 개인적 행동……?

"으-음, 배고파."

남승지가 말했다.

"음, 그런가. 아침밥을 집에서 함께 먹기로 했었으니까. 무얼 먹여주던가?" 양준오가 웃으며 말했다. "유치장에서 돌아왔는데 식당에 갈 수도 없잖아. 집에 갈 때까지 참아야지."

"돌아온 게 아니라, 그냥 통과한 거지요. 안에 있는 사람들에게는 정말 면목이 없어요. 배가 고프다는 건 사치스런 말입니다."

다리를 건넌 두 사람은 오른쪽의 신작로가 있는 동문교 쪽으로는 돌아가지 않고 반대 방향의 천변 길을 걸어갔다.

"준오 형은 읍사무소의 그 사람을 알고 있나요?"

남승지는 주위를 신경 쓰며 말했다.

"서로 간에 면식이 있어서 인사를 나누는 정도야. 성실하고 그다지 눈에 띄지 않는 사람이지."

"음……."

남승지는 경찰에서 자신의 석방과 신병을 인도 받기 위해 양준오가 어떠한 변명을 했는지 알고 싶었지만, 지금 노상에서 그것을 물어볼 수는 없었다. 천변 길 전방으로 크게 열린 바다에서 곧장 바람이 불어왔다. 저 멀리 아득한 수평선에 흰 구름이 층을 이루며 솟아오르고 있었다. 러닝셔츠 한 장의 상반신과 이마에 땀방울이 반짝이는 물 긷는 남자가, 멜대에 매달린 두 개의 찰랑거리는 석유통의 물로 지면을 적시며, 장단을 맞추듯 다가오고 있었다. 메마른 지면의 한가운데가 한 줄로 곧장 젖어 있는 것은 몇 번이고 물을 길어 운반한 흔적일 것이다. 동문교 쪽 천변에 있는 리어카로 물을 팔러 다니는 가게의 사람임에 틀림없었다.

오른쪽에 주변이 바위로 되어 있는, 청량한 지하수가 솟아나는 샘이 보였다. 물을 긷거나 세탁하는 여자들의 출입이 끊이질 않았다. 두 사람은 바위가 있는 곳으로 내려가 건너편 아래 언덕길 쪽으로 돌아가려 했다. 그때 냇가 아래 축항 쪽에서 걸어오는 풀기가 빳빳한 흰 셔츠 차림의 남자가 한 손을 들어 이쪽으로 신호를 보냈다. 남승지는 한 순간 자신을 향한 것이라고 생각하고 가슴이 덜컹했는데, 분명히 이쪽을 향한 신호였고, 이를 눈치 챈 양준오가 발길을 멈추며 몸의 방향을 틀었다. 햇볕에 그을려 색이 검은, 정글처럼 머리숱이 많은 남자가 손수건으로 이마의 땀을 닦으며 옆으로 다가왔다. 바지 주름이 서 있었고 구두도 반짝이는 말쑥한 복장을 차리고 있었다.

"아니고, 양 형, 안녕하십니까. 이런 곳에서 뵈다니." 쌍꺼풀로 빛나는 커다란 눈, 두꺼운 입술, 납작코의 용모가 괴기스러운 느낌의 상대는, 양준오에게 인사를 한 그 시선으로 흘낏 남승지를 바라본 뒤 되돌렸다. "어쩐 일이십니까? 오늘은 관청이 쉬는 날인가요?"

남승지는 경찰서에서부터 계속 지나가는 사람들에게 얼굴을 드러내고 왔음에도 불구하고, 지금 처음으로 사람들에게 보여서는 안 될 얼굴을 보인 것처럼 움찔하며, 거의 양준오의 등 뒤로 몸을 숨기다시피 하였다.

"예, 한 형은 변함없이 건강하시군요."

"그때는 이방근 선배님과 함께 알게 된 지 얼마 안 되는 저 같은 풋내기를 위해 결혼식에 와 주셔서 깊이 감사드립니다." 상대는 그 뻣뻣한 강모의 머리를 숙였다. "저는 지금 한림 쪽으로 가고 있습니다만, 꼭 한번 뵙고 싶다는 생각을 하고 있었습니다. 이방근 선배님은 서울에 가셨다고 들었는데, 아직 돌아오지 않았습니까?"

"그 양반의 일인지라 확실치는 않지만, 슬슬 돌아오겠지요. 그쪽에 정착하지 않는다면 말이죠. 하지만 아직 열흘 정도 밖에 지나지 않았거든요. 어쩌면 그대로 함흥차사가 될지도……."

"뭐라고요, 함흥차사? 정말로 서울에 정착한다는 겁니까? 그 말을 들으니 쓸쓸해지는데요, 곤란합니다. 그런 선배님이 제주도를 떠나다니, 안 됩니다. 저 같은 사람하고는 다르단 말입니다. 양 형, 그건 농담이겠지요."

"조만간 돌아오겠지요."

양준오가 웃으며 대답했다.

남승지는 슬그머니 양준오의 곁에서 몇 발자국 떨어져 시선을 옆으로 돌리고 샘이 있는 바위 쪽을 바라보고 있었다. 주부와 여자 아이들에 섞여서 하얀 저고리와 검은 치마를 입은 처녀가 등을 구부리고 비스듬히 항아리에 물을 긷고 있는 뒷모습이 보였다. 스커트 길이의 치마에 감싸인 둥근 엉덩이를 받치고 있는 하얗게 드러난 종아리가 햇살을 받아 눈부시게 빛났다. 남승지는 무심코 자신의 농촌 총각 냄새가 나는 복장이 마음에 걸려 낡은 운동화를 신은 발을 내려다보았다. 그리고 자신은 의식하지 못하지만, 감방의 이상한 냄새가 배어 있을 체취가 뒤쪽에서 불어오는 바닷바람을 타고, 바위가 움푹 파인 그녀들이 있는 청정한 곳에까지 전해지지 않을까 신경이 쓰였다. 문득 남승지는 검은 치마 속의 하얀 육체를 상상하고 있는 자신을 느끼고 볼을 붉히며 시선을 돌렸다. 그리고 한숨을 토해 낸 뒤, 어젯밤에 몽정을 한 것이 말라 풀처럼 꺼칠꺼칠해진 바지 속의 감촉을 의식했다.

"손님인가요? 친척인 남동생?"

남승지의 등에 남자의 목소리가 도달했다.

"아닙니다, 친척 동생으로 보입니까. 벗, 후배이자 벗입니다."

"아하, 후배시군요. 저에게 소개해 주시지 않겠습니까."

남승지의 귀에 다시 확실하게 남자의 목소리가 들렸다. 이런 곳에서 가만히 계속 서 있는 것도 좋지 않았지만, 그 이상으로 소개받는 것이 싫었다.

양준오는 남승지를 불러 소개했지만, 그 한대용이라는 남자는 예전에 들은 적이 있는 남방에서 돌아온 사람이었다. 전시 중에 남방에서 포로감시원으로 근무하다가, 전후에는 BC급 전범으로서 영국군 형무소에서 복역하다가 올해 겨우 '기적의 생환'을 달성하여, 죽은 것으로 포기하고 있던 양친과 친척 등을 놀라게 만든 당사자였다. 한때는 이방근의 주위를 맴돌았다고 했다.

"어떻습니까? 후배인 김 동무와 함께 간단하게 한잔하지 않겠습니까. 제가 한턱낼 테니 말입니다. 태양은 아직 뜨겁지만, 서머타임의 시계바늘은 슬슬 네 시가 다 되었거든요."

"고맙지만, 지금 갈 곳이 있으니 다음 기회로 합시다. 그런데 한 형은 오늘 맨 정신인 것 같군요."

양준오가 웃으며 말했다.

"으-음, 홋후후, 저도 요즘은 정신을 차렸습니다. 낮술은 필요하지 않으면 마시지 않기로 했습니다. 저는 이방근 선배님과는 달라서 말이죠, 앗핫핫하아. 그 선배님은 괴물이지요. 그럼, 낮술은 그만두고, 커피를 한 잔 마시지 않겠습니까. 모처럼 만이니, 잠깐이라도 좋습니다. 정말로 한번 찾아뵐 생각이었습니다……. 한림은 조금 멀지만, 부모님도 계시고 일로 늘 성내를 드나들고 있어서 말이죠……."

그 용모에 어울리지 않게, 의외로 애교와 붙임성이 있는 남자였다.

두 사람은 간신히 한대용의 친절한 권유를 뿌리치고 헤어졌다.

"그와는 이전에 우연히 이방근 형의 집에서 만나 알게 됐어. 싱가포르의 창기라는 영국군 형무소에 2년 남짓 수용되었다가, 그곳에서 사선을 뚫고 나온 인간이지. 올해 정월에 제주도로 돌아온 모양인데, 같은 귀환이라도 BC급 전범이었기 때문에, 일제 때의 협력자인 '친일파'라고 해서 가엾게도 주위 사람들로부터도, 조직으로부터도 외면을 당한 모양이야. 그는 적도 아래 타는 듯한 더위 속에서 행해진 영국군 형무소의 학대를 견디며, 해방된 조국을 보지 못하고 길바닥에서 죽을 수는 없다. 죽더라도 새로운 조국과 고향을 한번 보고 난 뒤의 일이라는 일념으로 살아남았다는 인간이라구. 이건 거짓말이 아닐 거야……. 그래서 과거 일제 때의 자신의 모습을 충분히 반성하고, 이번에야말로 민족과 고향을 위해 청춘을 바치겠다는 결심하고 있었는데, '친일파' 취급을 받았으니 어찌 해 볼 도리가 없었겠지. 그런데 차츰 정신을 차리고 보니, 독립한 조국에서는 당연히 '친일파'는 깨끗이 청산되고, 민족 독립운동을 해 온 저항파 세상이 되어 있을 거라고 생각했는데, 웬걸, 경찰도 공무원도 거의 모두가 옛날과 똑같이 일제 협력자, '친일파'가 그대로 눌러앉아 있는 것이 아닌가. 이를 보고 놀라 자빠질 뻔했다고 하더군. 이방근처럼 일찍이 형무소 생활을 한 '반일파'는 술만 마시며 하릴없이 지내고 있더라는 거야. 사람들은 그를 보고 '남방 얼간이'라고 불렀던 모양인데, 그는 집에 돈도 있으니 술과 여자에 빠져 지내고 있었지. 그러다 우연히 북국민학교의 선배인 이방근을 만난 뒤 '무위도식'적인 것도 서로 닮았고, 게다가 '반일파'였던 이방근에게 푹 빠진 모양이야. 4·3이 일어나고 나서 머릿속이 정리되고 제대로 돌아가기 시작했다고 하더군."

"나이는 몇 살쯤 되죠?"

"나하고 비슷할 거야. 우리 나이로 스물 일고여덟쯤 됐을 거야."

두 사람은 머리 위로 새들의 지저귀는 소리를 들으며 관목으로 뒤덮인 언덕 벼랑길을 천천히 올라갔다.

"그는 자칭, 사격의 명수라더군. 포로감시원 시절의 훈련 덕분이겠지만, 전쟁이 끝난 지 여러 해가 지났으므로 그 솜씨에 녹이 슬지 않았는지, 어떤지. 게다가 허풍스런 데가 있어서 말야. 그의 부친이 경찰서장과 친하게 지내고 있기도 해서, 어느 날 실제로 경찰들과 함께 성내의 외곽으로 나가 사격 솜씨를 확인해 보았다더군. 자칭 사격의 명수는 거짓이 아니라는 것이 확인되었다는 거야. 이리하여 그가 '친일파'로 지목되고 있을 때, 같은 '친일파'에 해당하는 경찰이 사격의 명수라는 점을 높이 평가하여 상당히 끈질기게 움직였던 모양인데, 몇 계급인가 특진시킨 경찰의 조건을 마다 한 것은 그의 훌륭한 점이라 할 수 있겠지. 그렇다고는 해도, 조직 관계에서는 그다지 상대를 해 주지 않고 있는 탓에, 그가 일본에 가려고 한나는 이야기도 있어……."

7, 8년 만에 생사불명이던 아들이 생환했다고 양친은 혼기가 늦어진 그를 얼른 결혼시켰지. 그리고 신부의 마을이자, 모친의 마을이기도 한 한림으로 주거를 옮겼는데, 무슨 일을 하고 있는지, 무슨 브로커를 하고 있는지 알 수가 없다고 양준오는 말했다.

도중에 발이 묶인 만큼 마음이 조급해졌다. 성내를 빨리 떠나는 것도 좋지만, 그 전에 역시 유달현을 만나야 되는 것이 아닌지, 남승지는 기상대가 있는 언덕 기슭 길을 빙 돌아 산지 쪽으로 올라가면서 생각했다. 감방 안에서, 혁명! 이라고 외친 삐쩍 마른 청년의 전언을 부탁받았기 때문이 아니었다. 가능하면 유치장을 출입했다는 것을 그에게 알리고 싶지 않았다. 그가 그 사실을 알게 되면, 이것저것 따져 묻고 원칙적인 비판을 가할 텐데, 그것만으로도 문제가 길어지고 복잡하게 될 것이다. 양준오도 이름까지는 확실히 알지 못한다는 그 건축기사 장 아무개는 누구인가. 이번의 적기 게양은 조직과 어떤 관계가 있는가. 유달현에게 그 간의 사정을 묻지 않으면 안 된다. 경우에 따라서는 유성원과도 만나야 할 것이다.

양준오의 하숙집에 도착하자, 남승지는 방 뒤쪽 툇마루에서 양준오가 떠온 물로 알몸이 되어 닦았다. 그 용천이 흘러내리는 산지천의 차가운 물속에서 몸을 씻으면 얼마나 기분이 상쾌할 것인가를 걸으며 생각했었다. 수건을 짠 물이 때로 검게 변했고, 몇 번이나 물을 바꿔가며 몸을 닦았다. 발도 씻었다. 그리고 그 꺼칠꺼칠한 몽정의 지도 흔적이 그대로 남아 있는 사각팬티를 다시 입었다. 시간은 네 시가 가까웠다. 쌀과 보리가 섞인 찬밥이었지만, 두툼한 살점의 갓 구운

갈치가 곁들여진 식사를, 고마운 생각으로 끝냈다.

"준오 형, 역시 유달현을 만나야겠다는 생각이 들어요. 체포된 건축기사라는 사람의 일이 신경 쓰여서 말이죠. 거리에는 그 때문으로 보이는 비상경계 같은 눈에 띄는 움직임도 없고……. 헷헤에, 아침과 같은 실수는 없을 테니까요."

남승지는 서늘한 장판 위에 땀이 스며든 러닝셔츠를 입고 막 씻은 맨발로 책상다리를 한 채 담배를 피웠다.

"만일 그 건축기사의 일로 유달현까지 감시대상이 된다면, 그곳에 스스로 뛰어드는 형국이 되는 거 아닌가. 건축기사가 연행된 것은 경찰이 아니라, 군부야. 범인이 체포된 직후인데, 군대가 출동하여 비상경계라는 소란을 피우는 짓은 하지 않겠지. 어쨌든 가능하면 돌아다니지 않는 것이 좋겠지만 말야. 음, 용무 나름이긴 하지만."

양준오가 말했다. 안뜰과 마주한 장지문은 닫혀 있었다. 뒤쪽의 반쯤 열린 장지문 사이로 시원한 바다 향기를 품은 바람이 불어 들었다.

"내가 유치장에 들어가 있을 때, 석방 때까지의 경과를 알고 싶은데. 결국은 장 씨가 체포된 덕분에 원래 관계가 없는 내가 석방된 거잖아요. 적기의 게양과 관계가 있는 거 아닌가 하고 의심을 받고 있었으니까, 경찰도 연락을 받았지 않았을까요?"

"맞아, 만일 그 시간까지 장 씨가 체포되지 않았었다면, 승지 동무의 석방은 늦어졌을 거야. 후후, 웃을 일이 아니지만, 전혀 관계가 없는 자네가 사건에 말려들 뻔한 것은 틀림없어. 그 시간에 그 장소에서 의심받을 만한 행동으로 체포된 것은 달리 아무도 없었으니까, 사건과 연결시키는 것은 그다지 어려운 일이 아니었지. 만일의 경우 날조를 위해 충분한 대용물이 될 수 있었으니까. 이미 오전 중의 내사에 의해 외부로부터의 출입 흔적이 없으니 내부자의 범행이라고 추측을 하고 있었지만, 범인이라고 단정할 만한 확실한 근거가 없었기 때문에, 그만큼 시간이 길렀던 셈이지. 오전 중에 토벌사령부에서 진상조사관이 파견되었을 때는 경찰에도 연락이 갔었는데, 그때는 내가 한 발 앞서서 경비계에 얼굴을 내밀어 유치장에 있는 동무의 조회를 요청한 뒤였어. 계장을 비롯해 모두가 아는 사람이라서……."

"설마, 고 간수로부터 들었다는 말을 한 건 아니겠지요?"

"무슨 말도 안 되는 소리를. 지인으로부터 연락을 받았다고 한마디 했을 뿐이야. 읍사무소 근처의 영화관 골목에서 분명히 친구가 통행 중에 갑자기 두 사람의 경찰에게 체포, 연행되는 것을 목격한 지인이 있어서 알려 주었다고 말이지. 그런 영장 없는 불법체포, 연행이 일상다반사라는 것은 누구보다 자신들 쪽에서 잘 알고 있기 때문에, 필요한 경우에는 금방 말이 통한다구. 다만, 그게 불법이 아니고, 체포된 자 쪽이 불법이 되어 죄를 뒤집어쓸 뿐이라는 거지. 그리고 없는 돈을 털어 바치면 거래는 끝나는 거고. 따라서 동무는 '사찰계'로 인계되어야 했지만, 그곳으로 가기 전에 그대로 머물러 있었던 거야. 도대체가 말도 안 되는 이야기지만, 그 말도 안 된다는 생각이 여기에선 통하지 않아. 물론, 제주도만이 아니야……. 이 대한민국이라는 곳이 바로 그래. 아하, 대한민국, 대한민국이라……. 이어—, 이어—, 이어도 아닌가……."

"뭐예요, 그건……?"

남승지는 멍한 얼굴을 하고 되물었다.

"하하, 이어도 노래야. 이어도란 말은 하지를 마라, 이어도 하면 눈물이 난다……잖아? 대한민국이라고 하지를 마라, 대한민국이라고 하면 눈물이 난다……. 도대체가 말이지."

"무슨 소린가 했네……."

두 사람은 웃었다.

"지금쯤, 대한민국의 서울, 그 서울에는 이방근 선생이 계시지. ……음, 그런데 말이지, 경찰에서는 내가 신병 인수인이라고 하니까, 이해는 하겠는데 사정이 있으니 잠시 기다려 달라고 하는 것이, 그 시간에는 장 씨가 체포되고 나서라는 뜻이었던 거야. 애당초 아무런 이유도 없는 체포였기 때문에 석방의 교섭은 간단해. '백'만 있으면 전화 한 통으로 나올 수도 있으니까. 어쨌든 돈 거래가 없었던 대신에 사소한 '빚'을 진 셈이지. 조만간 술이라도 한 잔 사면 그만이야……."

"……여러 가지로 귀찮겠군요. 게다가 준오 형의 경우는 제 신병 인수인이라는 증거서류를 남기고 말았으니……." 유달현……. 감방에서 귓가에 찌르듯이 속삭이던 목소리가 되살아났다. 남승지는 박산봉에게까지 조사의 손이 뻗치는 일 없이 간단하게 끝난 것에 안도하고 있었다. 유달현……. "……그런데, 준오 형, 상담할 게 있어요. 상담이라는 것은 유달현 씨에 관한 것인데요, 어젯밤, 박산봉의 하숙집에 머물며 나눈 이야기입니다. 이건 어디까지나 박산봉 동무가 한 말이지만, 유달현이 말이죠(유달현의 이름을 말하는 남승지의 목소리가 떨리고 있었다), 경찰인 정세용과 내통하고 있다는 것 같아요."

남승지는 말소리를 줄이고 귀를 기울이며 양준오를 보았다. 유달현의 이름과 함께 입안에 괴로운 침이 고이는지라, 그걸 삼켰다.

"내통하고 있다……?" 양준오가 미간에 작은 주름을 새기며 양쪽 눈썹을 치켜 올렸다. "핫하아, 그 말은 경찰의 끄나풀이라는 건가?"

남승지는 말없이 고개를 끄덕였다. 암운이 머릿속 공간을 팽창시키기라도 하듯이 소용돌이치며 피어올랐다.

"음, 설마." 양준오가 뾰족한 턱의 입가에 떨떠름한 미소를 지었다. "그것만으로는 이야기를 이해하기 어려워. 뭔가 그 나름의 확실한 근거라도 있나?"

남승지는, 아니, 확실한 근거가 있는 것은 아니지만, 그렇게 생각할 만한 자료는 있다고 대답했다. 그리고 어젯밤에 박산봉이 한 이야기를, 즉 어느 날 밤에 우연히 정세용을 미행했는데, 그의 집 근처에서 그를 기다리고 있었던 것으로 보이는 유달현과 함께 집안으로 들어갔다는 것, 그리고 한 시간 정도 지나 유달현이 나왔을 때, 도둑처럼 주위를 살피고 나서 걷기 시작했다……라든가, 이전에도 두 사람이 만나고 있는 것을 보았다든가, 그리고 또 뭔가의 예감이 있는지, 박산봉 자신이 두려워하고 있는 것 같았다는 이야기를 했다.

"박산봉은 어째서 또 엉뚱하게 정세용의 뒤를 미행한 거야. 재미있는 남자로군, 알 수가 없어. 그 남자의 눈은 뭔가의 열기에 들떠 있는 듯한 빛을 띠고 있었는데 말이지. 어젯밤에 왔을 때 말야, 동무의 말을 전하러."

"나도 잘 모르겠어요." 남승지는 왜 또 박산봉의 눈빛까지 들먹이는 걸까 생각하면서도, 그것을 흘려 넘기며 말했다. "하지만, 우연히 발생한 일이니까, 그건 우발적인 생각일지도 모르죠……."

"그 우발적인 생각을 실제의 상황에 대입을 시켰더니, 어떤 예감과 정확히 일치하더라는 것이겠지. 그래서 틀림없다는 말인가."

양준오는 냉정하고 객관적인 말투로 물었다.

"박산봉도 확실하고 결정적인 증거가 없는데도, 사람을 그것도 같은 동지를 의심하는 것은 무서운 일이라고 충분히 생각하고 있고, 그래서 마지막까지 이야기하기를 꺼렸던 것 같아요. 나도 이런 이야기를 할 생각은 없었지만, 엊저녁부터 유달현의 일이 머리에 가득 차서, 만일 이것이 사실이라면 큰일이거든요. 믿어지지 않지만, 으-흠, 그러나……."

남승지는 콧구멍으로 한숨을 내쉬었다.

"뭐가 그러냐야? 그가 그럴지도 모른다는 건가?"

"아니, 그건 알 수가 없어요. 그러나 알 수는 없어도 그건 조직의 방위를 위해서라도 방치할 수는 없지요. 나는 조직에 이 확증이 없는, 애매한 일을 보고하지 않으면 안 돼요. 확실한 실체가 없는, 그렇다고 잠자코 있을 수도 없고. 그 나름의 대책이 필요하다구요. 새로운 책임자나 그 밖의 사람들에게 지금 단계에서 이야기할 수 있는 것도 아니고, 실은 곤란한 입장입니다. ……준오 형은 이 일을 어떻게 생각하세요?"

"……이 일이라니?"

"그가 정세용과 내통하고 있는지, 어떤지 말이에요."

어젯밤, 박산봉에게 그 이야기를 듣고 난 뒤의 일이지만, 남승지는 유달현의 이름을 입에 담고 싶지 않았다. 혀가 껄끔거리고, 기분이 틈새 바람이라도 불어 드는 것처럼 움츠러들었던 것이다.

"내가 그걸 어떻게 알겠어?"

양준오는 담배를 물고 잠시 생각에 잠긴 듯이 두 개의 콧구멍으로 연기를 내뿜을 뿐 대답하지 않았다. 그럴 것이다. 아마 이방근도 같은 말을 할 것이 틀림없다. 그러나 그는 애당초 유달현의 내부에 그럴 가능성이 있다는 것을 느끼고 있는 인간이었다. 그와 동시에, 유달현이 과거는 과거, 현재는 조직원으로서 크게 분발하고 있다는 것은 인정하고 있었다. 양준오의 생각도, 유달현의 현재를 인정할 것인지 말 것인지는 별개로 하더라도, 이방근과 크게 차이가 나지는 않을 것이다.

"천 길 바다 속은 알아도 사람의 마음은 알 수 없다고, 섬에 나이 든 여자들의 말처럼, 이건 알 수가 없어." 양준오는 담배를 재떨이에 비벼 끄고 기침을 했다. "……그러나 모른다고 해서 끝날 문제가 아니야. 몰라서는 안 되는 거잖아. 만약에 그게 사실이라면, 동무의 말대로 방치할 수는 없겠지. 조직의 원칙 이전에 상식적인 문제야. 그러나 그러기 위해서는 어떠한 방법이 있는가⋯⋯?"

양준오는 단정은 하지 않았지만, 남승지와 마찬가지로 우려하고 있었다.

어떤 방법이 있는 것은 아니다. 남승지는, 조속히 조직적인 대책이 강구되어야 하겠지만, 먼저 목격자인 박산봉이 유달현을 감시하고, 정세용과 내통하고 있다는 사실의 확증을 굳히기로 했다고 말했다. 그리고 뭔가 분명하게 움직일 수 없는 사실을 포착했을 때는, 새로운 성내 지구 책임자인 유성원에게 보고해야 한다. 또한 그 보고를 토대로 상급 조직인 읍당에서 처리해야 하고, 그때까지는 남승지가 Y로 돌아가서 도당부에 보고해서, 토의하게 될 것이라고 말했다. 섬 전체가 게릴라의 전장이 되어 있는 상황에서, 실전 게릴라 부대만이 아니라 각 조직도, 집중적인 지휘가 이루어지지 않을 경우가 있기 때문에, 개개의 읍당, 면당 단위의 분산주의적인 독자의 판단하에 탄력적인 대응이 필요했다.

그러나 문제는 한 사람의 동지에 관한 일이었고, 자칫 잘못하다가는 동지를 모함하는 반혁명적인 행위라는 오류를 범할 수도 있기 때문에 신중을 기해야만 했다. 따라서 어디까지나 유달현이 스파이라는 확증에 가까운 증거를 손에 넣는 것이 선결문제였다. 마음의 어두운 곳을 더듬는 듯한, 맨손으로 내장을 더듬어 잡는 듯한 두려운 작업이었다. 햇볕이 잘 들지 않는, 서늘한 마루 밑처럼 음습한 바람이 머무는 장소. 유달현이 스파이라면, 그것을 쫓는 이쪽도 스파이나 마찬가지다. 아니 아니다, 설사 같다고 해도 우리의 그것은, 이 양준오는 다르다⋯⋯. 남승지는 숨이 답답해지는 것을 느끼며 담배에 불을 붙였다.

"어쨌든, 유달현을 만나야 한다고 생각해요."

기다리고 있는 것도 아닌데, 그리고 집에 있는지 어떤지 알지도 못하는 유달현을 지금부터 만나야 한다고 생각하자, 남승지는 기분이 움츠러들었다. 엊그제와 어젯밤 두 번이나 연속해서 만났음에도, 하룻밤이 지나는 동안 그와의 사이에 건널 수 없는 커다랗고 어두운 강이 가로놓이고 말았다. ……유달현, 설마 그럴까. 가능성이 있다고 해서, 반드시 그렇게 되는 것은 아니다. 사전에서 우연히 눈에 띈 '세인(細人)'이 '간첩'을 의미하고, '소인(小人)'을 뜻한다고 했는데, 바로 그 소인 같은 마음의 두려움이었다……. 유달현과 만나는 것은, 그건 그래야겠지, 양준오가 말했다. 내가 잠시 밖의 동정을 살피고 올까. 괜찮아요, 그렇게 걱정하지 않아도 돼요, 준오 형의 자전거를 빌려서 갈게요. 그 남자의 눈빛은, 뭔가 열에 들떠 있는 것 같았어……. 박산봉은 결코 거짓말을 하는 게 아니다. 그러나 뭔가 과장되게 부풀리고 있는 건 아닌가. 그걸 나는 어수룩하게 곧이듣고 있는 건 아닌가……. 꿈속의 누에고치 안에서 복잡한 꿈의 실을 잣고 있는 듯한 사내. 트럭 운전수. 설마 그가 꿈을 꾸고 있는 것은 아니겠지. 다시는 교통사고를 일으키지 않았으면 좋겠는데…….

네 시 반이 가까웠다. 일곱 시까지는 성내를 출발하려고 생각한다. 이미 버스는 끊겨 있을 시간이었지만, 걸어서 두세 시간이면 갈 수 있는 곳이었고, 일곱 시라고는 해도 이런 시골에 여름시간인 서머타임, 여름의 태양이 밝은 시각이었다. 걷는 것은 익숙해져 있었다. 그뿐만이 아니라 섬사람은, 특히 여자나 노인들은 교통기관, 이라고 해봤자 하루에 몇 편 밖에 없는 버스였지만, 그걸 별로 이용하지 않았다. 오로지 걷는다. 시골에서 성내로 반나절이 걸려 걸어오는 것은 당연한 일이었고, 당일로 돌아갈 일이 없을 때에는 하루 종일 걸었지만, 동란으로 이런 모습이 사라져 가고 있을 뿐이었다. 게릴라는 물론이지만, 그 밖에 남승지 같은 조직원도 한결같이 걷는 일에 익숙해져 있었고, 걷는 것이 중요한 일, 진력의 한 부분을 차지했다. 다만, 이전에는 이 섬에 많다는 도깨비라는 잡귀, 귀신 종류가 나오는 것이 아닌가 하고, 한밤중에 인가도 없고 불빛도 없는 무인의 신작로를 혼자서 걸어가며 떨곤 했는데, 지금은 그것도 익숙해졌다.

관음사에서 산천단을 거쳐 돌아가는 길은, 별빛 아래 몇 시간이나 걸려서 고원지대를 비스듬히 횡단해야만 했다. 도중에, 갑자기 갈기를 휘날리며 괴물처럼 방목하던 말 한 마리가 어디로부턴가 튀어나오기도 하고, 밤새가 날개를 치기도 해서 간담이 서늘해지곤 했는데, 지금은 주문을 외우는 일도, 돌멩이를 호주머니에 넣고 걷는 일도 없어졌다. 부끄러운 일이지만, 한밤중에 중산간지대의 거친 길을 가고, 언덕을 넘어가면서 간단하게 온갖 도깨비와 잡귀를 쫓는 주문을 반복해서 외우고 있었다. 어둠이 깊어가는 밤중에, 긴장과 공포로 인해 바람 소리나 초목이 살랑대는 소리에도 전신에 소름이 돋고, 그곳에 냉기가 들러붙는다. 손은 호주머니 속의 돌멩이를 꽉 움켜쥐고 있고, 만일, 출현! 이라는 사태가 발생했을 때는 그 도깨비를 향해서가 아니라, 섬의 어디에나 밭의 경계를 이루고 있는 돌담을 향해 힘껏 던진다. 돌과 돌이 부딪히며 작렬하는 소리에 도깨비는 깜짝 놀라 자취를 감추는 것이다. 혹은 위아래 치아를 부딪쳐 딱딱 하고 큰소리를 반복해서 냈다. 이런 행위도 이곳 섬사람들의 생활습관의 하나라고 할 수 있을 것이다.

생각해 보면, 도깨비는 일종의 환각이 아닐까 싶지만, 그래도 눈앞에 출현하면 무섭다. 다행히 남승지는 도깨비를 만난 적이 없지만, 인간의 모습으로 나타나기도 하는 도깨비를 실제로 만나거나, 도깨비불, 귀신불을 보고 병이 난 사람들도 많았다. 이 미신에 지나지 않는 돌멩이의 투척도, 돌담에 불꽃을 일으키며 부딪치는 그 격한 소리에 깜짝 놀라는 것은 '요괴'만이 아니라, 본인의 환각적인 의식인 것이고, 정신을 바짝 차리자마자 도깨비는 사라져 버리고 마는 것이다. 위아래 이빨을 부딪쳐 소리를 내는 것도 같은 이치일 것이다. 그렇지 않으면, 그 사람은 이미 병든 것이나 마찬가지다. 그러고 보면, 실로 무서운 것은 도깨비와 같은 '요괴'가 아니라, 인간, 경찰이나 토벌대와 같은 쪽일 것이다.

밥을 든든하게 먹고 가야 한다. 아니, 도중에 먹을 수 있도록, 삶은 고구마를 몇 갠가 안주인에게 부탁해서 받아갈 수 있다면 그보다 좋은 일은 없다. 그게 좋을 것이다. 저녁을 먹고 나서 삶은 고구마까지 얻어간다는 것은 너무나 폐를 끼치는 일이다. 도중에 배가 고파지면, 한두 개를 먹고 나머지는 가지고 간다. 다른 간단한 식량도 가져가고 싶지만, 무슨 일이 있을 때 의심을 받을 수 있으므로 위험했다. 저녁 식사는 사양하고 고구마만을 얻어가자. Y리의 신작로를 산 쪽으로 넘어 그다지 멀지 않은 언덕의 아지트까지 가야 했지만, 가능하면 외부로부터 식량을 보급해야 했고, 그곳에 있는 것은 먹지 않도록 노력을 기울여야 했다.

양준오에게 방금 식사를 해서 저녁은 됐다는 취지를 전하자, 그는 웃으면서, 많이 먹고, 괜찮다면 삶은 고구마도 싸 가면 된다고 간단하게 말했다. ……과연, 그건 그렇다. 남승지는 변장할 필요가 있을 때를 제외하고는 몸에 불필요한 것을 지니지 않고 걸어야 했다. 배낭 같은 곳에다가, 아니 뭔가 자루 같은 곳에 쌀이나 그 밖의 식량을 조금이라도 가지고 간다면, 그것만으로도 동지들은 기뻐할 것이다. 삶은 고구마 정도라면 도시락을 대신할 수 있기 때문에, 만일의 경우에도 의심받지 않고 지나갈 수 있다. 그리고 담배도 '국산'으로 한 갑.

남승지는 오랜만에 자전거를 탔다. 처음에는 위태로웠지만, 어디선가 들은 적이 있는 것처럼, 수영과 마찬가지로 자전거는 한 번 배우면 평생 타는 법을 잊지 않는 것 같다. 남승지는 모자를 쓰지 않은 채 자전거 핸들을 잡고, 해질녘이 가까운 바람 속을 의외로 즐거운 기분으로, 산지 언덕길을 천천히 달려 마침내 신작로 쪽을 향해 가볍게 브레이크를 삐걱거리며 내려갔다. 신작로로 나왔다. 왼쪽 도로 맞은편으로 보이는 단층의 건물이, 새로 지구 책임자가 된 유성원이 교사로 근무하고 있는 여자중학교였다. 여름방학이라 수업은 없었다. 유달현도 학교에는 나오지 않을 것이다. 지금까지 조직의 조직자로서 성내에 오면(조직 이외의 자유로운 신분으로는 올 수 없었지만), 지구 책임자인 유달현을 만나기 위해 대체로 O중학교에 우체국에서 전화를 걸곤 했다. 그가 성내 지구 책임자 자리를 유성원에게 물려줌으로써 그런 관계는 끊겼다. 유달현……. 감방 안에서, 귓가에 날카롭게 속삭이던 목소리. 그리고 어젯밤 안뜰의 어둠을 배경으로 우뚝 서 있던 환영 같은 모습. 박산봉이 양준오가 있는 곳으로 왕복하는 사이에 갑자기 나타나서는, 방으로 올라오지도 않고 어둠 속으로 사라져 버린 그 모습은, 실체 없는 유령 같은 느낌을 주었다. 얼마 지나지 않아 돌아온 박산봉에게 그가 왔었다는 말을 전하자, 왜 왔을까 하며 조금 불쾌하게 여겼던 것이다.

신작로를 오른쪽으로 돌아, 동문교를 향해 이상한 낌새가 없는 동문파출소 앞을 달려가면서, 문득 일직선으로 읍사무소 근처까지 가보고 싶다는 유혹이 일었다. 하지만 다리 건너편 전면으로 관덕정이 보이는 광장으로 나와 목적지인 남문길 쪽으로 좌회전했다. 시간으로 치자면 몇 분이나 10분 정도 돌아가는 것에 불과하겠지만, 필요 없는 일은 피하는 것이 좋았다. 곧장 유달현이 있는 곳으로 가자. 그러나 그가 집에 가만히 앉을 있을 것 같지는 않았다. 양준오의 하숙집 안주인도 이미 읍사무소의 적기에 관한 일을 알고 있을 정도로 이야기는 퍼져 있는 상태인데 유달현의 귀에 들어가지 않았을 리가 없었다. 혹은 사건의 파급을 우려해서 어딘가로 몸을 숨기고 말았을지도…….그렇다면, 그의 하숙집으로 가는 것은 역시 위험할지도 모른다.

그렇다 해도 거리의 모습에는 변한 것이 없는 듯했다. 만일 부재중이라면 학교에 있을 리도 없지만, 만일 있다 해도 전화 말고는 학교를 찾아갈 수도 없었다. 어떻게 할지 망설였다. 걸어가는 것이라면 또 천천히 생각을 정리해 볼 수도 있겠지만, 자전거로는 유달현의 하숙집과의 거리가 곧바로 좁혀져 그때까지 결심이 설 것 같지도 않았다. 오른쪽으로 가톨릭성당의 첨탑이 보이고, 부속 여학교의 운동장 안쪽에 있는 교사에서 피아노 선율이 들려오고 있었다. 남승지는 순간적으로 놀라 페달 밟는 것을 잊어버릴 뻔했다. 유원, 이유원……. 가슴이 조여드는 통증이 스쳐 지나가자, 그 사라져간 기세에 이끌리듯 핸들을 꽉 쥐고, 안장에서 엉덩이를 반쯤 들어 올리며 페달을 세게 밟아, 완만한 오르막길을 올랐다.

언덕을 다 올라가자 길 전방 왼쪽으로 작은 담뱃가게가 보였다. 바로 앞의 골목을 오른쪽으로 돌아들면, 유달현이 하숙하고 있는 그의 사촌 형 집이었다 하지만 남승지는 주위 사람들의 움직임과 기척을 긴장 속에 순식간에 파악하고 있었다. 그리고 오른쪽 골목에 사람의 통행이 없다는 것을 날카롭게 눈 끝으로 포착하면서 그대로 곧장 길을 따라 올라갔다. 어떻게 할 것인가. 잠시 주위를 한 바퀴 돌아보고 나서 일단 골목으로 들어가기로 하자.

여태 느끼지 못하고 있었는데, 멀리 아득하게 보이는 한라산이 아침나절과 마찬가지로 구름을 걸치지 않고 전체의 모습을 드러내놓고,

아직 태양빛이 빛나는 높은 하늘에 솟아 있었다. 구름에 가려지기 일 쑤인 한라산치고는 드문 일이었다. 그때 남승지는 전방에 마치 유달 현의 환영이라도 발견한 것처럼 놀랐다. 유달현이 바로 눈앞에까지 걸어와 있었으며, 둘이 거의 부딪칠 정도의 거리로 좁혀져 있었다. 상대도 자전거를 탄 남자가 설마…… 하고 놀란 모양이었는데, 남승 지는 조금 더 거리가 있었더라면, 반사적으로 무심코 그를 피해서 모 습을 감췄을지 모를 만큼, 조금 당황하며 자전거에서 내렸다.

"아이고 이거, 안녕하세요……."

도대체, 어떻게 된 일인가? 유달현은 가는 눈 사이로 찌르듯이 날카 로운 빛을 발하며 신호를 보내고 있었다. ……무슨 일이야, 자전거를 다 타고, 자전거에서 내릴 필요는 없어. 그는 원래 낮은 목소리를 더 욱 작게 말했다. 자전거를 타고 있지 않았다면, 함께 나란히 집으로 들어갈 어투였다. 꼭 뵙고 싶은 일이 있다고 남승지가 말했다. 그럼, 그대로 지나쳤다가, 10분 뒤에 집으로 오라고 상대가 답을 했다. 그 리고 두 사람은 우연히 마주친 지인처럼 간단한 인사를 나눈 뒤 헤어 졌다.

헤어질 때, 화장수 냄새가 확 풍겼다. 이마가 벗겨진 머리가 깔끔한 인상을 주는 것이 담뱃가게보다 조금 더 먼 이발소에서 돌아오는 모 양이었다. 참으로 한가한, 하필이면 이럴 때 이발소에 간단 말인 가……. 남승지는 그대로 자전거의 페달을 밟으면서, 똑바로 나아가 면 토벌사령부가 있는 농학교의 교사에 이르게 되지만, 유달현과 만 나는 순간, 그가 혹시 사령부에라도 다녀오는 것이 아닌가 하고, 근거 도 없이 의심하고 있었다. 그러나 예상과는 달리 집에 있는 것이 마음 에 걸렸다. 아무 일도 없었나. 왜 지금 같은 때 집에 있는 것일까.

남승지는 10분 후에 유달현을 방문했다. 자전거를 대문의 문턱 너머 안으로 들여놓고 문을 잠근 뒤 그의 방이 있는 오른쪽 옆으로 안내되었다. 앞으로는 찾아올 일이 별로 없을, 눈에 익은 방이었다. 변함없이 책상 위에는 죽은 아내의 사진이 놓여 있었다. 예상대로, 동무는 아직도 있었나⋯⋯? 하고 유달현은 두껍지 않은 입술에 엷은 웃음을 띠우며 말했다. 어젯밤에 박산봉의 하숙집에 오셨잖아요, 그 뒤 바로 그가 돌아왔습니다. 어젯밤 안뜰의 어둠을 배경으로 환영처럼 우뚝 서 있다가 이내 사라진 유달현의 실체를 확인해 보려는 듯이 남승지가 말을 걸었지만, 그런가 하고 그저 한마디를 했을 뿐, 그 이상은 상대하려 하지 않았다. 그래, 어젯밤에 그는 역시 박산봉의 하숙집에 왔었던 것이다. 환각이 아니다.

그런데 본제로 들어가자 의외였던 것은, 유달현은 젊은 건축기사의 체포는 알고 있었지만, 그는 조직원이 아니라고 단언했던 것이다. 그럼, 왜 그와 같은 일을 벌인 것인가? 라는 질문에, 왜냐고? 조직원이 아니면 안 된다는 말인가, 그 말은 조직원의 할 일이라는 말이냐고 유달현이 반문했다. 아니, 그렇지가 않다. 그렇지 않겠는가. 나는 당사자가 아니라서 알 수는 없지만, 그건 개인적인 영웅주의에서 한 일이고, 조직에서 그와 같은 모험주의를 할 리가 없다, 읍사무소에도 몇 명인가의 조직원이 있지만, 그들과 상의를 하고 실행한 일은 아닐 것이라는, 조리 있고 원칙적인 발언을 했다.

남승지는 대꾸할 말이 없었다. 이 남자가 스파이, 통적분자일지도⋯⋯라는 무서운 상상에 당장이라도 몸이 떨릴 것 같은 긴장과 압박감 속에서, 남승지는 가장 우려했던 일에 대해서, 조직에의 영향은 없을 것이라는 대답을 들었던 것이다. 그것은 순간, 이 남자에 대한 모든 의혹을 떨쳐 버리는 힘을 지니고 있었고, 남승지의 내부에 후회와 깨달음의 의식을 증기처럼 피어오르게 만들었던 것이다.

그러나 무엇 때문에 건축기사인 장은 '개인의 영웅주의'적 행위를 저지른 것일까. 그 이상은 유달현과 이야기를 나누지 않았지만, 이건 의문으로 남아 있었다. 왜일까? 그 일이 발각되지 않고 넘어갈 수 있다고 생각하는 것은 너무 안일한 자세가 아닌가. 지금쯤 배후 관계 등에 대해 혹독한 조사가 이루어지고, 경찰 정도는 아니라 하더라도 고문이 이루어지고 있을 것이다. 왜……? 그걸, 개인적 영웅주의라고 하는 것이다, 라고 유달현은 대답할 것이 틀림없었다. 남승지는 환영처럼 아침 하늘에 펄럭이고 있던 적기가 개인적인 행위였다는 말에 안심했지만, 동시에 맥이 빠지는 느낌으로, 급히 가 봐야 한다며 자리에서 일어났다.

　시간이 일렀다. 서두르면 여섯 시 전에 떠나는 마지막 버스를 탈 수 있을지도 모른다. 그러나 가능하면 경찰서에 가까운 버스정류장에서 어슬렁거리는 모습을 보이지 않는 편이 좋다. 걷자. 남승지는 돌아오는 자전거 위에서 마음이 흔들렸다. 그 확고한 원칙적인 태도, 원래 원칙주의이긴 하지만, 적기 사건에도 동요하는 기색을 보이지 않았던 것이다. 그가 스파이……. 아아, 완전히 꺼림칙한 상상이다. 그러나 그렇다고는 하더라도, 의심을 지워 버리면 어떻게 되나? 그것은 혁명적 경계심의 문제가 될 것이다. 유달현……. 감방 안에서 귓가에 날카롭게 속삭이던 목소리가 쫓아오는 것 같았다, 유달현……. 어라? 남승지가 자전거의 브레이크를 천천히 밟으며 언덕을 내려가는 전방으로, 신작로와 교차된 왼쪽에서 지프가 두 대, 이쪽으로 커브를 틀며 달려왔다. 통행인이 멈춰 서서, 특별히 신기할 것도 없는 지프를 바라보았다. 길가로 자전거를 피하는 남승지를 거들떠보지도 않고 지프는 엔진 소리를 높이며 언덕길을 달려갔다. 두 대의 지프 뒷자리에 군인에게 양팔을 잡힌 젊은 남자가 한 사람씩 타고 있었는데, 아마도 토벌사령부로 연행되는 중일 것이다. 지프는 읍사무소 쪽에서 달려온 것이 틀림없었다.

남승지는 초조해지는 마음을 천천히 페달을 밟아 억제하면서, 양준오의 하숙집으로 돌아왔다. 그는 유달현과 만난 이야기를 하고 방금 전에, 아마도 읍사무소의 직원임에 틀림없는 청년 두 사람이 지프로 연행되는 것을 남문길에서 보았다고 이야기했다.

시각은 다섯 시 반이었다. 바로 두 사람은 함께 저녁 식사를 마치고, 아직 따뜻한 삶은 고구마의 꾸러미까지 받아 챙겼다.

남승지는 일찌감치 성내를 출발하여 아지트로 향했다.

┃지은이

김석범(金石範)

  1925년 일본 오사카에서 태어났고, 교토대학을 졸업했다. 〈제주4·3〉을 테마로 한 대하소설『화산도』를 집필하고, 일본에서 4·3진상규명과 평화인권운동에 젊음을 바쳤다. 1957년『까마귀의 죽음』을 발표하여 최초로 국제사회에 제주4·3의 진상을 알렸다.

  대하소설『화산도』로 일본 아사히(朝日)신문의 〈오사라기지로(大佛次郞)상〉(1984), 〈마이니치(每日)예술상〉(1998), 제1회 〈제주4·3평화상〉(2015)을 수상했다. 1987년 〈제주4·3을 생각하는 모임 도쿄/오사카〉를 결성하여 4·3진상규명운동을 펼쳤다. 재일동포지문날인 철폐운동과 일본 과거사청산운동 등을 벌려 일본사회의 평화, 인권, 생명운동의 상징적인 인물로 추앙받고 있다. 주요 소설로서는『까마귀의 죽음』,『화산도』,『만월』,『말의 주박』,『죽은 자는 지상으로』,『과거로부터의 행진 상·하』 등이 있다.

┃옮긴이

김환기
동국대학교 일어일문학과 졸업
(현) 동국대학교 교수/동국대일본학연구소 소장
『시가 나오야』,『재일 디아스포라 문학』,『브라질(Brazil) 코리안 문학 선집』,
「코리안 디아스포라 문학의 '혼종성'과 초국가주의」 외 다수.

김학동
일본 호세이(法政)대학 일본문학과 졸업
(현) 동국대학교 일본학연구소 연구원/공주대학교 출강
『재일조선인문학과 민족』,『장혁주의 일본어작품과 민족』,
『한일 내셔널리즘의 해체』(역서), 「김석범의 한글『화산도』론」 외 다수.

火山島 ⑥

2015년 10월 16일 초판1쇄
2016년 7월 15일 초판2쇄
2021년 1월 15일 초판3쇄

지은이 김석범
옮긴이 김환기 · 김학동
펴낸이 김흥국
펴낸곳 보고사

책임교열 유임하(문학평론가/한국체대 교수)
책임편집 황효은
표지디자인 정보환 · 손정자
제작관리 조진수   **마케팅** 이성은
인쇄제본 영신사   **종이** 한서지업사   **코팅** IZI&B

등록 1990년 12월 13일 제6-0429호
주소 경기도 파주시 회동길 337-15 보고사
전화 031-955-9797(대표)
        02-922-5120~1(편집), 02-922-2246(영업)
팩스 02-922-6990
메일 kanapub3@naver.com / bogosabooks@naver.com
http://www.bogosabooks.co.kr

ISBN 979-11-5516-466-2 04810
        979-11-5516-460-0 04810(세트)

정가 15,000원